Mia Löw
Das Haus des vergessenen Glücks

PIPER

Zu diesem Buch

Olivia, eine New Yorker Journalistin, nimmt zusammen mit ihrer traumatisierten Tochter Vivien die Einladung eines Berliner Verlages an, für den sie eine Biografie über ihre Großmutter, die einstige Broadway-Diva Scarlett Dearing schreiben soll. In Berlin erwartet sie eine böse Überraschung. Man ist dort nämlich an Scarletts Karriere als der einst bekannten blutjungen Berliner Soubrette Charlotte Koenig interessiert. Diesen Namen hört Olivia zum ersten Mal. Für Olivia hat Scarletts Leben stets mit ihrer Ankunft in New York im Jahre 1932 begonnen. Auch hat sie immer behauptet, ein Waisenkind zu sein, aber das war offensichtlich eine Lüge. Warum? Als Olivia ein mysteriöses Manuskript in die Hände fällt, das beweist, dass ihre Großmutter ihr jene schillernde Vergangenheit in Neunzehnhundertzwanzigerjahren sowie ihre Eltern und Geschwister bewusst verschwiegen hat, ist Olivia mehr als ratlos. Doch dann bietet ihr ein attraktiver Mann, der im Elternhaus ihrer Großmutter am Wannsee lebt, seine Hilfe an, dem Familiengeheimnis der Koenigs auf die Spur zu kommen. Aber schon schnell entwickelt sich aus dieser schicksalhaften Begegnung mehr, gerade, als ihr Vivien völlig zu entgleiten scheint …

Mia Löw hat Germanistik und Journalistik studiert, als Redakteurin bei einer Frauenzeitung und als Pressesprecherin gearbeitet. Heute schreibt sie erfolgreich Drehbücher und lebt mit ihren Kindern und einem Hund in Hamburg.

Mia Löw

Das Haus des vergessenen Glücks

Roman

Piper München Zürich

Mehr über unsere Autoren und Bücher:
www.piper.de

Von Mia Löw liegen bei Piper vor:
Das Haus der verlorenen Wünsche
Das Haus des vergessenen Glücks

MIX
Papier aus verantwortungsvollen Quellen
FSC® C083411

Originalausgabe
Februar 2015

Umschlaggestaltung: Johannes Wiebel | punchdesign
Umschlagmotiv: Rob Bouwman (Haus), Ruud Morijn (Vordergrund)/beide Shutterstock
Satz: Greiner & Reichel, Köln
Gesetzt aus der Minion
Papier: Pamo Super von Arctic Paper Mochenwangen GmbH, Deutschland
Druck und Bindung: CPI books GmbH, Leck
Printed in Germany ISBN 978-3-492-30648-5

Berlin-Zehlendorf, August 1932

Es war immer noch warm in dem Segelboot, das am Ende des Stegs vor sich hin dümpelte. Es hatte sich im Lauf des Tages aufgeheizt. Aber selbst wenn es im Inneren nass und kalt gewesen wäre, hätte es die Liebenden nicht davon abgehalten, sich ihrer Leidenschaft hinzugeben. Sie hatten weder Augen für den hellen Mond, der sie anleuchtete, noch Ohren für die herannahenden Schritte.

Es gab nur eins für sie: die drängende Lust, sich zu vereinen. Die Frau bog sich ihm entgegen, als er in sie eindrang, und schrie laut auf, nichts ahnend, dass ihr Schrei nicht nur die Stille der Nacht zerriss, sondern auch ein liebendes Herz. Der Mann stöhnte ihren Namen heraus, als könnte er nicht glauben, dass sie die Frau war, der er so nahe kam, wie er es nicht mehr zu hoffen gewagt hatte.

In den Ohren der anderen Frau war dies eine grausame Tortur. Damit erstarb der letzte Funken Hoffnung, dass sie sich täuschte. Sie blieb stehen, am ganzen Körper zitternd. Auf dem See glitzerten tausend Sterne, die sie lockten wie einst die Sirenen Odysseus mit dem einen Ziel, ihn zu töten. Sie musste nur springen und den Sternen entgegenschwimmen, bis die Kräfte sie verließen. Vorsichtig setzte sie sich auf die Kante des Stegs und ließ die Füße ins Wasser baumeln, fest entschlossen, sich langsam, ganz langsam in das kühle Nass gleiten zu lassen.

Da drang seine Stimme erneut an ihr gequältes Ohr. »Ich liebe dich, ich liebe dich!« Sie presste sich mit aller Kraft ihre Hände auf die Ohren, aber es nützte nichts. Es klang in ihr nach wie ein Echo. »Ich liebe dich, ich liebe dich!« Das war der Augenblick, in dem sich ihre Verzweiflung in etwas anderes verwandelte, etwas, das stärker war als der Drang, sich selbst zu opfern. Etwas Machtvolles ergriff von ihr Besitz, ließ sie hochschnellen und trieb sie zum Ende des Stegs. Die tanzenden Sterne würdigte sie keines Blickes mehr. Sie sah nur noch das Boot. Nun war ihr, als wäre sie von Erinnyen besessen, als würde Megaira, die zornige Neiderin, ihr klare Anordnungen erteilen. Der Alkohol tat sein Übriges. Sie fasste in die Tasche ihrer Kostümjacke und fühlte das kalte Eisen in ihrer Hand. Du Idiot, dachte sie, warum hast du sie achtlos liegen gelassen? Ja, er allein trug die Schuld für das, was nun geschehen würde. Die auf der ganzen Veranda verstreuten Kleidungsstücke hatten sie doch erst auf die richtige Spur gebracht und zum See geführt. Die Pistole musste ihm dabei wohl aus der Jackentasche gefallen sein. Er hatte ihr einmal im Garten vorgeführt, wie sie funktionierte, und sie meinte einen gewissen Glanz in seinen Augen erkannt zu haben, als er ihr anvertraut hatte, dass er sie im Krieg einem Offizier gestohlen hatte.

»Das ist eine Parabellum-Pistole, auch Luger genannt«, hatte er ihr erklärt.

»Parabellum?«, hatte sie gefragt, um ein wenig Interesse zu heucheln.

»Die Zyniker der Deutsche Waffen- und Munitionsfabriken AG benutzen es als Wahrzeichen, abgeleitet von dem lateinischen Spruch: Si vis pacem, para bellum.«

Wirklich sehr zynisch, hatte sie damals gedacht. *Wenn du Frieden willst, bereite dich auf den Krieg vor.* Sie hasste Waffen und hatte sich zunächst geweigert, die Luger in die Hand zu nehmen, aber ihm zu Gefallen hatte sie sich überwunden. Von seinem Lob, wie mutig sie sei, angestachelt, hatte sie sich schließlich als gelehrige Schülerin erwiesen.

»Halt das Magazin in der linken Hand und schieb den Knopf am Zubringer mit dem Daumen nach unten, bis sich eine Patrone, Boden zuerst, unter die Magazinlippen einschieben lässt.

Den Vorgang musst du wiederholen, bis das Magazin mit maximal acht Patronen geladen ist«, hörte sie seine raue Stimme sagen. Dieselbe Stimme, die in diesem Augenblick wieder jenen Namen stöhnte, der nicht der ihre war.

Doch sie war nicht länger dazu verdammt, ausgeschlossen zu sein. Sie übernahm die Hauptrolle im letzten Akt des falschen Liebesspiels, als sie leichtfüßig in das Boot kletterte, auf das vereinte Knäuel Mensch in der Kajüte zielte und abdrückte.

New York, Juni 2014

Die Wohnung in der St. Marks Place lag im dritten Stock eines Rotklinkerbaus.

Missbilligend warf Olivia einen flüchtigen Blick aus dem Fenster. Unten auf der gegenüberliegenden Straßenseite tobte das Leben zwischen rumpeligen Läden und Pizzabuden. An diesem Sommertag brannte die Sonne, wie so oft schon im Juni, erbarmungslos auf den Asphalt hinunter, sodass er langsam zu kochen begann. Was für ein Kontrast zu der Kühle, die durch die Klimaanlage im Raum herrschte, dachte Olivia, bevor sie die Vorhänge mit einem energischen Ruck zuzog. Nun lag auch das Schlafzimmer der großen Wohnung im Dunklen; durch die blickdichten Stores drang kein Lichtstrahl mehr ins Innere. Obwohl Olivia eine Lampe anschalten musste, war ihr so wesentlich wohler. Dieses vom Rest der Welt abgeschottete Höhlenfeeling war genau das, was ihrem momentanen Seelenzustand entsprach.

Sie legte sich auf ihr Bett und stellte den Fernseher an. Die Wiederholung einer alten *CSI*-Folge flackerte über den Bildschirm, aber sie schaute nicht wirklich hin. Ihr waren nur die Stimmen wichtig, die im Hintergrund murmelten. Auf diese Weise fühlte sie sich wenigstens nicht ganz so allein. Sie ließ ihren Blick zur anderen Seite des Bettes schweifen. Dort, wo bis vor Kurzem noch Ethan geschlafen hatte, lagen diverse Chipstüten, angeknabberte Sandwichs und zwei leere Flaschen Wein. Sie empfand nicht einmal Ekel. Die Verzweiflung darüber, dass sie nie wieder das Bett mit ihrem Mann teilen würde, hatte sich in eine Art von Lethargie verwandelt. Dank der Tabletten war ihr alles ziemlich gleichgültig. Die Packung hatte ihr Meg, eine befreundete Ärztin, unter der Hand gegeben, an dem Tag, als sich bei ihr zum ersten Mal der Verdacht eingeschlichen hatte, Ethan könnte sie womöglich betrügen. Dass er als gefragter Anwalt viel Arbeit hatte, hatte Olivia nie bezweifelt, aber nach der dritten Nacht in Folge, in der Ethan in der Kanzlei geschlafen hatte, war ihr sein Verhalten doch seltsam vorgekommen. Meg hatte ihr geraten, das Ganze zunächst aufmerksam zu beobachten, bevor sie sich womöglich mit falschen Anschuldigungen lächerlich machte.

»Und was mache ich gegen meine innere Unruhe? Ich kann keinen Artikel zu Ende schreiben, ohne dass ich alle paar Minuten aufspringe und durch mein Arbeitszimmer tigere«, hatte sie der Freundin gestanden. Meg hatte ihr im Vertrauen darauf, dass Olivia nur einem Rauschmittel, nämlich eisgekühltem Weißwein, zugetan war, eine Packung Ativan gegeben. Olivia hatte sie dann gar nicht angerührt, weil sie große Angst vor dem unkalkulierbaren Risiko von Psychopharmaka hatte. Bis zu jenem Tag, an dem sie von einer Rechercherreise nach Boston einen Tag zu früh nach Hause gekommen war …

Olivia griff nach der Chipstüte und stopfte sich eine Handvoll in den Mund. Dabei landeten einige Krümel auf der Bettdecke. Sie wollte unbedingt vermeiden, dass das, was sie damals in ihrem Schlafzimmer erwartet hatte, wieder in allen Einzelheiten vor ihrem inneren Auge auftauchte, aber es half alles nichts. Es war jetzt genau zwei Wochen her, und jede Sekunde hatte sich brutal in ihr Gedächtnis eingebrannt.

Das Klingeln ihres Telefons erlöste sie davon, dass sich der Film erneut abspulte, ohne dass sie ihn ausschalten konnte.

Olivia versuchte, möglichst normal zu klingen und nicht wie jemand, der seit Tagen in einem rosafarbenen Nachthemd mit Mickey-Mouse-Aufdruck, das einmal ihrer Tochter Vivien gehört hatte, mit ungewaschenem Haar an einem ganz normalen Vormittag apathisch in einem ungemachten Bett herumlümmelte.

Es war Lucy, die Reaktionssekretärin der *New York Times*, die fragte, ob sie die weitergeleitete Mail bekommen habe.

»Ja, danke«, erwiderte Olivia, obwohl sie seit Tagen keine Eingänge mehr gecheckt hatte.

»Wollen wir mal wieder lunchen?«, fragte Lucy.

»Gern«, schwindelte Olivia, denn sie konnte sich schwer vorstellen, ihre Höhle in absehbarer Zeit zu verlassen. Hier drinnen fühlte sie sich sicher und beschützt, aber dort draußen würden die Menschen sofort merken, dass mit ihr etwas nicht stimmte, und sie hatte nicht das Bedürfnis, den Verrat öffentlich zu machen. Ihr Ziel war es, die Sache zu verarbeiten und dann wie Phönix aus der Asche zu steigen. So, wie sie ihre Probleme immer gelöst hatte. Schon als Kind. Ganz allein und ohne zu klagen. Solange sie sich in diesem Zustand befand, ließ sie nicht einmal ihre Freundinnen in die Wohnung und wimmelte sogar die Besuche ihrer Tochter ab.

»Du musst es Vivien selber sagen! Ich werde das nicht tun!«, hatte sie Ethan eiskalt erklärt, bevor sie ihn mitsamt seiner Geliebten aus der Wohnung geworfen und das Schloss hatte auswechseln lassen. Seine persönlichen Sachen hatte sie ihm vor die Tür gestellt. Sie wollte ihn nie wiedersehen – außer zur Scheidung, aber um diese einzureichen, fehlte ihr momentan noch die Kraft.

»Du klingst so komisch. Ist was?«, fragte Lucy.

»Es ist einfach zu heiß in der Stadt«, versuchte Olivia sich herauszureden.

»Ich wundere mich nur, dass du dich gar nicht mehr blicken lässt. Wir wollten doch schon die ganze Zeit mit dir auf den Erfolg deines Artikels anstoßen«, fügte Lucy hinzu. »Und außerdem hast du dich immer noch nicht zum Angebot des Chefs geäußert, die freie Stelle im Berliner Büro der Times anzunehmen. Ich meine, noch ist Zeit, die ist erst zum 1. September frei. Aber ich finde, du solltest es dir zumindest überlegen. Ich kenne keinen Kollegen, der so gut Deutsch spricht wie du.«

»Ich melde mich. Es klingelt gerade an der Haustür«, log Olivia und legte einfach auf. Das war ihr viel zu viel. Sie konnte derzeit keine vernünftigen Entscheidungen über ihre Zukunft fassen. Und schon gar keine darüber, ob sie für längere Zeit nach Deutschland gehen wollte. In guten Zeiten hätte sie so ein Angebot sicher gereizt, aber in dieser Lage? Sie war doch völlig aus Zeit und Raum gefallen und vegetierte mehr oder minder vor sich hin. Plötzlich überfiel sie wieder diese quälende innere Unruhe, die ihr Blut in den Adern kochen ließ und aus ihrem Kopf ein Karussell machte, das sich schnell und immer schneller drehte.

Olivia griff in die Nachttischschublade. Eigentlich wollte sie heute mit den Tabletten aufhören, zumal sich nur noch zwei in der Schachtel befanden, die sie für akute Notfälle aufheben wollte. Sie zögerte; dann nahm sie erst einmal ihren Laptop zur Hand. Von welcher Mail hatte Lucy eben gesprochen?

Träge öffnete sie das Postfach und entdeckte die weitergeleitete Nachricht inmitten diverser Eingänge. Die meisten waren von Ethan. Sie überflog seine Mails flüchtig, bevor sie seine Botschaften löschte. Sie hatten alle den gleichen Inhalt: Er brauchte Sachen aus der Wohnung, wollte mit ihr reden, und es tat ihm leid, dass sie es auf diese Weise hatte erfahren müssen. Bla, bla, bla, dachte Olivia, bevor sie die Einstellung an ihrem Rechner so änderte, dass seine Nachrichten in Zukunft im Spamordner landen würden.

Erst danach öffnete sie die Nachricht aus Deutschland. Sie war von einem Berliner Verlag und auf Englisch geschrieben. Wie sollen die auch ahnen, dass ich perfekt Deutsch spreche, dachte sie. Olivia war die Erste in der Familie, die sich für die Muttersprache ihrer Großmutter interessierte. Scarlett, die im Jahr 1932 von Deutschland nach New York ausgewandert war, hatte weder mit ihrer Tochter noch mit ihrer Enkelin und auch nicht mit ihrer Urenkelin je ein deutsches Wort gesprochen. Dabei war es ihrem harten Akzent bis zum Schluss anzuhören gewesen, wo ihre Wurzeln zu finden waren. Olivias Mutter hatte die deutsche Sprache deshalb gar nicht erst gelernt, während Olivia sich geradezu magisch angezogen fühlte von dieser Anhäufung gutturaler Laute. Sie hatte die Sprache schon in der Schule gelernt und war sogar in der Lage, ganze Artikel auf Deutsch zu verfassen. Wie den über den einst gefeierten Broadway-Star Scarlett Dearing, ihre Großmutter, anlässlich deren zehnten Todestages, den eine deutsche Zeitschrift nach der englischen Veröffentlichung in der *Times* abgedruckt hatte. Olivia hatte alle wichtigen beruflichen Stationen des bewegten Lebens ihrer Großmutter beschrieben, allerdings nur spärliche Einblicke in ihr Privatleben gewährt. Dabei war eben das ständig in der Presse ausgebreitet worden. Skandale waren im Haus Dearing keine Seltenheit gewesen. Drei Mal war die Diva verheiratet gewesen. Und drei Mal mit Männern, die nicht wirklich gesellschaftsfähig gewesen waren. Drogen, Gewalt und Betrug. Diese hässlichen Geschichten hatte Olivia natürlich nicht ausgeführt, sondern war mehr an der Oberfläche geblieben, obgleich sie viel mehr wusste, als ihr recht war.

Scarlett hatte liebend gern auf die drei Kerle geschimpft und manches Mal vergessen, dass einer davon Olivias Großvater gewesen war. Herald, der Trinker. Immerhin nicht der Schläger. Doch schon als sie sechzig gewesen war, war Scarletts dritte und letzte Ehe geschieden worden, und sie hatte keinem ihrer dann noch folgenden zahlreichen Verehrer erlaubt, unter ihrem Dach zu leben. Aber immer, wenn Scarlett ein bisschen zu tief ins Glas geschaut hatte, war sie ins Schwärmen über die Attraktivität dieser ansonsten unnützen Kerle geraten. Sie hatten wirklich alle drei außerordentlich gut ausgesehen, und die Herren waren einander vom Typ her ziemlich ähnlich gewesen. Groß, durchtrainiert, markante Gesichter und alle von unwiderstehlicher Virilität. Kurz vor ihrem Tod hatte Scarlett Olivia befohlen, die Fotos aller drei Männer auf ihrem Nachttisch aufzustellen. Einen Tag bevor sie gestorben war, hatte sie das verloren, was sie reich und erfolgreich gemacht hatte, ihre sagenhafte Stimme. Olivia würde nie den panischen Ausdruck in ihren Augen vergessen. Offenbar hatte sie ihr noch etwas mitteilen wollen, aber sie war nicht einmal mehr in der Lage gewesen, etwas aufzuschreiben. Trotz dieses dramatischen letzten Tages im Leben der Scarlett Dearing war Olivia dankbar dafür, was für ein langes, erfülltes Leben ihrer Großmutter vergönnt gewesen war. Und auch für die Liebe, die ihr diese Frau nach dem Tod ihrer Eltern gegeben hatte. Diese persönliche Verbundenheit zwischen Großmutter und Enkelin war die Würze des viel beachteten Artikels gewesen. Scarlett war über neunzig gewesen, als sie in ihrer feinen Seniorenresidenz in der Upper East Side eingeschlafen war. Sie hatte ihrer Enkelin ihre persönlichen Sachen und ein kleines Vermögen vererbt. Von dem Geld hatten Ethan und sie sich die schöne Wohnung in dem quirligen Viertel an der 8th Street leisten können, aus der Vivien schon mit achtzehn in eine Wohngemeinschaft nach Brooklyn gezogen war. Zusammen mit ihrer Freundin Kim …

Olivia lief allein beim Gedanken an Kim ein kalter Schauer über den Rücken, denn niemals würde sie den Anblick ihres nackten Hinterns und der wild schwingenden roten Mähne vergessen können und wie sie auf ihrem Mann wahre akrobatische Kunststücke vollführt hatte. Ihr wurde sofort schlecht, und sie griff, ohne weiter zu überlegen, nach der Tablette. Sie atmete ein paarmal tief durch, bevor sie die Mail aus Deutschland las.

Sehr geehrte Ms Baldwin,
wir haben mit großer Begeisterung den Artikel über das aufregende Leben Ihrer Großmutter gelesen. Wie Sie sicher wissen, erschien er auch in deutscher Übersetzung in einer unserer Zeitschriften. Unser Verlag arbeitet gerade an einer Sonderausgabe über Künstler, die in den Dreißigerjahren des letzten Jahrhunderts in die USA emigriert sind und dort Fuß fassen und nachhaltige Erfolge feiern konnten. Was, wie hin-

reichend bekannt ist, bei vielen anderen nicht der Fall war. Mein Name ist Paul Wagner, und ich bin der zuständige Redakteur. Eine Biografie über Scarlett Dearing würde eine ungeheure Bereicherung des Programms darstellen. Deshalb würden wir Sie gern zu einem persönlichen Gespräch nach Berlin einladen, wenn Sie an einer gemeinsamen Arbeit Interesse hätten, was wir sehr begrüßen würden. Die Flug- und Hotelkosten würden wir seitens des Verlags übernehmen. Ich bitte um einen Rückruf unter meiner Büronummer 030/227389-183.
Mit freundlichen Grüßen
Paul Wagner

Olivia ließ den Rechner seufzend auf die Bettdecke gleiten. Ein derartiges Angebot, wenigstens einen Kurztrip nach Berlin zu unternehmen, wäre ihr noch vor ein paar Wochen verlockend erschienen, aber unter diesen Umständen würde sie keinen Gedanken darauf verschwenden. Wenn dieser Paul Wagner mich jetzt sehen könnte, dachte Olivia fast ein wenig belustigt – ein sicheres Zeichen, dass die Wirkung der »Scheiß-egal-Tabletten« einsetzte.

Trotzdem schrieb sie noch keine Absage, sondern verschob das auf den nächsten Tag. Ihr fehlte die Kraft, um eine höfliche, gut formulierte Mail zu verfassen, die nicht erkennen ließ, dass sie völlig neben der Spur war.

Sie ließ sich erschöpft in die Kissen zurückfallen, und sofort schaltete sich der schreckliche Film wieder ein. Sie konnte nichts dagegen tun, aber dank der Tablette rauschte die Erinnerung wie durch eine Nebelwand an ihr vorbei:

Gestresst vom Flug, steigt sie aus dem Taxi, schleppt sich drei Stockwerke die Treppen hinauf, denn der Fahrstuhl ist mal wieder außer Betrieb. Müde steckt sie den Schlüssel ins Schloss, es ist still in der Wohnung, sie vermutet, Ethan sei noch in der Kanzlei, dann hört sie ein Stöhnen, es kommt ihr bekannt vor, das sind die typischen Geräusche, wenn sie mit Ethan schläft. Sie bleibt regungslos im Flur stehen. Es dauert einen Augenblick, bis die Wahrheit zu ihr durchdringt. Ihr Mann hat Sex. Wahrscheinlich mit sich allein, redet sie sich ein und schleicht in Richtung Schlafzimmer. Sie ist zwar schlapp, aber der Gedanke, ihren Mann in einer solchen Lage zu überraschen und zu verführen, macht sie wacher. Sie lächelt in sich hinein, als sie leise die Tür öffnet, und erstarrt: Eine Frau sitzt rittlings auf ihrem Mann und beugt sich weit zurück. Sie braucht ein paar Sekunden, bis sie begreift, wem diese schwingende knallrote Mähne gehört. Sie kennt nur eine, die so glattes, langes rotes Haar hat. Kim, Viviens Sandkastenfreundin. Die Übelkeit überfällt sie so plötzlich, dass sie nichts mehr tun kann. In hohem Bogen kotzt sie auf den weiß gekälkten Eichenboden. Offenbar nicht still und leise, denn als sie wieder aufsieht, steht die Rothaarige zitternd in der Ecke und verdeckt den schlanken, mädchenhaften Körper mit der Bettdecke. Ethan sitzt senkrecht im Bett und hat seine neue Brille aufgesetzt, die ihm ein intellektuelles Aussehen verleihen soll. Mit dieser Brille sieht er aus, als verfasste er philosophische Werke. Seine Miene ist allerdings ziemlich dümmlich, seine gestammelten Worte auch. »Es ist nicht so, wie du denkst!«

Nein, schon klar, denkt sie fassungslos und nähert sich ihm bedrohlich. »Und wie ist es dann?« Sie ignoriert die immer noch hinter der dicken Decke zitternde Kim.

»Wir lieben uns«, gibt der Mann mit der zerzausten Miene zögerlich zu.

»Was heißt das?« Ihr ist übel. Sie glaubt, sie müsse sich gleich noch einmal übergeben.

»Ich wollte nicht, dass du es auf diese Weise erfährst. Das musst du mir glauben, aber Kim und ich, das ist etwas ganz Besonderes!«

Sie erbricht sich nicht, sondern befiehlt eiskalt: »Raus hier! Alle beide!«

Kim versteht sie sofort, lässt die Decke fallen und sucht hektisch ihre im ganzen Schlafzimmer verstreute Kleidung zusammen. Er bekommt seinen überheblichen Anwaltsblick. »Lass uns bitte vernünftig reden.«

»Raus!« Ihre Stimme klingt hysterisch und überschlägt sich beinahe.

»Bitte, wir sind doch erwachsen und …«

»Raus!«, wiederholt sie.

Er steht provozierend langsam auf, klaubt seine Kleidung zusammen, mustert sie wie eine Mandantin, die sich gerade aus der Verantwortung für einen Mord stehlen will. Das kann er gut. Einem das Gefühl geben, man habe die Schuld, wenn er gerade etwas verzapft hat.

»Unsere Ehe war doch nicht mehr …«

»Raus!«, schreit sie und schubst ihn in Richtung Tür, zu der Kim schon freiwillig vorausgegangen ist.

Sie öffnet demonstrativ die Tür. »Raus!«

»Ich hätte gedacht, dass wir das wie zwei Erwachsene …«

»Raus hier!«

Endlich folgt er ihren Anordnungen, doch dann dreht er sich noch einmal um. »Bitte, bring es Vivien schonend bei!«

»Sag es Vivien selber! Ich werde es nicht tun«, erwidert sie eiskalt und wirft die Tür hinter den beiden mit einem lauten Knall zu. Sekunden vorher hat Kim sie angesehen wie ein verschrecktes Reh.

Reh war Kims Spitzname in der Schule gewesen, erinnerte sich Olivia in diesem Moment, weil sie so schüchtern war. Vivien und Kim, ein ungleiches Freundinnenpaar. Vivien, die quirlige Draufgängerin, und das zarte Reh. Dank der Tabletten konnte Olivia diese Gedanken zulassen, ohne im selben Augenblick darüber nachzudenken, ob sie Ethan lieber erschießen oder vergiften sollte. Auf Kim war sie nicht böse, die tat ihr eher leid, aber auf Ethan dafür umso mehr. Wie konnte er mit einem Mädchen schlafen, dem er einst die Pampers gewechselt hatte?

Schon als Einjährige hatte Kim oft bei ihnen übernachtet. Ihre Eltern lebten damals gerade in Scheidung, weil ihr Vater kurz nach ihrer Geburt seine Homosexualität entdeckt hatte. Kim war wie ein zweites Kind in ihrem Haus, und Ethan und sie waren ihre Ersatzeltern gewesen. Olivia konnte sich nicht helfen, aber sie sah in dieser vermeintlichen Liebe einen Übergriff seitens Ethans. Olivia war wirklich nicht prüde, aber das da war etwas Verbotenes, etwas, das er nicht hätte tun dürfen.

Dabei war sie diejenige gewesen, die während der Ehe eine Affäre gehabt hatte. Mit Frank, einem Autor, den sie interviewt hatte. Das war vor sieben Jahren gewesen, und sie hatte es Ethan schließlich gestanden, weil sie sehr verliebt in den anderen Mann gewesen war. So verliebt, dass sie mit dem Gedanken gespielt hatte, Ethan zu verlassen. Er war damals mit seiner Arbeit verheiratet gewesen und hatte kaum mehr Zeit für sie gehabt, während Frank vehement um sie geworben hatte, sodass sie sich endlich wieder begehrt und geliebt gefühlt hatte. Ethan war damals aus allen Wolken gefallen und hatte angefangen, um sie zu kämpfen. Schließlich waren sie zu einem Paartherapeuten gegangen mit dem Ergebnis, dass sie wieder zusammengekommen waren und ein paar richtig gute Ehejahre gehabt hatten. Doch seit fast einem Jahr war Ethan ihr gegenüber sehr abweisend geworden, und sie hatten nicht mehr miteinander geschlafen, bis auf uninspirierte Pflichtübungen, die Olivia nur noch unzufriedener gemacht hatten. Ethan hatte diese Unlust auf die Arbeit geschoben. Olivia hatte es ihm nur allzu bereitwillig geglaubt, bis ihr Mann fast jede zweite Nacht im Büro übernachtet und selbst die kleinsten zärtlichen Gesten zwischen ihnen vermieden hatte … Natürlich war ihr dann irgendwann eingefallen, wie distanziert sie sich damals während der Sache mit Frank ihm gegenüber verhalten hatte.

Und auch jetzt noch marterte sie sich mit der Gewissensfrage, ob sie überhaupt mit zweierlei Maß messen durfte. Ich muss, dachte sie grimmig, schließlich hatte ich keine Affäre mit

Viviens Sandkastenfreund Sean, den ich als Kleinkind zusammen mit meiner Tochter in die Badewanne gesetzt und abgeschrubbt habe. Nein, ich war mit einem erwachsenen Mann zusammen, der in keinerlei Abhängigkeit zu mir stand, mein Mann hingegen hat einem Mädchen den Kopf verdreht, für das er viele Jahre wie ein Vater war …

Das Telefonklingeln riss Olivia aus ihren quälerischen Gedanken. Sie überlegte, ob sie das Gespräch überhaupt annehmen sollte, aber auf dem Display erkannte sie, dass es Vivien war, und daraufhin versuchte sie, sich mit fester Stimme zu melden.

»Mom, kann ich nachher mal vorbeikommen?«, fragte ihre Tochter statt einer Begrüßung.

Olivia stieß einen tiefen Seufzer aus. Das würde bedeuten, dass sie sich in einen akzeptablen Zustand bringen musste. Andererseits hatte Vivien lange nicht mehr so bedürftig geklungen. Trotzdem, Olivia fühlte sich viel zu schwach, um der klugen jungen Frau Normalität vorzugaukeln.

»Ach, das passt mir leider gar nicht, meine Süße, ich habe so viel zu tun.«

»Ich würde dich nicht darum bitten, wenn es nicht dringend wäre«, erwiderte Vivien trotzig.

Das stimmt allerdings, dachte Olivia, wann hatte Vivien sie das letzte Mal um etwas gebeten? »Ist denn was Besonderes passiert?«, erkundigte sie sich und überlegte, ob Ethan ihr wohl inzwischen die Wahrheit gesagt hatte und Vivien deshalb so aufgewühlt war.

»Nein, es geht um Kim. Die verhält sich mir gegenüber so merkwürdig. Schon seit Wochen weicht sie mir aus. Ich befürchte, das hat etwas mit ihrem neuen Lover zu tun …«

»Ihrem neuen Lover?«, wiederholte Olivia mit belegter Stimme.

»Ja, aus dem macht sie ein ganz großes Geheimnis. Ich habe sonst früher oder später alle ihre Kerle kennengelernt, aber den will sie mir partout nicht vorstellen. Und das geht bestimmt schon fast ein Jahr mit den beiden. Sie schläft keine Nacht mehr in unserer Wohnung, und wenn sie mal zum Wäschewechseln kommt, ist sie schrecklich hektisch und vertröstet mich immer. Das kenne ich gar nicht von ihr, komisch, oder?« Vivien hatte sich regelrecht in Rage geredet.

Trotz der Tabletten klopfte Olivias Herz bis zum Hals. Er hatte es ihr also noch nicht gesagt. Sie verspürte das dringende Bedürfnis, der Geheimniskrämerei ein rasches Ende zu bereiten, aber nicht am Telefon.

»Wenn du willst, treffen wir uns zum Lunch im Hummus«, bot sie ihrer Tochter an.

»Zum Mittagessen bin ich schon mit Dad verabredet. Er will mit mir nach Coney Island rausfahren. Ich würde dann danach bei dir vorbeikommen.«

Coney Island, mitten in der Woche, durchfuhr es Olivia eiskalt. Er hat vor, es ihr zu sagen! Dessen war sie sich sicher. Und im selben Augenblick kam eine Nachricht auf ihrem Handy an, die sie sofort las. *Werde es heute unserer Tochter sagen. Bitte kümmere Dich um sie. Es wird sie schockieren, aber ich kann es nicht verhindern. Und sei bitte vernünftig und gib mir meine Sachen endlich heraus. Ich will doch nicht rechtlich gegen Dich vorgehen müssen. Ethan*

»Gut, mach das! Komm her, meine Kleine«, stöhnte Olivia mit einem Seitenblick auf Ethans zugemüllte Bettseite. Ein passender Anlass, um langsam wieder ins normale Leben zurückzukehren, dachte sie entschlossen, nachdem sie sich hastig von ihrer Tochter verabschiedet hatte. Denn sie war sich sicher, dass Vivien nach Ethans Geständnis ein paar Tage bei ihr übernachten würde. Sie benötigte jetzt eine Mutter, die in der Lage war, ihr Trost zu spenden! Olivia ballte die Fäuste. Wie konnte Ethan nur so rücksichtslos und kaltherzig sein? Einmal abgesehen von den Konflikten, in die er Kim stürzte, und dem, was er ihr antat, er würde seiner Tochter das Herz brechen, denn sie hatte ihre beste Freundin an ihren eigenen Vater verloren. Vor Wut fegte Olivia die Weinflaschen, die Chipstüten und alles, was sie sonst noch auf Ethans verwaister Bettseite abgelegt hatte, mit voller Wucht auf den weiß gekälkten Eichenboden. Scherben bringen Glück, dachte sie bitter, als sie das Geräusch von splitterndem Glas vernahm.

New York, Juni 2014

Vivien warf einen flüchtigen Blick durch die geöffnete Zimmertür ihrer Freundin und Mitbewohnerin. Das Bett war seit Monaten unbenutzt, und Vivien fragte sich, was für einen merkwürdigen Typen Kim da aufgegabelt hatte, dass sie so ein Geheimnis um diesen Mann machte. Mit dem Kerl musste doch etwas nicht stimmen. Selbst wenn er ein Prominenter sein sollte, warum weihte Kim sie nicht ein? Die Freundin wusste doch, dass sie kein Wort nach außen geben würde. Vivien kannte die Vorliebe ihrer Freundin für erfolgreiche ältere Herren, die meistens noch verheiratet waren und es in der Regel auch blieben. Wenn sie Kim das offenbarten, sobald für die Kerle der Reiz des Neuen vorüber war, weinte ihre Freundin jedes Mal bittere Tränen und trennte sich von den Männern. Kim suchte nämlich keine unverbindlichen Vergnügungen, sondern nach einem Partner, mit dem sie eine Familie gründen konnte. Vivien machte sich immer ein wenig lustig über Kims schlechtes Händchen. Sie schlug ihr vor, es zur Abwechslung mit einem Mann um die dreißig zu versuchen, der noch keine eigene Familie hatte, wenngleich sie diese Familienplanung mit fünfundzwanzig sowieso für ein wenig verfrüht hielt. Aber Kim hat wenigstens Sex, ging es Vivien bekümmert durch den Kopf.

Seit ihre große Liebe Luca wieder zurück nach Australien gegangen war und sich kurz darauf neu verliebt hatte, hatte Vivien keinen Freund mehr gehabt, und das war nun bald ein Jahr her. Dabei interessierten sich einige junge Männer für sie, aber Vivien war entsetzlich altmodisch, was die Liebe anging. Entweder verknallte sie sich mit Haut und Haaren oder gar nicht. Etwas Halbherziges würde auch nicht zu ihr passen, denn Vivien war eine leidenschaftliche junge Frau, die alles, was sie anpackte, mit Begeisterung tat. So, wie sie nach drei Semestern Jura an die Filmakademie gewechselt hatte, weil sie für die Schauspielerei brannte. Ihr Vater war komplett dagegen gewesen, aber ihre Mutter hatte sie unterstützt. Vivien komme eben ganz nach ihrer Urgroßmutter, was das Showtalent angehe, hatte sie gemeint.

Ob Kim und ich uns voneinander entfremdet haben, weil ich Jura geschmissen habe, fragte sich Vivien nachdenklich. Es machte sie wirklich unglücklich, dass der Kontakt zu ihrer einst besten Freundin so derart abrupt abgerissen war. Wenn sie sich zufällig in der Wohnung begegneten, wurde Kim jedes Mal furchtbar hektisch und gab vor, in Eile zu sein. Bei der letzten Begegnung dieser Art hatte Vivien das nicht einfach hingenommen. »Ich muss dringend mit dir reden. Du musst mir nicht den Namen deines Lovers nennen, aber mir bitte erklären, warum du mich meidest wie der Teufel das Weihwasser?« Kim hatte ihr hoch und heilig versprochen, sich zeitnah telefonisch zu melden, damit sie einen Termin ausmachen konnten. Seitdem war sie spurlos verschwunden. Und das war inzwischen über drei Wochen her.

Das Geräusch der Türglocke riss Vivien aus ihren Gedanken. Ihr Vater teilte ihr über die Gegensprechanlage mit, dass er unten im Wagen auf sie warten werde. Im Grunde genommen wunderte sich Vivien über den Vorschlag ihres Vaters, mitten in der Woche mit ihr nach Coney Island zu fahren. Eigentlich trafen sie sich, wenn überhaupt, höchstens einmal im Monat auf einen hektischen Hamburger in der Stadt zwischen zwei Mandanten. Ihr Vater war immer in Eile. Sie kannte ihn gar nicht anders.

Vivien warf noch einen flüchtigen Blick in den Spiegel und strich sich eine Strähne ihrer dunklen Locken aus dem Gesicht. »Es ist ein Wahnsinn, wie dunkel du geworden bist«, pflegte ihre Mutter immer wieder erstaunt zu bemerken. Als Kleinkind war Vivien weizenblond gewesen, und dann war ihr Haar von Jahr zu Jahr immer dunkler geworden.

Vivien schloss die Tür hinter sich und stieg in den Fahrstuhl. Sie wohnte im achten Stock eines nicht besonders schönen Hochhauses und spielte mit dem Gedanken auszuziehen, jetzt, wo Kim sich ohnehin immer weiter von ihr entfernte. Unter diesen Umständen wäre es wohl besser, wenn sie sich nun auch räumlich trennten.

Ethan parkte mit seinem offenen Sportwagen direkt vor der Tür. Vivien begrüßte ihn mit einem Kuss auf die Wange und setzte sich auf den Beifahrersitz.

»Na, Kleines, alles gut?«, fragte er.

»Ja, Dad, alles okay … außer dass meine Mitbewohnerin sich in Luft aufgelöst hat«, seufzte sie.

»Kim?«

»Ja, Dad, ich habe nur die eine Mitbewohnerin«, erwiderte sie lachend.

»Was heißt das? Sie hat sich in Luft aufgelöst?«

»Das heißt, dass Kim ein Geheimnis vor mir hat. Wahrscheinlich wieder so einen Kerl, der schwer verheiratet ist und nicht möchte, dass ihre sittenstrenge Mitbewohnerin das mitbekommt.«

Mit einem Seitenblick stellte Vivien fest, dass sich die Miene ihres Vaters verdüstert hatte. Außerdem zögerte er loszufahren.

»So schlimm ist es nun auch wieder nicht«, beeilte sich Vivien zu sagen. »Aber ich überlege allen Ernstes, ob ich nicht ausziehen soll. In einer WG von Mitstudenten wird ein Zimmer frei.«

Seine Antwort war ein schwerer Seufzer.

»Mir tut das auch sehr leid, Dad. Sie ist meine beste Freundin, aber wenn sie nie da ist? Wenn sie sich mir entzieht und gar nicht mehr mit mir spricht? Was soll ich denn tun?«

»Vielleicht wartest du ab, wie sich das alles entwickelt«, entgegnete Ethan, während sie durch Brooklyn in Richtung des Kings Highway fuhren.

»Nein, ich habe keine Lust auf die Nummer, dass irgendein Kerl zwischen uns steht«, entgegnete sie mit Nachdruck. »Kommst du mit Mom eigentlich zu meiner Vorstellung nächste Woche? Es wird bestimmt lustig. Ich spiele die Honey in *Wer hat Angst vor Virginia Woolf* und drehe zum Schluss richtig ab.«

Ethan nickte schwach.

»Begeisterung klingt anders«, lachte Vivien. »Du nimmst mir doch nicht etwa immer noch übel, dass ich das Jurastudium an den Nagel gehängt habe, oder? Du kannst dich doch mit Kim, deiner Ersatztochter, trösten. Die wird mal in deiner Kanzlei anfangen, so ehrgeizig wie meine liebe Freundin ist. Ich meine, wenn sie nicht doch noch Ehefrau und Mutter für einen alten Sack wird.« Vivien lachte laut und herzlich.

»Alles gut. Ich habe mich damit abgefunden, dass du nicht in die Kanzlei mit einsteigst«, erwiderte ihr Vater trocken.

»Dann solltest du Kim vielleicht diesen ominösen Kerl ausreden und für ihre Karriere als Anwältin plädieren«, scherzte Vivien, aber dann verging ihr das Lachen, denn die Miene ihres Vaters war noch finsterer geworden, wie sie mit einem kritischen Seitenblick feststellen musste.

»Sag mal, ist was mit dir? Oder mit euch? Mom ist in den letzten Tagen auch so merkwürdig. Habt ihr Streit?«

»Nein, nein, alles in Ordnung«, log er und zermarterte sich den Kopf, wie er es seiner Tochter beibringen konnte, ohne dass sie ihn gleich in Grund und Boden verdammte. Wenn sie wütend wurde, war sie schwer zu zähmen. Und trotzdem durfte er es nicht länger hinauszögern. Nicht auszudenken, seine Tochter würde über Dritte davon erfahren. Er wunderte sich ohnehin, dass Olivia es ihr noch nicht gesagt hatte, so verletzt wie sie war.

Ethan Baldwin war normalerweise ein Mann der klaren, schonungslos offenen Worte, gefürchtet für seine messerscharfen Analysen und überzeugenden Plädoyers, doch in eigener Sache tat er sich an diesem Tag äußerst schwer. Er liebte seine Tochter über alles und fürchtete nichts mehr, als ihren Respekt zu verlieren. Und ihm schwante, dass Vivien schier ausrasten würde, wenn sie die Wahrheit erfuhr, was er sogar verstehen würde. Aber es gab kein Zurück mehr. Er hatte Kim gegenüber eine gewisse Verantwortung, denn sie war schwach und labil. Für sie würde eine Welt zusammenbrechen, wenn er sich für seine Familie entscheiden würde. Vivien und Olivia hingegen waren starke Frauen, die nicht am Leben verzweifeln würden, auch wenn er sich für eine Zukunft mit Kim entschied.

Sie waren jetzt auf der Ocean Avenue angekommen. Ich sollte es ihr lieber im Restaurant sagen, dachte er, während er ihren prüfenden Blick aus dem Augenwinkel wahrnahm.

»Du hast doch was auf dem Herzen, Dad. Ich meine, ganz ehrlich, es kam mir schon seltsam vor, dass du mich an einem ganz normalen Werktag nach Coney Island entführst.«

Ethan atmete ein paarmal tief durch. Lange würde er das nicht mehr aushalten. Dabei hatte er sich seine Worte so schön zurechtgelegt, aber nun kamen sie ihm hohl und hölzern vor.

»Vivien, Mom und ich lassen uns scheiden«, hörte er sich da bereits sagen.

»Was?« Sie schrie das förmlich heraus. »Warum? Hast du eine andere? Oder hat Mom wieder einen neuen Freund?«

»Ich liebe eine andere«, gab er schließlich zögernd zu und versuchte, sich auf die Straße zu konzentrieren.

»Oh Scheiße, und ich dachte schon, mir würde erspart bleiben, dass meine Eltern sich scheiden lassen. Deshalb ist Mom so komisch. Sie will keine Scheidung, oder?«

»Doch, Vivien, sie will es auch«, stöhnte Ethan.

»Und was ist das für eine Frau? Sag bloß, diese neue Junganwältin? Die himmelt dich doch dermaßen an. Aber die ist kaum ein paar Jahre älter als ich. Das könnte deine Tochter sein!«, rief Vivien empört aus und fixierte ihren Vater vorwurfsvoll von der Seite. Sie stellte fest, dass er ziemlich grau im Gesicht geworden war. Offenbar hatte sie den Nagel auf den Kopf getroffen.

»Warum kannst du nicht einfach eine Affäre mit ihr haben? So was geht vorüber. Da müsst ihr euch nicht gleich scheiden lassen, verdammt!«

»Meine Freundin ist schwanger«, erwiderte Ethan leise.

»Oh nein, bitte nicht! Sag nicht, dass du jetzt auch noch so ein alternder Dad wirst, der sich mittels eines Babys die ewige Jugend erkaufen will. Solche Typen kann ich gar nicht leiden. Das ist echt peinlich!«

»Vivien, ich liebe diese Frau. Ich kann nicht mehr ohne sie leben. Und sie braucht mich mehr als ihr. Wenn ich sie jetzt sitzen lasse und sie damit nicht zurechtkommt, werde ich mir ewig Vorwürfe machen.«

»Dad! Ich kenne sie ja nicht weiter, aber sie ist nicht mehr als eine hübsche Blondine, die sich mit Sicherheit einen Karrieresprung davon verspricht, wenn sie mit dem Chef vögelt. Du bildest dir doch nicht etwa ein, dass sie dich wirklich liebt? Die will ihr Kind versorgt wissen! Liebe?« Vivien stieß einen verächtlichen Zischlaut aus.

»Vivien, bitte, mach es mir nicht so schwer. Ich habe mich entschieden, diese Frau nach der Scheidung von deiner Mutter zu heiraten. Ich trage eine gewisse Verantwortung.«

»Toll, wirklich toll. Aber an Mom denkst du dabei gar nicht, oder? Was meinst du, wie sie sich fühlt, durch diese – Linda oder Lorena – ersetzt zu werden?«

»Vivien, bitte, ich werde dir gleich alles erklären, wenn wir im Restaurant sitzen. Das ist gar nicht so einfach.«

»Nein, du wirst mich jetzt nicht auf die Folter spannen. Da gibt es nichts zu erklären. Es ist so peinlich, dass mein eigener Vater zu dieser Spezies alternder Kerle gehört, die sich an jungen Mädchen vergreifen.«

»Sie ist kein Mädchen mehr. Ja, ich gebe es zu, sie ist so alt wie du! Aber das ist doch kein Grund, mich zu verteufeln!«

Vivien zischte verächtlich durch die Zähne. Noch nie zuvor war ihr Vater so peinlich gewesen, bis auf … Plötzlich war es ihr, als würde ein Vorhang zerreißen, und das Bild, das sich dahinter verbarg, ließ sie am ganzen Körper erzittern: Sie sind fünfzehn Jahre alt. Kim ist zu Besuch. Sie sitzen gemeinsam in der Badewanne. Die Tür öffnet sich, und ihr Vater kommt herein. Statt rückwärts wieder hinauszugehen, bleibt er stehen und starrt ihrer Freundin sekundenlang auf die Brüste. »Raus hier, Dad!«, schreit sie ihn an. Er wird knallrot, dreht sich um und flüchtet.

Vivien hatte niemals auch nur ein Wort darüber verloren, sondern diesen geiernden Blick ihres Vaters verdrängt. Bis heute. Bis gerade eben.

»Du stehst auf kleine Mädchen. Das hast du immer schon getan!«, brüllte sie wie von Sinnen.

»Verdammt, nein, Kim ist eine Frau!«, schrie er zurück.

»Kim?« Vivien brauchte einige Sekunden, bis sie begriff, was ihr Vater da gerade gesagt hatte.

Plötzlich drehte sich alles: die Straße, die Häuser, wie in einem rasenden Karussell. Erst langsam und dann immer schneller. Ihr wurde abwechselnd heiß und kalt. Bitte nicht, betete sie, bitte nicht! Dann hörte sie einen mörderischen Schrei. »Du Arschloch!« Sie begriff zu spät, dass das aus ihrem Mund kam, und sie hatte keine Kontrolle mehr über ihre Faust, die ihren Vater mit voller Wucht in die Seite traf.

New York, Juni 2014

»Wissen Sie, wie Sie heißen?«, hörte Vivien eine Stimme wie von ferne fragen. Sie schlug die Augen auf, wusste im ersten Augenblick nicht, wo sie sich befand, aber es musste draußen sein, denn über ihr erstrahlte der Himmel in seinem schönsten Blau. Außerdem klangen von allen Seiten Straßengeräusche an ihr Ohr und Stimmengemurmel.

»Mein Name ist Vivien Baldwin«, flüsterte sie dem Mann mit der gelben Jacke zu, bevor sie versuchte, sich aufzurichten, doch der Fremde hinderte sie daran. Sie lag auf einer Trage, eingewickelt in eine Decke, während die Sonne erbarmungslos vom Himmel brannte.

»Bitte bewegen Sie sich nicht. Wir wissen noch nicht, was für Verletzungen Sie sich beim Unfall zugezogen haben.«

Unfall? Was für ein Unfall? Vivien versuchte sich zu erinnern, aber sie wusste beim besten Willen nicht, wie sie hierhergekommen war.

»Was ist geschehen?«, fragte sie verängstigt.

»Ganz ruhig«, befahl der Arzt, der soeben anordnete, dass man sie in den Wagen schob. Sie wollte am liebsten aufstehen und weglaufen, denn sie verspürte keinerlei Schmerzen außer einem leichten Kopfdruck. Aber der Arzt würde das niemals zulassen. In seinen Augen konnte sie etwas Beunruhigendes lesen. Vivien hatte ein Gespür für Emotionen, die sich in menschlichen Gesichtern spiegelten. Es musste etwas Grausames passiert sein, aber was?

»Was ist geschehen? Ich habe solche Angst! Bitte, bitte, was ist los? Ich will nach Hause. Bringen Sie mich zu meiner Mutter, ich will sofort weg, und fassen Sie mich nicht an, nein …«

Vivien wollte schreien, aber sie besaß keine Kraft. Stattdessen wurde plötzlich alles um sie herum dunkel, und dann hörte und sah sie nichts mehr.

Als sie aufwachte, lag sie in einem Bett unter einer blütenweißen Decke in einem abgedunkelten Zimmer. Zwei besorgte Gesichter blickten im Schein einer gedämpften Beleuchtung auf sie herunter. Ein Mann und eine Frau in weißen Kitteln.

»Wo bin ich?«, wollte sie fragen, aber ihr Mund war so trocken, dass sie nicht mehr als ein paar unartikulierte Geräusche herausbrachte.

»Im Kings County Hospital. Sie haben Glück gehabt: keine inneren Verletzungen, keine Knochenbrüche, nur eine Gehirnerschütterung«, erklärte der Mann, der offenbar ein Arzt war.

Vivien sah ihn schweigend an. Wovon redete er? Sie verlangte nach einem Stift und einem Stück Papier, schaffte es, die Nummer ihrer Mutter zu notieren. Die Frau, auf deren Namensschild »Heather« stand, nickte ihr freundlich zu und verließ mit dem Zettel in der Hand das Zimmer.

»An was können Sie sich denn noch erinnern?«, fragte der Arzt nun vorsichtig, als hätte er Angst, sie mit seiner Neugier zu belästigen.

Vivien stöhnte auf. Dass sie ihre Wohnung verlassen hatte, daran konnte sie sich entsinnen, aber sie wusste nicht mehr, wohin sie gegangen war. Sie sagte es dem Arzt, der daraufhin ankündigte, einen Kollegen zu Hilfe zu holen.

Vivien blieb allein in dem Krankenzimmer zurück. Ihre Gedanken kreisten unaufhörlich um die Frage, warum sie hier lag. Als die Schwester zurückkam, lief Vivien vor lauter Anstrengung der Schweiß in Strömen übers Gesicht. Sie war trotz aller Bemühungen kein Stück weiter in ihrer Erinnerung vorgedrungen.

»Ich weiß nicht, was geschehen ist. Bitte, sagen Sie es mir«, bat sie Schwester Heather.

»Der Neurologe kommt gleich und wird mit Ihnen reden«, erwiderte sie ausweichend.

Wenn doch bloß endlich Olivia käme, hoffte Vivien, doch als die Tür aufging, betrat ein weiterer Arzt das Krankenzimmer. Er stellte sich Vivien als Neurologe Doctor Harper vor und erklärte ihr ganz ruhig, dass sie einen Unfall gehabt habe und an einer Gedächtniszerstörung leide.

Vivien musterte ihn erschrocken. Das hörte sich nicht gut an. »Was für einen Unfall, verdammt?«, wollte sie aufgeregt wissen.

»Sie sind mit dem Auto verunglückt«, entgegnete er knapp.

»Mit welchem Auto?«, gab sie zurück.

»Ich würde vorschlagen, Sie ruhen sich erst einmal aus. Es wäre viel zu anstrengend für Sie, wenn wir jetzt über das sprechen würden, was diese Amnesie verursacht hat. Meistens kommt die Erinnerung von allein zurück. Wir behalten Sie ein paar Tage hier, bis die Commotio ausgeheilt ist, und jede Wette, wenn Sie das Krankenhaus verlassen, haben Sie Ihr Gedächtnis zurück.«

Vivien musterte ihn kritisch.

»Sie wissen doch mehr, oder?«

»Wie ich schon sagte, Sie müssen sich erst einmal ein wenig stabilisieren, denn … also, ich meine, so ein Unfall kann durchaus ein traumatisches Erlebnis sein …«

Vivien suchte seinen Blick, starrte ihn unverwandt an. Er hielt dem nicht stand und drehte nervös den Kopf zur Seite.

»Nun aber heraus damit! Ich weiß, dass etwas Schreckliches geschehen ist, aber nicht, was. Sie müssen mir die Wahrheit sagen!«

»Ja, natürlich, gern, aber wie ich von der Schwester hörte, ist Ihre Mutter auf dem Weg ins Krankenhaus, und ich würde sehr gern erst einmal ein paar Worte mit ihr …«

»Ich bin fünfundzwanzig und kein Baby mehr!«, unterbrach sie den Arzt schroff. »Ich habe ein Recht darauf, zu erfahren, warum Sie so schrecklich herumdrucksen. Was für einen Unfall hatte ich?«

Der Neurologe tat sich schwer, aber dann gab er ihrem Drängen nach. »Also, Sie sind mit dem Auto verunglückt.«

»Das erwähnten Sie bereits. Aber mit welchem Auto? Ich besitze zurzeit gar keins.«

»Der Wagen gehörte Ihrem Vater.«

Nun war es Doctor Harper, der sie wie ein Luchs beobachtete und offenbar in ihrem Gesicht zu lesen versuchte.

»Dad verleiht sein Auto nicht. An niemanden«, erwiderte Vivien skeptisch.

»Ihr Vater saß am Steuer.«

Vivien runzelte die Stirn. »Ich erinnere mich dunkel. Dad hatte mich zu einem Ausflug nach Coney Island eingeladen, aber ich habe keinen Schimmer, wie ich in seinem Wagen gelandet bin. Meine Erinnerung hört in dem Augenblick auf, als ich mich in meinem neuen Kleid vor dem Spiegel betrachte. Ich trage selten Kleider, müssen Sie wissen, aber Dad mag mich so gern im Kleid. Und da habe ich ihm zuliebe ein Kleid angezogen. Es hat ein Blumenmuster und ist aus den Fünfzigerjahren des letzten Jahrhunderts. Aus dem Secondhandladen. Der Rock schwingt wie ein Teller …« Sie deutete auf den Schrank. »Können Sie mal schauen, ob es im Schrank hängt?«

Der Arzt zögerte.

»Bitte, das würde mich beruhigen.«

Er stand auf, ging zu dem Schrank und reichte ihr einen Plastiksack.

»Ich denke, die Schwester hat Ihre Kleidung verwahrt.«

Vivien griff in den Sack und holte mit spitzen Fingern ihr Kleid hervor – oder vielmehr das, was davon übrig geblieben war. Der helle Stoff starrte an einigen Stellen vor Dreck, und ein Riss klaffte im Stoff.

»Sie sind aus dem Wagen geschleudert worden und über den Asphalt geflogen. Daher auch die Schürfwunden.«

Vivien holte ihren Arm unter der Bettdecke hervor, streifte den Ärmel ihres Krankenhaushemdes nach oben und betrachtete voller Entsetzen die zahlreichen Hämatome und Hautabschürfungen, die sich über ihren ganzen Arm erstreckten. Jetzt verspürte sie auch plötzlich den Schmerz, den ihr diese Blessuren verursachten.

Nachdem sie das beschädigte Kleid in die Tüte zurückgestopft und Doctor Harper in die Hand gedrückt hatte, fixierte sie den Arzt erneut durchdringend.

»Und was ist mit meinem Vater?«

»Er hatte nicht so viel Glück wie Sie. Er ist mit ungebremster Geschwindigkeit auf die Gegenseite und dort unter einen Truck geraten.«

»Wollen Sie damit sagen, dass mein Vater schwerer verletzt ist als ich?«, fragte sie erschrocken. »Kann ich zu ihm?«

Doch Doctor Harper brauchte nichts mehr zu sagen, denn sein Blick verriet alles, bevor er es ausgesprochen hatte.

Ihr Vater war tot!

New York, Juni 2014

Als Olivia den langen Krankenhausflur entlangeilte, wollte ihr die Sorge um ihr kleines Mädchen schier die Luft zum Atmen nehmen. Die noch immer wirkende Tablette verschaffte ihr keine Erleichterung.

Zimmer 24, hatte man ihr am Empfang mitgeteilt, Miss Vivien Baldwin liegt auf Zimmer 24.

Schnellen Schrittes näherte sie sich ihrem Ziel. In dem Augenblick, als sie die Zahl an der Zimmertür entdeckte, verließ ein Arzt das Zimmer und trat auf den Flur. Sie stießen beinahe zusammen, und er sah sie überrascht an.

»Sie müssen die Mutter von Miss Baldwin sein?«, fragte er sie dann und reichte ihr seine Hand. »Ich bin Doctor Harper, der Neurologe.«

»Wie geht es ihr?«

»Bis auf ein paar Schürfwunden und eine Gehirnerschütterung gut. Sie hatte einen Schutzengel.«

»Kann ich zu ihr?«

»Natürlich, aber ich würde gern ein paar Sätze unter vier Augen mit Ihnen wechseln, bevor Sie hineingehen«, sagte er. »Kommen Sie. Lassen Sie uns dort hinten auf der Bank Platz nehmen.«

Olivia zögerte. »Ich würde sie gern sofort sehen.«

»Sie schläft jetzt. Ich habe ihr ein Mittel gegeben, denn ich weiß nicht, wie sie reagiert, wenn die schlimme Nachricht in ihr Bewusstsein vordringt. Ob sie sich dann wieder an alles erinnert, oder ob die Verdrängungsmechanismen dann erst recht greifen.«

Olivia musterte ihn fragend. »Entschuldigen Sie, aber ich weiß nicht genau, wovon Sie reden. Schlimme Nachricht? Ich denke, sie ist nur leicht verletzt. Und die Schwester hat mir nur gesagt, dass meine Tochter nach einem Unfall auf dieser Station liegt und ich mich bitte, bevor ich meine Tochter besuche, bei einem Arzt melden möge. Einem gewissen Doctor Coleman. Ich bin dann sofort los, weiß überhaupt nicht, was geschehen ist. Deshalb wollte ich erst zu meiner Tochter, damit ich es aus ihrem Mund erfahre.«

»Ihre Tochter hat aufgrund der erlittenen Gehirnerschütterung eine retrograde Amnesie. Das heißt, das Ereignis selber ist aus ihrem Gedächtnis vorübergehend gelöscht …«

»Was ist passiert?«, fragte Olivia in forderndem Ton.

»Ihr Mann, der Fahrer des Wagens, ist aus unerklärlichem Grund auf der Ocean Avenue in den Gegenverkehr und unter einen Truck geraten. Er war sofort tot.«

Olivia starrte den Arzt fassungslos an. »Mein Mann ist tot?«

»Wenn Sie wollen, kann ich Ihnen auch ein Mittel geben. Ich hätte es Ihnen lieber schonender beigebracht, aber …«

»Schon gut, nein, ich brauche kein sedierendes Medikament«, erwiderte sie hastig und fügte in Gedanken hinzu: weil das Ativan noch wirkt und weil ich überhaupt keine Trauer empfinde … Was für eine Ironie des Schicksals, ging es ihr durch den Kopf, dass sie Ethan in den letzten Tagen mehr als einmal die Pest an den Hals gewünscht hatte … und er nun wirklich tot war.

»Wir gehen davon aus, dass die Erinnerung bei Ihrer Tochter in Kürze wiederkehrt, denn sie hatte ja großes Glück, da sie mit dem Kopf offenbar gegen etwas Weiches geknallt ist. Wenn ich den Notarzt richtig verstanden habe, ist sie von einem Matratzenstapel, der gerade in ein Lager transportiert werden sollte, abgebremst worden.«

»Und sie erinnert sich wirklich an gar nichts mehr?«, hakte Olivia skeptisch nach.

Der Arzt schüttelte den Kopf.

»Ich weiß nur, dass ihr Vater sie zu einem Lunch nach Coney Island abholen wollte«, fügte sie nachdenklich hinzu und versuchte, den Gedanken beiseitezuschieben, der sich ihr geradezu aufdrängen wollte. Was, wenn er ihr schon im Wagen die Sache mit Kim gebeichtet hatte und sie in Streit geraten waren? Die Ocean Avenue war nämlich keine besonders gefährliche Straße … Sie nahm sich vor, diesen Verdacht ihrer Tochter gegenüber mit keinem Sterbenswort zu erwähnen.

»Alles Weitere wird mein Kollege mit Ihnen besprechen. Sie müssten Ihren Mann ja auch noch ident– «

Olivia erhob sich abrupt. »Ich weiß. Ich werde mich, solange meine Tochter schläft, um alles Erforderliche kümmern.« Sie reichte ihm zum Abschied die Hand und eilte davon, um den Neurochirurgen zu suchen.

Doctor Coleman konnte ihr nicht viel Neues sagen, schien sich aber sehr darüber zu wundern, dass die frisch gebackene Witwe selbst bei der Identifizierung ihres Mannes keinen filmreifen Zusammenbruch erlitt. Dabei war ihr völlig klar, warum man ihr nur einen recht kurzen Blick auf sein Gesicht gewährte. Sie nickte knapp und war froh, dass das ganze Ausmaß seiner Verletzungen nicht sichtbar wurde. Sie fragte sich allerdings, ob sie diese Prozedur so stoisch ertragen hätte, wenn sie nicht noch unter dem Einfluss des Ativan gestanden hätte. Schließlich hatte sie Ethan einmal geliebt, und im Tod sollte sie ihm doch auch Kim verzeihen können … Das dachte sie zwar, aber sie fühlte es nicht. Der Gedanke an Kim brachte ihr ins Bewusstsein, dass auch ihr jemand die Nachricht überbringen sollte, und wer konnte dieser Jemand sein außer ihr? Vivien konnte sie damit nicht behelligen, weil ihre Tochter offenbar immer noch völlig ahnungslos war, was das Verhältnis ihrer einst besten Freundin zu ihrem Vater anging.

Olivia verließ das Krankenhausgebäude schnellen Schrittes, um den Anruf zu erledigen. Allein bei der Vorstellung, Kim die Nachricht zu überbringen, grauste ihr. Zu ihrer großen Erleichterung meldete sich unter der Brooklyner Nummer nur Viviens fröhlich klingende Stimme auf dem Anrufbeantworter. In ihrem Telefon hatte Olivia auch die Nummer von Kims Mutter eingespeichert, die sie in den ganzen Jahren sporadisch auf einen Drink getroffen hatte. Martha war eine viel beschäftigte Börsenmaklerin, die immer schon wenig Zeit gehabt hatte – auch für ihre Tochter. Ein weiterer Grund, warum Kim so oft bei Vivien übernachtet hatte. Vielleicht weiß sie, wo sie steckt, dachte Olivia und wählte Marthas Nummer. Und vielleicht kann ich die Aufgabe damit auf sie abwälzen! Zu ihrer großen Verwunderung war Martha gleich persönlich am Telefon.

Als Olivia sich mit Namen meldete, herrschte für einen Augenblick Totenstille in der Leitung.

»Ich habe eigentlich schon länger mit deinem Anruf gerechnet und hatte selbst schon ein paarmal deine Nummer gewählt, aber dann habe ich immer wieder aufgelegt«, sagte Martha schließlich gequält.

Das kann nur eins bedeuten: Martha hat von Kims und Ethans Verhältnis gewusst, durchfuhr es Olivia eiskalt. Dieser Verdacht bestätigte sich, als ihr Martha jetzt mit betroffener Stimme versicherte, dass sie die Sache ganz und gar nicht gutheiße und dass es ihr unendlich leidtue.

»Seit wann weißt du es?«

»Kim hat es mir erst gesagt, nachdem sie beim Gynäkologen gewesen ist«, seufzte Martha. »Ich bin aus allen Wolken gefallen.«

»Gynäkologen?«, wiederholte Olivia und versuchte, den Gedanken zu verdrängen, der sich ihr in diesem Augenblick schmerzhaft aufdrängte.

»Na ja, vielleicht hätte ich noch auf sie einwirken können,

das Kind nicht zu bekommen, aber sie ist ja schon im vierten Monat.«

»Kim ist schwanger von Ethan?«, fragte sie fassungslos.

»Oh Mist, ich dachte natürlich, das wüsstest du auch inzwischen. Kim hat ja nicht viel darüber geredet, aber ich habe sie ein paarmal gefragt, ob du Bescheid weißt. Sie behauptete, Ethan habe dich in alles eingeweiht.«

»Das kann man so nicht sagen«, erwiderte Olivia in scharfem Ton. »Ich bin einen Tag zu früh von einer Recherchereise zurückgekehrt, habe die beiden vögelnd in unserem Ehebett überrascht und sie achtkantig aus der Wohnung geschmissen. Seitdem habe ich kein Wort mehr mit Ethan gewechselt. Das war vor vierzehn Tagen.«

»Ach, du Arme, ich habe so sehr an dich denken müssen. Aber ich habe meine Tochter auch länger nicht gesehen. Wir haben nur miteinander telefoniert. Sie wirkte nicht allzu glücklich, wenn ich das einmal so sagen darf.«

»Das kann ich sehr gut verstehen. Es gibt ja auch Schöneres, als von der Mutter ihrer besten Freundin, die mal so etwas wie eine Ersatzmutter für sie gewesen ist, mit deren Vater, der ihr einst die Pampers gewechselt hat, im Bett erwischt zu werden!«, bemerkte sie spöttisch, doch in dem Augenblick fiel ihr wieder ein, was der eigentliche Anlass ihres Anrufs war.

Sie atmete tief durch. »Ich wollte nicht zynisch werden. Im Gegenteil, ich rufe aus einem anderen Grund an. Ich, also du, äh einer muss, oh Scheiße …«

»Olivia, Kim ist doch nichts passiert, oder?«

»Nein, deine Tochter ist wohlauf, denke ich. Aber Ethan und Vivien hatten einen schweren Autounfall.«

»Oh nein, wie geht es Vivien?«

Olivia spürte eine warme Zuneigung für Kims Mutter, weil sie sich zuerst nach Vivien erkundigt hatte.

»Vivien hat Glück gehabt. Sie wurde vor dem Aufprall aus dem Wagen geschleudert und hat nur eine Gehirnerschütterung, aber sie kann sich nicht mehr an den Unfall erinnern, und deshalb halte ich es für besser …«

»Und was ist mit Ethan?«, unterbrach Martha sie.

»Er ist tot!«

Aus der Leitung drang ein lauter Schluchzer. Olivia beneidete Martha fast ein wenig um diesen Gefühlsausbruch, während in ihr alles taub blieb. Nur Leere und Gleichmut, bis auf die Sorge um Vivien.

»Pass auf, ich kann nicht lange telefonieren. Ich muss gleich wieder ins Krankenhaus. Ich habe Vivien noch gar nicht gesehen, weil sie schläft und ich zunächst Ethan identifizieren musste.«

Wieder schluchzte Martha laut auf.

»Also, es muss jemand Kim diese Nachricht überbringen, und du wirst verstehen, dass ich nicht diejenige sein möchte. Deshalb möchte ich dich bitten, das zu übernehmen.«

»Aber natürlich, sicher, das verstehe ich doch«, erwiderte Martha, immer noch schniefend.

»Und noch etwas. Kannst du deine Tochter davon überzeugen, ihre Sachen aus ihrer und Viviens Wohnung zu holen und den Kontakt zu meiner Tochter vorerst zu meiden? Vivien hat nämlich keine Ahnung, was in dem Wagen vorgefallen ist. Und ich weiß zufällig, dass sie von der Sache mit Kim nichts wusste, bis sie heute mit ihrem Vater nach Coney Island gefahren ist. Ethan wollte es ihr bei diesem Ausflug sagen. Und es wäre ihrem Gesundheitszustand nicht gerade zuträglich, wenn sie es jetzt erfahren müsste.«

»Das ist sehr vernünftig, aber das warst du schon immer. Ich kenne keine Frau, die so tapfer damit umgegangen wäre. Ich bewundere dich sehr.«

Für derartige Komplimente war Olivia in diesem Augenblick ganz und gar nicht empfänglich. Wenn du mich in den letzten beiden Wochen erlebt hättest, würdest du anders denken, ging es ihr durch den Kopf.

»Gut, dann hast du sicherlich Verständnis dafür, dass ich Kim nicht auf Ethans Beerdigung sehen möchte«, fuhr sie mit kalter Stimme fort.

Die Antwort war ein tiefer Seufzer Marthas.

»Natürlich, ich werde Kim zu mir holen und mich um sie kümmern. Keine Sorge, sie wird nicht kommen. Du kannst dich auf mich verlassen.«

»Ich danke dir. Und ich melde mich, sobald ich das alles hinter mir habe. Und dann trinken wir mal wieder einen Cocktail zusammen«, versicherte Olivia ihr, obwohl sie in demselben Augenblick wusste, dass sie Martha in Zukunft ganz sicher nicht mehr kontaktieren würde.

Offenbar war das auch Martha klar, denn sie sagte zum Abschied mit belegter Stimme: »Mach's gut, Olivia!«

Olivia begab sich, so schnell sie konnte, zurück in das Krankenhaus. Sie klopfte an die Zimmertür mit der Nummer 24. Als keine Antwort kam, drückte sie vorsichtig die Klinke herunter und öffnete leise die Tür.

Das, was sie sah, rührte sie zu Tränen. Viviens dunkle Locken flossen über das weiße Kissen. Ihr Gesicht war blass, aber unversehrt. Endlich war Olivia fähig zu weinen. Sie tat es leise und in sich hinein, während sie sich dem Bett näherte und ihre schlafende Tochter zärtlich auf beide Wangen küsste.

Dann ließ sie sich auf den Stuhl fallen, der neben dem Bett stand, nahm Viviens Hand und streichelte sie hingebungsvoll. Der Ärmel ihres Nachthemds war hochgerutscht, sodass Olivia die Hämatome und Schürfwunden sehen konnte.

»Ach, meine Kleine«, flüsterte sie und fragte sich, ob Vivien sich wohl wieder an alles erinnern würde, wenn sie aufwachte. Wenn nicht, wäre es wohl das Beste, wenn sie erst einmal irgendwo fernab der schrecklichen Geschehnisse wieder zu Kräften käme, ging es Olivia durch den Kopf, und plötzlich fiel ihr das verlockende Angebot aus Berlin ein. Deutschland wäre auf jeden Fall weit genug weg, um ihre Tochter auf andere Gedanken zu bringen. Was, wenn sie diese Reise gemeinsam unternahmen? Schließlich kam Vivien ganz und gar nach ihrer Urgroßmutter und hatte die alte eigensinnige Dame sehr gemocht. Scarlett war jedes Mal aufgeblüht, wenn Olivia ihre Tochter mit in die Seniorenresidenz gebracht hatte. Mit derselben Vehemenz, mit der Scarlett Vivien in ihr Herz geschlossen hatte, hatte sie Ethan abgelehnt. *Der Herr Anwalt ist für meinen Geschmack zu wenig künstlerisch*, hatte sie immer mit hochgezogenen Augenbrauen bemängelt. Ethan hatte Olivia im Übrigen auch nur höchst selten in die Seniorenresidenz begleitet, weil die Antipathie auf Gegenseitigkeit beruht hatte. Er pflegte Scarlett als hochnäsige Diva zu bezeichnen, die im Alter den Speisesaal der Residenz mit einem Filmset verwechsele.

Olivia schmunzelte, wenn sie daran zurückdachte, wie die beiden sich jedes Mal angezickt hatten, wenn ein Zusammentreffen gelegentlich unausweichlich wurde wie zu Viviens Geburtstagen. Olivia hatte es immer höchst amüsant gefunden, wenn sie gegenseitig ihre Giftpfeile abgeschossen hatten. Und es war immer sehr erheiternd gewesen, zu erleben, wenn der rhetorisch gewandte Ethan nicht das letzte Wort behielt.

Ja, Olivia konnte sich sehr gut vorstellen, eine bunte Biografie über das spannende Leben ihrer Großmutter zu verfassen. Allein die Geschichte mit Clark Gable, die sie auch in dem Artikel zu Scarletts zehnjährigem Todestag kolportiert hatte, war eine Anekdote, die so typisch für ihre Großmutter war. Olivia konnte förmlich Scarletts berühmte tiefe, rauchige Stimme hören, wenn sie sich empörte: *Er hat versucht, mich ins Bett zu bekommen. Mit allen Mitteln, und wenn ich gewusst hätte, dass er mal Rhett Butler wird, vielleicht hätte ich mich nicht so mädchenhaft angestellt.*

Ihre Großmutter hatte bis ins hohe Alter phantastisch ausgesehen, wenngleich die Spuren der Schönheitschirurgie selbst dem geneigten Betrachter nicht gänzlich verborgen bleiben konnten. Olivia aber wusste, dass hinter der divenhaften Fassade ein verletzlicher und zuverlässiger Mensch verborgen war. Schließlich war sie nach dem Tod ihrer Eltern bei Scarlett aufgewachsen. Damals war ihre Großmutter bereits an die siebzig gewesen, aber Olivia hatte partout zu keinem anderen der Verwandten ihres Vaters gehen wollen. So war sie in der Obhut ihrer Großmutter aufgewachsen. Olivia hatte das niemals bereut, weil Scarlett viel lockerer gewesen war als die meisten Eltern ihrer Klassenkameraden. Und was hatte sie für berühmte Leute kennengelernt bei den legendären Festen, die Scarlett Dearing bis ins hohe Alter in ihrer Wohnung in Manhattan gegeben hatte! Sie hatte sich nie darum geschert, dass ihre ruhmreichen Jahre vorüber und sie alt geworden war. Im Gegenteil, sie hatte sich stets über die Dietrich aufzuregen gepflegt. *Das wäre das Letzte, dass ich in meiner Matratzengruft vergammeln würde …* Doch nach ihrem fünfundachtzigsten Geburtstag war es dann auch in ihrem Leben ruhiger geworden.

Olivia hatte irgendwann in ihrem ersten Semester an der Columbia School of Journalism damit begonnen, ihre Großmutter gezielt zu interviewen und die Gespräche aufzuzeichnen. Sie hatte die Bänder dann abtippen lassen und verfügte deshalb auf Hunderten von Seiten über Informationen über das Leben des einstigen Broadway- und Filmstars.

Die ganze Sache hatte nur einen Haken. Scarlett schien sich weder an ihre Kindheit noch an ihre Jugend und auch nicht an ihre Jahre als junge Erwachsene zu erinnern. In ihrem Gedächtnis fehlten um die zwanzig Jahre, über die sie selbst auf hartnäckiges Befragen ihrer Enkelin hin keine Antwort geben konnte, wobei Olivia manchmal der leise Verdacht beschlich, dass sie diese Jahre schlicht hartnäckig verdrängte. Das Leben der Scarlett Dearing begann, wenn man ihr Glauben schenken wollte, an einem warmen Augusttag des Jahres 1932, als sie mit ihrem Verlobten, dem Pianisten Vincent Levi, Deutschland von Hamburg aus auf der *Albert Ballin* für immer verlassen hatte. Auf Olivias Nachfragen hatte Scarlett stets unwirsch reagiert.

Wegen meines jüdischen Verlobten, pflegte sie dann schroff zu erwidern und machte deutlich, dass das als Antwort genügen musste. Er hatte sich kurz nach der Ankunft in New York angeblich von ihr getrennt, und sie hatten einander nie wiedergesehen.

Olivia erinnerte sich sehr gut daran, dass sie einmal die Grenze überschritten und energisch nach Scarletts Familie gefragt hatte. Ihre Großmutter hatte ihr daraufhin entgegnet: »Ich war Einzelkind. Meine Eltern waren schon lange tot, als ich das Land verließ, ich habe keine Familie mehr in Deutschland. Nun zufrieden?«

Olivia hatte gar keine andere Wahl gehabt, als diese Antwort widerspruchslos hinzunehmen und Ruhe zu geben. Dafür kannte sie ihre Großmutter nur allzu gut. Wenn Scarlett Dearing etwas nicht wollte, war sie durch nichts auf der Welt zu bewegen, ihre Meinung zu ändern. Und trotzdem hatte sich Olivia beim Sichten der alten Fotos aus Scarletts Kiste mehr als einmal gefragt, wer dieses süße blonde Mädchen war, das in seinem Matrosenkleid auf dem Schoß einer ernst in die Kamera blickenden Dame saß, umgeben von zwei Jungen, einem anderen hübschen Mädchen mit großen Augen und einem gediegen aussehenden Herrn. Zumal der blonde Engel auf dem Schoß der Dame aussah, als wäre er einem Kindheitsfoto Viviens entsprungen.

»Mom!«

Olivia schreckte aus ihren Gedanken und wandte sich ihrer Tochter zu. In Viviens Augen schimmerte es feucht. »Mom, ist es wirklich wahr? Dad ist tot?«

Olivia nickte und nahm ihre Tochter fest in den Arm. Als deren verzweifeltes Schluchzen an ihr Ohr drang, brachen auch bei Olivia alle Dämme. Weinend lagen sie sich in den Armen, aber Olivia erwischte sich bei dem Gedanken, dass es bei ihr eher Tränen der Erleichterung waren, weil ihr kleines Mädchen den Unfall glimpflich überstanden hatte.

Berlin, Juli 2014

Der Verlag hatte seinen Sitz im fünften Stock eines der wenigen Gründerzeithäuser in der Friedrichstraße, die von den Bomben des Zweiten Weltkriegs verschont geblieben waren. Die Fassade hatte man aufwendig restauriert.

Olivia aber hatte keinen Blick für die Erhabenheit des Gebäudes. Sie war ganz konzentriert auf das, was sie bei dem Gespräch mit Paul Wagner erwarten mochte. Am Telefon hatte seine Stimme sehr sympathisch geklungen, und er war erstaunt gewesen, als sie ihm seine auf Englisch gestellten Fragen in fehlerfreiem Deutsch beantwortet hatte. »Da hat Ihnen Ihre Großmutter wohl ein Stück Heimat weitergegeben«, hatte er bewundernd bemerkt. Olivia hatte dem nicht widersprochen. Sollte sie dem Mann vielleicht sagen, dass Scarlett ihr Leben lang so getan hatte, als hätte sie die deutsche Sprache verlernt? Olivia hätte ihr das sogar abgenommen, wenn sie nicht in den letzten Tagen ihres Lebens, in denen sie nur noch vor sich hindämmerte, ausschließlich deutsche Worte gemurmelt hätte. Bis sie dann am letzten Tag ihres Lebens ihre Stimme vollends verloren hatte.

Olivia verzichtete auf den Fahrstuhl und nahm die Treppe. Ein Luxus, den sie sich in New York selten genug leisten konnte, weil es wenig Geschäftshäuser mit nur fünf Stockwerken gab.

Auf dem Messingschild stand »Wagner-Verlag«. Sie drückte den Klingelknopf. Ein grau melierter, gut aussehender Mittfünfziger öffnete ihr die Tür und streckte ihr mit einem Lächeln die Hand entgegen. »Ich bin Paul Wagner, und Sie müssen Olivia Baldwin sein. Ich freue mich sehr, Sie persönlich kennenzulernen.«

»Die Freude ist ganz auf meiner Seite«, entgegnete Olivia.

Er musterte sie bewundernd. »Sie sprechen wirklich perfekt Deutsch. Trauen Sie sich zu, das Buch in der Muttersprache Ihrer Großmutter zu verfassen?«

»Schon, aber ich bräuchte jetzt erst einmal dringend einen Kaffee, und außerdem würde ich gern reinkommen.«

Paul verzog sein Gesicht zu einem Grinsen. »Entschuldigen Sie meine Unhöflichkeit, aber das haut mich wirklich um, denn ich habe mir bereits den Kopf zerbrochen, wen wir als Übersetzer mit ins Boot nehmen. Aber nun kommen Sie schnell rein. Ich kann meinen Fauxpas auch gleich wieder ausbügeln. Der Kaffee ist nämlich fertig.« Er fasste sie leicht am Arm und geleitete sie in sein Büro.

Dort war alles liebevoll vorbereitet. Eine Thermoskanne und zwei Kaffeebecher, Milch und lecker aussehende runde Gebäckteile, die Olivia noch nie zuvor gesehen hatte.

»Greifen Sie zu. Bei uns heißen sie Pfannkuchen, während sie sonst fast überall im Land Berliner heißen.«

Das ließ sich Olivia nicht zweimal sagen, denn sie hatte noch nichts gegessen, nachdem sie am Morgen verschlafen hatte.

Seit sie vor drei Tagen in Berlin angekommen war, holte sie den verlorenen Schlaf der letzten Wochen nach. Nach dem Unfall war sie kaum zur Ruhe gekommen. Die Sorge um Vivien und die Tatsache, dass sie weiterhin unter dieser Amnesie litt, hatten ihr den Schlaf geraubt. Hinzu waren die Vorbereitungen für Ethans Beerdigung gekommen. Sie hatte ja zumindest nach außen die perfekte trauernde Witwe abgeben und Hunderten von Menschen den Tod ihres Mannes mitteilen müssen. In der Friedhofskirche war kein Platz leer geblieben. Ethan hätte es mit Sicherheit gefallen, dass sich die Trauergäste selbst im hinteren Teil noch auf den Stehplätzen gedrängt hatten. Martha hatte Wort gehalten, denn Kim war nicht aufgetaucht. Einmal war Olivia kurz davor gewesen, Vivien die Wahrheit zu sagen. Ihre Tochter hatte Kim nämlich eine Todesanzeige an die Adresse ihrer Mutter geschickt, nachdem sie festgestellt hatte, dass die Freundin während ihres Krankenhausaufenthalts ihre Sachen aus der gemeinsamen Wohnung geräumt hatte. Vivien hatte zu ihrer großen Enttäuschung aber keine Antwort bekommen. »Dass sie nicht mal kondoliert, das verzeihe ich ihr nie«, hatte sie Olivia gestanden. Da hatte sich Olivia gerade noch beherrschen können, ihr alles zu erzählen.

»Wie gefällt Ihnen Berlin?«, erkundigte sich Paul Wagner höflich.

»Wir sind erst seit drei Tagen hier und haben noch nicht allzu viel gesehen, aber das, was wir gesehen haben, ist faszinierend. Ich habe mich sofort wohlgefühlt. Und das Hotel ist ein Traum, aber dafür haben Sie sich sicherlich in Unkosten gestürzt. Wie ich inzwischen erfahren habe, ist das Adlon eines der ersten Häuser am Platz.«

Ein schelmisches Lächeln umspielte den Mund des Verlagsleiters. »Ich könnte jetzt behaupten, uns sei für Sie nichts zu teuer, aber das Zimmer haben wir der unvergleichlichen Charlotte Koenig zu verdanken.«

Olivia sah ihn erstaunt an.

»Ja, wir haben ein Buch im Programm, das die Geschichte der Künstler, die dort vor dem Krieg aufgetreten sind, erzählt. Da stießen wir auf Fotos, die Ihre Großmutter bei Auftritten im Adlon zeigten.«

Paul Wagner griff in die vor ihm liegende Mappe und holte ein Bild heraus, das er Olivia reichte. »Falls Sie es noch nicht haben, ich schenke es Ihnen.«

Olivia versuchte, sich ihre Verwirrung nicht anmerken zu lassen, sondern heftete den Blick auf das Foto, das eine schlanke, mondäne Künstlerin zeigte, die in einem glitzernden Abendkleid auf einer Bühne stand. Neben ihr ein Mann am Piano.

»Und nur deshalb ist es meiner Mitarbeiterin gelungen, für Sie für eine Woche ein Zimmer zu einem Spottpreis zu ergattern.«

»Danke«, erwiderte Olivia knapp, denn sie war in Gedanken immer noch bei dem Foto. Charlotte Koenig auf der Bühne im Adlon? Warum hatte ihr Scarlett niemals erzählt, dass sie bereits in Berlin ein Star gewesen war? Und warum erfuhr sie von diesem Fremden den Geburtsnamen ihrer Großmutter?

»Und Ihrem Mann gefällt es auch in Berlin?«

»Meinem Mann?«, fragte Olivia verdutzt.

»Ja also, ich dachte, weil Sie von ›wir‹ sprachen, dass Sie gemeinsam …«, entgegnete er verlegen.

Olivia rang sich zu einem Lächeln durch. »Ich bin mit meiner Tochter nach Deutschland gereist, nachdem mein Mann kürzlich tödlich verunglückt ist und Vivien, also meine Tochter, sehr unter diesem Verlust leidet. Sie brauchte einfach mal eine Luftveränderung.«

»Mein Beileid. Wenn ich das gewusst hätte, hätten wir unsere Besprechung auch verschieben können«, beeilte er sich zu sagen.

»Machen Sie sich keine Gedanken. Es tut uns beiden sehr gut, dass wir die Gelegenheit hatten, nach der Beerdigung einmal rauszukommen.«

»Gut, dann sage ich jetzt frank und frei, was ich von Ihnen möchte«, entgegnete Paul, der offenbar erleichtert war, das Thema wechseln zu können.

»Gern. So, wie ich Sie verstanden habe, möchten Sie, dass ich eine Biografie über das Leben von Scarlett Dearing schreibe.«

»Genau. Ihr Artikel hat mich auf die Idee gebracht.«

»Ich denke, ich habe genügend Material für dieses Projekt, denn meine Großmutter hat mir ein großes Archiv über ihr Wirken hinterlassen, und ich habe sie jahrelang interviewt und alles aufgezeichnet. Scarlett Dearings Karriere ist von den ersten Broadway-Erfolgen über ihre Filme bis zu ihren späten Bühnenerfolgen lückenlos dokumentiert.«

»Das hört sich sehr gut an. Dann steht unserem Buch ja nichts mehr im Weg, bis auf …« Er stockte und musterte sie durchdringend.

»Wir möchten in dem Buch über die New Yorker Zeit hinaus natürlich auch ihre Kindheit, Jugend und Berliner Karriere erzählen. Sie haben sich in Ihrem Artikel jedoch ausschließlich auf ihre Karriere in Amerika konzentriert.«

Olivia versuchte zu überspielen, dass dieser Satz des Verlagsleiters sie zutiefst verunsicherte. Sollte sie zugeben, dass sie den Namen Koenig eben gerade zum ersten Mal in ihrem Leben gehört hatte? Dass sie keinen Schimmer hatte, dass ihre Großmutter in Deutschland auf der Bühne gestanden hatte? Sollte sie ihn nicht vielmehr geschickt davon überzeugen, dass es besser wäre, die Biografie im Jahre 1932 beginnen zu lassen? Sie entschied sich für Letzteres.

»Also, ich weiß nicht, ob es nicht besser ist, nach der Auswanderung anzusetzen. Ich denke, das ist das, was die Leser interessiert.«

Er musterte sie über den Rand seiner Brille hinweg. »Sie wissen, dass das Buch in einer Reihe über berühmte Emigranten erscheinen soll, oder?«

»Ja, sicher, und ich könnte doch kurz erwähnen, dass meine Großmutter zusammen mit ihrem jüdischen Verlobten ins Exil ging.«

»Na, da kommen wir der Sache schon näher. Das interessiert die Leser. Die Geschichte ist sehr spannend. Wie hieß denn der Verlobte Ihrer Großmutter?«

»Vincent Levi«, entgegnete sie unwirsch.

»Vincent Levi? Sind Sie sicher?«

Olivia fühlte sich in die Enge getrieben, weil er sie dabei mit einem Ausdruck äußersten Befremdens musterte, bevor er aufstand und ein Buch aus dem Regal zog.

»Über ihn ist schon mal vor vielen Jahren eine Biografie bei uns erschienen«, sagte er und reichte ihr das Buch.

Auf dem Cover war ein gut aussehender Mann an einem Klavier abgebildet. Olivia legte das Buch vor sich auf den Tisch.

»Ja, dann muss ich die Geschichte doch nicht auch noch in meinem Buch erwähnen. Das kann man sicher dort nachlesen«, sagte sie hastig und merkte im selben Augenblick, dass sie dummes Zeug redete.

»Ich habe das Buch zufälligerweise selber lektoriert, weil ich den Autor kenne, und Sie werden sich wundern, wenn ich Ihnen jetzt sage, dass Vincent Levi zwar im Jahre 1932 nach New York ausgewandert ist, allerdings um zu seiner amerikanischen Ehefrau zu gelangen. Die beiden hatten kurz zuvor in Berlin geheiratet. Levi sah wohl die Gefahr für Deutschland kommen, nachdem die NSDAP bei der Reichstagswahl 1932 stärkste Partei geworden war.«

Olivia wusste vor lauter Peinlichkeit nicht, wohin sie schauen sollte. Sie senkte den Blick und heftete ihn auf das Buchcover. Sie zweifelte keine Sekunde daran, dass die Geschichte in dem Buch der Wahrheit entsprach – und nicht das, was Scarlett ihr erzählt hatte.

»Kann es sein, dass Sie gar nichts über das Leben Ihrer Großmutter vor dem Jahr 1932 wissen?«, fragte Paul lauernd.

Olivia hob den Kopf und versuchte, die Fassung zu wahren. Doch sie sah ein, dass es keinen Sinn hatte, sich womöglich eine weitere Blöße zu geben.

»Sie haben recht, wir wollen uns nichts vormachen. Meine Großmutter hat zeitlebens die Vergangenheit vor 1932 ausgespart und sehr abweisend reagiert, wenn ich sie mit neugierigen Fragen gelöchert habe. Offenbar hat sie mir einen Bären aufgebunden, was ihr Verhältnis zu ihrem Pianisten anging. Sie hat übrigens auch niemals Deutsch gesprochen. Das Interesse hatte ich aus eigenem Antrieb.« Olivia erhob sich. »Also, wenn Sie die ganze Geschichte wollen, dann kann ich Ihre Wünsche wohl nicht erfüllen. Es tut mir leid, dass Sie den Flug umsonst bezahlt haben«, fügte sie bedauernd hinzu.

»Bitte behalten Sie Platz«, entgegnete er, während er sich nachdenklich durch sein dichtes graues Haar fuhr. Olivia setzte sich ebenfalls wieder, auch wenn sie den Impuls verspürte, das Verlagsgebäude auf schnellstem Weg zu verlassen. Sie kam sich vor wie eine Hochstaplerin, die sich diese weite Reise und das luxuriöse Hotel unter falschen Voraussetzungen erschlichen hatte.

Paul Wagner aber schien immer noch zu grübeln. Plötzlich sprang er auf und ging auf einen Aktenschrank zu, der voll mit Manuskripten war. Er begann, hektisch in den Blätterbergen zu wühlen.

»Es muss doch irgendwo sein, verdammt noch mal«, murmelte er, und dann zog er ein Manuskript hervor. »Ich habe es doch gewusst. Es kann noch gar nicht im Schredder gelandet sein.«

Olivia beobachtete sein hektisches Tun interessiert und konnte sich keinen Reim darauf machen.

Triumphierend reichte er ihr mit den Worten »Das ist die Lösung!« das Manuskript. Olivia las laut, was auf der Titelseite stand.

»*Die Schwester der Soubrette,* Roman von Marie Bach.«

Sie sah den Verlagsleiter irritiert an. »Entschuldigen Sie, was hat das mit meinem Buch zu tun?«

»Das ist das fehlende Teil im Puzzle«, erklärte er ihr mit einem Grinsen auf den Lippen. »Das Ding flatterte uns vor circa einem halben Jahr unverlangt auf den Schreibtisch. Mit einem Begleitschreiben der Autorin, die uns mitteilte, diesen Roman habe sie nach den Tagebuchaufzeichnungen der Schwestern Klara Koenig und Charlotte Koenig geschrieben. Der Charlotte Koenig, die im Berlin der Zwanzigerjahre ein Bühnenstar gewesen sei.«

»So ein Blödsinn! Das kann doch jeder behaupten. Und vor allem, wie will eine völlig Fremde an das Tagebuch meiner Großmutter gelangt sein? Scarlett hat niemals in ihrem

Leben Tagebuch geschrieben«, entgegnete Olivia mit Nachdruck.

»Warten Sie, ich habe das Schreiben abgeheftet. Wir sind mit diesen Manuskripten immer ganz vorsichtig, nachdem wir mal eins abgelehnt haben und das woanders ein Megaerfolg wurde. Wir bewahren das ein Jahr auf, bevor wir es schreddern, und eine Mitarbeiterin macht sich die Mühe, die Sache immer noch mal zu checken.«

Wieder sprang er blitzschnell auf, holte einen Ordner aus dem Regal und blätterte ihn durch.

»Ich meine, das ist jetzt ungefähr sechs Monate her. Ach ja, hier ist das Anschreiben. Kein Festnetz, keine Adresse, aber eine Handynummer. Das ist gut, sehr gut sogar. Moment, was schreibt die Autorin? Ja, genau, sie behauptet, der Roman beruhe auf den beiden Tagebüchern der Schwestern Klara Koenig und …«

»Da wollte sich jemand wichtig machen, und schließlich haben Sie das Werk ja wohl auch aus gutem Grund abgelehnt«, bemerkte Olivia unwirsch. »Meine Großmutter hatte keine Schwester.«

»Aber nicht abgelehnt, weil es mir nicht gefiel. Im Gegenteil, ich fand den Roman damals sehr spannend, aber am Schluss hätte noch gearbeitet werden müssen. Die Geschichte brach abrupt ab. Damit konnten wir natürlich nichts anfangen. Wir hätten die Veröffentlichung sonst sicherlich in Erwägung gezogen. Das haben wir der Autorin auch auf die Mailbox gesprochen, aber sie hat sich nie wieder gemeldet. Wir könnten ja noch einmal nachhaken und die Dame fragen, ob sie Ihnen diese Tagebücher möglicherweise zur Verfügung stellen oder sonst mit Ihnen zusammenarbeiten würde.«

Olivia stieß einen missbilligenden Seufzer aus. »Verzeihen Sie, aber ich halte das für ausgemachten Blödsinn.« Sie traute sich aber nicht, dem Verleger zu sagen, dass Scarlett sich ihr gegenüber als Einzel- und Waisenkind ausgegeben hatte. Was, wenn doch was an der Sache dran war, dann stand sie ziemlich dumm da.

Der Verleger kratzte sich nachdenklich am Kinn. »Eigentlich ist es nicht korrekt, was ich jetzt tue, aber Ausnahmen bestätigen die Regel.« Er nahm das Manuskript zur Hand, löste es aus der Mappe und drückte ihr ein paar Seiten in die Hand.

»Was soll ich damit?«

»Lesen!«

Olivia wand sich, wobei sie weniger Bedenken hatte, in einem fremden Manuskript zu stöbern – sie fürchtete sich vielmehr vor dem, was sie da womöglich zu lesen bekam. Sollte an der Sache auch nur ein Körnchen Wahrheit sein, hatte ihre Großmutter sie ein Leben lang über ihre Herkunft belogen. Und diese Erkenntnis würde Olivia sauer aufstoßen, hatte sie doch immer geglaubt, ihre engste Vertraute zu sein.

»Ich habe volles Verständnis für Ihre Skepsis, aber ich mache Ihnen einen Vorschlag: Sie lesen das erste Kapitel in Ruhe durch, und wenn Sie der Meinung sind, wir sollten die Autorin zu einem Treffen bitten, rufe ich die Dame an und bitte sie, die Tagebücher mitzubringen. Gut, die könnten auch gefälscht sein, aber dann können Sie sich zumindest ein Bild machen. Sollten Sie das nach der Lektüre des ersten Kapitels rundweg ablehnen, müssten wir weitersehen.«

»Sie sind aber hartnäckig«, scherzte Olivia, um ihre zunehmende Nervosität zu überspielen. Sie hatte weniger Angst davor, dass sich das Ganze als überbordende Phantasie einer Möchtegernautorin entpuppte, als vielmehr davor, einem Geheimnis auf die Spur zu kommen, über das ihre Großmutter sie aus gutem Grund im Dunkeln gelassen hatte. Wenn es sich bei der Person nicht um ihre Großmutter handeln würde, wären all ihre journalistischen Sinne angeregt, und das Ganze wäre ein gefundenes Fressen für sie, aber so?

»Ich lasse Sie allein, sonst beobachte ich noch jede Regung Ihrer Mimik und versuche, sie in meinem Sinne zu interpretieren.« Der Verleger verließ sein Büro, und Olivia griff zögernd nach dem Manuskript. Was für ein merkwürdiger Titel, dachte sie irritiert, und diese Marie Bach will die Tagebücher von Scarletts Schwester besitzen, einer Schwester, von der ich eben zum ersten Mal gehört habe. Und das von Scarlett, die nie im Leben Tagebuch geschrieben hatte. So ein Unsinn, dachte sie genervt. Will ich das wirklich lesen? Doch schließlich siegte ihre Neugier über die Vorbehalte, und sie vertiefte sich in das erste Kapitel.

Berlin-Charlottenburg, März 1919

Nicht pünktlich bei Tisch zu erscheinen galt im Hause der Familie Professor Wilhelm Koenig als Majestätsbeleidigung und wurde auch als solche geahndet. Es folgte die sofortige Verbannung aufs Zimmer bei Wasser und Brot. Verkündet wurde die Strafe von Gertrud Koenig, während ihr Mann sich nur stumm an den Tisch setzte und den Delinquenten mit Nichtachtung strafte. Das war schlimmer, als wenn er ihn über den Rand seiner runden Brille tadelnd angesehen hätte. An diesem Tag schienen sich alle vier Kinder gegen den Patriarchen verschworen zu haben. Als er aus der Klinik nach Hause kam, fand er einen vollständig gedeckten, aber verwaisten Esstisch vor. Nicht einmal seine Frau Gertrud saß an ihrem Platz. Professor Dr. med. Wilhelm Koenig holte bereits ein paarmal tief Luft vor Empörung, denn ihm ging nichts über eiserne Disziplin, da stürmte Gertrud aufgeregt ins Esszimmer.

»Wir müssen den Ball heute Abend absagen«, keuchte sie. »Marga hat mir erzählt, dass dein Bruder drüben in Lichtenberg gegen die Aufständischen im Einsatz ist.«

Strafend musterte Wilhelm seine Ehefrau. Er deutete vorwurfsvoll auf seine Taschenuhr. »Es ist 13 Uhr, meine Liebe. Ich habe nur die eine Stunde, bevor ich zurück in die Klinik muss. Und ich kann ja wohl mit Fug und Recht verlangen, dass ich in Ruhe essen darf.«

»Ja natürlich, selbstverständlich«, murmelte sie, während sie sich hastig auf ihren Platz an seiner Seite setzte. »Aber ich wollte doch nur sagen, Herrmann kämpft drüben. Noske hat die Garde-Schützen-Division nach Lichtenberg geschickt, und

Marga wird heute auch nicht zum Fest kommen aus Sorge um Herrmann. Und ein paar unserer übrigen Gäste kämpfen auch dort … Ich meine, es sind ja doch einige, Heinrich, Carl …« Gertruds Stimme überschlug sich beinahe vor Aufregung.

Wilhelm legte ihr beruhigend die Hand auf den Arm. »Meine Liebe, mach dir keine Gedanken. Das ist so schnell vorüber, wie es gekommen ist. Und unseren tapferen Kämpfern wird schon nichts passieren. Bedenke, sie haben den Krieg überlebt. Zerbrich dir dein hübsches Köpfchen lieber darüber, wie viele Gäste heute Abend wirklich kommen, wenn du die Lichtenberger abziehst. Du solltest dann entsprechend weniger Champagner aus dem Keller holen lassen. Sonst tun sich einige Knaben an dem Überfluss gütlich.«

»Gut«, seufzte Gertrud und strich sich durch ihr früh ergrautes Haar. Sie war einmal eine sehr schöne Frau gewesen, damals mit siebzehn, als sie den zehn Jahre älteren Wilhelm geheiratet hatte. Während der Kriegsjahre war sie rasend schnell gealtert. Jedes Mal, wenn sie in den Spiegel sah, suchte sie die lebensfrohe, unternehmungslustige junge Frau, die sie einmal gewesen war. Manchmal konnte sie selbst kaum glauben, dass sie an diesem Tag erst achtunddreißig wurde. Es tat ihr in der Seele weh, zu wissen, dass sich kein Mensch wundern würde, wenn es offiziell hieße, sie werde heute vierzig. Und nun war ihr die Lust zum Feiern ohnehin gründlich verdorben, denn im Gegensatz zu ihrem Mann fühlte sie mit den Frauen der Soldaten, die sich mit dem ihrer Meinung nach aufrührerischen Pöbel herumschlagen mussten.

Der Knall einer auf den Tisch schlagenden Faust riss sie aus ihren Gedanken.

»Das ist doch nicht zu fassen! Und das an deinem Geburtstag. Du solltest sie alle vier auf ihre Zimmer schicken.«

»Lass doch gut sein. Heute ist wirklich eine Ausnahme. Vielleicht kommen die Jungs nicht durch wegen des Streiks oder der vielen Soldaten.«

»Blödsinn, die Universität liegt nicht auf der Strecke nach Lichtenberg. Nein, das lasse ich nicht gelten. Sobald Lene das Essen serviert, gibt es für die Kinder heute nichts mehr!«

Wilhelm klingelte energisch nach der Haushälterin. Zu diesem Zweck gab es an seinem Platz eine Glocke, die furchtbaren Lärm machte. Sofort steckte Lene ihren Kopf zur Tür hinein. Sie war stets sehr bemüht, Hochdeutsch zu sprechen, wobei sie immer wieder in ihren breiten ostpreußischen Heimatdialekt verfiel.

»Na, wo brennt es denn, Herr Profassor? Ich habe auch nur de zweij Hände. Is doch noch nich mal fienf nach …«

»Genau sechs Minuten nach eins. Sind denn heute alle verrückt geworden?«

Lene füllte erst dem Professor und dann seiner Gattin mit einer großen Kelle die Vorsuppe auf. Sie ließ sich von ihrem Dienstherrn niemals die Laune verderben.

Sie war eine füllige, kräftige Person aus Königsberg. Sein polterndes Gehabe konnte sie nicht verschrecken. Zu den anderen Angestellten pflegte sie immer zu sagen: Hunde, de bellen, de beißen nich! Ja, sie traute sich sogar unter seinem strengen Blick, die Teller der Kinder vollzufüllen.

»Lene, Sie unterlassen das sofort!«, herrschte der Professor sie an. »Kinder, die nicht rechtzeitig zu Tisch sind, bekommen in diesem Haus nichts.«

»Aber, Herr Profassor, de janze Bagaj tummelt sich bereijts beim Handewaschen. Se werden sehen, se kommen gleij.«

Wilhelm klappte den Mund auf, um zu einem Donnerwetter anzusetzen, doch Gertrud flehte ihn an, Ruhe zu bewahren. »Ich wünsche es mir doch so sehr an meinem Geburtstag, dass wir friedlich miteinander sind, wenn schon dort draußen auf den Straßen …«

Wilhelms eisige Miene ließ Gertrud schweigen, während ihr Mann mit gesundem Appetit zu essen begann. Die Anspannung aber hing weiter in der Luft. Sie entlud sich, als Klara ins

Zimmer gehetzt kam. Ihr blondes Haar war aus den Kämmen gerutscht und hing ihr in Strähnen ins gerötete Gesicht. Offenbar war sie gerannt. Sie wirkte völlig verschwitzt.

»Wie siehst du denn aus? Wie eine Furie!«, fuhr der Vater sie an.

Klara senkte den Kopf und fixierte ihre schmutzigen Schuhe.

»Kind, setz dich hin und iss!«, befahl Gertrud. Wilhelm kommentierte die Milde seiner Frau mit einem abschätzigen Blick, bevor er sich wieder in seine Suppe vertiefte. Klara tat, was die Mutter verlangte, aber sie rührte ihr Essen nicht an.

»Iss deine Suppe!«, mahnte Gertrud.

»Ich kann nicht«, widersprach ihre Tochter heftig.

Erneut ließ Wilhelm die Faust auf den Tisch krachen. »Entweder isst du jetzt, oder du gehst ohne Essen auf dein Zimmer!«

Zu Gertruds großem Entsetzen erhob sich Klara stumm von ihrem Stuhl und steuerte mit gesenktem Kopf auf die Tür zu.

»Mädchen, bist du von Sinnen?«, entfuhr es Gertrud empört.

Klara hob den Kopf. Ihre Gesichtsfarbe hatte gewechselt. Sie war schrecklich blass.

»Bist du krank?«

»Nein, aber ich kann nichts essen, wenn dort draußen Dutzende von unschuldigen streikenden Menschen niedergeschossen werden!«

»Raus hier!«, schrie Wilhelm. »Wir sprechen uns noch, aber damit du das eine weißt: Ich will dich heute nicht mehr sehen! Auch nicht auf dem Fest. Hast du das verstanden?«

Fluchtartig und ohne ihn eines weiteren Blickes zu würdigen, verließ Klara das elterliche Esszimmer. Sie stieß beinahe mit Kurt Bach, dem Sohn des Chauffeurs, zusammen. Die beiden jungen Leute schenkten einander ein verstohlenes Lächeln.

An seiner Hand hielt er Charlotte, das Nesthäkchen. Sie sah aus wie ein Engel mit ihren blonden Locken, ihren leichten Pausbäckchen, den funkelnden blauen Augen, den vollen Lippen und ihrem kleinen Näschen. Jeder, der sie zum ersten Mal sah, brach in Entzückensschreie aus und prophezeite, dass sie einmal eine echte Schönheit werden würde. Charlotte genoss diese Bewunderung, die man ihr entgegenbrachte, in vollen Zügen.

Sie ist schon eine richtige kleine Diva, ging es Gertrud durch den Kopf, während sie ihre Tochter voller Stolz musterte.

Kurt trat verlegen von einem Bein auf das andere.

»Nun?«, fragte Wilhelm tadelnd und fixierte den jungen Mann über den Rand seiner runden Brille. »Wie lautet deine Ausrede?«

Kurt räusperte sich ein paarmal, bevor er gehetzt hervorstieß: »Entschuldigen Sie, dass ich mich verspäte, aber der alte Adler sprang nicht gleich an, und mein Vater war mit dem neuen unterwegs, um Sie von der Klinik abzuholen. Und da war ich zu spät vor der Schule. Charlotte war schon losgegangen …«

»Kindchen, komm her.« Wilhelm winkte seine Tochter zu sich heran. Beim Anblick seines erklärten Lieblings, der zehnjährigen Charlotte, wurden seine harten Gesichtszüge weicher. Er zog das zierliche Mädchen auf seinen Schoß, während er Kurt mit Missachtung strafte.

»Erstens, wenn das noch einmal vorkommt, kannst du was erleben, denn du hast es sowieso nur deinem Vater zu verdanken, dass ich dich an das Steuer meines Wagens lasse. Und zweitens: Hast du Klara diese Flausen ins Ohr gesetzt?«

»Klara? Ich weiß gar nicht, was Sie meinen, ich …«, stotterte der junge Mann, während seine Ohren die Farbe von überreifen Tomaten annahmen.

»Willst du etwa leugnen, dass du dich neulich Abend mit ihr im Garten getroffen hast?«

»Aber ich – ich meine, ich musste etwas aus dem Schuppen holen. Wir sind uns rein zufällig begegnet und haben ein paar wenige Worte miteinander gewechselt.«

»Wenn es mehr gewesen wäre, hättest du auch meine harte Hand zu spüren bekommen, Bursche, Klara ist vierzehn Jahre jung. Sie ist noch ein Kind …«

»Ich schwöre Ihnen, Herr Professor, ich würde im Leben nicht …«

»Du hast also gar nicht gemerkt, wie das dumme Ding an deinen Lippen hängt? Das habe ich sogar aus meinem Fenster erkennen können. Und du wirst sicher auch bestreiten wollen, dass du mit meiner Tochter über die Aufstände in Lichtenberg geredet hast, nicht wahr? Ich habe dich doch neulich erst in Begleitung solch aufrührerischer Burschen auf der Straße gesehen. Dein Vater war außer sich, als ich ihm berichten musste, mit was für üblen Kerlen du dich herumtreibst!«

»Ja, er hat es mich spüren lassen. Und ja, ich habe Ihrer Tochter meine ehrliche Meinung zu den Ereignissen mitgeteilt. Das will ich gar nicht leugnen. Sie hat mich schließlich danach gefragt!«

»Eine gute Schülerin des Lyzeums fragt keinen ungebildeten Bengel wie dich nach seiner Meinung. Das glaubst du doch wohl selbst nicht. Und? Was hast du ihr nun für Flausen in den Kopf gesetzt?«

»Meine Freunde kämpfen dort für ein gerechteres Leben. Sie glauben an die Gleichheit, die Brüderlichkeit …«

»Papperlapapp!«, unterbrach ihn Wilhelm unwirsch.

»Nicht schreien, Papa!«, mischte sich Charlotte ein und hielt sich demonstrativ die Ohren zu.

»Deine proletarischen Freunde haben sechzig Polizisten in Lichtenberg ermordet«, zischte Wilhelm.

»Das ist eine Lüge«, widersprach Kurt heftig. »Das haben sie nur verbreitet, damit der Noske sein verdammtes Standrecht rechtfertigen kann. Das dient allein der Propaganda! Die Straßen sollen rot vom Blut der Arbeiter sein!«

»Verschwinde! Du ängstigst meine Tochter«, befahl der Professor in eiskaltem Ton.

»Nein, erzähl weiter, Kurt«, krähte Charlotte dazwischen und strahlte den Sohn des Chauffeurs gewinnend an.

»Du weißt doch gar nicht, wovon er redet, und außerdem ist

das nicht für deine Ohren bestimmt«, wies der Professor seinen Liebling zurecht. »Und wage es nie mehr, in meinem Haus rote Propaganda zu verbreiten!«, fügte er, an Kurt gewandt, in drohendem Ton hinzu.

Der junge Mann verbeugte sich knapp und stolperte zur Tür. Gerade als die beiden Ältesten das Zimmer betraten, in eine angeregte Diskussion vertieft.

»Ach, die Herren Studiosi geben uns auch noch einmal die Ehre«, spottete Wilhelm, bevor er sich erneut seiner jüngsten Tochter zuwandte. Sofort veränderte sich seine Stimme wieder. Man hätte meinen können, es wäre ein anderer Mann, der da sagte: »So, mein kleines Engelchen, jetzt musst du aber deine Suppe essen.«

Charlotte rutschte vom Schoß ihres Vaters und blickte neugierig auf ihre Brüder. Kein einziges Mädchen aus ihrer Klasse hatte solche großen Brüder. Charlotte war stolz auf diese beiden Kerle, wenngleich sie nicht wirklich etwas mit ihnen anfangen konnte. Sie spielten nicht mit ihr, ja, sie spielten eigentlich gar nicht mehr. Nicht einmal Ball im Garten. Manchmal Federball, aber nur miteinander. Niemals mit ihr.

Das einzig Lustige war, dass sie sie manchmal auf ihre Schultern nahmen und Pferdchen spielten, aber auch das hatten sie lange nicht mehr getan. Dazu bin ich jetzt auch viel zu alt, dachte Charlotte, bevor sie überlegte, wie sie sich unauffällig davor drücken konnte, die Suppe zu essen. Sie hasste Suppen. In der Regel gelang es ihr, sie in einem unbeobachteten Augenblick in den Gummibaum zu kippen, aber sie spürte sehr wohl, dass an diesem Tag eine derartige Spannung in der Luft lag, dass sie sich lieber nicht von ihrem Vater dabei erwischen lassen sollte.

»Und? Walter? Gerhard? Wie erklärt ihr eure unverzeihliche Verspätung?«

»Wir hatten eine kleine Auseinandersetzung«, gab Gerhard zögernd zu und warf seinem Bruder einen warnenden Blick zu, in dem zu lesen stand, dass er den Inhalt des Gesprächs unter allen Umständen für sich behalten solle.

Gertrud blickte forschend von einem zum anderen. Sie war stolz auf diese beiden attraktiven Kerle, die einander zum Verwechseln ähnlich sahen, und sie nahm an, dass beide Burschen mächtigen Schlag bei den jungen Damen hatten. Beide waren hochgewachsen, schlank, beinahe schlaksig, blond und blauäugig. Sie besaßen markante Gesichtszüge und dasselbe Grübchen am Kinn wie ihr Mann. In das hatte sie sich einst schwer verliebt. Und doch konnten die beiden Brüder vom Wesen nicht unterschiedlicher sein. Gerhard, der Ältere, war ein feinfühliger und eher zurückhaltender Mensch, während der um ein Jahr jüngere Walter ein lauter und forscher Bursche war. Gertruds Herz schlug ganz eindeutig für Gerhard, aber sie bildete sich ein, das stets gut verborgen zu haben und eine gerechte Mutter zu sein.

»Nehmt doch endlich Platz. Ich habe mir zum Geburtstag eurer Mutter ein friedliches Mittagessen im Kreis meiner Lieben gewünscht, und ausgerechnet heute kommt jeder, wann er will.«

Wilhelm hatte gerade zu einer Strafpredigt angesetzt, als Lene mit dem Hauptgang ins Esszimmer trat. Zur Feier des Tages gab es Geflügel. Und das trotz der in der Stadt herrschenden Lebensmittelknappheit. Gertrud wusste, dass sie das einzig und allein Lenes Beziehungen zu Bauernfamilien in dem Dorf Buch zu verdanken hatten. Ihr Bruder Hans lebte in der dortigen Lungenheilstätte und konnte alles reparieren, was man ihm an kaputten Dingen brachte. Dafür erhielt er von den Bauern Naturalien, die er der Familie Koenig teuer verkaufte, denn in der Lungenheilstätte gab es genügend zu essen. Gertrud war schon um einige teure Schmuckstücke ärmer, weil ihr Haushaltsgeld nicht für solche Leckereien reichte und sie sich nicht traute, ihren Mann darauf anzusprechen. Wilhelm bat sich nämlich aus, von dem profanen Nachkriegsalltag verschont zu werden. Er hatte vor dem Krieg nicht gewusst, was ein Laib Brot kostete, warum sollte ihn das jetzt interessieren? Und so war bei Professor Koenig der Tisch in diesen schlechten Zeiten stets so üppig gedeckt wie vor dem Krieg. Wilhelm griff nun entschieden nach einer große Keule, während Gertrud sich mit einem kleinen Stückchen Brust begnügte. Sie wollte die großen Stücke den Jungen lassen, doch nur Walter stürzte sich wie ein Verhungernder auf die Platte mit dem Geflügel.

Gerhard hingegen schien geistig abwesend zu sein.

»Worum ging es bei eurem Streit?«, fragte Wilhelm plötzlich in scharfem Ton, und er musterte seine Söhne durchdringend.

Die beiden schwiegen.

»Raus mit der Sprache!«, befahl Wilhelm. »Habt ihr vielleicht ebenfalls eure Sympathien mit den Lichtenberger Aufrührern entdeckt?«

»Ach, Vater, wo denkst du hin? Es ging um etwas, ja, etwas … Privates, es war nicht wichtig«, erwiderte Walter, und es war ihm förmlich anzusehen, dass er log.

»Was Lichtenberg angeht«, bemerkte Gerhard hastig, »täte man gut daran, sich nicht vorschnell ein Urteil zu bilden. Ein Kommilitone, dessen Eltern in Lichtenberg wohnen und der seine medizinische Hilfe angeboten hat, berichtete mir, dass die Straßen voller Leichen sind, aber die vom Freikorps lassen keine Helfer in den Stadtteil. Sie haben alles abgeriegelt …«

»Ich höre doch nicht etwa Kritik am Verhalten der Streitkräfte? Dein Onkel Herrmann riskiert dort gerade Kopf und Kragen. Ach, man hätte diese Burschen niemals an die Macht kommen lassen dürfen. Sozialdemokraten an der Regierung! Das kann doch nur im Chaos enden«, wetterte Wilhelm.

»Ich weiß, dir wäre es lieber gewesen, wir hätten unseren Kaiser noch, aber das ist für alle Zeiten passé …«

»Papperlapapp«, unterbrach Wilhelm seinen Sohn Gerhard.

»Aber warum schimpfst du eigentlich so auf die Sozis? Der Herr Reichswehrminister höchstpersönlich hat den Befehl gegeben, auch auf unbewaffnete Zivilisten zu schießen.« Gerhards Adern auf der Stirn waren merklich angeschwollen.

»Das macht der doch nur, weil er seine Pfründe nicht verlieren will«, mischte sich Walter ein. »Vater hat ganz recht. Was heulen sie jetzt alle rum, weil es in Lichtenberg ein paar Verräter weniger gibt, wo im Krieg jede Menge wertes Leben vernichtet worden ist? Diese Regierung ist doch unwählbar. Wenn ich nicht im Grunde meines Herzens protestantisch wäre, würde ich allenfalls das Zentrum wählen, aber die sind mir zu katholisch. Wir brauchen eine neue deutschnationale Bewegung, um diese Vaterlandsverräter von ihren Sesseln zu fegen.«

Wilhelm schenkte Walter einen anerkennenden Blick. »Mein Sohn, auf dich ist eben Verlass!«

Walter lachte verlegen. »Na ja, Vater, also den Kaiser möchte ich wohl auch nicht zurück. Es muss sich schon etwas ändern in diesem Land. Wir können das Schanddiktat von Versailles doch nicht so akzeptieren. Wir sind das Volk der Dichter und Denker und nicht dazu auserkoren, den sogenannten Siegern die Taschen vollzumachen.«

»Wir haben den Krieg verloren, mein lieber Bruder. Dass die Folgen hart sind, will ich nicht bestreiten, aber wir haben den Krieg gewollt!«

Wilhelm zog verächtlich eine Augenbraue hoch. »Das sagt ja der Richtige. Du warst nie so patriotisch wie dein Bruder. Und gib es zu! Als ich, um euch das sofortige Studium zu ermöglichen, eure Einberufung rückgängig und die Kommission glauben machen konnte, dass ihr beiden als angehende Ärzte mehr gebraucht würdet, warst du doch erleichtert, während Walter beinahe an die Front durchgebrannt wäre.«

Gerhard strich sich eine Haarsträhne aus der Stirn. Er hatte sich im Gegensatz zu seinem Bruder das Haar vorn länger wachsen lassen, was modisch der letzte Schrei war und wozu ihn seine derzeitige Flamme Olga überredet hatte. Ein Lächeln huschte über sein Gesicht. Er wurde bald einundzwanzig. Was ließ er sich eigentlich noch von seinem Vater abkanzeln, der ohnehin nur eine Meinung gelten ließ, nämlich seine eigene?

Wilhelms Blick war immer noch starr auf seinen ältesten Sohn gerichtet. »Du warst froh, dass du nicht an die Front musstest, nicht wahr?«

»Bedauerst du, dass du mich davor bewahrt hast, als Kanonenfutter zu enden?«

Gerhard wusste, dass er seinem Vater Unrecht tat, denn ihm war klar, dass er und kein anderer sein Kronprinz war.

Wilhelm lief puterrot an und schnappte nach Luft. »Du undankbarer Bengel, du! Wenn ich gewusst hätte, dass du mit diesen vaterlandslosen Lumpen sympathisierst, ich hätte dich nicht vor der Einberufung geschützt!«

»Nicht streiten«, mischte sich Charlotte ein. »Will denn keiner von euch hören, welches Lied ich heute Abend singen möchte?«

»Ich hätte da eins, das die Gesellschaft sicher goutieren würde«, bemerkte Gerhard angriffslustig und fing voller Inbrunst zu singen an. »O Tannenbaum, o Tannenbaum, der Kaiser hat in Sack gehaun, Auguste, die muss hamstern gehen, der Kronprinz muss die Orgel drehen …«

»Schweig still!«, schrie Wilhelm außer sich vor Zorn.

Doch Gerhard hatte sich derart in Rage gesungen, dass er das Spottlied unbeirrt zu Ende führte. »O Tannenbaum, o Tannenbaum, der Kaiser hat in Sack gehaun.«

Wilhelm fasste sich theatralisch ans Herz, Gertrud schrie auf, und Walter brüllte seinen Bruder an: »Musst du ihn so provozieren?«

Alle verstummten entsetzt, als nun Charlottes glockenklare und dabei kräftige Stimme erscholl und dem alten Weihnachtslied mit neuem Text eine völlig andere musikalische Dimension verlieh. Es hörte sich phantastisch an. Noch nie hatten die Mitglieder der Familie Koenig eine so bezaubernde Version gehört. Keiner lauschte mehr auf den Text, sondern einzig der Interpretation des Liedes durch ein kleines zehnjähriges Mädchen.

Als sie fertig war, herrschte Totenstille, doch dann begann Wilhelm zu klatschen.

Die anderen fielen ein.

»Aber das gibst du heute Abend auf keinen Fall zum Besten, nicht wahr?«, bemerkte Wilhelm mit gespielter Strenge.

»Nein, Vati, auf keinen Fall. Ich möchte etwas Lustiges singen.« Und schon trällerte sie mit veränderter, tieferer Stimme: »Ganz ohne Weiber geht die Chose nicht …«

»Charlotte! Schluss!«, wies Gertrud sie zurecht. »Du singst den *Erlkönig*, wie besprochen.«

»Nein, Mutti, lieber nicht, da grusele ich mich so schrecklich. Ich finde es gemein, dass das Kind am Ende tot ist. An der Stelle muss ich immer weinen. Ich möchte etwas Lustiges singen.«

Gertrud verdrehte genervt die Augen. »Gut, dann werden wir etwas Geeignetes finden.«

»Ich hab's!« Charlotte sprang von ihrem Stuhl auf und stellte sich in Pose. Wieder mit einer ganz anderen, eher burschikos klingenden Stimme sang sie: »Ja, das Schreiben und das Lesen, das ist nie mein Fach gewesen …«

»Kind, das singt im *Zigeunerbaron* ein Schweinezüchter, keine kleine Dame«, wandte Gertrud empört ein.

»Ach, lass ihr den Spaß«, bat Wilhelm, woraufhin Charlotte zu ihm rannte, ihn umarmte und zum Dank ein Küsschen auf die Wange gab. »Und nun gehst du zur Lene in die Küche und lässt dir schon mal den Nachtisch geben. Ich muss noch etwas mit den Großen bereden«, erklärte der Vater.

Das ließ sich Charlotte nicht zweimal sagen. Sie liebte es, mit Lene in der Küche zu hocken. Außerdem zogen die Erwachsenen schon wieder solche langen Gesichter, dass ihr angst und bange wurde. Fröhlich summend, hüpfte sie von dannen.

Kaum war die Tür hinter ihr zugefallen, ließ Wilhelm seinen strengen Blick zwischen Gerhard und Walter hin- und herschweifen.

»So, und jetzt endlich raus mit der Sprache. Was ist los? Du verheimlichst mir doch was, Walter. Wahrscheinlich deckst du deinen Bruder wieder bei irgendeinem Unsinn. Oder ist es eine Weibergeschichte?«

Gerhard hielt dem Blick des Vaters stand. »Apropos Weiber, ich wollte fragen, ob ich heute Abend eine junge Dame mitbringen darf.«

»Wenn sie ein anständiges Mädchen ist. Wer ist sie also?«

»Olga Waldersheim. Genügt dir das?«, zischte Gerhard unwirsch.

»Aus der Familie Waldersheim?«

»Ja, Vater, aus der Familie Waldersheim!«

»Du weißt schon, dass deine roten Freunde die Enteignung der Großindustriellen fordern, oder?«, mischte sich Walter ein. »Kennen deine zukünftigen Schwiegereltern deine Ansichten?«

»Nur weil ich darauf hinweise, dass auf die Aufständischen ohne Rechtsgrundlage geschossen wird, vertrete ich nicht ihre Ziele. Aber vielleicht solltet ihr die günstige Gelegenheit nutzen, Fräulein Waldersheim gleich vor mir zu warnen«, bemerkte Gerhard spöttisch.

»Nun lenk ja nicht ab. Ich will wissen, was hier gespielt wird«, insistierte der Professor. »Du weißt, dass du mich nicht enttäuschen darfst. Du weißt, ich setze alle Hoffnungen in dich.«

Walter zuckte unmerklich zusammen und sah seinen Bruder fordernd an. »Du hast mir versprochen, es ihm heute noch zu sagen.«

»Aber wenn ich jetzt keine Lust habe?«, entgegnete Gerhard wütend.

»Also, wenn du dich nicht traust, dann werde ich es ihm eben mitteilen müssen!«, erklärte Walter trotzig.

»Ganz der Alte. So warst du immer, Verräter!«

»Wer hier der Verräter ist, das hast du wohl gerade bewiesen. Du weißt, dass ich kein Monarchist bin, aber du scheinst ja ein flammender Anhänger der neuen Regierung zu sein. Und so etwas, mein Lieber, hat es in unserer Familie noch nie gegeben. Die Koenigs waren immer Patrioten.«

»Wenn du dich reden hören würdest! Das Sprechrohr des Herrn Papa«, spottete Gerhard. »Aber das Schleimen wird dir gar nichts nützen. Ich sage es dem Vater schon selbst, wenn der rechte Zeitpunkt gekommen ist.«

»Er will sein Studium hinwerfen und stattdessen Philosophie studieren, und am liebsten würde er nach Heidelberg gehen zu diesem Jaspers«, platzte Walter nun mit der Neuigkeit heraus.

Wilhelm wurde kalkweiß. »Das ist unmöglich. Die Koenigs sind seit Generationen Mediziner. So einen Humbug dulden wir nicht. Das werde ich jedenfalls nicht unterstützen!«

»Keine Sorge, Vater, ich habe mich schon nach einem Broterwerb umgeguckt, um das Studium finanzieren zu können.«

Wilhelm lachte gekünstelt. »Hört, hört! Mein Herr Sohn will arbeiten gehen. Wer stellt denn schon einen Akademiker mit zwei linken Händen wie dich ein?«

»Das Wintergarten-Varieté, Vater!«

»Du willst zum Tingeltangel?«, fragte Walter entgeistert.

»Dazu, mein lieber Filius, reichen deine Klavierkünste beileibe nicht«, spottete Wilhelm.

»Deswegen versuche ich mich ja auch als Türsteher«, entgegnete Gerhard ungerührt und weidete sich an den gleichsam schockierten Mienen von Bruder und Vater.

»Schluss mit dem Unsinn! Ich will nichts mehr davon hören«, polterte der Professor und funkelte Gerhard zornig an.

»Vater, das ist mein Ernst, aber ich bleibe wenigstens in Berlin, weil ich …«

»Ruhe, sage ich!«, brüllte Wilhelm.

Gerhard zog es vor, seine Gegenrede hinunterzuschlucken. Es hat keinen Zweck, dachte er, ich werde seine Erlaubnis im

Leben nicht bekommen, aber das wird mich nicht von meinem Weg abbringen.

Der Vater blickte seine Söhne und Gertrud mit salbungsvollem Blick an.

»Ich habe euch etwas mitzuteilen. Ihr wisst, wie unsicher die Zeiten sind und dass wir noch das Anwesen eurer Mutter in Brandenburg haben. Ich habe es zu einem guten Preis verkaufen können …«

Gertrud starrte ihren Mann fassungslos an. »Du hast mein Elternhaus verkauft?«

»Ich nicht, mein Liebes, ich habe natürlich einen Makler beauftragt, der das Geschäft unter Dach und Fach gebracht hat, und stellt euch vor, der hat ein neues Haus für uns gefunden. Das ist wie gemacht für uns. Ein herrliches Anwesen und direkt am See gelegen. Es besitzt sogar einen eigenen Bootssteg. Eine hochherrschaftliche Pracht, sage ich euch. Ganz im neobarocken Stil gebaut, es ist wie ein kleines Schloss und so weitab vom Schuss …«

Walter lachte laut. »Das ist genau der richtige Ort für uns: Bloß weitab vom Schuss!«

Wilhelm fiel in das Gelächter ein. »Der ist gut. Weitab vom Schuss.«

»Wo liegt denn unser neues Haus?«, fragte Gertrud zaghaft.

»In der Colonie Alsen, meine Liebe, direkt am Wannsee. Du kennst das doch. Da sind wir schon manches Mal spazieren gegangen, und du warst immer so angetan von den schönen Villen, und eine davon gehört in Zukunft uns.«

»Aber das ist doch sehr weit draußen. Ich meine, wo soll Lene denn einkaufen und …?«

Gertrud verstummte, als Wilhelms strenger Blick sie traf.

»Meine Liebe, wo bleibt die Freude? Du warst doch jedes Mal vollauf begeistert, wenn wir am Ufer des Sees entlangspaziert sind.«

»Ja, schon, es ist bezaubernd, aber das waren Sonntagsausflüge. Und die Häuser dort draußen waren einst als Sommervillen geplant, nicht als …«

»Nun hör aber auf mit deiner Schwarzmalerei. Wir haben unsere beiden Chauffeure, und es gibt die Wannseebahn. Man kann jederzeit bequem ins Stadtzentrum gelangen.«

»Und hast du das Haus bisher nur auf Bildern gesehen, oder bist du schon dort gewesen?«, hakte Gertrud leicht verzweifelt nach.

»Natürlich war ich vor Ort. Ich kaufe doch nicht die Katze im Sack. Es wird dir gefallen, und der Makler hat sogar einen Preiserlass herausgehandelt, weil der Vorbesitzer bei Verdun gefallen ist und die Witwe unbedingt verkaufen musste. Es ist eine der schönsten Villen. Glaube mir!«

»Dann gehörst du ja auch zu den Kriegsgewinnlern, Vater«, bemerkte Gerhard provozierend.

»Spar dir deine Frechheiten, denn du wirst das Haus nur von innen sehen, wenn du deine dummerhaftigen Pläne aufgibst, das Studium hinzuwerfen. Ich erwarte Loyalität von meinem Ältesten!«

Gerhard stand hastig auf. »Nun, dann wünsche ich euch viel Spaß im neuen Heim. Und damit ich euch die Schande erspare, werde ich euch heute Abend nicht mit meiner Anwesenheit beleidigen.«

»Aber vielleicht kannst du deine Dame schicken. Ich habe gehört, Olga Waldersheim soll eine echte Schönheit sein«, schlug Walter halb scherzend vor.

Gerhard aber wandte sich seiner Mutter zu und entschuldigte sich bei ihr, dass er an ihrer Feier nicht teilnehmen werde, was ihr sichtlich missfiel.

»Wilhelm, Walter, bitte. Nun lenkt doch ein und bittet Gerhard, dass er heute Abend kommen möge«, flehte Gertrud ihren Mann und ihren Sohn an.

»Niemals! Nachher berichtet er unseren Gästen von seinen Plänen. Nicht auszudenken, wenn meine Kollegen Wind davon bekämen. Nein, Gerhard sollte lieber gründlich darüber nachdenken, was er zu tun gedenkt. Und ich habe so große Stücke auf ihn gesetzt!«

Walter schnaubte innerlich. Gerhard! Immer nur Gerhard! Sein älterer Bruder verließ grußlos das Esszimmer, und seine Mutter blickte ihm auch noch bedauernd hinterher.

»Ich verstehe dich nicht. Schließlich hat er uns nicht eröffnet, dass er, dass er …« Gertrud suchte nach den richtigen Worten. »Na, dass er Chauffeur werden will. Ich meine, er will ja durchaus studieren …«

»Ich glaube, davon verstehst du nichts, meine Liebe«, kanzelte der Professor seine Frau ab.

Gertrud schluckte ihre Widerworte zunächst hinunter. Sie hatte in all den Ehejahren gelernt zu schweigen. Wenn ich das damals, als ich ihn geheiratet habe, geahnt hätte, dachte sie wehmütig. Damals war er stolz auf ihren wachen Geist gewesen und hatte die gebildete höhere Tochter, die nicht auf den Mund gefallen war, hofiert. Damals hatte ihn ihr Widerstandsgeist gereizt, um ihn ihr dann während der Ehe auszutreiben. Dieser Gedanke ließ sie alle Vorsicht vergessen.

Ihrem Mann entgleisten seine Gesichtszüge, als er sie kämpferisch sagen hörte: »Ich kann verstehen, dass ihn die Philosophie fasziniert und …«

»Gertrud, bitte verschon uns mit den Ansichten einer Hausfrau«, schnitt ihr Mann ihr das Wort ab.

Sie ballte die Fäuste unter dem Tisch.

»Darf ich trotzdem eine Frage stellen, die in meinen Aufgabenbereich fällt, der ja Kinder und Haus umfasst?« Das klang spitz, und sie wartete auch keine Antwort ab. Die gekräuselten Lippen ihres Mannes verrieten ohnehin, dass er ihr Benehmen missbilligte.

»Warum hast du mich nicht mitgenommen zu der Hausbesichtigung? Ich hätte gern an der Entscheidung teilgehabt, wo wir in Zukunft wohnen werden.«

»Das kann ich dir sagen, meine Liebe. Weil es eine Überraschung sein sollte. Ein Geschenk zu deinem Geburtstag. Ich dachte, ich mache dir eine Freude, aber da habe ich mich wohl getäuscht. Dann hast du es wohl nie so gemeint, wenn wir in der Vergangenheit Ausflüge an den Wannsee gemacht haben. Dass du dort gern leben möchtest.«

Gertrud lief knallrot an. Jetzt hatte er es wieder einmal geschafft, dass sie sich schlecht fühlte, nachdem sie es gewagt hatte, ihre Meinung zu äußern. Nun stand sie da, als wäre sie ein undankbares Ding. Das jedenfalls war nicht nur im Blick ihres Mannes zu lesen, sondern auch in dem ihres Sohnes Walter.

Seufzend beugte sich Gertrud zu ihrem Mann hinüber und tätschelte ihm pflichtbewusst die Hand.

»Danke, lieber Wilhelm, das ist ein unglaublich großzügiges Geschenk«, flüsterte sie, während sie in Gedanken bekümmert hinzufügte: Bezahlt von meinem Erbe, aber das auszusprechen, würde sie sich im Leben nicht trauen.

Berlin, Juli 2014

Vivien war unschlüssig, was sie mit diesem schönen Sommertag anfangen sollte. Noch lag sie auf dem Bett im Hotelzimmer und sah sich gelangweilt das deutsche Vormittagsfernsehen an. Sie hatte sich erst beschwert, als Olivia ihr mitgeteilt hatte, sie würden sich ein Zimmer teilen müssen, aber dann hatte sie das Hotel so derart fasziniert, dass sie es gar nicht mehr abwegig fand, mit ihrer Mutter quasi im Ehebett zu schlafen. Im Gegenteil, es war sogar ganz lustig gewesen, wie sie im Dunklen wie Freundinnen miteinander geredet hatten. Vivien hatte ihre Mutter gefragt, wie sie eigentlich ihren Exfreund Luca gefunden habe, und Olivia hatte ihr gestanden, dass sie sich jemanden für ihre Tochter wünschte, der sich mehr für Kultur interessierte, als es der Australier getan hatte, der in erster Linie für das Surfen gebrannt hatte. Olivia hatte aber entschuldigend hinzugefügt, ihr sei klar, dass sie rede wie ihre eigene Großmutter, denn so ähnlich habe Scarlett über Ethan gesprochen. Als Olivia ihren Vater erwähnt hatte, war Vivien schweigsamer geworden. Ethan war ein Thema, das sie sofort daran erinnerte, wie sehr sie ihren Vater vermisste, wohingegen ihre Mutter seinen Tod unendlich leicht wegzustecken schien.

Vivien hatte zunächst befürchtet, ihre Mutter habe sie auf diese Reise nur mitgenommen, damit ihre Erinnerung fern der Heimat schneller zurückkehrte, denn was den Unfall anging, war sie immer noch nicht schlauer. Manchmal war sie sich gar nicht sicher, ob sie sich überhaupt daran erinnern wollte, denn jedes Mal, wenn sie darüber nachgrübelte, fühlte sie sich schwer, und es war ihr, als würde ihr im Magen ein Klumpen wachsen. Damit einher gingen diffuse Ängste, und ihr brach regelmäßig der Schweiß aus.

Olivia hatte sie dazu überredet, in der Akademie ein Urlaubssemester zu nehmen, was ihr nicht leicht gefallen war. Sie hatte dann trotz des Schocks, den ihr der Tod ihres Vaters versetzt hatte, noch mit Bravour die Honey in *Wer hat Angst vor Virginia Woolf* gespielt. In einer Studentenzeitung hatte es dazu geheißen: »Noch nie haben wir das Besäufnis der naiven Honey so brüllend komisch erlebt. An Vivien Baldwin ist eine Komikerin verloren gegangen.«

Der Gedanke an die Kritik brachte sie etwas in Schwung. Vor dem Hintergrund, dass sie immerhin gerade ihren Vater betrauerte, war das ein unfassbares Lob ihrer Leistung, was Vivien einmal mehr bestätigte, dass der Wechsel an die Schauspielschule die beste Entscheidung ihres Lebens gewesen war. Und Dad wäre bestimmt auch stolz auf mich gewesen, wenn er mich eines Tages live am Broadway hätte erleben dürfen, dachte sie und wischte sich eine Träne aus dem Augenwinkel. Immer wenn sie an Ethan dachte, wurden unwillkürlich ihre Augen feucht. Vivien sprang entschlossen aus dem Bett und schaltete das lärmende Fernsehgerät aus. Danach duschte sie und zog sich an. Ihre Mutter hatte ihr nicht sagen können, wann sie ins Hotel zurückkehrte, weil sie nicht wusste, wie lang die Besprechung im Verlag dauern würde. Also war Vivien jetzt auf sich selbst gestellt.

Vivien beschloss, ein bisschen bummeln zu gehen, und fragte an der Rezeption nach einer Shopping-Empfehlung, denn sie hatte von ihrem Vater einen nicht geringen Betrag geerbt. Da sie sich lange nichts mehr zum Anziehen gekauft hatte, wollte sie die Woche in Berlin nutzen, um sich neu einzukleiden. Zu diesem Zweck war sie mit einem fast leeren Koffer aus New York angereist. Natürlich hätte sie die Einkäufe auch gut zu Hause erledigen können, aber hier in der Fremde hatte sie mehr Muße.

Der Portier empfahl ihr, zur Friedrichstraße zu gehen und es auf keinen Fall zu versäumen, die Galeries Lafayette zu besuchen. Dort fand sie mehrere Kleider, Schuhe, Jeans und schleppte bald diverse Tüten mit sich herum.

Auf dem Rückweg bog sie in eine der kleinen Seitenstraßen ab und landete vor einem Theater. Interessiert betrachtete sie die Schautafeln. In diesem Augenblick kam ein dunkelhaariger junger Mann aus der Tür, mit einer Zigarette in der Hand. Er sah sie an, als wäre sie eine alte Bekannte.

»Du bist bestimmt Katy, komm rein, wir erwarten dich schon, damit wir mit der Leseprobe beginnen können«, sagte er sichtlich angetan. »Super, dass du so kurzfristig für Ella einspringen kannst. Sie konnte unmöglich das Filmangebot ablehnen. Und du passt optisch auch viel besser zur Rolle.«

»Ich befürchte, es liegt eine Verwechslung vor. Ich bin zwar Schauspielerin, aber als Touristin in Berlin. Aber es ist spannend, was ihr so macht.« Sie deutete zu den Schautafeln.

»Oh, das ist schade. Aber es gibt keine Zufälle im Leben. Du warst zur richtigen Zeit am richtigen Ort. Willst du nicht vorsprechen für die Rolle?«

Vivien erklärte ihm schmunzelnd, dass sie aus New York komme.

»Aber du sprichst doch perfekt Deutsch. Außerdem ist das genial, denn Hanna, die Hauptfigur, kommt aus Australien nach Deutschland, um ihre Urlaubsliebe wiederzutreffen. Ein leichter Akzent wäre ideal.«

Vivien lachte. »Beim australischen Akzent bin ich Expertin.«

Der dunkelhaarige junge Mann, der sich ihr als Ben vorstellte, wollte sie partout überreden, mit ins Theater zu kommen, doch Vivien lehnte sein Angebot geschmeichelt ab.

Ben aber ließ nicht so schnell locker. »Du musst zumindest bei uns vorsprechen. Du bist die Traumbesetzung.«

»Ich bin nur zu Besuch hier«, wiegelte sie ab.

»Hast du denn demnächst ein Engagement in New York?«

»Nein, ich bin ein Semester von der Schauspielschule beurlaubt. Mein …« Viviens Miene verdüsterte sich, und sie spürte, wie ihr schon wieder die Tränen kamen, weil sie an ihren Vater dachte. »Mein Vater ist kürzlich bei einem Autounfall umgekommen, und ich saß mit im Wagen, aber ich habe keine Ahnung mehr, was geschehen ist. Meine Mutter meinte, weit weg von zu Hause würde ich am ehesten mit dem Schock fertigwerden …«

Vivien wunderte sich, dass sie dem Fremden gleich ihre halbe Lebensgeschichte erzählte, aber er wirkte so vertrauenerweckend und offen.

Ben musterte sie nachdenklich. »Du bist genau der richtige Typ für diese Rolle. Willst du es nicht wenigstens versuchen?«

Vivien zuckte die Schultern. »Ich weiß nicht. Wir haben Rückflugtickets für nächsten Sonntag.«

»Wer ist ›wir‹?«, fragte er ganz direkt.

»Meine Mutter und ich«, lachte sie.

»Deins kannst du doch umbuchen. Komm, das ist so eine verrückte Begegnung, das kann doch wirklich kein Zufall sein.«

»Bist du einer von diesen Esoterikern, der nun mit verklärtem Blick verkünden wird, dass uns das Universum zusammengeführt hat?« Sie rang sich zu einem schiefen Lächeln durch.

»Nein, aber ich …« Bens Telefon klingelte. Er holt es aus der Hosentasche und warf einen Blick auf das Display. »Warte, ich bin gleich wieder bei dir«, sagte er und entfernte sich ein paar Schritte, um zu telefonieren. Mit einem triumphierenden Lächeln kehrte er zurück.

»Wie sagtest du gerade? Das Universum hat uns zusammengeführt? Tja, so muss es wohl sein. Katy hat abgesagt. Nun musst du uns einfach aus der Patsche helfen!«

Vivien stöhnte laut auf. »Okay, okay, du kannst mir ja mal in Ruhe erzählen, was das für eine Rolle ist, und dann überlege ich es mir vielleicht, ob ich bei euch vorspreche.«

»Yeah!«, rief er begeistert aus. »Wie wäre es heute Abend bei einem Bier?«

»Warum nicht?«, entgegnete Vivien und schlug ihm vor, sie abends im Hotel abzuholen. Als sie ihm das Adlon nannte, stieß er einen anerkennenden Pfiff aus.

»Wie kommst du denn dazu?«, fragte er und musterte sie interessiert. »Du siehst mir nicht aus wie ein It-Girl, das im Adlon absteigt.«

Vivien trug bei der sommerlichen Wärme ein bodenlanges Kleid mit Hippie-Print und Riemchensandalen.

»Doch, ich bin die Tochter einer berühmten, millionenschweren amerikanischen Bestsellerautorin und nur zum Shoppen mitgekommen, weil ich nämlich in meinem Leben niemals Geld verdienen muss.« Sie deutete grinsend auf die vielen Tüten.

Ben sah sie skeptisch an.

»Na, überlegst du gerade, ob du doch lieber von einer Verabredung Abstand nimmst?«, spottete sie.

»Na ja, also an Mode habe ich jetzt nicht so ein donnerndes Interesse.«

»Das war ein Witz«, erwiderte sie. »Ich meine, das mit den Millionen. Ich begleite meine Mutter zwar tatsächlich, aber sie hat das Zimmer vom Verlag bezahlt bekommen.«

»Sie ist also wirklich Autorin?«

»Ja, sie soll eine Biografie über ihre Großmutter schreiben, die in Amerika als Künstlerin große Erfolge gefeiert hat.«

»Das ist spannend, aber ich hätte dich auch sonst abgeholt«, lachte er und trat seine Zigarette aus. Sie verabschiedeten sich mit einer Umarmung.

Er riecht gut, dachte Vivien. Gut gelaunt setzte sie ihren Weg fort. Ben sah wirklich blendend aus, und sie mochte sowohl seine Stimme als auch seinen Humor. Und es wurde allerhöchste Zeit, dass sie wieder mal ein Date hatte. Sie wusste ja schon gar nicht mehr, wie man flirtete.

Auf der Friedrichstraße kam ihr plötzlich ihre Mutter entgegen, die allerdings gerade tief in Gedanken versunken zu sein schien. Jedenfalls bemerkte sie ihre Tochter erst, als Vivien ihren Namen rief.

»Vivien, was machst du denn hier?«, fragte sie erstaunt.

»Ich erkunde die Stadt, und ich muss sagen, sie gefällt mir.«

»Und du hast offenbar allerbeste Laune. Das freut mich sehr!«

»Wollen wir etwas essen gehen?«, schlug Vivien vor und zog ihre Mutter zu den rustikal eingedeckten Tischen eines Italieners.

»Aber was ist mit dir passiert? Du guckst schrecklich ernst«, fragte Vivien, kaum dass sie sich gesetzt hatten.

Olivia stieß einen tiefen Seufzer aus.

»Wollen sie dich doch nicht?«

»Doch schon, ja, sehr gern sogar, ach, das ist alles so kompliziert und verwirrend.«

»Nun erzähl doch endlich! Wo ist das Problem?«

Olivia hatte ihre Tochter lange nicht mehr so aufgekratzt erlebt. Die Berliner Luft tut ihr offenbar sehr gut, dachte sie erfreut.

»Der Verleger möchte, dass ich auch über Großmutters Kindheit und Jugend und die Jahre, bevor sie nach Amerika ausgewandert ist, schreibe.«

»Aber darüber hat sie doch nie gesprochen. Im Gegenteil, da wurde Grandma immer ganz schmallippig. Ich weiß noch genau, dass ich sie einmal als Kind gefragt habe, ob sie auch eine Mom und einen Dad hat, da sagte sie, dass ich nicht so altklug sein soll. Dabei war sie doch ansonsten niemals streng zu mir. Ich durfte doch alles.«

»Tja, und mir hat sie ganz offensichtlich einen Bären aufgebunden. Nun, sie war auf jeden Fall nicht das Einzelkind, von dem sie mir vorgelogen hat. So, wie es aussieht, hatte sie drei Geschwister.«

»Und woher weißt du das?«

»Ich habe es schwarz auf weiß gelesen. Mein Verleger hat unter den unverlangt zugesandten Manuskripten einen Roman, der angeblich von Scarletts Großnichte verfasst wurde. Nach den Tagebuchaufzeichnungen ihrer Großmutter Klara, Scarletts Schwester.«

»Und glaubst du das?«

Olivia zuckte die Achseln.

»Ich bin sehr unsicher. Was nämlich noch absurder ist: dass sie angeblich auch im Besitz von Großmutters Tagebuch sein will.« Olivia stieß einen tiefen Seufzer aus.

»Hast du sie je Tagebuch schreiben sehen? Ich nicht!«, erwiderte Vivien skeptisch.

»Der Verleger hat mir jedenfalls das erste Kapitel zum Lesen gegeben. Und es klang alles so verblüffend echt. Natürlich kann da auch jemandem die Phantasie durchgegangen sein, aber es liegt durchaus im Bereich des Möglichen, dass Großmutter mich belogen hat, denn da gibt es noch eine Ungereimtheit. Sie hat immer behauptet, Deutschland 1932 zusammen mit ihrem jüdischen Verlobten verlassen zu haben. Das klingt so plausibel, dass ich daran niemals den geringsten Zweifel hatte. Aber der Verleger hat eine Biografie im Programm über das Leben von Scarletts angeblichem Verlobten, dem Pianisten Vincent Levi. Und der ging damals zwar tatsächlich aus Deutschland fort, weil es ihm zu gefährlich wurde, aber nicht, um mit Scarlett ein neues Leben in New York anzufangen, sondern weil er mit einer Amerikanerin verheiratet war.«

»Und nun?«

»Nun erwarte ich einen Anruf vom Verleger, der versucht, die Romanautorin zu erreichen und sie zu einem Treffen mit mir zu bewegen. Er hofft, dass sie mir die Tagebücher ihrer und meiner Großmutter übergibt.«

»Das wäre ja der Hammer, wenn wir tatsächlich Familie in Deutschland hätten!«, rief Vivien begeistert.

»Ich bin mir noch nicht ganz sicher, was ich hoffen soll. Was, wenn sie mich wirklich angelogen hat? Dann muss das einen triftigen Grund haben. Schön wäre es jedenfalls nicht, weil ich nicht mehr mit ihr klären kann, warum sie es getan hat.«

»Ich finde das höchst spannend und bin dabei. Das finden wir ganz sicher raus! Selbst wenn wir unseren Aufenthalt womöglich verlängern müssten.«

Olivia blickte ihre Tochter verwundert an. »Du strahlst doch nicht nur wie ein Honigkuchenpferd, weil dir die Luft so gefällt. Und hast du nicht noch vor ein paar Tagen gesagt: zwei Wochen und keinen Tag länger?«

»Mom, dir kann man nichts vormachen. Ich habe heute Abend ein Date und vielleicht sogar einen Job.«

»Wie hast du das denn angestellt?«

»Ganz einfach. Ich habe mich ein wenig verlaufen, kam an einem Theater vorbei, schaute mir die Schautafeln an, und schon kam ein gut aussehender Schauspieler zum Rauchen raus und verwechselte mich mit der Künstlerin, die für eine Leseprobe erwartet wurde. Wir kamen ins Gespräch, und er findet, ich sollte für die verhinderte Kollegin einspringen …«

»Du wirst hier am Theater spielen?«

»Nein, er wird mir bei einem Bier von dem Stück und der Rolle erzählen. Und wenn es mich anspricht, dann werde ich mir den Laden vielleicht mal anschauen.«

»Und so, wie du strahlst, hast du die Rolle bereits angenommen. Und der Schauspieler scheint auch nicht gerade unattraktiv zu sein«, lachte Olivia.

»Genau, er ist echt süß, und ich würde ihn gern näher kennenlernen, denn gegen so einen kleinen Berliner Flirt hätte ich nichts einzuwenden. Schließlich hatte ich seit fast einem Jahr keinen Sex mehr. Das ist in meinem Alter eine absolute Ausnahmeerscheinung.«

»Was willst du denn damit sagen? In deinem Alter?« Olivia drohte ihr spielerisch mit dem Finger. »Dass das bei alten Damen wie mir eher normal ist, ein Jahr keinen Sex mehr zu haben?«

Erst als sich Viviens Miene von einer Sekunde zur anderen verdüsterte, merkte Olivia, dass sie etwas Falsches gesagt hatte, und sie ahnte auch sofort, was ihrer Tochter bitter aufgestoßen war. Sie hielt es offenbar für unangemessen, dass ihre Mutter als frischgebackene Witwe solche frivolen Reden führte.

»Dein Mann ist gerade erst unter der Erde, und du redest so locker von mangelndem Sex! Ich frage mich sowieso, ob du Dad überhaupt noch geliebt hast«, empörte sich Vivien. Das bestätigte Olivias Verdacht. Ihre Tochter hielt sie für taktlos. Wenn sie wüsste, was wirklich geschehen war … und wie oft sie in den letzten Monaten vergeblich versucht hatte, Ethan zu verführen, der das stets mit diversen Ausreden abgebogen hatte. Kein Wunder, er hatte ja auch seine Kim …

»Entschuldige, das war vielleicht nicht so ganz angebracht«, sagte Olivia hastig.

»Ich wundere mich echt, wie locker du Dads Tod wegsteckst. Ich muss jeden Tag heulen. Und dich habe ich noch nicht ein einziges Mal weinen sehen – außer im Krankenhaus. Du hast nicht mal an seinem Grab eine Träne vergossen. Hast du einen anderen?«

Olivia atmete ein paarmal tief durch. Zum Wohl ihrer Tochter steckte sie diese Anfeindungen klaglos weg und konnte nur hoffen, dass sich Vivien eines Tages erinnerte, wie es zu dem Unfall gekommen war. Vielleicht hatte sie ja sogar von Ethans neuer Liebe Kim erfahren … Olivia kannte das schon: Ihre Tochter reagierte zornig, wenn sie fand, dass ihre Mutter nicht genügend trauerte. Schon am Tag der Beerdigung war es zu einem Streit gekommen, weil Vivien ihr vorgeworfen hatte, gefühlskalt zu sein.

Das Klingeln ihres Mobiltelefons unterbrach das angespannte Schweigen.

Olivia war sehr erleichtert, dass der Verleger gerade in diesem Augenblick anrief. Sonst wäre sie vielleicht doch versucht gewesen, das Denkmal des großartigen Ethan mit brutaler Offenheit vom Sockel zu stoßen und ihrer Tochter gegen den Rat des behandelnden Arztes jene Frage zu stellen, die ihr seit Ethans Tod auf der Seele brannte: Hat dein Vater dir im Wagen von Kim erzählt, und ist es daraufhin zum Unfall gekommen, weil ihr euch gestritten habt und er nicht mehr auf den Verkehr geachtet hat?

Paul Wagner teilte ihr mit, dass sich die Autorin schon heute Abend mit ihr unter vier Augen treffen wolle, was er zwar bedauere, aber er rate ihr unbedingt dazu. Er gab ihr den Namen des Restaurants in Wilmersdorf durch, den Olivia auf einem Bierdeckel notierte, aber sie bat sich noch Bedenkzeit aus.

»Ich bin mir nicht sicher, ob ich das wirklich möchte«, erklärte sie unschlüssig. »Kann ich Sie heute Nachmittag anrufen?«

»Das können Sie natürlich, aber was haben Sie zu verlieren? Sie haben doch selber gesagt, dass sich das Manuskript ziemlich authentisch liest. Also, wenn ich ehrlich bin, ich habe quasi zugesagt und dem Agenten oder Assistenten der Autorin, jedenfalls dem Herrn, der sich unter dieser Nummer gemeldet hat, mitgeteilt, dass Sie um zwanzig Uhr dort sein werden.«

Olivia stöhnte genervt auf. »Gut, wenn ich es mir anders überlege, erfahren Sie es so rechtzeitig, dass die Autorin sich nicht vergeblich auf den Weg machen muss. Wenn ich die Verabredung wahrnehme, hören Sie nichts mehr von mir. Morgen berichte ich Ihnen dann, was dran ist an dieser merkwürdigen Geschichte.«

»Ich halte das für ziemlich echt, zumal Sie ja nun sicher wissen, dass Vincent Levi nicht der Grund dafür war, dass eine erfolgsverwöhnte Künstlerin wie Ihre Großmutter das Land verließ und in eine ungewisse Zukunft fuhr. Ich meine, wer weiß, vielleicht hat sie damals ähnlich wie Marlene Dietrich ein Angebot bekommen, das sie nicht ablehnen konnte, das aber dann nicht zu einem Welterfolg wurde wie *Der blaue Engel*. Finden Sie es heraus, und nehmen Sie diese Verabredung wahr. Sollte es eine unseriöse Angelegenheit sein, kommen Sie dem auch am besten im direkten Kontakt mit der Dame auf die Schliche …«

»Ja, Mr Wagner, gönnen Sie mir einfach erst einmal ein paar Stunden Ruhe. Ich denke ja auch, dass ich es mache. Also, wenn Sie nichts von mir hören, sitze ich heute Abend vielleicht mit einer guten Verwandten beisammen. Schließlich wäre sie dann die Enkelin meiner Großtante, also verwandt auf jeden Fall«, sagte Olivia in lockerem Ton, um den Verleger nicht länger betteln zu lassen.

»Sie werden schon das Richtige tun«, bemerkte er zum Abschied.

Als Olivia sich wieder ihrer Tochter zuwandte, erkannte sie auf den ersten Blick, dass es völlig sinnlos sein würde, Vivien um Rat bei dieser Entscheidung zu bitten. Wie sie ihr Kind kannte, würde es sich auf absehbare Zeit in vorwurfsvolles Schweigen hüllen.

Wie sich herausstellte, hatte Olivia die Stimmung richtig eingeschätzt. Vivien zog sich für den Rest des Mittagessens in ihr Schneckenhaus zurück und demonstrierte ihrer Mutter mit stummem Vorwurf, dass sie sie für eine gefühllose Person hielt. Es kam kein Gespräch mehr zwischen ihnen zustande, und sie kehrten schließlich schweigend zurück zum Hotel.

»Du kannst mir doch nicht vorschreiben, wie ich trauern soll«, versuchte Olivia das Blatt zu wenden, als sie auf ihrem Zimmer ankamen. Auch wenn sie ihrer Tochter nicht die Wahrheit sagen durfte, sie wollte es einfach nicht auf sich sitzen lassen, ungerechterweise mit Missachtung gestraft zu werden.

»Das will ich auch gar nicht. Und wenn du längst einen neuen Freund hast, ist es mir auch egal«, entgegnete Vivien trotzig.

»Ich bin dir zwar keine Rechenschaft schuldig, mein Kind, aber nicht ich hatte einen neuen Freund, sondern dein heiß geliebter Dad …« Olivia stockte und biss sich auf die Lippen. Sie bereute zutiefst, dass sie sich dazu hatte hinreißen lassen, nur weil sie es nicht ertrug, dass ihre Tochter sie verachtete.

»Dad soll eine Affäre gehabt haben?«, fragte Vivien misstrauisch. »Mit wem denn?«

Olivia machte eine wegwerfende Handbewegung. »Das ist doch jetzt nicht mehr wichtig!«

»Ich möchte es aber wissen!«, insistierte ihre Tochter.

Olivia geriet mächtig ins Schwitzen. Sie musste sich dringend etwas Plausibles zur Erklärung einfallen lassen.

»Ich kenne die Dame nicht, aber es ist eine Mandantin von deinem Vater«, log sie.

»Und woher willst du das wissen?« Das klang vorwurfsvoll.

»Ach, Vivien, nun lass es gut sein«, versuchte sie, das unangenehme Verhör zu beenden.

»Das ist mal wieder typisch für dich. Na ja, du kannst viel erzählen. Dad kann sich ja nicht mehr wehren. Im Grab!«

»Vivien, jetzt ist es aber genug!«, erwiderte Olivia lauter als beabsichtigt. Es hätte nicht viel gefehlt, und sie hätte nun doch die ganze Wahrheit herausgebrüllt, aber ihre Vernunft siegte. Sie hatte es dem Neurologen versprechen müssen. Den hatte sie nämlich schließlich in ihren Verdacht, warum Vivien sich partout nicht an den Unfall erinnern konnte, eingeweiht. Doctor Harper hielt das ganz und gar nicht für ein Hirngespinst. Im Gegenteil, er hatte Olivias Verdacht bekräftigt, indem er ihr erläutert hatte, wie ein Schock durchaus dazu beigetragen haben könnte, dass sich Vivien partout nicht mehr an das Geschehen vor dem Unfall zu erinnern vermochte. Er hatte ihr eingeschärft, geduldig abzuwarten, bis Vivien von sich aus auf den Unfall zu sprechen kam. »Stellen Sie ihr keine Fragen, bauen Sie ihr keine Eselsbrücken, schildern Sie ihr auf keinen Fall, was Sie für eine Vermutung über den Unfallhergang hegen. Meiden Sie das Thema. Ich bin sicher, eines Tages lichtet sich der Nebel von selbst!«

Die vollständige Genesung ihrer Tochter erforderte einen hohen Preis, wie sie gerade an Viviens abschätziger Miene erkannte, und sie ahnte nur zu gut, was sich in deren Kopf abspielte. Vivien erinnerte sich mit Sicherheit an das häusliche Drama, nachdem Olivia Ethan ihre Affäre mit Frank gebeichtet hatte. Entgegen ihrer ausdrücklichen Bitte hatte sich Ethan bei seiner erwachsenen Tochter ausgeweint, die damals schon ihre eigene Wohnung hatte. Zusammen mit Kim. Wie oft war Ethan abends nach Brooklyn gefahren, um sich von den beiden jungen Frauen bekochen zu lassen. Ob er damals schon ein Auge auf Kim geworfen hat, fragte sich Olivia plötzlich. Jedenfalls hatte Vivien ihr schwere Vorhaltungen gemacht, weil sie mit dem Gedanken spielte, ihren Vater zu verlassen. Im Grunde genommen hatte Vivien ihr das nie wirklich verziehen. Und genau diese alte Geschichte flog Olivia in diesem Augenblick um die Ohren, und sie konnte nichts, aber auch gar nichts zu ihrer Verteidigung vorbringen, wenn sie den Gesundungsprozess ihrer Tochter nicht gefährden wollte.

»Ich werde im Spa ein wenig schwimmen gehen«, sagte sie schwach und suchte ihre Badesachen zusammen. »Willst du mitkommen?«

»Keine Lust«, entgegnete Vivien knapp und vertiefte sich in eine Zeitschrift. Sie tat jedenfalls so, als ob sie las. In Wirklichkeit platzte sie schier vor Zorn auf ihre Mutter. Was fiel ihr ein, ihrem Vater eine Affäre zu unterstellen, obwohl sie diejenige gewesen war, die ihn betrogen hatte? Vivien nahm Olivia diese Geschichte nicht ab. Ob sie wieder mit diesem Frank eine Affäre hatte und ihren Vater hatte verlassen wollen? Auf jeden Fall musste Ethan etwas auf dem Herzen gehabt haben. Sonst wäre er nie an einem Wochentag mit ihr nach Coney Island gefahren. Wieder versuchte sie, sich daran zu erinnern, was vor dem Unfall geschehen war, aber das letzte Bild war das von sich selbst, als sie sich in ihrem neuen Kleid vor dem Spiegel gedreht hatte. Mehr nicht, aber sofort war da wieder dieser schwere Klumpen in ihrem Magen. Nun, was auch immer auf der Fahrt nach Coney Island geschehen war, irgendetwas am Verhalten ihrer Mutter stimmte nicht! Olivia war zwar immer die Rationale in der Familie gewesen, aber wie konnte es sein, dass der Tod ihres Ehemannes sie derart kaltließ? Wie Vivien es auch drehte und wendete, es ergab keinen Sinn, es sei denn, ihre Mutter hatte längst wieder einen anderen Freund und war mit ihren Emotionen bei diesem Kerl. Vivien schleuderte wütend die Zeitschrift zu Boden.

Berlin, Juli 2014

Das Manzini befand sich in einer belebten Straße im Stadtteil Wilmersdorf. Olivia hatte sich ein Taxi genommen, nachdem sie sich beim Schwimmen erfrischt und noch ein wenig geschlafen hatte. Sie war mit der klaren Entscheidung aufgewacht, die Autorin zu treffen. Was hatte sie schon zu verlieren? Es ließ sich doch gar nicht mehr verdrängen, dass Scarlett sie angeschwindelt hatte, was ihre Berliner Vergangenheit anging. Und Paul Wagner hatte recht. Wie konnte sie sich einen besseren Eindruck von der Glaubwürdigkeit der Verfasserin dieses Romans machen, als ihr beim Essen in die Augen zu sehen und sie mit neugierigen Fragen zu löchern?

Sie war allein im Hotelzimmer gewesen, als sie aus einem unruhigen Schlaf erwacht war. Offenbar hatte Vivien das Hotel bereits verlassen, und zwar in ihren neu gekauften Kleidungsstücken, die sie ihrer Mutter nicht einmal vorgeführt hatte. Die Tüten lagen jedenfalls über den Boden des Hotelzimmers verteilt und waren zum Teil leer. Auch ihre Zeitschrift lag auf der Erde. Seufzend räumte Olivia alles beiseite. Vivien war nicht die Ordentlichste. Wenn sie nur daran dachte, wie sie manches Mal verschworen mit Kim darüber geredet hatte, dass Viviens Hang zum Chaos eine echte Herausforderung war, wurde ihr noch im Nachhinein übel. Kurz vor ihrer Abreise hatte sie Vivien geholfen, die Wohnung auszuräumen, weil Vivien nach ihrer Rückkehr zu einem Kommilitonen ziehen wollte. Das war für Olivia eine echte Tortur gewesen, weil Kim trotz ihrer Abwesenheit immer noch sehr präsent in dieser Wohnung gewesen war. Vivien hatte beim Packen viel von ihrer einst besten Freundin geredet und Olivia damit bis an ihre Grenzen gebracht. Es war ihr sehr schwergefallen, den Mund zu halten und nicht die ganze dreckige Wahrheit auszuspucken.

In einem zu diesem lauen Sommerabend passenden Kleid betrat Olivia den Außenbereich des Restaurants und sah sich suchend nach einer einzelnen Dame um, doch es saß überhaupt niemand allein am Tisch. Da es nur noch einen freien Tisch gab, entschied sich Olivia für diesen und wählte den Platz mit Blick zur Straße. Ein Erkennungszeichen hatten sie zwar nicht vereinbart, aber an ihrem suchenden Blick würde sie diese Marie Bach sicherlich erkennen. Sie sah flüchtig auf ihre Uhr und stellte fest, dass sie zu früh war. Als der Kellner kam, bestellte sie einen Weißwein und behielt den Eingang dabei die ganze Zeit über im Auge. Doch die einzige Person, die gegen zwanzig Uhr auf die Terrasse trat, war männlich. Und, wie Olivia nicht leugnen konnte, sehr attraktiv. Der Mann hatte volles graues Haar, war schätzungsweise einige Jahre älter als sie, trug eine schwarze Hose, ein weißes Hemd und ein sommerliches schwarzes Sakko. Er war groß und schlank, blieb nun stehen und sah sich suchend um. Schade, dass der Autor nicht männlich ist, dachte Olivia bedauernd, als sich ihre Blicke trafen.

Er zögerte kurz, dann trat er entschieden auf ihren Tisch zu. Auf Englisch fragte er sie, ob sie zufällig Olivia Baldwin aus New York sei. Olivia nickte und spekulierte, ob die Autorin ihr wohl ihren Agenten geschickt hatte.

»Ja, das bin ich«, antwortete sie auf Deutsch. »Aber ich erwarte eine Autorin mit dem Namen Marie Bach.« Sie musterte ihn durchdringend. »Und das können Sie leider nicht sein. Oder schickt die Dame mir tatsächlich ihren Agenten?« Das klang abfällig.

Der Mann verzog keine Miene. »Darf ich mich setzen?«, fragte er und wartete keine Antwort ab, sondern rückte sich den Stuhl ihr gegenüber zurecht.

Olivia war verunsichert. Wenn sie sich auch eben noch gewünscht hatte, er möge ihre Verabredung sein, schlug ihr positives Gefühl jetzt in Ärger um. Dem Agenten würde sie kaum auf den Zahn fühlen können, was die Authentizität des Manuskripts anging.

»Entschuldigen Sie, ich habe mich Ihnen noch gar nicht vorgestellt, ich bin Alexander Berger, Ihre Verabredung.« Er streckte ihr die Hand hin.

Trotz des Verdrusses, den sie bei dem Gedanken empfand, dass die Autorin nicht persönlich erschienen war, erlebte sie den Händedruck als angenehm und kam nicht umhin, festzustellen, dass hinter seiner Brille ein Paar besonders ausdrucksvoller brauner Augen leuchteten.

Olivia wollte sich aber trotz der Wirkung, die dieser Mann auf sie ausübte, nicht mit dem Agenten abspeisen lassen.

»Und? Kommt die Dame später?«, fragte sie provozierend auf Deutsch »Soviel ich weiß, bin ich mit ihr verabredet und nicht mit ihrem Agenten.«

Der Blick ihres Gegenübers verdüsterte sich merklich. »Nein, die Dame, die das Manuskript verfasst hat, wird ganz sicher nicht kommen«, sagte er entschieden.

»Gut, dann war es das wohl«, erwiderte Olivia spitz, während sie sich zum Gehen bereit machte, doch dann fühlte sie plötzlich seine Hand auf ihrem Arm ruhen.

»Bitte bleiben Sie. Es ist alles etwas komplizierter, und ich bin auch nicht der Agent der Dame, sondern ihr Ehemann.«

Olivia schnappte vor Empörung nach Luft. »Das ist ja absurd. Dann hätte ich ja meine Tochter schicken können. Wenn ich in dieser Angelegenheit überhaupt mit jemandem spreche, dann nur mit der Verfasserin persönlich. Schließlich möchte ich herausfinden, ob es sich um eine Spinnerin handelt oder eine seriöse Autorin, die tatsächlich einen persönlichen Bezug zur Familie Koenig hat und im Besitz der Tagebücher ist.« Olivia starrte anklagend auf seine Hand, die immer noch auf ihrem Unterarm lag. »Und es wäre freundlich, wenn Sie mich sofort loslassen würden.«

Sie hatte den Satz noch nicht beendet, als Alexander Berger seine Hand bereits hastig zurückgezogen hatte.

»Ich kann Sie nicht am Gehen hindern«, bemerkte er in kühlem Ton. »Ich wusste auch nicht genau, ob ich mich mit Ihnen treffen sollte oder nicht. Ich glaube, es war ein Fehler. Sie entschuldigen mich.«

Nun stand er ebenfalls auf. Das verunsicherte Olivia allerdings mehr, als wenn er weiter auf sie eingeredet und sie gebeten hätte, noch zu bleiben. Dazu war sie dann doch zu sehr Journalistin, als dass dieses merkwürdige Verhalten nicht ihre Neugier geweckt hätte.

»Warten Sie, ich mache Ihnen einen Vorschlag. Wir setzen uns beide wieder, und Sie erzählen mir, warum Ihre Frau Sie vorgeschickt hat.«

»Einverstanden, aber ich würde mir gern erst einmal einen Wein und etwas zu essen bestellen. Es ist ja doch immer eine kleine Anfahrt bis nach Wilmersdorf.«

Sie nahmen beide wieder Platz und winkten nach dem Kellner. Olivia bestellte sich ein Safranrisotto, der Ehemann der Autorin orderte eine Dorade, und dann einigten sie sich höchst unkompliziert auf eine Flasche Sancerre. Beim Bestellen schielte Olivia unauffällig auf Alexander Bergers Hände, aber er trug weder links noch rechts einen Ehering. Aber das tun ja viele verheiratete Männer nicht, dachte sie.

»Und wie weit sind Sie angereist, wenn ich fragen darf?«, erkundigte sich Olivia höflich.

Über das wieder sehr ernst gewordene Gesicht des Mannes huschte ein Lächeln. »Ich komme aus Wannsee, und es ist vielleicht übertrieben, die Entfernung hervorzuheben. Mit der Bahn sind es nur knappe fünfundzwanzig Minuten«, entgegnete er.

Olivia kämpfte mit sich. Am liebsten hätte sie ihn auf der Stelle mit neugierigen Fragen traktiert, aber sie hatte den Eindruck, dass Alexander Berger erst einmal am Wein nippen wollte, bevor er ihr Rede und Antwort stand. Der Mann hat Stil, dachte sie und konnte nicht leugnen, dass sie ihn von Minute zu Minute attraktiver fand. Er hatte ein markantes Gesicht und einen schönen, sinnlichen Mund. Olivia sah Männern gern auf ihre Lippen, weil sie leidenschaftlich gern küsste. Eigentlich war das der Tag gewesen, als sie hätte merken müssen, dass ihr Mann eine andere liebte. Der Tag, an dem er sie das letzte Mal geküsst hatte. Flüchtig, fahrig und feucht.

Der Kellner brachte den Wein und das Wasser. Alexander prostete ihr formvollendet zu. »Zum Wohl, Ms Baldwin. Wieso sprechen Sie eigentlich so gut Deutsch? Hat Ihre Großmutter die Sprache ihrer Heimat mit in die Neue Welt gerettet?«

»Ganz im Gegenteil, meine Großmutter behauptete immer, sie habe ihre Muttersprache verlernt. Dabei sprach sie scheußliches Englisch. Jedenfalls privat. Auf der Bühne und in ihren Filmen war ihre Aussprache gut.«

»Und wer hat Ihnen unsere Sprache dann beigebracht?«

»Ich hatte schon als Schülerin ein großes Interesse an deutscher Kultur, Literatur und Sprache. Ich habe es in der Schule gelernt, und offenbar hatte ich eine gewisse Begabung für Gutturallaute.« Sie lachte verlegen. Er fiel ein in ihr Lachen, und sie fand, dass ihm das verdammt gut stand, wenn er sich von der fröhlichen Seite zeigte, obgleich seine ernste Miene ihm etwas sehr Vergeistigtes verlieh. Und für intellektuelle Männer hatte Olivia immer schon eine gewisse Schwäche gehabt. Deshalb hatte sie auch fälschlicherweise geglaubt, Ethan habe sich die Brille, die ihn wie einen Philosophen aussehen ließ, ihr zuliebe gekauft. Da hatte es allerdings wohl schon längst Kim in seinem Leben gegeben, bei der er damit Eindruck hatte schinden wollen.

Nachdem sie beide einen kräftigen Schluck vom Sancerre genommen hatten, konnte Olivia ihre Ungeduld nicht länger zügeln.

»Und dürfte ich nun endlich erfahren, warum die Autorin nicht persönlich zu diesem Treffen erschienen ist?«

Alexander Berger senkte den Blick. »Christin ist tot«, sagte er leise.

Olivia hätte sich beinahe an ihrem Wein verschluckt. »Was … wie, ich meine, ich verstehe nicht, das … das hätte Paul Wagner mir doch sagen müssen. Und wieso Christin, ich denke, sie heißt Marie Bach …«

Er sah auf und suchte ihren Blick. In seinen Augen schimmerte es feucht. »Der Verleger weiß zwar, dass meine Frau gestorben ist, aber er hat keine Ahnung, dass sie sich hinter dem Pseudonym Marie Bach verbarg.«

»Oh, mein Beileid.« Mehr fiel Olivia auf die Schnelle nicht ein. Sie war viel zu geschockt von der Nachricht, dass die Autorin nicht mehr lebte. Und es war ihr natürlich auch unangenehm, dass sie sich so zickig verhalten hatte. »Ich habe auch erst vor ein paar Wochen meinen Mann verloren«, fügte sie fast entschuldigend hinzu.

»Oh, das wusste ich nicht. Das tut mir leid. Bei mir ist es schon acht Monate her, aber dass Sie nach ein paar Wochen schon eine berufliche Reise nach Deutschland machen – alle Achtung!«

Olivia stutzte. »Acht Monate? Aber hat Paul Wagner nicht erzählt, dass er das Manuskript erst vor einem halben Jahr bekommen hat?«

»Genau, Christin war schon tot, als ich es dem Verlag geschickt habe.«

»Sie haben das Manuskript an den Verlag geschickt? Nicht Ihre Frau?«, fragte Olivia ungläubig.

»Meine Frau war vor ihrem Tod schon ein halbes Jahr schwer krank, wir hatten immer wieder Hoffnung, aber die Therapien haben nicht angeschlagen, sie litt an einer schweren Form von Leukämie. Als sie dann ans Bett gefesselt war, fing sie an, die Tagebücher ihrer Großmutter und ihrer Großtante zu lesen.

Und danach war sie wie ausgewechselt. Als hätte sie noch eine Aufgabe zu lösen, und sie war fest entschlossen, aus den Aufzeichnungen der beiden einen Roman zu machen. Sie sagte immer, das sei unfassbar, was sie habe erfahren müssen ...«

»Und haben Sie nachgefragt, was Ihre Frau derart unfassbar vorgekommen ist?«

»Ja, mehrfach, weil ich fand, dass das Ganze in eine Art Obsession ausartete und sie beim Schreiben ständig über ihre Kräfte ging. Sie schrieb zwar im Bett, aber wie eine Wahnsinnige. Manchmal bis in die Nacht hinein. Aber sie wollte mir nicht verraten, was sie dazu bewogen hatte, daraus ein Buch zu machen. Ich habe immer geglaubt, sie wollte mit einem Buch etwas schaffen, das sie nach ihrem Tod unsterblich machte. Etwas für die Nachwelt ...«

Alexander wurde unterbrochen, weil der Kellner das Essen servierte. Olivia fragte sich, wie sie überhaupt einen Bissen herunterbekommen sollte angesichts dieser Neuigkeiten. Das Manuskript stammte von einer Toten. Sie fröstelte.

»Entschuldigen Sie, ich hätte bis nach dem Essen warten sollen. Sie sehen ziemlich blass aus um die Nase. Ich hätte mir doch denken können, dass Sie das schockieren könnte.« Er sah sie so mitfühlend an, dass sie ganz spontan seine Hand nahm und kurz drückte.

»Es ist nicht Ihre Schuld. Die Journalistin in mir lässt wenig Ausflüchte zu und will immer alles genau wissen, und zwar ohne Aufschub.«

Olivia lächelte ihn warmherzig an, bevor sie ihre Hand schnell wieder wegzog.

»Lassen Sie es sich trotzdem schmecken. Und ich unterdrücke auch die Frage, woran Ihr Mann gestorben ist.«

»Das können Sie ruhig, weil es mir nicht den Appetit verdirbt. Ich bin nämlich keine trauernde Witwe im üblichen Sinn.«

Alexander warf ihr einen fragenden Blick zu.

»Waren Sie schon lange getrennt?«

»Nein, ich habe kurz vor dem Tod meines Mannes herausbekommen, dass er ein Verhältnis hatte, und deshalb hat sein Unfalltod mich nicht so schwer getroffen, wie es sonst wohl gewesen wäre. Jedenfalls kann ich unter diesen Umständen nicht um ihn trauern und zwinge mich auch nicht dazu. Auch wenn Sie jetzt geschockt sind, ich empfinde nicht wirklich etwas bei dem Gedanken, dass er nicht mehr da ist.«

Zur Bekräftigung, dass sie es ernst meinte, nahm Olivia einen ordentlichen Bissen von ihrem Risotto.

Alexander Berger hatte ihr zugehört, ohne eine Miene zu verziehen. »Darf ich etwas Professionelles dazu sagen?«, fragte er vorsichtig.

»Das kommt darauf an, welchen Beruf Sie ausüben«, versuchte sie zu scherzen.

»Ich bin Therapeut.«

»Dann lieber nicht, denn ich ahne bereits, was Sie mir weismachen wollen. Dass ich meine Trauer nur verdränge, weil ich immer noch wütend auf ihn bin.«

Alexander hob den Daumen. »Super, jetzt haben Sie mich aber entlastet, denn ich wäre Ihnen ungern zu nahe getreten. Sie haben mir die Worte quasi aus dem Mund genommen.«

»Ich glaube, das Thema schlägt mir doch auf den Magen«, entgegnete Olivia und schob den Teller beiseite, auf dem noch das halbe Risotto lag. »Das ist schon eine verrückte Begegnung mit Ihnen, aber ich kann es nicht ändern. Ihre Geschichte geht mir viel näher als meine eigene.«

»Gut, dann werde ich mich mit dem Essen beeilen. Wollen wir uns noch einen Wein bestellen?« Er deutete auf die leere Flasche im Kübel.

Olivia nickte. »Nichts lieber als das, auch wenn meine Tochter dann sicherlich behaupten wird, ich sei nicht nur eine schlechte Witwe, sondern überdies auch noch eine zügellose Trinkerin.«

»Sagt sie das wirklich? Ich meine, dass Sie eine schlechte Witwe seien?«

Olivia nickte und machte eine abwehrende Geste. »Das würde viel zu weit führen, wenn ich Ihnen auch noch die ganzen Hintergründe erläutern würde. Sagen wir mal so: Meine Tochter vermisst meine Tränen um ihren heiß geliebten Dad.« Sie musterte Alexander auffordernd, denn er hatte gerade den letzten Bissen gegessen und bestellte eine weitere Flasche.

»Gut, dann werde ich Ihnen mal die ganze traurige Geschichte erzählen«, seufzte er. »Denn immerhin ist meine Frau ja eine entfernte Verwandte von Ihnen gewesen.«

»Sind Sie da wirklich sicher?«, fragte Olivia in scharfem Ton nach.

»Ja, wenn Ihre Großmutter Charlotte Koenig war, die 1932 nach New York ausgewandert ist und dort als Scarlett Dearing Karriere gemacht hat, dann war die Großmutter meiner Frau deren Schwester. Wenn Sie wollen, werde ich Ihnen das Manuskript einmal zu lesen geben.«

Olivia druckste ein wenig herum, bis sie zugab, dass Paul Wagner ihr das erste Kapitel bereits gegeben hatte.

»Und die Großmutter meiner Frau ist in der Geschichte die Klara.«

»Ich verstehe das alles nicht. Wenn diese Klara Scarletts Schwester war, warum hat sie ihr niemals geschrieben oder …«

Er zuckte die Schultern. »Das kann ich Ihnen nicht sagen. Ich weiß nur, dass Christins Großmutter diese Schwester ihr Leben lang mit keinem Wort erwähnt hat, bis kurz vor ihrem Tod. Da hat sie meiner Frau die Tagebücher übergeben und sie gebeten, daraus eine Geschichte zu machen. Sie müssen wissen, Christin war Professorin für Literaturwissenschaft. Sie hatte allerdings beruflich so viel um die Ohren, dass sie die Tagebücher einfach weggelegt hat, bis sie kurz nach ihrer niederschmetternden Diagnose anfing, sie zu lesen. Und dann wie eine Wahnsinnige geschrieben hat. Sie war fest entschlossen, es zu veröffentlichen, aber dann starb sie. Mich hatte sie in einer stillen Stunde gebeten, das Manuskript nach ihrem Tod an Paul Wagner zu schicken. Deshalb hat sie auch ein Pseudonym gewählt. Die beiden kannten sich nämlich gut. Ich glaube, sie haben zusammen studiert.«

»Und Sie haben Ihrer Frau diesen Wunsch dann nach deren Tod erfüllt? Was für eine Geschichte. Schon das wäre Stoff für einen wunderbaren Artikel«, stieß Olivia gerührt hervor.

»Nein, so einfach ist das nicht. Ich habe das Manuskript nach ihrem Tod weggelegt wie alle ihre persönlichen Dinge. Ja, ich habe sogar unser Haus verlassen, und nicht nur das Haus, sondern das Land. Ich bin nach der Beerdigung durch ganz Australien gereist, immer auf der Suche nach einer Antwort auf die Frage: Warum? Warum sie, diese wunderschöne, lebensfrohe Frau, warum? Nach sechs Wochen kam ich zurück. Ohne eine befriedigende Antwort, doch ich konnte zumindest wieder arbeiten und ihre persönlichen Dinge sortieren …« Er stockte und hing seinen Erinnerungen an diese Zeit nach, während er mit den Tränen kämpfte.

Olivia fühlte fast so etwas wie Neid. Sie hatte Ethans Sachen nur noch loswerden wollen, hatte wie ein Roboter die Schränke geleert und seine persönlichen Dinge in eine Kiste gepackt und sie Vivien gegeben. Bloß weg damit, hatte sie gedacht. Sie hatte gar nichts von ihm behalten wollen, bis auf eine Uhr, die sie ihm einst geschenkt hatte … Ja, sie konnte sich nicht helfen, sie beneidete diesen Mann um seine Fähigkeit zu trauern.

»Entschuldigen Sie bitte. Das war die härteste Zeit in meinem Leben, denn Christin war meine große Liebe.«

»Sie brauchen sich nicht zu entschuldigen«, erklärte Olivia hastig. »Und wenn es Ihnen zu viel ist, dann müssen Sie auch nicht darüber reden. Ich konnte doch nicht ahnen, was für eine Geschichte hinter diesem Manuskript steckt.«

Sie fühlte sich plötzlich unwohl in ihrer Haut, weil seine Emotionalität sie zutiefst berührte und sie sich leer und hohl vorkam, weil sie beim Gedanken an Ethan nichts dergleichen empfinden konnte.

»Nein, nein, wenn es Ihnen nichts ausmacht, dass ich nicht in der Lage bin, über das alles sachlich zu sprechen, dann würde ich Ihnen gern die ganze Geschichte erzählen.« Alexander wischte sich hastig eine Träne aus dem Augenwinkel.

»Mir macht das gar nichts aus«, erwiderte sie, wohl wissend, dass das nicht der Wahrheit entsprach. Seine Emotionalität verunsicherte sie zutiefst.

»Als ich zurückkam aus Australien, von jener Reise, die wir gemeinsam geplant hatten, kurz bevor bei ihr die Diagnose gestellt wurde, habe ich – rein äußerlich jedenfalls – in meinem Alltag weitergelebt. Ich habe eine große Praxis und zudem einen Lehrstuhl an der Charité. Das Leben musste also weitergehen. Und da fiel mir auch das Manuskript in die Hände, an dem sie manchmal bis zur Erschöpfung gearbeitet hatte. ›Ich muss es fertig bekommen‹, sagte sie immer zu mir. ›Es ist ein Teil meiner Geschichte. Wenn ich es doch bloß schaffen könnte.‹ Ich war natürlich sehr skeptisch, ob dieses verbissene Schreiben wirklich gut für sie war, aber Christin hatte immer schon ihren eigenen Kopf. Wenn sie etwas wollte, dann konnte sie keiner davon abbringen. Ja, und dann habe ich es gelesen und beschlossen, ihren Wunsch zu erfüllen, obwohl sie es offenbar nicht zu Ende gebracht hatte. Es hörte ziemlich abrupt auf.«

»Deshalb haben Sie sich nie wieder gemeldet, nachdem Paul Wagner der Autorin mitgeteilt hat, dass man noch am Schluss der Geschichte arbeiten müsste.«

»Genau, ich wusste doch nicht, wie. Ich hätte ihr Werk sogar vollendet, aber die Tagebücher waren verschwunden, und ich konnte mir schließlich nichts aus den Fingern saugen.«

»Die Tagebücher sind verschwunden?«

»Ich habe alles durchsucht. Das Schlafzimmer, in dem meine Frau ihre letzten Monate verbracht hat, auch ihr Arbeitszimmer, aber sie waren unauffindbar. Sogar die Pflegerin habe ich damit gelöchert, aber die behauptete, sie hätte die Tagebücher noch am Tag vor Christins Tod auf deren Nachttisch liegen sehen. Ich habe die Sache dann auf sich beruhen lassen und mich einfach nicht mehr gemeldet, aber Paul Wagner hatte offenbar noch meine Mobilnummer, die ich damals als Kontakt zu Marie Bach angegeben hatte. Als er mir sagte, er würde gern ein Treffen zwischen Ihnen und Marie Bach organisieren, dachte ich, ich meine, da …«

Alexander Berger suchte ihren Blick. »Ich weiß auch nicht, was ich genau wollte, aber da ich wusste, dass Sie eine entfernte Cousine meiner Frau sind, war ich neugierig, ob …«

»Und? Gibt es Familienähnlichkeiten?«, fragte Olivia ohne Umschweife.

»Die Wahrheit?«

»Bitte!«

»Auf den ersten Blick keine. Ich war sehr enttäuscht. Offenbar hatte ich im Unterbewusstsein gehofft, einem Ebenbild Christins zu begegnen. Sie sind ein ganz anderer Typ Frau. Groß, blond. Christin war eher klein und hatte dunkle Locken. Aber Ihre Art zu reden, also, ich möchte Ihnen wirklich nicht zu nahe treten, aber das ist wirklich verblüffend ähnlich. Ihre Stimme, Ihre Mimik, Ihre Gestik …«

»Danke, dass Sie mir die Wahrheit gesagt haben«, seufzte Olivia. Sie konnte sich nicht helfen, aber seine Ehrlichkeit, seine Offenheit und auch der Mut, seine Verletzlichkeit zu zeigen, berührten sie zutiefst. Sie hob ihr Glas und prostete ihm zu.

»Es ist schön, dass Sie gekommen sind. Auch wenn mich das, was meine Arbeit an der Biografie angeht, kein Stück weiterbringt, weil das Tagebuch nicht mehr existiert, hege ich keinen Zweifel mehr daran, dass ich doch Wurzeln in dieser Stadt habe. Wissen Sie, das war schon so ein Gefühl, als wir gelandet sind. Kennen Sie das? Man fährt an einen Ort, an dem man noch nie gewesen ist, und fühlt sich zu Hause?«

»Allerdings kenne ich das. Und ich hoffe, ich habe Ihnen dieses Gefühl mit meiner traurigen Geschichte nicht vermiest«, erwiderte er versonnen.

»Vielleicht sollten wir jetzt zahlen«, schlug Olivia halbherzig vor, während sie den letzten Schluck nahm, weil sie während Alexanders Erzählungen immer schneller getrunken hatte.

Alexander warf einen flüchtigen Blick auf die leere Flasche, und ein Lächeln huschte über sein Gesicht.

»Halten Sie mich für einen hoffnungslosen Säufer, wenn ich Sie noch zu einem weiteren Schlückchen verführe? Es ist so schön, mit Ihnen zu reden.«

Olivia erwiderte sein Lächeln. Er sprach ihr aus der Seele, denn sie hätte sich nur ungern schon von ihm getrennt, wenngleich ihr Verstand ihr signalisierte, dass es besser wäre, sich zu verabschieden.

»Ich hoffe, ich kenne die Adresse des Hotels dann noch«, lachte sie.

»Wo wohnen Sie denn?«

»Im Adlon.«

»Das findet jeder Taxifahrer blind«, entgegnete er verschmitzt und orderte eine weitere Flasche.

»Warum wäre das Tagebuch Ihrer Großmutter eigentlich so wichtig für Sie gewesen, um die Biografie zu verfassen? Hat Ihre Großmutter Ihnen denn von ihrer Kindheit und Jugend nicht genügend erzählt?«

»Gar nichts, um ehrlich zu sein. Meine Großmutter hat ihr Leben 1932 bei ihrer Ankunft in New York beginnen lassen. Sie hat mir vorgeschwindelt, dass sie Einzelkind sei und ihre Eltern schon lange tot. Sie sei ihrem jüdischen Verlobten zuliebe nach Amerika ausgewandert, der sie dann kurz nach der Überfahrt verlassen habe. Nun hat mir Paul Wagner erzählt, dass dieser Mann 1932 zu seiner Frau nach New York gereist ist. Ergo wird er wohl kaum mit meiner Großmutter verlobt gewesen sein.«

»Wissen Sie, dass Christin auch bei ihrer Großmutter aufgewachsen ist? Ihre Eltern sind früh gestorben. Und Klara hat bis kurz vor ihrem Tod niemals ihre Schwester erwähnt. Ich weiß nur von zwei Brüdern.«

»Schade, dass das Tagebuch verschwunden ist. Das hätte mir wahrscheinlich die richtigen Antworten gegeben und vor allem meinen Auftrag gerettet. Ich denke, mit diesem schwarzen Loch in der Biografie meiner Großmutter wird sich Paul Wagner nicht zufriedengeben. Das Buchprojekt werde ich wohl vergessen können …« Olivia stockte. »Hören Sie das? Ich glaube, ich lalle schon.«

Alexander Berger lachte. »Habe ich gar nicht gehört«, nuschelte er so übertrieben wie ein Volltrunkener, bevor er sein Glas hob. »Prost, Frau Baldwin!«

»Sagen Sie ruhig Olivia zu mir. Jetzt, wo wir um hundert Ecken verwandt sind«, erklärte sie und versuchte dabei, so klar und deutlich wie möglich zu sprechen. Dabei spürte sie den Alkohol in jeder Pore.

»Ich bin Alexander«, erwiderte er und stieß mit ihr an. »Und du meinst, du kannst das Buch jetzt nicht schreiben?«

»Ich weiß es. Paul Wagner möchte eine Biografie über meine Großmutter, die ihr ganzes Leben erzählt und nichts ausblendet.«

»Gut, dann will ich dir helfen, so gut ich kann.« Alexander öffnete eine Collegemappe, zog einen Stapel Papiere hervor und reichte ihn ihr.

»*Die Schwester der Soubrette* von Marie Bach«, las Olivia laut vor.

»Schenk ich dir.«

»Danke, aber das kann ich doch nicht annehmen. Das hat deine Frau geschrieben, um ihrer Großmutter ein Denkmal zu setzen. Ich kann es doch nicht einfach für meine Zwecke ausschlachten«, gab sie zurück und hatte gar nicht bemerkt, dass sie ihre Stimme erhoben hatte. Erst als ein paar Leute von den

Nachbartischen neugierig zu ihnen herüberschielten, wurde ihr klar, dass sie auffielen. Olivia beugte sich verschwörerisch über den Tisch. »Alexander, die Leute gucken schon.«

»Und wenn schon. Egal, ich bitte dich sogar herzlich, das Manuskript für dein Buch zu verwerten, aber nur unter einer Bedingung.«

Olivia straffte die Schultern. »Was muss ich dafür tun?«

»Einen Schluss schreiben!«

»Wie soll ich einen Schluss schreiben, wenn ich gar nicht weiß, was geschehen ist?«, fragte Olivia und wollte ihm das Manuskript zurückgeben, aber er verschränkte die Arme vor der Brust.

»Noch weißt du es nicht! Aber ich schwöre dir, das finden wir beide heraus. Christins Mühe darf nicht umsonst gewesen sein.«

»Wie meinst du das?« Olivia hatte plötzlich das Gefühl, wieder nüchtern zu sein.

»Wir durchsuchen das Haus gemeinsam nach den Tagebüchern«, entgegnete er, während er den letzten Schluck leerte. »Und du recherchierst, wie du das als gute Journalistin bei jeder anderen Sache tun würdest. Ich hoffe, wir finden noch irgendwelche entfernten Verwandten oder Nachkommen von Vincent Levi, und auf dem Dachboden ist auch noch jede Menge persönlicher Kram von Klara. Da könnten wir auch noch einmal nach dem Tagebuch gucken, wobei …« Seine Miene verdüsterte sich. »Wie soll Christin in ihrem Zustand auf den Dachboden gekommen sein? Nun, du musst meine Einladung nur noch annehmen!«

»Alexander, ist das jetzt eine Einladung in dein Haus?«

»Sicher. Habe ich das nicht gesagt? Solange du in Deutschland bleibst, um zu recherchieren, bist du mein Gast beziehungsweise …« Er unterbrach sich und fuhr sich grübelnd durch das Haar. »Das ist ja quasi auch dein Haus, denn deine Großmutter hat dort ihre Jugend verbracht.«

»Du lebst in dem Haus, in dem meine Großmutter ihre Jugend verbracht hat? In dem Haus am See, das der Patriarch für seine Familie gekauft hat, ohne sie vorher zu fragen?«

»Genau, und deshalb checkst du morgen aus dem Adlon aus, und ich hole dich gegen Mittag, wenn ich aus der Charité komme, ab.«

»Und meine Tochter?«

»Die kommt natürlich mit.«

»Ich weiß nicht recht.«

»Willst du der Sache nun auf den Grund gehen oder nicht?«

Olivia stieß einen tiefen Seufzer aus. »Ich kann es versuchen. Natürlich möchte ich das Haus sehen, und falls ich merke, dass ich es nicht packe, kann ich Paul Wagner immer noch absagen.«

Alexander warf einen flüchtigen Blick auf seine Uhr. »Ich glaube, ich sollte aufbrechen. Die erste Vorlesung ist um zehn, und ich muss noch etwas vorbereiten …«

Olivia fing an zu kichern. »Du willst noch arbeiten? Meinst du, du kannst noch einen einzigen klaren Gedanken fassen?«

»Selbstverständlich. Muss nur in meine alten Unterlagen schauen. Die Borderline-Persönlichkeitsstörungen hatte ich letztes Semester schon.« Alexander winkte den Kellner heran, während Olivia ihn wohlwollend, ja beinahe zärtlich beobachtete. Wie süß er ist, wenn er ein wenig betrunken ist. Diese Lockerheit, dachte sie, steht ihm gut.

Alexander bestand darauf, die Rechnung allein zu übernehmen, und ließ den Kellner zwei Taxen bestellen. Als er aufstehen wollte, kam er leicht ins Wanken. Das erging Olivia nicht besser. Auch bei ihr machte sich die Wirkung des Alkohols direkt in den Beinen bemerkbar, sodass sie sich an der Tischkante festhalten musste, um nicht ins Stolpern zu geraten.

»Oje, die dritte Flasche war schlecht«, kicherte sie.

»Vergiss das Manuskript nicht!«, sagte er, während er sich bei ihr einhakte und ihr das Manuskript in die Umhängetasche stopfte.

Arm in Arm wankten sie zur Straße und warteten auf ihre Wagen. Als das erste Taxi kam, brachte Alexander Olivia noch bis zur Beifahrertür. Bevor sie einsteigen konnte, nahm er sie ohne Vorwarnung in den Arm und küsste sie kurz und vertraut auf den Mund. Doch bevor sie überhaupt reagieren konnte, war es schon wieder vorbei.

»Ein Küsschen unter Verwandten muss doch erlaubt sein«, bemerkte er, verlegen lächelnd.

»Aber sicher«, erwiderte sie und gab ihm ihrerseits demonstrativ einen Kuss auf den Mund. Sie wollte es dabei belassen, doch in diesem Augenblick nahm er zärtlich ihr Gesicht in beide Hände und verwandelte das Küsschen unter Verwandten in einen leidenschaftlichen Kuss. Olivia war völlig überrascht, nicht nur über die Tatsache, dass er sie küsste, sondern auch über die Art, wie er es tat. Küssen war ihr immer schon immens wichtig gewesen. Noch nie war sie mit einem Mann ins Bett gegangen, der nicht küssen konnte. Und mit Alexander wäre sie wahrscheinlich auf der Stelle ins nächste Hotel gegangen, wenn er es darauf angelegt hätte. Aber das tat er nicht. Im Gegenteil. Er zuckte plötzlich regelrecht zurück. »Entschuldigung!«, murmelte er.

Am liebsten hätte sie erwidert, dass es für diesen wunderbaren Kuss keinerlei Entschuldigung bedürfe, doch seine Miene hatte sich derart verdüstert, dass sie sich lieber hastig in das Taxi setzte.

Berlin-Zehlendorf, August 1922

An diesem schönen Spätsommertag hatte Lene die sonntägliche Kaffeetafel auf der Veranda der Villa gedeckt. Sie stellte gerade ihren frisch gebackenen Pulverkuchen auf den Tisch, als Charlotte in einem tropfnassen Badeanzug hinzutrat und sich heißhungrig ein Stück stibitzen wollte, doch ein kleiner Klaps auf die Hand verhinderte das.

»Du jehst dich erst mal anziehen, und dann satzt dich mit den anderen an den Tisch, wie sich das jehört«, schimpfte die Haushälterin.

»Aber Lenchen! Schwimmen macht hungrig. Ich schaffe das nicht mehr auf mein Zimmer …« Zu Lenes Entsetzen verdrehte Charlotte die Augen und sank theatralisch zu Boden.

»Kindchen, oh Jott!«, rief die Haushälterin entsetzt aus und beugte sich besorgt über die vermeintlich Ohnmächtige. In diesem Augenblick eilte Klara herbei und warf einen mitleidslosen Blick auf ihre Schwester. »Was stehste so rum? Hol deinen Vater zu Hilfe. Das Kind hat sich beijm Schwimmen uberanstrangt«, befahl Lene.

»Du fällst wohl immer wieder auf unsere kleine Schauspielerin rein«, entgegnete Klara kühl und kitzelte Charlotte unter den Fußsohlen, woraufhin ihre Schwester laut auflachte: »Das ist gemein. Du weißt genau, dass ich da kitzlig bin.« Charlotte sprang kichernd vom Boden auf.

»Du Glumskopp, du, wie kannste dich nur über eijne alte Frau so beschettern?«, fluchte Lene, aber Charlotte umarmte sie stürmisch.

»Herrlich, war das nicht lebensecht?«, lachte sie und nahm

sich, kaum dass Klara sie losgelassen hatte, schnell ein Stück Kuchen, bevor sie im Haus verschwand.

Lene sah ihr kopfschüttelnd hinterher.

»Tja, an meinem Schwesterchen ist nun mal eine Schauspielerin verloren gegangen. Aber dass du ihr immer noch auf den Leim gehst. Wenn sie noch mal einen Ohnmachtsanfall mimt, kümmere dich einfach nicht drum!«, bemerkte Klara kühl. Sie fand die Anwandlungen ihrer kleinen Schwester nur mäßig amüsant. In ihren Augen war ihr Benehmen reichlich infantil. Die beiden Schwestern waren vom Temperament her wie Feuer und Wasser. Klara machte sich über alles Gedanken und Sorgen, ob über eine Klassenarbeit, über die seit geraumer Zeit auftretende Schwermut ihrer Mutter oder über die Ermordung des Außenministers Rathenau sowie die gesamtpolitische Weltlage.

Als sie nun in Richtung See eilte, ging ein Strahlen über ihr sonst so ernstes Gesicht. Ihr war es gelungen, das Haus vor dem Erscheinen ihrer Familie an der Kaffeetafel ungesehen über die Veranda zu verlassen. Sie ging schnellen Schrittes durch das parkartige Anwesen, bis sie unten am See ankam. Dort hielt sie sich links. Ihr Ziel war eine Trauerweide, die weit ins Wasser ragte. Als sie sich dem Baum näherte, sah sie ihn schon dort stehen und warten. Das Herz schlug ihr bis zum Hals. Er sah blendend aus in seinem hellen Anzug und mit dem Strohhut auf seinem weißblonden Schopf, und er lächelte ihr zu.

»Schön, dass du es geschafft hast, den Koenigs zu entkommen«, begrüßte Kurt Bach sie.

»Ich hatte Glück«, erwiderte sie, während sie sich von Herzen wünschte, er würde sie in den Arm nehmen, doch dazu war der Sohn des Chauffeurs offenbar zu schüchtern. »Hat es einen besonderen Grund, dass du mich hergebeten hast?«, fügte sie hinzu und versuchte, ihre Aufregung zu verbergen.

»Ja, Klara, ich muss dir etwas sagen. Und ich möchte, dass du es als Erste erfährst.«

Hoffentlich hört er mein Herz nicht pochen, dachte sie und sah ihn fragend an.

»Ich werde meine Stellung bei deinem Vater kündigen. Ich habe ein Angebot unserer Genossen von der Parteizeitung, in der Redaktion der Roten Fahne mitzuarbeiten.«

Klara schluckte. Allein die Erwähnung der kommunistischen Partei und ihres roten Schmierblattes, wie Wilhelm das Parteiorgan zu bezeichnen pflegte, grenzte im Hause Koenig an ein Verbrechen.

Kurt sah sie voller Mitgefühl an. »Ich hätte es dir gern schonender beigebracht, aber ich möchte nicht eines Tages fort sein, und du weißt nicht, wo ich bin, denn du kannst dir vielleicht vorstellen, dass weder mein Vater noch deiner erfahren werden, dass ich demnächst für die Rote Fahne arbeite.«

Klara nickte schwach. »Ja, das kann ich mir gut vorstellen«, bekräftigte sie seine Worte leise. »Und dann wirst du auch nicht mehr bei deinem Vater wohnen, oder?«

Klaras Vater hatte dem Chauffeur und seinem Sohn vor knapp drei Jahren, als er die Villa in der Colonie Alsen gekauft hatte, in der Nähe zwei Zimmer zur Untermiete besorgt.

»Ich werde vor Ort gebraucht, denn uns droht jederzeit ein Verbot, und da müssen wir flexibel sein und ständig die Druckerei wechseln.«

»Das verstehe ich gut.« Klara versuchte, möglichst gefasst zu klingen, während ihr die Vorstellung, Kurt nicht mehr jeden Tag zu sehen und ein paar heimliche Worte mit ihm zu wechseln, ganz und gar nicht behagte. Es war für sie der Höhepunkt eines jeden einzelnen Tages geworden, wenn sie sich trafen und er sie über Dinge aufklärte, die im Haus Koenig partout nicht ausgesprochen werden durften, wie die immer wieder tobenden Straßenkämpfe zwischen linken und rechten Gruppierungen. Und manchmal berührte er auch flüchtig ihre Hand, oder sie sahen einander tief in die Augen. Ja, sie war schon lange in Kurt Bach verliebt, aber das würde sie ihm niemals verraten.

Und auch sonst durfte es keiner wissen. Unvorstellbar, wenn ihr Vater davon Wind bekam. Ihr gegenüber verhielt er sich ohnehin eher schroff und streng, während er Charlotte jeden Wunsch von den Augen ablas. Früher hatte die Eifersucht auf ihre kleine Schwester oft an Klaras Seele genagt, aber mit den Jahren war es ihr gleichgültig geworden, wenn sie den Glanz in den Augen ihres Vaters sah, sobald sein kleiner Liebling nur den Raum betrat. Charlotte war ja auch eine bezaubernde, wenn auch recht egozentrische Person. Das Einzige, was Klara ernsthaft wunderte, war die Tatsache, dass der Vater Charlotte sogar ihre mäßigen Schulnoten verzieh. Bis auf Deutsch und Musik gehörte ihre kleine Schwester zum unteren Durchschnitt auf der Höhere-Töchter-Schule, während Klara eine der Schulbesten war. Aber sie hatte ja auch ein Ziel: Sie wollte Ärztin werden! Einmal hatte sie sich getraut, ihrem Vater von diesem Wunsch zu erzählen. Sie würde sein Gesicht niemals vergessen: den spöttischen Zug um den Mund und die hochgezogene Augenbraue und den vernichtenden Satz: »Was bildest du dir eigentlich ein, mein Fräulein? Du bist ein Mädchen, wirst heiraten und Kinder kriegen!«

»Klara? Wo bist du mit deinen Gedanken?«

Erschrocken blickte sie zu Kurt auf. »Ich … ich, ich habe darüber nachgedacht, dass ich dich sehr vermissen werde«, stammelte sie.

»Ich dich auch«, flüsterte er und zog sie dicht zu sich heran. »Und deshalb wollte ich dich auch etwas fragen. Meinst du, wir könnten uns heute Abend an derselben Stelle treffen? Ich würde dich gern noch einmal in Ruhe sehen, bevor ich verschwinde. Ohne deine Familie im Nacken. Wahrscheinlich sitzt dein Vater schon wieder bei Tisch und trommelt mit den Fingern auf die Platte, weil du noch nicht zur Kaffeetafel erschienen bist.«

Obwohl Klara so schrecklich schwer ums Herz war, musste sie unwillkürlich lächeln. »Du hast meinen Vater sehr gut beobachtet.«

»Na ja, das ist keine Kunst. Der Herr Patriarch macht ja keinen Hehl daraus, dass ihr alle nach seiner Pfeife zu tanzen habt«, erwiderte er grinsend. »Aber du bist mir noch eine Antwort schuldig. Wirst du kommen?«

»Ja, Kurt, ich werde mich zum See hinunterschleichen, sobald die anderen zu Bett gegangen sind«, seufzte sie und schnupperte. Er roch so gut. Der Duft war ganz dezent, aber würzig und männlich.

Kurt strich ihr liebevoll durch ihr blondes, dichtes Haar. »Aber jetzt musst du dich sputen. Sonst schickt er womöglich noch seinen Adlatus Walter, um dich zu suchen, und der junge Herr Studiosus würde nicht mit der Wimper zucken, dem Herrn Papa zu petzen, dass du dich mit dem Personal getroffen hast.«

Klara befreite sich sanft aus der Umarmung und gab dem verblüfften Kurt einen Kuss auf die Wange, bevor sie sich umwandte und in Richtung Haus eilte. In ihrem Bauch tanzten Schmetterlinge bei dem Gedanken, Kurt heute Abend an derselben Stelle wiederzutreffen. Er liebt mich auch, dachte sie beglückt, sonst hätte er mich nicht um ein nächtliches Treffen gebeten.

»Klara, wo kommst du her?«, hörte sie die strenge Stimme ihres Vaters schon von ferne grollen.

»Ich habe einen Spaziergang gemacht«, erwiderte sie und ließ sich nicht die Laune verderben. Im Gegenteil, als ihr Blick an seinen auf die Tischplatte trommelnden Fingern hängen blieb, hatte sie Mühe, ein Grinsen zu unterdrücken. Die Familie war bereits um den Tisch versammelt, bis auf ihre Mutter.

»Wo ist Mutter?«, fragte sie, ohne darüber nachzudenken, dass Fragen zu diesem Thema nicht geduldet wurden, denn es kam in letzter Zeit immer häufiger vor, dass ihre Mutter sich zurückzog und nicht zu den gemeinsamen Mahlzeiten erschien. Ihr Fernbleiben wurde von Wilhelm nie auch nur mit einem einzigen Wort kommentiert. Nur Lene pflegte dann stets zu fragen, ob die gnädige Frau unpässlich sei und sie das Gedeck wieder abräumen solle.

»Du siehst so wohl aus, Schwesterchen«, bemerkte nun Gerhard, der nur auf Besuch in der Villa war, denn er hatte die Androhung des Vaters, dass er nicht mit in die Colonie Alsen ziehen durfte, sollte er das Medizinstudium hinwerfen, zum Anlass genommen, in eine eigene Wohnung nach Charlottenburg zu ziehen. Er hatte sein Studium doch nicht aufgegeben und sich stattdessen zusätzlich für das Fach Psychologie eingeschrieben mit dem Ziel, Psychiater zu werden. Diese Flausen werde er ihm zwar noch austreiben, behauptete Wilhelm bei jeder Gelegenheit, aber die Tatsache, dass er weiter Medizin studierte, hatte Wilhelm vorerst mit seinem Sohn versöhnt. Er hatte ihm mehrfach angeboten, wieder bei ihnen einzuziehen, aber Gerhard schien froh und glücklich, dem direkten väterlichen Einfluss entronnen zu sein.

»Danke«, sagte Klara artig und errötete. Ob man mir wohl ansieht, dass ich vor Glück tanzen und springen könnte, fragte sie sich, während sie sich ein Stück Kuchen nahm.

»Das steht dir gut, wenn du nicht immer ganz so ernst dreinschaust. Du bist so eine hübsche junge Frau«, fügte Gerhard liebevoll hinzu.

»Da hör sich mal einer unseren Bruder an«, mischte sich Charlotte keck ein. »Überhäuft meine Schwester mit Komplimenten. Jetzt bin ich dran!« Sie sah ihn herausfordernd an.

»Ach, meine Kleine, dir muss ich nicht sagen, wie bezaubernd du bist. Das weißt du selbst, und jede Wette, du hörst am Tag Dutzende Male, was für ein entzückender Fratz du bist«, lachte Gerhard.

»Fratz? Ich muss doch sehr bitten. Ich bin auch schon eine junge Dame!«, erwiderte Charlotte übertrieben manieriert und spreizte theatralisch den Finger ab, als sie die Kaffeetasse an den Mund setzte, so wie es die vornehmen Damen stets taten.

»Gut, dann lade ich die junge Dame natürlich auch zu meiner Verlobung ein.«

»Verlobung?«, fragten Wilhelm und Walter wie aus einem Mund.

»Ja, lieber Vater, wir haben uns entschieden, bald zu heiraten, und so wird es im nächsten Monat endlich die Verlobungsfeier geben, auf die ihr schon so lange lauert«, erklärte Gerhard mit einem Strahlen.

»Na, das ist ja mal eine gute Nachricht«, bemerkte sein Vater. »Es wurde aber auch allerhöchste Zeit, dass wir endlich die Eltern deiner Zukünftigen kennenlernen«, fügte er tadelnd hinzu.

»Dann erwarten wir euch im Elternhaus meiner Braut am zweiten Sonntag im September. Ihr bekommt noch eine schriftliche Einladung, aber ich wollte euch schon einmal darauf vorbereiten.«

»Das ist schon in vier Wochen. Warum plötzlich diese Eile? Hat das einen speziellen Grund?«, hakte Walter mit einem fiesen Grinsen auf den Lippen nach.

»Walter, ich bitte dich!«, rügte ihn der Vater.

»Lass ihn doch. So ist er eben. Aber, Brüderchen, ich kann dich beruhigen, nein, Olga ist nicht schwanger.«

»Gerhard, bitte, denk an das Kind!«, schimpfte Wilhelm.

»Aber, Vati, ich weiß doch genau, was eine Frau und ein Mann tun, wenn sie allein sind.«

Wilhelm bekam einen hochroten Kopf. »Charlotte, rede nicht so einen Unsinn!«

»In der Klasse ist ein Mädchen, das hat uns das aber erzählt. Die ist nachts bei Gewitter, ohne anzuklopfen, in das Schlafzimmer ihrer Eltern geplatzt, und da hat der Vater nackt auf ihrer Mutter gelegen, und sie haben beide gestöhnt …«

»Charlotte, Schluss jetzt! Das wollen wir gar nicht hören bei Tisch, und schon gar nicht aus dem Mund einer jungen Dame!«, ermahnte er sie.

»Wenn sie es aber mit eigenen Augen gesehen hat, und neun Monate später hat sie einen kleinen Bruder bekommen!«, insistierte Charlotte fröhlich.

»Schluss!« Die geräuschvoll auf den Tisch krachende väterliche Faust ließ selbst Charlotte verstummen.

»Wo ist eigentlich Mutter?«, fragte Gerhard nun. Er war zu selten zu Hause, um Bescheid zu wissen, dass seine Mutter immer häufiger dem Essen fernblieb und dass man über das Thema in diesem Haus nicht sprach.

»Sie ist unpässlich, aber nun …«

In diesem Augenblick erschien Gertrud. Sie war sehr schmal geworden in den letzten drei Jahren, und ihr Haar vollständig ergraut.

Sie gab Gerhard einen Kuss auf die Wange, und Klara beobachtete, wie erschrocken ihr Bruder über den Anblick seiner Mutter war. Sie sieht aber heute auch besonders elend aus, dachte Klara bekümmert.

»Lene!«, rief Wilhelm. »Bringen Sie bitte das Gedeck der gnädigen Frau zurück!«

»Ach, wie schön, dass du uns mal wieder besuchst«, sagte Gertrud. Auch ihre Stimme war in den letzten Jahren leiser geworden, und obwohl sie sich bestimmt aufrichtig freute, ihren Sohn zu sehen, lag ein trauriger Schatten über ihrem Gesicht.

Sie sieht aus wie eine alte Frau, durchfuhr es Klara betrübt, als sie zusah, wie Gertrud gebückt zu ihrem Platz ging.

»Ich habe eine schöne Überraschung mitgebracht, Mutter«, verkündete Gerhard. »Olga und ich werden uns im September verloben. Und dann lernt ihr endlich ihre Eltern kennen. Sie sind schon ganz gespannt auf euch und sehr erleichtert, dass diese Zustände wie Sodom und Gomorrha, wie sie unsere Beziehung ohne Trauschein bislang genannt haben, ein Ende finden.«

»Oh, das ist ja mal eine gute Nachricht«, sagte Gertrud und rang sich zu einem Lächeln durch.

»Nimm dir Kuchen, Mutti, du musst unbedingt etwas essen«, bemerkte Klara und legte ihrer Mutter ungefragt ein Stück auf den Teller. Gertrud schenkte ihrer Ältesten einen dankbaren Blick, rührte den Kuchen allerdings nicht an.

»Und? Bin ich auch eingeladen?«, fragte nun Walter in einem süffisanten Ton.

Gerhard musterte ihn verblüfft. »Warum solltest du nicht zu meiner Verlobung kommen?«

»Na ja, du hast mir die Gesellschaft deiner Verlobten völlig vorenthalten, nachdem ich euch einmal zufällig getroffen habe, als sie dich von einer Vorlesung abgeholt hat und wir uns anregend unterhalten haben. Sie ist wirklich eine Granate.«

»Walter, sprich doch nicht so von Gerhards Verlobter«, empörte sich Wilhelm.

»Und nun glaubst du, ich müsste sie vor dir verstecken, weil ich Angst habe, du könntest sie mir ausspannen?«, fragte Gerhard in scherzhaftem Ton.

»Sie ist eine außerordentlich aparte und sehr kluge Frau«, erwiderte Walter, ohne auf die Worte seines Bruders einzugehen. »Schließlich ist es ihr zu verdanken, dass du nicht zu den Philosophen abgewandert bist.«

»Wie kommst du denn darauf?«

»Ich habe sie danach noch ein paarmal getroffen, und da haben wir darüber geplaudert. Sie erzählte mir, wie sie auf dich eingeredet hat. Und auch ihr Vater hat dir wohl ins Gewissen geredet«, entgegnete Walter, und ein gewisser Triumph sprach aus seinen Augen.

Gerhard war blass geworden. »Wo seid ihr beide euch denn begegnet?«

»Ich bin mit einem Freund ihres Bruders befreundet, und auf dessen Verlobungsfeier hatten wir das Vergnügen. Hat dir deine Braut gar nichts davon erzählt?«

»Doch, doch, jetzt erinnere ich mich dunkel daran. Ich konnte nicht mit zu dem Fest, weil ich arbeiten musste.«

»Ich weiß. Du verdienst dir Geld als Türsteher beim Varieté dazu, um Fräulein Waldersheim auch mal ausführen zu können.«

»Du machst was?«, rief Wilhelm entsetzt aus.

»Ich glaube, solange ich meinen Pflichten nachkomme, ist das allein meine Sache!«, erwiderte Gerhard scharf. »Aber wie ich sehe, hat sich hier gar nichts verändert«, fügte er hinzu und wandte sich an Walter. »Macht es dir eigentlich großen Spaß, mich zu provozieren, mein lieber Bruder?«

»Bitte streitet euch doch nicht«, mischte sich Gertrud mit schwacher Stimme ein.

Gerhard war immer noch ziemlich blass im Gesicht, als er aufstand. »Mutter, es tut mit leid, aber ich habe noch zu arbeiten. Ich komme demnächst einmal vorbei, und dann reden wir beide ganz in Ruhe miteinander.«

»Gerhard, was soll das kindliche Verhalten? Du bleibst jetzt sitzen!«, befahl Wilhelm.

»Nein, ich verabschiede mich und sehe euch dann alle zu meiner Verlobung.« Gerhard verbeugte sich steif und verabschiedete sich von seiner Mutter und seinen Schwestern mit Küssen auf die Wange, bevor er schnellen Schrittes und hocherhobenen Hauptes davoneilte.

»So eine Mimose«, spottete Walter.

Klara, die das Gespräch der Brüder mit unterdrücktem Zorn verfolgt hatte, konnte sich nicht länger beherrschen.

»Nein, ist er gar nicht! Er ist nur ein feinsinniger Mensch, der uns einen Riesenstreit ersparen wollte. Wie kannst du ihn derart kompromittieren? Das ist gemein von dir«, zischte sie.

»Du sollst dich nicht ständig in Dinge einmischen, von denen du nichts verstehst, mein Kind«, maßregelte Wilhelm seine Tochter.

»Was gibt es da zu verstehen? Walter hat Gerhard provoziert und wollte ihn eifersüchtig machen. Dass man das nicht tut, das wissen auch schon kleine Mädchen wie ich«, gab sie trotzig zurück.

Während Wilhelm noch nach Luft schnappte, kam Charlotte ihrer Schwester zu Hilfe. »Das verstehe ja sogar ich schon. Walter will Gerhard die Braut ausspannen! Und das ist wirklich nicht nett!«

»Schluss!«, brüllte Wilhelm und wandte sich zornig an Klara. »Da siehst du, was du angerichtet hast! Jetzt hetzt du mit deinen aufrührerischen Reden auch noch deine kleine Schwester auf. Du gehst auf dein Zimmer, und zwar sofort! Und da bleibst du bis morgen. Ohne Abendbrot.«

Das ließ Klara sich nicht zweimal sagen. Für sie war das die schönste Strafe überhaupt, wenn sie jetzt ungestört ihren Gedanken an Kurt nachhängen durfte. Sie war schon beinahe bei der Verandatür, als sie Walter laut sagen hörte: »Hast du eigentlich vorhin den Sohn unseres Chauffeurs am See getroffen? Ich sah ihn von meinem Fenster aus durch den Park schlendern.«

Obwohl Klara am ganzen Körper zitterte und ihr Herz bis zum Hals pochte, drehte sie sich noch einmal um und sagte mit fester Stimme: »Leider nein! Mir ist keine Menschenseele begegnet. Schade, ich hätte gern ein wenig mit ihm geplaudert.«

Mit diesen Worten drehte sie sich wieder um und war froh, dass ihr die Beine nicht den Dienst versagten. Es war ihre größte Angst, dass Walter ihrem Geheimnis auf die Spur kam und es ihrem Vater petzte. Dann nämlich wäre ihr Schicksal besiegelt, und der Vater würde sie umgehend nach Weimar auf ein Internat schicken. Wie oft hatte er ihr schon gedroht, dass man dort aufsässigen Mädchen Gehorsam beibringen würde. Für einen kurzen Augenblick spielte sie mit dem Gedanken, einfach nicht zu ihrer Verabredung mit Kurt zu erscheinen, aber ihr Herz sprach eine andere Sprache.

Klara ging auf ihr Zimmer und legte sich auf das Bett. Ihr Herz raste immer noch, und sie versuchte, ein paar tiefe Atemzüge zu nehmen, um sich zu beruhigen. Schließlich hatte sie sich so weit gefangen, dass sie ihr Tagebuch unter der Matratze hervorholte und ihre aufgewühlten Gedanken zu Papier brachte.

Es war schon spät, als es an ihrer Tür klopfte. »Ich bin es, Lene«, hörte sie die Stimme der Haushälterin rufen, die mit einem Tablett ins Zimmer trat. »Du kannst doch nich ohne Assen ins Bett jehen«, sagte sie und reichte Klara einen Teller mit Broten und eine Tasse Tee.

»Du bist die Beste«, seufzte Klara, bevor sie sich mit Heißhunger auf das Essen stürzte.

»Da haste Glück, deijn Vater und Walter sind noch ausjejangen. Nee, also da soll mal eijner den Harrn Professor varstehn. Ohne Abendbrot, da wird ejem ja janz kodderig.«

»Was heißt, Vater und Walter sind ausgegangen? Wohin? Und weißt du, wann sie wiederkommen?«

»Neijn, nich jenau, aber der Harr Profassor wollte mit der Frau Profassor in die *Fledermaus* jehn, aber die Frau Profassor fiehlte sich nich. Und da ist der Harr Sohn mitjejangen.«

»Danke, Lene«, seufzte Klara, und sie überlegte fieberhaft, ob sie die günstige Gelegenheit nicht nutzen sollte, schon jetzt an den See zu gehen und dort bis zur Dunkelheit auf Kurt zu warten.

Entschlossen sprang sie vom Bett auf und bürstete voller Inbrunst ihr blondes Haar. Wie gern würde sie es sich so kurz schneiden lassen, wie sie es neulich im Kino gesehen hatte. Asta Nielsen hatte in einem Film den Hamlet gespielt und Klara und ihre Freundinnen mit der Männerfrisur schwer beeindruckt. Ein paar der älteren Mädchen aus ihrer Schule durften das Haar bereits kinnlang und offen tragen, während sie ihr langes Haar zu Zöpfen geflochten tragen musste, was sie ganz schrecklich fand.

Manchmal schon war sie kurz davor gewesen, sich die Zöpfe einfach abzuschneiden, aber sie fürchtete weniger den Tadel ihres Vaters als vielmehr das Entsetzen ihrer Mutter. Klara wollte ihr nicht noch mehr Kummer bereiten, war sie doch ohnehin schon von Schwermut gezeichnet.

Klara steckte der bezopften jungen Frau im Spiegelbild die Zunge heraus. Wenn ich doch bloß endlich so alt wäre, selbst über mein Leben zu entscheiden, dachte sie, aber bis ich einundzwanzig bin, ist es noch eine halbe Ewigkeit hin.

Vorsichtig steckte Klara den Kopf aus der Tür und verließ das Zimmer erst, nachdem sie sich vergewissert hatte, dass im Haus alles still war. Für den eher unwahrscheinlichen Fall, dass jemand einen Blick in ihr Zimmer werfen würde, hatte sie das Bettzeug so kunstvoll drapiert, als würde jemand darunter schlafen.

Sie atmete auf, als sie durch die Verandatür ungesehen ins Freie geschlüpft war. Die Tür lehnte sie so an, dass sie später wieder ungehindert zurück ins Haus gelangen konnte.

Klara zog Schuhe und Strümpfe aus und rannte barfuß durch den Park. Als sie weit genug vom Haus entfernt war, drehte sie sich noch einmal um. Die in der Abenddämmerung liegende Villa sah aus wie ein verwunschenes Schloss.

Kurt hatte nicht unrecht, wenn er immer wieder betonte, dass sie aus zwei Welten kämen. Und trotzdem beschleunigte sich ihr Herzschlag bei dem Gedanken, ihn zu treffen.

Berlin, Juli 2014

Vivien rieb sich verwundert die Augen, als sie aufwachte. Sie hatte in der letzten Bar ein paar Drinks zu viel genommen und erinnerte sich nur noch bruchstückhaft daran, dass sie anschließend mit Ben in seine Wohnung gegangen war. Und auch an den merkwürdigen Eingang. Sie waren durch eine Tür und einen Flur wieder ins Freie gelangt, hatten einen Innenhof durchquert, waren wieder in einem Flur gewesen und in den fünften Stock hinaufgestiegen. »Das nennt man in Berlin Hinterhaus«, hatte Ben ihr, ebenfalls schon leicht angesäuselt, erklärt.

Das Einzige, woran Vivien sich noch ziemlich deutlich erinnerte, war ein leidenschaftlicher Kuss. Und dass sie auf Bens Bett gefallen waren. Aber sie hatte keine Erinnerung, ob sie mit ihm geschlafen hatte oder nicht. Das wäre ja ein Witz, wenn ich nach so langer Zeit wieder Sex gehabt hätte und nicht mal wüsste, ob er gut oder mies gewesen ist, dachte sie belustigt, während sie vorsichtig zur anderen Bettseite hinüberschielte, wo sich aber nur eine zerknüllte Bettdecke befand.

Als sie sich stöhnend aufsetzte, machte sich sofort der Kopfschmerz bemerkbar. Vivien war es nicht gewohnt, so viel Alkohol zu trinken, und spürte die Caipirinhas in jeder einzelnen Hirnwindung.

»Den Kaffee mit Milch?«, ertönte Bens Stimme. Vivien wandte sich um. Er war immer noch so attraktiv wie am Abend zuvor, obgleich Männer, die ein T-Shirt und unten nichts trugen, stets ein wenig lächerlich aussahen. Da machte selbst so ein hübscher Kerl wie Ben keine Ausnahme.

»Viel Milch«, erwiderte sie und entschied sich, nicht länger herumzurätseln, was in der Nacht alles passiert sein könnte oder eben nicht. »Haben wir, oder haben wir nicht?«, fügte sie lauernd hinzu.

»Ich habe es versucht, aber du bist mir quasi unter den Händen eingeschlafen«, lachte er.

»Oh«, entfuhr es Vivien. Sie überlegte gerade, ob es vielleicht eine gute Idee wäre, das Verpasste nachzuholen, da hörte sie Ben schon sagen: »Wir müssen uns beeilen. Die warten mit der Probe auf uns.«

»Probe? Habe ich dir etwa zugesagt, dass ich mit ins Theater komme?«

Ben lachte. Dabei blinkte eine Reihe makelloser Zähne auf. »Du hast sogar in der Bar das Casting bestanden.«

»Was habe ich bitte?«

»Weißt du das denn nicht mehr? Meine Kollegen kamen doch noch vorbei, und du hast den einen Song aus dem Stück so klasse gesungen, dass der ganze Laden applaudiert hat und der Barchef dich gleich engagieren wollte.«

Vivien schluckte ein paarmal. Das ist wirklich wie verhext, dachte sie, warum bin ich nur immer gleich so schnell betrunken und habe dann solche schwarzen Löcher im Hirn? Das war der Grund, warum sie nicht allzu häufig zum Alkohol griff, denn immer, wenn die Freunde gerade erst in Feierlaune gerieten, war sie bei demselben Pensum längst rechtschaffen betrunken.

»Aber ich habe nicht auf dem Tisch getanzt oder mich sonst wie blamiert, oder?«, erkundigte sie sich zaghaft.

»Nein, gar nicht, wenn man mal davon absieht, dass du immer wieder zu einem blonden Schönling an die Bar gegangen bist, der sich dort allein einen geknallt hat, und ihn unbedingt therapieren wolltest.«

»Wie? Was habe ich gemacht?« Vivien war plötzlich sehr unwohl in ihrer Haut.

»Du hast ihn ständig mit der Frage gelöchert, warum ein so attraktiver Kerl wie er sich allein an der Bar besäuft und warum er so traurig aussieht.«

Vivien ließ sich zurück in die Kissen fallen. »Wie peinlich ist das denn? Und wie hat er reagiert?«

Ein Grinsen umspielte Bens Lippen. »Die Wahrheit? Er hat dich gefragt, ob du keinen Friseur hast, dem du ein Gespräch aufzwingen kannst.«

»Und das haben alle von eurer Truppe gehört?«

Ben nickte amüsiert.

Vivien zog sich das Kissen übers Gesicht. »Ich komme nicht mit ins Theater«, stöhnte sie.

Ben setzte sich mit einem Kaffeebecher in der Hand auf die Bettkante und nahm ihr vorsichtig das Kissen vom Gesicht.

»Die fanden dich alle süß. Sie konnten gar nicht verstehen, warum der Melancholiker dich derart uncharmant hat abblitzen lassen. Und ich war richtig eifersüchtig, dass du den Typen so niedlich angeflirtet hast.«

Es kostete Vivien einige Kraft, sich zumindest dunkel zu entsinnen. In ihrem Gedächtnis waren nur Bilderschnipsel vorhanden, die sie nicht zu einem Gesamtwerk zusammenbrachte. Da war der blonde Typ an der Bar gewesen, der die traurigsten blauen Augen besaß, die sie jemals gesehen hatte … aber dass sie ihn angesprochen hatte, war ihr entfallen.

»Gut, dann werde ich mal aufstehen«, seufzte sie.

»Bekomme ich wenigstens einen Kuss?«, fragte Ben und spitzte die Lippen.

»Okay«, lachte sie und gab ihm ein Küsschen auf die Wange. »Kann ich deine Dusche benutzen?«

»Ja klar, auch mein Duschgel. Handtücher liegen in dem Glasbord. Eine frische Gästezahnbürste findest du in dem geschlossenen Schrank.«

»Aha, du bekommst wohl öfter unvorhergesehenen Damenbesuch«, spottete Vivien. An seiner verlegenen Miene war unschwer zu erkennen, dass sie den Nagel auf den Kopf getroffen hatte.

»Ich nehme sie trotzdem, und ich finde das äußerst umsichtig von dir«, lachte sie und sprang mit einem Satz aus dem Bett, griff sich den vollen Kaffeebecher und ging ins Bad.

Als sie, frisch geduscht und in ein Badetuch eingewickelt, aus der Tür kam, wartete Ben schon ungeduldig im Flur auf sie.

»Ich beeile mich«, versprach Vivien und verschwand im Schlafzimmer. Ein Blick auf ihr neu erstandenes schwarzes Paillettenkleid, das zerknüllt am Boden lag, rief ihr in Erinnerung, dass sie keine Kleidung zum Wechseln dabeihatte. Und sie hatte wenig Lust, sich in die Abendgarderobe zu zwängen, zumal es ein ziemlich heißer Sommertag zu sein schien. Sollte sie erst mit dem Taxi ins Hotel fahren oder Ben um eine Jeans bitten? Er war nicht viel größer als sie und besaß schmale Hüften. Sie steckte den Kopf zur Tür hinaus. »Ben, kannst du mir eine alte Hose und ein Hemd leihen? Wenn ich mit meinem Paillettenfummel im Theater auftauche, kann ich mir gleich auf die Stirn tätowieren: ›Ja, ich habe bei Ben übernachtet!‹«

»Das wollen wir ja auf keinen Fall riskieren, weil das keiner je vermuten wird, nachdem ich dich gestern quasi ins gemeinsame Taxi getragen habe«, scherzte er, während er ihr eine Jeans und ein weißes Herrenunterhemd reichte. »Ich glaube, das könnte ziemlich scharf aussehen«, lachte er.

Vivien zog die Sachen widerspruchslos an.

»Wow! Das ist doch ganz modern, wenn Frauen die Hosen ihrer Boyfriends anziehen«, kommentierte Ben ihren Anblick.

Vivien unterdrückte die Bemerkung, dass sie sich nicht als seine Freundin betrachte, aber sie konnte sich durchaus vorstellen, Ben zu ihrem Begleiter für die nächsten Wochen, die sie in Berlin zu bleiben gedachte, zu machen. Hatte er ihr gestern nicht sogar angeboten, sie könne so lange bei ihm wohnen?

Ein bisschen mulmig war ihr bei dem Gedanken, ihre Mutter in diese Pläne, länger in Berlin zu bleiben, einzuweihen.

Wenn sie tatsächlich die Rolle in diesem Musical spielte, dann würde das bedeuten, dass sie frühestens in drei Monaten nach New York zurückkehrte. Sie bereute auch ein wenig, dass sie sich Olivia gegenüber gestern so zickig verhalten hatte, aber es machte sie einfach rasend, zu erleben, wie emotionslos sie Ethans Tod hinnahm, und dass es einen triftigen Grund geben musste, warum sie sich so kalt verhielt. Und es regte sie auf, dass Olivia versuchte, ihm eine Affäre anzuhängen, wobei es doch Olivia gewesen war, die ihre Familie beinahe wegen eines anderen Kerls verlassen hatte. Ethan war damals ein psychisches Wrack gewesen. Aber was, wenn ihre Mutter die Wahrheit sagte und ihr Vater wirklich eine andere Frau gehabt hatte? Das würde allerdings auch nicht erklären, warum sie ihm diese unbedeutende Affäre über den Tod hinaus verübelte. Wenn es etwas Ernstes gewesen wäre, dann hätte ihr Vater ihr das mit Sicherheit erzählt. Ihr kam sofort der Tag des Unfalls in den Sinn. Und damit begann erneut das verzweifelte Grübeln. Warum konnten nicht wenigstens Bilderfetzen vor ihrem inneren Auge entstehen; so wie die von der vergangenen Nacht? Warum lag die Zeit, seit sie ihre Wohnung verlassen hatte, bis zu ihrem Erwachen im Krankenhaus in völliger Finsternis? So sehr sie sich auch anstrengte, es regte sich nicht ein Fünkchen Erinnerung.

»Ich will dich ja nicht stören, aber können wir jetzt gehen?«, fragte Ben vorsichtig.

Vivien schreckte aus ihren Gedanken. »Ja sicher.«

Er musterte sie durchdringend. »Magst du mir verraten, woran du denkst, wenn du mit diesem abwesenden Blick in die Ferne starrst? Das ist mir gestern schon aufgefallen.«

Vivien stand in diesem Moment nicht der Sinn danach, ihn in ihre Probleme einzuweihen. Sie waren in Eile, und sie konnte nicht abschätzen, inwieweit es sie aufregen würde, über ihre Amnesie zu reden.

»Ich träume manchmal so vor mich hin«, schwindelte sie und warf im Vorbeigehen einen Blick auf ihr Spiegelbild. Sie hätte niemals gedacht, dass ihr seine Kleidung so gut stehen würde.

Ben nahm ihre Hand, als sie draußen auf der belebten Straße angekommen waren. Einträchtig schlenderten sie zum Theater.

Es war Vivien ein wenig peinlich, die Menschen wiederzusehen, vor denen sie gestern ungehemmt den Song zum Besten gegeben hatte. Aber wenigstens erinnerte sie sich jetzt dunkel an ihre Gesichter.

Die Ensemblemitglieder saßen bereits mit ihren Textbüchern um einen großen Tisch herum und machten den beiden verspäteten Kollegen Platz.

»Echt cool, dass du die Rolle der Hanna spielst«, sagte eine kleine Dunkelhaarige, die ein Piercing an der Unterlippe hatte. »Ihr Auftrittssong ist ja wie gemacht für dich.«

Vivien lächelte verlegen und nahm das Textbuch zur Hand, das die Frau ihr reichte. Wahrscheinlich hatte sie ihr gestern auch ihren Namen genannt, aber den hatte Vivien vergessen, wie auch die Namen der übrigen Ensemblemitglieder. Und auch, worum es in dem Stück ging, obwohl man es ihr sicher erklärt hatte.

»Wir machen jetzt eine Leseprobe. Bist du bereit, Vivien?«, fragte ein grauhaariger Mann, den sie auf Mitte vierzig schätzte und der mit Abstand der Älteste am Tisch war. Das wird wohl der Regisseur sein, mutmaßte Vivien und nickte. Ist der gestern auch mit in der Bar gewesen, versuchte sie sich zu erinnern. Das muss er wohl, beantwortete sie sich diese Frage selbst, sonst hätte ich die Rolle heute nicht.

»Ich war zwar gestern nicht mit in der Bar, aber mein Team hat einstimmig für dich plädiert, und ich vertraue meinen Leuten«, sagte er lächelnd.

Vivien errötete angesichts dieser Vorschusslorbeeren und konzentrierte sich ganz auf den Text. Beim Lesen fand sie zunehmend Gefallen an dem Stück: Hanna, eine junge Australierin, reist nach Berlin, um eine deutsche Urlaubsbekanntschaft wiederzusehen, doch dann lernt sie das fremde Land mit all seinen Tücken kennen und verliebt sich in einen anderen, einen jungen Türken … Vivien mochte sowohl die Charaktere als auch ihre Rolle und fand die Dialoge sehr ansprechend. Ein besonderer Reiz waren allerdings die Songs in dem Stück, denn es war als modernes Musical angelegt.

»Wer hat das Stück eigentlich geschrieben?«, fragte sie in einer Pause in die Runde.

Die anderen sahen sie erstaunt an. Vivien ahnte auch, warum. Wahrscheinlich hatte man ihr das gestern Abend bereits erzählt. Um nicht völlig entrückt zu wirken, ging sie in die Offensive. »Ich weiß, ihr habt es mir gestern sicher gesagt, aber ich habe leider einen Filmriss. Das passiert mir leicht, wenn ich zu viel trinke. Bitte nehmt es nicht persönlich, dass ich mich nicht mehr an alles erinnere. Wie zum Beispiel an eure Namen und den Verfasser des Stücks.«

»Ach, so ein kleiner Blackout ist ja nicht weiter schlimm. Ich bin der Benjamin, aber alle nennen mich Ben«, lachte Ben. »Also, das Stück habe ich verfasst, und ich spiele auch deine neue Liebe, den Türken Fatih«, fügte er rasch hinzu.

Obwohl Vivien genau wusste, dass das nichts als ein harmloser Scherz war, kamen ihr die Tränen, und sie fühlte sich schrecklich bloßgestellt, weil sie daran denken musste, dass sie noch einen viel größeren Blackout hatte, einen, den man nicht mit einem Witz abtun konnte.

»Sorry, ich wollte dir nicht zu nahe treten«, entschuldigte sich Ben erschrocken. »Natürlich weiß ich, dass du meinen Namen nicht vergessen hast.«

»Ist schon gut«, wiegelte sie ab. »Ich musste plötzlich daran denken, dass ich meinen Vater vor ein paar Wochen bei einem Autounfall verloren habe, bei dem ich mit im Wagen saß und an den ich mich nicht mehr erinnern kann«, fügte sie leise hinzu. Es wäre unsinnig, die anderen zu belügen, wenn wir gemeinsam dieses Musical erarbeiten wollen, dachte sie und sah prüfend in die Runde.

Sie konnte in den Gesichtern der anderen viel Mitgefühl lesen. Ben trat auf sie zu und nahm sie in den Arm. Jetzt waren alle Dämme gebrochen, und sie schluchzte hemmungslos auf.

»Ich würde jetzt gern ins Hotel gehen und meiner Mutter mitteilen, dass ich noch in Berlin bleibe. Sie geht davon aus, dass wir zurückfliegen, sobald sie einen Buchvertrag abgeschlossen hat«, erklärte sie, nachdem sie sich beruhigt hatte, denn sie fühlte sich partout nicht in der Lage, die Probe fortzusetzen. Der Zweifel und die beklemmende Unsicherheit hatten sie wieder fest im Griff.

»Das ist gar kein Problem, denn wir müssen ohnehin gleich eine Durchgangsprobe von einem unserer älteren Stücke machen, das heute Abend auf dem Spielplan steht«, erklärte der Grauhaarige. »Ich bin Arne, der Chef dieser Truppe, und wir freuen uns wirklich sehr, dass du bei diesem Stück dabei bist. Und was deine Amnesie angeht, nimm es nicht so schwer. Ich hatte das mal nach einem Schädel-Hirn-Trauma und bin mithilfe einer Therapeutin davon geheilt worden. Bei mir war es besonders tückisch, weil etwas zutage trat, was ich gern verdrängt hätte.«

Vivien zuckte zusammen und fragte sich erschrocken, ob das womöglich auch auf sie zutreffen könnte.

»Danke, ihr seid echt super, und ich freue mich auf die Arbeit mit euch. Und ab morgen bin ich auch wieder konzentriert dabei, aber mit dem Kater bin ich nicht ganz bei der Sache. Und außerdem muss ich das mit meiner Mutter klären und schauen, wo ich wohne …«

»Du kannst bei uns in der Wohngemeinschaft ein Zimmer haben. Ich bin übrigens Mika«, bot eifrig die Dunkelhaarige mit dem Piercing an.

»Vivien wohnt bei mir. Das haben wir schon geklärt«, widersprach Ben heftig. »Ich bringe dich noch zur S-Bahn«, fügte er hinzu und legte den Arm um sie.

Sie winkte den anderen noch einmal zu und verließ zusammen mit Ben den Probenraum. Eigentlich fühlt sich das alles sehr gut an, dachte sie, und doch spürte sie deutlich, dass der Unfall und die Tatsache, dass sie sich an nichts mehr erinnerte, viel stärker an ihr nagten, als sie zugeben wollte. Außerdem vermisste sie ihren Vater in diesem Augenblick so sehr, dass sie schon wieder hätte losheulen können. Ben schien das zu bemerken, denn er zog sie ganz dicht zu sich heran und flüsterte: »Ich werde dich so doll verwöhnen, wie ich es nur kann.«

Vivien rang sich zu einem Lächeln durch. Nun hatte sie sich so lange gewünscht, einen gut aussehenden und dazu einfühlsamen Mann kennenzulernen, und sie fühlte nichts als eine schmerzende Einsamkeit.

Berlin, Juli 2014

Olivia spürte die Folgen des vergangenen Abends in jeder Pore. Ihr Mund war trocken, in ihrem Magen grummelte es, und ihr Schädel brummte, und doch war sie von einer gewissen Heiterkeit erfüllt. Und sie ahnte auch, dass der Grund einen Namen hatte. Sie erinnerte sich an jede Minute mit Alexander und erlebte vor ihrem inneren Auge noch einmal den Kuss in allen Einzelheiten, bevor sie sich aus dem Bett quälte.

Als sie in den Spiegel im Bad sah, erschrak sie. Ihre Augen waren klein wie Schlitze, dafür hatten die Tränensäcke eine beachtliche Größe erreicht. Kurz, sie sah völlig verquollen aus und fand, dass die Spuren der dritten Flasche Wein wie Mahnmale in ihr Gesicht eingekerbt waren. Und trotzdem bereute sie nichts.

Sie war sehr gespannt, was Paul Wagner zu ihren Plänen sagen würde, noch ein wenig in Berlin zu bleiben, um vor Ort herauszufinden, warum ihre Großmutter einst so überstürzt in die USA abgereist war und ihre deutsche Vergangenheit zeitlebens vehement ausgeblendet hatte.

»Der Klang Ihrer Stimme lässt hoffen«, frohlockte der Verleger, als sie ihn wenig später anrief. »War das Treffen mit der Dame, die sich Marie Bach nennt, erfreulich?«

»Wie kommen Sie darauf, dass sie nicht wirklich so heißt?«, gab sie erschrocken zurück. Sie würde ihm jedenfalls kein Sterbenswort von dem verraten, was sie gestern über die Autorin erfahren hatte.

»Dreißig Jahre Berufserfahrung«, lachte er. »Ich würde jede Wette eingehen, dass es sich um ein Pseudonym handelt. Und? Habe ich recht?«

Olivia fiel in sein Gelächter ein.

»Über die Identität der Autorin werden Sie aus meinem Mund nichts erfahren. Ich habe sie nur getroffen, um herauszufinden, ob sie sich etwas zurechtphantasiert hat oder ob meine Großmutter tatsächlich eine Schwester hatte. Und ob es sich bei der Autorin um die Enkelin von Klara Koenig handelt.«

»Und? Sie machen es aber spannend.«

»Das Manuskript basiert tatsächlich auf den Tagebüchern der Schwestern Klara und Charlotte Koenig.«

»Das ist ja großartig. Und überlässt sie Ihnen die Tagebücher?«

»Leider nein! Die sind beide verschwunden.«

»Mist! Und nun? Ich meine, Sie können sich natürlich an dem Manuskript bedienen, aber das hört ja irgendwann abrupt auf. Soweit ich mich erinnere, fehlt die ganze Geschichte von der Abreise Ihrer Großmutter nach New York.«

»Ich weiß. Deshalb hat die Autorin sich auch nicht mehr bei Ihnen gemeldet, denn sie konnte keinen authentischen Schluss verfassen, weil die Tagebücher weg sind. Und sie wollte sich wohl nichts aus den Fingern saugen«, erklärte Olivia und war sehr zufrieden mit ihren Worten. So war es sicherlich ganz in Alexanders Sinn.

»Aber das ist doch gerade das Spannende an einer Scarlett-Dearing-Biografie. Warum verlässt sie Hals über Kopf das Land, in dem sie ein aufsteigender Stern ist, obwohl sie keine Jüdin ist und höchstwahrscheinlich auch nicht politisch verfolgt? Die Nazis waren ja noch gar nicht an der Macht. Und so weit ich Ihren Artikel gelesen habe, war auch kein Josef von Sternberg in ihrer Vorstellung und hat sie nach Hollywood geholt wie bei der Dietrich, oder?«

»Und genau das werde ich herausbekommen, und zwar gemeinsam mit der Autorin. Was ist damals geschehen? Das muss doch zu recherchieren sein, gerade weil sie keine Unbekannte war damals. Dann bekommen Sie vielleicht eine vollständige

Biografie, und wenn Sie Glück haben, ein vollständiges Manuskript für einen Roman obendrein.«

»Das klingt vielversprechend, aber wie wollen Sie das anstellen?«

»Die Autorin hat mich eingeladen, eine Zeit lang in ihrem Haus zu verbringen, das einst das Elternhaus meiner Großmutter gewesen ist.«

»Wow! Das heißt, Sie bleiben länger in Berlin?«

»Jedenfalls so lange, bis ich dem Geheimnis auf die Spur gekommen und in der Lage bin, Ihnen eine vollständige Biografie zu liefern.«

»Dann kommen Sie doch morgen in mein Büro, und bringen Sie die mysteriöse Autorin einfach gleich mit. Wie alt ist sie? Wie sieht sie aus?«

»Ich würde sagen, blendend!«, entgegnete Olivia belustigt und beendete rasch das Gespräch, bevor sie womöglich zu viel ausplauderte.

Ihr Blick fiel auf das unbenutzte Bett ihrer Tochter. Obwohl Vivien eine selbstständige junge Frau war, konnte sie nichts dagegen tun, dass sie sich ein wenig um sie sorgte. Vivien hatte sich nicht mehr bei ihr gemeldet, seit sie gestern, während Olivia geschlafen hatte, das Hotelzimmer ohne Nachricht verlassen hatte. Schließlich kannte ihre Tochter niemanden in der Stadt, wobei … Plötzlich fiel ihr der junge Mann ein, von dem Vivien so begeistert berichtet hatte. Ob sie bei ihm übernachtet hatte? Aber ganz ohne Nachricht? Sie hätte ihr doch wenigstens eine SMS schreiben können. Ein sicheres Zeichen, dass sie immer noch sauer auf mich ist, dachte Olivia betrübt, und sie hoffte inständig, dass Viviens Erinnerung an den Unfall schnellstens zurückkehrte. Dann würde ihre Tochter endlich verstehen, warum ihr das Trauern um Ethan so verdammt schwerfiel. Was würde sie darum geben, wenn sie ihrem Mann das Verhältnis zu Kim endlich verzeihen könnte, aber es gelang ihr nicht. Der Zorn auf Ethan hatte sich zwar in völlige Gleichgültigkeit verwandelt, doch das fühlte sich auch nicht richtig an. Manchmal versuchte sie, sich mit aller Kraft ihre schönen gemeinsamen Stunden vorzustellen, um wenigstens eine geringe Regung zu verspüren, doch es half alles nichts. Es war, als wäre zwischen Ethan und ihr eine Mauer gewachsen, die Olivia auch angesichts seines Todes nicht überwinden konnte.

Das Klingeln ihres Mobiltelefons riss sie aus ihren Gedanken. Es war Alexander Berger, der fragte, ob er sie gegen ein Uhr abholen dürfte. Der Klang seiner vollen und tiefen Stimme ließ Olivias Herz höher schlagen. Trotzdem zögerte sie mit einer Antwort. Was, wenn Vivien bis dahin nicht zurück war? Sie konnte doch schlecht aus dem Hotel auschecken, ohne das mit ihrer Tochter abzusprechen.

»Gern«, erwiderte sie schließlich. »Vorausgesetzt, ich habe vorher meine Tochter erreicht. Die ahnt nämlich noch nichts von der aktuellen Entwicklung der Dinge.«

»Hast du denn gut geschlafen?«

»Wie ein Murmeltier, und das trotz des vielen Weins«, erwiderte Olivia. »Und wie war deine Vorlesung?«

»Außer dass der Vortragende etwas verquollen aussah, ging alles glatt. Dann schick mir doch am besten eine Nachricht, wenn noch etwas dazwischenkommt. Ich bin gleich in einer Besprechung.«

Nachdem sie das Gespräch beendet hatten, versuchte Olivia, Vivien zu erreichen, aber es ging nur die Mailbox an. Daraufhin duschte sie und zog sich an, bevor sie sich daran machte, ihre Sachen zu packen, die ganze Zeit in der Hoffnung, dass sie ihre Tochter noch rechtzeitig erreichen würde.

Olivia war gerade fertig geworden, als die Tür aufging und Vivien ins Zimmer trat. Sie sieht niedlich aus in der zu großen Jeans und dem Herrenhemd, dachte Olivia.

»Hallo, Mom, sorry, dass ich mich nicht gemeldet habe. Ich war gestern Abend einfach zu breit.«

Olivias Miene erhellte sich. »Ist doch in Ordnung. Dann können wir uns ja die Hand geben. Ich habe auch viel zu viel getrunken.«

»Dafür siehst du aber ziemlich gut aus«, bemerkte Vivien. »War es denn wenigstens nett mit der Autorin?«

Olivia warf einen verstohlenen Blick auf ihre Armbanduhr. Es war erst kurz vor zwölf. Sie hatte also eine gute Stunde Zeit, ihrer Tochter schonend beizubringen, dass sie jetzt gemeinsam in das Elternhaus von Scarlett Dearing umziehen würden, und musste nicht gleich mit der Tür ins Haus fallen.

»Und wie ist es dir ergangen?«, stellte sie die Gegenfrage und hoffte, Vivien bemerkte nicht, dass sie ihr die Antwort schuldig geblieben war. Doch da kannte sie ihre Tochter schlecht.

»Hast du dich nun mit der Autorin getroffen oder nicht?«, hakte sie nach.

Olivia sah ein, dass Vivien nicht lockerlassen würde, bis sie alles wusste. Seufzend berichtete sie ihrer Tochter von dem Treffen mit Alexander Berger, wobei sie es tunlichst vermied, auch nur annähernd durchblicken zu lassen, wie sehr er ihr gefiel und wie nahe sie sich zum Abschied gekommen waren.

»Das ist ja eine irre Geschichte. Das heißt, du bleibst in Berlin, bis du der Sache auf den Grund gegangen bist?«

Olivia nickte erleichtert. Offenbar hatte sie keinerlei Argwohn in ihrer Tochter geweckt, was ihre Zuneigung zu Alexander Berger betraf.

»Ja, und nun hat uns Mr Berger angeboten, Gast in seinem Haus zu sein, weil er davon ausgeht, dass sich das Tagebuch noch irgendwo im Haus befindet. Außerdem sind auf dem Dachboden persönliche Unterlagen von Klara Koenig eingelagert. Wir könnten vor Ort also womöglich herausfinden, warum deine Urgroßmutter in die USA gegangen ist und ihre deutsche Herkunft zeitlebens verleugnet hat.«

»Und das ist wirklich das Haus, in dem Scarlett aufgewachsen ist?«

»Ja, und deshalb möchte ich das Angebot von Mr Berger

auch annehmen, denn an welchem Ort könnte ich besser über Grandmas Jugend recherchieren als unter dem Dach, unter dem sie als junge Frau gelebt hat?«

»Tja, ich weiß nicht so recht, ob ich mitkommen soll, denn mir hat Ben angeboten, dass ich bei ihm wohnen kann.«

»Ben ist der Schauspieler?«

»Richtig, und ich habe gestern schon bei ihm übernachtet. Ich muss dir nämlich auch etwas sagen. Ich habe den Job und werde mindestens noch drei Monate in Berlin bleiben.«

Olivia umarmte ihre Tochter überschwänglich. »Herzlichen Glückwunsch. Das ist doch großartig, dass du gleich eine Rolle bekommen hast.« Sie ließ Vivien wieder los und musterte sie prüfend. »Aber willst du wirklich gleich zu diesem Ben ziehen? Ich meine, du hast noch nie so eng mit einem jungen Mann zusammengewohnt – oder ist das eine Wohngemeinschaft?«

»Nein, zwei winzige Zimmer in einer Hinterhauswohnung«, erwiderte Vivien. »Aber endlich hat sich mal wieder einer in mich verknallt. Du glaubst ja gar nicht, wie gut das tut.«

Olivia ließ äußerste Vorsicht walten, um nicht im Geringsten durchblicken zu lassen, wie gut sie das seit dem gestrigen Abend nachvollziehen konnte. Sie würde sich hüten, in absehbarer Zeit durchblicken zu lassen, dass sie möglicherweise Gefühle für einen Mann entwickelte.

»Das freut mich sehr für dich«, entgegnete sie stattdessen diplomatisch. »Aber wäre es nicht klüger, erst einmal mit mir zu kommen und diesen Ben noch ein wenig besser kennenzulernen, bevor du mit ihm die kleine Wohnung teilst?«

Sie spricht mir aus der Seele, dachte Vivien, ich sollte nichts überstürzen. Der Gedanke, gleich bei ihm zu wohnen, behagte ihr nämlich auch nicht so richtig.

»Du hast recht«, erwiderte sie zu Olivias großer Überraschung. »Ich kann auch noch in vierzehn Tagen bei ihm einziehen. Außerdem bin ich echt neugierig, wo Grannygran aufgewachsen ist.«

Olivia wurde ganz warm ums Herz, vor allem, weil Vivien Scarlett gerade »Grannygran« genannt hatte. Ein Wort, das sie als kleines Mädchen erfunden hatte, nachdem sie begriffen hatte, dass Scarlett nicht ihre Großmutter, sondern ihre Urgroßmutter war.

»Ach, das freut mich sehr, dass wir das zusammen machen. Es sind auch nur zwanzig Minuten von Wannsee bis in die Stadt, hat Alexander ges– « Olivia hatte den Satz noch gar nicht zu Ende ausgesprochen, als ihr bewusst wurde, dass selbst dieser harmlose Satz zu euphorisch für Viviens Geschmack klingen konnte.

»Ihr seid schon so vertraut, dass ihr euch beim Vornamen nennt?«, erkundigte sich Vivien prompt in scharfem Ton.

»Sicher, er ist schließlich der Mann meiner Großcousine. Er gehört zur angeheirateten Verwandtschaft. Da wäre es albern, sich zu siezen.«

»Hm, wie alt ist denn der neue Verwandte?«, hakte Vivien lauernd nach.

»Um die fünfzig.«

»Und ist er attraktiv?«

»Vivien! Ist das jetzt ein Verhör, oder was? Ich habe dir auch nicht solche Fragen über deinen Ben gestellt!«

Wieder die falschen Worte, schoss es Olivia genervt durch den Kopf, als sie Viviens verächtlich hochgezogene Augenbraue wahrnahm.

»Also doch *love interest*. Sonst würdest du den Herren ja wohl kaum mit Ben vergleichen«, erwiderte Vivien in schnippischem Ton.

So sehr sich Olivia auch vorgenommen hatte, ihre Tochter zumindest so lange wie ein rohes Ei zu behandeln, bis sie ihr Gedächtnis wiedererlangt hatte, hatte sie es gründlich satt, wie auf einer Anklagebank zu sitzen.

»Kannst du mal aufhören, jedes Wort von mir auf die Goldwaage zu legen?! Ich weiß ja inzwischen, dass dir meine Art, mit dem Tod deines Vaters fertigzuwerden, nicht passt, aber dafür, dass du hinter jeder Ecke einen potenziellen Liebhaber von mir witterst, kann ich nichts«, stieß Olivia wütend hervor.

»Ja, wieso wohl? Ich sage nur Frank«, zischte Vivien zurück.

»Wie lange willst du mir den eigentlich noch vorhalten?«, fragte Olivia und versuchte, ihren Zorn zu unterdrücken. Wie gern hätte sie ihrer Tochter in diesem Augenblick entgegengeschleudert: Mein Liebhaber war ein Mann, mit dem ich auf Augenhöhe war, die Geliebte deines Vaters, ein Mädchen, das wie eine Tochter in unserem Haus ein und aus gegangen ist! Sie atmete ein paarmal tief durch.

»Mensch, Vivien, hör doch endlich auf, diese alte Sache immer wieder aufzuwärmen. Ich habe euch nicht verlassen, ich habe mich von Frank getrennt und zu deinem Vater zurückgefunden. Man muss auch verzeihen können«, fügte sie versöhnlich hinzu.

»Und warum werde ich den Eindruck nicht los, dass dir Dads Tod am Arsch vorbeigeht?«

»Vivien, bitte, hör auf damit. Vielleicht habe ich es einfach noch nicht begriffen oder … was weiß ich? Und wenn du es ganz genau wissen willst: Nein, ich empfinde leider nichts. Etwas in mir ist wie abgestorben, und daran wird deine ständige Kritik an mir auch nichts ändern. Lass mir einfach Zeit.«

Viviens Miene versteinerte. »Okay, ich werde das Thema nie mehr ansprechen. Ich packe dann mal.« Sie wandte sich ab und machte sich an ihren Sachen zu schaffen, ohne ihre Mutter auch nur eines weiteren Blickes zu würdigen.

Olivia war zum Heulen zumute. Es war ein altes Muster zwischen ihnen, das bereits aus Viviens Kindheit herrührte. Sie hatte schon früher bei Auseinandersetzungen ihrer Eltern grundsätzlich auf Ethans Seite gestanden und Olivia stets spüren lassen, dass sie diejenige war, die den Fehler gemacht hatte. »Sie ist eine typische Vatertochter«, hatte Scarlett ihr einmal im Vertrauen gesagt und bedauernd hinzugefügt: »Leider!«

Umso weniger darf ich diejenige sein, die ihr das Vaterbild brutal zerstört, dachte Olivia und nahm sich vor, ihre Emotionen in dieser Angelegenheit in Zukunft besser im Zaum zu halten, auch wenn sie Viviens Verhalten als quälerisch ungerecht empfand. Sie weiß es schließlich nicht besser, solange sie nicht über Kim und ihren Vater Bescheid weiß. Und dass ihre alte Freundin ein Kind von ihm erwartete, das dann je nach Geschlecht ihre Schwester oder ihr Bruder sein würde.

Olivia ließ sich seufzend auf das Bett fallen und vertiefte sich in eine Zeitschrift. Obwohl sie nicht wirklich darin las, schaffte sie es, ihre angeschlagenen Nerven wieder einigermaßen zu beruhigen.

Als ihr Telefon anzeigte, dass sie eine Nachricht erhalten hatte, glaubte sie, dass sie von Alexander kam, der ihr mitteilen wollte, dass er unten auf sie wartete, doch dann erstarrte sie. Die SMS kam von Martha.

Ich glaube, das solltest Du wissen, liebe Olivia: Kim ist im Krankenhaus. Sie hat eine Gebärmutterhalsschwäche. Eine Fehlgeburt ist wahrscheinlich. Vielleicht kannst Du ihr jetzt verzeihen! Martha

Olivia spürte, wie ihr jegliche Farbe aus dem Gesicht wich. Und sie schämte sich für ihren ersten Gedanken: dass dieses Kind doch bitte nicht zur Welt kommen möge. Sie konnte sich nicht helfen. Es gelang ihr nicht, Ethan zu verzeihen, dass er das Mädchen überhaupt in diese Lage gebracht hatte. Aber sollte sie jetzt womöglich tröstende Worte für Kim finden und heucheln, dass sie ihr wünschte, das Kind zu behalten? Nein, Olivia war sicher, es wäre für Vivien dann alles noch schwerer zu verkraften, wenn ihre einstige Freundin nun auch noch ein Kind von ihrem toten Vater auf die Welt brachte.

»Mom, ist was passiert?«, hörte sie Vivien wie von ferne fragen.

Olivia schüttelte heftig den Kopf.

»Nein, nein, alles gut«, stieß sie wenig überzeugend hervor.

»Nur damit du es weißt, ich sehe dir an der Nasenspitze an, wenn du schwindelst«, gab Vivien zornig zurück.

Ein Anruf der Rezeption, dass in der Lobby ein gewisser Professor Berger auf die Damen warte, verhinderte, dass dieses Geplänkel erneut in einen Streit zwischen Mutter und Tochter ausartete. Olivia griff hektisch nach ihrem Koffer, während sie sich verzweifelt fragte, wann diese verdammte Lügerei endlich aufhören würde.

Berlin-Zehlendorf, August 1922

Unten am Steg schlug Klara den Weg nach links ein und setzte sich unter der Trauerweide in den ausgekühlten Sand. Sie ließ ihren Blick über den See gleiten, dessen Farbe in der Dämmerung zu einem dunklen Grüngrau wurde.

»Klara, wie schön, dass du gekommen bist«, hörte sie Kurts Stimme plötzlich hinter sich. Sie wandte sich um. Er stand da, mit einer Decke unter dem Arm und einer Blume in der Hand. Lächelnd reichte er ihr eine Margerite.

»Ich hätte dir lieber einen ganzen Strauß mitgebracht«, flüsterte er. »Aber du könntest ihn ja ohnehin nicht mit nach Hause nehmen.«

»Danke«, sagte sie gerührt und nahm die Blume entgegen, während Kurt die Decke ausbreitete und sich hinsetzte. Etwas an ihm war anders als sonst, und das gefiel ihr, wie sie feststellen musste, er wirkte … forscher, weniger zurückhaltend.

»Was meinst du, wollen wir schwimmen gehen?«, fragte er. »Ich habe sogar ein Handtuch mitgebracht, damit wir nicht auskühlen. Es ist zwar noch warm, aber wenn wir im Wasser waren, könnte es kalt werden.«

»Aber ich habe doch gar kein– « Sie stockte. Wie oft war sie schon abends im Schutz der Dämmerung splitternackt in den See gesprungen, aber nicht, wenn ein Mann sie dabei beobachtete. »Ich habe keinen Badeanzug mit!«

»Ich verspreche dir, ich schaue nicht hin«, lachte Kurt und begann, sich auszuziehen. Klara wandte den Blick nicht scheu ab, sondern musterte ihn interessiert. Sein Hemd und seine Jacke hatte er bereits abgelegt, und nun stand er vor ihr mit nacktem Oberkörper. Klara war fasziniert von seinen Muskeln. Er hatte einen schlanken, sehnigen Körper, an dem kein Gramm Fett war, aber er wirkte alles andere als mager. Im Gegenteil, er sah so aus, als könnte er sie auf seinen starken Armen ins Wasser tragen.

In Klaras Bauch begann es zu kribbeln, und ihr wurde ganz heiß. Ohne den Blick von seinem gestählten Oberkörper zu lassen, erhob sie sich und zog ihre Bluse aus und dann in Windeseile den Rock und das Unterzeug. Ehe er es sich versah, war sie ins Wasser gerannt und kraulte los. Das Schwimmen hatte ihr Gerhard beigebracht, als sie einmal alle gemeinsam Urlaub auf Hiddensee gemacht hatten. Sie war damals ein kleines Kind gewesen, und ihre Mutter hatte nur Augen für das Baby gehabt, für die kleine Charlotte. Klara hatte sich dann trotzig bis zum Bauch ins Meer hineingewagt und war von einer Welle ins tiefe Wasser gezogen worden. Gerhard hatte sie gerettet und noch an demselben Tag mit dem Schwimmunterricht begonnen. Seitdem bewegte sich Klara wie ein Fisch im Wasser. Sie drehte sich um und winkte Kurt zu, der ihr gefolgt war und sich ihr in rasantem Tempo näherte. Als er sie fast eingeholt hatte, spritzte sie kichernd in seine Richtung.

»Na warte, du kleine Kröte!«, rief er und tauchte ab.

Klara sah sich suchend um. Kurt war verschwunden. Das war ihr sehr unheimlich. Sie war eine hervorragende Schwimmerin, aber sie hasste das Tauchen. Ein paarmal hatte sie es versucht, aber unter Wasser bekam sie sofort Panik. Deshalb gefiel ihr das ganz und gar nicht. »Mach keinen Blödsinn! Bitte!«, flehte sie, aber der See um sie herum blieb ruhig. Nirgendwo gab es nur das geringste Anzeichen, dass sich Kurt irgendwo unter der Oberfläche befinden könnte. Plötzlich berührte sie etwas am Bein. Sie schrie auf, doch da tauchte Kurt schon prustend auf und lachte beim Anblick ihrer Miene aus voller Kehle. Klara wusste gar nicht, wie das geschehen konnte, aber sie brach in Tränen aus.

»Oh Klara, bitte, bitte, ich wollte dich nicht erschrecken. Ich wollte einen Spaß machen. Ich weiß doch, dass du dich wie ein Fisch im Wasser bewegst. Ich gestehe, ich habe dich schon heimlich beim abendlichen Schwimmen beobachtet. Sonst hätte ich doch nicht so einen Spaß mit dir gewagt.«

Er umarmte sie im Wasser, zog sie ganz dicht zu sich heran und küsste ihr die Tränen weg.

»Ich habe doch nicht geahnt, dass man dich überhaupt erschrecken kann«, sagte er zerknirscht. »Du bist die mutigste Frau, die ich kenne.«

»Ich weiß doch auch nicht, warum. Kaum ist jemand unter Wasser, bekomme ich Panik. Es muss daran liegen, dass ich als Kind einmal beinahe ertrunken wäre.«

»Ach, meine Süße. Wenn du unter Wasser gehst, machst du denn die Augen dabei zu oder auf?«

»Zu natürlich.«

»Möchtest du das Tauchen lernen?«

»Ich weiß nicht«, erwiderte sie unschlüssig, aber etwas anderes spürte sie dafür umso deutlicher. Es war ein wunderbares Gefühl, ihm so nahe zu sein.

»Komm, wir versuchen es. Du atmest jetzt tief durch, nimmst meine Hand, du atmest tief ein, und wir tauchen gemeinsam unter, aber mit offenen Augen, und dann langsam ausatmen.«

Klara tat genau, was er sagte, und an seiner Hand fühlte sie sich sicher. Der Augenblick unterzutauchen kostete sie noch ein wenig Überwindung, aber mit Kurt traute sie es sich. Vor sich sah sie einen Schwarm kleiner Fische, was sie überhaupt nicht ängstigte, und den Stängel einer Seerose. Sie machte ein paar ruhige Schwimmzüge, bevor sie das Bedürfnis hatte, wieder aufzutauchen. Zum Zeichen drückte sie Kurts Hand. Der verstand sofort und tauchte mit ihr zusammen auf.

»War es so schlimm?«, fragte er sie zärtlich.

»Nein, ich glaube, aus mir wird noch mal eine Taucherin aus Leidenschaft«, lachte sie. »Mit dir verliert es seinen Schrecken«, fügte sie hinzu, während er ihren Lippen gefährlich nahe kam. Sie wandte sich hastig ab.

»Komm, wir schwimmen um die Wette«, schlug Klara vor und löste sich von ihm, um ihm davonzuschwimmen. Sie kam als Erste wieder am Ufer an und ließ sich in den Sand fallen. Die Luft war immer noch sehr warm, sodass sie nicht fror, nachdem sie sich mit seinem Handtuch ein wenig trocken gerubbelt hatte.

Als Kurt aus dem Wasser stieg, konnte sie den Blick nicht von ihm lassen, und plötzlich wusste sie, dass sie sich schon den ganzen Tag danach gesehnt hatte. Sie wollte ihm einmal ganz nahe sein, wie es näher nicht ging, bevor sie sich trennen mussten.

Kurt lächelte ihr zu und schien kein wenig beschämt darüber, dass sein Körper in aller Deutlichkeit signalisierte, wie sehr er sie begehrte. Im Gegenteil, er nahm sie in den Arm und presste seine drängende Männlichkeit gegen ihren Bauch. Klara liefen heiße Schauer über den Rücken, als er sie ganz vorsichtig dazu animierte, sich mit ihm auf ein Stück Rasen auf der anderen Seite der Trauerweide zu legen.

Ohne Scheu streichelten sie sich über ihre nackten Körper.

»Weißt du, dass du wunderschön bist?«, hauchte er erregt, während er ihre festen kleinen Brüste streichelte.

»Nein, ich habe bislang immer geglaubt, ich wäre eine magere Bohnenstange«, erwiderte Klara stöhnend.

»Ich möchte jeden Zentimeter küssen.« Kaum hatte Kurt den Wunsch ausgesprochen, als er ihn sich auch schon erfüllte. Er begann bei ihrem Gesicht und wanderte über ihren Hals, ihre Brüste zu ihrem Bauch.

Klara stöhnte auf, weil es nun zwischen ihren Schenkeln mächtig pochte. Sie hielt die Luft an, als er sich mit der Zunge noch weiter nach unten tastete und seine Lippen auf die Stelle trafen, die nur sie selber kannte. Sanft, ganz sanft, küsste er sie dort, dann fordernder und, als sie sich ihm entgegenwand, wieder sanfter.

»Das ist ein gemeines Spiel«, seufzte sie voller Wonne und ließ sich erneut darauf ein, bis alles in ihr zu explodieren drohte. Sie hätte ihre Lust am liebsten laut hinausgeschrien, aber ein Rest Vernunft hielt sie davon ab, und sie biss sich auf die Hand, als heiße Wellen ihren Körper durchfluteten. Immer und immer wieder.

Als diese ein wenig abebbten, wollte sie nur noch eines. Sie wollte ihn spüren, wie es näher nicht möglich war.

»Komm!«, bat sie im Zustand äußerster Erregung. »Komm!«

Kurt beugte sich über sie und sah ihr zärtlich in die Augen. Es war inzwischen dunkel, und er war beschienen vom fahlen Mondlicht, was seinem Gesicht eine geheimnisvolle Aura verlieh.

»Lass uns vernünftig sein«, sagte er leise. »Wenn ich dich schwängere, bringt dein Vater mich um.«

»Aber ich möchte dich spüren.« Die sonst so kluge Klara hätte in diesem Augenblick alles riskiert, nur um ihm ganz nahe zu sein.

Kurt aber führte ihre Hand ganz langsam zu seinem Glied, bis sie es umfasst hatte. Er legte seine Hand auf ihre und zeigte ihr, wie sie ihn mit rhythmischen Bewegungen zum Stöhnen brachte. Dann zog er die Hand weg und überließ ihr in rasender Erregung seinen Körper. Sie genoss es, wie er sich ihr entgegenbog, und intuitiv spielte sie mit ihm ein ähnliches Spiel wie er zuvor mit ihr. Sie umfasste ihn fest, und immer wenn sie das Gefühl hatte, jetzt würde er explodieren, lockerte sie den Griff.

»Hätte ich dir das bloß nicht beigebracht«, stöhnte er, als Klara wieder im letzten Moment losließ, doch nun wollte sie ihn nicht länger quälen. Sie machte weiter, spürte, wie alles in ihm zuckte, brachte ihn zum Keuchen, bis auch er schließlich auf seine Hand biss, um die Bewohner der Villa nicht mit einem lauten Lustschrei herbeizulocken.

Ein wenig erschrak Klara, als alles feucht wurde, aber sie ahnte, dass es seine Richtigkeit hatte.

Erschöpft ließ sich Kurt neben ihr ins Gras fallen.

»Frierst du gar nicht?«, fragte er fürsorglich. »Ich hole dir die Decke.«

»Nicht nötig, du hast mich in solche Hitze versetzt. Ich bin so aufgeheizt wie ein Kamin.«

»Ach, meine süße Klara, und ich hatte mir so fest vorgenommen, dich nicht anzufassen«, sagte er entschuldigend. »Und die Decke wirst du trotzdem umlegen.« Er stand auf, holte sie und breitete sie über Klara und sich aus.

»Ich habe es wirklich nicht darauf angelegt«, wiederholte er entschuldigend.

Sie lachte frech. »Das glaube ich dir aufs Wort. Du hast mich hergelockt, um mit mir zusammen ein paar Kinderreime aufzusagen, nicht wahr? Deshalb auch die Decke!«

Kurt lächelte verschämt. »Ich wollte eigentlich nur wissen, was du für mich empfindest.«

»Und weißt du das jetzt?«, fragte sie kokett.

»Ich glaube, ja«, seufzte er.

Klara wurde wieder ganz ernst. »Danke«, flüsterte sie.

»Wofür?«

»Dass du meine Bereitschaft, dir alles zu geben, nicht ausgenutzt hast.«

»Du glaubst gar nicht, was mich das für Selbstbeherrschung gekostet hat, aber wir dürfen jetzt nichts tun, was den Zorn deines Vaters erregt. Und ich denke, es wird Zeit, dass du dich zurück ins Haus schleichst. Wenn wir vernünftig sind, haben wir vielleicht tatsächlich eine Chance, uns wiederzusehen«, seufzte er.

Eine warme Welle der Zuneigung durchflutete Klaras Herz. »Willst du denn, dass wir uns wiedersehen?«, fragte sie zaghaft. Dabei hatte sie genau verstanden, was er ihr da gerade beizubringen versuchte, aber sie konnte es nicht glauben.

»Wenn du das möchtest, mein Lieb, komme ich zurück, sobald du deine eigenen Entscheidungen treffen kannst. Und dann werden wir sehen, ob wir uns immer noch so gernhaben. Und wenn ja, dann …«

»Aber das sind noch vier Jahre«, stöhnte sie.

»Was sind vier Jahre gegen eine gemeinsame Zukunft?«, fragte Kurt und bedeckte ihr Gesicht mit Küssen. »Aber willst du denn auch wirklich auf mich warten?«

»Natürlich werde ich auf dich warten.«

Kurt musterte sie mit ernstem Blick. »Ich kann dir aber nicht annähernd ein solch sorgenfreies Leben bieten, wie du es gewohnt bist. Als Redakteur bei der Fahne verdiene ich nicht viel. Außerdem bewegen wir uns immer wieder in der Illegalität. Sie werden uns sicher bald wieder mit einem Verbot belegen, und dann müssen wir die Zeitung heimlich machen. Wir können uns nur eine winzig kleine Wohnung leisten, und ich habe, wenn ich ehrlich bin, Skrupel, ob ich dir das zumuten darf.«

»Kurt, ich nehme alles in Kauf, um nur bei dir zu sein. Und außerdem mach dir um das Geld keine Sorgen. Nichts auf der Welt wird mich davon abbringen, Medizin zu studieren. Dann werde ich Ärztin und verdiene auch etwas.«

»Ach, du bist so ein Schatz, aber wie ich deinen Vater kenne, hält er nichts von deinen Plänen.«

»Nein, gar nichts, aber glaube mir, Kurt, ich denke, wenn ich Gerhard auf meine Seite bringe, dann wird er es zähneknirschend erlauben. Und dann fange ich nächstes Jahr schon an mit dem Studium.«

»Ich liebe dich«, sagte er leise und eindringlich.

»Ich liebe dich auch! Ich habe dich schon als kleines Mädchen angeschwärmt und habe gedacht, dass du schon uralt bist …«

»Bin ich ja auch«, lachte Kurt. »Immerhin trennen uns sechs Jahre.«

»Aber das heißt doch nicht, dass wir uns die nächsten vier Jahre gar nicht sehen können, oder?«

»Nein, um Gottes willen, nein, ich hoffe, dass wir uns so oft treffen, wie wir es einrichten können. Meinst du, ich kann dir an eure Adresse schreiben, ohne dass deine Post kontrolliert wird?«

»Das kannst du ohne Gefahr tun. Meine Briefe wurden in diesem Haus noch niemals geöffnet. Du solltest nur nicht den Absender Kurt Bach benutzen.«

Kurt strich ihr versonnen eine nasse Haarsträhne aus dem Gesicht, denn die Zopfbänder hatten sich beim wilden Liebesspiel gelöst, und ihr blondes langes Haar war reichlich zerzaust.

»Du bist so schlau. Ich habe Angst, dass du irgendwann bereuen wirst, dich für den Sohn des Chauffeurs entschieden zu haben. Wahrscheinlich stehen einige wohlsituierte Verehrer Schlange bei dir.«

»Blödsinn!« Sie kniff ihm liebevoll in die Nasenspitze. »Ich habe keine Verehrer, und falls du die langweiligen Studenten meines Vaters meinst, die hin und wieder bei uns auftauchen, durch die sehe ich hindurch, denn keiner von ihnen hat solche Muskeln wie du, keiner solch schönes dichtes Haar, und keiner einen Mund, von dem ich ständig geküsst werden möchte.«

»Du willst also nur meinen Körper, du kleine Schlange«, scherzte er.

»Nein, ich schätze deinen Verstand, die Art, wie du sprichst, auch wenn mir gerade weniger nach Reden zumute ist als …« Sie lächelte ihn aufmunternd an.

Kurt verstand ihre kleine Botschaft und beugte sich über sie. Die beiden küssten sich lange und leidenschaftlich. Es war Kurt, der das Spiel der Zungen abrupt beendete.

»Klara, ich glaube, du solltest jetzt lieber ins Haus gehen. Wir wollen doch nichts riskieren. Und außerdem kann ich nicht versprechen, ob ich mich erneut beherrschen kann.«

»Das musst du gar nicht«, erklärte Klara geheimnisvoll und zog ihn dicht zu sich heran. »Es gibt da ein Mädchen in unserer Klasse, das ist von seiner Mutter aufgeklärt worden. Und die hat ihr gesagt, dass eine Frau nicht schwanger werden kann, wenn sie gerade erst ihre Regelblutung gehabt hat. Und meine ist eben vorüber.«

»Ich weiß nicht, ob wir das Schicksal herausfordern sollten«, gab Kurt gequält zurück.

Doch da hatte Klara bereits damit begonnen, das zu tun, was er ihr vorhin beigebracht hatte, und in ihrer Hand wuchs seine Männlichkeit im Nu zu stattlicher Größe.

»Ich möchte es. Wer weiß, wann wir uns wiedersehen«, stöhnte Klara. »Ich möchte dir wenigstens in Gedanken so nahe sein, wie es nicht näher geht.«

»Wer hätte gedacht, dass die kleine Klara eine so ausgekochte Verführerin ist«, seufzte Kurt, bevor er ihre Brüste liebkoste.

Sofort setzte wieder das Kribbeln in Klaras Körper ein, und sie fühlte eine solche Lust, dass sie nichts auf der Welt davon abbringen würde, Kurt in sich zu spüren.

Sie küssten sich noch einmal so leidenschaftlich, als wäre es das letzte Mal.

»Ich werde dir wehtun«, flüsterte Kurt, nachdem er seine Lippen von ihren gelöst hatte.

»Komm«, war ihre Antwort, und sie zog Kurt noch dichter zu sich heran. Als er in sie eindrang, war da ein kleiner brennender Schmerz zu spüren, doch den vergaß sie sofort wieder. Es war zunächst ein fremdes Empfinden, was da mit ihr geschah, aber mit jedem Stoß ergriff zunehmend eine wilde Begierde nach seinem Körper Besitz von ihr. In ihrem Bauch kribbelte und pochte es. Sie fanden schnell einen gemeinsamen Rhythmus, der ihre Lust ins Unermessliche steigerte. Als er mit einem unterdrückten Schrei kam, war es ihr, als würde heiße Lava durch ihre Eingeweide rinnen. Doch es war noch nicht das Ende, denn Kurt legte sich, immer noch keuchend, neben sie und berührte sie mit seiner Hand an der geheimen Stelle. Er hatte noch nicht einmal angefangen, sie zu streicheln, als sie glaubte, für den Bruchteil einer Sekunde die Besinnung zu verlieren, weil alles in ihrem Körper zuckte. Sie stieß einen nicht enden wollenden, stummen Schrei aus.

Als sie wieder zu sich kam, kuschelte sie sich ganz tief in Kurts Armbeuge und wünschte sich, dieser Augenblick würde niemals enden.

»Klara, ich möchte kein Spielverderber sein, aber ich habe solche Angst, dass sie dich erwischen. Es steht so viel auf dem Spiel. Unsere ganze Zukunft«, flüsterte er.

»Und ich dachte immer, ich wäre die Vernünftige, aber du hast ja recht.« Seufzend setzte sie sich auf, obwohl ihr noch immer ganz schwindlig war. »Am liebsten würde ich gleich mit dir gehen, aber ich möchte nicht schuld sein, wenn sie uns doch noch erwischen«, fügte sie hinzu und nahm Kurts Hand. »Komm, wir stehen gemeinsam auf und beugen uns der Stimme der Vernunft.«

Klara und Kurt sprangen gemeinsam auf, zusammen suchten sie ihre Kleidung und zogen sich schweigend an.

»Ich bringe dich noch bis zur Terrassentür. Es wird wohl kaum jemand im Garten auf uns lauern«, schlug Kurt vor.

Klara hakte sich bei ihm ein, und stumm gingen sie am See entlang, um dann den Weg durch den dunklen Park einzuschlagen. Das Haus lag stockdunkel da, nur vom fahlen Mond beschienen. Ein gutes Zeichen, dachte Klara, sie sind noch nicht aus der Oper zurück.

Auf halbem Weg blieb Kurt stehen. »Ich warte hier, bis du im Haus verschwunden bist«, sagte er leise.

»Bitte, nur noch bis zu dem Blumenbeet dort vorn«, bettelte sie.

»Gut«, flüsterte er und begleitete sie die paar Schritte. Dort umarmten sie sich und hielten einander fest wie zwei Ertrinkende. Keiner sprach ein Wort.

Plötzlich flammte ein helles Licht auf. Sie fuhren auseinander und blickten erschrocken in die Richtung, aus der der Strahl kam, aber der helle Schein blendete sie.

»Wer ist da?«, fragte Kurt. Er war leichenblass geworden.

In diesem Augenblick traten zwei Schatten aus dem Dunkel der Veranda und kamen bedrohlich auf sie zu.

»Habe ich es dir nicht gesagt, Vater? Die Tür war nicht zufällig angelehnt«, zischte Walter, der die Lampe jetzt direkt auf Klara richtete. Kurt nahm sie schützend in den Arm.

»Nimm sofort deine dreckigen Finger von ihr!«, befahl Wilhelm. »Und du, Fräulein, kommst auf der Stelle hierher!«

Als Kurt den Befehlen des Professors nicht Folge leistete, näherte sich Walter ihnen bedrohlich und versetzte Kurt ohne Vorwarnung einen Boxhieb auf die Nase.

Klara schrie auf, als Blut über Kurts Gesicht floss, doch da hatte Walter ihr bereits den Mund zugehalten und sie mit sich gezerrt. Sie wehrte sich mit Händen und Füßen, doch ihr Bruder war stärker und schaffte es, sie ins Haus zu bugsieren. Dort schubste er sie aufs Sofa und gab ihr, als sie versuchte aufzustehen, eine deftige Ohrfeige.

Klara standen die Tränen in den Augen, aber sie wollte sich keine Blöße geben und wie ein kleines Mädchen losheulen.

»Walter, tut ihm bitte nichts! Er kann nichts dafür. Es ist meine Schuld. Ich habe ihn zum Ufer gelockt.«

»Du dummes Ding, du. Ich habe immer geahnt, dass du uns noch mal viel Ärger machen wirst!«, fluchte Walter.

»Aber was hast du denn vor? Lasst ihn in Ruhe. Ihr könnt es nicht ändern. Ich werde ihn heiraten, sobald ich einundzwanzig bin.«

»Du glaubst doch nicht, dass Vater es zulässt, dass seine Tochter als rote Proletarierbraut ihr Leben fristet. Nein! Und du hältst jetzt deinen Mund. Ich muss nachdenken.«

Walter legte die Stirn in grüblerische Falten, während Klara fieberhaft über eine Flucht nachdachte, doch dann packte ihr Bruder sie grob am Arm. »Du wirst dem Lumpen jetzt sagen, dass du ihn nie wiedersehen willst.« Walter schob sie ins Dunkle der Nacht.

Ihr Vater und Kurt standen sich immer noch an derselben Stelle wie Kampfhunde gegenüber, Kurt hatte die Fäuste zur Verteidigung erhoben.

»Vater, soll ich ihm noch eine Abreibung verpassen?«, fragte Walter und ließ Klara abrupt los.

»Nein, ich habe eine bessere Idee.« Wilhelm war weiß wie eine Wand, als er sich an Kurt wandte. »Du wirst augenblicklich aus dieser Gegend verschwinden, Bursche, und dich nie wieder hier blicken lassen. Hast du verstanden?«

»Ich gehe, Herr Professor Dr. Koenig, aber ich komme wieder und werde Ihre Tochter holen, ob es Ihnen passt oder nicht. Und wenn Sie zehnmal Ihre Schergen auf mich hetzen.« Kurt warf Walter einen verächtlichen Blick zu.

»Soll ich ihm jetzt eine verpassen?«, fragte Walter ungeduldig.

»Nicht nötig. Er wird freiwillig gehen.«

Kurt stieß einen verächtlichen Zischlaut aus.

»Wir schließen ein Geschäft ab, denn Prügeln gehört nicht zum Stil des Hauses«, verkündete Wilhelm siegessicher.

»Das wüsste ich aber«, erwiderte Kurt abfällig. »Ich mache keine Geschäfte mit Vertretern der Bourgeoisie, wie Sie einer sind!«

»Aber dich an Bürgertöchter ranmachen, das kannst du, Ratte!«, mischte sich Walter ein. »Wenn du meine Schwester angefasst hast, bringe ich dich um.«

Wilhelm winkte ungeduldig ab. »Zum Geschäft. Sie werden meine Tochter niemals wiedersehen. Ich dulde nicht, dass sie eine Kommunistenbraut und ihr Zuhause einer dieser tristen Wohnblocks wird. Im Gegenzug werde ich Ihrem Vater kein Wort davon verraten und ihm nicht kündigen.«

Kurt war bei diesen Worten des Professors erbleicht. »Aber was kann mein Vater dafür? Sie können ihn doch nicht auf die Straße setzen. Er verehrt Sie, er ist Ihnen treu ergeben, das wäre sein Ende, das …«

»Ich sehe, Sie haben verstanden. Verzichten Sie auf meine Tochter, und ich verzichte darauf, Ihrem Vater das Herz zu brechen.«

»Aber ich kann doch nicht ... Das dürfen Sie nicht von mir verlangen, er ist ein alter Mann, er hat sein Leben lang für Ihre Familie ...« Kurt brach verzweifelt ab.

Klara konnte sich nicht länger beherrschen. Die Qual, die Kurt ins Gesicht geschrieben stand, war mehr, als sie ertragen konnte. Er leidet wie ein Hund, durchfuhr es sie eiskalt, ich muss ihm beistehen ...

»Kurt, tu, was Vater sagt. Geh und komm nie wieder! Jedenfalls solange dein Vater lebt. Wir wollen nicht seine Totengräber sein«, schluchzte sie.

»Ich wusste doch, dass du ein vernünftiges Kind bist«, lobte Wilhelm seine Tochter. »Und glaube mir, ich will doch nur dein Bestes. Du wirst mir noch einmal dankbar sein, dass ich deinen Abstieg ins proletarische Elend verhindert habe«, fügte er selbstgefällig hinzu.

»Das werde ich dir nie verzeihen, Vater!«, entgegnete sie, und ihre Tränen versiegten. Stattdessen ballte sie die Fäuste. »Aber ich würde es mir auch nicht verzeihen, wenn ich seinen Vater auf dem Gewissen hätte!«

»Ich kann mich doch nicht erpressen lassen!«, protestierte Kurt vehement.

»Sie haben keine andere Wahl!«, erwiderte der Professor kalt. »Und wagen Sie es nicht, meine Tochter heimlich zu treffen, Sie wissen, was dann geschieht!«

»Ich werde dich immer lieben, solange ich lebe«, sagte Klara mit fester Stimme. »Und dagegen kann keiner etwas ausrichten. Und nun geh. Du weißt, du bist bei mir, und ich werde dich nicht vergessen. Eines Tages ...«

»Eines Tages ...«, erwiderte Kurt und warf Klara noch einen letzten innigen Blick zu, bevor er sich wortlos umwandte und hocherhobenen Hauptes im Dunkel der Nacht verschwand.

Berlin, Steglitz-Zehlendorf, Juli 2014

In Alexanders Wagen herrschte auf der Fahrt zum Wannsee eine angespannte Stimmung. Vivien beäugte ihn kritisch, Olivia versuchte, möglichst jeden Anschein zu vermeiden, dass man sich bereits nähergekommen war, und Alexander selbst war nach Kräften bemüht, zumindest eine Konversation über das schöne Wetter in Gang zu bringen.

Erst als vor ihnen der See auftauchte und Alexander in ein parkähnliches Anwesen einbog, vergaßen Vivien und Olivia ihren Zwist für einen Augenblick.

»Wow, was für ein tolles Haus!«, rief Vivien begeistert aus. »Das hat ja schon etwas von einem Schloss.«

»Es ist bezaubernd«, pflichtete ihr Olivia bei und starrte – beeindruckt von so viel alter Pracht – fasziniert aus dem Fenster.

»Ja, ich erinnere mich noch genau, wie wir kurz nach Großmutter Klaras Tod hier eingezogen sind. Ich habe mich anfangs geweigert, weil ich nicht aus Charlottenburg wegwollte. Aber ich gebe es zu, der Bau hat mich schnell in seinen Bann gezogen. Es ist ja überhaupt ein Wunder, dass dieses Haus den Zweiten Weltkrieg heil überstanden hat.«

»Hat man sogar die Villen fernab der Innenstadt bombardiert?«, fragte Olivia interessiert.

»Nein, in der Colonie Alsen versuchten Kinder und Greise, der sogenannte Volkssturm, das Vorrücken der Truppen auf Berlin zu verhindern. Dabei wurden einige Häuser komplett zerstört, und der Bauboom der Siebzigerjahre mit seiner unbeschreiblich geschmacklosen Architektur tat sein Übriges. Unsere Villa ist eine Oase. Und dass ich einen eigenen Steg mit einem bezaubernden Segelboot dazubekommen habe, das hat mich dann gänzlich mit diesem Ort versöhnt.«

»Sie segeln?«, fragte Vivien begeistert. »Mein Vater hatte ein eigenes Boot und hat es mir beigebracht. Er hat es aber dann verkauft, weil Mom nie eine begeisterte Seglerin geworden ist.«

Olivia rollte mit den Augen. Vivien ließ aber auch wirklich keine Gelegenheit aus, sie in einem schlechten Licht dastehen zu lassen.

»Das stimmt nicht ganz. Ich hatte beruflich immer sehr viel zu tun, war oft und viel in der Weltgeschichte unterwegs, da war mir an einem freien Wochenende eher nach Faulenzen auf dem Sofa«, verteidigte sich Olivia in scheinbar gelassenem Ton, während sie innerlich kochte. Da kann ich noch so viele gute Vorsätze haben, dachte sie resigniert, Viviens ständige Provokationen reizen mich bis aufs Blut.

Alexander schenkte ihr ein verständnisvolles Lächeln.

»Das kenne ich. Am Wochenende bin ich auch meist froh, dass ich mit einem guten Buch auf meinem Liegestuhl am See liegen kann. Ich habe nur das Glück, dass meine Praxis im Haus ist …«

»Sie sind Arzt?«, fragte Vivien neugierig.

»Nein, ich bin Therapeut.«

»Und wen therapieren Sie?«, hakte Vivien scheinbar harmlos nach, während sie Olivia einen bitterbösen Blick zuwarf.

Sie wird doch wohl nicht denken, ich hätte sie hergebracht, damit Alexander sie von ihrer Amnesie heilt, ging es Olivia durch den Kopf.

»Jeden, der meine Hilfe in Anspruch nimmt und bei dem ich den Eindruck habe, ich könne was ausrichten.«

»Und haben Sie auch schon mal Patienten mit einer Amnesie geheilt?«, fragte Vivien listig nach, was Olivia nun in ihrem Verdacht bestärkte.

»Sicher, das ist auch schon vorgekommen«, entgegnete Alexander. »Aber was ich sagen wollte, ist, dass es sehr praktisch ist, den See vor der Haustür zu haben. Es gibt nichts Schöneres, als nach einem harten Arbeitstag die Segel zu setzen und auf das Wasser rauszugehen«, erwiderte er und wandte sich an Vivien. »Dann weiß ich ja, mit wem ich segeln gehen kann. Seit dem Tod meiner Frau habe ich keinen mehr, mit dem ich das teile, denn mein Sohn setzt seit damals keinen Fuß mehr …« Er stockte, während er direkt vor dem prachtvollen Eingangsportal hielt.

»Du hast einen Sohn? Das hast du mir gestern gar nicht erzählt«, bemerkte Olivia erstaunt.

»Die Zeit war leider zu kurz, um dir meine ganze Lebensgeschichte anzuvertrauen«, sagte er lächelnd.

Olivia spürte, dass sie errötete. Mit einem erleichterten Seitenblick auf Vivien, die gerade dabei war, aus dem Wagen zu steigen, stellte sie fest, dass ihr diese kleine vertrauliche Bemerkung offenbar entgangen war. Sie scheint so angetan von Haus und Park, dass sie für einen Moment vergisst, mich zu belauern, dachte Olivia und atmete tief durch, während sie das Auto verließ. Man riecht sofort den See, stellte sie begeistert fest.

Alexander holte derweil die Koffer der beiden Frauen aus dem Kofferraum seiner schwarzen Limousine. Plötzlich hielt er inne und winkte in Richtung Eingangstür, in der ein weizenblonder Schopf aufgetaucht war.

»Leo! Kannst du unserem Besuch mal helfen, das Gepäck in die Gästezimmer zu bringen?«

Olivia beobachtete interessiert, wie ein junger Mann, den sie etwas älter als Vivien schätzte, mit missmutiger Miene herbeigeschlurft kam. Eigentlich war es ein sehr hübscher Kerl, wie Olivia auf den ersten Blick feststellte, wenn er sich nicht derart entsetzlich übellaunig geben würde.

»Das ist Miss Baldwin, die New Yorker Journalistin, von der ich dir gestern Abend erzählt habe, und das ist mein Sohn Leo«, stellte Alexander sie einander vor. »Ich sage mal eben Frau Krämer Bescheid, ob sie uns einen kleinen Imbiss auf der Terrasse bereiten kann«, fügte er hinzu und verschwand in Richtung Haus.

Der junge Mann reichte Olivia immerhin wohlerzogen die Hand, verzog aber keine Miene. »Sie sind also eine entfernte Verwandte meiner Mutter?«, fragte er und musterte sie durchdringend. »Ich wusste gar nicht, dass wir amerikanische Familie haben.«

»Ich auch nicht. Und Sie sind also Leo?«, erwiderte Olivia.

»Ja, der bin ich. Und Sie werden sich sicher wohlfühlen in Deutschland. Hierzulande schaut man ja großzügig über die Abhörpraktiken Ihres Geheimdienstes weg.«

Das kam so überraschend, dass Olivia nach Luft schnappte, aber sie erlangte sofort die Fassung zurück.

»Wenn das ein Angebot sein sollte, mit Ihnen über die NSA zu diskutieren, werde ich das gern zu einem späteren Zeitpunkt annehmen«, erwiderte sie kühl. »Als Journalistin kann ich Ihnen dazu einiges sagen, aber eines schon vorab: Zum Glück sind wir in Amerika keineswegs gleichgeschaltet. Und jede Wette, Ihr Geheimdienst bespitzelt auch alles, was er erwischt. Wir sollten also lieber über das Unwesen der Geheimdienste diskutieren, aber zu einem späteren Zeitpunkt. Vielleicht darf ich Ihnen erst einmal meine Tochter Vivien vorstellen.«

Leo wandte den Blick gelangweilt in Richtung Wagen. Vivien beugte sich gerade über ihren Koffer und präsentierte ihnen ihr Hinterteil.

»Schatz, darf ich dir Leo vorstellen?«, rief Olivia. Vivien drehte sich zu ihnen um. Täuschte sich Olivia, oder verdüsterte sich Leos Miene bei Viviens Anblick noch mehr?

»Oh nein!«, murmelte er.

Olivia warf ihm einen verwirrten Blick zu. Kannten die beiden sich schon? Olivia konnte sich nicht helfen, aber sie hielt Alexanders Sohn für einen überheblichen, unerzogenen Schnösel. Wahrscheinlich färbt es ab, wenn man in so einem Prachtbau lebt, mutmaßte sie.

Vivien kam näher und begrüßte den Sohn des Hauses mit einem gelangweilten Nicken, doch dann plötzlich erstarrte sie und sah ihn wie einen Alien an.

»Oh Gott!«, entfuhr es ihr, und sie wünschte sich, es würde sich ein Loch im Boden auftun. Sie wusste ja nicht mehr viel vom gestrigen Abend, aber an das Gesicht mit den melancholischen Augen am Tresen konnte sie sich nur noch allzu gut erinnern.

»Ihr kennt euch?«, fragte Olivia und blickte erwartungsvoll zwischen ihrer Tochter und Leo hin und her.

»Nein, ich kenne ihn nicht. Das war eine Verwechslung«, beeilte sich Vivien zu sagen. So überheblich, wie er sie musterte, würde sie im Leben nicht zugeben, dass sie ihn sehr wohl erkannt hatte. Sie konnte nur hoffen, dass er so viel Anstand besaß, ebenfalls zu schweigen, doch da huschte bereits ein gemeines Grinsen über seine Lippen.

»Dafür kenne ich sie umso besser. Sie hat gestern in der Bar versucht, mir ein Gespräch aufzuzwingen, aber das ist ihr nicht ganz gelungen, weil sie gewisse Artikulationsstörungen hatte.«

Erbarmungslos äffte er nun ihr Lallen nach, aber Vivien war ihrerseits nicht auf den Mund gefallen und fest entschlossen, sich auf der Stelle für diese Gemeinheit zu rächen.

»Da kann ich wirklich nur stockbesoffen gewesen sein, wenn ich mit einem Arschloch wie dir das Gespräch gesucht haben sollte«, zischte sie.

»Vivien, bitte!«, ermahnte Olivia ihre Tochter.

In diesem Augenblick kehrte Alexander in bester Stimmung aus dem Haus zurück.

»Und, habt ihr euch schon bekannt gemacht?«, fragte er in fröhlichem Plauderton.

»Wir beide hatten leider gestern Nacht schon das Vergnügen. Die junge Lady suchte Kontakt, obwohl sie mit einer ganzen Clique in der Bar war, in der sie alle ganz toll fanden, weil sie ein bisschen geträllert hat.«

»Du hast meinen Song gehört?«

»Leider«, entgegnete Leo ungerührt.

Wenn Olivia und dieser Mr Berger nicht in der Nähe gewesen wären, Vivien hätte nicht dafür garantieren können, diesem Kotzbrocken noch was anderes als »Arschloch« an den Kopf zu werfen. Und überhaupt, wo waren seine melancholischen Züge, die sie gestern offenbar so magisch angezogen hatten? Dort, wo sie in seinen Augen gestern noch den Weltschmerz zu erkennen geglaubt hatte, war nicht mehr zu lesen als die pure Arroganz.

»Ja, gut, dann lasst uns doch mal ins Haus gehen«, schlug Alexander Berger sichtlich verunsichert vor. »Und du nimmst der jungen Dame bitte den Koffer ab!«, befahl er seinem Sohn.

Als der widerwillig nach dem Koffer griff, hielt Vivien ihn so fest, dass er ihn ihr nicht entreißen konnte.

»Nein danke, das mach ich schon allein!«, schnaubte sie.

Olivia hingegen ließ sich das Gepäck von Alexander abnehmen und folgte ihm ins Haus.

»Ich muss mich entschuldigen für das Benehmen meiner Tochter. Ich weiß wirklich nicht, warum die beiden wie Katze und Hund aufeinander losgehen«, flüsterte Olivia verlegen, als sie außer Hörweite ihrer Kinder waren.

»Ich glaube, die Schuld liegt nicht bei deiner Tochter. Leo hat sich seit dem Tod meiner Frau völlig verändert. Er hat das Studium abgebrochen, nachdem sich zu allem Überfluss auch noch seine Freundin von ihm getrennt hat, ist wieder hierhergezogen, kann nichts und niemanden leiden, am wenigsten sich selbst, und verbreitet miese Stimmung. Als Fachmann würde ich sagen, der Junge gehört dringend in Behandlung, aber du kannst dir vielleicht vorstellen, dass er auf meinen Rat pfeift«, erwiderte er bekümmert.

»Na ja, Vivien ist auch schwieriger geworden, seit ihr Vater verunglückt ist«, raunte Olivia verschwörerisch.

Sie waren jetzt in dem hochherrschaftlichen Eingangsbereich der Villa angekommen. Das war kein Flur, in den sie traten, sondern eine Halle, in der alles holzvertäfelt war, was aber überhaupt nicht muffig wirkte, sondern edel, weil es sehr hell war.

Alexander bemerkte Olivias bewundernden Blick.

»Daran habe ich mich nur langsam gewöhnen können. Wir hatten vorher eine helle Altbauwohnung in Charlottenburg, und eine Holzvertäfelung wäre uns nicht ins Haus gekommen, aber dies ist beinahe ein Gesamtkunstwerk, und da es Eschenholz ist, wirkt es glücklicherweise auch nicht so düster«, erklärte er ihr eifrig.

»Willst du erst eine Hausbesichtigung oder dich in deinem Zimmer frisch machen und dann einen Imbiss auf der Veranda nehmen?«

In diesem Augenblick flog die Eingangstür auf, und Leo betrat zusammen mit Vivien die Halle. Die beiden schwiegen sich finster an, und die Spannung zwischen ihnen war im ganzen Eingangsbereich zu spüren.

»Ich glaube, ich könnte erst eine kleine Stärkung gebrauchen. Ich habe nämlich noch nicht mal gefrühstückt«, sagte Olivia mit Nachdruck. Die feindselige Begrüßung der jungen Leute hatte sie mehr mitgenommen, als sie zugeben wollte. Zumindest bin ich mal für einen Augenblick aus Viviens Schussfeld geraten, dachte Olivia.

»Dann lass die Koffer hier stehen. Ich bringe sie nach dem Imbiss nach oben.« Alexander führte sie in einen Salon.

»Sind das noch Originalmöbel der Familie Koenig?«, fragte Olivia interessiert.

»Nein, nicht ganz. Dieses Zimmer ist fast genauso geblieben, wie Klara es einst hat einrichten lassen, nachdem sie die ganze rustikale Eiche ihrer Eltern hatte entfernen lassen. Meine Frau hat sich nie getraut, dieses Heiligtum anzutasten. Wir haben in der oberen Etage noch ein Wohnzimmer, das wir nach unserem Geschmack eingerichtet haben.«

»Ich finde es wunderschön«, rief Olivia begeistert aus. »Das ist ja wie ein Art-déco-Museum.«

»Ja, Klara war eine Frau mit einem exquisiten Geschmack. Christin und ich haben hier manches Fest gefeiert, aber im Alltag hatten wir es lieber etwas weniger prätentiös. Ich zeige es dir nachher.«

Olivia trat ganz nah an ein Ölgemälde heran, das offensichtlich die Familie Koenig darstellte, wie sie unschwer an dem Mädchen mit den blonden Locken und den wachen blauen Augen erkennen konnte. Auf dem Bild musste Scarlett an die sieben Jahre gewesen sein und war immer noch weizenblond. Genau wie Vivien als Mädchen, dachte Olivia gerührt und ließ ihren Blick interessiert über die übrigen Familienmitglieder schweifen. Der Patriarch saß auf einem Ohrensessel in der Mitte. Er hatte schütteres Haar, trug eine runde Brille und guckte ernst. Die Hände hielt er vor seinem Bauch gefaltet. Neben ihm stand Gertrud, eine zarte, durchscheinende Frau, die ihren Arm liebevoll auf seine Schulter gelegt hatte. Ihr Blick war verhangen. Über ihrem Gesicht lag ein Schleier von verzweifelter Traurigkeit. Neben ihr war einer ihrer Söhne. Das ist mit Sicherheit Gerhard, mutmaßte Olivia, denn er trägt das Haar etwas länger und lächelt. Im Gegensatz zu Walter, der sich auf der anderen Seite des väterlichen Lehnstuhls platziert hatte. Sein blondes Haar war kurz geschoren, und er hatte einen leicht überheblichen Zug um den Mund. Vor ihm stand Klara, die einen abweisenden Eindruck machte. Sie hatte die schönen Lippen fest zusammengekniffen, als wollte sie sagen: Ich gehöre nicht dazu. Ihr war die Qual des Modellstehens für dieses Bild regelrecht anzusehen.

»Wie weit bist du eigentlich im Manuskript?«, hörte Olivia Alexander aus dem Hintergrund fragen.

»Ich habe das zweite Kapitel gelesen, als ich gestern zurück ins Hotelzimmer kam. Vielleicht sollte ich es noch einmal nüchtern tun. Weißt du? Mir kommt das immer noch wie ein

Traum vor, dass diese Menschen wirklich Scarletts Familie gewesen sein sollen.«

Alexander war so dicht auf sie zugetreten, dass sie seinen Atem in ihrem Nacken spürte.

»Tja, wer hätte gedacht, dass die Kleine dort mal so eine Karriere hinlegen würde«, sinnierte er und legte die Hand auf ihre Schulter.

Olivia drehte sich abrupt um. Ihre Gesichter berührten sich fast, und sie würde vieles darum geben, wenn er sie jetzt küsste, aber genau das durfte nicht geschehen, jedenfalls solange die Gefahr bestand, dass Vivien jeden Augenblick ins Zimmer kam.

»Ich habe dir doch gerade erzählt, dass Vivien seit Ethans Tod ziemlich durcheinander ist. Es würde ihr außerordentlich missfallen, wenn sie uns so vertraut vor diesem Bild erwischen würde. Wir sollten ihr gegenüber auf keinen Fall durchblicken lassen, was gestern Abend geschehen ist.«

Alexander trat einen Schritt zurück. »Um Himmels willen, das wäre auch nicht in meinem Sinne. Wir sind doch beide erwachsen und können die Bedeutung von harmlosen Küsschen im Überschwang und im angeheiterten Zustand richtig einschätzen, oder?«

Seine Miene war plötzlich so eisig, dass es Olivia fröstelte. Wir reden gerade aneinander vorbei, dachte sie erschrocken. Sie wollte doch nur vermeiden, dass die Kinder sie so sahen, er aber schien sich grundsätzlich von der gestrigen Verabschiedung distanzieren zu wollen.

»Klar weiß ich, dass ein Küsschen im Suff keine Liebeserklärung ist«, entgegnete sie spitz.

»Dann lass uns die Sache vergessen und uns auf das Ziel konzentrieren, das uns vereint.« Er deutete auf das Gemälde. »Ich bin sicher, gemeinsam kommen wir dem Geheimnis der Koenigs auf die Spur.«

Olivia war wie vor den Kopf geschlagen. Dass er sich so vehement vom gestrigen Abend distanzierte, kam für sie ziemlich überraschend, hatte sie doch wirklich geglaubt, dass es auch für ihn mehr bedeutet hatte als ein Flirt im Rausch, den man am nächsten Tag am liebsten ungeschehen machen wollte. Was habe ich mir eigentlich vorgestellt? Dass wir uns unsterblich ineinander verlieben und eine heiße Affäre anfangen, hinterfragte sie selbstkritisch ihre Motive. Genau vermochte sie diese gerade nicht zu analysieren, aber dass sie gestern eine gewisse prickelnde Vertrautheit ihm gegenüber gefühlt hatte, konnte sie nicht leugnen.

Alexander rang sich zu einem Lächeln durch. »Mein Sohn würde mir im Übrigen auch was husten, wenn ich eine Frau mit ins Haus bringen würde, mit der ich etwas anfangen wollte. Entspann dich, wir werden unserem traumatisierten Nachwuchs keinerlei Anlass geben, dass sie sich in ihrem Schmerz über den Verlust des einen Elternteils in eine Wut auf den überlebenden Elternteil hineinsteigern.«

»Das haben Sie aber treffend gesagt, Herr Professor«, entgegnete Olivia spitz.

»Höre ich da leise Kritik?«, fragte er und sah sie wieder so zugewandt an wie zuvor. So, als wäre nichts geschehen.

In diesem Moment kam eine adrett aussehende Dame mit einem Tablett voller Köstlichkeiten herein, die Olivia mit unverhohlenem Misstrauen musterte.

»Das ist unser Besuch aus New York, Ms Baldwin, eine entfernte Cousine meiner Frau.«

Sofort hellte sich die Miene der Dame auf. Offenbar hatte sie der Hinweis auf die Verwandtschaft zu Christin versöhnlich gestimmt.

»Und das ist die gute Seele des Hauses, Frau Krämer, die es nicht leicht mit unserer Männerwirtschaft hat«, stellte Alexander Olivia die Haushälterin vor.

»Wenn Sie Wünsche haben, können Sie sich jederzeit an mich wenden«, bot ihr die ältere Dame mit dem grauen Knoten im Nacken an.

»Danke, das ist sehr freundlich von Ihnen«, erwiderte Olivia und rang sich zu einem Lächeln durch.

»Wir kommen mit auf die Veranda. Unser Gast hat noch nichts gegessen«, sagte Alexander und reichte Olivia seinen Arm, den sie ignorierte. Stattdessen folgte sie der Haushälterin eilig durch die weit geöffneten Flügeltüren auf die Terrasse. Ihr stockte der Atem angesichts des Blicks, der sich nun auftat. Am Ende des gepflegten Parks glitzerte der See in der Sonne durch die großen Bäume hindurch. Das war wie gemalt, und sofort fiel ihr ein, was Klara am Ufer des Sees getrieben hatte.

»Ich hoffe, Sie mögen Buletten und Kartoffelsalat. Die beiden Herren lieben meine Hausmannskost«, verkündete Frau Krämer voller Stolz und drapierte das Essen auf dem bereits stilvoll gedeckten Tisch.

Alexander schob Olivia formvollendet einen modernen Korbstuhl zurecht. Die Terrassenmöbel stammen jedenfalls nicht aus den Zwanzigerjahren, stellte Olivia mit Kennerblick fest.

Sie war immer noch reichlich durcheinander wegen Alexanders abgrenzenden Worten, aber sie war entschlossen, sich ihre Irritation nicht im Geringsten anmerken zu lassen. Vielleicht ist es besser, dass ich jetzt weiß, woran ich bin, dachte Olivia mit einer Spur von Bedauern, dann mache ich mich nicht lächerlich.

»Greif zu«, forderte der Gastgeber sie auf und sah sie direkt an.

Olivia aber vermied es, dass sich ihre Blicke trafen. Sie war sich nicht sicher, ob sie so schnell von einem heißen Flirt auf eine berufliche Partnerschaft umschalten konnte.

»Bist du böse auf mich? Du schaust plötzlich so finster drein«, bemerkte er zweifelnd.

»Nein, das hat gar nichts mit dir zu tun. Ich war in Gedanken ganz woanders«, schwindelte sie und füllte sich etwas von dem Kartoffelsalat auf.

In diesem Augenblick hörte sie laute Stimmen aus dem Salon. »Du bist so ein arroganter Schnösel. Bilde dir ja nichts darauf ein, dass ich dich im Suff angesprochen habe. Wahrscheinlich hast du mir nur leidgetan!« Das war eindeutig Viviens Stimme.

»Ich schlage vor, wir stellen uns taub«, schlug Alexander scherzend vor. Olivia war in der Sache eigentlich seiner Meinung, aber in ihr machte sich ein leichter Ärger breit, dass er sich eben noch so uncharmant von ihrer gestrigen Nähe distanziert hatte und nun wiederum so demonstrativ ein Wir-Gefühl beschwor.

Olivia zog es vor, seine Worte zu ignorieren. Dennoch war auch Leos Antwort nicht zu überhören. »Nun sei doch nicht so zickig. Ich war vielleicht ein bisschen unfreundlich, aber wenn deine Mutter und du euch schon bei uns im Haus einnistet, dann müssen wir doch so lange irgendwie miteinander auskommen.«

»Das wird schon mit den beiden«, sagte Alexander. »Er ist doch schon ganz zugänglich geworden.«

Olivia hob den Kopf und funkelte ihn wütend an. »Wirklich sehr zugänglich«, spottete sie. »Hast du nicht gehört, was er gesagt hat? Wir hätten uns hier eingenistet.«

Sie kam nun nicht umhin, Alexander anzusehen. Was sie noch mehr in Fahrt brachte, war die Tatsache, dass er ihr nach wie vor sehr gefiel. Gerade in diesem Augenblick, als ihn ein durch die Baumkronen blitzender Sonnenstrahl in ein fast magisches Licht tauchte.

»Ach, Olivia, das ist noch harmlos. Glaub es mir, dass sich der Junge entschuldigt, grenzt an ein Wunder. Er ist seit Christins Tod ein wandelndes Ekelpaket«, erwiderte er grinsend.

Mist, warum gefällt er mir immer noch so, ging es Olivia erbost durch den Kopf, aber nun war sie mit ihrer ganzen Aufmerksamkeit bei den beiden jungen Streithammeln, die sich zu ihnen an den Tisch gesetzt hatten.

»Greift zu!«, forderte Alexander die beiden auf. »Das Rezept für die Buletten und den Salat ist übrigens aus Lenes Zauberkochbuch. Du erinnerst dich, Olivia, die Haushälterin der Koenigs.«

Olivia nickte und tat unbeeindruckt, wenngleich sie der Gedanke, dass die kleine Charlotte womöglich auf demselben Platz wie sie gesessen und solche Frikadellen gegessen hatte, faszinierte.

»Und Sie sind wirklich eine Verwandte meiner Mutter?«, fragte Leo jetzt neugierig.

»Genau, aber das weiß ich auch erst seit gestern. Deine Urgroßmutter und meine Großmutter waren offenbar Schwestern.«

»Und wieso hatten Sie keine Ahnung davon?«

»Weil meine Großmutter nach New York ausgewandert ist und zeitlebens ihre deutsche Familie verleugnet hat.«

»Krass, und Sie wollen jetzt herausfinden, warum sie das gemacht hat?«

»Ja, wir denken, es gibt da ein Familiengeheimnis, das wir vielleicht lüften können, damit Olivia eine vollständige Biografie über ihre Großmutter verfassen kann. Deine und auch Viviens Urgroßmutter haben nämlich beide Tagebücher geführt …«, erläuterte Alexander.

Olivia wollte ihre Meinung über Leo, den Schnösel, gerade revidieren, weil die Art, wie er fragte, darauf schließen ließ, dass in ihm vielleicht doch ein ganz aufgeweckter und freundlicher Kerl steckte, da fuhr der junge Mann seinen Vater in einer Art an, die Olivia und Vivien gleichermaßen den Atem stocken ließ.

»Ich weiß von der Existenz dieser Dinger. Mama hat sich in ihrer Verzweiflung regelrecht an die Hoffnung geklammert, aus den ollen Tagebüchern noch etwas Verständliches für die Nachwelt zu zaubern. Sie hat wie eine Irre geschrieben, aber das hat sie wahrscheinlich nur davon abgelenkt, dass du nicht für sie da warst.«

Olivia sah, wie Alexander jegliche Farbe aus dem Gesicht wich. »Leo, bitte fang nicht wieder damit an. Du weißt, dass ich arbeiten musste und nicht vierundzwanzig Stunden lang an ihrem Bett sitzen konnte.«

Leo stieß einen abschätzigen Zischlaut aus. »Andere Männer lassen sich beurlauben, wenn ihre Frauen im Sterben liegen.«

»Misch dich nicht in Dinge ein, die dich nichts angehen!«, fauchte Alexander. »Ich habe alles mit deiner Mutter besprochen. Und wir haben auch die Frage diskutiert, ob ich eine Arbeitspause einlege, aber sie wollte das nicht!«

»Das kannst du jetzt natürlich straflos behaupten. Sie kann sich ja nicht mehr wehren.«

Olivia zuckte zusammen. Hatte Vivien nicht genau dieselben Worte ihr gegenüber gebraucht, als es darum ging, ob Ethan eine Affäre gehabt hatte?

Wie gern würde ich Alexander jetzt helfend zur Seite springen, dachte sie, aber sie beschloss, sich nicht einzumischen. Nicht mehr, nachdem er ihr klargemacht hatte, dass ihre gestrige Nähe nur dem Suff zu verdanken gewesen war.

»Leo, hör auf damit. Ich dachte, wir hätten das inzwischen geklärt«, zischte Alexander.

»Du bist derjenige, der nichts mehr davon hören will. Sie hat ja auch nicht in deinen Armen geweint, weil sie sich so verlassen gefühlt hat. Das habe ich dann abgekriegt und musste sie trösten.«

Olivia warf ihrer Tochter einen verstohlenen Seitenblick zu. Ob Vivien auch wahrnahm, dass diese Vorwürfe in ihrer Heftigkeit erschreckend denen ähnelten, die sie ihr zu machen pflegte, nur dass das Thema ein anderes war?

Ihre Tochter aber verzog keine Miene. Olivia konnte nichts darin lesen. Weder Solidarität mit Leo noch Mitgefühl für Alexander.

Olivia wünschte sich von Herzen, dass dieser erbitterte Streit zwischen Vater und Sohn damit vorüber wäre, doch da setzte

Leo zu einem neuerlichen Angriff an. Aus seinen Augen funkelte der blanke Zorn.

»Für dich war es doch eine Erleichterung, als sie endlich tot war! Gib es doch endlich zu!«

»Leo, bitte!« Alexanders Stimme klang jetzt flehend. »Denk an deine Mutter. Sie würde es nicht wollen, dass wir uns ihretwegen so streiten.«

»Vielleicht würde sie noch leben, wenn du dich nicht als Gott aufgespielt hättest!«, brüllte Leo jetzt so laut, dass sich seine Stimme beinahe überschlug.

Alexander sprang von seinem Stuhl auf und schrie verzweifelt: »Leo, nicht diese Geschichte!«

»Warum nicht? Ich finde, unsere neuen Verwandten sollten doch wissen, wie Mutter gestorben ist. Schließlich beschäftigt ihr euch mit einem Familiengeheimnis aus der Vergangenheit, dann solltet ihr auch erfahren, was heute unter den Teppich gekehrt wird.«

»Leo, ich glaube, du solltest jetzt aufhören«, sagte Vivien mit fester Stimme. »Ich finde, das geht uns überhaupt nichts an.«

Olivia liefen kalte Schauer über den Rücken, als sie in Leos vor Zorn gerötetes und zu allem entschlossenes Gesicht sah. Er wird sich durch nichts davon abbringen lassen, seinen Vater mit dem zu konfrontieren, was ihm gerade auf der Seele brennt, dachte sie entsetzt. Am liebsten hätte sie sich die Ohren zugehalten.

»Sag doch endlich die Wahrheit! Hat Mama dich beauftragt, ihr die Tabletten zu geben, oder war das deine Idee?«

Alexander wurde aschfahl. »Und ich sage dir jetzt zum allerletzten Mal, dass ich deiner Mutter keine Tabletten gegeben habe. Weder in ihrem Auftrag noch auf eigene Initiative. Glaubst du, ich hätte in Kauf genommen, dass sie sich quält, unter Krämpfen wieder aufwacht und an ihrem Erbrochenen erstickt? Was traust du mir eigentlich alles zu?« Dann stolperte er in den Park hinaus.

Olivia spielte kurz mit dem Gedanken, ihm zu folgen, aber sie blieb wie betäubt sitzen.

Auch Vivien stand die Fassungslosigkeit im Gesicht geschrieben, aber sie fand als Erste die Sprache wieder. »Wie kommst du dazu, deinem Vater so etwas zu unterstellen?«

Leo zuckte mit den Schultern. »Weil meine Mutter sich mit Schlaftabletten umgebracht hat. Deshalb!«, entgegnete er ungerührt.

»Aber das heißt doch noch lange nicht, dass er sie deiner Mutter gegeben hat«, bemerkte Olivia nach einer Schrecksekunde.

»Was denken Sie denn, wer es war? Die Pflegerin hat bei ihrem Leben geschworen, ihr keine Tabletten in die Hände gegeben zu haben. Die hat aufgepasst wie ein Schießhund, dass meine Mutter keinen Unsinn machen konnte.«

»Aber vielleicht war es ein Versehen, dass die Tabletten in die Hände deiner Mutter geraten sind.« Olivia fühlte sich wie Alexanders Verteidigerin. Es missfiel ihr, wie kompromisslos Leo ihn anklagte.

»Genau, sie sind wahrscheinlich aus dem Badezimmer geradewegs in ihren Mund geflogen«, bemerkte Leo zynisch.

Nun hielt Olivia es allerdings für das Beste, Alexanders Sohn nicht länger zu widersprechen, denn offenbar hatte er ohne jedes Pardon seinen Schuldspruch bereits gefällt.

Berlin-Charlottenburg, September 1922

Die direkt am Ufer des Lietzensees gelegene Stadtvilla der Familie Waldersheim war festlich illuminiert. Zu beiden Seiten des Portals brannten gigantische Fackeln, und immer noch fuhren edle Limousinen vor, denen vornehm gekleidete Gäste entstiegen. Die Herren trugen Frack, die Damen schlicht geschnittene, in der Mehrzahl weiße Abendkleider, an denen weder Spitze fehlen durfte noch die modische Neuheit des Jahres, extravagante Fledermausärmel.

Klara aber hatte sich für ein schmuckloses Hängerchen aus glänzender Matelassé-Seide entschieden und sich eine Schärpe um die Taille geschlungen. Außerdem trug sie endlich den Kurzhaarschnitt, den sie sich schon lange erträumt hatte. Lene hatte zunächst Zeter und Mordio geschrien, als Klara ihr eine Schere in die eine Hand und in die andere eine *Berliner Illustrierte Zeitung* mit dem Foto einer Frau mit Bubikopf gedrückt hatte. Doch nach einigem Zögern hatte sie richtig gute Arbeit geleistet. Ihr Vater war vor Schreck sprachlos gewesen, als sie ihm das erste Mal ohne die Zöpfe begegnet war, aber an Gertrud war dieses Ereignis fast spurlos vorübergegangen. Sie war kaum mehr zu emotionalen Regungen in der Lage, sondern wirkte abgestumpft und teilnahmslos. Obwohl sie sich in keiner guten mentalen Verfassung befand, hatte Wilhelm darauf bestanden, dass sie zur Verlobungsfeier ihres ältesten Sohnes mit Olga Waldersheim mitzukommen hatte. Klara zweifelte daran, dass es eine weise Entscheidung war, denn ihre zum Skelett abgemagerte Mutter wirkte in dem viel zu großen dunkelblauen, altmodischen Kleid wie eine Vogelscheuche.

»Ich möchte auch so eine Frisur wie du, Klara«, bemerkte Charlotte, die sich bei ihrer Schwester untergehakt hatte.

»Da musst du noch ein wenig warten. Wenn du so alt bist wie ich, dann, das verspreche ich dir, schneidet dir Lene das Haar ab. Nur wird es bei dir anders aussehen, weil du Locken hast und dunkelhaarig bist.«

»Nein, ich möchte aber genau so aussehen wie du«, widersprach Charlotte, die, wie Klara fand, einen entzückenden Eindruck machte in ihrem weißen Hängerchen, um das sie sich nach dem Vorbild der großen Schwester eine Schärpe gebunden hatte. Das Haar hatte sie aufgesteckt, um nicht die verhassten Kinderzöpfe tragen zu müssen.

Die Schwestern waren einander nähergekommen seit jener Nacht, als ihr Vater und ihr Bruder Kurt fortgejagt hatten. Nachdem Klara sich schluchzend auf ihr Bett geworfen und nicht mehr gewusst hatte, ob sie leben oder sterben wollte, hatte sich Charlotte zu ihr geschlichen und ihr tröstend übers Haar gestrichen. »Ich habe alles von meinem Fenster aus beobachtet«, hatte sie schließlich zugegeben und empört hinzugefügt: »Das ist so gemein, was Paps und Walter mit Kurt gemacht haben. Das ist Erpressung!« Klara hatte vor Verblüffung aufgehört zu schluchzen. In ihren Augen war Charlotte die kleine verwöhnte Diva, aber dass sie die Situation so treffend erfasst hatte, rang ihr Bewunderung für die Schwester ab. Sie hatte Charlotte in jener Nacht angeboten, dass sie bei ihr schlafen durfte. Das hatte die sich nicht zweimal sagen lassen und war zu ihr unter die Bettdecke gekrabbelt. Arm in Arm waren die Schwestern eingeschlafen. Seitdem sah Klara Charlotte mit anderen Augen, und die wich der großen Schwester ihrerseits nicht mehr von der Seite.

»Du siehst bezaubernd aus, so wie du bist, meine Süße«, sagte Klara, als sie nun die Eingangshalle der Villa betraten und sich neugierig umblickten. Überall standen Menschen in Gruppen an Stehtischen und hielten Champagnerkelche in der

Hand. Es waren schätzungsweise an die zwanzig illustre Gäste erschienen. Klara meinte sogar, eine Filmschauspielerin unter ihnen zu erkennen, deren Name ihr aber nicht einfallen wollte. Sie fand das für ein Verlobungsfest alles recht übertrieben, aber es war bekannt, dass die Familie Waldersheim nicht kleckerte, sondern klotzte, wie Gerhard das spöttisch zu nennen pflegte.

Gerhard, der in seinem Frack unbeschreiblich attraktiv aussah, wie Klara fand, winkte seine Schwestern eifrig zu sich an den Tisch.

»Darf ich vorstellen, das sind meine Schwestern Klara und Charlotte, und das sind Herr Oskar und Frau Erna Waldersheim, meine zukünftigen Schwiegereltern.«

Artig gaben die Koenig-Schwestern den Gastgebern die Hand, wobei Klara den Vater und die Mutter der Braut auf Anhieb unsympathisch fand. Er war ein Hüne von einem Kerl, hatte eine Glatze und einen verschlagenen Blick. Seine Ehefrau war eine matronenhafte Dame, die für Klaras Geschmack viel zu viel Schminke im Gesicht hatte und viel zu viel Schmuck an den Fingern und um den Hals trug. Was Kurt wohl zu dieser protzigen Zurschaustellung des Reichtums sagen würde, während in diesen Zeiten arme Menschen Hunger leiden mussten?

»Ach ja, und das ist Olga, meine Braut!«

Die schöne junge Frau war für Klara ein Lichtblick in diesem Haus. Sie besaß eine mädchenhafte Ausstrahlung, aber in ihrem Blick lag eine gewisse Entschiedenheit. Sie weiß, was sie will, dachte Klara und reichte ihr die Hand.

Gerhard sah sich suchend um. »Wo sind die Eltern, und wo ist Walter?«

»Eben waren sie noch vor uns. Wir sind doch mit demselben Wagen gekommen.«

»Ihr seht bezaubernd aus. Alle beide!«, bemerkte Olga, die atemberaubend aussah in ihrem hübschen Tüllkleid und mit dem pechschwarzen Bubikopf, während sie die beiden Schwestern wohlwollend musterte. »Dürft ihr denn auch schon einen Champagner trinken?«

»Natürlich«, entgegnete Charlotte selbstsicher, was ihr einen kleinen Puff in die Seite einbrachte.

»Einen nur«, zischte sie ihrer Schwester zu. Als der Kellner mit seinem Tablett vorbeikam, ließen sich beide Schwestern je einen Champagnerkelch in die Hand drücken.

In diesem Augenblick näherten sich die Eltern. Wilhelm maß das volle Glas in der Hand seiner jüngsten Tochter missbilligend, aber er sagte kein Wort. Gertrud schien das nicht einmal zu bemerken. Wie ein Schatten folgte sie ihrem Mann und rang sich krampfhaft zu einem Lächeln durch, als Gerhard ihr seine zukünftigen Schwiegereltern vorstellte. Einen größeren Kontrast als diese beiden Frauen kann es gar nicht geben, schoss es Klara durch den Kopf, als Frau Waldersheim die zarte, durchscheinende Hand der Mutter mit ihrer beringten Pranke schier zu zerquetschen drohte.

»Und das ist meine Olga«, sagte Gerhard und legte voller Stolz den Arm um seine Braut.

Wilhelm begrüßte die junge Frau sichtlich angetan, und auch Gertrud huschte ein winziges Lächeln über ihr maskenhaftes Gesicht, als Olga sie einfach umarmte.

»Ich denke, ich werde jetzt die Gäste begrüßen und zu Tisch bitten«, verkündete Herr Waldersheim. Klara zuckte beim Klang seiner Stimme förmlich zusammen, denn sie hatte einen unangenehm schnarrenden Klang. Der Industrielle stieß nun zwei Gläser aneinander, woraufhin das Geplauder an den Tischen verstummte. Oskar Waldersheim begrüßte die Gäste und verkündete großspurig die Verlobung seiner Tochter Olga mit Gerhard Koenig, dem Sohn des Chirurgen Professor Dr. Wilhelm Koenig.

Gerhard verbeugte sich höflich, aber in diesem Augenblick nahm Klara wahr, dass seine Augen nicht lächelten, sondern nur sein Mund. Er schien sich in der Gesellschaft seiner zukünftigen Schwiegereltern nicht wirklich wohlzufühlen. Es schien ihn etwas zu bedrücken, was außer ihr sicherlich keiner bemerkte. Wenn Gerhard nervös war, fuhr er sich alle paar Sekunden durchs Haar. Wie in diesem Augenblick.

Er reichte seiner Braut nun formvollendet den Arm. Das Brautpaar ging voran in den Salon, in dem zwei Tische eingedeckt waren, der kleinere für die Familie, die große Tafel für die Freunde des Hauses.

Es gab Tischkärtchen. Klara hoffte, dass sie neben Charlotte sitzen würde, aber man hatte sie zwischen Walter und einen schmächtigen jungen Mann, den sie nicht kannte, gesetzt. Neben Walter saß Frau Waldersheim, daneben ihr Mann und schließlich, am Kopf der Tafel, Olga und Gerhard, der wiederum neben Gertrud platziert worden war.

Klara war gar nicht glücklich über die Platzwahl, da sie mit Walter seit der Sache mit Kurt vor vier Wochen kein einziges Wort mehr gewechselt hatte. Den jungen Mann zu ihrer rechten Seite ignorierte sie völlig, denn ihr stand nicht der Sinn danach, eine neue Männerbekanntschaft zu machen. Seit Kurt in jener Nacht gegangen war, ohne sich noch einmal umzudrehen, verging keine Sekunde, in der sie nicht an ihn gedacht hatte. Wie ein Heiligtum hatte sie die Kleidung, die sie unten am See getragen hatte, auf einen Bügel an ihren Kleiderschrank gehängt. Damit sie immerzu an das erinnert wurde, was zwischen ihnen geschehen war und was ihr immer noch heiße Schauer durch den Körper rieseln ließ. Manchmal vergrub sie ihr Gesicht in dem Stoff ihrer Bluse in der Hoffnung, etwas von seinem Geruch zu erschnuppern.

Da riss eine männliche Stimme sie aus ihren schwärmerischen Gedanken.

»Du bist Gerhards Schwester, nehme ich mal an«, bemerkte ihr Tischnachbar sichtlich verlegen.

»Wie scharfsinnig!«, gab sie prompt zurück. »Dann nehme

ich mal an, dass du der Bruder der Braut bist. Müssen wir uns jetzt deshalb unterhalten?«

Er überhörte ihre freche Bemerkung und reichte ihr die Hand. »Ich bin Felix«, sagte er leise.

Klara stieß einen tiefen Seufzer aus. Es wäre gemein, ihren Kummer an einem Fremden auszulassen.

»Ich bin Klara.« Sie nahm seine dargebotene Hand und schüttelte sie.

»Du bist mir sofort aufgefallen, du scheinst ein bisschen mehr im Kopf zu haben als die höheren Töchter da drüben.« Er deutete auf den Gästetisch.

Klara war so verblüfft, dass sie nach Luft schnappte. »Willst du mir schmeicheln?«, fragte sie unverblümt zurück, während sie ihn interessiert musterte. Er war sehr schmal, um nicht zu sagen, dürr. Wenn sie es nicht besser gewusst hätte, sie hätte ihn für einen dieser halb verhungerten Künstler gehalten, die sich zurzeit gehäuft in der Stadt herumtrieben. Viele, die vor dem Krieg ihr Auskommen gehabt hatten, waren nun entwurzelt und suchten andere Arbeit. Für Kunst hatte man in diesen schweren Zeiten wenig übrig. Er hatte wache braune Augen, das gleiche pechschwarze Haar wie seine Schwester, war aber nicht annähernd so attraktiv wie sie. Vielleicht lag es an seinen schmalen Lippen und einer Narbe, die sich durch sein Gesicht zog. Als könnte er Gedanken lesen, sagte er in diesem Augenblick: »Der verdammte Krieg. Ein Granatsplitter hat mich leicht erwischt, meinen Freund neben mir hat er getötet.«

Klara stockte der Atem. Nicht, weil er so offen über seine Verletzung sprach, sondern weil er gerade den Krieg verflucht hatte. Solche Reden kannte sie nur aus Kurts Mund, und dergleichen hätte sie bestimmt nicht von einem Industriellensohn erwartet. Und die Waldersheims waren überdies nicht irgendwelche Industriellen, sondern hatten als Metall verarbeitendes Unternehmen kriegswichtiges Material hergestellt. Das hatte ihr Kurt einst in allen Einzelheiten auseinandergesetzt, nachdem er von der Beziehung zwischen Olga Waldersheim und Gerhard erfahren hatte. Ach, Kurt, ich vermisse dich so, dachte Klara wehmütig und stieß einen kleinen Seufzer aus.

»Habe ich Sie jetzt schockiert?«, fragte Felix erschrocken.

»Nein, gar nicht. Sie können von Glück sagen, dass es nicht Sie erwischt hat«, beeilte sie sich zu erwidern.

»Finden Sie? Ich habe mir manchmal gewünscht, es wäre umgekehrt gewesen«, entgegnete er ungerührt. Der junge Mann versetzte Klara zunehmend in Erstaunen. Er schien ein äußerst sensibler Zeitgenosse zu sein, der so gar nicht zu diesen eher grobschlächtigen Eltern passte.

Klara wollte gerade sagen, dass das undankbar von ihm sei, als verärgerte Stimmen ihre ganze Aufmerksamkeit auf sich zogen. Sie wandte sich nach links, wo im Flüsterton heftig diskutiert wurde. Dass nicht gebrüllt wurde, war wohl allein der Tatsache zu verdanken, dass man vor den Gästen kein Aufsehen erregen wollte. Auch Felix lauschte dem Disput zwischen den vier Männern nun interessiert, denn die beiden Frauen schwiegen. Erna Waldersheim, weil es sich nicht gehörte, sich in Männergespräche einzumischen, Gertrud, weil sie mit den Gedanken wieder einmal ganz woanders war.

»Du willst dich doch nicht allen Ernstes mit diesen Verbrechern gemein machen?« Gerhard sah seinen Bruder zweifelnd an.

»Ich habe nur gesagt, dass dieses Attentat auf Rathenau nicht die Tat von politischen Kretins ist, sondern dazu dient, diese Chaoten-Regierung zu stürzen und dieses vermaledeite Schandwerk von Versailles rückgängig zu machen!«, erwiderte Walter mit Nachdruck.

»Dass wir diesem Unsinn mit den Reparationsforderungen der Siegermächte Einhalt gebieten müssen, in dem Punkt gebe ich Ihnen recht, Walter«, mischte sich Gerhards zukünftiger Schwiegervater ein. »Nur, mit Walther Rathenau hat es den falschen getroffen. Wer hat denn gerade erst in Rapallo den Sondervertrag mit der Sowjetunion geschlossen? Ich meine, das war doch mal ein Schritt in die richtige Richtung. Zugegeben mit den falschen Leuten, aber die Bolschewiken verzichten immerhin auf die Reparationszahlungen. Außerdem haben wir Rathenau zu verdanken, dass wir im Krieg für unsere Betriebe Zwangsarbeiter aus Belgien bekommen haben. Immerhin hat er das höchstpersönlich bei Ludendorff beantragt. Mit Erfolg.«

»Ja, gut, aber anderseits ist er auch ein Jude gewesen«, widersprach Walter.

»Was ist denn das für ein Schwachsinn?«, ereiferte sich Gerhard. »Ich dachte, solche antisemitischen Parolen existieren nur bei den hirnlosen Dummköpfen des Deutschvölkischen Schutz- und Trutzbunds.« Er wandte sich Hilfe suchend an seinen Vater. »Du hast mir doch selbst erzählt, dass du dich 1880 geweigert hast, die Antisemiten-Petition zu unterzeichnen, in der die Juden ihre bürgerlichen Rechte wieder verlieren sollten.«

»Das stimmt, aber da sieht man es doch mal wieder. Unter dem Kaiser wurde das in Form einer Petition ausgetragen, in diesen wirren Zeiten mit Mord.«

»Wollen wir vielleicht einmal anstoßen auf unser Glück?«, mischte sich Olga genervt ein. Ihr Vater erhob sich daraufhin missmutig, hielt eine kleine Rede und bat die Gäste, auf das Brautpaar zu trinken. Doch kaum hatte er sich gesetzt, als ein neuerliches Streitgespräch unter den Brüdern entflammte.

»Du bist so ein ausgemachtes Weichei!«, schimpfte Walter auf seinen Bruder. »Du würdest die Zahlungen an die Siegermächte wahrscheinlich wie ein dummes Schaf bis zum Sankt-Nimmerleins-Tag leisten! Aber wir müssen nun mal wirtschaftlich denken. Aber das liegt dir ja nicht. Das habe ich ja schon bei unserem Streitgespräch über den Antrag von diesem Bergemann auf dem Ärztetag in Karlsruhe erfahren dürfen. Das war doch vernünftig, darüber abstimmen zu lassen, ob man unwertes Leben nicht lieber töten sollte. Ich wünschte, man hätte dem zugestimmt. Ich meine, Alfred Hoche und Karl Binding sind doch keine Idioten. Ihre Schrift *Die Freigabe der Vernichtung lebensunwerten Lebens. Ihr Maß und ihre Form* ist ein durchaus überzeugendes Werk. Du bist natürlich dafür, dass wir jeden noch so verblödeten Irren durchfüttern sollten.«

»Ich auch, mein Sohn, ich finde, dass dieses sogenannte Werk ein unwürdiges Pamphlet ist, und bin sehr froh, dass man den Antrag, sogenannte Ballastexistenzen straffrei töten zu dürfen, einstimmig abgelehnt hat«, pflichtete nun Wilhelm seinem Ältesten energisch bei. »Das verstößt gegen jegliche christliche Ethik.«

»Ach, Vater, du bist schrecklich altmodisch. Weißt du, was es kostet, so einen Irren bis an sein Lebensende in der Anstalt zu versorgen? Und ist es nicht eine durchaus christliche Handlung, einen Menschen, der keinen Willen mehr hat und dem es egal ist, ob er lebt oder stirbt, von seiner unwürdigen Ballastexistenz zu erlösen?«

»Mein lieber Sohn, du sprichst hier von Menschen. Ich will von diesem Unsinn nichts mehr hören. Da haben sich ein Jurist und ein Mediziner hanebüchene Rechtfertigungen ausgedacht, um straflos Menschen töten zu dürfen, um das Geld für ihre Versorgung zu sparen. Das ist verwerflich. Und jetzt Schluss damit!«

Wilhelm sagte das in einem Ton, der keinen Widerspruch duldete, während Oskar Walter mit einem Blick signalisierte, dass er in dieser Sache auf seiner Seite stand.

Klara, die an ihrem Vater seit jenem Abend, an dem er Kurt fortgeschickt hatte, kein gutes Haar mehr ließ, war ganz überrascht, dass er Gerhard derart couragiert beistand und sich damit von Walter und seiner menschenverachtenden Haltung distanzierte.

»Na danke«, seufzte Felix. »Wie gut, dass meine Schwester nicht den da heiratet.«

Klara schenkte ihm ein zustimmendes Lächeln. »Das kann man wohl sagen!«

Plötzlich hörte sie ihren ältesten Bruder wie von ferne verkünden: »Ich habe übrigens das Physikum mit ›gut‹ bestanden.«

Sofort ertönte leiser Applaus von allen Seiten. Bis auf Walter zollten ihm alle Beifall. Trotzdem sieht er nicht glücklich aus, dachte Klara, und während sie noch darüber nachgrübelte, was in ihrem Bruder wirklich vor sich ging, lüftete er das Geheimnis. »Ich wollte es euch eigentlich schon gesagt haben, aber ich dachte, ich mache es in einem Aufwasch. Ich habe endgültig beschlossen, das Medizinstudium abzubrechen und auch keine Medizinalassistenz anzutreten.«

Zunächst herrschte sekundenlang betretenes Schweigen, bis Olga als Erste ihren Unmut äußerte. »Gerhard, rede doch nicht solchen Blödsinn. Wir sprechen noch einmal drüber. Oh, da kommt das Essen …« Sie gab damit zu verstehen, dass das Thema jedenfalls für sie hiermit erledigt war.

Klara sah, dass ihr Vater erleichtert aufatmete.

»Weißt du, was du bist? Du bist nichts weiter als ein verwöhnter Bohemien. Egozentrisch, ohne ein Fünkchen Gefühl für das große Ganze«, zischte Walter verächtlich über den ganzen Tisch. Keiner der Anwesenden machte Anstalten, Gerhard zu verteidigen.

»Ich werde Philosophie studieren, wie ich es von vornherein vorhatte. Ich bin kein Mediziner. Wenigstens weiß ich das jetzt. Meine Berufung ist es, mit dem Kopf zu arbeiten, und davon wird mich keiner mehr abbringen. Auch du nicht, mein Liebling!« Gerhard nahm Olgas Hand und streichelte sie zärtlich. Sie aber entzog sie ihm mit einem Ruck. »Du hast offenbar ein Problem im Kopf!«, zischte sie und tippte sich gegen die Stirn.

»Ich glaube, das war alles ein wenig viel für meinen Sohn. Natürlich wird er Mediziner. Daran gibt es doch gar nichts zu rütteln«, mischte sich Wilhelm in vermittelndem Ton ein.

»Na, das ist ein Wort. Darauf trinken wir, Professor. Ich bin Oskar!« Herr Waldersheim erhob sein Glas.

Wilhelm tat es ihm gleich. »Und ich bin Wilhelm.« Sie prosteten sich zu.

»Und ich habe schon befürchtet, unsere Bekanntschaft wäre nur von kurzer Dauer, denn noch einen verkappten Philosophen in der Familie ertrage ich nicht.« Oskar Waldersheim warf Felix einen verächtlichen Blick zu. »Mein Jüngster hat auch solche Anwandlungen, aber bei mir kommt ein Studium gar nicht infrage.« Er lachte laut und dröhnend. »Der Junge soll schließlich mal ein Unternehmen führen.«

»Davon träumt er aber auch nur«, raunte Felix Klara zu. Sie aber war mit ihren Gedanken bei Gerhard und ließ ihn nicht aus den Augen. Er strich sein Haar nun in einem fort zurück. Obwohl sie in der Sache ganz auf seiner Seite war, wünschte sie sich, er würde das Thema vorerst ruhen lassen und dann im kleinen Kreis ausdiskutieren, zumal ihn seine Braut gerade gar nicht mit den Augen der Liebe musterte, sondern mit unterdrücktem Zorn. Doch Gerhard schien an diesem Tage jegliches Gefühl für Diplomatie abhandengekommen zu sein.

»Ich muss euch enttäuschen, Vater und auch Sie …« Er fixierte seinen Schwiegervater. »Ich werde den Weg gehen, der richtig für mich ist.«

»Also, von mir bekommen Sie keine finanzielle Unterstützung, falls Sie darauf spekuliert haben, sich als Ehemann einer zukünftigen Millionenerbin auf die faule Haut zu legen.« Oskar Waldersheim lachte dröhnend.

»Von Faulenzen kann gar nicht die Rede sein, aber gut, dass Sie es erwähnen. Ich lege keinen Wert auf Ihr Geld. Ich werde meine Frau schon allein durchbringen. Worauf Sie sich verlassen können.«

Aus Olgas Augen funkelte nicht die Spur von Zustimmung für die mutigen Worte ihres Verlobten, sondern die pure Verachtung. Zornig erhob sie sich. »Ich glaube, ich brauche ein wenig frische Luft. Und vielleicht begleitest du mich nach draußen in den Garten, Schatz!« Das klang wie ein Befehl.

Gerhard lief rot an, blieb sitzen und rang um Fassung. Er wusste genau, dass er sein Gesicht verlor, wenn er ihr wie ein abgerichtetes Hündchen folgte.

»Ich bin ein erwachsener Mann. Ich weiß, was ich tue«, gab er schroff zurück.

Mit Schrecken beobachtete Klara, wie jetzt statt Gerhard Walter, der sich zu ihrer großen Verwunderung nicht in dieses heikle Gespräch eingemischt hatte, wieselflink aufstand und der Verlobten seines Bruders in den Garten folgte. Er hatte so einen entschiedenen Gesichtsausdruck, der in Klaras Augen nichts Gutes verhieß. Warum mischte er sich bloß in diesen Streit ein?

Walter holte Olga kurz vor dem Brunnen ein, den eine Venus aus Stein zierte.

»Warten Sie, Fräulein Waldersheim. Man kann Sie doch in diesem Zustand nicht allein lassen!«, rief er aufgeregt.

Olga ließ sich auf eine Bank fallen und schlug die Hände vors Gesicht. Das hätte Gerhard nicht sagen dürfen, nicht jetzt, wo alles anders war. Wo sie beide bald eine Verantwortung zu tragen hatten, die ihr Leben grundlegend verändern würde. Warum war er ihr nicht gefolgt? Sie musste es ihm sagen, und zwar sofort. Dann würde er seine Meinung mit Sicherheit ändern.

Aber als sie die Hände wieder vom Gesicht nahm, stand sein Bruder vor ihr.

»Ich möchte mich im Namen meines Bruders entschuldigen«, bemerkte Walter höflich. »Er hat es sich bestimmt nicht genau überlegt, was er damit für eine Bombe platzen lässt.«

Olga stieß einen verächtlichen Zischlaut aus. »Ich finde es unfassbar rücksichtslos, dass er seine Hirngespinste ausgerechnet bei unserer Verlobung von sich geben muss. Gerhard wusste doch genau, dass er mit dem Unsinn Vaters und meinen Zorn erregt. Wir haben das Ganze schließlich schon einmal durchgesprochen. Da haben Vater und ich es geschafft, ihn davon zu überzeugen, Mediziner zu werden. Glauben Sie, er meint das dieses Mal ernst, dass er es hinwirft?«

Walter blickte sie mitfühlend an und griff scheinbar brüderlich nach ihrer Hand. »Ach, es ist ein Trauerspiel. Mein Bruder ist so ein hochbegabter Mensch, der das Zeug zu einem herausragenden Chirurgen hat, aber er ist sprunghaft. Ich möchte Ihnen wirklich nicht zu nahe treten, aber wie ich schon vorhin bei Tisch sagte: In ihm steckt ein verantwortungsloser Bohemien, der – mit Verlaub – Verantwortung und Arbeit scheut …«

Er legte ganz bewusst eine Pause ein und stellte befriedigt fest, dass Olga an seinen Lippen hing und ihm jedes seiner wohlgewählten Worte glaubte. Ihr stand der Schreck ins Gesicht geschrieben. Sollte es wirklich so einfach sein, die Schöne doch noch für mich zu gewinnen, ging es ihm durch den Kopf. Seit er sie das erste Mal gesehen hatte, hatte er gewusst: die oder keine! So nahe wie in diesem Augenblick war er seinem Ziel noch nie auch nur annähernd gewesen. Im Gegenteil, noch am heutigen Morgen hatte er befürchtet, dass sein Traum niemals in Erfüllung gehen würde. Und nun hatte sich Gerhard sein eigenes Grab geschaufelt. Mitgefühl wollte bei Walter allerdings nicht aufkommen. Das war die gerechte Strafe dafür, dass Gerhard von der Mutter stets heiß geliebt und vom Vater insgeheim als Kronprinz angesehen worden war.

»Aber Sie werden schon den richtigen Einfluss auf ihn ausüben und ihn von seinem Leichtsinn heilen.« Walter hielt immer noch ihre Hand und wertete es als gutes Zeichen, dass sie sie ihm noch nicht entzogen hatte.

Olga sah ihn aus ihren großen braunen Augen zweifelnd an. »Und Sie glauben wirklich, dass ein Mensch, der unter solcher Sprunghaftigkeit leidet, je ein treusorgender Familienvater sein kann?«

Walter zuckte die Schultern. »Wissen kann man es natürlich nicht, aber ich hoffe es von Herzen. Sie sind eine so wunderbare Frau, der ein Mann jeden Wunsch von den Augen ablesen muss. Ich würde Sie auf Händen tragen und dafür sorgen, dass man Sie in einigen Jahren mit Frau Professor anredet. Nein, ich würde Ihnen nicht zumuten, in einer Dachkammer mit einem brotlosen Philosophen zu leben. Es ist so unvernünftig. Wir wissen doch alle, dass Menschen, die nicht mit den Händen anpacken und nicht nützlich für die Gesellschaft sind, am Hungertuch nagen …« Walter hatte sich derart in seine flammende Rede gesteigert, dass ihm entgangen war, wie Olga mit den Tränen kämpfte.

Erst als es in ihren Augen verdächtig feucht schimmerte, hielt er inne. »Was ist mit Ihnen, Fräulein Waldersheim? Ich wollte Ihnen keine Illusionen rauben. Verzeihen Sie mir bitte!«

»Nein, Sie müssen sich nicht entschuldigen. Sie sagen ja nichts als die Wahrheit. Sie haben ja recht. In Gerhard steckt ein Bohemien, und wenn ich ehrlich bin, hat mich das an ihm fasziniert. Mit ihm zusammen habe ich die verrückten Tänze von Anita Berber auf der Bühne gesehen, mit ihm habe ich Kokain genommen … Verurteilen Sie mich jetzt?«

Wie Walter seinen Bruder dafür beneidete, dass er sich so ein ausschweifendes Leben leisten konnte und trotzdem ein gutes Physikum hingelegt hatte, während er jede freie Minute auf das Lernen verwendete, weil er es ansonsten nicht schaffen würde. »Nein, warum sollte ich Sie dafür verurteilen? Sie sind einfach unter den falschen Einfluss geraten«, säuselte er. »Sie sind eben eine lebenshungrige Frau. Ich verachte meinen Bruder nur dafür, wie er seine Talente wegwirft und wie er Sie mit in den Abgrund dieses lasterhaften Lebens, das zurzeit als schick gilt, reißt. Das Leben besteht schließlich nicht nur aus Feiern! Wie will man mit dieser Haltung eine Familie gründen? Das ist unverantwortlich!« Walter war bei seinen letzten Worten lauter geworden als beabsichtigt.

Erst befürchtete er, dass Olga deshalb plötzlich in lautes Schluchzen ausbrach, doch dann verriet sie ihm zögernd den Grund ihrer Verzweiflung. »Ich, also ich, ich habe allen Grund, anzunehmen, dass ich … Ich glaube, ich bin schwanger. Deshalb habe ich auch den Vorschlag gemacht, uns schnellstens zu verloben.«

»Und mein Herr Bruder wirft in dieser Lage sein Studium hin?« Walter war so schockiert, dass es ihn gar nicht in erster Linie kümmerte, was diese Nachricht für seinen Plan bedeutete. Dass es nämlich zu spät war, seinem Bruder das Fräulein Waldersheim auszuspannen. Im Gegenteil, nun würde er in den sauren Apfel beißen müssen, seinem Bruder ins Gewissen zu reden, dem Nachwuchs zuliebe bei der Medizin zu bleiben.

»Er weiß nichts davon«, flüsterte Olga da.

»Was heißt das?«

»Ich wollte es ihm erst sagen, wenn er das Physikum bestanden hat.«

Walter war wie elektrisiert. Eine letzte Chance, die Angebetete für sich zu gewinnen, hatte er noch.

»Sie sind also die Einzige, die davon weiß?«

Olga nickte. »Wenn die Blutungen ausbleiben, gibt es meist keine andere Erklärung«, seufzte sie.

Walter war sich fast sicher, dass sein Bruder seine philosophischen Pläne, wenn er von der Schwangerschaft erführe, sofort aufgeben würde, aber das würde er ihr nicht verraten. Im Gegenteil! Er würde das As, das man ihm so unbedarft zugespielt hatte, doch nicht aus der Hand geben.

»Das tut mir aufrichtig leid für Sie«, heuchelte er. »In dieser Situation mit so einem Kindskopf wie meinem Bruder konfrontiert zu sein ist sicherlich nicht leicht für Sie! Hoffentlich ist er so vernünftig und nimmt Ihnen zuliebe Abstand von seinen Selbstverwirklichungsplänen.«

Als Olga seine Worte mit einem lauten Aufschluchzen kommentierte, legte er kühn den Arm um sie. Er zählte innerlich. Wenn sie sich bis »drei« nicht wehren würde, durfte er das getrost als gutes Zeichen werten.

»Ich habe Angst«, gab Olga schließlich zu. »Angst, dass er sich eingeengt fühlt durch das Kind und mich, wenn ich mit ihm nicht länger durch die Nachtlokale ziehen kann.«

»Nun gut, ich habe meinen Bruder auch nie wirklich in der Rolle eines Familienvaters gesehen, aber vielleicht wächst er mit den Aufgaben«, bemerkte Walter und zog Olga näher zu sich heran.

»Was mache ich denn bloß, wenn er sich dem nicht gewachsen fühlt und lieber ein Suchender und gar ein ewig Suchender bleiben möchte? Dann kann ich keine Familie mit ihm gründen. Oh je, das kann ich doch unserem Kind nicht antun. Was soll ich nur machen? Ich glaube, ich muss der Wahrheit ins Gesicht blicken.« Sie sprang abrupt auf. »Ich kann es ihm nicht ersparen. Er soll es wissen und dann seine Entscheidung treffen.« Die werdende Mutter war außer sich.

Walter nahm sanft ihre Hand und zog Olga wieder neben sich auf die Bank.

»Wir wissen doch beide, dass er sich nicht ändern wird. Wollen Sie es sich und Ihrem Kind wirklich antun? Eine schäbige Dachkammer für ein Baby, dem ein Schloss gebührt?«

Sie sah ihn mit großen Augen an.

»Ja, aber was soll ich denn machen? Ich kann doch mein Kind nicht allein aufziehen. Und das wäre die einzige Lösung, denn das, was Sie da beschreien, das mache ich keinen Tag mit. Dann müsste ich bei meinen Eltern leben als gefallenes Mädchen. Und Sie kennen meine Mutter. Die Vorstellung, dass mein Kind im Haus Waldersheim aufwächst, erfüllt mich mit Grauen. Ich war doch so froh, dass Gerhard mir etwas vom Leben gezeigt hat, so begierig auf alles, was in meinem Elternhaus fehlt. Und außerdem liebe ich ihn.«

Walter kräuselte angewidert die Lippen. Das wollte er in diesem Augenblick ganz und gar nicht hören, aber das durfte er nicht offen zeigen. Er musste seine Taktik ändern. Er deutete auf die festlich beleuchtete Villa.

»Dann holen Sie ihn, aber wenn er nicht zur Vernunft kommt, was leider zu befürchten steht, dann bleibt Ihnen nur noch der goldene Käfig Ihrer Eltern …« Er legte eine künstliche Pause ein. »Oder Sie wählen die dritte Möglichkeit. Dass Ihr Kind unbeschwert in guten Verhältnissen mit Mutter und Vater aufwächst.«

Olga sah ihn aus verheulten Augen irritiert an.

»Was reden Sie denn da? Welche dritte Möglichkeit? Und wieso mit Mutter und Vater? Wir sind uns doch einig, dass genau das mit Gerhard nicht lebbar ist.«

»Mit meinem Bruder nicht, aber mit mir an Ihrer Seite«, erwiderte er. Jetzt oder nie, dachte er und nahm ihr verheultes Gesicht in beide Hände. »Ich wäre froh und glücklich, wenn ich mit einer Frau wie Ihnen eine Zukunft hätte und eine Familie gründen dürfte. Ich würde alles für Sie tun!«

Olga blickte ihn immer noch verblüfft an. »Ich … ich wusste ja gar nicht, dass Sie …«

»Ich bin Walter, und es wird Zeit, dass wir uns duzen.«

»Ja, ich habe doch nicht geahnt, dass Sie … ich meine du, dass du so lieb sein kannst. Schade, dass es zu spät ist. Sonst hätte ich heute Abend ernsthaft mit dem Gedanken gespielt, dich näher kennenzulernen, nachdem Gerhard sich derart rücksichtslos verhalten hat. Er weiß doch genau, dass Vater keinen Müßiggänger als Schwiegersohn dulden wird.«

»Wer sagt denn, dass es zu spät ist?«, fragte Walter verschwörerisch.

»Ich bekomme ein Kind von deinem Bruder«, entgegnete Olga verwirrt.

»Aber das weiß doch keiner. Und wenn du willst, muss es auch niemals jemand erfahren. Es sei denn, du möchtest es Gerhard unbedingt mitteilen und mit dem Kind und ihm zeitlebens in einer Studentenbude hausen. Und die Frau eines brotlosen Denkers werden, der auf Almosen seines und deines Vaters angewiesen ist.«

»Nein, verdammt, das will ich nicht!«, widersprach sie heftig.

»Dann denk über meinen Vorschlag nach. Wir könnten noch vor Weihnachten heiraten, würden, bis wir eine eigene Bleibe hätten, bei meinen Eltern wohnen, wo so viel Platz wäre, dass wir unser eigenes Reich hätten, und ich denke, dein Vater wäre erleichtert, wenn du einen Mann heiratest, der weiß, was er der Familientradition der Koenigs schuldig ist.«

Olga sah Walter ungläubig an. »Aber warum solltest du das tun? Du siehst phantastisch aus und kannst doch sicher jede Menge Frauenherzen gewinnen, warum willst du dir das antun? Das Kind des Bruders aufzuziehen, das macht doch keiner aus lauter Menschenliebe ...«

Walter näherte sich zielstrebig ihrem Gesicht und verschloss ihr den Mund mit einem Kuss.

»Ist das Antwort genug?«, erkundigte er sich heiser, nachdem er seine Lippen von ihren gelöst hatte. »Oder möchtest du die ganze Wahrheit noch einmal wohlformuliert hören? Ich liebe dich vom ersten Augenblick an, seit ich dich gesehen habe. Was meinst du, wie glühend ich meinen Bruder beneidet habe ...«

»Aber, aber ...«

»Glaube mir, ich habe alles versucht, dich zu vergessen. Drei lange Jahre habe ich mich mit anderen Frauen getroffen und war mit Sicherheit kein Kind von Traurigkeit, aber ich konnte dich nicht vergessen. Bitte, sag Ja, und ich lege dir die Welt zu Füßen«, redete er beschwörend auf sie ein.

»Oh Gott, das ist alles so verwirrend und kommt überraschend. Ich gebe zu, ich habe dich von Anfang an attraktiv gefunden, ich meine, ihr seht euch ja fast so ähnlich, als wäret ihr Zwillinge, aber ...«

»Kein Aber«, entgegnete Walter mit fester Stimme, jetzt, wo er sich ganz sicher war, dass Olga gar nicht mehr anders konnte, als sich für ihn zu entscheiden. Wieder küsste er sie. Dieses Mal erwiderte Olga seinen Kuss zögernd.

Ihre Annäherung fand ein jähes Ende, als Walter von zwei Händen grob an den Schultern gepackt wurde. »Du miese Ratte, du!«, schrie Gerhard außer sich vor Zorn und versetzte seinem Bruder einen kräftigen Hieb auf die Nase. Es gab ein scheußlich knackendes Geräusch, und ein Schwall Blut ergoss sich über Walters Gesicht.

»Bist du wahnsinnig?«, brüllte Olga. »Ich will dich nie wiedersehen!«

»Dann haben wir ja wenigstens etwas gemeinsam«, zischte Gerhard, bevor er die beiden ihrem Schicksal überließ und ins Haus zurückeilte.

Als Klara sah, wie sich ihr ältester Bruder dem Tisch näherte, schwante ihr Übles. Gerhards Gesicht war in einer Weise verzerrt, wie sie es noch nie zuvor bei ihm beobachtet hatte. Es war eine fatale Mischung aus Schmerz und Zorn, die sich in seiner Miene spiegelte.

Wie ein Wahnsinniger stolperte er auf seinen Platz zu und schien gar nicht wahrzunehmen, dass inzwischen sämtliche Gespräche verstummt waren. Gerhard sah zum Fürchten aus. Sein Haar stand ihm zu Berge, und seine Haut war aschfahl. Er griff sich zwei Gläser und schlug sie mit solcher Wucht gegeneinander, dass eines zersprang und in tausend Scherben ging.

»Liebe Gäste, ich möchte Sie bitten, nach Hause zu gehen. Das Fest ist beendet, denn meine Verlobung mit Fräulein Waldersheim ist gelöst. Aber machen Sie sich nichts daraus. Es gibt bald wieder ein Fest in diesem Hause, und es bleibt zudem in der Familie, denn mein Bruder Walter wird die Dame heiraten!«

Entsetzensrufe wurden laut, und Gerhard nahm eine fast volle Flasche Champagner aus einem der Kübel, setzte sie an und trank sie in großen Schlucken leer.

Plötzlich spürte er eine Hand auf seinem Arm. »Oh Gott, mein Junge, was ist geschehen?«, fragte Gertrud mit bebender Stimme.

»Mein Bruder küsst draußen im Garten die Braut«, erwiderte er und drückte die tröstende Hand seiner Mutter.

In diesem Augenblick sprang Oskar Waldersheim von seinem Platz auf und wollte die Gäste zum Bleiben bewegen, aber die meisten waren bereits im Gehen begriffen.

»Es tut mir so leid, mein Junge«, bemerkte Wilhelm mit echtem Bedauern.

Klara beobachtete das Ganze wie betäubt. Es wollte ihr schier das Herz brechen, ihren Lieblingsbruder so verzweifelt zu erleben.

»So werden Albträume wahr«, stöhnte Felix entsetzt. »Nun wird doch der Falsche mein Schwager, aber sieh nur, er hat wenigstens eine Abreibung bekommen …« Er deutete auf Walter, der sich in Begleitung von Olga dem Familientisch näherte. Sein Gesicht war blutverschmiert und schmerzverzerrt.

Aller Augen waren auf die beiden gerichtet, und Gertrud stieß beim Anblick ihres Jüngsten einen spitzen Schrei aus.

»Was hat das alles zu bedeuten?«, fragte Oskar Waldersheim mit seiner schnarrenden Stimme.

»Ich werde Gerhard nicht heiraten«, entgegnete Olga, die so bleich war, dass Klara befürchtete, sie würde gleich in Ohnmacht fallen. Der Salon hatte sich inzwischen geleert. Selbst die entfernteren Verwandten hatten sich unauffällig aus dem Staub gemacht.

»Wir müssen mit euch reden«, sagte Walter und warf seinem Bruder, der sich gerade eine zweite Flasche Champagner gegriffen hatte und diese in hastigen Schlucken leerte, einen vernichtenden Blick zu. »Du hast hier nichts mehr zu suchen«, spuckte er verächtlich aus.

»Ich wollte auch gerade gehen, Bruderherz«, erwiderte Gerhard und wankte wie ein Matrose mit Schlagseite in Richtung Tür.

»Wir können ihn unmöglich allein lassen!« Klara sprang auf und folgte ihrem Bruder.

»Was ist geschehen?«, fragte sie, als sie ihn in der Halle eingeholt hatte.

»Die Ratte hat sie am Brunnen geküsst. Ich habe es doch die ganze Zeit geahnt. Walter hatte es vom ersten Augenblick an auf Olga abgesehen.«

»Dann kämpfe um sie!«, riet ihm Klara.

Gerhard aber schüttelte den Kopf. »Nein, kein Interesse mehr. Sie gehört ihm. Bleibt ja in der Familie.«

Nun kamen auch Felix und Charlotte angerannt.

»Sie haben uns aufgefordert, den Salon zu verlassen«, berichtete Charlotte außer Atem.

»Man sinnt auf Schadensbegrenzung, damit dieser Skandal den untadeligen Ruf der Familie Waldersheim nicht zerstört«, bemerkte Felix spöttisch. »Hoffentlich hast du der Ratte das Nasenbein anständig zertrümmert«, fügte er hinzu und klopfte dem Mann, der fast sein Schwager geworden wäre, anerkennend auf die Schulter.

Gerhard wirkte auf einmal wieder völlig nüchtern. »Ich mache euch einen Vorschlag. Ich lade euch in die Wilde Bühne ein. Da singt heute Abend die Hesterberg. Lasst uns feiern und vergessen.«

Felix nahm den Vorschlag begeistert auf, während Klara zögerte. »Willst du wirklich so kampflos das Feld räumen?«

»Ich werde keine Frau heiraten, die auf unserer Verlobung mit meinem Bruder züngelt. Und wenn ihr mir einen Gefallen tun wollt, bitte begleitet mich. Ich will das alles vergessen!«

Klara blickte unschlüssig von einem zum anderen.

»Aber was machen wir mit Charlotte? Einer muss sich ja um sie kümmern.«

»Ich komme natürlich mit.« Ihre kleine Schwester hatte sich kämpferisch vor ihr aufgebaut.

»Ich glaube nicht, dass sie Kindern Eintritt gewähren«, gab Klara zu bedenken.

»Bin kein Kind mehr. Und außerdem seid ihr dabei.« Charlotte zog einen Schmollmund.

»Der kleine Engel hat recht. Wir schmuggeln sie schon rein. Hauptsache, wir verlassen dieses ungastliche Haus auf dem schnellsten Weg. Und wir können von hier zu Fuß gehen. Also kommt!«

Charlotte hakte sich dankbar bei ihrem großen Bruder unter, aber Klaras Bedenken waren immer noch nicht ausgeräumt.

»Ich weiß nicht. Wir sollten lieber auf die Eltern warten und mit ihnen nach Hause fahren. Geht ihr beiden doch allein!«

»Nein, ich will aber mit!«, protestierte Charlotte trotzig und schmiegte sich noch enger an ihren Bruder.

»Komm, sei keine Spielverderberin«, bat Felix Klara inständig und nahm ihren Arm. Sie ließ sich schließlich von ihm in die milde Berliner Septembernacht hinausziehen.

Berlin, September 1922

Das Theater befand sich im Keller unter dem Theater des Westens in der Kantstraße. Der Türsteher, ein knorriger Mann mittleren Alters, musterte Charlotte mit einem durçhdringenden Blick, als sie sich im Kreise ihrer Lieben an ihm vorbeidrücken wollte.

Bevor der Mann etwas sagen konnte, drückte ihm Gerhard einen Schein in die Hand. »Das ist meine kleine Schwester. Ich pass schon auf«, murmelte er. Der Türsteher grinste verständnisvoll und ließ sie eintreten. Wandleuchten, die an den mit blauem Samt bespannten Wänden montiert waren, sorgten für schummriges Licht. Der Raum hatte etwa hundertfünfzig Plätze und war mit einfachem Kneipenmobiliar ausgestattet. Viele Tische waren bereits besetzt, aber in der ersten Reihe direkt vor der Bühne fanden sie einen Platz für vier Personen.

Gerhard verhielt sich so, als wäre gar nichts geschehen. Er gab den zuvorkommenden Gastgeber, schob seinen Schwestern die Sessel hin und bestellte großzügig eine Flasche Champagner.

Dann wurde es im Saal dunkel, und das Licht auf der Bühne ging an. Klara konnte sich erst halbwegs entspannen, nachdem sie ein Glas Champagner getrunken hatte. Die Ereignisse der letzten Stunden drehten sich in ihrem Kopf wie in einem Karussell. Die Bekanntschaft mit Felix, die sich als zunehmend angenehm entpuppte, die erschreckenden Ansichten Walters und dann noch sein rücksichtsloses Verhalten Gerhard gegenüber …

Sie konnte sich kaum auf die Lieder konzentrieren, die vorne auf der Bühne vorgetragen wurden. Immer wieder schweiften ihre Gedanken auch zu Kurt ab. Wie es ihm wohl ging? Einmal hatte sie gewagt, seinen Vater nach ihm zu fragen. Anton Bach hatte seine Stirn in sorgenvolle Falten gelegt. »Er arbeitet jetzt für die Roten.« Klara hatte sich nicht getraut, ihn weiter zu löchern, weil das wahrscheinlich den Argwohn des Chauffeurs geweckt hätte.

Erst ein Seitenblick auf ihre Schwester katapultierte sie aus ihren Gedanken, denn Charlottes leuchtende Augen zeigten ihr, wie sehr das Bühnengeschehen ihre kleine Schwester faszinierte. Nun wandte auch Klara ihren aufmerksamen Blick zur Bühne hin. Gerade trat eine dunkelhaarige, gut aussehende Dame ins Rampenlicht. Sie trug ein schwarzes Kleid mit einem großen Dekolleté, der Rock stand dank einer Krinoline zu allen Seiten weit ab und war vorne viel kürzer, was ein Paar hübscher Beine preisgab. Um den Hals trug sie eine überdimensionierte große schwarze Fliege, an den Armen eng anliegende Handschuhe, die bis über die Ellenbogen reichten und auf dem Kopf ein altmodisch anmutendes Hütchen. Klara fand diese Attribute einer Vorkriegsdame, kombiniert mit frechen Stilbrüchen, faszinierend.

»Das ist Trude Hesterberg, die Gründerin dieses Kabaretts«, flüsterte ihr Felix aufgeregt zu. Als sie anfing zu singen, zog die tiefe volle Stimme der Soubrette auch Klara ganz in ihren Bann. Sie sang von Frauen, die nicht wissen, was sie anziehen sollen. Ein Lächeln umspielte Klaras Lippen. Welche Frau kannte das nicht? Vor dem Kleiderschrank zu stehen und nicht zu wissen, welches Kleid sie wählen sollte. Frenetischer Applaus brandete auf, nachdem sie ihr Lied beendet hatte, doch dann folgte ein zweites Lied, in dem es politischer zur Sache ging. Es attackierte die skrupellose Sensationspresse, und Klara wünschte sich bei jedem gesungenen Wort, dass Kurt an ihrer Seite wäre. Sie hing der Diseuse förmlich an den Lippen, während diese sang: »In den Straßen ein Getümmel, und es bricht aus heiterem Himmel der Verhetzung Donnerwetter: Extrablätter! Extrablätter! Und es wächst die Zeitungsletter aus der Rotationsmaschine zur Lawine aus Papier. Und ein Flüstern fragt sich lüstern, wo den Brand ich schüren mag. Bis die indiskrete Fülle Blatt für Blatt ich nackt enthülle. Ich, Frau Presse, bring es an den Tag!«

Erneut brandete tosender Beifall auf, und als die Künstlerin von der Bühne schritt, ging das schummrige Licht im Saal wieder an.

»Ist es schon vorbei?«, fragte Charlotte enttäuscht.

»Nein, mein Engel, das ist nur die Pause«, erklärte ihr Gerhard. »Hat es dir denn gefallen?«

»Und wie!« Charlottes Augen glänzten vor Begeisterung. »Und wo sind die Sänger jetzt?«

»Ich nehme an, hinter der Bühne in ihrer Garderobe«, erwiderte Gerhard, und ehe er sich versah, war seine kleine Schwester aufgesprungen, auf die Bühne geklettert und hinter dem schwarzen Vorhang verschwunden.

»Charlotte, komm sofort zurück!«, rief Klara ihr hinterher, doch ohne Erfolg.

»Lass sie doch. Die werden sie schon verjagen«, lachte Gerhard, der sich während des ersten Teils intensiv am Champagner gütlich getan hatte, sodass er mittlerweile mächtig betrunken wirkte.

Als die nächste Flasche kam, die er bestellt hatte, prostete er Klara und Felix übermütig zu. »Schön, dass ihr mich begleitet habt.« Seine Stimme klang leicht verwaschen.

»Auf euch!«, erwiderte Felix strahlend. »So schrecklich ich euren Bruder finde, ihr beide seid großartig. Schade, dass ihr nun doch nicht meine angeheirateten Verwandten werdet.«

»Das würde ich an deiner Stelle nicht beschwören. So, wie ich meinen zielstrebigen Bruder kenne, wird er nun sein Glück bei Olga versuchen. Ich meine, sie hat sich schließlich schon von ihm küssen lassen.« Gerhard hatte seinen Mund zu einem gequälten Grinsen verzogen, doch seine Augen trugen Trauer. Klara war sich sicher, dass er wie ein Tier litt, weil er Olga wirklich liebte.

»Tu doch nicht so, als würde dir das gar nichts ausmachen«, empörte sie sich. »Du liebst sie doch. Du kannst Walter nicht einfach das Feld überlassen!«

»Ach, Schwesterchen, ich kann nichts unternehmen. Walter ist mir in solchen Dingen überlegen. Und er bekommt immer, was er will! Und er will sie um jeden Preis! Wem nützt es, wenn ich uns den Abend mit Trübsal verderbe?«, erwiderte er wehmütig. Er tat Klara entsetzlich leid, gerade weil er so ein feinsinniger Mensch war, der nicht stumpf auf Rache sann.

Plötzlich ging das Bühnenlicht wieder an, und Klara machte sich große Sorgen um ihre kleine Schwester, die immer noch nicht wieder aufgetaucht war, doch dann wollte sie ihren Augen nicht trauen. Die Chefin des Hauses betrat die Bühne erneut, aber nicht allein, sondern in Begleitung einer über das ganze Gesicht strahlenden Charlotte.

»Meine Damen und Herren, ich darf Ihnen unseren Überraschungsgast des heutigen Abends vorstellen. Das junge Fräulein kam in der Pause in die Garderobe und bat mich, für ihren großen Bruder ein Lied zu singen. Weil er doch so traurig sei. Den Wunsch konnten mein Pianist und ich ihr nicht abschlagen. Begrüßen Sie mit großem Applaus Charlotte Koenig.«

»Das darf ja wohl nicht wahr sein!«, entfuhr es Gerhard.

»Die Kleine ist eine Wucht«, stieß Felix begeistert hervor.

Herzlicher Applaus ertönte, als Charlotte an die Rampe trat, prüfend zu ihren Lieben sah und ihnen ein triumphierendes Lächeln zuwarf.

»Das Lied singe ich heute für meinen Bruder Gerhard«, sagte sie ohne Scheu, als hätte sie schon von Kindesbeinen auf der Bühne gestanden. Dann legte sie eine kleine Pause ein und zeigte auf den Pianisten. »Zum Glück kennt der Herr Klavierspieler das Lied, das ich heute Abend singen möchte.«

»Wie ein alter Hase«, raunte Gerhard.

Klara erkannte die Melodie sofort. Ihre Eltern besaßen eine Schellackplatte mit dieser Oper, der *Verkauften Braut* von Smetana, deren Arien Charlotte jedes Mal voller Begeisterung mitträllerte – ob sie das auch allein schaffen wird, fragte sich Klara bang. Vor lauter Aufregung griff sie nach Felix' Hand.

Klaras Sorge entpuppte sich bereits bei den ersten Tönen als unbegründet. In einer burschikosen, fast parodistischen Weise sang Charlotte voller Inbrunst:

Ja, seine Tugenden und Sitten,
Sie machen überall ihn wohlgelitten,
Wohl jede Mutter wünscht sich solchen Sohn,
'S ist kein Schlemmer und kein Säufer,
Spätausgeher, Kneipenläufer,
Auch kein Prahler und kein Pracher,
Kartenspieler, Schuldenmacher,
Kein verwegener Messerträger,
Pascher, Schwärzer, wilder Jäger,
Auch kein Zänker
Und kein Stänker,
Läst'rer, Flucher,
Händelsucher!
Er ist wohlabgeschliffen,
Er ist leicht von Begriffen,
Nüchtern, schüchtern,
Fein im Ton …
Doch das sagt' ich schon.

Noch während sie sang, sprangen die Zuschauer von ihren Plätzen und klatschten rhythmisch mit. Es war mit Sicherheit nicht der Text, der die Leute vom Stuhl riss, mutmaßte Klara, sondern die kokette Art, wie Charlotte diese Arie vortrug. Sie gab ihr einen frischen, unverwechselbaren Einschlag. Als der letzte Ton verklungen war, applaudierte der Saal frenetisch. Die Gründerin der Wilden Bühne trat an die Rampe und nahm Charlotte überschwänglich in den Arm, bevor sie sich ans Publikum wandte: »Zugegeben, meine Damen und Herren, ganz wohl war uns nicht, dieser jungen Dame einen Auftritt zu erlauben, aber es hat sich gelohnt. Ich bin fest davon überzeugt, dass heute Nacht ein Stern am Soubretten-Himmel aufgegangen ist und wir noch viel von Charlotte Koenig hören werden. Sie hat schon jetzt ihren eigenen Stil, denn diese Arie wird in der Oper von einem Mann gesungen. Leider ist mein Haustexter Walter Mehring heute nicht da. Ich bin mir sicher, er hätte sich sofort darangemacht, unserer Nachwuchsdiseuse ein Lied zu widmen. Ein Riesenapplaus für Charlotte Koenig!«

Charlotte verbeugte sich zu allen Seiten und winkte, berauscht von dem Erfolg, ins Publikum, als sie die Bühne verließ und sich zurück auf ihren Platz am Familientisch begab.

»Du bist ja wohl verrückt geworden«, zischte Klara nicht ganze ohne Stolz und nahm sie in den Arm.

»Meine Verehrung, junges Fräulein«, scherzte Felix und deutete einen Handkuss an.

»Danke, mein Engel, dass du mir diesen Auftritt gewidmet hast«, lallte Gerhard gerührt.

Danach hörten sie den weiteren Darbietungen zu, die jede auf ihre Weise beeindruckend war, doch das Publikum reagierte auf keine so begeistert wie auf Charlottes Arie aus *Die verkaufte Braut.*

Schließlich folgte die letzte Nummer des Abends. Ein Darsteller steckte in einer mit Tätowierungen bedeckten Riesenrüstung, die entfernt an einen weiblichen Körper erinnerte, und erklärte dem Publikum in einem rasenden Monolog, warum sich welche Tätowierungen wo an seinem Körper befanden.

Als er auf ein Konterfei des General Ludendorff zeigte, setzten zeitgleich Gelächter im Saal und Protestrufe ein, bevor er überhaupt etwas zu dieser Körperstelle gesagt hatte, doch als der rundschädelige Mann mit dem Mondgesicht näselnd erklärte: »Das gehört natürlich nach ganz unten rechts!«, hielt sich der Großteil des Publikums im Saal die Bäuche vor Lachen, während einige forderten, dass er die Bühne verlassen solle. Doch dadurch ließ sich der Mann in seiner kompakten Gipsrüstung nicht stören. Im Gegenteil, er fuhr unbeirrt und scheinbar naiv fort: »Und dort am Oberschenkel trage ich den Untergang des Abendlandes. Im Hintergrund rauscht der Schwarzwald, umgeben von dem bekannten Spruch aus dem *Götz von Berlichingen*.«

Klara wünschte sich von Herzen Kurt herbei, dem diese Vorführung der aktuellen politischen deutschen Landschaft sicher gefallen hätte.

»Brillant!«, schwärmte Felix neben ihr. Klara stellte mit Erschrecken fest, dass sie immer noch seine Hand hielt, und entzog sie ihm hastig.

»Ach, schade«, bemerkte er lächelnd. »Meinetwegen hättest du mir deine schöne Hand gern noch etwas lassen dürfen.«

Er glaubt doch nicht etwa, dass ich mit ihm poussieren möchte, dachte Klara verärgert.

Als kurz danach der Vorhang fiel, rief sie energisch zum Aufbruch, denn die glänzenden Augen ihrer Schwester waren inzwischen so klein geworden, dass sie befürchtete, sie zur Droschke würde tragen müssen. Doch in diesem Augenblick kam ein Herr in feinem Anzug auf sie zugeeilt.

»Entschuldigen Sie, dass ich so ungehobelt in Ihre traute Runde platze. Mein Name ist Max Färber, ich bin Filmproduzent, und wir suchen gerade ein junges Mädchen für eine Rolle, auf die Ihre Tochter …« Er stutzte. »Sie sind aber nicht die Eltern, oder?«, fuhr er verunsichert fort.

»Nein, ich bin ihr großer Bruder«, lallte Gerhard.

»Schön, dann darf ich Ihnen vielleicht mein Anliegen vortragen. Ich würde die junge Dame gern zu Probeaufnahmen nach Babelsberg in die UFA-Studios einladen.«

»Ja, natürlich gern«, stieß Charlotte begeistert hervor.

»Ich weiß nicht, ob unsere Eltern das erlauben«, mischte sich Klara ein.

»Spielverderberin!«, zischte Felix und versetzte ihr einen liebevollen Puff in die Seite.

»Die Erlaubnis Ihrer Eltern vorausgesetzt, wäre das am Mittwoch um vier Uhr nachmittags. Melden Sie sich am Empfang. Die schicken Sie dann ins richtige Studio.«

»Danke, Herr Färber, wir klären das«, sagte Klara streng.

»Also, ich glaube, dem steht nichts im Weg«, lallte Gerhard.

Der Filmproduzent klopfte ihm freundschaftlich auf die Schulter und wandte sich an Charlotte. »Ich hoffe, wir sehen uns, junge Dame«, säuselte er zum Abschied schmeichelnd.

»Aber sicher, mein Herr, ich werde dort sein«, flötete Charlotte mit einem gewinnenden Lächeln so routiniert, als wäre sie es gewohnt, Filmproduzenten um den Finger zu wickeln.

»Charlotte, es wird Zeit«, mahnte Klara, während sie energisch aufstand. »Ihr könnt ja gern noch bleiben, aber Charlotte muss ins Bett. Außerdem macht sich Mutter bestimmt Gedanken, wo wir abgeblieben sind. Ich nehme mal an, die Eltern sind längst zu Hause und wundern sich, dass wir nicht in unseren Betten liegen.«

Gerhard machte eine wegwerfende Handbewegung. »Mutter hat doch an rein gar nichts mehr Interesse. Sie würde es nicht einmal bemerken.«

»Trotzdem«, insistierte Klara. »Charlotte gehört ins Bett. Sie hat morgen Schule, und ich auch. Gute Nacht, ihr beiden«, murmelte sie und nickte den beiden jungen Männern zum Abschied flüchtig zu.

Charlotte folgte ihr missmutig zum Ausgang, blieb ein paarmal stehen und warf einen sehnsuchtsvollen Blick zurück zur Bühne. Keiner, auch nicht Paps, wird mich davon abhalten, eines Tages ein großer Star zu werden, dachte sie in einer Mischung aus Stolz und Trotz.

Berlin, Steglitz-Zehlendorf, Juli 2014

Olivia saß in der Mitte des Stegs, ließ die Beine ins kühle Wasser baumeln und hing ihren Gedanken nach. Sie wusste gerade nicht, was sie mehr erschütterte: die Familiengeschichte der Koenigs oder die aktuellen Geschehnisse. Alexander hatte sie nach allem, was Leo ihm an den Kopf geworfen hatte, nicht mehr gesehen. Auch sein Wagen war fort. Offenbar war er vor den Anwürfen seines Sohnes regelrecht geflüchtet.

Frau Krämer hatte Vivien und Olivia inzwischen ihre Gästezimmer gezeigt, nachdem auch Leo sie ihrem Schicksal auf der fremden Veranda überlassen hatte und auf einem Motorroller davongebraust war. Obwohl Olivias Gästezimmer entzückend eingerichtet und urgemütlich war, hatte das schöne Wetter sie gleich wieder hinaus ins Freie gezogen. Sie hatte sich das Manuskript geschnappt und war zum See geschlendert. Bis eben hatte sie sich in die Familiengeschichte der Koenigs vertieft und konnte sich lebhaft vorstellen, wie energisch Scarlett bereits als Vierzehnjährige aufgetreten war.

Doch immer wieder kamen ihr Leos Worte in den Sinn. Wenn es stimmte, was er sagte, hatte sich seine todgeweihte Mutter umgebracht. Wenn Alexander ihr tatsächlich die Tabletten gegeben haben sollte, wer wollte es ihm übel nehmen? Außer Leo, der ihn deswegen regelrecht zu hassen schien.

Plötzlich spürte sie ein leichtes Vibrieren des Holzes. Jemand hatte den Steg betreten. Olivia wandte sich um. Es war Vivien, die ein entzückendes Sommerkleid trug, das Olivia noch nie zuvor an ihr gesehen hatte. Immer wieder überraschte sie die unwahrscheinliche Ähnlichkeit, die ihre Tochter mit der jungen Scarlett besaß.

»Ist das die Geschichte von Grannygran?«

»Ja, das ist das Manuskript, an dem Alexanders Frau kurz vor ihrem Tod so fieberhaft geschrieben hat. Willst du auch mal hineinlesen?«

»Ich warte, bis du es durchhast«, entgegnete Vivien und hockte sich neben ihre Mutter. »Mom, ich möchte mich bei dir entschuldigen«, fügte sie zögernd hinzu.

Erstaunt musterte Olivia ihre Tochter. »Wofür?«

Vivien wand sich ein wenig. »Ich, also, ich … Es ist wegen der Sache mit Frank. Es ist nicht fair, dir die alte Geschichte immer wieder vorzuwerfen.«

Olivia spürte bei diesen Worten ein warmes, wohliges Gefühl der Rührung. Sie legte den Arm um ihr Kind. »Das ist lieb, dass du das sagst. Ich finde es nämlich ganz entsetzlich, wenn wir uns so streiten.«

»Ich auch, Mom. Wir haben doch nur noch uns.« Sie gab ihrer Mutter einen Kuss auf die Wange. »Aber ich habe das gar nicht gemerkt, wie ungerecht ich bin, weil ich so schrecklich wütend war.«

»Auf mich?«

»Nein, auf mich selbst, weil ich mich an nichts mehr erinnern kann, was vor dem Unfall geschehen ist, und auf Dad, dass er sich einfach aus dem Staub gemacht hat. Ich musste das an irgendwem auslassen und … Ich weiß jetzt, dass das nicht richtig war. Und dass ich dich quasi der Lüge bezichtigt habe, was Dads Geliebte betrifft, das tut mir leid. Warum solltest du mir so einen Unsinn erzählen? Und wenn er eine Freundin gehabt hat, dann verstehe ich natürlich, dass es dich gekränkt hat.«

Olivia spürte in diesem Augenblick wieder das drängende Bedürfnis, Vivien die ganze Wahrheit anzuvertrauen, aber sofort klangen ihr die mahnenden Worte des Arztes im Ohr. Sie durfte nicht vorgreifen, sondern musste geduldig warten, bis Viviens Erinnerung zurückkehrte. Erst dann wäre ihre Tochter in der Lage, die Geschichte mit Kim unbeschadet zu verdauen.

»Mir ist das ganz klar geworden, als ich vorhin mit anhören musste, wie gemein Leo zu seinem Vater gewesen ist«, fügte Vivien nachdenklich hinzu.

»Ach, meine Süße«, seufzte Olivia. »Er ist verzweifelt über den Tod seiner Mutter und sucht nach einem Schuldigen.«

»Glaubst du, dass sein Vater der Mutter die Tabletten gegeben hat?«

Olivia zuckte mit den Schultern. »Ich weiß es nicht, aber selbst wenn, könnte man es ihm doch nicht verdenken, oder? Er hat seine Frau ganz sicher geliebt, und sie war ihm bestimmt keine Last, wie Leo ihm das jetzt unterstellt. So, wie er bei unserem ersten Treffen von ihr gesprochen hat, habe ich keinen Zweifel daran, dass er das, wenn überhaupt, nur auf den Wunsch seiner Frau getan hat und …«

Olivia unterbrach sich erschrocken, als sie plötzlich Alexanders Stimme hinter sich fragen hörte: »Ich gehe jetzt segeln. Möchte jemand mit?«

Die beiden Frauen wandten sich um. Alexander sieht blendend aus in seinem sportlichen Segeloutfit und scheint sich von der hässlichen Szene mit seinem Sohn wieder erholt zu haben, dachte Olivia.

»Ja, gern«, erwiderte Vivien begeistert. »Und du, Mom?«

»Nein, ich war so lange nicht auf dem Wasser«, sagte sie rasch.

»Können wir dich wirklich allein zurücklassen?«, erkundigte sich Alexander umsichtig.

»Kein Problem, ich würde dann noch ein bisschen darin lesen.« Sie deutete auf das Manuskript, das sie neben sich auf dem Steg abgelegt hatte.

»Ich müsste mir nur noch schnell etwas anderes anziehen«, sagte Vivien.

»Ist gut. Ich rigge schon mal das Boot auf.« Er deutete zum Ende des Stegs, an dem eine kleine Yacht aus Holz lag.

»Was für ein Traumschiff!«, rief Vivien begeistert aus. »Das habe ich noch gar nicht wahrgenommen. Ich hatte nur Augen für meine Mutter.« Sie lachte laut, bevor sie sich umdrehte und zum Haus eilte.

»Das ist ein Familienerbstück und gehört quasi zum Haus. Ein zwanziger Jollenkreuzer, der von einer Berliner Werft im Jahr 1926 gebaut wurde«, erläuterte er nicht ohne Stolz.

»Wirklich ein schönes Boot. Ich sehe es mir mal aus der Nähe an«, bemerkte Olivia, stand auf und ging zum Ende des Stegs, um das Museumsstück zu begutachten.

»Und du willst wirklich nicht mit?«, fragte er bedauernd.

»Nein, ich bin völlig aus der Übung und würde euch nur im Weg sein«, lehnte sie sein Angebot mit Nachdruck ab. Dass das nur die halbe Wahrheit war, wusste nur sie allein. Sie war früher einmal selbst leidenschaftliche Seglerin gewesen. Ja, sie hatte Ethan bei einer von der Universität veranstalteten Regatta und der anschließenden wilden Party kennengelernt. Damals hatte sie mit ihrem Team seine Crew um eine Bootslänge geschlagen. Sonst wäre sie wohl nie auf den etwas konservativen Jurastudenten aufmerksam geworden, aber bei ihnen hatte sich der Spruch bewahrheitet, dass sich Gegensätze anziehen. Auf der Siegesparty waren sie sich nähergekommen und hatten heftig geknutscht. Dass daraus mehr wurde, hatte sie an dem Abend nicht in Betracht gezogen, aber Ethan hatte alles darangesetzt, sie zu erobern. Mit Erfolg! »Die wilde Olivia«, wie die Kommilitonen sie einst genannt hatten, war in der Beziehung mit ihm etwas gesetzter geworden, und er wesentlich lockerer an ihrer Seite. Trotzdem hatte sich Ethan, der aus einfachen Verhältnissen stammte, in der bohemienhaften Welt, die für Olivia normal gewesen war, nie richtig wohlgefühlt. Er hatte auch niemals die gebrauchte Hawk-Jolle, die Scarlett Olivia geschenkt hatte, in sein Herz geschlossen, obwohl sie mit diesem Boot nicht nur gesegelt waren, sondern sich an Bord, in lauen Nächten weit draußen vor Anker liegend, auch leidenschaftlich geliebt hatten. Olivia würde nie vergessen, wie sie eines Tages, als sie längst verheiratet gewesen waren, in den Hafen gekommen war und auf dem Liegeplatz der *Scarlett* ein nagelneues Boot gelegen hatte. Ethan hatte es ihr mit stolzgeschwellter Brust vorgeführt. Ein Boot, das er von seinem Geld bezahlt hatte. »Und wo ist die *Scarlett*?«, hatte sie in böser Ahnung gefragt. »Ich habe sie verschrotten lassen, sie war so alt, sie hätte es nicht mehr lange gemacht«, hatte Ethan ohne den geringsten Anflug von Unrechtsbewusstsein erwidert. Für Olivia war es ein Schock gewesen. Sie hatte damals keinen Streit vom Zaun gebrochen, weil er so wahnsinnig stolz gewesen war. Aber sie hatte sich niemals mit dem neuen Boot angefreundet und das Interesse am Segeln schlichtweg verloren …

»Ich bin ein guter Lehrer«, hörte sie Alexander wie von ferne sagen.

»Danke, aber ich mache mir nichts aus Segeln«, entgegnete sie hastig und warf noch einen bewundernden Blick auf die schöne Holzjolle. Dieses alte Boot hat keiner einfach zum Verschrotten gegeben, dachte sie wehmütig und verspürte große Lust, an Bord zu gehen und auszuprobieren, ob sie noch alle Manöver beherrschte. Sie stellte sich Viviens verdutztes Gesicht vor und fragte sich, warum sie ihrer Tochter das eigentlich nie erzählt hatte. Doch die Antwort drängte sich ihr sofort auf. Ethan hatte auch nie ein Wort darüber verloren, dass Olivia eigentlich einmal die bessere Seglerin gewesen war. Im Gegenteil, er galt als Segler in der Familie, und Olivia hatte ihm diese Rolle überlassen. Sie war ja froh gewesen, dass er damit seine Komplexe ihr gegenüber wenigstens ein wenig hatte kompensieren können. Wie lange habe ich nicht mehr an Ethan gedacht, durchfuhr es sie eiskalt, und sie schob den Gedanken an ihren Mann energisch beiseite.

»Ich habe etwas Interessantes für uns herausgefunden«, teilte ihr Alexander mit, während er leichtfüßig auf das Boot kletterte und begann, die Segel auszupacken.

Er tut so, als wäre gar nichts vorgefallen, dachte sie irritiert. Wahrscheinlich will er auf keinen Fall auf die hässliche Szene mit seinem Sohn angesprochen werden.

»Morgen gibt es in der Literaturvilla in Wannsee eine Lesung aus der Biografie über Vincent Levi. Und das Besondere ist, dass sein Enkel den Autor musikalisch begleitet. Ich habe uns jedenfalls Karten besorgt. Und uns bei der Veranstalterin – einer Bekannten von mir – zum anschließenden Abendessen mit den Künstlern angekündigt.«

»Da bin ich aber sehr gespannt, ob wir etwas Neues herausbekommen. Ich sollte vielleicht vorher in dem Buch über Levi stöbern, um herauszufinden, was der Autor überhaupt über Charlotte geschrieben hat. Ich werde Paul Wagner anrufen, ob er mir ein Exemplar zur Verfügung stellt.«

»Nicht nötig. Ich habe die Karten vorhin persönlich abgeholt, und da standen die Bücher bereits. Ich habe eins gekauft. Es liegt im oberen Wohnzimmer auf dem Tisch. Du kannst es dir nehmen oder es dir auch dort gemütlich machen. Es gibt auch einen Balkon, auf dem du in Ruhe lesen kannst.«

»Du denkst aber auch an alles.« Ehrliche Bewunderung schwang in ihrer Stimme mit. Trotzdem wurde sie nicht schlau aus ihm. Er, der jeden Tag von Berufs wegen mit seelischen Blockaden zu tun hatte, schien mit Macht das zu verdrängen, was ihn persönlich betraf. Olivia wollte ihm auf keinen Fall zu nahe treten, aber da hörte sie sich bereits verständnisvoll sagen: »Alexander, lass dich nicht provozieren von deinem Sohn. Er ist durch den Tod seiner Mutter verletzt und sucht einen Schuldigen. Kein Mensch würde dir ernsthaft einen Vorwurf machen, wenn du deiner Frau auf ihr Verlangen Tabletten …«

»Danke für die kleine Therapiestunde!«, unterbrach er sie in scharfem Ton. »Das ist ja eine echte Offenbarung, was Sie mir da erzählen, Frau Kollegin. Da wäre ich im Traum nicht drauf gekommen, und danke auch für dein Verständnis, das du mir entgegenbringen würdest, wenn ich Sterbehilfe geleistet hätte. Ich sage es allerdings nur noch ein einziges Mal zum Mitschreiben: Ich wusste nicht mal von der Existenz dieser Tabletten!«

Olivia wollte etwas erwidern, aber Alexander hatte ihr schroff den Rücken zugedreht und beschäftigte sich in einer Art mit dem Anschlagen des Vorsegels, die deutlich machte, dass für ihn das Thema damit beendet war.

Sie wartete noch ein paar Minuten in der Hoffnung, er würde sich etwas beruhigen, aber er versteckte sich regelrecht in den Segeln.

»Viel Spaß«, murmelte Olivia und wandte sich ab.

»Es tut weh, wenn einem Dinge unterstellt werden, die man nicht getan hat«, hörte sie ihn da traurig sagen.

Sie drehte kurz den Kopf. »Ich weiß«, gab sie zurück und setzte ihren Weg in Richtung Haus fort. Auf der Mitte des Rasens begegnete ihr Vivien. Sie hatte glühende Wangen vor lauter Vorfreude.

»Ach, schade, dass du nicht so gern segelst. Ich hätte es schön gefunden, wenn wir das zusammen gemacht hätten.«

»Ein anderes Mal vielleicht«, erwiderte Olivia. Zurück im Haus, begab sie sich zielstrebig in das obere Wohnzimmer. Sie erwischte gleich die richtige Tür und sah sich neugierig in dem geräumigen Salon um. Es gab eine eingebaute Küchenzeile, einen Tresen, einen großen Esstisch, eine gemütliche Sofaecke und einen Kamin, die Tür zum Balkon stand offen und ließ die immer noch warme Sommerluft in den Raum strömen. Auf einem stilvollen Sideboard standen diverse Fotos, und Olivia ertappte sich dabei, wie sie sich ihnen voller unverhohlener Neugier näherte.

Auf dem ersten, an dem ihr Blick hängen blieb, war eine ältere Dame mit grauem Haar zu sehen. Sie hatte eine auffällige

Frisur, das Haar war kinnlang und gerade geschnitten, und ihre Augen blickten wach in die Kamera. Das wird Klara sein, vermutete Olivia und verglich sie insgeheim mit ihrer eigenen Großmutter im Alter von schätzungsweise Mitte siebzig. Scarlett war damals immer noch schwarzhaarig gewesen und hatte dank eines guten Friseurs kein einziges graues Haar besessen. Und sie war nahezu faltenfrei gewesen. Ihre Schwester hatte im Gegensatz zu ihr bestimmt nie einen Schönheitschirurgen an ihr Gesicht gelassen. Klara besaß zwar nur wenig Falten für ihr Alter, aber die waren tief eingekerbt in ihre interessanten und herben Gesichtszüge. Klara hatte etwas Burschikoses an sich. Olivia konnte sich die alte Dame gut in deftiger Wetterbekleidung beim Wandern vorstellen, etwas, was man mit Scarlett nie im Leben in Verbindung gebracht hätte.

Olivias Blick schweifte zum nächsten Foto, und sie erschrak, weil sie zunächst glaubte, ein Foto ihrer Mutter vor sich zu haben, doch dann nahm sie das Bild zur Hand. Bei näherem Hinsehen wurde ihr klar, dass es sich um Christin handelte. Wenn ich immer noch an der Verwandtschaft gezweifelt hätte, dieses Foto wäre der Beweis gewesen, dachte Olivia, denn die Ähnlichkeit zwischen ihrer Mutter und Christin war unglaublich, mindestens genauso frappierend wie die zwischen Vivien und Scarlett.

Wie lange hatte Olivia nicht mehr an ihre Mutter gedacht. Dieses Foto holte auf einen Schlag alles wieder aus den Tiefen ihrer Erinnerung hervor. Christin war auf dem Bild schätzungsweise Ende dreißig, so alt wie Susan, Olivias Mutter, an dem Tag, an dem sie gestorben war. Susan hatte so fröhlich ausgesehen, als sie ihrer Tochter einen Abschiedskuss gegeben hatte, bevor sie zum Flughafen gefahren war, um zu einem Kardiologenkongress nach Chicago zu fliegen. Steven, Olivias Vater, war schon ein paar Tage vorher geflogen, doch zurück wollten sie denselben Flieger nehmen, und zwar nach Los Angeles. Dort wollten sie sich mit Olivia und Scarlett treffen, um ihrer Tochter endlich den versprochenen Besuch im Disneyland zu schenken. Obwohl Olivia lange nicht mehr an diesen Tag gedacht hatte, war es ihr plötzlich, als wäre es gestern gewesen: Sie wollen in ein paar Minuten das Hotel verlassen, um die beiden abzuholen, als Scarlett einen spitzen Schrei ausstößt. Auf dem Bildschirm des Hotelfernsehers flackern Bilder eines Flugzeugabsturzes. Zunächst begreift Olivia nicht, was das zu bedeuten hat. Auch nicht, als der Sprecher fassungslos verkündet, dass der American-Airlines-Flug 191 kurz nach dem Start vom Flughafen O'Hare abgestürzt sei, nachdem das Flugzeug ein Triebwerk verloren habe. Erst als die Großmutter in Tränen ausbricht und in einem fort wie von Sinnen schreit: »Nein! Nein! Nein!«, dämmert es dem zehnjährigen Mädchen, dass die schrecklichen Bilder von den Trümmern auch sein Schicksal verändern werden. Sie nimmt die Hand ihrer Großmutter. Da wird es der alten Dame bewusst: Das Kind darf das nicht sehen! Panisch schaltet sie das Fernsehgerät aus, versucht ihr zu erklären, dass das Flugzeug, in dem ihre Eltern sitzen, abgestürzt sei, dass das aber gar nichts zu bedeuten habe. Vielleicht hätten sie die Maschine verpasst oder das Unglück überlebt. Olivia hört sich das alles regungslos an. Sie weiß in diesem Augenblick, dass sie ihre Eltern niemals wiedersehen wird.

Olivia stellte das Foto hastig zurück an seinen Platz und ließ den Blick flüchtig über die restlichen Bilder schweifen. Ein altmodisches Schwarz-Weiß-Foto zog ihre Aufmerksamkeit an. Es zeigte einen Mann um die dreißig mit blondem Haar, der sich bemühte, freundlich in die Kamera zu blicken, seine Lippen lächelten, aber seine Augen nicht! War das Gerhard oder Walter? Jetzt ist genug, dachte sie entschieden, als ihr Blick an einem Bild von Alexander und Christin hängen blieb. Dass es sich bei der abgemagerten, offensichtlich todgeweihten Frau in seinem Arm um Christin handelte, konnte sie sich allerdings nur denken. Sie hatte nichts gemein mit der wunderschönen Frau, die sie einmal gewesen war. Wie unendlich liebevoll er sie anschaut, durchfuhr es Olivia mit einem Anflug von Eifersucht, für die sie sich ganz fürchterlich schämte.

Hastig ließ sie die Bilder hinter sich, griff sich die Biografie, die wie versprochen auf dem Couchtisch lag, und eilte mit dem Buch in der Hand aus dem Zimmer, als wäre der Teufel hinter ihr her. Was habe ich hier eigentlich zu suchen, fragte sie sich zweifelnd. Ich sollte doch lieber ein Hotel nehmen.

Mit der Biografie über Vincent Levi setzte sie sich auf den Balkon und blätterte im Namensindex gezielt nach Charlotte Koenig. Sie war an zwei Stellen erwähnt. Mit Interesse las Olivia, wie die beiden sich im Jahre 1925 im Kabarett der Komiker kennengelernt hatten und wie begeistert er von ihr gewesen war.

> *Sie wirkte auf den ersten Blick so sanftmütig wie ein dunkelhaariger Engel, aber sobald sie die Bühne betrat, strahlte sie etwas Magisches, Kraftvolles und Provozierendes aus. Dabei war sie noch so jung. Ich schätzte sie auf nicht älter als siebzehn. Ich fragte sie, ob ihre Eltern das erlauben würden, dass sie sich nachts auf Kabarettbühnen herumtrieb. Sie lachte laut und kräftig, ein ansteckendes Lachen, das ich vom ersten Moment an ihr gemocht habe. Sie zeigte auf den Kritiker Gerhard Koenig in der ersten Reihe, der schon ziemlich glasige Augen hatte und zu diesem Zeitpunkt rechtschaffen betrunken war. »Das ist mein Agent, er beschützt mich, solange ich noch keine achtzehn bin«, erklärte sie mir. Ich hielt ihn für ihren Liebhaber. Viel später am Abend sollte ich erfahren, dass es ihr Bruder war – und aus was für einem guten Elternhaus sie eigentlich stammte. Ich hatte sie bis dahin für eine frühreife Ausreißergöre gehalten. Es war noch ein junger Mann in ihrer Begleitung, Emil Färber, ein netter, zur Korpulenz neigender Opernsänger, der Charlotte den ganzen Abend über anhimmelte. Ich erinnere mich an das alles noch so genau, weil an unserem Tisch auch meine spätere*

Frau Irene saß. Sie waren in einer großen Gruppe zu unserer Eröffnungsvorstellung von Märchen im Schnee *gekommen. Drüben im Theater Metropol gastierte gerade ein Ensemble aus New York, und mir hatte es eine kleine blonde Sängerin angetan …*

Olivia schmunzelte an dieser Stelle, bevor sie die zweite Stelle im Buch suchte, an der Charlotte Koenig erwähnt war. Sie hoffte sehr, dass es die gemeinsame Ausreise aus Deutschland betraf, aber zu ihrer großen Enttäuschung schilderte der Autor lediglich einen Streit der beiden, nachdem Levi ihr anvertraut hatte, dass er Deutschland verlassen würde und die bereits gebuchten Auftritte mit ihr deshalb nicht mehr würde wahrnehmen können. Charlotte hatte offenbar wie eine beleidigte Diva reagiert und nicht wie eine mitfühlende Freundin des Pianisten.

Olivia suchte vergeblich nach einer Stelle, an der er beschrieb, dass sie Deutschland zumindest mit demselben Schiff verlassen hatten; das erwähnte Vincent Levi mit keinem Wort.

Na, hoffentlich weiß der Autor mehr darüber oder besitzt zumindest Unterlagen, die er uns zur Verfügung stellt, dachte Olivia, als vom See lautes Gelächter zu ihr heraufdrang. Offenbar waren Vivien und Alexander von ihrem Törn zurückgekehrt und amüsierten sich prächtig.

Olivia wusste nicht genau, warum sie diese Tatsache nicht mit Freude erfüllte, aber sie schob es auf die vielen vergessen geglaubten Dinge aus ihrem Leben, die ihr heute nach und nach schonungslos zu Bewusstsein gekommen waren, angefangen dabei, wie Ethan ihr das Segeln vermiest hatte, bis hin zu dem Tag, an dem ihre Eltern abgestürzt waren. Sie wünschte sich ganz sicher nicht, in Viviens Haut zu stecken und unter einer Amnesie zu leiden, aber ein bisschen Gedächtnisverlust könnte heute wirklich nichts schaden, dachte sie erschöpft und flüchtete in ihr Zimmer. Sie wollte jetzt allein sein.

Berlin-Zehlendorf, Juni 1923

Wie an jedem ersten Montag im Monat, seit die Inflation Berlin fest im Griff hatte, traf auch an diesem Tag Lenes Bruder mit einem Pferdefuhrwerk voller Lebensmittel vor der Villa der Familie Koenig ein. Als Bezahlung dienten dieses Mal einige der besten Möbelstücke. Geld wollte Hans auf keinen Fall, denn zurzeit konnte man gar nicht so schnell gucken, wie das Bargeld an Wert verlor.

Charlotte half, die Schinken und Brote in die Speisekammer zu bringen, denn die Männer waren damit beschäftigt, eine Kommode zum Wagen zu tragen, ein Erbstück von Gertruds Eltern. Gertrud hatte heftig dagegen protestiert, dass der Bauer, der Hans an den Wannsee begleitet hatte, ausgerechnet dieses Möbelstück wollte, aber nicht mal ihre Tränen hatten das Herz des Mannes erweichen können. Nein, diese Kommode musste es sein, denn genau so eine wünschte sich seine Frau. Charlotte hatte versucht, ihre Mutter zu trösten, aber vergeblich. Gertrud war schluchzend zum See hinuntergerannt. Charlotte hatte ihr folgen wollen, aber Lene hatte sie dazu verdonnert, ihr beim Abladen der Lebensmittel zu helfen.

»Vardammte Jaldantwartung, macht eijnen janz fuchtig«, schimpfte Lene, während sie einen Sack Kartoffeln schulterte.

Charlotte musste sich ein Kichern verkneifen, weil die Haushälterin, wenn sie wütend wurde, in ihr breitestes Ostpreußisch verfiel, was sich in den Ohren der kleinen Berlinerin sehr komisch anhörte. Sie fand die Sache mit dem Geld sehr spannend. Gerade neulich war sie mit ihrer Mutter in einem Café auf dem Kurfürstendamm gewesen. Sie hatten einen Kaffee und eine Limonade getrunken, was zusammen zehntausend Mark hatte kosten sollen, doch dann hatte Charlotte noch eine weitere Limonade getrunken, und der Kellner hatte ihnen eine Rechnung über zwanzigtausend Mark präsentiert. Gertrud war aus allen Wolken gefallen, doch der Kellner hatte ihr ungerührt erklärt, dass der Preis für eine Limonade in der letzten Stunde um das Doppelte gestiegen sei. Charlotte wäre beinahe in lautes Gelächter ausgebrochen, aber das verzweifelte Gesicht ihrer Mutter hatte sie dann doch davon abgehalten. Gertrud war kalkweiß geworden und hatte hektisch in ihrem Portemonnaie gekramt. Schließlich hatte sie mit hochrotem Kopf dreizehntausend Mark auf den Tisch gelegt. Damit hatte sich der Kellner allerdings nicht zufriedengegeben und energisch den Rest verlangt. Gertrud war den Tränen nahe gewesen, aber der Kellner hatte ihr vorgeschlagen, den ausstehenden Betrag mit ihrem Vorsteckring zu bezahlen. Ihre Mutter hatte sich das Schmuckstück daraufhin wortlos vom Finger gezogen und es auf den Tisch gelegt. Gertrud hatte den ganzen Rückweg nach Hause bittere Tränen geweint, aber das war bei ihrer Mutter nichts Ungewöhnliches. Entweder bekam man sie tagelang nicht zu Gesicht, oder sie geisterte leidend durch das Haus. Charlotte konnte sich nicht mehr daran erinnern, wann sie ihre Mutter das letzte Mal hatte lachen hören. Manchmal fragte sie sich, ob sie ihre Mutter überhaupt jemals hatte lachen sehen.

Sie wurde aus ihren Gedanken gerissen, als ihr Walter in Hut und Mantel entgegeneilte. Warum packt er eigentlich nicht mit an, dachte sie, und schon hatte sie sich ihm in den Weg gestellt. »Du kannst uns beim Abladen der Lebensmittel helfen!«

Walter rollte genervt mit den Augen. »Das kann ich nicht, denn ich muss dringend in die Klinik.«

»Du hast immer Ausreden, wenn es darum geht, mit anzupacken«, murrte sie.

»Das, mein Fräulein, nimmst du schön zurück! Ich trage eine große Verantwortung als Medizinalassistent und Familienvater.«

Charlotte trat einen Schritt beiseite und ließ ihn passieren. Es hatte keinen Zweck, mit ihrem großen Bruder zu diskutieren. Er wusste immer alles besser und schob, wenn er nicht weiterwusste, Frau und Kind vor. Dabei mochte Charlotte Olga und auch das Baby leiden. Seit der überstürzten Hochzeit der beiden im Oktober vergangenen Jahres hatten sie im Ostflügel der Villa eine eigene Wohnung bezogen. Charlotte fand es allerdings geschmacklos, dass sie sich ausgerechnet das Zimmer angeeignet hatten, das Gertrud hatte leer stehen lassen für den Fall, dass Gerhard eines Tages in den Schoß der Familie zurückkehren würde. Doch Charlottes Lieblingsbruder hatte kaum noch Kontakt zu ihnen, geschweige denn, dass er seit dem Eklat auf der Verlobungsfeier noch einmal die Villa seiner Eltern betreten hätte. Ganz selten besuchte sie ihn gemeinsam mit Klara in seinem Dachzimmer in Wilmersdorf. Er war dann jedes Mal lustig und spielte den Unterhalter, aber Charlotte war sich sicher, dass er sehr unter seiner Armut litt. Auch wenn alle anderen sie für ein Kleinkind hielten, sie bekam viel mehr mit, als sie glaubten. Manchmal wünschte sie sich, dass wenigstens Klara ihre Reife erkannte, aber die hatte in letzter Zeit doch nur Augen für ihren Felix. Charlotte war rasend eifersüchtig auf den schmächtigen Verehrer ihrer Schwester und verstand nicht im Entferntesten, was Klara an diesem blutleeren Bürschchen fand. Er konnte Kurt Bach doch nicht einmal annähernd das Wasser reichen. Allein bei dem Gedanken an den Sohn des Chauffeurs schloss Charlotte verzückt die Augen. Wie oft hatte sie sich, als Kurt noch für ihren Vater gearbeitet hatte, gewünscht, älter zu sein, um von ihm bemerkt zu werden, aber er hatte immer nur Augen für Klara gehabt. Und deshalb fand sie es gemein, dass ihre Schwester jetzt treulos mit Felix turtelte. Wie so oft fragte sie sich, ob sie sich hätte erpressen lassen, wie es Klara und Kurt getan hatten. Sie hatte ja schließlich jedes Wort von ihrem Fenster aus mit angehört. Ob ich meine Liebe dem Seelenfrieden des alten Chauffeurs geopfert hätte, fragte sie sich, während sie den Schinken ins Regal legte und zurück zum Wagen eilte, um Lene nicht gegen sich aufzubringen, weil sie so schrecklich trödelte.

Hans und der Bauer waren gerade dabei, ziemlich grob die Kommode ihrer Mutter auf den Anhänger zu hieven. Gut, dass sie nicht mit ansehen muss, wie sie mit dem Erbstück ihrer Eltern umgehen, dachte Charlotte und klemmte sich ein paar Brote unter den Arm.

Mit tänzelnden Schritten kehrte sie ins Haus zurück. In diesem Augenblick klingelte das Telefon, das im Haus Koenig seit der Besetzung des Ruhrgebiets durch Franzosen und Belgier ganz patriotisch nur noch Fernsprecher genannt werden durfte. Französische Wörter waren tabu.

Ihr Herz tat einen Hüpfer, als sie die Stimme von Max Färber erkannte. Das kann nur bedeuten, dass er wieder eine Rolle für mich hat, dachte sie voller Vorfreude.

»Herr Färber, das ist aber schön, was kann ich für Sie tun?«, zwitscherte sie in einem Ton, als wäre sie eine Dame von dreißig Jahren.

»Das freut mich, dass du persönlich am Tele– « Er unterbrach sich hüstelnd. »Ich meine natürlich, am Fernsprecher bist.«

»Haben Sie eine Rolle für mich?«, stieß Charlotte ungeduldig und wenig damenhaft hervor.

»Genau, uns ist die Hauptdarstellerin ausgefallen, wir brauchen unbedingt Ersatz. Könntest du heute gegen 14 Uhr in Babelsberg vorbeikommen?«

»Selbstverständlich«, erwiderte Charlotte, obwohl sie keine Ahnung hatte, wie sie das rechtzeitig schaffen sollte, denn es war bereits zwölf Uhr mittags.

»Und bring eine Erlaubnis deiner Eltern mit, damit wir gleich heute mit dem Drehen anfangen können«, bat der Filmproduzent sie.

»Aber natürlich. Alles kein Problem«, log Charlotte und rieb sich, kaum dass sie den Hörer wieder aufgelegt hatte, die Hände. Wie sehnsüchtig sie auf einen solchen Anruf gewartet hatte! Sie freute sich riesig auf die spannende Abwechslung vom langweiligen Alltag im Haus Koenig und der öden Höhere-Töchter-Anstalt, in der sie nach dem Willen ihres Vaters die nötige Bildung erlangen sollte.

Sie setzte in dieser Angelegenheit wieder ganz und gar auf ihre Schwester. Klara hatte ihr beim letzten Dreh mit Rat und Tat zur Seite gestanden und ihr diese Rolle überhaupt ermöglicht. Gerhard und Klara hatten die Unterschriften der Eltern gefälscht, Entschuldigungen für die Schule geschrieben und sie sicher nach Babelsberg und zurückgebracht. Ihre Geschwister waren sich dabei einig, dass ihre Eltern nichts von Charlottes Ausflug in die Filmwelt erfahren würden, denn sie gingen grundsätzlich nicht ins Kino. Wilhelm lehnte das Kino in Bausch und Bogen ab. Wann immer er etwas in der Zeitung las, was seine Vorurteile unterstützte, las er es der Familie mit erhobenem Zeigefinger vor. Gerade neulich hatte er einen Dirigenten aus Aachen zitiert, der wortwörtlich forderte, man solle die »Pesthöhlen von Kinos, die den Geschmack des Volkes unrettbar verseuchen«, allesamt schließen. Mit seiner rigorosen Ablehnung dieser seichten Vergnügung war er aber nicht einmal bei seiner Frau durchgedrungen. Gertrud war anfangs liebend gern mit ihren Freundinnen ins Kino gegangen, in das *Cabinet des Dr. Caligari* sogar mehrfach, und sie schwärmte unverhohlen für Conrad Veidt. Wilhelm war regelrecht eifersüchtig auf den Filmstar gewesen und hatte eine Autogrammkarte, die Veidt eigenhändig unterschrieben hatte, vernichten wollen, aber Gertrud hatte sie ihm im letzten Augenblick entrissen. Charlotte wurde bei diesem Gedanken ganz schwer ums Herz, weil sie das an Zeiten erinnerte, in denen ihre Mutter noch ein Mindestmaß an Widerstandsgeist besessen hatte und noch nicht wie ein Schatten ihrer selbst durch die Villa gegeistert war.

Mittlerweile pflegte sie keinerlei sozialen Kontakte mehr außerhalb der Familie. Und seit der geplatzten Verlobung zwischen Olga und Gerhard ging Gertrud auch ihrem jüngsten Sohn aus dem Weg. Walter aber schien den stummen Vorwurf, den seine Mutter ihm entgegenbrachte, gar nicht zu bemerken. Er war so beschäftigt mit seinen politischen Spinnereien, wie es der Vater nannte. Er war inzwischen in die Deutschnationale Volkspartei eingetreten und sympathisierte mit Erich Ludendorff und der Nationalen Vereinigung, einem Zusammenschluss republikfeindlicher Kräfte. In seiner Begeisterung hatte er versucht, Wilhelm zum Eintritt in die Partei zu bewegen, aber dem war die Nähe des altgedienten Generals des Kaisers zu der Nationalsozialistischen Arbeiterpartei Deutschlands mit einem gewissen Hitler an der Spitze suspekt. Charlotte wusste das alles so genau, weil neuerdings kein sonntägliches Mittagessen in der Familie Koenig ohne politische Dispute zwischen Vater und Sohn verging. Anlässlich dieser Streitereien hielt Walter seinem Vater jedes Mal seinen Schwiegervater, den Industriellen Oskar Waldersheim, als leuchtendes Beispiel vor, weil er Walters Begeisterung für die Pläne der neuen nationalen Bewegung teilte, baldmöglichst die Macht im Reich an sich zu reißen. Aber das alles berührte Charlotte nicht wirklich. Ihre Gedanken kreisten immer nur um das eine: ihre Karriere als Schauspielerin und Sängerin.

Sie konnte nur hoffen, dass ihre Geschwister sie noch einmal so tatkräftig bei ihrer Karriere unterstützen würden. Sie hatten sie sogar zur Premiere ins Alhambra begleitet und dafür gesorgt, dass keine Fotos von ihrer Schwester geschossen wurden, denn wenn ihr Bild erst durch die Presse geisterte, würde es früher oder später auch bei Wilhelm landen.

Ungeduldig sah sie auf die Uhr. Klara hatte doch nur kurz in die Innenstadt fahren wollen, um nach Gerhard zu sehen und ihm ein paar Lebensmittel vorbeizubringen. Ich muss diese Rolle bekommen, dachte sie entschlossen, ich muss. Was für eine einmalige Chance, eine Hauptrolle zu ergattern! Nein, die durfte ihr keine andere fortnehmen! Die Schule würde ja dieses Mal kein Problem machen, denn die Sommerferien hatten gerade erst begonnen.

Lenes mahnende Stimme riss Charlotte aus ihren Gedanken an eine glänzende Zukunft.

»Kindchen, vom Wagen ist noch Jemüse zu tragen!«

Betont langsam schlurfte Charlotte noch einmal nach draußen und griff in die Gemüsekiste. Wenn Lene wüsste, dass sie einen kommenden Star scheucht, dachte sie missmutig, doch dann ging ein Strahlen über ihr Gesicht, und sie ließ die Karotten, die sie gerade aus dem Wagen geholt hatte, einfach fallen und rannte ihrer Schwester entgegen.

»Klara, Klara, du musst mir helfen.« Sie senkte verschwörerisch die Stimme. »Herr Färber hat gerade angerufen. Ich kann heute schon mit den Dreharbeiten für einen neuen Film beginnen«, flüsterte sie aufgeregt.

Klara aber schien den Ernst der Lage nicht zu begreifen. Sie hatte ihre Stirn in sorgenvolle Falten gelegt und wirkte geistesabwesend.

»Klara? Träumst du? Ich kann wieder in einem Film mitspielen!«

»Schön.«

»Du hörst mir ja gar nicht zu. Was ist geschehen? Ist was mit Gerhard?«

Klara schüttelte stumm den Kopf. In ihren Augen schimmerte es verdächtig feucht.

»Ich habe eben Kurt gesehen. Er stand vor einem Bäcker. Ich wollte gerade zu ihm und ihm mein ganzes Geld geben, weil ich glaubte, er hätte nicht genug, doch da kam eine junge Frau aus dem Laden. Sie strahlte und hob triumphierend einen Laib Brot in die Höhe. Er ging ihr entgegen und …« Klaras Stimme versagte. »Er gab ihr einen Kuss«, fügte sie schließlich heiser hinzu.

»Vielleicht seine Schwester«, rutschte es Charlotte heraus, der Klara zwar leidtat, die aber möglichst schnell mit ihr über die Filmrolle reden wollte.

»Kurt ist Einzelkind und nach dem frühen Tod seiner Mutter allein mit seinem Vater aufgewachsen. Das weißt du doch ganz genau!«, entgegnete Klara und wischte sich hastig eine Träne aus dem Augenwinkel.

»Ach, du Arme, aber was soll er auch machen, der arme Kurt? Vater hat ihn schließlich fortgejagt, und du bist nicht mit ihm gegangen.« Charlotte konnte Klaras Blick entnehmen, dass ihre Worte recht mitleidlos geklungen haben mussten. »Entschuldigung, Klärchen, ich hab Kurt doch auch so lieb und möchte nicht, dass er andere Mädchen küsst«, beeilte sie sich zu sagen. Dieses Geständnis machte Klaras Stimmung nicht besser. Im Gegenteil. »Ich glaube, du hältst jetzt lieber mal deinen Mund!«, knurrte sie.

Charlotte kniff die Lippen fest zusammen, um in diesem unpassenden Moment nicht mit der Anfrage von Herrn Färber herauszuplatzen, doch lange hielt sie das nicht durch. Außerdem rannte ihr die Zeit weg.

»Klärchen, Herr Färber hat mich für 14 Uhr nach Babelsberg eingeladen. Er will mir eine Hauptrolle geben. Und du musst mich unbedingt begleiten und natürlich Paps' Erlaubnis wieder fälschen.«

»Ich muss gar nichts!«, erwiderte Klara erbost.

»Bitte! Bitte! Tu es für mich. Nur noch das eine Mal. Bitte!«, flehte Charlotte.

Klara verdrehte genervt die Augen. »Ich möchte nur noch meine Ruhe haben.«

»Die kannst du doch danach haben. Wenn du mir nicht hilfst, bekomme ich die Rolle nicht.«

»Quälgeist!«, zischte Klara, aber sie brachte es nicht übers Herz, ihre kleine Schwester im Stich zu lassen. Sie wusste doch, was es Charlotte bedeutete. Außerdem war das eine kleine Rache an ihrem Vater, dass sie Charlotte das ermöglichte, was er ihr mit Sicherheit verboten hätte.

»Zieh dich um. Ich schreibe schnell die Erlaubnis, und dann sollten wir uns von Herrn Bach zum Bahnhof bringen lassen.«

In diesem Augenblick kam Lene ihnen aus Richtung des Fuhrwerks mit einem Korb voller Gemüse entgegen. Obenauf lagen die Möhren, die Charlotte fallen gelassen hatte. Sie musterte das jüngste Kind der Familie Koenig strafend, sagte aber kein Wort. »Lenchen, weißt du, wo Herr Bach steckt? Wir brauchen ihn. Er muss uns schnellstens zum Bahnhof bringen.«

Lene runzelte missbilligend die Stirn. »Und was ist mit dem Mittachassen?«

»Sag Mutter doch einfach, wir besuchen Gerhard.« Seit sie in der Colonie Alsen wohnten, aß Wilhelm in der Charité, und die Anwesenheit der Familie bei Tisch wurde etwas lockerer gesehen, zumal Gertrud ohnehin jeden zweiten Tag auf ihrem Zimmer blieb.

»Anton ist wechjefahrn«, sagte Lene. Hörte Charlotte etwa eine gewisse Schadenfreude in der Stimme der Haushälterin mitklingen?

»Und wie kommen wir jetzt zum Bahnhof?«, fragte sie in vorwurfsvollem Ton.

Lene ging achselzuckend mit dem Gemüsekorb in der Hand an ihr vorbei ins Haus. Da blieb Charlottes Blick an dem Pferdefuhrwerk hängen, und sie fragte Lenes Bruder, ob der Bauer und er sie wohl zum Bahnhof bringen würden. Der gutmütige Hans nickte eifrig, und Charlotte rannte zurück ins Haus, um sich umzuziehen. Nach wenigen Minuten kam sie zurück und sah in ihrer Aufmachung ganz aus wie eine kleine Diva.

Die beiden Männer amüsierten sich über den Topfhut einer Dame auf Charlottes jugendlichem Kopf. Auch Klara rümpfte die Nase, als sie das neue Hütchen ihrer Mutter erkannte, aber sie hielt sich mit ihrem Kommentar zurück.

Nachdem die beiden Männer die Schwestern am Bahnhof abgesetzt hatten, stiegen diese in den Zug nach Potsdam. Von dort aus war es noch ein Fußweg von einer halben Stunde bis zu den Filmstudios. Charlotte drängte ihre Schwester, eine Droschke zu nehmen, aber Klara machte ihr klar, dass sie den Fahrpreis von einigen Tausenden oder gar Millionen Mark nicht würden bezahlen können. Deshalb waren sie schon in den Zug ohne Fahrkarte eingestiegen und zum Glück nicht beim Schwarzfahren erwischt worden.

Max Färber, ein schlanker, gut aussehender Mann von Ende zwanzig, freute sich aufrichtig, Charlotte und auch ihre Schwester wiederzusehen. Doch es blieb nicht viel Zeit für große Begrüßungen. Charlotte wurde sofort mit einem Skript, das die Anweisungen für das erste Bild enthielt, in die Maske geschickt. Klara bekam einen Platz hinter dem Kameramann, und während ihre Schwester noch zum Schneewittchen geschminkt wurde, drehte man schon das Bild mit der Stiefmutter, wie sie den Spiegel befragte, wer die Schönste im ganzen Land sei.

Klara aber konnte sich kaum auf das Geschehen dort vorn konzentrieren, sondern musste immer wieder an ihre Begegnung mit Kurt denken. Er hatte sie allerdings nicht gesehen. Hätte sie sich bemerkbar machen sollen? Das wäre ihr schon allein deshalb nicht in den Sinn gekommen, weil sie in Begleitung von Felix Waldersheim gewesen war, der ihr hartnäckig den Hof machte. Und mit seiner Zuneigung hielt er auch in der Öffentlichkeit nicht hinter dem Berg. Im Gegenteil, er hatte sich bei ihr wie immer besitzergreifend eingehakt, sodass Kurt mit Sicherheit seine Schlüsse aus dieser vertraulichen Geste gezogen hätte. Trotzdem verfolgte Klara dieses Bild, wie Kurt die Frau geküsst hatte, obwohl er nicht gerade wohl ausgesehen hatte. Er war abgemagert, und seine Kleidung hatte ärmlich gewirkt: der Anzug zerschlissen, und auf dem Kopf eine zerknitterte Ballonmütze. Klara wusste natürlich, dass mit der unvorstellbaren Entwertung des Geldes ein großes Massenelend einherging. Die wirtschaftlichen Probleme zogen ihre Kreise weit bis in die Nachbarvillen in der Colonie Alsen. Einige waren gezwungen zu verkaufen, weil sie ihr Vermögen auf der Bank in Sicherheit gewähnt hatten. Nun reichte es gerade, um eine Zeitung bezahlen zu können.

Die Koenigs hatten einfach Glück gehabt. Ein Patient, der Wilhelm Koenig sein Leben zu verdanken hatte, hatte ihm bereits im Jahr 1919, als er aus dem Verkauf des Erbes seiner Frau einiges Vermögen anzulegen hatte, dringend zu Diamanten und Devisen geraten. »Herr Professor, es wird noch viel, viel schlimmer«, hatte er ihn damals gewarnt. Der ansonsten in Geldangelegenheiten konservative Wilhelm Koenig hatte den Rat des weitsichtigen Bankdirektors befolgt. Hinzu kam die Lebensmittelbeschaffung durch Hans, sodass die Koenigs nicht am Rande des Ruins standen wie sogar einige Kollegen Wilhelms. Ähnlich vorausschauend, hatten sich die Waldersheims verhalten, und der Industrielle kaufte jetzt, wo immer er konnte, in wirtschaftliche Schwierigkeiten geratene Unternehmen und jede Menge Luxusgüter auf, die er in Hallen lagerte und später zum Verkauf anbieten wollte, wenn die Inflation vorüber war.

»Entzückend, Charlotte!«, rief nun der begeisterte Regisseur des Märchenfilms aus. Das riss Klara aus ihren Gedanken an Kurt und das wirtschaftliche Elend, das zurzeit herrschte, von dem aber hier im Filmstudio nichts zu spüren war.

Der Mann hat recht, dachte Klara nicht ohne Stolz. Ihre Schwester gab mit ihren schwarzen Locken und dem Madonnengesicht ein wirklich bildhübsches Schneewittchen ab, und wie herrlich naiv sie dreinschaute, als der Jäger sie in den Wald führte … Und dann die Erkenntnis, dass er sie umbringen wollte. Charlotte spielte alle Facetten des Entsetzens voll aus.

Der Dreh dieses Bildes lenkte Klara von ihren quälerischen Gedanken ab, und sie war jetzt ganz bei ihrer Schwester und deren Schauspielkunst. Dennoch nahm sie sich fest vor, dass sie in Zukunft keine elterliche Erlaubnis mehr fälschen würde. Es stand zwar nicht zu befürchten, dass jemand, den sie kannte, in einen Märchenfilm ging, aber die Gefahr, dass es dem Vater irgendwie zu Ohren kam, stieg mit dieser Hauptrolle natürlich. Und sie hoffte, dass auch Gerhard mitspielte und den Vertrag zwischen der UFA und Charlotte wieder als Wilhelm Koenig unterzeichnete.

Sie drehten schließlich noch eine zweite Szene, und der Regisseur teilte ihnen mit, dass es morgen früh weitergehen werde. Klara hatte sich ihre Ferien zwar anders vorgestellt, aber nun würde sie diese freien Tage eben der Karriere ihrer Schwester widmen. Als der Regisseur Klara prüfend von oben bis unten musterte und ihr anbot, auch von ihr Probeaufnahmen zu machen, lehnte sie das vehement ab. Sie hatte nicht das geringste Interesse, ihrer Schwester Konkurrenz zu machen. Im Gegenteil, sie hielt immer noch an ihrem eisernen Vorsatz fest, Medizin zu studieren. Und Felix, der ihr jeden Wunsch erfüllte, hatte ihr seine Unterstützung zugesagt. Doch sosehr Klara den jungen Mann auch inzwischen in ihr Herz geschlossen hatte, er löste bei ihr nicht annähernd solche Gefühle aus wie einst Kurt Bach. Deshalb hatte sie ihn auch bisher davon abbringen können, bei ihrem Vater um ihre Hand zu bitten. Klara befürchtete nämlich, dass der einer Hochzeit zwischen ihr und Felix, ohne zu zögern, zustimmen würde. Das würde bedeuten, dass Kurt Bach für alle Zeiten der Vergangenheit angehören würde. Und die Vorstellung ertrug Klara nicht. Daran änderte auch der Kuss nichts, den die fremde Frau Kurt gegeben hatte. Vielleicht ist es auch nur eine entfernte Freundin, die ihm aus purer Freude über das Brot ein Küsschen gegeben hat, versuchte sie sich einzureden, während sie selbst nicht recht daran glauben wollte.

Als ihre Schwester aus der Maske kam, wo man sie inzwischen wieder abgeschminkt hatte, strahlte sie über das ganze Gesicht und löcherte Klara mit Fragen, wie sie als Schneewittchen gewirkt habe. Klara lobte sie intensiv, aber Charlotte wollte immer noch mehr hören. Schließlich gebot die ältere Schwester dieser unersättlichen Sucht der kleineren Einhalt. »Schluss jetzt damit!«, bestimmte sie in strengem Ton und fügte mit ernster Miene hinzu: »Es gibt in diesen Zeiten wirklich noch Wichtigeres als deine Schauspielerei!«

»Ja, zum Beispiel die Frage, wer die Frau gewesen ist, die Kurt geküsst hat«, erwiderte Charlotte prompt.

»Blödsinn! Das interessiert mich schon gar nicht mehr.«

»Genau, du hast ja nur noch Augen für diesen Felix. Was du an dem nur findest? Der kann doch Kurt nicht das Wasser reichen.«

»Kannst du mal deinen vorlauten Mund halten, du kleine Kröte!«, fauchte Klara ihre Schwester an. Tief im Herzen wusste sie, dass Felix trotz all dieser Liebe, die er ihr entgegenbrachte, niemals ihre Knie zum Zittern und ihr Herz zum Pochen bringen würde.

Berlin, Steglitz-Zehlendorf, Juli 2014

Vivien war fasziniert von der sternenklaren Nacht und versuchte, die Sternenbilder am Firmament zu erkennen. Den Großen Wagen identifizierte sie sofort. Sie hatte sich nach einem telefonischen Streit mit Ben auf den Steg am See geflüchtet, nachdem ihre Mutter sich auf ihr Zimmer zurückgezogen hatte und offensichtlich nicht gestört werden wollte. Vivien hatte mit Alexander und seinem Sohn Leo zu Abend gegessen. Frau Krämer hatte einen Sommersalat und Baguette serviert, doch das Gespräch war nur schleppend in Gang gekommen. Das lag an Leo, der jeden Satz seines Vaters mit einem abfälligen Runzeln der Augenbrauen kommentierte. So demonstrativ, dass Alexander schließlich ganz verstummte. Vivien war kurz davor, Leo die Meinung zu sagen, aber es war ja nicht so, dass sie keinerlei Verständnis für ihn hätte. Im Gegenteil, sein ungehobeltes Verhalten spiegelte ihr, wie gemein sie sich ihrer eigenen Mutter gegenüber benommen hatte. Sie war nicht einen Deut besser gewesen als er. Deshalb würde sie ihn auch nicht vor seinem Vater darauf ansprechen. Sie zog es also vor zu schweigen.

Erst als Leo den Tisch verließ, unterhielt sie sich mit Alexander angeregt über den gemeinsamen Segelausflug. Sie mochte ihn und fragte sich insgeheim, ob nicht auch ihre Mutter in dem attraktiven Mann mehr sah als den Witwer einer entfernten Cousine. Hauptsache, sie fing nichts mit ihm an. Das – dessen war sich Vivien sicher – würde sie nicht ertragen!

Nach dem Essen zog sich auch Alexander in seine Praxis zurück. »Die leidigen Gutachten«, erklärte er ihr bedauernd und versprach ihr, am Wochenende einen längeren Törn mit ihr zu unternehmen. »Berlin vom Wasser aus ist ein Traum«, schwärmte er.

Kaum war er im Haus verschwunden, klingelte ihr Mobiltelefon. Als sie sah, dass es Ben war, bekam sie sofort ein schlechtes Gewissen. Sie hatte ihm nur eine kurze Nachricht geschrieben, dass sie doch nicht bei ihm wohnen werde, sondern vorerst mit ihrer Mutter bei Verwandten am Wannsee.

Sie wollte sich gerade entschuldigen, als Ben ihr bereits heftige Vorwürfe deswegen machte.

»Ich hatte schon etwas zum Kochen eingekauft und mich sehr auf dich gefreut«, bellte er beleidigt ins Telefon.

»Das tut mir auch sehr leid, aber ich hatte mit meiner Mutter noch einiges zu klären und bin dann spontan mitgefahren«, versuchte sie, sich zu entschuldigen, doch Ben war ganz offensichtlich sauer über ihre Absage.

»Wir sehen uns doch morgen bei der Probe, und vielleicht können wir danach noch ein Bier trinken gehen.«

»Morgen nach der Probe kann ich nicht«, erwiderte er schroff und beendete das Gespräch sichtlich beleidigt.

Vivien war etwas irritiert über die Heftigkeit, mit der er ihr Vorwürfe machte. Kurz überlegte sie, ob sie ihn noch einmal anrufen und ihm anbieten sollte, dass sie sich jetzt in die Bahn setzen und doch bei ihm übernachten würde, aber sie verspürte keine wirkliche Lust, ihn noch zu sehen.

Als sich die Dunkelheit über den Park legte, stand sie auf und schlenderte hinunter zum See. Um sich von ihren immer wiederkehrenden quälenden Gedanken an den Unfall und ihre krampfhaften Versuchen sich zu erinnern, abzulenken, betrachtete sie den Sternenhimmel.

Plötzlich hörte sie Schritte hinter sich und fuhr herum. Es war Leo, der sich ihr im fahlen Mondlicht näherte.

»Störe ich dich?«, fragte er und setzte sich, ohne ihre Antwort abzuwarten, neben sie auf den Steg.

»Nein, schon gut, ich wollte eh mal unter vier Augen mit dir reden«, gab sie offen zu.

»Es tut mir leid, dass ich dich vorhin so blöd angemacht habe«, seufzte er. »Ich fand's übrigens toll, wie du in der Bar gesungen hast«, fügte er rasch hinzu.

»Peinlich nur, dass ich es nicht mehr weiß«, lachte sie.

»Du warst gar nicht peinlich. Ich war so genervt, weil du dich zu mir gesetzt und mich gelöchert hast, warum ich so traurig aussehe.«

»Tja, auch daran erinnere ich mich nur noch dunkel. Ich wollte dir ganz bestimmt nicht zu nahe treten«, entgegnete sie zerknirscht.

»Es macht mich aggressiv, wenn sich jemand mit mir beschäftigt. Dafür kannst du gar nichts. Früher hätte mir dein Flirtversuch sicher außerordentlich gut gefallen, und wir wären am Ende noch zusammen in der Kiste gelandet.«

Vivien, die eben begonnen hatte, Leo ein wenig zu mögen, wandte sich ihm empört zu. »Du bist wohl gar nicht eingebildet. Ich hatte Mitleid mit dir. Mehr nicht!«, knurrte sie.

»Ja, schon klar. Deshalb hast du in der Bar auch immer wieder versucht, meine Hand zu nehmen.«

»Blödmann!«, stieß Vivien wütend hervor und wollte aufspringen, doch Leo hinderte sie daran. »Sei nicht gleich beleidigt. Ist doch nicht schlimm. Ich mag Frauen, die auch mal die Initiative ergreifen.«

»Ich glaube, du bist gerade im völlig falschen Film, mein Lieber«, zischte Vivien verächtlich. »Du bist überhaupt nicht mein Typ!«, fügte sie schroff hinzu.

Leo musterte sie skeptisch. »Ist ja auch egal«, gab er in überheblichem Ton zurück. »Aber ich dachte, du wolltest mit mir reden. Wenn es nicht darum geht, ob wir nicht doch miteinander ins Bett gehen sollten, was willst du mir denn dann sagen? Sorry, aber an Mutter Teresa und deiner Mitleidstour habe ich null Interesse.«

Vivien atmete ein paarmal tief durch und war nahe daran, den Steg auf schnellstem Weg zu verlassen, doch dann rang sie sich zum Bleiben durch.

»Du behandelst deinen Vater, als hätte er einen Mord begangen«, sagte sie.

»Hat er ja auch! Er hat meine Mutter auf dem Gewissen!«, entgegnete Leo prompt.

»Aber du glaubst doch nicht im Ernst, dass er ihr die Tabletten ohne ihren Auftrag gegeben hat?«

»Was weißt du schon über den Charakter meines Vaters? Er war mit ihrer besten Freundin in einem Hotel, als meine Mutter die Diagnose bekam. Wahrscheinlich hat er es die ganze Zeit mit dieser Kuh getrieben, während es Mutter immer schlechter ging. Es ist alles dermaßen ekelhaft, dass ich gar nicht so schnell kotzen kann, wie mir schlecht wird. Sie war wahnsinnig verzweifelt. Glaube mir! Und jetzt tut er so, als wäre Mutters Tod das Schlimmste, was ihm je widerfahren ist«, schnaubte Leo. »Dabei hat sich dieses Miststück von bester Freundin meiner Mutter schon auf ihrer Beerdigung wie seine neue Frau aufgeführt.«

»Und sind die beiden immer noch ein Paar?«, fragte Vivien ungläubig nach.

»Vater leugnet es vehement, und ich habe sie nach der Beerdigung nicht mehr zu Gesicht bekommen, aber das sagt gar nichts! Wahrscheinlich will er mich nicht noch mehr gegen sich aufbringen. Die beiden treffen sich bestimmt heimlich!«

Vivien war erschüttert über das, was er ihr da gerade anvertraute, aber basierte sein Verdacht nicht genau wie alles, was sie Olivia an den Kopf geworfen hatte, auf bloßen Spekulationen?

»Frag ihn doch einfach!«, schlug sie ihm vor.

»Glaubst du, das habe ich nicht getan? Aber wenn ich dann seine vor Empörung bebende Stimme höre, wird mir übel. Der lügt doch, wenn er nur den Mund aufmacht.«

»Und warum suchst du dann überhaupt seine Nähe und nimmst dir keine eigene Wohnung?«

»Weil ich nur noch ein Wrack bin. Meine Freundin ist weg, ich habe keine sonstigen sozialen Kontakte mehr, konnte mich nicht mehr auf mein Studium konzentrieren und habe erst mal aufgehört ...«

»Was hast du denn studiert?«

»Musiktheaterregie«, erwiderte er knapp.

Vivien sah ihn erstaunt an. Sie hätte auf Jura oder Betriebswirtschaft getippt, aber nicht auf etwas Künstlerisches.

»Ich hatte gerade die Aufnahmeprüfung für die Meisterklasse bestanden, als meine Mutter starb, und ich war wie gelähmt. Ich konnte einfach nicht mehr in die Musikhochschule gehen. Ich bin leer. Verstehst du?«

Vivien stieß einen tiefen Seufzer aus. Wie sehr sie ihn doch verstehen konnte, setzte sie doch gerade selber ein Semester aus. Aber das erklärte immer noch nicht, warum er die Gegenwart seines Vaters suchte, statt sie zu meiden. Vivien hatte den Gedanken noch nicht zu Ende geführt, als ihr siedend heiß einfiel, dass sie doch auch mit ihrer Mutter nach Deutschland gereist war, obwohl sie solche Aggressionen gegen sie gehabt hatte. Deshalb fragte sie auch Leo nicht mehr weiter nach seinen Motiven.

Stattdessen begann sie leise, ihm ihre ganze Geschichte zu erzählen. Sie ließ nichts aus. Weder den Unfall ihres Vaters noch ihre Amnesie. Auch nicht ihren Zorn auf Olivia und ihre Suche nach einem Schuldigen.

Leo musterte sie, während sie ihm das alles anvertraute, die ganze Zeit wie gebannt von der Seite.

»Wow!«, sagte er, nachdem sie mit ihrer Schilderung am Ende war. »Das ist ja fast unheimlich, wie sich unsere Geschichten ähneln. Nur mit dem Unterschied, dass ich meinem Vater auch weiterhin nur das Schlechteste unterstellen werde. In diesem Punkt werde ich mich nicht läutern lassen. Auch nicht von dir!«

»Das erwarte ich gar nicht! Das war nur ein Denkanstoß: dass man in unserer Lage womöglich auch mal ungerecht sein kann.«

Vivien hatte Leo jetzt ihr Gesicht zugedreht und hielt seinem Blick stand. Über seinen blauen Augen hing wieder derselbe melancholische Schatten, der sie in der Bar schon so fasziniert hatte, und sie spürte, wie sehr er sie berührte.

»Das ist alles schön und gut, dass du mich wenigstens im Ansatz verstehen kannst«, hörte sie ihn plötzlich wie von ferne sagen. »Aber du bist bald wieder in deinem New York!«

»Ich werde ein paar Monate in Berlin bleiben, weil ich eine Rolle in einem Off-Theater spiele.«

Seine Miene verfinsterte sich. »Du machst Laientheater? Mit den Typen, mit denen du in der Bar warst?«

Obwohl Vivien sich sehr über seinen überheblichen Ton ärgerte, blieb sie ganz ruhig.

»Meine Kollegen sind alle ausgebildete Schauspieler und keine Laien. Und für mich ist das die einmalige Chance, endlich wieder meine Mitte zu finden. Ohne Arbeit würde ich wahrscheinlich zur Zicke mutieren.«

Zu ihrer großen Überraschung lachte Leo laut und herzlich auf, was ihm sehr gut stand, wie Vivien fand.

»Du willst mir also durch die Blume sagen, dass ich mir auch schnell wieder eine kreative Beschäftigung suchen sollte, damit ich nicht endgültig zum Arschloch werde?«, hakte er lauernd nach.

Vivien fiel in sein Gelächter ein. »Wenn du so willst, ja! Wenn du magst, frage ich den Regisseur einfach mal, ob du ihm assistieren kannst. Ich glaube zwar nicht, dass sie dir groß was zahlen können, aber finanzielle Sorgen musst du dir wohl nicht machen.«

»Wann ist denn die nächste Probe?«, fragte er interessiert.

»Morgen Vormittag.«

»Gut, dann begleite ich dich und frage den Typen, ob ich mitmachen kann. Ich denke, die werden froh sein, wenn sie einen Profi für lau bekommen …«

»Äh, ich denke, es ist besser, wenn ich vorsichtig vorfühle, ich bin ja auch neu, also, das sollte man diplomatisch angehen«, stammelte Vivien, die sich durch sein forsches Auftreten ein wenig überrumpelt fühlte.

»Wenn ich denen sage, bei welchen Produktionen ich schon als Assistent gearbeitet habe, nehmen sie mich mit Kusshand«, unterbrach Leo sie heftig.

»Ich weiß nicht, ob das so schlau ist, wenn ich nicht erst mal vorsichtig anfrage«, widersprach Vivien ihm zweifelnd.

Leo machte eine wegwerfende Handbewegung. »Ach was! Das ist ein Selbstgänger. Oder willst du einen Rückzug machen, und es ist dir eigentlich egal, ob ich hier noch verrückt werde?«

»Nein … natürlich nicht. Ich bin mir auch ganz sicher, dass sie nichts dagegen haben«, entgegnete Vivien unsicher.

»Dann wäre das geklärt. Und was machen wir beide nun mit dem angebrochenen Abend?«, fragte er und musterte sie herausfordernd.

Ehe Vivien es sich versah, hatte er ihr Gesicht in beide Hände genommen, und sein Mund näherte sich ihrem. Das geht mir jetzt aber zu schnell, schoss es ihr durch den Kopf, doch da berührten sich ihre Lippen schon, und sie ließ es nicht nur zu, dass er sie küsste, sondern sie erwiderte seinen Kuss mit einer Leidenschaft, die ihr heiße Schauer durch den Körper jagte. In wilder Umarmung sanken sie auf den Steg. Der Kuss wollte nicht enden und wurde immer inniger.

Doch als sie spürte, wie Leos Hand unter ihr Kleid und an ihren bloßen Beinen emporrutschte, keimte Widerstand in ihr auf. Und schon hatte er die Finger unter ihren Slip und zwischen ihre Schenkel geschoben. In dem Augenblick wachte sie auf und stieß ihn weg.

»Was fällt dir ein?«, fauchte sie ihn an.

Er musterte sie konsterniert. »Ich dachte, du wolltest das! Dein Körper ist jedenfalls bereit«, sagte er. »Oder bist du eine von diesen prüden Amerikanerinnen, die erst in der Hochzeitsnacht vögeln?«, fügte er ungerührt hinzu.

Vivien schnellte hoch und gab ihm, ohne zu überlegen, eine saftige Ohrfeige. »Arschloch!«, fluchte sie, sprang auf und rannte zum Haus zurück. Sie warf sich, am ganzen Körper zitternd, auf ihr Bett und ballte die Fäuste. Sollte er doch denken, dass sie eine prüde Amerikanerin war. Jedes Wort von ihr wäre ein Wort zu viel! Er würde eh nicht kapieren, was sie an seinem Verhalten verletzt hatte. Sie ärgerte sich am meisten darüber, dass er sie beinahe eingewickelt und sie das Urteil über ihn revidiert hätte. Was für ein unsensibler Klotz, dachte sie zornig und fühlte sich benutzt. So, als hätte er lange mit keiner Frau mehr geschlafen und sich auf schnellstem Weg erleichtern müssen! Sie nahm ihm ja nicht einmal übel, dass er versucht hatte, sie zu verführen, nur die Art, wie er das getan hatte, regte sie auf. Wahrscheinlich hat er noch nie etwas von Vorspiel gehört, ging es ihr erbost durch den Kopf. Und ich blöde Kuh habe für einen Augenblick tatsächlich romantische Gefühle für ihn empfunden! Dabei wollte er schlichtweg nur vögeln und meinte gar nicht mich!

Mit hochrotem Kopf sprang Vivien von dem Bett auf und ging ins Bad. Dort duschte sie ausgiebig, putzte sich die Zähne, spülte mit Unmengen Mundwasser und wusch sich schließlich auch noch die Haare. Nur mit einem großen Handtuch bekleidet, wollte sie in ihr Zimmer zurückkehren. Sie war schon fast bei der Tür, als ihr Leo entgegenkam. Sie war völlig irritiert, dass er, statt sie mit einem arroganten Blick zu strafen, verlegen grinste.

»Sorry«, sagte er. »Ich hatte seit Monaten keinen Sex mehr … und bin wohl etwas aus der Übung. Du fühlst dich so gut an, da konnte ich mich nicht beherrschen.«

Obwohl seine Worte versöhnlich klangen, konnte Vivien diese Entschuldigung nicht annehmen. »Du hast recht. Ich bin prüde!«, fauchte sie auf Englisch, öffnete die Zimmertür und ließ sie mit einem lauten Knall hinter sich ins Schloss fallen. Sie nahm sich vor, keinen Gedanken mehr an diesen Kerl zu verschwenden, und schlief erschöpft ein, nachdem sie sich in ihre Decke gekuschelt hatte.

Wenig später wachte sie mit einem Lächeln im Gesicht auf. Sie hatte süß geträumt von einem Mann, der sie zärtlich am ganzen Körper streichelte. Schade, dass es schon zu Ende ist, dachte sie und schloss die Augen wieder, um sich das Gesicht des Traumprinzen in Erinnerung zu rufen. Als sie es vor sich sah, setzte sie sich mit einem Ruck auf und riss erschrocken die Augen auf. Der zärtliche Liebhaber ihrer Träume war kein Geringerer gewesen als Leo Berger!

Plötzlich überkam sie eine schmerzhafte Sehnsucht nach Kim. Sie hatte die Tatsache, dass sich ihre einstige beste Freundin so brutal von ihr zurückgezogen hatte, seit der Beerdigung ihres Vaters erfolgreich verdrängen können. In einem Augenblick wie diesem aber wurde ihr bewusst, dass sie sich früher sofort an ihren Laptop gesetzt und Kim eine Mail geschrieben hätte. Sie fehlt mir unendlich, dachte Vivien bekümmert. Ob ich ihr einfach mal eine Nachricht schicken soll, fragte sie sich und verwarf diesen Gedanken sofort wieder. Nein, Kim war nicht mehr ihre Freundin!

Berlin-Zehlendorf, Juni 1923

Schweigend gingen Klara und Charlotte Hand in Hand zum Bahnhof zurück. Klara überlegte fieberhaft, ob es nicht besser wäre, sich auf der Rückfahrt gleich im Toilettenraum einzuschließen, denn seit man im Februar dieses Jahres ein Strafrecht für Jugendliche geschaffen hatte, war sogar Charlotte schon strafmündig. Und ohne Fahrschein in die Bahn zu steigen war mit Sicherheit ein Vergehen, auf das eine gepfefferte Strafe stand. Doch woher hätten sie das Geld für eine Fahrkarte nehmen sollen, und vor allem, was kostete eine Fahrt nach Potsdam heute? Klara befürchtete, dass der Fahrpreis mittlerweile in die Millionen gestiegen war. Also gab sie ihrer Schwester klare Anweisungen, wo und wie sie die Rückfahrt verbringen würden.

Charlotte missfiel es zwar ganz und gar, sich als angehender Filmstar in übel riechenden, engen Toilettenräumen zu verstecken, aber wie immer tat sie schließlich das, was Klara verlangte.

»Lotte, das ist übrigens das letzte Mal, dass ich dich vor den Eltern decke!«, flüsterte Klara, nachdem der Zug den Bahnhof verlassen hatte. »Du musst mit ihnen reden, sobald dieser Film abgedreht ist, falls du damit weitermachen möchtest.«

»Natürlich will ich damit weitermachen. Und nicht nur das. Ich will auch auf der Bühne singen. Kennst du das Lied? Das hat Hans heute Morgen geträllert.« Und ohne eine Antwort abzuwarten, schmetterte sie bereits voller Vergnügen los: »Wir versaufen Oma ihr klein Häuschen und die erste und die zweite Hypothek ...« Klara hielt ihrer Schwester grob den Mund zu. »Bist du verrückt, wenn die Schaffner das hören! Außerdem ist das gar nicht lustig. Was meinst du, wie viele kleine Leute zurzeit ihre Häuser verlieren«, zischte sie wütend.

Charlotte schob die Hand ihrer Schwester beiseite. »Schon gut. Ich bin ja nicht blöd. Ich weiß, dass das Geld nichts mehr wert ist. Bald braucht Lene Schubkarren, um das Geld zum Krämer an die Ecke zu transportieren.«

»Uns passiert nichts. Wir haben Schwein, weil Hans mit diesen Bauern verkehrt, die genügend zu essen auf ihren Höfen haben«, bemerkte Klara versöhnlich.

»Sie haben heute Muttis gute Kommode mitgenommen. Sie war untröstlich und ist zum See hinuntergerannt.«

Klaras Miene verfinsterte sich. Immer wenn sie an den Zustand ihrer Mutter dachte, machte sich ein Gefühl von Hilflosigkeit in ihr breit. Anfangs hatte sie alle Kraft darangesetzt, ihre Mutter wenigstens für einen Augenblick aufzuheitern, ja, sie, die sie keine Witze behalten konnte, hatte sogar versucht, sich endlich welche zu merken. Aber ihre Mutter konnte nicht mehr lachen. Ihre Augen wurden immer lebloser, ihr Blick abwesender, und ihre Stimmung noch gedrückter. Und wenn sie nicht stumpf vor sich hinstarrte, weinte sie. Und seit Klara ein Gespräch zwischen Walter und ihrem Vater belauscht hatte, wusste sie mit Gewissheit, dass es keine Hoffnung auf Besserung gab. Walter hatte ihrem Vater gegenüber darauf gedrungen, dass man die Mutter in eine Nervenheilanstalt brachte. »Das kann ich meinem Sohn nicht zumuten, dass er mit einer Kranken unter einem Dach aufwächst«, hatte er wortwörtlich gesagt. Klara wäre beinahe aus ihrem Versteck gesprungen, um dem Bruder an die Kehle zu gehen. Ihre Mutter tat doch niemandem etwas zuleide! Klara hatte gebetet, dass ihr Vater sie wie ein Löwe verteidigen würde, aber sein Widerspruch war mehr der eines altersschwachen, zahnlosen Tigers gewesen. »Das können wir nicht machen. Sie kriegt doch alles mit. Das wird sie umbringen!«

»Vater, glaube mir, es bricht mir genauso das Herz, aber so

geht es nicht weiter«, hatte Walter insistiert, und der Vater hatte sich in Schweigen gehüllt.

»Ich habe Angst um Mutter«, sagte Charlotte jetzt mit einem leichten Zittern in der Stimme.

Klara legte den Arm um ihre kleine Schwester und zog sie dichter zu sich heran. »Mach dir keine Sorgen. Sie wird bestimmt wieder gesund«, versicherte Klara ihr, obwohl sie selber nicht daran glaubte.

Als die Ansage »Nächste Haltestelle Bahnhof Wannsee« kam, wollte Charlotte das Versteck sofort verlassen, aber Klara hielt sie zurück.

»Wir rennen los, sobald der Zug hält. Wir müssen dann nur ein paar Schritte laufen und aus dem Zug springen«, raunte sie ihrer Schwester zu. Charlotte nickte.

»Jetzt!«, befahl Klara in dem Augenblick, als der Zug anhielt, öffnete die Tür und schob ihre Schwester in den Gang. Gerade als sie aus dem Zug hüpften, kam ein Schaffner angeschnauft, doch bevor er die Verfolgung aufnehmen konnte, fuhr der Zug schon wieder an.

Den Heimweg traten sie schweigend an. Beide hingen sie ihren Gedanken nach: Klara sorgte sich um ihre Mutter, während Charlotte den heutigen Dreh noch einmal Revue passieren ließ. Zu Hause angekommen, ging Charlotte auf ihr Zimmer, um in dem Drehbuch zu lesen und sich auf den morgigen Drehtag vorzubereiten. Klara setzte sich auf die Veranda und blätterte in einem Anatomiebuch ihres Vaters.

Die Schwestern sahen sich erst zum Abendbrot wieder. An diesem Abend herrschte bei Tisch eine besonders angespannte Stimmung. Wilhelm mahlte ständig mit seinem Kiefer hin und her, Walter schwieg finster, während Olga trübsinnig Löcher in die Luft stierte. Hoffentlich endet sie nicht wie Mutter, dachte Klara, denn der sprühende Charme ihrer Schwägerin hatte sich während der kurzen Zeit, die sie mit Walter verheiratet war, bereits in Melancholie verwandelt.

Plötzlich räusperte sich Wilhelm nervös, bevor er mit belegter Stimme zu reden begann: »Liebe Klara, liebe Charlotte, ihr habt ja sicher bemerkt, dass es eurer Mutter gar nicht gut geht …«

Charlotte deutete auf Gertruds leeren Platz. »Wo ist Mutter? Hat sie wieder keinen Hunger?«

Wilhelm schüttelte den Kopf, und Klara sah in seinen Augen einen Ausdruck, den sie nie zuvor bei ihm wahrgenommen hatte. Ist es Trauer, fragte sie sich, und plötzlich schwante ihr Übles.

»Eure Mutter ist sehr krank, und deshalb haben wir beschlossen, dass …« Wilhelms Stimme brach ab.

»Mutter wird in Zukunft an einem Ort leben, wo sie Hilfe bekommt …«, setzte Walter die Worte seines Vaters fort.

»Ihr steckt sie also wirklich in eine Nervenheilanstalt!«, rief Klara entsetzt aus.

»Mach es doch nicht so dramatisch«, maßregelte Walter seine Schwester. »Es ist doch nur zu ihrem Besten.«

»Ihr seid so gemein!«, schrie Charlotte außer sich vor Zorn und sprang von ihrem Stuhl auf.

»Setz dich sofort wieder hin!«, befahl ihr Walter. »Ihr seid groß genug, dass ihr euch nicht mehr derart albern aufführen müsst. Und denkt an den kleinen Friedrich. Sie und er unter einem Dach, das kann nicht gut gehen.«

»Dann nimm doch dein Kind und zieh zu den Waldersheims! Denen gehört doch eh halb Berlin!«, schrie Charlotte ihren Bruder an, was ihr eine schallende Ohrfeige von ihm einbrachte. Dann packte er sie und wollte sie auf ihren Stuhl zurückzwingen, doch sie entwand sich ihm geschickt, tauchte unter seinem Arm durch und rannte aus dem Esszimmer. Nichts und niemand auf der Welt würde sie davon abbringen, ihre Mutter zu trösten. Vor der Tür auf dem sicheren Flur blieb sie mit pochendem Herzen stehen und lauschte dem Gespräch im Esszimmer.

»Und was hat Mutter dazu gesagt?«, hörte sie Klara mit schneidender Stimme fragen.

»Sie trägt es mit Fassung«, erwiderte Wilhelm. »Sonst hätten wir sie bei uns behalten. Ich gebe sie schließlich nicht gegen ihren Willen weg!«

»Was hat sie gesagt, Vater?«, hakte Klara nach.

»Nichts, sie hat geschwiegen, aber wenn sie es nicht eingesehen hätte, hätte sie doch protestiert«, sagte er kleinlaut.

Charlotte liebte ihren Vater wirklich, aber für diese Feigheit hasste sie ihn. Da war er ihr in seiner Rolle als Tyrann, der alles im Haus Koenig bestimmte, tausendmal lieber. Sie ballte die Fäuste, weil es so klar war, dass die Idee, ihre Mutter abzuschieben, auf Walters Mist gewachsen war. Warum ließ ihr Vater das zu? So ein Unsinn, dass es dem kleinen Friedrich schaden würde! Wütend verließ sie ihren Lauschposten. Sie hatte genug gehört, aber sie war fest entschlossen, diesen wahnwitzigen Plan ihres Bruders zu verhindern. Sie würde ihre Mutter dazu ermutigen, sich zu wehren und nicht wie ein Opferlamm zur Schlachtbank führen zu lassen.

Vor der Küchentür stieß sie mit Lene zusammen, die ihr gerade Vorhaltungen machen wollte, weil sie den Abendbrottisch verlassen hatte. »Weißt du auch schon Bescheid?«, fauchte Charlotte sie an, ehe sie überhaupt ein Wort sagen konnte.

»Von was sprichst du, Kindchen?«

»Walter hat beschlossen, Mutter in eine Irrenanstalt abzuschieben, und Vater schlägt nicht mit der Faust auf den Tisch, wie er es sonst so gern macht. Er glaubt wohl allen Ernstes, dass es zum Wohl seines Enkels besser so ist!«

Lene schlug vor Entsetzen die Hände vors Gesicht und berichtete Charlotte dann aufgeregt, dass Gertrud vor dem Essen leichenblass aus dem Arbeitszimmer des Professors gewankt sei und laut geweint habe.

»Mist!«, fluchte Charlotte. »Mist!«

Dann rannte sie wie eine Furie die Treppen nach oben zum

Zimmer ihrer Mutter und riss die Tür auf, ohne anzuklopfen, aber es war niemand dort. Mit klopfendem Herzen hielt Charlotte inne und überlegte. Wohin würde ihre Mutter flüchten, nachdem man ihr eröffnet hatte, dass man sie in eine Anstalt schickte? Sie ist am See, schoss es Charlotte durch den Kopf, und sie eilte zurück nach unten. Als sie den Salon durchqueren wollte, versuchte Walter, sie festzuhalten, doch sie entwickelte übermenschliche Kräfte und konnte sich losreißen. Klara, die ihr folgen wollte, hatte weniger Glück. Walter drückte sie so grob in ihren Stuhl zurück, dass sie es nicht schaffte, sich zu erheben.

Wie von Sinnen rannte Charlotte zum See hinunter und rief laut nach ihrer Mutter. Sie rannte sogar bis zum Ende des Steges, aber von Gertrud fehlte jede Spur.

Am See hatte sie offenbar keine Zuflucht gesucht, es sei denn … Charlotte weigerte sich, diesen Gedanken zuzulassen. Es blieb ihr nichts anderes übrig, als noch einmal im Haus nach ihrer Mutter zu suchen. Dieses Mal lief sie außen um das ganze Haus herum, um nicht durch den Salon zu müssen und Gefahr zu laufen, von Walter festgehalten zu werden. Sie betrat das Haus durch den Haupteingang und suchte noch einmal in Gertruds Zimmer, doch vergeblich. Ihre Mutter war nicht dort. Zurück auf dem Flur, hielt sie inne und sah sich suchend nach allen Seiten um. Plötzlich sah sie am Ende des langen Gangs auf den Dielen etwas glitzern. Sie trat näher und erkannte die Haarspange ihrer Mutter. Damit steckte sich Gertrud ihr ungepflegtes graues Haar hoch. Aber was hat sie hier auf der Erde verloren, fragte sich Charlotte, während ihr Atem vor Aufregung immer schneller ging.

Ein Blick auf die Treppe, die von hier aus hinauf zum Dachboden führte, ließ Charlotte erschaudern. Sie zögerte einen Augenblick, allein weiterzugehen, und wünschte sich ihre Schwester herbei, aber dann setzte sie ganz langsam einen Fuß vor den anderen. Ihr Herz klopfte ihr bis zum Halse, als sie die knarzende Bodentür öffnete und den muffig riechenden und ungelüfteten Dachboden betrat. Er war riesig und erstreckte sich fast über das ganze Haus. Sie war erst ein einziges Mal hier oben gewesen. Kurz nachdem sie eingezogen waren und der Vater sie voller Stolz durch jeden noch so abgelegenen Winkel der Villa geführt hatte. Schon damals hatte sie den riesigen Boden irgendwie unheimlich gefunden.

Vorsichtig betrat sie den Raum und erschrak, als hinter ihr die Tür mit einem lauten Knall ins Schloss fiel. Mit bebender Stimme rief sie nach ihrer Mutter, aber sie erhielt keine Antwort. Sie blieb stehen, überlegte, ob sie umkehren sollte, aber dann entsann sie sich wieder der Haarspange ihrer Mutter, die sie in ihrer verkrampften Hand festhielt, und dass die bestimmt nicht zufällig am Fuß der Bodentreppe gelegen hatte. Ihre Mutter musste sich hier oben verkrochen haben. Charlotte wurde es immer mulmiger zumute. In ihrem tiefsten Inneren ahnte sie bereits, dass etwas Furchtbares geschehen war.

Plötzlich erhellte sich der schummrige große Raum, weil ein Sonnenstrahl durch die Dachluke fiel. In seinem Schein leuchteten die aufgewirbelten Staubkörner wie Goldregen.

In diesem Augenblick sah Charlotte den Körper, der leblos von einem Balken baumelte. Sie wollte schreien, aber sie konnte nicht. Ihre Stimme versagte ihr den Dienst. Mit stummem Entsetzen näherte sie sich dem Körper ihrer Mutter. Sie traute sich nicht, nach oben zu sehen. Sie stierte ihr stattdessen auf die Füße. Ihre Mutter war barfuß. Und dann ging Charlottes Blick noch tiefer, denn auf der Erde waren Fotos drapiert. Charlotte bückte sich. Sorgsam aufgereiht, lagen dort Kinderfotos aller vier Kinder und ein Bild, das den jungen Wilhelm zeigte. Ein Bild, auf dem er schmunzelte.

Charlotte liefen eiskalte Schauer über den Rücken. Dennoch zwang sie sich schließlich, ihren Blick nach oben zu richten. Ihr wurde speiübel. Die Gesichtshaut ihrer Mutter war noch blasser als sonst, und ihre Zunge stand zwischen den Zähnen hervor, ihre Augen waren weit aufgerissen und hatten einen seltsamen Glanz, ihre Züge waren verzerrt …

Charlotte senkte wie in Zeitlupe den Blick, dann wandte sie sich dem schweren, hölzernen Stützbalken, der ein Stück neben ihr stand, zu. Sie fixierte ihn einen kurzen Augenblick, dann warf sie den Kopf nach hinten, um ihn mit Schwung gegen den Balken zu stoßen. Wieder und immer wieder, bis sie den Schmerz fühlte, aber das hielt sie nicht davon ab weiterzumachen. Im Gegenteil, mit voller Wucht schlug sie ihre blutende Stirn erneut gegen das Holz und gab dabei keinen Laut von sich.

Berlin, Juli 2014

In der Kulturvilla war alles bis auf den letzten Platz besetzt. Der Autor Clemens Baier war ein grau melierter Herr um die fünfzig, der während der Lesung mehrfach auffällig in Olivias Richtung blickte. Ob er weiß, dass ich mir von unserer Begegnung Erkenntnisse über Charlotte und ihre Auswanderung verspreche, fragte sie sich.

Eine Blondine mit knallroten Fingernägeln, die in eine aufdringliche Wolke Chanel No. 5 gehüllt war, hatte Alexander und ihr die Plätze in der ersten Reihe reserviert. Alexander hatte sie ihr mit den Worten »Maria, die Veranstalterin und Christins beste Freundin« vorgestellt. Maria hatte Alexander überschwänglich begrüßt, während sie Olivia sehr kühl empfangen hatte. Olivia befürchtete, dass die Dame sie für seine neue Freundin hielt und es nicht billigte, dass der Mann ihrer besten Freundin sich womöglich bereits einer anderen Frau zugewandt hatte. Und das vor dem Ablauf des Trauerjahrs. Beste Freundinnen können in diesem Punkt sehr moralisch sein, dachte Olivia, fast so wie Töchter.

Obwohl der Autor in lebendiger Weise aus dem spannenden Leben des Pianisten Vincent Levi las und der Enkel des Künstlers auf dem Cello in den Lesepausen wahre Kunststücke vollbrachte, schweifte Olivia immer wieder mit ihren Gedanken ab. Sie musste an das Kapitel aus dem Manuskript denken, das sie gestern Nacht schier um den Schlaf gebracht hatte. Arme Charlotte, dachte sie immer wieder. Außerdem beschäftigte sie die seltsam angespannte Stimmung beim heutigen Frühstück. Vivien hatte sich Leo gegenüber äußerst abweisend verhalten.

Olivia verstand ihre Tochter insofern, als der junge Mann sich seinem Vater gegenüber wirklich unmöglich verhielt. Doch inzwischen vermutete sie mehr dahinter, weil Leo sich auffallend um Vivien bemüht hatte, worauf Vivien beinahe trotzig reagiert hatte. Und dann hatte ihre Tochter einen Anruf bekommen und sich mit nahezu schadenfroher Miene an Leo gewandt und gesagt: »Die Probe fällt heute leider aus. Dann kannst du dir bis morgen überlegen, ob du wirklich mitkommen möchtest.«

»Natürlich komme ich mit! Du willst doch nicht etwa Privates mit Beruflichem vermengen, oder?«, hatte Leo in scharfem Ton erwidert. Daraufhin war Vivien wutentbrannt vom Frühstückstisch aufgesprungen.

Der Beifall im Saal holte Olivia aus ihren Gedanken zurück, und sie beeilte sich, dem Autor und dem Musiker zu applaudieren. Während der Autor seine Bücher verkaufte und signierte, kam Maria in Begleitung des Musikers auf sie zu.

»Das ist Tom, Vincent Levis Enkel, den du doch so gern persönlich kennenlernen wolltest«, stellte sie ihn Alexander vor, ohne Olivia eines Blickes zu würdigen.

»Ich bin, um es genau zu sagen, Vincents Urenkel«, erklärte der junge Mann freundlich.

Maria lächelte ihn gewinnend an. »Natürlich, das hätte ich mir denken können. Sie sind ja noch so jung! Und das, lieber Tom, ist ein alter Freund von mir, Alexander Berger. Seine verstorbene Frau war eine Großnichte von Charlotte Koenig, die Ihr Großvater in den Zwanzigerjahren am Klavier begleitet hat.«

Maria legte bei diesen Worten ganz vertraut die langen Finger mit den lackierten Krallen auf Alexanders Arm ab. Ihre Parfumwolke stieg Olivia unangenehm in die Nase, sodass sie mehrmals niesen musste. Dabei mochte sie den Duft eigentlich, aber er roch nur gut, wenn er sparsam verwendet wurde. Diese Lady hat offenbar eine ganze Flasche aufgesprüht, dachte Olivia amüsiert.

Da Maria sie völlig ignorierte, wollte sie sich gerade selber vorstellen, als Alexander ihr zuvorkam. »Darf ich vorstellen: Das ist Olivia Baldwin, Journalistin aus New York, die zurzeit Gast in meinem Haus ist. Sie ist die Enkelin von Charlotte Koenig, die später in den Staaten Karriere als Scarlett Dearing gemacht hat.«

Der junge Musiker gab ihr höflich die Hand, während Maria Alexander unfreundlich anfuhr: »Sie wohnt bei dir? Das hast du mir ja gar nicht erzählt!«

Alexander zog demonstrativ seinen Arm weg. »Ja, das ist sehr praktisch, weil ich sie vielleicht bei der Recherche für ihre Biografie über Christins Großtante unterstützen kann.« Er warf Olivia einen kurzen entschuldigenden Blick zu, und sie verstand sofort, was er ihr zu signalisieren versuchte: Ihm war Marias Verhalten offenbar unangenehm.

»Ja, gut, geht ihr doch schon mal vor ins Salina. Ich habe da einen Tisch für uns reserviert. Ich komme dann mit unserem Autor nach.« Maria lächelte verkrampft. Ich glaube, ich sollte richtigstellen, dass ich wirklich nur aus Recherchegründen bei ihm zu Gast bin, schoss es Olivia durch den Kopf, denn sie hatte wenig Lust auf einen Zickenkrieg. Und der wäre heute Abend wohl unausweichlich, solange die Dame irgendeine private Verbindung zwischen Alexander und ihr witterte.

»Ja, das ist ganz reizend von Herrn Berger, dass er meiner Tochter und mir einen Arbeitsaufenthalt am See ermöglicht. Schließlich ist es das Elternhaus meiner Großmutter gewesen«, bemerkte sie, doch ihre Hoffnung, die Dame damit zu beschwichtigen, schwand, als sie in Marias versteinerte Miene blickte.

»Dann wollen wir mal«, sagte Alexander sichtlich verlegen. In diesem Augenblick ging Olivia ein Licht auf. Von wegen Moral! Diese Frau machte sich gar keine Sorgen darum, dass Alexander viel zu schnell nach Christins Tod eine neue Freundin haben, sondern wohl eher darum, dass Olivia eine Konkurrenz für sie selber sein könnte. Sie hatte ein Auge auf den Witwer ihrer besten Freundin geworfen! Und das war nicht einmal ungewöhnlich. Die meisten Witwer trösteten sich zunächst mit der besten Freundin der Verstorbenen. Olivia hatte mal einen Artikel über dieses Thema geschrieben und etliche Witwer interviewt. Das Ergebnis hatte sie selber erstaunt. Weit über die Hälfte der befragten Männer war eine Beziehung mit der einst besten Freundin der Frau eingegangen. Das entschuldigte aber nicht das unhöfliche Verhalten der Dame ihr gegenüber.

Olivia würdigte Maria nun ihrerseits keines Blickes mehr und folgte Alexander und dem Musiker nach draußen an die frische Luft. Dort atmete sie erst einmal tief durch, denn sie hatte immer noch Marias Parfum in der Nase. Und die Erkenntnis, dass Alexander offenbar eine glühende Verehrerin mit einem ausgeprägten Hang zu Chanel No. 5 besaß, ließ sie alles andere als kalt.

»Es ist mir ein wenig peinlich«, gab der junge Musiker auf dem Weg zum Lokal zu. »Ich habe die Biografie über meinen Urgroßvater noch gar nicht gelesen, sondern dem Autor einfach alle Unterlagen zur Verfügung gestellt, die ich im Nachlass des alten Herrn gefunden habe. Er starb in einer Seniorenresidenz in Potsdam, nachdem er 1988 nach Deutschland zurückgekehrt war.«

»Und haben Sie die Unterlagen mal gesichtet?«, hakte Alexander nach.

»Leider nein. Deshalb sagt mir auch weder der Name Charlotte Koenig noch Scarlett Dearing etwas. Aber Clemens Baier, der Autor, hat mir die Kiste neulich zurückgegeben. Nun werde ich auch endlich das Buch lesen, um mehr über Vincent zu erfahren als das, was ich auf den Lesungen höre«, erklärte Tom beinahe entschuldigend.

»Und meinen Sie, Miss Baldwin und ich könnten einmal in den Sachen stöbern?«

»Selbstverständlich! Meine Freundin holt mich nachher mit dem Wagen ab. Ich sage ihr, dass sie die Kiste mitbringen soll.«

»Das wäre wirklich wunderbar!«, rief Olivia erfreut aus.

Kurz darauf erreichten sie das Restaurant und wurden an den reservierten Tisch geführt. Dort saßen schon einige andere Zuschauer, die Alexander erfreut begrüßten und Olivia mit unverhohlener Neugier musterten. Alexander stellte sie den anderen vor und betonte, dass sie eine entfernte Verwandte von Christin sei und für eine Biografie über ihre Großmutter recherchiere.

»Christin und ich waren zusammen in dem Kulturverein, der die Lesungen unterstützt und dessen Vorsitzende ihre Freundin Maria ist«, flüsterte Alexander ihr zu, nachdem sie sich gesetzt hatten.

Olivia nickte und beobachtete aus dem Augenwinkel, dass Maria und der Autor soeben den Saal betraten. Und auch, dass Maria sofort auf den freien Stuhl an Alexanders anderer Seite zustürmte.

Sie wurde mit großem Hallo begrüßt und hielt, nachdem sich der Autor ebenfalls gesetzt hatte, eine kleine Rede, in der sie sich für die Lesung und das zahlreiche Erscheinen der Gäste bedankte. Besonders warme Worte richtete sie an Alexander und hob hervor, dass sie sehr glücklich darüber sei, ihn nach dem Tod seiner Frau wieder unter den Gästen zu begrüßen.

Mit einem verstohlenen Seitenblick stellte Olivia fest, dass Alexander bei ihren Worten sehr angespannt wirkte. Er rang sich zwar zu einem Lächeln durch, aber sie spürte deutlich, dass ihm diese persönliche Ansprache nicht behagte.

Er hüllte sich dann auch den Rest des Abends in Schweigen. Olivia aber unterhielt sich angeregt mit dem Autor, der ihr gegenüber am Tisch saß. Sie tauschten sich über das Verfassen von Biografien aus und über den guten Ruf, den der Verleger Paul Wagner in der Branche genoss. Eine Frage, die Olivia auf der Zunge lag, hielt sie allerdings zurück. Sie hätte zu gern gewusst, wie hoch der Vorschuss gewesen war, den der Kollege für sein Werk erhalten hatte, aber sie wusste, dass man in Deutschland im Gegensatz zu den USA üblicherweise nicht über derartige Zahlen sprach.

Schließlich versicherte Clemens Baier ihr, dass er in Vincent Levis Unterlagen diverse Male auf den Namen Charlotte Koenig gestoßen war, aber in einer derart fragmentarischen Form, dass es für das Buch nicht mehr hergegeben hatte als das berühmte Kennenlernen der beiden.

Olivia war so aufgeregt bei dem Gedanken, vielleicht noch heute Nacht in der Kiste stöbern zu können, dass sie kaum einen Bissen herunterbekam. Ihre Großmutter war ihr durch die Lektüre des Manuskripts noch vertrauter geworden, als sie es schon zu Lebzeiten gewesen war. Als sie die Stelle von der jungen Charlotte auf dem Dachboden gelesen hatte, hatte sie selber weinen müssen, und sie verstand zunehmend besser, warum Scarlett ihre Kindheit so vehement verdrängt hatte. Olivia brauchte keinen psychologischen Rat, um zu begreifen, dass der Anblick seiner erhängten Mutter das junge Mädchen schwer traumatisiert haben musste.

In diesem Augenblick betrat eine junge Frau mit einer Kiste unter dem Arm das Lokal und sah sich suchend um. »Schau mal, da sind die Sachen aus dem Nachlass des Pianisten«, bemerkte Alexander aufgeregt.

Sie beobachteten voller Spannung, wie die junge Frau den Musiker zur Begrüßung auf die Wange küsste und ihm die Kiste gab. Er stand auf, winkte in die Runde und kam mit der Kiste auf Olivia zu.

»Das sind die Unterlagen meines Urgroßvaters, die mein Vater und ich gefunden haben, als wir sein Zimmer ausgeräumt haben.« Andächtig überreichte er sie ihr.

»Danke, ich werde sie wie einen Schatz hüten. Und sobald wir die Sachen gesichtet haben, bekommen Sie alles unversehrt zurück«, versicherte Olivia ihm.

Nachdem der Musiker gegangen war, raunte Alexander Olivia zu, dass er jetzt gern gehen würde, um noch ein wenig darin zu stöbern. Und sie ließ sich das nicht zweimal sagen, doch als Alexander sich von Maria verabschieden wollte, bat sie ihn so laut, dass Olivia jedes Wort verstehen konnte, um ein Gespräch unter vier Augen.

Er warf Olivia einen bedauernden Blick zu, bevor er aufstand und Maria folgte. »Bin gleich zurück!«, meinte er noch.

Diese Aktion bestätigte Olivia in ihrem Verdacht, dass die Dame es auf Alexander abgesehen hatte, und sie ärgerte sich sehr, dass ihr der Gedanke einen kleinen Stich gab. So viel zum Trauerjahr, dachte sie bitter.

»Soll ich Paul Wagner von Ihnen grüßen?«, fragte Clemens in diesem Moment. »Ich bin morgen im Verlag. Es geht um einen neuen Auftrag, und ich würde ihm gern davon berichten, dass ich meine reizende amerikanische Kollegin kennengelernt habe.«

Olivia erschrak bei seinen Worten. Was, wenn Clemens erwähnte, dass sie in Begleitung von Alexander Berger zu der Lesung gekommen war? Der Verleger ahnte ja weder etwas von ihrer Verwandtschaft noch davon, dass sich hinter dem Pseudonym Marie Bach keine Geringere als seine alte Studienkollegin Christin Berger verbarg. Ihre Bekanntschaft mit Alexander würde doch sicher seine Neugier erwecken und so, wie sie ihn kennengelernt hatte, würde er sie mit Fragen löchern. Schließlich hatte er die Literaturprofessorin gekannt und wusste wahrscheinlich auch, wer ihr Ehemann gewesen war. Aber sie wollte nicht diejenige sein, die das Geheimnis um das Manuskript lüftete. Das konnte nur Alexander erledigen, wenn er das denn überhaupt wollte.

»Ach, wissen Sie, ich würde ihn gern mit der Nachricht überraschen, dass ich bei Ihrer Lesung war und in den Besitz der Kiste mit Vincent Levis Dokumenten gelangt bin. Wenn er von Ihnen erfährt, dass ich bei der Lesung war, wird er sicher fragen, warum ich ihn nicht gebeten habe, mich zu begleiten.«

Clemens Baiers verblüffter Blick verriet ihr, dass sie ziemlichen Unsinn redete, aber das war ihr in diesem Augenblick gleichgültig. Hauptsache, der Kollege verriet Paul Wagner nicht, dass sie Alexander Berger kannte. Allerdings würde sie es nicht mehr allzu lange verheimlichen können. Paul Wagner würde sie mit Sicherheit nach ihrer aktuellen Adresse fragen, und womöglich wusste er, dass es sich um die Adresse von Christin Berger handelte. Und dann würde er nur noch eins und eins zusammenzählen. Ich muss nachher mit Alexander darüber sprechen, wie ich mich meinem Verleger gegenüber nicht in Notlügen verstricke, damit er dem Pseudonym Marie Bach nicht auf die Spur kommt, dachte sie – falls er jemals von seinem vertraulichen Gespräch zurückkehrt.

»Gut, dann werde ich diese bezaubernde Begegnung für mich behalten«, seufzte Clemens und musterte sie zweifelnd.

Olivia war erleichtert, als in diesem Augenblick die Tür aufging und Maria ins Lokal rauschte. Ihrer Miene nach zu urteilen, war das Gespräch nicht zu ihrer Zufriedenheit verlaufen, mutmaßte Olivia, was Alexanders zusammengekniffene Lippen bestätigten, als er ihr in einigem Abstand folgte.

»Komm, lass uns bloß schnell von hier verschwinden«, knurrte er und rief nach dem Kellner, den er bat, die Rechnung zu bringen.

»Lass mal stecken«, sagte Maria spitz. »Ihr seid eingeladen.«

Alexander aber ignorierte ihre Worte und bezahlte Olivias und seine Zeche. Er hatte es sehr eilig, das Lokal zu verlassen, doch Maria umarmte ihn zum Abschied so fest, als ob sie ihn gar nicht mehr gehen lassen wollte.

Draußen vor der Tür stöhnte er laut auf.

»Ich nehme an, dieser Seufzer gilt der Freundin deiner Frau, die ganz offensichtlich ein großes Interesse an dir hat«, lachte Olivia und bereute sofort, dass sie sich nicht zurückgehalten hatte, denn Alexanders Miene verdüsterte sich nun noch stärker.

»Verzeih mir, ich wollte dir nicht zu nahe treten. Das liegt am Wein. Nach dem zweiten Glas werde ich immer leicht zu einem Plappermaul«, versuchte Olivia zu scherzen. Zu ihrer großen Erleichterung erhellte sich sein Gesicht.

»Tust du mir einen Gefallen und erwähnst Maria heute Abend nicht mehr?«

Olivia hielt sich demonstrativ den Mund zu.

»Du machst dich über mich lustig, aber in dieser Sache ist mir der Spaß gründlich vergangen.«

»Das heißt ja, dass ihr schon mal mehr Spaß hattet«, erwiderte Olivia prompt und bedauerte ihre vorlaute Bemerkung im selben Augenblick, als Alexander genervt mit den Augen rollte.

»Ich erzähle dir das vielleicht mal in Ruhe, solange du in Berlin bist, was es mit Maria auf sich hat, aber im Moment interessiert mich ausschließlich das da!« Er deutete auf die Kiste unter Olivias Arm.

Kaum waren sie in der Villa angekommen, zog er sie in den Salon und wollte den Deckel heben, aber Olivia konnte ihn gerade noch in seiner Ungeduld bremsen. »Du hast noch deinen Mantel an, und der riecht, wenn ich das mal so direkt sagen darf, wie ein ganzer Parfumladen«, lachte sie. Endlich strahlte auch Alexander wieder ganz so wie an dem Abend ihres Kennenlernens. Olivia stutzte. Ihr kam es vor, als würde sie ihn schon eine Ewigkeit kennen. Dabei war es gerade einmal drei Tage her, dass sie sich im Manzini getroffen hatten.

Alexander zog hastig seinen Mantel aus und wollte sich erneut auf die Kiste stürzen, doch Olivia hielt den Deckel zu. »Bevor wir womöglich dem Geheimnis der Scarlett Dearing auf die Spur kommen, muss ich noch etwas mit dir klären.« Und Olivia berichtete ihm von dem Gespräch mit dem Autor und der Frage, wie sie Paul Wagner ihre Bekanntschaft erklären sollte.

Alexander legte seine Stirn in grüblerische Falten, doch dann entspannte er sich. »Wann triffst du dich mit dem Verleger?«

»In den nächsten Tagen. Ich muss ihm ja sagen, dass alles in seinem Sinne läuft und sich die Recherche lohnt. Und wir müssen den Vertrag aushandeln.«

»Was hältst du davon, wenn ich Paul Wagner – ich meine, wir kennen uns, er war sogar mal mit seinem Freund bei einem unserer Dinner eingeladen – morgen zum Abendessen einlade und ihm dann persönlich erkläre, wie sich die Sache mit dem Pseudonym verhält«, schlug er vor.

»Der arme Paul. Du willst ihn also mit meiner Anwesenheit überraschen?«

»Genau, und bei der Gelegenheit kann ich ihm gleich auf den Zahn fühlen, ob er noch Interesse an Christins Buch hat, wenn wir dann tatsächlich einen Schluss gefunden haben.«

»Mich würde das sehr entlasten, weil ich keine Lust habe, Paul Wagner etwas vorzuschwindeln«, pflichtete ihm Olivia bei.

Alexander grinste sie nun breit an, während seine Finger sich ganz demonstrativ zu der Kiste vortasteten.

Olivia lachte. »Gut, dann öffne sie, aber ich hole die Unterlagen hervor.«

»Simsalabim!«, rief Alexander aus und hob theatralisch den Deckel. Olivia warf einen ersten Blick hinein, und ihr Herzschlag beschleunigte sich, als sie ganz obenauf ein Foto von Vincent am Klavier und der singenden Charlotte entdeckte. Dieses Bild hatte sie zwar bereits in abgedruckter Form im Buch entdeckt, aber dass es gleich obenauf lag, schien ihr ein gutes Omen.

Vorsichtig nahm sie den Inhalt aus der Kiste und legte alles auf dem Tisch ab. Es war ein großes Durcheinander aus Notizzetteln, Dokumenten, Pässen und anderen Ausweispapieren, Fotos, Notenblättern und etlichen kleinen Heften.

»Das ist ja so, als würden wir die Stecknadel im Heuhaufen suchen«, stöhnte Olivia.

Alexander warf einen Blick auf seine Armbanduhr. »Ich befürchte, ich werde meine Ungeduld noch etwas zähmen müssen. Es ist ja schon kurz vor Mitternacht, und ich habe gleich morgen früh einen besonders schwierigen Patienten. Ob wir das Unterfangen auf morgen verschieben?«

Olivia konnte ihre Enttäuschung kaum verbergen. »Und wenn ich die Kiste mit in mein Zimmer nehme und allein darin herumwühle?«

»Meinetwegen«, brummte er.

»Nein, nein, ich sehe dir ja an der Nasenspitze an, wie blöd du das fändest, wir machen es morgen Abend gemeinsam«, seufzte sie.

»Gut, dann hole ich noch ein Glas Wein als Absacker«, erwiderte er hocherfreut.

Während er in der Küche war, kämpfte Olivia gegen ihre Neugier an. Zu gern hätte sie wenigstens einen flüchtigen Blick in die Unterlagen geworfen, aber sie verspürte nun auch eine rechtschaffene Müdigkeit, hatte sie doch in der vergangenen Nacht kaum ein Auge zugetan.

Da kam Alexander auch schon mit einer Flasche eisgekühltem Weißburgunder und zwei Gläsern zurück. Er öffnete die Flasche und schenkte ihnen ein.

Beim Zuprosten blickte er Olivia direkt in die Augen. Lag es daran, dass sie schon mehr als er getrunken hatte, als sie wieder diesen gewissen Ausdruck wie vorgestern darin zu erkennen glaubte? Genauso wie er sie angesehen hatte, bevor er ihr zum Abschied einen Kuss gegeben hatte …

Als er das Glas abstellte, ohne zu trinken, und sich stattdessen mit seinem Mund ihren Lippen näherte, wusste sie, dass sie sich nicht getäuscht hatte. Bereitwillig tat sie es ihm gleich, stellte das Glas ab und ließ es zu, dass sich erst ihre Lippen sanft berührten und dann ein leidenschaftliches Spiel ihrer Zungen folgte.

Olivia war so versunken in den Kuss, dass sie nicht bemerkte, wie ihre erneute zärtliche Annäherung missbilligend beobachtet wurde.

Plötzlich hielt Alexander inne und zog sich zurück. »Ich kann das nicht«, sagte er mit heiserer Stimme. »Ich habe das Gefühl, ich würde Christin betrügen.«

Ehe sich Olivia von dem Schreck erholen und etwas erwidern konnte, hörte sie ein demonstratives Räuspern. Sie fuhr wie der Blitz herum. In der Tür stand Vivien mit versteinertem Blick.

»Hast du einen Augenblick für mich?«, fragte sie in einem Ton, der nichts Gutes verhieß. Olivia war völlig durcheinander. Sie wusste nicht, was sie mehr schockierte: Alexanders Worte oder die Tatsache, dass ihre Tochter sie knutschend mit einem anderen Mann erwischt hatte. Das, was auf keinen Fall hätte passieren dürfen und was Vivien erneut gegen sie aufbringen würde!

Zutiefst verunsichert, blickte sie zwischen Vivien und Alexander hin und her. Wie betäubt stand sie auf. »Ich gehe dann mal ins Bett.« Ohne sich noch einmal nach ihm umzudrehen, ging sie auf ihre Tochter zu. Wenn Blicke töten könnten, durchfuhr es sie eiskalt. Wortlos folgte sie Vivien in die erste Etage bis in deren Zimmer. Ihre Tochter schloss die Tür hinter ihnen und musterte Olivia durchdringend.

»Bitte erspar mir deine Vorwürfe«, bat sie ihre Tochter. »Es ist nicht so, wie du denkst.«

»Ich befürchte eher, es ist nicht so, wie du denkst«, erwiderte Vivien kalt. »Leo mag ein Arschloch sein, aber dass er einen Brass auf seinen Vater hat, das kann ich inzwischen sehr gut nachvollziehen.«

Olivia fröstelte. Was versuchte ihre Tochter ihr mitzuteilen?

»Vivien, nun verstehe doch. Alexander und ich sind erwachsen. Und das kommt auch nicht wieder vor. Er hängt doch noch viel zu sehr an seiner Frau, als dass er sich auf eine andere einlassen würde. Du hast es doch offenbar gerade selber mit eigenen Ohren gehört. Und bitte, sei auch nicht böse auf mich. Das bedeutet doch nicht, dass ich deinen Vater nicht geliebt habe …«

»Du tust mir eher leid«, entgegnete Vivien.

Olivia warf ihrer Tochter einen irritierten Blick zu, aber ehe sie fragen konnte, was das zu bedeuten habe, kam Vivien ihr zuvor. »Der nette Alexander hat kein bisschen Skrupel, andere Frauen zu küssen. Das ist nur eine Ausrede. Er hat nämlich längst eine Freundin, und die hatte er auch schon, bevor Leos Mutter krank geworden ist.«

»Wie kommst du denn darauf?«, fauchte Olivia. »Ich verstehe doch, dass du an deinem Vater hängst, aber deshalb musst du dir doch nicht solch einen Unsinn ausdenken, um Alexander vor mir schlecht zu machen! Ich verspreche dir, es wird nicht wieder vorkommen. Aber lass das sein! Ich glaube dir kein Wort!«

Vivien trat drohend einen Schritt auf ihre Mutter zu. »Warum sollte ich mir wohl so eine Gemeinheit ausdenken? Ich weiß es von Leo …« Erbarmungslos gab sie ihrer Mutter wortwörtlich all das weiter, was Leo ihr über die Affäre seines Vaters am Steg anvertraut hatte.

Olivia kam ins Taumeln und ließ sich auf Viviens Bett fallen. Wahrscheinlich hätte sie das alles als Hirngespinste eines durch den Tod seiner Mutter traumatisierten jungen Mannes abgetan, wenn sie nicht mit eigenen Augen gesehen hätte, wie besitzergreifend sich diese Maria mit den roten Krallen Alexander gegenüber verhalten hatte. Nun fügten sich die Puzzleteile vor ihrem inneren Auge zu einem Bild zusammen. Deshalb war er so abweisend zu der Frau, schoss es ihr durch den Kopf, damit ich keinen Verdacht schöpfe. Er wollte verhindern, dass ich erfahre, was er für ein falsches Spiel treibt. Und das Schlimmste daran war, dass sie in diesem Augenblick erkannte, was sie wirklich für ihn empfand: Sie hatte sich längst in diesen Mistkerl verliebt! Aber das würde sie keinem Menschen verraten, schon gar nicht ihrer Tochter, die ohnehin nicht verstehen wollte, wie einer frisch gebackenen Witwe so etwas passieren konnte.

Olivia atmete ein paarmal tief durch.

»Danke, dass du mich vor dem Herrn des Hauses schützen möchtest, aber das ist nicht nötig. Ich habe mich auf den Kuss nicht eingelassen, weil mir Alexander etwas bedeutet. Meinetwegen kann der Mann einen ganzen Harem haben«, log Olivia.

Vivien musterte ihre Mutter durchdringend. »Und warum bist du weiß wie eine Wand geworden?«

»Weil ich im Restaurant etwas Falsches gegessen habe«, erwiderte sie mit fester Stimme. »Ich glaube, ich muss mich übergeben.« Mit diesen Worten erhob sich Olivia vom Bett ihrer Tochter und ging an ihr vorbei aus dem Zimmer. Sie hatte nur einen Gedanken: Sie wollte sich die Kiste holen, denn sie hatte nicht mehr das geringste Bedürfnis, mit Alexander gemeinsam darin zu stöbern. Und sie war fest entschlossen, dass sich ihre Wege hiermit trennten. Gleich morgen würde sie sich ein preiswertes Hotel suchen und die Recherche allein fortsetzen.

Als sie den Salon betrat und Alexander am Tisch sitzen sah, blieb sie wie angewurzelt stehen. Sie hatte nicht damit gerechnet, ihm zu begegnen. Er aber schien sie gar nicht zu bemerken. Er hatte den Kopf in seinen Händen aufgestützt und … Olivia wollte ihren Ohren nicht trauen … er schluchzte.

Sie drehte sich leise auf dem Absatz um und wollte das Zimmer unbemerkt verlassen, doch da hörte sie ihn in ihrem Rücken sagen: »Es tut mir so leid. Ich wollte dich natürlich nicht verletzen.«

Olivia wusste nicht, was sie tun sollte. Einfach gehen oder sich umdrehen? »Ich fühle mich so wohl in deiner Nähe, aber ich kann das einfach nicht«, stieß er verzweifelt hervor.

Olivia wandte sich um und erschrak bei seinem Anblick. Sein Gesicht war schmerzverzerrt.

Ist er wirklich ein so guter Schauspieler, fragte sich Olivia, während sie sich ihm vorsichtig näherte.

»Ich wollte nur die Kiste holen. Es ist keine gute Idee, wenn wir sie gemeinsam durchstöbern.« Ihre Stimme klang sachlich und ließ nicht den geringsten Verdacht aufkommen, dass in ihrem Inneren ein Vulkan tobte.

»Ja, gut, ich kann das verstehen«, stöhnte er.

»Und ich gehe morgen ins Hotel«, verkündete sie kühl.

Er sprang von seinem Stuhl auf und trat einen Schritt auf sie zu. »Bitte, bitte, bleib mein Gast. Lass uns diese Sache gemeinsam zu Ende bringen. Die Antwort auf alle unsere Fragen finden wir in diesem Haus. Du warst doch noch gar nicht auf dem Dachboden, ich kann das nicht ohne dich, ich …« Er stockte.

Olivias Gedanken wirbelten wild durcheinander. In der Sache hatte er recht. Sie spürte mit fast schmerzhafter Intensität, dass sich der Schleier des Geheimnisses unter diesem Dach lüften würde. Aber würde sie ihre Gefühle für diesen Mann im Zaum halten können?

In diesem Augenblick machte Alexander Anstalten, sie in den Arm zu nehmen, aber sie trat entschlossen zur Seite, sodass seine Arme ins Leere griffen.

»Ich bleibe! Unter einer Bedingung«, sagte sie mit einer Eiseskälte, dass es sie selber fröstelte.

»Alles, was du willst!«

»Du wagst es nie wieder, mich anzufassen!« Mit diesen Worten trat sie auf den Tisch zu, sammelte die Dokumente ein, stopfte sie in die Kiste und verließ das Zimmer.

Berlin-Zehlendorf, Juni 1923

Eine lähmende Schwere lag über der Trauergesellschaft, die an diesem regnerischen Junitag in der Villa am See nach Gertruds Beerdigung zusammengetroffen war. Es gab Butterkuchen, den Lene selber gebacken hatte, und Kaffee.

Es war das erste Mal seit Langem, dass alle vier Kinder der Familie Koenig wieder an einem Tisch versammelt waren. Die Trauerfeier fand in einem kleinen Kreis statt. Wilhelm war nicht in der Verfassung, Freunde und Kollegen zu diesem Anlass um sich zu haben. Außer Walters Schwiegereltern war nur die Familie mit zum Leichenschmaus gekommen. Den kleinen Friedrich hatte man bei Freunden untergebracht. Olga war der Meinung, dass es nicht angebracht war, mit einem Kinderwagen am Grab zu stehen.

Klara saß zwischen Felix und Charlotte, die seit dem Tag, an dem sie ihre Mutter auf dem Dachboden gefunden hatte, verstummt war. Sie hatte zwar nicht ihre Stimme verloren, wie man anfangs befürchtet hatte. Sie weigerte sich einfach nur zu sprechen und stierte meist teilnahmslos ins Leere. Am offenen Grab ihrer Mutter vorhin auf dem Friedhof Wannsee hatte sie keine einzige Träne vergossen. Ganz im Gegensatz zu Wilhelm Koenig. Er hatte so hemmungslos geschluchzt, dass sogar Klara Mitleid mit ihm bekommen hatte. Walter hingegen hatte sich beherrschen können, doch es war ihm sichtlich schwergefallen, die Fassung zu wahren. Auch ihren verhassten Bruder hatte Klara noch niemals so erschüttert erlebt, doch er hatte trotz der gemeinsamen Trauer ihr Herz nicht berühren können. War er nicht die treibende Kraft gewesen, Gertrud in eine

Irrenanstalt abzuschieben? Er hat sie auf dem Gewissen, dachte sie zornig. Am liebsten hätte sie seiner Schwiegermutter, die sich mit Unmengen von Kuchen vollstopfte, und seinem Schwiegervater, der immer wieder versuchte, eine politische Diskussion anzustoßen, auf die allerdings keiner einging, ins Gesicht geschleudert, was an jenem Tag vor einer Woche wirklich im Hause Koenig geschehen war. Offiziell hieß es nämlich, Gertrud Koenig sei die Treppe hinuntergestürzt. Dass sie sich umgebracht hatte, wussten nur Charlotte, Walter, ihr Vater und Klara. Nicht einmal Olga, Walters Frau, kannte die Wahrheit. Und auch nicht Gerhard, der mit einer beträchtlichen Fahne auf dem Friedhof erschienen war und der ihr völlig abwesend gegenübersaß, als wäre er mit etwas ganz anderem beschäftigt als mit der Trauer um seine Mutter. Er sieht entsetzlich aus mit seiner aschfahlen Haut, seinen verquollenen Augen und seinem fadenscheinigen Anzug, dachte Klara und mutmaßte, dass seine Trinkerei der Grund für seine zunehmende Verwahrlosung war. Die Tatsache, dass der klügere und begabtere der beiden Brüder nichts aus seinen Talenten machte, wollte ihr schier das Herz brechen. So wie es aussah, hatte Gerhard inzwischen auch sein Philosophiestudium abgebrochen und hielt sich in diesen schlechten Zeiten als Türsteher einer Bar über Wasser. Doch wenn Klara ihn nicht regelmäßig mit Essen versorgt hätte, wäre er wohl verhungert. Er muss in die Villa zurückkehren, jetzt, wo Mutter tot ist, und sich von Lene wiederaufpäppeln lassen, dachte Klara, und sie nahm sich vor, ein ernstes Wort mit ihm zu sprechen, sobald das hier alles vorüber war. Ganz uneigennützig war ihre Idee, den verlorenen Bruder nach Hause zurückzuholen, natürlich nicht. Sie fürchtete sich vor dem Leben in der Villa Koenig, jetzt, wo ihre Mutter nicht mehr da war. Obwohl Gertrud nur noch ein Schatten ihrer selbst gewesen war, hatte sie durch ihre bloße Anwesenheit immerhin dafür gesorgt, dass sie noch eine richtige Familie gewesen waren. Wie immer, wenn sie an ihre Mutter dachte, hatte Klara das Bild des

Grauens vor ihrem inneren Auge: Charlotte, wie sie mit blutender Stirn am Boden vor der toten Mutter kauert und ihren Kopf immer wieder mit voller Wucht mehrmals gegen den Balken knallt. Die nackten Füße ihrer Mutter, die kaum merklich hin und her schaukeln. Das verzerrte Gesicht, die heraushängende Zunge.

Klara hatte sich an jenem Tag auf die Suche nach Charlotte gemacht, nachdem sie es geschafft hatte, Walters Klauen zu entkommen. Das ganze Haus hatte sie nach ihrer Schwester und ihrer Mutter durchsucht. Klara wusste bis heute nicht, warum sie schließlich auf dem Dachboden nachgesehen hatte, einem Ort, den sie ansonsten mied. Sie meinte sich zu entsinnen, dass eine innere Stimme sie dazu getrieben hatte, die Klinke der Tür hinunterzudrücken und den Bodenraum zu betreten. Wie von Geisterhand war sie in die Tiefe des Raumes hineingezogen worden, bis sie erst Charlotte und dann ihre Mutter entdeckt hatte. Sie hatte einen lauten Schrei ausgestoßen, war mit einem Satz bei ihrer Schwester gewesen und hatte sie daran gehindert, weiter mit dem Kopf gegen den Balken zu schlagen.

»Ich hole Vater!«, hatte Klara geschrien und war wie von Sinnen zurück zum Esszimmer gerannt. Walter und Wilhelm hatten allein am Tisch gesessen und sich lautstark gestritten.

»Ich gehe jetzt zu Mutter und sage ihr, dass sie bei uns bleiben kann«, hatte Wilhelm verzweifelt hervorgestoßen.

»Damit hilfst du ihr nicht!«, hatte Walter erwidert.

»Verdammt, ich kann es nicht. Ich will es nicht!«

»Sie ist tot!«, hatte Klara gebrüllt. »Sie ist tot!«

Die beiden Männer hatten sie fassungslos angesehen und waren ihr zum Ort des grausigen Geschehens gefolgt.

»Ein Messer, ich brauche ein Messer!« hatte Wilhelm gebrüllt. Walter hatte es ihm geholt, während der Vater die Füße seiner Frau gestreichelt hatte, so, als könnte er sie damit wieder zum Leben erwecken.

Dann war er auf den Schemel gestiegen, hatte sie abgeschnitten, Walter hatte den leblosen Körper seiner Mutter vorsichtig entgegengenommen und auf dem Boden abgelegt.

Wilhelm hatte sich vor ihr hingekniet und ihr Gesicht mit Küssen bedeckt. Klara hatte diese gespenstische Szene unter lautem Schluchzen beobachtet, während ihre Schwester erneut begonnen hatte, mit dem Kopf gegen den Balken zu schlagen. Tiefrotes Blut war ihr über Stirn und Wangen gelaufen. Schließlich hatte Klara sie gepackt und festgehalten, sodass sie diesen Irrsinn nicht hatte fortsetzen können.

Walter hatte sich währenddessen über Wilhelm gebeugt und ihn angefleht, damit aufzuhören. »Vater, es ist genug. Du machst sie nicht wieder lebendig!«

Er hatte versucht, den Vater wegzuziehen, doch Wilhelm hatte sich mit aller Kraft an den Körper seiner toten Frau geklammert. Erst nach einer halben Ewigkeit hatte er sich von ihr lösen können, ihr sanft die Augen zugedrückt und war aufgestanden. Aber er war nicht mehr derselbe gewesen wie vorher. Aus Wilhelm Koenig war ein gebrochener und um Jahre gealterter Mann geworden.

»Vater, vielleicht ist es besser so. Jetzt hat sie ihren Frieden«, hatte Walter in dem Moment gemurmelt. Wilhelm hatte seinen Sohn fassungslos angesehen und ihm dann mit voller Wucht ins Gesicht geschlagen. Walter hatte sich daraufhin stumm umgedreht und war weggegangen. Erst da hatte Wilhelm Koenig seine beiden Töchter wahrgenommen und ihnen befohlen, Walter zu folgen und den Bodenraum zu verlassen. Doch beim Anblick von Charlottes blutender Stirn war er in lautes Schluchzen ausgebrochen, hatte seine Jüngste Klaras Armen entrissen und sie an der Hand von dem Ort des Schreckens weggeführt.

Klara hatte in jenem Augenblick die schmerzhafte Gewissheit gehabt, dass ihr keiner je eine tröstende Hand reichen würde …

Bei dem Gedanken, dass sie sich in diesem Augenblick ihrer Einsamkeit so schrecklich bewusst geworden war, liefen ihr stumme Tränen über das Gesicht. »Ich bin doch bei dir«, hörte sie von ferne Felix flüstern, und seine Hand legte sich zärtlich auf ihre.

Sie schämte sich ein wenig für ihre Undankbarkeit ihm gegenüber. Felix war die letzten Tage nicht von ihrer Seite gewichen, hatte ihre Tränen getrocknet und sich rührend um sie bemüht. Am Grab ihrer Mutter hatte er die ganze Zeit ihre Hand gehalten, und doch war nicht er es gewesen, der sie für den Bruchteil einer Sekunde vom Schatten der Einsamkeit hatte befreien können. Das hatte ein anderer geschafft, der Mann, der versteckt hinter einer alten Eiche der Beerdigung zugesehen hatte. Für einen Wimpernschlag hatten sich ihre Blicke getroffen. Es hatte sie unendlich viel Selbstbeherrschung gekostet, nicht zu ihm zu laufen und sich in seine Arme zu werfen. Und kaum dass die Beerdigung vorüber gewesen war, war sie zu der alten Eiche gerannt, aber er war nicht mehr dort gewesen.

»Ich weiß nicht, was geschehen ist und warum Kurt in Ungnade bei Ihrem Vater gefallen ist«, hatte sie in jenem Augenblick eine brüchige Stimme hinter sich sagen hören. »Aber dass er zur Beerdigung der gnädigen Frau gekommen ist, das rechne ich ihm hoch an.« Klara hatte die Worte des alten Chauffeurs so gerührt, dass sie ihm um den Hals gefallen und in Tränen ausgebrochen war. Anton Bach hatte ihr tröstend über das Haar gestrichen, und Klara war sich seitdem unsicher, ob der alte Mann nicht längst ahnte, was der Grund dafür war, dass sein Sohn im Haus der Koenigs zur Persona non grata geworden war.

»Ich bin doch bei dir«, wiederholte Felix mit Nachdruck.

Klara drückte zur Bekräftigung, dass sie seinen Trost sehr wohl zu würdigen wusste, seine Hand.

»Ich weiß das«, seufzte sie und nahm sich fest vor, nicht mehr an Kurt zu denken.

»Welche Treppe ist unsere Mutter eigentlich hinuntergestürzt?«, fragte Gerhard nun unvermittelt in die Runde. Er hatte auf dem Friedhof den Vater und seine Schwester begrüßt, aber Olga und Walter keines Blickes gewürdigt.

»Die Treppe zum Boden«, beeilte sich Walter zu sagen. Es war seine Idee gewesen, Gertruds Selbstmord zu vertuschen. Er hatte Wilhelm schnell davon überzeugen können, einen Unfall als Todesursache zu bescheinigen, denn so konnte der den Gedanken, dass seine verzweifelte Frau ihrem Leben ein brutales Ende gesetzt hatte, besser verdrängen. Wilhelm litt nämlich schwer unter der Last der Schuld. Die letzten Tage hatte er ständig vor sich hin gemurmelt: »Ich habe es nicht gewollt, ich habe es nicht gewollt!« Und Klara ahnte, was er damit meinte. Dass er sich nämlich nicht verzeihen konnte, ihr Walters und seine Entscheidung, sie in eine Nervenheilanstalt zu bringen, wie ein Urteil verkündet zu haben. Ein Todesurteil, wie er jetzt wusste.

»Vater, auf welcher Treppe ist Mutter verunglückt?«, hakte Gerhard nach und wandte sich direkt an seinen Vater.

»Auf der Treppe zum Boden«, erwiderte Wilhelm und war sichtlich bemüht, die Contenance zu wahren.

In diesem Augenblick erwachte Charlotte aus ihrer Erstarrung. Ihr war plötzlich so, als hätte es die letzten Tage gar nicht gegeben. Das Letzte, woran sie sich erinnerte, war ihre Mutter, wie sie an einem Strick leblos am Balken gehangen hatte. Aber warum redete ihr Vater so einen Unsinn? Ihre Mutter war doch nicht verunglückt, sie hatte sich an einem Seil erhängt. Hielten sie denn alle für so klein und dumm, dass sie einen Selbstmord nicht von einem Unfall unterscheiden konnte? Sie suchte den Blick ihres Bruders Gerhard.

»Ich habe Mutter gefunden. Sie hing an einem Strick. Ihre Füße waren nackt, und ihre Zunge hing aus ihrem Mund«, sagte sie mit fester Stimme.

Ein entsetztes Raunen wurde laut.

»Charlotte, erzähl nicht solch einen Unsinn. Du bist verwirrt!«, fuhr Walter seine kleine Schwester an.

»Das glaube ich nicht«, widersprach Gerhard mit eisiger Stimme. »Erzähl ruhig weiter. Ich bin überzeugt davon, dass du die Wahrheit sagst«, ermutigte er Charlotte.

»Mehr weiß ich nicht. Ich kann mich an nichts mehr erinnern. Das Letzte, was ich gesehen habe, waren Mutters nackte Füße. Sie sind immer so hin und her geschaukelt.«

Klara verfolgte dieses Gespräch mit einer Mischung aus Entsetzen und Erleichterung. Ihr war doch selber ganz furchtbar zumute gewesen, als Walter ihr an jenem Abend das Versprechen abgenommen hatte, über den Selbstmord ihrer Mutter zu schweigen. »Sie ist die Treppe hinuntergestürzt. Hörst du?«, hatte Walter auf sie eingeredet. Trotzdem hatte Klara widersprochen. »Aber das ist doch nicht wahr! Mutter hat uns verboten zu lügen.«

»Willst du etwa, dass die Leute mit dem Finger auf uns zeigen, weil unsere Mutter etwas derart Schreckliches getan hat?«

Klara hatte ihren Widerstand irgendwann aufgegeben und schwören müssen, dass sie dieses Geheimnis für sich behalten würde, solange sie lebte.

»Entschuldigt, ihr seht ja, dass der Tod unserer Mutter für uns alle eine ungeheure Belastung ist. Und besonders für unsere kleine Charlotte, die ja noch ein halbes Kind ist. Sie steht unter Schock. Da kommt es schon mal vor, dass man Realität und Phantasie durcheinanderbringt.« Walter bekam, während er redete, vor lauter Aufregung rote Flecken im Gesicht. Er wandte sich auffordernd an seinen Vater, aber der war kalkweiß geworden, stand wortlos auf und verließ den Raum. Walters Blick blieb an Klara hängen. »Schwesterchen, bitte, sag deinem Bruder Gerhard, wie ihr Mutter am Fuß der Treppe gefunden habt, nämlich mit gebrochenem Genick.«

Felix drückte aufmunternd ihre Hand. Klara kämpfte mit sich. Sollte sie den Schwur brechen oder ihrem Bruder Gerhard eiskalt ins Gesicht lügen? Sie blickte in die Runde, in der ein Gesicht erstarrter als das andere war. Sogar Olgas Mutter war mit einem Stück Kuchen in der Hand zur Salzsäule erstarrt. Nur Gerhard nickte ihr aufmunternd zu, während Walter ihr einen warnenden Blick zuwarf. Warum in aller Welt soll ich dem Menschen gegenüber loyal sein, der auf meinen Liebsten eingeprügelt und ihn aus dem Haus gejagt hat und Mutter in eine Irrenanstalt abschieben wollte, schoss es ihr durch den Kopf. Gertrud war doch auch Gerhards Mutter, und warum sollten die Leute mit den Fingern auf uns zeigen, weil sie sich umgebracht hat? Es war doch allgemein bekannt, dass sie an Schwermut gelitten hatte.

»Charlotte hat die Wahrheit gesagt: Unsere Mutter hat sich umgebracht, aber das ist eigentlich im Nachhinein völlig gleichgültig. Schlimm ist, dass sie nicht mehr unter uns weilt …«

»Das würde ich nicht so abtun, junge Dame«, mischte sich Oskar Waldersheim ein. »Selbstmord ist eine schwere Sünde.«

»Seit wann bist du so fromm, Vater?«, fragte Felix. »Klara hat völlig recht, wir sind hier zusammengekommen, weil wir sie zu Grabe getragen haben, und nicht, um über sie zu urteilen.« Klara griff zum Dank für diese warmherzigen Worte sanft nach seiner Hand und drückte sie.

»Ja, es gibt wahrlich anderes, womit wir uns beschäftigen sollten«, pflichtete seine Mutter ihm bei und schob sich einen Bissen Kuchen in den Mund. »Zum Beispiel die Frage, wann ihr beiden zu heiraten gedenkt.«

Klara entzog Felix ihre Hand so hastig, als hätte sie sich verbrannt.

»Mutter!«, stieß Felix empört hervor.

In diesem Augenblick sprang Gerhard so heftig auf, dass sein Stuhl umkippte. Er stolperte auf den Barschrank seines Vaters zu, riss die Türen auf, schnappte sich eine volle Flasche Cognac, öffnete sie und setzte sie sich an den Hals.

Es war totenstill im Zimmer, bis auf die gierigen Schluckgeräusche, die aus Gerhards Kehle drangen.

»Hör auf, dich zu besaufen!«, brüllte Walter seinen Bruder an. »Nimm dich zusammen, Mann!«

Gerhard ignorierte diese Worte und fuhr mit dem unbesonnenen Saufen fort.

»Ich kann ihn sehr gut verstehen!«, bemerkte plötzlich Olga, die noch kein Wort von sich gegeben hatte, bevor sie sich erhob, auf Gerhard zuging und nach der Flasche griff. »Darf ich auch einen Schluck haben?«

»Olga!«, mahnte ihre Mutter.

»Was für ein Irrenhaus. Kein Wunder, dass man hier verrückt wird«, stichelte ihr Mann, doch diese gehässigen Worte gingen unter, weil alle fassungslos auf Gerhard und Olga stierten, die sich die Flasche nun hin- und herreichten.

Walter war so fassungslos, dass es ihm offenbar die Sprache verschlagen hatte.

»Was guckt ihr so?«, fauchte Olga. »Findet ihr das normal, dass die Schwiegertochter und der eigene Sohn nach Strich und Faden belogen werden? Dass Charlotte und Klara zu Lügen gezwungen werden, nur um den Ruf der Familie nicht zu beschädigen?«

»Ich habe es auch für dich getan, meine Liebe!«, entgegnete Walter in scharfem Ton. »Schon vergessen, du bist auch eine Koenig!«

Olga nahm einen kräftigen Schluck aus der Flasche und lachte laut auf. »Das heißt aber nicht, dass ich mich deshalb von dir entmündigen lasse! Und langsam an deiner Tyrannei eingehe, wie deine Mutter es getan hat!«

Gerhard, der inzwischen nicht mehr ganz gerade stehen konnte, sondern sich gegen den Barschrank gelehnt hatte, klatschte laut in die Hände. »Und ich habe schon gedacht, der da hätte aus dir Teufelsweib eine stumme, langweilige Hausfrau gemacht«, lallte er, woraufhin Walter mit erhobener Faust auf ihn zustürmte, doch Olga stellte sich schützend vor ihren Schwager. »Dann musst du erst mich schlagen!«, sagte sie. Ihre Stimme klang schon ein wenig verwaschen. Man merkt sofort, dass sie Alkohol im Gegensatz zu Gerhard nicht gewohnt ist, dachte Klara und bewunderte Olgas Mut. Sie hatte schon befürchtet, dass Olga auch so eine Ehefrau geworden war, die ihrem Mann alles klaglos durchgehen ließ. Sie hatte Olga eigentlich immer gern gemocht, ihr nur nie ganz und gar verzeihen können, wie sie Gerhard für Walter verlassen hatte.

Walter ließ seine Hand sinken. »Bist du nun zufrieden, Gerhard, dass du mit deiner Fragerei einen Familienstreit angezettelt hast?«, zischte er verächtlich über ihren Kopf hinweg.

»Du verkennst Ursache und Wirkung«, konterte Olga. »Eure Lügen sind der Anlass für diesen Streit! Ihr hättet uns nur die Wahrheit sagen müssen. Kein Mensch hier am Tisch hätte eure Mutter dafür verurteilt!«

»Nun komm her und setz dich endlich wieder. Du benimmst dich wie eine Furie«, tadelte Erna Waldersheim ihre Tochter.

»Olga hat recht. Keiner kann Gertrud das übel nehmen. Wie soll jemand, der keinen Verstand mehr besitzt, vernünftige Entscheidungen fällen? Es ist doch immer noch besser, als hätte man viel Geld für einen Platz in der Irrenanstalt für sie ausgegeben«, mischte sich nun Oskar Waldersheim im Brustton der Überzeugung ein.

»Vater, das ist widerlich, was du da von dir gibst«, herrschte Felix ihn an. »Das müssen wir uns nicht länger anhören. Komm, wir gehen«, fügte er hinzu und zog Klara an der Hand vom Stuhl. Sie ließ es geschehen. In der Tür blieb sie stehen und drehte sich um, denn nun hatte Charlotte ihre Stimme erhoben. »Für dich, Mutti! Von deiner Lotte. Schlaf süß!«, sagte sie, bevor sie mit ihrer vollen, tiefen Stimme rezitierte: »Der Tod, das ist die kühle Nacht, das Leben ist der schwüle Tag. Es dunkelt schon, mich schläfert, der Tag hat mich müd gemacht. Über mein Bett erhebt sich ein Baum, drin singt die junge Nachtigall; sie singt von lauter Liebe. Ich hör es sogar im Traum.«

Klara liebte Gedichte von Heinrich Heine und war zu Tränen gerührt, dass ausgerechnet die Jüngste dieser Veranstaltung die Würde zurückgegeben hatte. Sie machte sich von Felix' Hand los, lief zu Charlotte und nahm ihre kleine Schwester fest in den Arm. Laut schluchzend, klammerten sie sich aneinander. Gerhard weinte ebenfalls hemmungslos, und auch über Olgas schönes Gesicht rannen dicke Tränen. Sogar Erna Waldersheim kämpfte mit den Tränen, während ihr Mann sich nun hektisch an der Hausbar zu schaffen machte und ebenfalls nach einer Flasche griff.

Walter hingegen versuchte, die Hand seiner Frau zu nehmen, doch sie ließ es nicht zu, sondern zog sie demonstrativ weg.

Keiner hatte bemerkt, dass Wilhelm in den Salon zurückgekehrt war. Er war im Türrahmen stehen geblieben und hatte voller Rührung dem Gedicht seiner Jüngsten gelauscht. Verstohlen wischte er sich eine Träne aus dem Augenwinkel und räusperte sich. »Verzeiht meine Abwesenheit. Mir war nicht wohl«, verkündete er, als wäre nichts geschehen. »Und ich danke dir, Charlotte, dass du Mutter einen Vers vorgetragen hast. Wir wollen dieses Zusammensein in Gedanken an Gertrud würdevoll abschließen.« Er winkte Olga, Walter und Gerhard an den Tisch. »Bitte setzt euch. Lene bringt uns gleich eine kleine Stärkung.«

Zögerlich folgten sie seiner Aufforderung. Bis auf Charlotte, die wie in Trance das Zimmer verließ. Klaras vordringliche Sorge galt aber Gerhard, der plötzlich wieder einen erstaunlich nüchternen Eindruck machte. Wahrscheinlich ist er an das Trinken mittlerweile so gewöhnt, dass er auch größere Mengen auf Dauer ohne nennenswerte Ausfälle wegsteckt, mutmaßte Klara.

In diesem Augenblick musterte Wilhelm seinen Ältesten durchdringend. Hoffentlich hält er ihm jetzt keine Standpauke, dachte Klara, doch sein Blick drückte eher Besorgnis aus als Angriffslust.

»Wir können eure Mutter nicht mehr lebendig machen, aber wir können ihr einen ihrer Herzenswünsche erfüllen, meine Kinder«, verkündete er mit getragener Stimme. »Sie hat sehr unter dem Zwist zwischen euch, lieber Gerhard und lieber Walter, gelitten. Wie oft hat sie mir in ihren hellen Momenten anvertraut, dass sie ständig davon träumt, ihr beide hättet euch versöhnt. Und ich möchte jetzt meinen Teil dazu tun, dass ihr Traum wahr wird. Lieber Gerhard, bitte zieh zu uns und nimm deine Studien wieder auf. Und meinetwegen auch die der Philosophie. Wir müssen jetzt zusammenhalten.«

Klara war zutiefst gerührt. Niemals hätte sie ihrem Vater zugetraut, dass er ihr je derart aus dem Herzen sprechen würde. Gerhard schien auch überrumpelt zu sein von dem unerwartet großzügigen Angebot des Vaters. Er sah ihn mit großen Augen an.

»Meinst du das wirklich ernst, Vater, oder knüpfst du Bedingungen daran? Dass ich doch noch Professor werden muss?«, fragte er ungläubig.

»Lieber wäre es mir natürlich, denn das Zeug hast du dazu, aber ich lasse nicht mehr länger zu, dass du in deiner Dachkemenate verlotterst.«

»Woher weißt du, wie ich lebe? Ich dachte immer, das interessiert dich nicht«, erwiderte Gerhard skeptisch.

»Deine Mutter konnte es nicht für sich behalten, wenn sie von ihren heimlichen Besuchen bei dir zurückkam, aber die Zeiten werden nicht besser. Deshalb bist du in diesem Haus sicherer. Das Dach über dem Kopf kann dir keine Inflation dieser Welt nehmen. Nun sag schon Ja.« Wilhelm nickte ihm auffordernd zu.

»Bitte komm zu uns zurück«, bat ihn nun auch Klara inständig.

»Das wäre so schön«, pflichtete Charlotte ihrer Schwester bei und sah den Bruder flehend an.

Da krachte Walters Faust mit voller Wucht auf den Tisch. Wie Vater es früher getan hat, durchfuhr es Klara eiskalt.

»Seid ihr denn alle verrückt geworden? Wie stellt ihr euch das denn vor? Wir beide unter einem Dach, das kommt nicht infrage. Nur über meine Leiche!«, brüllte Walter.

»Mein Sohn, noch bin ich hier der Herr im Haus, und es wird getan, was ich sage!«, bellte Wilhelm zurück.

»Aber das kannst du nicht machen. Es wird nur Streit geben. Und ich möchte nicht, dass Friedrich mit diesem asozialen Element unter einem Dach aufwächst. Wenn du schon nicht an mich denkst, dann denk wenigstens an dein Enkelkind. Und an meine Frau! Das ist eine Zumutung für Olga, mit ihrem Exverlobten in einem Haus zu wohnen«, stieß Walter voller Empörung hervor. Er wandte sich Olga zu. »Sag doch auch was!«, herrschte er sie an.

Olga sah ihren Mann mit kaltem Blick an. »Ich habe nichts dagegen, wenn Gerhard ein Zimmer im Haus bewohnt. Du sagst doch selbst, ich gehöre zur Familie Koenig. Und wenn einer von euch in Not ist, dann ist es unsere verdammte Pflicht, ihm zu helfen. Deine Mutter hätte es so gewollt!«

Walter rang nach Worten, doch dann sagte er nur: »Kommst du bitte einmal mit mir auf die Veranda? Ich habe etwas unter vier Augen mit dir zu klären.«

In dem Augenblick fiel Olgas selbstbewusste Fassade wie ein Kartenhaus in sich zusammen, und zurück blieb ein zitterndes Bündel. Sie weiß offenbar, dass er etwas gegen sie in der Hand hat, mutmaßte Klara, als sie hilflos mit ansehen musste, wie Olga ihrem Mann wie ein geprügelter Hund nach draußen folgte. Oskar Waldersheim wandte sich irritiert an Wilhelm.

»Also, mein lieber Wilhelm, ich möchte dir wirklich nicht zu nahe treten, aber ich befürchte, der Tod deiner Frau hat dich etwas durcheinandergebracht. Du kannst doch nicht allen Ernstes von Walter verlangen, dass er mit dem da unter einem Dach lebt. Deshalb werde ich jetzt einen Vorschlag zur Güte machen. Den Plan hege ich schon, seit ich ein sehr schönes Haus von einem Pleitier gekauft habe.«

»Du Kriegsgewinnler!«, zischte Felix.

Der Vater warf ihm einen vernichtenden Blick zu. »Du, mein Lieber, wirst mir noch einmal dankbar sein, dass ich vorausschauend war und mein Vermögen nicht auf die Bank getragen habe wie die ganzen Idioten, die jetzt in der Volksküche zum Essenfassen anstehen. Du bist derjenige, der das Ganze erben wird. Also, halt du einfach deinen Mund!« Der Industrielle hielt kurz inne. »Die Villa liegt am Alexanderufer und ist der richtige Ort, an dem ein angehender Professor wie dein Sohn Walter sein Domizil haben sollte. Und dort sollten meine Enkelkinder aufwachsen. Es wird Zeit, dass sie ihre eigene Bleibe haben.«

»Aber der Weg zum Professor, mein lieber Oskar, ist ein sehr weiter. Der Junge ist noch Medizinalassistent und verdient nichts«, entgegnete Wilhelm mit einem Unterton, der sehr deutlich machte, dass der Industrielle vielleicht viel Vermögen besaß, das nicht von der Inflation gefressen werden konnte, von einer akademischen Laufbahn aber rein gar nichts verstand.

»Ich werde ihnen natürlich finanziell unter die Arme greifen, aber sobald dein Sohn den gesellschaftlichen Rang erklommen hat, den ich von ihm erwarte, kann er in die Villa alles einladen, was Rang und Namen hat.«

»Ja, genau, besonders eure neuen Freunde aus München«, fauchte Felix.

»Pass mal auf, mein lieber Junge. Wenn du weiter so machst, enterbe ich dich! Und du weißt, was das in Zeiten wie diesen heißt. Ich habe deinen Müßiggang so satt. Ab morgen wirst du in der Firma arbeiten. Von der Pieke auf. Oder willst du so enden wie dieser bourgeoise Nichtsnutz dort?«

Felix wurde knallrot, aber er schluckte seine Widerworte herunter.

»Tröste dich, Felix. Walters neue politischen Freunde sind nur eine Fußnote der Geschichte. Und auch nur in München. Bei uns sind sie glücklicherweise verboten. Wer sich, wie dieser Hitler, nicht einmal Wahlen stellt, ist eine Eintagsfliege, und wir wissen ja, was die für ein Schicksal haben«, sagte Gerhard in scharfem Ton.

»Und solche kommunistischen Reden willst du also in Zukunft unter deinem Dach dulden, mein lieber Wilhelm?«, bemerkte Oskar Waldersheim zynisch. »Mein Enkel wird jedenfalls nicht mit roter Propaganda aufwachsen. Die Geschichte wird noch zeigen, wer sich in dieser chaotischen Zeit als politische Eintagsfliege entpuppt!«

In diesem Augenblick kehrten Olga und Walter von draußen zurück. Olga hatte verquollene Augen. Keine Frage, sie hat geweint, dachte Klara, und ein Blick in Walters triumphierende Miene bewies ihr, dass ihr Bruder seine Frau wieder im Griff hatte. Noch hatte sie keine Idee, womit er sie unter Druck setzte.

Olga senkte den Kopf. »Also, ich möchte auch nicht, dass Gerhard mit uns unter einem Dach lebt«, sagte sie so leise, dass man sie nur schwer verstehen konnte.

»Das musst du auch nicht, meine Kleine«, mischte sich nun Erna voller Stolz ein. »Vati hat euch eine Villa am Alexanderufer gekauft. Dort kann eure kleine Familie ungestört leben.«

Täuschte sich Klara, oder zuckte Olga angesichts dieser Neuigkeit regelrecht zusammen? Wahrscheinlich war das für ihre Schwägerin eine grausame Vorstellung, allein mit Walter und dem Baby in einem fremden Haus zu leben.

»Vater, Mutter, das ist ja eine großartige Neuigkeit. Da freuen wir uns sehr, nicht wahr?« Walter riss seine Frau an sich und gab ihr einen Kuss auf die Wange. Olga ließ alles willenlos über sich ergehen.

In diesem Augenblick kam Lene mit dem Kinderwagen ins Zimmer. »Ihre Freundin lässt Se jrüßen. Se wollte nich stören.«

Aus dem Kinderwagen ertönte kräftiges Babygeschrei. Olga stürzte sich regelrecht auf den Korbwagen, nahm vorsichtig ihren kleinen Sohn auf den Arm und redete zärtlich auf ihn ein. Sein Geschrei verstummte, und er blickte mit wachen Augen in die Welt.

»Das ist also mein kleiner Neffe Friedrich. Den habe ich ja noch gar nicht gesehen.« Gerhard hatte sich über Olgas Schulter gebeugt, um sich das Baby besser ansehen zu können. Mit liebevollem Blick betrachtete er den kräftigen Jungen mit den blonden Löckchen.

»Darf ich mal?«, fragte er.

»Aber sicher«, erwiderte Olga und wollte Gerhard das Kind auf den Arm geben, als Walter wie ein Blitz auf sie zuschoss. »Nein, das kommt gar nicht infrage!«, zischte er und schubste seinen Bruder grob zur Seite.

Klara erstarrte, aber nicht, weil sich Walter derart ungehörig benahm. Das war schließlich nichts Neues. Was sie erschütterte, war die Tatsache, dass sie eine Antwort auf ihre Frage gefunden zu haben glaubte, womit Walter seine Frau erpresste. Das Kind war von Gerhard, und das sollte dieser offenbar niemals erfahren! Aber Olga hatte es Walter wohl nicht untergejubelt, sondern ihr Bruder schien das zu wissen und wollte vermeiden, dass Gerhard dem Kind zu nahe kam. Er wollte um jeden Preis verhindern, dass Gerhard ein Licht aufging. So ein Schuft, durchfuhr es sie eiskalt. Armer Friedrich, so klein, und schon bist du in einem Netz aus Lügen gefangen, fügte sie in Gedanken betrübt hinzu.

Klara war sich nicht ganz sicher, ob Gerhard in diesem Augenblick womöglich ähnliche Schlüsse zog wie sie. »Wirklich ein süßer Bursche!«, sagte ihr Bruder mit einem merkwürdigen Unterton. Das konnte alles oder nichts bedeuten.

Klaras Herz klopfte ihr bis zum Hals, und sie nahm sich vor, ihren Verdacht für sich zu behalten. Vorerst jedenfalls! Als sie in diesem Augenblick beobachtete, was für einen flehenden

Blick Olga Gerhard zuwarf, wurde aus dem Verdacht Gewissheit.

In diesem Augenblick kehrte Charlotte ins Zimmer zurück. Klara musste zweimal hinschauen und presste dann vor Schreck die Hand vor den Mund, um nicht laut aufzuschreien. Erna Waldersheim hatte nicht so viel Skrupel. »Oh Gott!«, brüllte sie entsetzt. »Oh Gott!« Wilhelms Gesichtsfarbe färbte sich ins Grünliche.

Charlotte hatte sich in einem Anfall von Selbstverstümmelung ihre wunderschönen Locken abgeschnitten, aber nicht etwa in einer modischen, geraden Linie, sondern sie sah aus wie ein gerupftes Huhn.

Berlin, Juli 2014

Vivien hüllte sich während der gesamten Fahrt zum Theater in Schweigen, aber Leo bemühte sich auch nicht besonders darum, ein Gespräch mit ihr anzufangen. Er hatte sie beim Frühstück gefragt, ob sie mit ihm in seinem Wagen zum Theater fahren wolle. Vivien hatte kurz gezögert, aber es wäre albern gewesen, wenn sie mit der Bahn gefahren wäre. Allerdings hatte sie noch ein letztes Mal versucht, Leo davon abzubringen, sie überhaupt zu begleiten.

»Überleg es dir noch mal. Das Ensemble könnte das auch als Überfall werten«, hatte sie zu bedenken gegeben.

»Das lass mal meine Sorge sein!«, hatte er entgegnet.

Ihr war etwas unwohl gewesen, als sie in sein Cabrio gestiegen war. Seit dem Unfall hatte sie es vermieden, sich als Beifahrerin in ein Auto zu setzen. Doch nun war es zu spät. Sie wollte sich nicht vor ihm blamieren und ließ sich ihre Angst nicht anmerken, obwohl ihr das Herz bis zum Hals klopfte. Die ersten fünf Minuten saß sie angespannt in ihrem Sitz. Alle ihre Muskeln hatten sich verkrampft, doch dann machte sie eine stille Atemübung, die ihren Körper entspannte. Außerdem war Leo wirklich ein guter Autofahrer, und Vivien hing ihren Gedanken nach, statt in jeder Kurve, die vor ihnen lag, eine mögliche Todesfalle zu sehen.

Ihre Gedanken schweiften zurück zum Morgen. Die Stimmung am Frühstückstisch war zum Zerreißen gespannt gewesen, aber weniger zwischen Leo und ihr als vielmehr zwischen Alexander und Olivia. Die beiden hatten es regelrecht vermieden, sich auch nur anzusehen. Obwohl Vivien sich denken konnte, dass es Alexanders Freundin war, die zwischen ihrer Mutter und ihm stand, fand sie Olivias beinahe feindselige Haltung ihrem Gastgeber gegenüber übertrieben. Ein wenig bedauerte sie es allerdings, dass sie ihrer Mutter von der Geschichte mit Alexanders Affäre erzählt hatte. Olivia hatte zwar versucht, cool zu sein und so zu tun, als würde der Mann ihr nichts bedeuten, aber ihr Verhalten am Frühstückstisch verriet sie. Schließlich kannte Vivien ihre Mutter zu gut, um ihr Benehmen zu missdeuten.

Vivien empfand Leo gegenüber jedenfalls keinerlei Feindseligkeit mehr. Im Gegenteil, sie war sich beinahe sicher, dass er ihr nichts mehr bedeutete. Besonders, nachdem sie vorhin eine süße SMS von Ben bekommen hatte. Sie hatte sie schon mehrfach gelesen und sich darüber ehrlich gefreut. Ben schien das genaue Gegenteil von dem gestörten Leo zu sein.

Gedankenverloren holte sie ihr Telefon hervor und las die Nachricht noch einmal.

> Kann es gar nicht erwarten, Dich wiederzusehen, meine schöne New Yorkerin. Und dass Du nicht gleich bei mir eingezogen bist, steigert die Vorfreude nur. Was noch nicht ist, kann ja noch …
> Kuss

»Wer oder was hat dir denn ein so bezauberndes Lächeln in dein mürrisches Gesicht gezaubert?«

Vivien sah irritiert von ihrem Telefon auf. »Ich glaube, das geht dich gar nichts an!«, erwiderte sie und steckte das Gerät hastig in ihre Handtasche zurück.

»Sag mal, warst du eigentlich vorher auch schon so?«

»Was heißt ›vorher‹ und ›auch schon so‹?«, fragte Vivien, während sie sich darüber ärgerte, dass sie nicht souveräner mit Leo umging.

»Ich wollte wissen, ob du schon vor dem Unfall und deiner Amnesie so nachtragend warst.«

»Was soll denn das schon wieder heißen?«, fauchte sie ihn an, doch dann sah sie erstaunt nach vorne. »Was ist das denn?«

Sie fuhren gerade auf der Straße des 17. Juni. »Das ist die Siegessäule. Sie zeigt die Viktoria, die Siegesgöttin, und soll an ruhmreiche preußische Siege gegen die Dänen, die Österreicher und die Franzosen erinnern. Eigentlich ein Kriegssymbol, aber mittlerweile Party-Location. Wann immer in Berlin was Großes gefeiert wird, wird auch um die Siegessäule getanzt«, erklärte er ihr freundlich. »Und was meine vorherige Frage angeht, ich wollte dich nicht beleidigen. Ich knüpfe nur an unsere Unterhaltung von vorgestern an. Wir waren uns ziemlich einig, dass uns beide der Tod des einen Elternteils ganz schön gebeutelt hat. Du wirst es kaum glauben, was ich noch vor zwei Jahren für ein Sunnyboy gewesen bin. Ich werde dir mal Fotos zeigen. Da staunst du. Und deshalb wollte ich nur vorsichtig fragen, ob du vor dem Unfall vielleicht lockerer gewesen bist.«

Vivien zog ihre Augenbrauen zusammen. »Ich kann auch jetzt noch sehr charmant sein, aber lass doch einfach gut sein. Wir beide ticken einfach unterschiedlich. Und ich habe keine Lust mehr, mich mit dir über persönliche Sachen zu unterhalten.«

»Gut, habe verstanden. Ja, das Wetter ist doch auch herrlich, oder? Keine Wolke am Himmel, und dieses Blau!«

Er deutete nach oben. Diese eine Sekunde hatte er nicht aufgepasst und wäre beinahe auf seinen Vordermann aufgefahren. Er trat gerade noch rechtzeitig in die Bremsen.

Vivien schlug ihr Herz bis zum Hals. »Du Idiot!«, stieß sie panisch hervor. Und plötzlich sah sie vor ihrem inneren Auge einen Wagen auf einen Truck zuschießen, doch als sie den Erinnerungsblitz festhalten wollte, war er schon wieder verschwunden.

Sie brauchte eine ganze Weile, um ihre aufgewühlten Nerven wieder zu beruhigen, und auch ihr Pulsschlag war immer noch stark beschleunigt. Nachdem sich ihre Aufregung gelegt hatte, tat es ihr leid, dass sie Leo so angebrüllt hatte.

»Sorry, dass ich dich angeschnauzt habe«, murmelte sie.

»Schon gut.«

Leo war gerade dabei, den Wagen zu parken. Schweigend stiegen sie aus und wechselten kein weiteres Wort miteinander, bis sie das Theater betraten.

»Lass mich das klären«, schlug ihm Vivien vor, als sie den Probenraum betraten und die Ensemblemitglieder ihren Begleiter neugierig musterten.

»Darf ich euch Leo Berger vorstellen? Er hat Regie studiert und würde bei dieser Produktion gern dem Arne assistieren.«

»Ich glaube kaum, dass wir uns eine Regieassistenz leisten können.« Ben durchbohrte Leo förmlich mit seinem kritischen Blick. »Sag mal, bist du nicht der Typ, der neulich so muffig an der Bar gesessen hat?«

Leo nickte. »Da muss ich ja einen bleibenden Eindruck auf eure Truppe hinterlassen haben«, versuchte er zu scherzen.

»Ich bin Mika.« Die quirlige Schauspielerin mit dem Piercing kam auf Leo zu und reichte ihm die Hand zur Begrüßung. »Ich denke, das sollte Arne entscheiden, wenn er kommt.«

»Wie heißt denn der Arne mit Nachnamen?«, fragte Leo neugierig.

»Frag ihn doch selbst!« Ben deutete zur Tür, durch die gerade ein sichtlich gehetzter Regisseur den Bühnenraum betrat.

»Sorry, Leute, dass ich zu spät bin, aber …« Sein Blick blieb an Leo hängen. »Was machst du denn hier? Ich habe dich inzwischen an der Deutschen Oper vermutet, aber nicht in unserer kleinen Off-Hütte.« Mit ausgebreiteten Armen ging Arne auf Leo zu, und die beiden Männer umarmten sich überschwänglich.

»Ich habe gehört, dass sie dich in der Meisterklasse aufgenommen haben. Wie ist die Luft da oben?« Arne klopfte Leo freundschaftlich auf die Schulter.

»Mann, wenn ich gewusst hätte, dass du hier der Boss bist, dann …« Leo warf Vivien einen triumphierenden Blick zu. »Das ist Arne Reutter, einer meiner Lehrer!«

»Das erklärt aber immer noch nicht, was dich in die Tiefen des Off-Theaters führt, mein Lieber«, lachte Arne.

Leo holte tief Luft. »Ich habe aus persönlichen Gründen ein wenig aussetzen müssen und die Meisterklasse hingeschmissen. Und da erzählte mir Vivien, dass ihr gerade eine freie Produktion macht, und um nicht ganz rauszukommen, würde ich dir gern ein bisschen assistieren, also, dem Regisseur – ich wusste ja nicht, dass du das bist!«

Arnes Miene verfinsterte sich. »Tja, das wäre super, aber wir haben keine Kohle für eine Assistenz und …« Er blickte in die Runde. »Setzt euch bitte mal. Ich habe keine guten Nachrichten. Ich war gerade bei unserem Vermieter.« Er stieß einen tiefen Seufzer aus und wartete, bis sich alle im Kreis auf die Bühnenbretter gesetzt hatten.

Ben schaffte es, sich neben Vivien zu drängeln. »Wieso hast du den Typen wiedergetroffen? Ist er der Grund, warum du deine Pläne, bei mir einzuziehen, so rasch geändert hast?«, zischte er ihr ins Ohr.

»Ich erzähle dir alles später!« Vivien wollte jetzt Arne zuhören, dessen sorgenvolle Miene nichts Gutes verhieß.

»Also, Leute, wie ihr ja alle wisst, ist uns vorgestern Abend während der Vorstellung die Lichtanlage kaputtgegangen. Deshalb haben wir gestern nicht proben können. Von der Behörde können wir nichts verlangen. Die haben uns schon eine Förderung für dieses Stück gegeben. Die Anlage ist leider komplett im Eimer. Eine neue kostet fünfundzwanzigtausend Euro. Ich habe daraufhin den Vermieter gebeten, uns die Miete bis nach der Premiere zu stunden, aber der denkt nicht daran. Für den ist das ein gefundenes Fressen, wenn wir pleite sind, weil eine große Gastrokette sehr gern hier einziehen würde.«

»Und was heißt das jetzt?« Mika war ganz bleich geworden.

»Dass sie nur darauf lauern, uns rauszuwerfen, und wir das Stück nicht machen können.« Arne verkündete das in sachlichem Ton.

Doch Leo kannte seinen alten Lieblingslehrer und ahnte, wie nahe ihm das ging. Außerdem fühlte er sich in diesem Bühnenraum so wohl wie lange nicht mehr. Ihm wurde klar, wie sehr er die Theaterluft vermisst hatte.

»Aber es darf doch nicht an der blöden Kohle scheitern«, protestierte er. Die anderen stimmten ihm geschlossen zu, bis auf Ben, der ihn böse anfunkelte.

»Dafür, dass du hier gar nichts zu sagen hast, spuckst du ganz schön großspurige Töne. Wo sollen wir das Geld denn hernehmen? Aber vielleicht kannst du uns ja mit der blöden Kohle aushelfen!«

Leo überhörte Bens angriffslustigen Ton. Plötzlich verspürte er etwas von seinem alten Kämpfergeist, und ihm fiel das Geld ein, das auf der Bank lag. Um die dreißigtausend Euro hatte ihm seine Mutter hinterlassen.

»Ja, ich glaube, ich habe da eine Idee.«

»Willst du eine Bank ausrauben?«, spottete Ben.

»Ich denke, wir sollten einen Sponsor finden«, entgegnete Leo ungerührt.

»Haha!« Ben tippte sich an die Stirn. »Wer sollte denn schon unser Projekt finanzieren wollen? Und außerdem wollten wir nicht in die Programmhefte schreiben: ›Dieses Theaterstück haben wir dem Klobürsten-Unternehmen YX zu verdanken.‹ Wir sind ein freies Theater.«

»Ich befürchte, Ben hat recht. Es ist schwierig, heutzutage Sponsoren für solche nicht kommerziellen Projekte wie unseres zu finden. Und wir wollen tatsächlich nicht von einer Firma dazu verdonnert werden, draußen an der Fassade ein Banner anzubringen mit deren Werbung«, pflichtete ihm Arne bei und legte die Stirn in sorgenvolle Falten.

»Und wenn wir einen Sponsor finden, der anonym spendet?«, fragte Leo und blickte erwartungsvoll in die Runde, doch die Mienen der Ensemblemitglieder drückten Skepsis und wenig Begeisterung aus.

»Du kommst hier einfach her und hast keine Ahnung!«, zischte Ben.

»Gebt mir Zeit bis morgen. Wenn ich euch die Kohle von einem Spender bringe, der nicht genannt werden will, wer von euch würde etwas dagegen haben?«

Die Schauspieler warfen sich irritierte Blicke zu, doch kein Finger ging nach oben, außer dem von Ben.

»Wir sind nicht käuflich«, schnaubte er. »Und das hört sich in meinem Ohren ganz dubios an. Ich glaube, du willst dich nur wichtig machen.«

»Ich kenne Leo wirklich sehr gut, und ich lege meine Hand dafür ins Feuer, dass er uns keine Mafia-Gelder anschleppt«, mischte sich Arne ein, bevor er sich an seinen ehemaligen Schüler wandte: »Ich weiß nur nicht, wie du das bis morgen bewerkstelligen willst.«

»Lass ihn das doch wenigstens versuchen. Das ist immer noch besser, als so negativ daranzugehen wie du, Ben!«, sagte Mika mit Nachdruck. Vivien pflichtete ihr bei. »Können wir ihm nicht einfach bis morgen Zeit geben? Wenn er das Geld wirklich auftreibt, wüsste ich nicht, warum wir aufgeben sollten.«

Vivien lief rot an, als die anderen anfingen, ihr zu applaudieren. Nur Ben starrte mit finsterer Miene zu Boden.

Arne sah prüfend in die Runde. »Dann würde ich vorschlagen, wir fangen mit dem Proben an.«

»Moment, wir haben noch nicht geklärt, ob wir eine Regieassistenz wollen. Die können wir gar nicht bezahlen«, widersprach Ben.

»Ich will gar kein Geld dafür. Mach dir nicht meinen Kopf«, entgegnete Leo freundlich, denn ihm stand ganz und gar nicht der Sinn danach, sich noch weiter mit diesem streitlustigen Schauspieler zu zoffen. Er blickte ihn offen an und spürte die Abwehr beinahe körperlich. Erst als Vivien ihrem gut aussehenden, dunkelhaarigen Nachbarn die Hand auf den Unterarm legte, begriff er, worum es hier eigentlich ging. Das ganze Geplänkel hatte weniger mit der Produktion zu tun als vielmehr mit der Tatsache, dass Vivien ihn mit hergebracht hatte. Keine Frage, der Typ war scharf auf sie. Leo überlegte kurz und entschied sich, ihm den Wind aus den Segeln zu nehmen.

»Ach so, Leute, vielleicht sollte ich noch ein paar Worte zu mir sagen. Ich habe meinen Master in Regie an der Ernst Busch gemacht, habe jedoch leider keine Erfahrungen mit freien Theatern, sondern an den etablierten Häusern gejobbt. Ich brauchte eine persönliche Auszeit, und Vivien, eine entfernte Verwandte von mir, die zurzeit bei uns zu Gast ist, hat mich auf den Gedanken gebracht, wieder ganz klein einzusteigen. Und ich habe sofort wieder Lust bekommen zu arbeiten. Im Moment kann ich noch von meinem Ersparten leben, und ich würde gern bei euch mitmachen. Ich brauche keine Gage.«

Vivien lächelte ihm aufmunternd zu. Sie hätte ihm im Leben nicht zugetraut, dass er in der Lage war, derart versöhnliche Worte zu finden. Mit einem Seitenblick stellte sie fest, dass seine Worte ihre Wirkung auch bei Ben nicht verfehlt hatten. Er entspannte sich sichtlich.

»Warum hast du mir das nicht gleich gesagt, dass ihr verwandt seid?«, flüsterte er ihr zu.

»Wann denn?«, gab sie locker zurück.

»Also, ich glaube, ich stehe auf dem Schlauch«, mischte sich nun Mika ein. »Du bist doch der Typ aus der Bar, und warum habt ihr beide so getan, als würdet ihr euch nicht kennen?«

Vivien überlegte fieberhaft, wie sie das plausibel erklären sollte, doch da kam ihr Leo zuvor. »Ich hatte keine Ahnung, dass sie meine amerikanische Cousine ist. Was meinst du, wie blöd ich geguckt habe, als sie nachmittags zusammen mit meinem Vater und ihrer Mutter plötzlich auf unserer Veranda saß. Und ich darf euch verraten, sie fand mich ziemlich blöd an dem Abend in der Bar.«

Mika lachte laut und fröhlich. »Okay, dann stimmen wir jetzt ab. Wer ist dagegen, dass Leo Arne assistiert?«

Kein Finger schnellte in die Höhe, auch nicht der von Ben. Vivien konnte sich nicht helfen, aber die neu entdeckte Seite an Leo gefiel ihr ausnehmend gut. Vielleicht kann er doch noch ein guter Freund werden, dachte sie und zwinkerte ihm vertraulich zu. Leo lächelte gewinnend zurück.

Arne reichte seinem ehemaligen Schüler ein Textbuch und setzte sich mit ihm in die dritte Reihe des Zuschauerraums. »Wir beginnen mit der ersten Szene. Vielleicht hast du, Vivien, Lust, mit dem Auftrittslied zu beginnen? Deine Mitspieler haben in höchsten Tönen von deiner Bühnenpräsenz geschwärmt, aber nun würde ich mich gern persönlich von deinem Können überzeugen.«

Das ließ sich Vivien nicht zweimal sagen. Sie erhob sich vom Boden und stellte sich an den Bühnenrand, während die anderen die Bühne verließen, um ihr von der ersten Reihe aus zuzusehen.

»Und du, Ben, gehst schon mal auf deine Position. Du belauschst sie, und wenn sie fertig ist, sprichst du sie an. Das ist eure erste Begegnung. Sie wartet auf ihren Freund, und dann kommst du … Okay?«

Als die Musik vom Band erklang, vergaß Vivien alles um sich herum und sang mit ihrer tiefen, vollen Stimme das Auftrittslied der Hanna, in dem sie mit ihrer Entscheidung haderte, nach Deutschland geflogen zu sein, um ihre Urlaubsbekanntschaft wiederzusehen. Vivien hatte zwar das Textbuch in der Hand, aber der Songtext war ihr so vertraut, dass sie ihn bereits auswendig kannte.

Ein Kuss, eine Nacht, eine paar Liebestage
Und ich reise um die Welt, um dich zu sehen
Ein Kuss, eine Nacht, eine paar Liebestage
Weiß nicht mehr, wie du schmeckst und riechst
Das verwackelte Bild von dir auf meinem Bildschirm
Deine verzerrte Stimme an meinem Ohr
Du bist mir nah und doch so fremd, mein Freund

Als der letzte Ton verklungen war, applaudierte Arne frenetisch.

Berlin, Steglitz-Zehlendorf, Juli 2014

Olivia hatte die Fenster des Gästezimmers weit aufgerissen, um den frischen Wind hereinzulassen, der vom See heraufwehte. Es war ein heißer Tag in Berlin, dessen Temperaturen sie sehr an die kochende Hitze des New Yorker Hochsommers erinnerte, aber immerhin wehte ein laues Lüftchen vom Wasser her. Trotzdem hockte sie, nur mit einem Strandtuch bekleidet, über der Kiste und hatte erst einmal alles am Boden sortiert. Die Fotos zu den Fotos, die Papiere zu den Papieren und Vincents eng beschriebene Hefte auf einen Stapel gelegt.

Sosehr sie sich auch darauf gefreut hatte, diese Kiste zu durchstöbern, merkte sie doch, dass sie sehr unkonzentriert war. Natürlich hätte es ihr mit Alexander gemeinsam viel mehr Spaß gemacht. Er war heute Morgen sehr verlegen ihr gegenüber gewesen. Wenn er wüsste, warum ich so sauer bin, dachte Olivia, er denkt, es sei wegen des Rückziehers beim Küssen. Dabei hätte sie dafür sogar noch Verständnis gehabt. Einem Mann, der seine Frau geliebt hatte, konnte man so etwas kaum übelnehmen. Im Gegenteil, es sprach eher für einen Mann, wenn er acht Monate nach dem Tod seiner Frau noch nicht ungehemmt mit einer anderen knutschen konnte. Aber bei Alexander hat dieser Rückzieher einen ganz anderen Grund, einen mit langen knallroten Fingernägeln namens Maria, dachte Olivia verbittert. Am meisten nahm sie es ihm übel, dass er sich hinter seiner Trauer verschanzte, während er längst eine andere hatte.

»Heuchler!«, murmelte sie. »So ein Heuchler!«

Olivia wischte sich hektisch mit dem Arm über das erhitzte Gesicht. Trotz der Windzüge, die ab und zu ein bisschen Luft in das Gästezimmer wehten, lief ihr der Schweiß bis in die Augen. Die Hitze machte sie entsetzlich träge und müde, sodass sich beim Sichten der Unterlagen keine rechte Freude einstellen wollte. Außerdem hatte sie außer dem Foto, auf dem Vincent und Scarlett abgebildet waren, noch keinen weiteren Hinweis auf ihre Großmutter gefunden. Offenbar hatte der Pianist nur diese Erinnerungen an seine Sängerin aufbewahrt. Doch Olivia hoffte immer noch, fündig zu werden, sobald sie alles gründlicher untersuchte, nachdem sie die Unterlagen bislang nur überflogen hatte.

Seufzend nahm sie sich zur weiteren Durchsicht erst einmal die Fotos vor. Vincent war ein schöner Mann gewesen. Groß, dunkelhaarig, mit einem ausdrucksvollen Gesicht und gut sitzenden Anzügen. Olivia hätte durchaus verstehen können, wenn ihre Großmutter aus Liebe zu diesem Mann nach Amerika gegangen wäre, doch nun hielt sie ein Foto in der Hand, das endgültig bewies, dass es zwischen den beiden wohl nie eine Liebesaffäre gegeben hatte. Es war eine kleine, zarte Blondine, die Vincent im Arm hielt und die er liebevoll ansah. Olivia drehte das Foto um, und dort stand es schwarz auf weiß. *My beloved wife Irene.*

Das nächste Foto ließ sie förmlich erstarren. Dort waren zwei fröhlich in die Kamera lächelnde, gut aussehende Paare zu sehen. Die einen waren unverkennbar Irene und Vincent, und die andere Frau … Olivias Herzschlag beschleunigte sich merklich. Die apart aussehende Diva war Scarlett. Um ihre Schulter hatte ein ebenfalls äußerst attraktiver Mann besitzergreifend seinen Arm gelegt. Wer war dieser Mann? War womöglich er der Schlüssel zu ihrer Abreise ohne Wiederkehr?

Olivia drehte hastig das Foto um. *Unsere Hochzeit März 1932 mit Trauzeugen*, stand dort zu lesen. Sie legte das Foto beiseite, denn sie wollte Alexander keine aufschlussreichen Dinge aus der Kiste vorenthalten, ganz gleich, wie sie mittlerweile persönlich zu ihm stand. Unter den weiteren Fotos fand sie zwar noch ein paar Bilder von Scarlett, aber die waren während diverser Bühnenauftritte gemacht worden. Sogar eine Autogrammkarte von Scarlett war darunter. Die Diva mit einem frechen, kurzen Lockenkopf und einem übertrieben herzförmig geschminkten Mund. Diese Karte hatte Scarlett sogar handschriftlich signiert. *Charlotte Koenig*, stand dort in einer geschwungen Schönschrift zu lesen.

Olivia betrachtete das Foto lange und intensiv. Scarlett war ihr auf diesem Bild einerseits fremd, weil sie ihre Großmutter so nie kennengelernt hatte, und andererseits seltsam vertraut. Würde man Vivien derart zurechtmachen, sie würde genauso aussehen, dachte Olivia schmunzelnd. Ihre Tochter als elegischer Stummfilm-Star. Die Vorstellung amüsierte sie.

Ein zaghaftes Klopfen an der Zimmertür riss sie aus ihren Gedanken. Sie zupfte hektisch an ihrem Strandtuch, als sie Alexanders grau melierten Lockenkopf in der Tür auftauchen sah.

»Störe ich?«, fragte er höflich.

»Nein, nein, es ist in Ordnung, aber wenn du vielleicht eine Sekunde warten würdest? Ich würde mir gern etwas anziehen, es war mir einfach zu heiß …«

Mit einem Anflug von Lächeln zog sich Alexander auf den Flur zurück. Olivia ärgerte sich ein wenig darüber, dass sie so unlocker war, aber unter diesen Umständen wollte sie ihm keinesfalls halb nackt gegenüberstehen. Ganz gezielt holte sie ihr schönstes Sommerkleid aus dem Schrank, ein knielanges klassisches Etuikleid in einem sommerlichen Blau, zog es an, schlüpfte in ihre Flip-Flops und öffnete ihre Zimmertür.

»Wow!«, stieß er begeistert hervor und musterte Olivia eindringlich, was sie schrecklich nervös machte. »Habe ich irgendwo einen Fleck?«, fragte sie hektisch.

Ein Lächeln umspielte seine Lippen. »Das Kleid steht dir wirklich gut«, sagte er schließlich. »Das Blau korrespondiert hervorragend mit deinen Augen. Und es ist sommerlich und elegant zugleich.«

Olivia ignorierte sein Kompliment.

»Was kann ich für dich tun?«, fragte sie stattdessen in betont geschäftsmäßigem Ton.

»Ich habe gerade unverhofft eine Stunde frei, weil eine Patientin kurzfristig absagen musste. Hättest du Lust, mit mir runter an den See zu gehen?«

Olivia zögerte. Würde so ein gemeinsamer Spaziergang nicht wieder viel zu viel Nähe erzeugen? Schließlich verscheuchte sie ihre Zweifel.

»Einverstanden. Ich möchte dir vorher nur schnell etwas zeigen.« Sie bat Alexander in ihr Zimmer und zeigte ihm das Foto von dem Ehepaar Levi mit den Trauzeugen.

»Schau, das ist Scarlett, aber wer ist der Mann? Hast du eine Ahnung?«

Alexander betrachtete das Foto eine Weile und schüttelte dann den Kopf. »Nein, ich habe keinen Schimmer, wer der gut aussehende Mann sein könnte, aber ganz offensichtlich sind die beiden ein Liebes –« Er unterbrach sich und blickte Olivia ernst an. »Es tut mir leid, wenn ich dich verletzt habe.«

»Das haben wir doch bereits geklärt.« Ihr Ton war schroff. »Komm, wir gehen ein Stück«, fügte sie versöhnlicher hinzu.

Schweigend schlenderten sie zum Steg. Olivia versuchte, es sich nicht anmerken zu lassen, wie sehr es in ihr brodelte. Vor lauter Nervosität kaute sie auf ihrer Unterlippe herum, und sie bereute bereits, seinen Vorschlag angenommen zu haben.

»Hast du interessante Dinge in der Kiste gefunden?«, erkundigte er sich schließlich.

»Nein, noch nichts, was mich weiterbringen könnte.«

»Wenn wir bloß diese Tagebücher finden würden.« Alexander zog sich Schuhe und Strümpfe aus und ließ die Füße ins Wasser baumeln. Da klingelte sein Telefon. »Entschuldige, aber ich muss rangehen, denn es könnte ein Patient sein«, sagte er, bevor er das Gespräch annahm. Olivia kam nicht umhin zu lauschen.

»Hallo, Maria, nein, ich kann heute Abend nicht. Ich habe Gäste zum Essen da.«

Olivia zuckte förmlich zusammen. Nicht nur, weil die Anruferin Maria war, sondern auch, weil sie vergessen hatte, dass Alexander Paul Wagner eingeladen hatte. Sie erhob sich rasch und schlenderte zum Ende des Stegs, weil sie keine Lust hatte, sein Gespräch mit dieser Frau weiter mit anzuhören. Doch es dauerte keine Minute, da war er ihr bereits gefolgt.

»Bevor ich es vergesse, Paul Wagner hat meine Einladung angenommen. Ist dir das überhaupt noch recht, wenn wir heute Abend zu dritt essen?«, fragte er zweifelnd.

»Wenn deine Freundin Maria nicht dazukommt, wird es schon gehen«, zischte Olivia und bedauerte ihre Worte, kaum dass sie sie ausgesprochen hatte.

Alexander musterte sie fassungslos. »Maria ist nicht meine Freundin. Sie war Christins Freundin«, sagte er bestimmt.

»Was dich ja offensichtlich nicht davon abgehalten hat, deine Frau mit ihr zu betrügen!« Olivia lief feuerrot an. Das hatte sie doch gar nicht sagen wollen!

»Wie kommst du darauf, ich meine, woher weißt du …«

»Das ist doch völlig egal. Außerdem kannst du tun und lassen, was du willst. Ich mag nur keine Heuchler!«

Alexander wurde weiß wie eine Wand. »Das sehe ich ganz genauso. Ich kann tun und lassen, was ich will, aber wie kommst du dazu, mich als Heuchler zu beschimpfen? Nicht jeder, der fremdgeht, ist gleich ein Heuchler«, entgegnete er empört.

»Das ist richtig, aber wie würdest du einen Mann nennen, der einer Frau vorspielt, er könne sie nicht küssen, weil er in tiefer Trauer sei, und in Wirklichkeit hat er schon lange eine andere?«

»Ich habe ein einziges Mal mit Maria geschlafen, als Christin noch lebte. Und das habe ich tausendfach bedauert. Auch wenn das keine Entschuldigung ist, aber wir waren beide betrunken, und sie stand überraschend vor meiner Hotelzimmertür …«

Olivia hob abwehrend die Hände. »Oh bitte, verschon mich mit den Einzelheiten. Ich möchte das gar nicht so genau wissen. Wenn ich das schon höre! Das klingt nach Standardausrede.«

»Ach, deshalb bist du so unversöhnlich. Weil du glaubst, ich hätte etwas mit ihr und würde meine Trauer nur vorschieben? Das denkst du also von mir! Okay, du kannst dir ja überlegen, ob du dich heute Abend mit so einem Arschloch an einen Tisch setzen willst.« Mit einem Satz war er auf sein Boot gesprungen, machte sich an den Segeln zu schaffen und beachtete sie nicht mehr.

Olivia war unwohl zumute. Sie wusste nicht mehr, was sie denken sollte. Er musste schon ein verdammt guter Schauspieler sein, wenn er sie eben angelogen hatte. Seine Empörung hatte sehr authentisch gewirkt, aber sie konnte sich zu keiner Entschuldigung durchringen. Stattdessen sprang sie auf und eilte zurück ins Haus. Sie ärgerte sich maßlos über sich selbst und darüber, dass sie nicht ihren Mund gehalten hatte. Und noch mehr darüber, dass Alexander sie leider alles andere als kaltließ, auch wenn sie sich gern das Gegenteil eingeredet hätte.

Wütend stapfte sie durch den Garten und wäre beinahe grußlos an Frau Krämer vorbeigegangen, die ihr ganz freundlich entgegenkam.

»Entschuldigen Sie, ich wollte Sie fragen, ob Sie wohl Dorade mögen. Man hört ja von den Amerikanern, dass sie ungern etwas essen, das noch als Tier zu erkennen ist.«

Olivia musste wider Willen schmunzeln. »Ich persönlich esse lieber Fisch, bei dem ich noch erkennen kann, dass er einmal gelebt hat, als undefinierbare Fischstäbchen.«

»Und wissen Sie, wo Herr Berger steckt? Da ist nämlich Besuch für ihn.«

Olivia deutete in Richtung Steg. »Er arbeitet an seinem Boot.« Hastig ging sie weiter, und plötzlich fielen ihr Alexanders Worte wieder ein: *Das Blau korrespondiert hervorragend mit deinen Augen.* Schmeichler, versuchte sie, seine Worte in Gedanken abzutun. Dabei ärgerte sie sich weniger darüber, dass er ihr dieses Kompliment gemacht hatte, als vielmehr darüber, dass sie anfing, sich den Kopf darüber zu zerbrechen, mit welchem ihrer Kleider sie ihn wohl heute Abend am meisten würde beeindrucken können.

Berlin, November 1925

Es war gar nicht einfach für Charlotte, sich an diesem traurigen Tag unauffällig aus dem Haus zu schleichen. Und um Erlaubnis zu fragen, das wusste sie sehr wohl, brauchte sie gar nicht erst zu versuchen. Sie war sich sicher, dass ihr Vater es niemals erlauben würde, dass sie in die Stadt fuhr, um in einem Theater vorzusingen. Normalerweise hätte sie sich für diese Unternehmung einen Mitverschwörer gesucht, aber sie war es leid, ständig von einem ihrer beiden älteren Geschwister als Anstandsperson begleitet zu werden. Schließlich hatte sie eine erwachsene Begleitung. Der junge Mann, der bereits mit seinem schicken Wagen im strömenden Regen vor der Tür stand und auf sie wartete, musste für den heutigen Abend genügen. Sie wagte es allerdings nicht, sich schon in Schale zu werfen, sondern hatte das Kleid, in dem sie vorsingen wollte, in eine Tasche gestopft, die sie bereits an der Garderobe deponiert hatte. Sie trug noch immer das dunkle Kostüm, das sie heute zur Beerdigung von Anton Bach getragen hatte. Der Chauffeur war vor ein paar Tagen plötzlich am Steuer des Wagens zusammengesackt. Zum Glück an einer Kreuzung stehend, denn im Fond hatte Wilhelm gesessen, der noch versucht hatte, ihn wiederzubeleben, aber der treue Chauffeur war unter seinen Händen gestorben.

Wilhelm, der sich nie ganz von Gertruds Tod erholt hatte, war untröstlich. Die Bewohner der Villa Koenig hatten Anton Bach heute das letzte Geleit gegeben. Bis auf Walter. Der war als Einziger nicht gekommen, wie er sich überhaupt kaum noch blicken ließ, seit er in das Haus am Alexanderufer gezogen war, das sein Schwiegervater für seine Familie und ihn gekauft hatte. Lediglich Olga schaute manchmal mit dem kleinen Friedrich vorbei, aber Charlotte hatte jedes Mal das Gefühl, dass ihre Schwägerin das heimlich machte, denn sie war immer furchtbar nervös. Manchmal unterhielt sie sich stundenlang mit Gerhard, was Walter ganz sicher nicht erfahren durfte, mutmaßte jedenfalls Charlotte.

Sie wollte sich gerade an der Küche vorbeischleichen, als ihr Lene entgegenkam.

»Ich wollte dich jerade holen. Es ist noch so viel Kuchen von dem Leichenschmaus iebrig. Klara hockt auch beij mir.« Charlotte hatte gar keine Wahl, denn die Haushälterin zog sie am Arm in die Küche.

Ihre Schwester sah sehr mitgenommen aus, aber Charlotte vermutete, dass nicht nur der plötzliche Tod des Chauffeurs dafür verantwortlich war, sondern auch die Tatsache, dass sein Sohn durch Abwesenheit geglänzt hatte. Charlotte waren die suchenden Blicke ihrer Schwester nicht verborgen geblieben. Sie hatte doch selbst darauf gehofft, Kurt wiederzusehen, und war sehr enttäuscht gewesen, dass er nicht aufgetaucht war. Da gar keine Verwandten von Anton Bach zur Beerdigung gekommen waren, befürchtete Charlotte, dass sie keine Todesnachricht erhalten hatten.

»Lene, ich muss mal ganz schnell wohin. Ich bin gleich zurück«, log Charlotte, weil ihr plötzlich einfiel, dass sie Emil Färber nicht so lange im Wagen warten lassen konnte. Sie ignorierte die verwunderten Blicke der beiden Frauen und verließ eilig die Küche. An der Garderobe schnappte sie sich die Tasche, rannte damit durch den Regen zum Wagen und klopfte gegen das Beifahrerfenster der edlen Limousine, die Emil sich mit seinem Bruder Max teilte, dem Filmproduzenten, für den sie bereits vor zwei Jahren heimlich gearbeitet hatte. Ein Steiger Martini, hatte Emil ihr voller Stolz erklärt, als er sie kürzlich einmal vom Studio nach Hause gebracht hatte. Seit ihr wegen des Todes ihrer Mutter damals die Rolle des »Schneewittchen« durch die Lappen gegangen war, hatte sie nur noch Nebenrollen bekommen. Das aber machte ihr herzlich wenig aus, denn sie wollte ohnehin lieber etwas mit ihrer Stimme machen. Dass ihre tiefe und volle Stimme ihr Kapital war, darin war man sich auch im Studio einig. Deshalb hatte Max Färber sie seinem kleinen Bruder Emil vorgestellt, der als Opernsänger schon einige Erfolge gefeiert hatte. Charlotte schätzte Emil auf Anfang zwanzig, was ihr als Sechzehnjähriger natürlich schon recht alt erschien, aber sie genoss es, dass er sie nicht wie ein kleines Mädchen, sondern wie eine echte Dame behandelte. Sie befürchtete allerdings, dass er ein bisschen verschossen in sie war, denn er bekam immer so glänzende Augen, wenn er sie sah. Aber das beruhte gewiss nicht auf Gegenseitigkeit. Sie mochte den gutmütigen Mann mit dem vollen schwarzen Haar und dem runden Gesicht, aber nur als guten Freund und natürlich als Gönner, der ihr den Termin zum Vorsingen für eine Oper beschafft hatte, in der er selber eine der Hauptrollen spielte.

Sie konnte ihn wirklich gut leiden, außer wenn er so einen treudoofen Hundeblick bekam. So, wie in diesem Augenblick, auch wenn er etwas verwirrt über ihr Trauerkostüm zu sein schien.

Sie aber reichte ihm die Tasche und verkündete verschwörerisch: »Ich ziehe mich gleich im Wagen um, aber wenn ich in dem Kleid das Haus verlasse und die mich erwischen, bin ich erledigt. Ich muss auch noch mal rein. Sonst schöpfen unsere Haushälterin und meine Schwester Verdacht. Ich bin gezwungen, noch ein Stück von Lenes Beerdigungskuchen in mich hineinzustopfen.«

Emil wollte sich schier ausschütten vor Lachen. »Du bist mir ein verrücktes Huhn. Aber beeil dich.«

»Wird gemacht!«, lachte Charlotte und eilte durch den strömenden Regen zurück ins Haus.

»Wer hat dich dann nass jemacht?«, fragte Lene entsetzt. »Siehst aus wie eijn bejossner Pudel.«

Charlotte überhörte das, sondern stopfte in rasendem Tempo den Kuchen in sich hinein, um schnell wieder gehen zu können, doch dann lauschte sie gespannt dem Gespräch der Frauen. Über wen sprachen die beiden so geheimnisvoll? Es ging um eine Schlägerei und Gefängnis. Das klang für Charlottes Ohren äußerst spannend.

»Aber das ist ja schrecklich. Woher weißt du das?«, fragte Klara aufgeregt.

»Ich hab mich janz jut mit dem Anton varstanden. Manchmal ham wir eijnen Kleijnen zusammen jenommen. Und denn war seijne Zunge jelockert. Er war ja sonst eijn janz Feijner.«

»Und da hat er dir erzählt, dass sie ihn verurteilt haben? Und du weißt nicht, wo er sitzt?«

Lene schüttelte bedauernd den Kopf.

»Ich habe von diesen Schlägereien gehört, nachdem sich diese verbotene Hitler-Partei neu formiert hat, aber dass sie ihn wegen Körperverletzung verurteilt haben, das ist ja furchtbar.« Klara versuchte, ihre wahren Gefühle zu verbergen. Sie hatte in Wahrheit entsetzliche Angst um ihn.

»Wen? Den Kurt?«, mischte sich Charlotte aufgeregt ein.

Lene nickte. »Aber nicht dem Profassar sajen. Der Anton hat es mir im Vartrauen jesajt. Das wird ihn ins Jrab jebracht haben.«

»Das ist ja irre spannend. Wem hat er denn die Fresse poliert?«, hakte Charlotte nach.

»Ach, davon verstehst du noch nichts«, erwiderte Klara genervt.

Sie liebt ihn immer noch, dachte Charlotte. Das sagte sie aber nicht laut. Stattdessen sprang sie mit gespieltem Zorn auf. »Hört auf, mich wie ein Kleinkind zu behandeln. Ich bin sechzehn! Ich möchte heute nicht mehr gestört werden, denn ich muss für eine Arbeit lernen.«

Charlotte griff in die Jackentasche und fühlte das kalte Metall vom Schlüssel ihres Zimmers, das sie vorsichtshalber von außen abgeschlossen hatte. Nun gab es kein Halten mehr. Sie war schon in der Tür, als ihr Klara bedauernd hinterherrief: »Liebes, ich habe das nicht so gemeint! Natürlich bist du kein Kleinkind mehr. Verzeih mir. Es ist nur alles etwas viel heute.«

Charlotte blieb stehen und drehte sich um. »Das verstehe ich doch«, seufzte sie. »Ich mache mir doch auch Sorgen um den Kurt.«

Mit diesen Worten lief sie aus der Küche. Und sie hoffte, dass ihre Schwester nicht begriffen hatte, warum sie sich auch so um Kurt sorgte, denn das war ihr ganz großes Geheimnis, das sie niemals einem Menschen anvertrauen würde, vor allem nicht ihrer Schwester. Es lag auch ein wenig an ihrer Schwärmerei für Kurt Bach, dass sie sich nicht in Emil verlieben konnte. Bis auf seine Pausbacken und sein kleines Bäuchlein war der Sänger nicht unattraktiv, aber lange nicht so verwegen und so männlich wie der Sohn des Chauffeurs. Das war überhaupt der schönste Mann, den sie je gesehen hatte – außer Gerhard, aber der zählte nicht. Und wenn sie nicht ungerecht sein wollte, gehörte auch Walter zu den ansehnlichsten Kerlen, die sie kannte. Aber was nützte es ihrem jüngeren Bruder, dass die Natur ihm dieses attraktive Äußere geschenkt hatte, wenn er doch ein kleinkarierter, verbissener … Ach, dachte Charlotte, es ist einfach so, dass ich ihm zwei Dinge niemals verzeihen werde: dass er zusammen mit Vater Kurt Bach fortgejagt und Mutter in den Tod getrieben hat! Ihre Gedanken schweiften zurück zu Kurt Bach. Sie sah ihn vor ihrem inneren Auge zitternd vor Wut im Park stehen, der Verachtung ihres Vaters und ihres Bruders ausgeliefert. Und trotzdem hatte er wie ein Held aus einer griechischen Sage ausgesehen. Stolz und erhaben. Charlotte stieß einen tiefen Seufzer aus. Genug geschwärmt, ermahnte sie sich, während sie ein modisches Cape umlegte. Aber wenn ich Klara wäre, ich würde alle Gefängnisse der Stadt nach ihm absuchen, denn jetzt, wo der alte Chauffeur tot ist, kann Kurt doch keiner mehr mit der Drohung erpressen, dem alten Mann zu kündigen. Und selbst das, dessen war sich Charlotte sicher, hätte ihr Vater ohnehin niemals übers Herz gebracht. Antons Tod war ihm wirklich nahegegangen. Nein, Charlotte war nach wie vor davon überzeugt, dass Klara Kurt viel zu leichtfertig aufgegeben hatte. Ich würde ihn bestimmt finden und dann aus dem Gefängnis retten, dachte sie verträumt.

Sie zuckte zusammen, als die Haustür klappte und ihr Vater fluchend von draußen kam. »Verflixtes Wetter!«, schimpfte er, bevor sein Blick an seiner Tochter hängen blieb, die ihn im Cape und mit einem kecken Hut auf dem Kopf erschrocken anstarrte. Es war unübersehbar, dass sie noch in die Dunkelheit des späten Novembernachmittags hinauswollte.

»Wohin so spät, mein Fräulein?«, fragte Wilhelm in strengem Ton. Er war seit dem Tod seiner Frau zwar im Großen und Ganzen milder geworden, aber das bedeutete nicht, dass er seinen Töchtern alles durchgehen ließ.

»Ich mache noch einen kleinen Spaziergang.«

»Im Regen? Charlotte, ich sehe es dir an der Nasenspitze an, dass du lügst. Das hat doch hoffentlich nichts mit dem jungen Mann zu tun, der dort draußen in einem teuren Wagen sitzt?«

Charlotte wurde rot. »Nein, Vati, ich ... ich kenne ... kenne keinen, der ein schwar– « Sie unterbrach sich erschrocken. Beinahe hätte sie »schwarzes Auto« gesagt und sich damit verraten.

Wilhelm trat bedrohlich einen Schritt auf sie zu. Charlotte war immer noch sein erklärter Liebling, aber er hatte in letzter Zeit mit Besorgnis beobachtet, dass sie sich in seinen Augen sehr frühreif benahm. Denn für ihn war sie doch noch ein Kind, sein Nesthäkchen, aber aus ihren Augen funkelte manchmal die blanke Abenteuerlust und ein ungebrochener Widerstandsgeist. Das hatte ihn zu der Erkenntnis getrieben, sie etwas strenger anzufassen, zumal auch ihre Schulnoten zu wünschen übrig ließen. Was für ein Gegensatz, diese Schwestern, dachte er seufzend. Klara hatte mit Abstand den besten Abschluss ihres Jahrgangs gemacht, und er hatte schließlich nachgegeben und ihr das Medizinstudium erlaubt. Und wenn er ganz ehrlich war, erfüllte ihn seine kluge ältere Tochter zunehmend mit Stolz, aber das würde er niemals zugeben. Er schob das auf den guten Einfluss, den Felix Waldersheim auf seine Älteste hatte, und er wünschte sich nichts mehr, als dass die beiden sich endlich verloben würden. Felix hatte ihm bereits zu verstehen gegeben, dass er ihr lieber heute als morgen einen Antrag machen würde, aber er fürchtete eine Abfuhr. »Nur Mut, mein Junge! Warte den richtigen Zeitpunkt ab«, hatte Wilhelm ihm gut zugeredet und dem Erben der Waldersheim-Werke väterlich auf die Schulter geklopft. Was Klara anging, war er also zurzeit eher guter Hoffnung, aber nun war die Kleine das Problem. Wie sie schon dastand. Selbstbewusst wie eine Große, aber aus ihren Augen sprach das schlechte Gewissen.

»So, mein Kind, sieh mich an und sag mir die Wahrheit. Wartet dieser Galan etwa auf dich? Und wenn du es leugnest, gehe ich zu ihm und frage ihn! Verstanden?«

»Aber, Vati, ich kenne den Mann im Auto nicht«, stöhnte Charlotte verzweifelt.

»Das stimmt, Vater, das ist ein Freund von mir. Wir wollen doch nur einen kleinen Ausflug machen. Weißt du was, wir nehmen Lotte einfach mit«, ertönte die rettende Stimme ihres großen Bruders.

Der Professor ließ seinen kritischen Blick zwischen Tochter und Sohn hin- und herschweifen.

»Aber spätestens um neun bringst du sie zurück«, ordnete der Vater an.

»Das kann ich dir nicht versprechen. Ich muss heute Abend ins Kabarett der Komiker. Eine Kritik für die *AIZ* über die Vorpremiere schreiben.«

Wilhelm runzelte finster die Stirn, aber er sagte nichts. Was sollte er auch noch dazu sagen? Gerhard kannte seine Meinung sowohl zu der Arbeiter-Illustrierten-Zeitung als auch zu der in seinen Augen traurigen Tatsache, dass sein Sohn jetzt, statt ein Studium abzuschließen, unter die roten Schmierfinken gegangen war. Dass er über Kultur schrieb, milderte sein hartes Urteil allerdings ein wenig ab.

»Du bist mir für deine Schwester verantwortlich!«, bellte er und ließ die beiden murrend ziehen. Hastig hakte sich Charlotte bei ihrem Bruder unter.

»Ade, Väterchen«, flötete sie.

Kaum war die Haustür hinter ihnen ins Schloss gefallen, drückte Charlotte dankbar die Hand ihres Bruders. Früher war er ihr so schrecklich alt vorgekommen. Jetzt machten die knapp zehn Jahre Altersunterschied in ihren Augen gar nicht mehr viel aus. »Danke, dass du mich gerettet hast. Das war aber auch höchste Eisenbahn. Vati hätte es fertiggekriegt und Emil ausgefragt.« Charlotte blickte kichernd nach oben. »Siehst du, der blöde Regen hat auch aufgehört. Das ist doch ein gutes Zeichen, oder?«

»Du hast doch nicht etwa vorgehabt, dem väterlichen Diktat auf eigene Faust zu entgehen?«, fragte er sie übertrieben streng, als sie auf den protzigen Steiger Martini zugingen.

»Kannst du das nicht verstehen? Ich bin doch kein Kind mehr. Wie sieht das denn aus, wenn ich immer meine Anstandswauwaus dabeihabe?«

»Seriös, meine kleine Diva. Glaubst du, Max Färber möchte Ärger haben, wenn er eine sechzehnjährige Göre ohne Erlaubnis ihrer Eltern und ohne volljährige Begleitung beschäftigt?«

»Die Erlaubnis kann ich schon selber fälschen. Aber wir fahren gar nicht ins Studio, sondern ins Metropol«, erklärte sie aufgeregt, »Stell dir vor, ich soll für eine Rolle vorsingen, weil denen eine Sängerin ausgefallen ist. Ist das nicht herrlich?«

»Metropol?« Er pfiff anerkennend durch die Zähne.

Charlotte rollte genervt mit den Augen. »Ich weiß, dass du das Theater nicht magst. Hast du nicht neulich erst eine dortige Aufführung verrissen? Vielleicht ist es gar nicht so gut, wenn du uns begleitest. Kannst du nicht irgendwo aussteigen, mich allein zu dem Vorsingen gehen lassen, und dann treffen wir uns später?«

»Das lasse ich mir auf keinen Fall entgehen«, lachte Gerhard. »Stell dir vor, aus dir wird tatsächlich mal ein Star. Dann kann ich behaupten, bei der Geburtsstunde des neuen Sterns am Berliner Operettenhimmel dabei gewesen zu sein.«

Sie waren jetzt am Wagen angekommen. »Spinner!«, schimpfte Charlotte und knuffte ihn liebevoll in die Seite.

»Na endlich!«, stöhnte Emil, als die Autotür aufging, und bat Gerhard unwirsch, sich nach hinten zu setzen.

»Mein Bruder kommt mit. Sonst hätte mich mein Vater nicht gehen lassen«, ächzte Charlotte und ließ sich von ihrem Bruder die Tasche nach vorn geben. Ohne weitere Erklärung schälte sie sich aus ihrem Kostüm.

»Äh, ich … äh, also …« stammelte Emil mit einem verlegenen Blick auf seine Beifahrerin, die nur noch mit einem seidenen Unterrock bekleidet war.

Charlotte brach in lautes Gekicher aus. »Du guckst mich an, als hättest du noch nie eine Frau im Unterrock gesehen.«

»Charlotte, nun bringe ihn doch nicht in Verlegenheit. Eine Dame entkleidet sich nicht in einem stehenden Auto, schon gar nicht in Anwesenheit von Herren«, mischte sich Gerhard amüsiert ein.

Charlotte ignorierte Gerhards nicht ganz ernst gemeinte Standpauke und warf Emil einen entwaffnenden Blick zu. »Dann wäre es vielleicht besser, du würdest endlich losfahren, statt mich wie ein Weltwunder anzustarren.« Charlottes Ton klang zwar tadelnd, aber in Wirklichkeit genoss sie die Bewunderung, wusste sie doch inzwischen, dass ihre Formen offenbar Männerherzen höher schlagen ließen. Sie entsprachen ganz dem neuen androgynen Frauenbild, aber sie hatte ein bisschen mehr Busen als viele andere, die eine solche gerade, schlanke und beinahe knabenhafte Figur besaßen wie sie. Das schien den Männern jedenfalls zu gefallen!

Zögernd wandte Emil den Blick von ihr ab und fuhr los. Charlotte schlüpfte trotz der vielen Schlaglöcher, durch die sie fuhren, geschickt in ihr neues Kleid, das sie von ihrem letzten Kinohonorar im Kaufhaus des Westens erstanden hatte. Es war ein schwarzes, knielanges Kleid, das mit Perlen und Pailletten besetzt war, unten Fransen besaß und vorne sowie hinten einen großen Ausschnitt hatte. Dazu passend, holte sie eine Federboa aus ihrer Tasche, die sie sich, wie es der neuste Schrei war, locker um die Schulter legte. Auch modische Spangenschuhe und eine glänzende Handtasche hatte sie sich gegönnt.

Gerhard sah der Verwandlung seiner Schwester kopfschüttelnd vom Rücksitz zu. »Kleine, machst du nicht ein bisschen viel Gewese?«

»Du hast doch keine Ahnung, Brüderchen, ich sollte schon wie eine Dame wirken, denn schließlich singe ich für die Mademoiselle Lange aus der Oper *Mamsell Angot* von Charles Lecocq vor.«

Gerhard wollte sich schier ausschütten vor Lachen. »Da hat aber jemand gut Schularbeiten gemacht. Sie würden sich wohl freuen, wenn sie die Rolle bekäme, lieber Emil. Dann könnten Sie Ihre Flamme täglich zu den Proben sehen, denn wie ich höre, spielen Sie auch mit, oder?«

Emil war knallrot geworden. »Ich … ich spiele den Straßensänger Pitou, und als unsere Sängerin schwanger geworden ist, musste schließlich, also … war es dringend notwendig, eine neue zu finden«, stammelte er verlegen.

»Entschuldigen Sie, ich wollte nicht anzüglich werden. Ich finde das nett von Ihnen. Wirklich!«, fügte Gerhard hinzu und versuchte, ernst zu bleiben.

»Ich für meinen Teil würde es sehr begrüßen, wenn der Regisseur sich für Ihre Schwester entscheidet«, erklärte Emil im Brustton der Überzeugung. »Schließlich passt die Rolle perfekt auf Charlotte. Sie suchen eine romantisch-französische Soubrette mit einer dunklen, fast alt-artig klingenden lyrischen Tiefe und Mittellage, aber mit einer hellen und silbrig strahlenden Höhe. Und wer, wenn nicht Ihre begabte Schwester, verfügt über diese Tonlage?«

»Und ich habe es zu Hause geübt, das schwöre ich dir, lieber Emil. Ich will die Rolle unbedingt!«, stieß Charlotte wie ein Stoßgebet aus.

»Aber was würde Vater dazu sagen?«, warf Gerhard kritisch ein. »Eine Rolle am Metropol. Das könnte man doch gar nicht geheim halten wie die Rollen in den Filmen, die kein Mensch in Vaters Kreisen je anschauen würde. Aber das Metropol ist bei den Bürgern sehr beliebt. Ich wette, in das Haus würde sich selbst Walter verirren.« Seine Verachtung für den Bruder war unüberhörbar.

»Vater würde sagen: Kinder mit einem Willen kriegen was auf die Brillen«, versuchte Charlotte von dem Thema abzulenken, über das sie natürlich auch schon heftig gegrübelt hatte. Was wäre, wenn sie die Rolle bekäme? Aber in diesem Augenblick wollte sie sich nicht mit dem Gedanken an mögliche Probleme ihrer potenziellen Karriere beschäftigen, sondern vielmehr mit den Voraussetzungen, um sie überhaupt ins Laufen zu bringen.

Sie wandte sich aufgeregt zu ihrem Bruder um. »Möchtest du mal einen Ausschnitt hören?«

Gerhard stöhnte auf.

»Wenn es sein muss. Du weißt ja, mein Herz schlägt mehr für das aussagekräftige Bühnenstück und nicht für die ganz leichte Muse.«

»Bitte, mir zuliebe. Sing es doch bitte!«, bat Emil, der sie immer wieder mit bewundernden Seitenblicken förmlich auffraß.

Sie schenkte ihm ein bezauberndes Lächeln. »Verstehst du jetzt, warum ich meinen Bruder nicht als Anstandswauwau mitnehmen wollte?«

»Vorsicht, junge Dame, wenn ich Vater nicht für dich angeschwindelt hätte, würdest du jetzt zu Hause hocken.«

Charlotte reichte ihm zur Versöhnung die Hand nach hinten, die Gerhard kurz tätschelte. Sosehr sie sich manchmal neckten, so sehr liebten sie einander auch. Gerhard war stolz auf ihr Talent und ihren Eigensinn, während sie seine lockere Lebensart bewunderte und insgeheim auch die Tatsache, dass ihm überall, wo er hinkam, sämtliche Frauenherzen zuflogen. Seit Walter ihm Olga ausgespannt hatte, war er, so vermutete Charlotte, keiner Frau mehr treu gewesen. Sie mutmaßte aber auch, dass Olga seine große Liebe war und immer bleiben würde. Ganz schön dumm von ihr, ihn gegen Walter auszuwechseln, dachte sie.

Charlotte setzte sich kerzengerade hin und kündigte an, dass sie jetzt gedachte, Emil zuliebe einen kleinen Ausschnitt aus dem Lied, das man ihr zur Vorbereitung auf das Vorsingen überlassen hatte, zum Besten zu geben.

»Es heißt aber nicht Lied, sondern Couplet«, erklärte sie stolz, bevor sie sich noch einmal räusperte und zu singen begann.

»Fürcht heut nimmer meine Rache, hättest du damals es gewagt, dann hätte ich in deiner Elternsprach, hätte ich gleich zu dir gesagt, sei still, Jungfer Zopf, dass ich nicht den Mund ihr stopf, ist sie noch einmal so grob, kriegt sie gleich eins auf den Kopf …«

»Lass das nur nicht Vater hören, aber ich würde dich auf der Stelle engagieren.« Gerhard klatschte laut.

»Das singe ich im Wechsel mit der Hauptrolle Clairette, die aus Liebe zu dem Straßensänger ein verbotenes Lied gesungen hat, ein Spottlied auf Mademoiselle Lange, also auf mich. Doch ich kann es ihr verzeihen, denn wir waren einst auf demselben Mädchenpensionat.«

»Das ist ja doll«, spottete Gerhard. »Sei nicht böse, aber die Handlungen dieser sogenannten komischen Opern sind nicht gerade anspruchsvoll angesichts der wirklichen Probleme, die wir in unserer jungen Republik zu bewältigen haben.«

»Aber was haben Sie dagegen, dass sich die Leute mit seichten Bühnenpräsentationen auch mal von den Problemen ablenken lassen?«, warf Emil empört ein.

»Verstehen Sie mich nicht falsch. Ich habe nichts dagegen, wenn die Menschen bei euch im Metropol für ein paar Stunden den grauen Alltag vergessen, aber es ist schade, dass euer Haus das Vorkriegsniveau nicht halten konnte. Damals vor dem Krieg war die *September-Revue* im Metropol *das* gesellschaftliche Ereignis. Es gab Kämpfe um die Karten, und in jeder Revue gab es jede Menge politischer Anspielungen.«

Charlotte stöhnte laut auf. »Jetzt dozierst du schon genauso wie Walter, nur dass seine Ansichten im Gegensatz zu deinen ganz grauenvoll sind. Du magst ja in der Sache recht haben, aber kapierst du nicht, dass ich wahnsinniges Lampenfieber habe?«

Emil griff mitfühlend nach ihrer Hand. »Das wird schon, Lottchen«, raunte er. »Du bist die Beste für die Rolle. Glaub es mir. Und das wird der Regisseur genauso sehen.«

»Ja, das glaube ich auch«, bekräftigte Gerhard Emils aufbauende Worte. »Kleines, du schaffst es!«

»Nenn mich nicht Kleines, wenn ich da gleich vorsinge«, zischte sie. »Und schon gar nicht, wenn andere dabei sind.«

»Wie konnte ich Ihnen das antun, gnädige Frau«, scherzte Gerhard, aber bei allem Wohlwollen seiner kleinen Schwester gegenüber, machte er sich auch ein wenig Sorgen um sie. Charlotte benahm sich nicht wie eine Jugendliche, sondern wie eine verwöhnte ausgewachsene Diva. Er persönlich zweifelte nicht daran, dass sie auf der Bühne Erfolg haben würde, weil sie für dieses Leben gemacht zu sein schien. Aber besaß sie auch jene Bodenständigkeit, die ihre Schwester Klara auszeichnete, oder würde sie eines Tages in luftige Höhen abheben und die Bodenhaftung verlieren? Wie vehement sie allein ausblendete, dass sie, wenn sie das Vorsprechen wirklich schaffen sollte, dieses Engagement nicht mehr ohne die Erlaubnis des Vaters würde annehmen können, weil es in der Tat bedeutete, dass sie die Schule würde schmeißen müssen, ging es Gerhard durch den Kopf. Und auch, wie sie sich Emil gegenüber benahm, fand er nicht gerade altersgemäß. Nicht, dass er es gern gesehen hätte, wenn sie sich in den Opernsänger verlieben würde, nein, aber wäre sie nicht seine geliebte Schwester, er würde eine Frau, die wie sie mit den Gefühlen eines Mannes spielte, schlichtweg als »raffiniertes Luder« bezeichnen. Und in dem Metier kannte er sich aus, umgab er sich doch gern mit solchen Frauen. Doch verlieben würde er sich in keine von ihnen. Und er allein kannte den Grund, warum er für keine seiner Liebschaften tiefe Gefühle entwickelte. Jedenfalls glaubte er, dass kein anderer ahnte, was wirklich in seinem Inneren vor sich ging.

Berlin, Steglitz-Zehlendorf, Juli 2014

Olivia war etwas zu früh in den Salon gekommen. Das Essen mit Paul Wagner sollte erst in einer halben Stunde stattfinden. Sie hatte es in ihrem Zimmer jedoch nicht mehr ausgehalten, denn sie hatte in der Kiste einen interessanten Fund gemacht. Es war ein Brief von Charlotte an Vincent Levi, der zeigte, wie vertraut sich die beiden gewesen waren, wenn auch nur als gute Freunde. Das Besondere war, dass Charlotte den Brief im Herbst 1931 geschrieben hatte, also in einer Zeit, nachdem das Manuskript abgebrochen hatte. Olivia hatte den Brief eingesteckt, um ihn den beiden Männern nachher vorzulesen.

Sie trug zum Abend ein bodenlanges Sommerkleid, einen blauen Neckholder aus Seide. Um sich die Wartezeit zu vertreiben, hatte sie Frau Krämer ein wenig bei den Vorbereitungen helfen wollen, aber die hatte bereits alles erledigt und einen festlichen Tisch auf der Veranda gedeckt.

Olivia beschloss, noch einmal nach oben zu gehen, als ihr Blick an den Fotografien hängen blieb, die auf der Art-déco-Anrichte standen.

Auf der einen war die Familie Koenig abgebildet. Es war dasselbe Bild, das sie in den Unterlagen ihrer Großmutter gefunden hatte. Das zweite Foto, das dem Ambiente nach aus den Sechzigern stammte, zeigte einen vornehm gekleideten Herrn, der unverkennbar dieselben markanten Gesichtszüge sowie das unverkennbare Grübchen am Kinn besaß wie Gerhard und Walter. Ob das wohl Friedrich ist, fragte sich Olivia.

Sie löste sich von den Fotos und beschloss, später Alexander danach zu befragen. Die Wartezeit bis zum Essen wollte sie mit einem Gang zum See überbrücken.

Sie war gerade aus der Verandatür, als sie hinter sich das Klackgeräusch von High Heels vernahm. Neugierig drehte sie sich um, und bevor sie die Trägerin der Schuhe entdeckte, wehte ihr eine aufdringliche Wolke von Chanel No. 5 entgegen, die ihr fast die Luft zum Atmen nahm. Auf diese Weise kann man das edelste Parfum zu einer penetranten Attacke auf die Geruchsnerven werden lassen, dachte Olivia. Ihr fielen die Worte eines jungen Modedesigners ein, den sie einmal interviewt hatte und der zusätzlich zu seiner Modelinie einen Duft herausgegeben hatte. »Beim Parfum verhält es sich wie beim Narkosemittel, bei einer Überdosierung nützt es nichts, sondern hat recht unangenehme Wirkungen«, hatte er ihr auf die Frage nach der richtigen Menge geantwortet.

Nun entdeckte sie auch die Dame zu dem Geruch. Sie war gerade dabei, das edle Parkett mit ihren hohen Pfennigabsätzen zu malträtieren, doch als sie Olivia erblickte, blieb sie abrupt stehen.

»Wissen Sie, wo Alexander ist?«, fragte sie, ohne sich mit einer Begrüßung aufzuhalten.

»Ihnen auch einen guten Tag«, entgegnete Olivia mit spitzem Ton.

»Guten Tag, Ms Baldwin«, stöhnte Maria. »Sagen Sie mir jetzt, wo Alexander ist?«

»Ich bin hier«, ertönte seine Stimme hinter ihnen.

Wie der Blitz drehte sich Maria zu ihm um. »Lass uns draußen reden. Ich muss dich unter vier Augen sprechen.«

»Gehen wir auf die Veranda«, schlug er schroff vor. Er schien nicht gerade begeistert über ihren Besuch zu sein. Das sprach dafür, dass er sie nicht zu dem Abendessen mit Paul Wagner eingeladen hatte. Außerdem war nur für drei Personen gedeckt, wie Olivia vorhin im Vorbeigehen registriert hatte. Hoffentlich kommt er nicht auf den Gedanken, sie spontan einzuladen, ging es ihr durch den Kopf.

Sie hörte erregte Stimmen von draußen, konnte aber kein Wort verstehen, denn die beiden hatten sich offensichtlich von der Veranda in den Park bewegt.

Olivia konnte sich nicht helfen. Sie mochte Maria nicht. Aber ist das ein Wunder, da wir in denselben Mann verliebt sind, dachte sie und erschrak, kaum dass sie den Gedanken zu Ende geführt hatte. Das habe ich doch nicht wirklich gerade gedacht?

In diesem Augenblick kam Maria wie eine Furie auf sie zu. Das vertrauliche Gespräch war offenbar nicht zu ihrer Zufriedenheit verlaufen.

»Dann wünsche ich viel Spaß beim Abendessen mit Paul Wagner.« Das klang so angezickt, dass es Olivia ein Schmunzeln entlockte.

»Den werden wir haben«, entgegnete sie süffisant.

Maria war jetzt ganz dicht an Olivia herangetreten, so nahe, dass Olivia Sorge hatte, an der Überdosis Chanel zu ersticken.

»Machen Sie sich keine Hoffnungen auf Alex, der ist vergeben«, zischte sie.

»An Sie?«, gab Olivia spöttisch zurück.

»Ich habe die älteren Rechte, und wenn Sie sich jetzt dazwischendrängen, lernen Sie mich wirklich kennen.«

Olivia lächelte Maria falsch an und deutete auf ihre lackierten Fingernägel. »Kein Bedarf, aber schön, dass Sie der Meinung sind, wir sollten ihn wie einen Kuchen unter uns aufteilen. Halten Sie ihn für so beschränkt, dass er nicht für sich selbst entscheiden kann?«

»Im Gegensatz zu Ihnen kenne ich Alex in- und auswendig. Und wenn Sie sich einbilden, dass er Interesse an Ihnen hat, täuschen sie sich. Das Einzige, was ihn anspricht, ist Ihre Ähnlichkeit mit Christin. Sie sehen einander zwar nicht besonders ähnlich, aber Sie bewegen sich ähnlich und haben dieselbe Art zu reden.«

Diese Spitze traf Olivia wie ein Pfeil mitten ins Herz, aber sie bewahrte nach außen die Fassung.

»Ich glaube, Sie sollten gehen. Wenn Sie zu lange auf einem Fleck stehen bleiben, bohren Ihre Absätze Löcher in das gute Parkett«, flötete sie.

Maria rauschte grußlos von dannen.

In Olivias Kopf tobten die Gedanken wild durcheinander. Sie ärgerte sich maßlos, dass Marias gehässige Bemerkung sie derart getroffen hatte. Ich will nichts von dem Mann, versuchte sie sich zornig einzureden.

In diesem Augenblick kam Alexander von draußen. Er sah wütend aus, doch als er sie wahrnahm, hellte sich seine finstere Miene auf.

»Wow, wieder Blau. Ich weiß jetzt gar nicht, welches Kleid dir besser steht.«

Am liebsten hätte Olivia ihn nach dem Grund von Marias Besuch ausgefragt, aber diesen Impuls konnte sie natürlich unterdrücken.

»Was hat es mit deinem Faible für Blau auf sich? Hat deine Frau das gern getragen?« Olivia hatte kaum das letzte Wort ausgesprochen, da hätte sie sich am liebsten auf die Zunge gebissen.

Alexander musterte sie skeptisch. »Nein, Christin hat niemals Blau getragen. Jedenfalls nicht so einen leuchtenden Ton.«

Olivia war das entsetzlich peinlich, und sie ärgerte sich maßlos, dass der Stachel, für den Maria verantwortlich war, so tief saß. Sie überlegte fieberhaft, wie sie möglichst galant das Thema wechseln konnte, da fielen ihr die Fotos auf der Anrichte ein.

»Sag mal, kannst du mir ein paar der Fotos erklären, ich meine, Aufschluss über die abgebildeten Personen geben?«

Ohne seine Antwort abzuwarten, ging sie zur Anrichte und nahm das Bild zur Hand, das sie vorhin betrachtet hatte. Er folgte ihr.

»Ist das Friedrich Koenig, der Sohn Gerhards, der aber als Walters Kind aufwuchs?«

»Nein, das ist Georg, Klaras Sohn.«

Olivia sah ihn mit großen Augen an. »Christins Vater? Kommt der auch im Manuskript vor?«

»Nein, er ist erst 1933 geboren, und das Tagebuch hört, soweit ich mich erinnere, im Jahre 1928 auf. Georg und seine Frau sind bei einem Autounfall ums Leben gekommen, als Christin neun Jahre alt war. Sie ist dann bei ihrer Großmutter aufgewachsen.«

»Was für eine merkwürdige Parallele«, murmelte Olivia.

»Ich will nicht neugierig sein, aber warum bist du bei deiner Großmutter aufgewachsen?«, fragte Alexander in einem einfühlsamen Therapeuten-Ton.

So redet er bestimmt mit seinen Patienten, dachte Olivia leicht belustigt, aber trotzdem vertraute sie ihm nun an, wie ihre Eltern ums Leben gekommen waren.

»Darf ich dich etwas Indiskretes fragen?«

Olivia nickte.

»Warst du damals in professioneller Betreuung?«

»Nein, Scarlett war der Meinung, das würden wir schon wieder hinkriegen. Ich konnte nicht schlafen, hatte Angst in der Dunkelheit …«

»Wie bei Christin. Klara hielt auch nichts von einem Seelendoktor. Sie hat mich bis zuletzt mit meinem Beruf aufgezogen.«

»Aber wir sind anders. Wir wollen doch, dass unsere Kinder den Tod ihrer Mutter oder ihres Vaters schadlos aufarbeiten«, sinnierte Olivia.

»Genau, Vivien sollte unbedingt eine Therapie machen, um sich wieder zu erinnern. Das ist viel besser, wenn ihr Gedächtnis unter professioneller Anleitung zurückkehrt und man nicht wartet, bis die Erinnerung sich von allein zurückmeldet.«

»Bei dir in Therapie?« Das klang nicht gerade freundlich, aber das hatte Olivia selbst gemerkt. »Ich glaube, dass du tolle

Arbeit machst, aber Vivien ist durch den Kontakt zu Leo eher skeptisch dir gegenüber.«

»Nein, das würde ich auch ungern selber machen. Aber ich habe da einen Freund, einen Trauma-Spezialisten. Warum sollen unsere Kinder leiden, wenn sie die Gelegenheit bekommen, an dem Thema zu arbeiten?«

»Aber Leo geht doch auch nicht zum Therapeuten, oder?«

»Leider, wir können die Kinder nicht zwingen, aber du könntest deiner Tochter zumindest das Angebot machen. Vielleicht ist sie nicht ganz so stur wie mein Sohn.«

Olivias Blick fiel noch einmal auf das Foto von Georg. »Und wessen Sohn ist Georg? Ich meine, ist er von Felix oder doch von Kurt?«

Alexander zuckte mit den Achseln. »Wird nicht verraten. Aber an welcher Stelle im Manuskript bist du denn gerade?«

»Bei Gertruds Beerdigung. Klara hegt den Verdacht, dass Friedrich nicht Walters, sondern Gerhards Sohn …« Olivia stutzte. »Ach nein, ich bin ja schon weiter. An der Stelle, wo meine Großmutter sich mit Gerhards Hilfe aus dem Haus schleicht, um im Metropol für die Rolle vorzusingen.«

»Und was hoffst du? Mit wem sollte Klara zusammenkommen?«

»Natürlich mit Kurt. Sie liebt ihn doch. Felix ist lieb und nett, aber er kann ihr niemals das geben, was sie sich ersehnt. Ich hoffe, dass die Liebe siegt!«

Alexander sah ihr jetzt direkt in die Augen. »Ach, wenn das immer so einfach wäre«, stöhnte er. »Also, Klara wird …«

»Nein, verrate es mir doch lieber nicht! Ich möchte es selber lesen. Habt ihr auch irgendwo ein Foto von Friedrich?«

Alexander wand sich ein wenig. »Das ist ein dunkles Kapitel der Familiengeschichte«, seufzte er.

Olivia ließ es dabei bewenden.

»Und wer ist das?« Sie deutete auf das Foto, auf dem ein alter Herr fröhlich in die Kamera winkte.

»Das ist Gerhards Sohn Wolfgang. Ich kenne ihn nur als Onkel Wölfi.«

Olivia fröstelte. »Gerhard hatte noch einen Sohn? Und lebt dieser Onkel noch?«

»Ja, aber er ist dement und in einem Heim. Ich befürchte, dass er uns nicht weiterhelfen kann.«

»Vielleicht sollten wir ihn trotzdem mal besuchen«, schlug Olivia vor.

»Sagtest du gerade ›wir‹?«, spottete Alexander.

»Ich kann ja schlecht allein hingehen. Aber dich kennt er vielleicht noch«, stöhnte sie.

»Das bezweifle ich. Er hat vor Jahren Christin schon nicht mehr erkannt. Und ich habe ihn nur ein paarmal gesehen, aber keine Sorge, ich begleite dich.«

Das Klingen der Haustürglocke unterbrach ihr angeregtes Gespräch.

»Das ist Paul. Na, der wird Augen machen.«

»Das glaube ich auch. Nicht nur, weil wir uns kennen, sondern auch, weil deine Frau das Manuskript verfasst hat.«

Er nickte eifrig, bevor er im Hausflur verschwand. Olivia fühlte sich plötzlich merkwürdig beschwingt. Die Tatsache, dass Maria und Alexander sich gestritten hatten, machte ihr gute Laune. Ihr war bewusst, dass das nicht besonders fein war, wie sie sich darüber freute, aber sie konnte nicht anders. Wenn Maria eine nettere Person wäre, würde ich sicher nicht zu solchen Gehässigkeiten neigen, dachte Olivia. Da hörte sie bereits Paul Wagners unverkennbare Stimme und stellte sich sein dummes Gesicht vor, wenn er sie gleich in Alexanders Salon antraf.

»Olivia Baldwin?«

Der Ausdruck in Paul Wagners Miene wechselte von maßlosem Erstaunen zu aufrichtiger Wiedersehensfreude.

Sie gab ihm die Hand. Er blickte irritiert von Olivia zu Alexander. »Wetten, ihr zwei habt euch mein dummes Gesicht in allen Einzelheiten ausgemalt, oder?«

Olivia lachte. »Auf jeden Fall!«

»Und bekomme ich jetzt eine Erklärung, warum Sie heute Abend auch hier sind? Einmal abgesehen davon, dass es mich sehr freut, Sie so unverhofft wiederzusehen.«

»Setzt euch erst mal an den Tisch. Frau Krämer hat auf der Veranda gedeckt. Ich hole den Aperitif.«

Alexander kehrte mit einer Flasche Champagner zurück und goss seinen Gästen einen Begrüßungsschluck ein. Als sie sich zuprosteten, sagte Paul Wagner mit gespielter Empörung: »So, und jetzt raus mit der Wahrheit. Woher kennt ihr euch?« Er wandte sich an Olivia. »Da Alexander und ich uns duzen, weil ich seine Frau sehr gut gekannt habe, würde ich vorschlagen, dass auch wir beide auf das Du anstoßen sollten. Ich bin Paul.«

»Ich bin Olivia. Mich freut es auch, dass wir uns in diesem Rahmen wiedersehen.« Sie warf Alexander einen fragenden Blick zu. »Darf ich unserem Freund mal einen Hinweis geben?«

Alexander nickte eifrig.

»Gut, Paul, dann sei mal so viel verraten. Du befindest dich hier in der Villa, in der Charlotte Koenig aufgewachsen ist. Du musst nur noch kombinieren, was das für meine Bekanntschaft mit Alexander bedeuten könnte.« Olivia blickte den Verleger aufmunternd an.

»Wow! Das ist ja ein Ding. Haben Christin und du gewusst, wer hier mal gelebt hat?«

Olivia und Alexander warfen einander amüsierte Blicke zu. »Jetzt bin ich dran, einen Hinweis zu geben«, lachte Alexander. »Deiner führte offenbar nicht zur blitzartigen Erkenntnis, wie das alles zusammenhängt.«

»Da bin ich ja mal sehr gespannt, ob du einen besseren lieferst.« Sie sah ihn provozierend an.

»Hauptsache, ihr beiden habt euren Spaß daran, dass ich im Trüben fische«, lachte Paul.

Alexander legte seine Stirn in grüblerische Falten. »Okay, ich hab's. Du kennst die Autorin persönlich.«

»Ich? Die Autorin? Leider nein, auch wenn ich sicher bin, dass Maria Bach nur ein Pseudonym ist, aber wieso sollte ich …«

Er sah Alexander sichtlich verwirrt an.

»Nein, sag nicht, dass Christin …«

»Doch, sie verbirgt sich hinter dem Pseudonym Maria Bach.«

»Aber warum hat sie den Roman denn nicht fertig geschrieben, als ich ihr nach der Lektüre des Manuskripts auf die Mailbox gesprochen …?« Er stockte. »Aber als ich dieses Manuskript erhielt, war sie doch bereits gestorben.«

»Genau! Ich habe das Manuskript nach ihrem Tod an dich geschickt in der Hoffnung, dass ihre fieberhafte Arbeit an dem Buch damit einen Sinn bekommt.«

»Heißt das, du bist im Besitz der Tagebücher?«

»Leider nein, sie sind verschwunden. Aber wenn wir sie wiederfinden, wird Olivia auch das Manuskript zu Ende bringen. Würdest du es dann nehmen?«

»Sicher, wenn mich der Schluss überzeugt, gerade da ich jetzt weiß, dass Christin es geschrieben hat. Aber eine Frage habe ich noch: Wie habt ihr beide euch gefunden?«

»Auf deine Initiative hin. Wir haben uns im Manzini getroffen«, erklärte Alexander dem Verleger.

»Du bist mir ja eine.« Paul drohte Olivia scherzhaft mit dem Zeigefinger. »Da hast du mir einen schönen Bären aufgebunden.«

Olivia zuckte mit den Schultern. »Ich konnte doch nicht einfach das Pseudonym der Autorin lüften.«

In diesem Augenblick kam Frau Krämer mit einem vollen Tablett auf die Veranda. Sie hatte zu der Dorade einen Salat zubereitet. Es duftete alles köstlich nach italienischer Küche.

»Stellen Sie es hin. Sie müssen uns das nicht servieren, sonst denken meine Freunde noch, ich wäre ein Patriarch aus einer anderen Zeit«, lachte Alexander und wollte nach der Salatschüssel greifen.

»Finger weg!«, tadelte Frau Krämer ihn mit gespielter Strenge. »Das ist mein Job, und ich werde mich ans Arbeitsgericht wenden, wenn Sie mich nicht meine Arbeit machen lassen.«

»Das sieht so lecker aus«, stieß Olivia begeistert hervor. »Besonders, dass man den Fisch als solchen erkennt.« Sie zwinkerte der Haushälterin verschwörerisch zu.

Während des Essens brachte Paul immer wieder sein Erstaunen darüber zum Ausdruck, dass Christin und Olivia entfernte Verwandte waren.

»Könnte es nicht sein, dass Christin die Tagebücher vernichtet hat?«, fragte er nachdenklich.

»Warum sollte sie? Wenn sie vorgehabt hätte, die ganze Geschichte unter dem Teppich zu halten, hätte sie sich wohl kaum die Mühe gemacht, das Ganze in Romanform zu bringen, oder?«, gab Alexander zu bedenken.

»Aber solche Tagebücher können doch nicht einfach verschwinden«, bemerkte Paul.

»Uns wird wohl nichts anderes übrig bleiben, als oben auf dem Boden zu suchen.«

»Jetzt? Ich bin dabei!« Paul lachte.

»Mir steht nicht der Sinn danach, jetzt auf dem Dachboden herumzukriechen«, entgegnete Alexander.

»Ich habe etwas gefunden, das uns vielleicht weiterbringen könnte. Ich habe in Vincent Levis Kiste einen Brief gefunden und …«

»Wie kommst du zu Vincent Levis Sachen?« Paul kam aus dem Staunen nicht heraus.

Daraufhin gestand Olivia ihm, dass sie die Lesung seiner Biografie besucht hatte. Und auch, dass sie dem Autor quasi verboten hatte, ihn zu grüßen.

»Verstehe, dann hätte ich natürlich sofort wissen wollen, woher du Christins Ehemann kennst.«

Nachdem sie gegessen hatten, las Olivia den beiden Männern Charlottes Brief vor.

Berlin, Herbst 1931
Lieber Freund,
während Du gerade bei Deiner Liebsten in New York weilst, passieren hier schreckliche Dinge. Stell Dir vor, die NSDAP ist bei der Wahl am 14. September zweitgrößte Fraktion geworden. Da kann einem doch angst und bange werden. Mein Bruder Walter jubelt sicherlich, denn er ist doch tatsächlich in diese furchtbare Partei eingetreten. Zusammen mit seinem ekelhaften Schwiegervater.
Wir hatten mit unserer Revue Spuk *in der Villa Stern Premiere. Es hat einige Aufregung um Friedrichs Lied* Die Juden sind an allem Schuld *gegeben. Einige haben die Ironie nicht verstanden. Annemarie hat es so herrlich spanisch gesungen. Mein Lieblingslied heißt* Die Kleptomanin. *Das musst Du Dir ganz schnell beibringen lassen, sobald Du wieder in Berlin bist.*

Schon als Mädel war ich immer so erregt. Lag was da, was einer achtlos hingelegt. Immer gab's mir durch den Körper einen Riss. Und dann stahl ich einmal das und einmal diss. Ach, ich stahl schon meinem Vater das Gebiss. Denn ich stahl, ganz egal, ohne Wahl, ja, ich stahl und stahl, und war es selbst aus Stahl. Ob ich's brauchen konnte, fiel nicht ins Gewicht, ich stahl auch Busenhalter, was ja für mich spricht, denn damals hatte ich noch keinen Busen nicht. Ach, wie mich das aufregt, ach, wie mich das aufregt, ach, ich kann's nicht sehn, wenn wo was steht. Ich muss es haben, haben, haben. Ach, und was ich mause, kaum hab ich's zu Hause, wird mein Kopf so dumpf und leer, ich bin gar nicht sinnlich mehr, und ich schmeiß den ganzen Dreck weg, weg, weg.

Ist das nicht ein herrlicher Text? Und komm rasch zurück. Ich brauche meinen Aufpasser, die Herren werden schnell zu aufdringlich, wenn ich meinen Pianisten nicht in der Nähe habe. Ach ja, und ich habe eine eigene Wohnung bezogen. Dieses ständige Fahren war mir zu viel. Sie liegt direkt am Volkspark und hat sogar einen eigenen Garten, den ich allerdings nur selten nutze. Denn ich schlafe lange, weil es jeden Abend etwas zum Feiern gibt. Gestern erst die Premierenfeier von Berlin Alexanderplatz. *Das große Kino, sowohl der Film als auch die Feier. Heinrich George machte mir ein Kompliment, nachdem ich ihm sagte, wie berührend ich ihn als Franz Biberkopf fand. Er meinte, ich müsse unbedingt im Tonfilm spielen. Nun komm gesund wieder in Berlin an. Und bitte sag Irene, ich habe mir nun ein Ziel gesetzt. Im Jahr 1932 muss es passieren. Ich komme mir langsam wie eine alte Jungfer vor, aber was soll ich tun? Keiner der Herren erweckt in mir den Wunsch, aber nächstes Jahr tue ich es.*

Eure Freundin Lotte

Olivia, Alexander und Paul sahen einander eine Weile schweigend an. Jeder von ihnen rätselte darüber, was Charlotte wohl damit gemeint haben könnte.

»Ich weiß nicht, wie ihr das interpretiert, aber es hört sich für mich so an, als ob sie endlich mal mit einem Mann schlafen will«, bemerkte Olivia schließlich.

»Das habe ich auch vermutet. Aber erzählt das eine Frau einem Mann?«, gab Paul zu bedenken.

»Ich würde das auch eher einer Freundin erzählen, aber es hört sich so an, als wären Irene und Vincent ihre besten Freunde gewesen.«

»Aber bedenkt, 1931 war Charlotte schon Anfang zwanzig«, wandte Alexander ein. »Und eine heiß umschwärmte Königin der Nacht.«

»Herr Berger, das ist aber kein schlüssiges Argument, damals hat so manche Frau bis zur Hochzeitsnacht gewartet«, lachte Olivia.

»Aber doch nicht in der Künstlerszene«, gab Alexander belustigt zurück.

Nach einer längeren Diskussion schlossen sich die beiden Männer Olivias Vermutung an, und alle drei hätten zu gern gewusst, auf wen die Wahl gefallen war.

Da fiel Olivia ein, dass sie ja das Hochzeitsfoto der Levis mit ihren Trauzeugen in der Kiste gefunden hatte, und sie holte es aus ihrem Zimmer, um es Paul zu zeigen. Doch der hatte auch keine Idee, wer dieser gut aussehende Kerl sein konnte, der Charlotte im Arm hielt.

Als Paul kurz nach Mitternacht aufbrach, hatte Olivia einen kleinen Schwips, denn Alexander hatte reichlich von dem guten Weißwein aus seinem Keller kredenzt. Paul umarmte Olivia zum Abschied herzlich und versprach ihr, den Vertrag zu schicken, denn sie hatten sich auf einen angemessenen Vorschuss geeinigt.

Olivia half Alexander noch beim Abräumen. Als sie fertig waren, gingen sie gemeinsam die Treppen hinauf, denn auch Alexanders Schlafzimmer lag in der ersten Etage.

»Bis morgen.« Olivia blieb vor ihrer Zimmertür stehen.

»Es war ein sehr schöner Abend, und ich bin sicher, wir werden das Geheimnis lüften.« Alexander sah ihr dabei tief in die Augen. Olivia konnte sich dieser Magie nicht entziehen.

»Gute Nacht. Schlaf gut!«, flüsterte er und gab ihr überraschend einen Kuss auf die Wange. Doch dann zuckte er zurück, als hätte er sich an einer heißen Herdplatte verbrannt. »Verzeih mir, ich musste das tun«, murmelte er.

Olivia war wegen des gelungenen Abends und des leichten Schwips' in äußerst beschwingter Stimmung. »Das kann ich gut verstehen. Mir geht es genauso«, kicherte sie und drückte dem verdutzten Alexander in ihrem Übermut ebenfalls ein Küsschen auf die Wange.

Berlin, November 1925

Als Emil das Metropol-Theater erreichte und er seinen Wagen abstellte, klopfte Charlottes Herz bis zum Hals.

Emil half ihr galant aus dem Wagen, und Charlotte war heilfroh, dass es nicht mehr regnete, denn wie ein klatschnasses Kätzchen vorzusingen war sicher nicht gerade förderlich.

Sie straffte noch einmal die Schultern, als sie an Emils Arm durch den Haupteingang in das Innere des berühmten Theaters schritt. Gerhard folgte den beiden belustigt und setzte sich nach hinten in den Zuschauerraum, während Charlotte und Emil auf den Regisseur zugingen.

Charlotte sah sich ehrfürchtig um. Das Innere des Hauses war so prachtvoll gestaltet, dass sie kurz die Luft anhielt. Wohin das Auge sah, glänzten goldene Verzierungen. Prächtiger Stuck zierte die Balustraden der Logenplätze in den zwei Rängen, überall schwebten verspielte Putten und Skulpturen von der prächtig gestalteten Decke ... Charlotte konnte sich kaum sattsehen, und ihr wurde ganz warm ums Herz. Wie intensiv hatte sie davon geträumt, auf so einer Bühne zu stehen, dass ihr alles seltsam vertraut vorkam. Wie ein zweites Zuhause. Sie war sehr froh, dass der Regisseur nicht alle jungen Damen gleichzeitig bestellt hatte, sondern offenbar hintereinander. Denn er bat sie, sofort auf die Bühne zu kommen.

»Das ist die Letzte für heute«, sagte jemand im Zuschauerraum. Charlotte betrat die Bühne wie in einem Rausch.

An einen Pfeiler des Bühnenbildes gelehnt, wartete schon ungeduldig eine junge Frau, die Charlotte etwas älter als sich selber schätzte und die offenbar die Clairette sang.

Der Regisseur, der mit seiner Entourage in der dritten Reihe saß, nickte ihr aufmunternd zu. »Fräulein Koenig, nehme ich an. Dann darf ich Sie bitten. Die Kollegin wartet schon.«

Charlottes Mund war so trocken, dass sie Sorge hatte, keinen Ton herauszubringen. Allem Lampenfieber zum Trotz richtete sie sich gerade auf, nahm das Hütchen ab und machte einen beherzten Schritt nach vorn. Dort angekommen, fühlte sie sich plötzlich ganz sicher. Das kannte sie schon von dem einen Auftritt, den die Hausherrin ihr in der Wilden Bühne erlaubt hatte. Wenn sie erst oben auf den Brettern stand und den Zuschauerraum vor sich spürte, fiel die ganze Anspannung von ihr ab, und eine unendliche Kraft durchströmte sie, fern von Raum und Zeit.

Der Regisseur gab den Musikern ein Zeichen, dass sie mit dem Vorspiel beginnen sollten. Den Anfang dieses Couplets machte die Kollegin, aber Charlotte sang im Geiste mit, bis ihr Stichwort kam. So gekonnt, als hätte sie in ihrem Leben nichts anderes gemacht, schmetterte sie der Clairette das Couplet der Mademoiselle Lange entgegen. Ihre Kollegin fiel kurz aus der Rolle, weil sie über so viel Talent erstaunt war, aber dann sangen die beiden Frauen mit Verve um die Wette, sodass es eine wahre Freude war.

Sogar Gerhard wurde hineingesogen in den intensiven Vortrag seiner Schwester. Er drückte ihr die Daumen, nachdem der letzte Ton verklungen und es im Saal so still war, dass man eine Nadel hätten fallen hören können.

Mit einiger Verzögerung begann der Regisseur zu applaudieren. So verhalten, dass Charlotte befürchtete, dass sie nicht für die Rolle infrage kam, doch dann stand der Mann auf und schlängelte sich durch seine Stuhlreihe bis zur Bühnentreppe. Schweigend stieg er sie empor und näherte sich Charlotte.

»Wie alt sind Sie?«, fragte er.

»Ich bin sechzehn, aber ich habe die Erlaubnis meiner Eltern dabei und werde von meinem älteren Bruder begleitet. Der sitzt dort hinten im Zuschauerraum.«

»Gut, dann kommen Sie bitte einmal nach vorn! Ich meine den Bruder. Ich möchte Sie kennenlernen!« Das klang wie ein Befehl. Gerhard aber zögerte, der Anordnung Folge zu leisten, weil er nicht erkannt werden wollte. Gerade neulich hatte er eine wenig schmeichelhafte Kritik über eine Aufführung am Metropol-Theater verfasst. Wenn ihn nicht alles täuschte, hatte der Mann dort vorne die Inszenierung zu verantworten und war sicher nicht gut auf ihn zu sprechen.

Der Regisseur verließ nun gemeinsam mit Charlotte die Bühne. Sie versuchte, in der Miene des hageren Mannes irgendeinen Hinweis zu entdecken, ob sie es geschafft hatte oder nicht, aber im Gesicht des Regisseurs spiegelte sich keinerlei Emotion. Außer einer gewissen Ungeduld. »Wo bleibt denn Ihr Bruder? Ich habe nicht ewig Zeit!«

Charlotte befürchtete schon, dass sie damit verloren hatte, aber in diesem Augenblick trat Gerhard zögernd auf die beiden zu. Nun war die Miene des Regisseurs ein offenes Buch. Er verzog das Gesicht so gequält, als hätte er Zahnschmerzen. Charlotte ahnte, dass dies das Aus für sie bedeutete. Doch dann wandte sich der Regisseur Charlotte zu, und ein Anflug von Lächeln umspielte seine Lippen.

»Fräulein Koenig, Sie waren mit Abstand die beste unter den Bewerberinnen für die Rolle. Nicht nur Ihre Stimmqualität hat mich überzeugt, sondern auch Ihre Präsenz sowie Ihre Fähigkeit, die Rolle wirklich zu erfassen und mit Leben zu erfüllen. Kurz, ich möchte es gern mit Ihnen probieren. Und wenn Sie dafür eine schlechte Kritik bekommen, beschweren Sie sich bei dem überkritischen Rezensenten dort.« Er deutete auf Gerhard. »Probe ist morgen um zehn. Dann können Sie vorher ins Büro gehen und den Vertrag unterschreiben.«

Mit diesen Worten drehte er sich um. Für ihn war der Fall erledigt, und Charlotte wusste gar nicht, wohin mit ihrer Freude, die allerdings durch den Kommentar ihres Bruders erheblich getrübt wurde. »Jetzt wird es ernst. Wir kommen nicht umhin.

Wir müssen mit offenen Karten spielen und Vater dazu überreden, dass er dich proben lässt!«

»Aber wieso?«, zischte sie. »Du kannst doch immer mitkommen.«

»Hast du nicht etwas vergessen?«

Charlotte zuckte die Achseln.

»Du hast Schule.«

Charlotte lief knallrot an, weil sie das Gefühl hatte, dass sowohl der Regisseur als auch seine Assistenten sie von ihren Plätzen wissend anstarrten. Sie zog ihren Bruder am Ärmel in das Dunkel des hinteren Zuschauersaals. »Ich schmeiße die blöde Schule!«, raunte sie ihm zu, als sie sicher war, dass die Herrschaften sie nicht mehr hören konnten.

Wahrscheinlich wäre es zu einem Streit gekommen, wenn nicht Emil mit ausgebreiteten Armen auf Charlotte zugestürzt wäre. »Herzlichen Glückwunsch!« Er umarmte sie überschwänglich. »Und was machen wir nun mit dem angebrochenen Abend? Heute Abend ist keine Vorstellung.«

»Ich brauche erst mal einen Champagner, ich meine natürlich Sekt«, stöhnte Gerhard. »Meine Schwester singt im Metropol. Nicht zu fassen.«

»Ich hatte eher an ein Tanzvergnügen gedacht«, gab Emil zu bedenken und blickte Charlotte sehnsüchtig an.

»Dazu reicht die Zeit nicht. Die Vorpremiere im Kadeko beginnt schon um 20 Uhr 15. Das reicht allenfalls für ein oder zwei Flaschen des herrlichen Schaumweins und für ein gediegenes Souper. Wir müssen ihren Erfolg doch feiern. Kommt, ich lade euch ein.«

Charlotte musste schmunzeln. Das war typisch für ihren Bruder. Er gab das wenige Geld, das er mit seinen Rezensionen verdiente, gern gleich wieder mit vollen Händen aus. Emil gefiel der Vorschlag ganz und gar nicht. Er zog ein langes Gesicht.

Wahrscheinlich will er mit meiner Schwester allein sein, vermutete Gerhard erheitert.

»Aber wer sagt denn, dass wir Sie in die Vorpremiere begleiten? Ich hatte Charlotte versprochen, dass wir das Tanzbein schwingen, wenn sie die Rolle bekommt«, widersprach Emil beleidigt.

Gerhard wollte kein Spielverderber sein und zuckte die Achseln. »Gut, dann seid bitte gegen zehn Uhr vor dem Palmenhaus am Ku'damm, wenn ihr keine Lust auf die Stolz-Operette habt. Ich kann es sogar verstehen. Es wird allerorts seichter. Auch bei den Komikern.«

»Eine Operette? Im Kabarett der Komiker? Ach, die würde ich aber sehr gern sehen«, protestierte Charlotte. Diese Entschlossenheit seiner Schwester brachte Gerhard erneut zum Schmunzeln. Sie würde jegliches Bühnenereignis einem Tanzabend vorziehen. Ihm tat der gutmütige Emil fast ein wenig leid. Er schien so verschossen in Charlotte, und sie merkte es nicht einmal oder wollte es zumindest nicht merken. Emil war ein freundlicher Zeitgenosse und besaß eine beachtliche Tenorstimme. Aber einmal davon abgesehen, dass sie ihn offenbar nur ausnutzte, besaß er im Gegensatz zu seinem älteren Bruder Max auch wenig Charisma und war seiner Schwester schlichtweg unterlegen, stellte Gerhard ungerührt fest.

Er musste den Blick abwenden, weil er sonst laut losgeprustet hätte, als seine Schwester Emil mit einem unwiderstehlichen Augenaufschlag zu verstehen gab, dass es für sie das Größte wäre, wenn sie zur Feier des Tages einen Schaumwein trinken und die Oper von Robert Stolz im Kabarett der Komiker sehen dürfte.

»Bitte, Emil, gib deinem Herzen einen Stoß«, zwitscherte sie.

Emil hatte sich längst geschlagen gegeben. Das war ihm zweifellos anzusehen, aber er tat noch so, als ob er überlegte, um sein Gesicht zu wahren.

Kleines Biest, dachte Gerhard mit einem Seitenblick auf seine Schwester. Charlotte wusste genau, dass ihr Emil keinen Wunsch würde abschlagen können, und nun tat sie so, als ob sie voller Spannung seine Entscheidung erwartete.

Gerhard tat der junge Sänger aber noch aus einem anderen Grund ein wenig leid, wusste Gerhard doch aus eigener Erfahrung, dass es schrecklich wehtun konnte, wenn die Liebe nicht erwidert wurde. Wobei er sich manchmal gar nicht mehr sicher war, was Olga wirklich empfand. Sie waren einander im Gespräch häufig so vertraut, dass er daran zweifelte, ob Olgas Liebe wirklich Walter galt. Ob sie auch immer noch mehr für ihn empfand, als sie es sollte? Niemals hatten sie auch nur ein Wort über Friedrich verloren, doch Gerhard war sich sicher, dass der Junge von ihm war. Dass er dieses Wissen für sich behielt, war nicht in der Bruderliebe zu Walter begründet, sondern allein in seinen Gefühlen für Olga. Beim Leichenschmaus für seine Mutter waren sie einander so verdammt nahegekommen, und doch gab es eine Frage, die er ihr gern gestellt hätte: Weiß mein Bruder, dass er meinen Sohn als eigenen aufzieht? Walters Reaktion auf der Trauerfeier hatte dafür gesprochen. Warum hätte er ihm sonst das Baby förmlich aus dem Arm reißen sollen?

Und Gerhard allein wusste, warum Olga in Wahrheit zu Walter übergelaufen war, nachdem sie von ihrer Schwangerschaft erfahren hatte. Nicht seine Ankündigung, das Medizinstudium aufzugeben, war der wahre Grund gewesen, sondern ein Gespräch, das sie kurz zuvor unter vier Augen, im Bett liegend, geführt hatten.

»Ich möchte, dass es immer so bleibt«, hatte Gerhard geseufzt und inbrünstig ihre vollen Brüste geküsst.

»Wie meinst du das?« Olga hatte ihn brüsk von ihrem Körper weggeschoben und voller Skepsis angesehen.

»Natürlich können wir heiraten, aber eine Familie, das kann ich mir schwer vorstellen. Eigene Kinder? Oh nein. Nachher werde ich genauso ein Patriarch wie mein Vater und unterdrücke dich. Und dann wirst du so eine traurige Gestalt wie meine Mutter.« Er hatte Olga überschwänglich in seine Arme gerissen und übertrieben weinerlich hinzugefügt: »Ich möchte nicht, dass du majestätische Adlerfrau zur Hauskrähe wirst.«

Olga hatte ihn erneut unsanft weggestoßen. »Schluss! Du bist ja schon wieder betrunken!«

»Das hat dich eben aber gar nicht gestört«, hatte er grinsend erwidert. »Oder war es nicht zu deiner Zufriedenheit?«

Gerhard erinnerte sich genau, dass sie bei seiner Anspielung auf das gerade vergangene Liebesspiel keine Miene verzogen hatte. Es war allerdings damals nicht wirklich zu ihm durchgedrungen.

Dabei hätte es ihm auffallen müssen! Und vor allem hatte sie recht gehabt: er war betrunken gewesen an jenem Tag, an dem er ihr ziemlich brutal an den Kopf geworfen hatte, dass er nicht der Mann war, mit dem eine Frau eine Familie gründen sollte. So betrunken wie an all den Tagen damals, als er geglaubt hatte, frei wie ein Vogel zu sein und dass Olga genauso fühlte wie er. Wenn er geahnt hätte, dass sie damals bereits gewusst hatte, dass sie in Zukunft die Verantwortung für ein Kind tragen würden, niemals hätte er diese leichtfertigen Reden im Munde geführt. Nein, wenn sie ihre Schwangerschaft auch nur mit einem Sterbenswort erwähnt hätte, er hätte sofort mit dem Saufen und dem Koksen aufgehört und sein Studium abgeschlossen. Warum ist mir das bloß in jenen Tagen entgangen, wie Olga sich verändert hatte, fragte er sich gequält. Wie oft hatte er sich diese Frage schon gestellt! Olga hatte damals abrupt aufgehört, Alkohol zu trinken, und die Finger vom Kokain gelassen. Olga hatte ihn plötzlich allein ins nächtliche Vergnügen geschickt. Und er hatte sich nichts dabei gedacht, dass seine ständige Begleiterin die rauschenden Berliner Nächte, die erst zu Ende waren, wenn der Milchwagen der Meierei Bolle seine morgendliche Lieferfahrt beendet hatte, einfach zu Hause verschlief. Was war ich nur für ein Idiot, dachte er bekümmert, und wenn er nur wüsste, wie er das wiedergutmachen könnte, er würde nichts unversucht lassen. Aber auf seinen Rechten als Vater zu beharren wäre unter diesen Umständen mit das Dümmste, was er tun könnte. Ich brauche dringend einen kühlen Schluck, dachte er, denn er hatte weiter getrunken und gekokst. Nicht mehr so zügellos wie früher, aber er hatte ja auch keinen Grund gehabt aufzuhören wie Olga! Ich bin frei, sprach er sich gut zu, was will ich mehr: Ich bin frei! Aber konnte er sich wirklich unbeschwert darüber freuen, obwohl er wusste, wie schlecht es ihr an Walters Seite ging.

»Einverstanden, ich komme mit euch mit«, hörte er wie von ferne Emil mit einem Seufzer verkünden, so, als ob er lange mit sich gerungen hätte.

»Gut, dann gehen wir«, entgegnete Gerhard scheinbar fröhlich, während sein Herz innerlich blutete. Immer wieder sah er vor seinem inneren Auge Olga an einem Balken baumeln. Nein, sie darf nicht dasselbe Schicksal erleiden wie meine Mutter, dachte er entschlossen, aber was soll ich tun? Sie zurückerobern?

Schweigend überquerten sie die Straße und steuerten auf eine Bar zu. Sie war eingerichtet wie eine fremdartige Kirche. Charlotte war leicht irritiert, als sie das Innere betraten.

»Was ist das denn?«

»Byzanz als Trinkgrotte, das hat doch was, oder?«, lachte Gerhard. »Aber wenn es dir zu dekadent ist, gehen wir woanders hin«, fügte er hastig hinzu.

»Nein, alles ist gut«, entgegnete sie im Ton einer erwachsenen Frau von Welt. Sie nahmen an einem großen Tisch Platz. Die Kellner trugen ganz im Gegensatz zu dem eigenwilligen Ambiente des Lokals feine Fracks, wo man eigentlich Kutten erwartet hätte.

Gerhard hatte es sehr eilig, Sekt für alle zu bestellen. Und für sich gleich einen Absinth. Er hatte nicht einmal gefragt, was die anderen trinken wollten, aber Charlotte war es nur recht, wie eine Erwachsene behandelt zu werden. Der Kellner brachte ziemlich schnell eine Flasche Sekt der Firma Hoehl Geisenheim, wie es auf dem Etikett zu lesen war, drei Gläser und die Speisekarte. Die Küche führte traditionelle Berliner Gerichte.

Charlotte entschied sich für ihr Lieblingsgericht: Rinderbrust mit Meerrettich, was Lene wegen der astronomischen Fleischpreise während der Hyperinflation viel zu selten gekocht hatte. Seit sie wieder beim Fleischer kaufen musste, nachdem ihr Bruder gestorben war und keine Lebensmittel mehr direkt vom Bauern geliefert wurden, war sie sehr knauserig mit dem Haushaltsgeld. Und das, obwohl es der Wirtschaft durch die Einführung der zusätzlichen Rentenmark wesentlich besser ging und man von einem Ende der Inflation sprach. Das allerdings wollte Lene »denen da oben« nicht so recht glauben. »Freit eich nicht zu frie!«, pflegte sie mit erhobenem Zeigefinger zu sagen.

Charlotte nahm einen kräftigen Schluck aus ihrem Glas. Als sich Emils Hand unter ihre schob und er ihr einen warnenden Blick zuwarf, leerte sie es demonstrativ und verlangte ein neues. So weit kommt es noch, dass ich mir wie Mutter von einem Mann sagen lasse, was ich zu tun und zu lassen habe, dachte sie trotzig, und schon gar nicht von Emil Färber, einem Mann, von dem ich nicht einmal geküsst werden wollte, wenn er es darauf anlegen würde. Außerdem genoss Charlotte, wie es in ihrem Bauch heiß wurde und überall so intensiv kribbelte, als würde das prickelnde Getränk geradewegs durch ihre Adern fließen.

Daher ließ sie es mehr aus Pflichtgefühl zu, dass Emil ihre Hand genommen hatte, und sie drückte sie kurz, um zu signalisieren, dass ihr sein Annäherungsversuch nicht entgangen war. Emil strahlte über beide Backen, während Charlotte über seine Schulter hinweg einen blondhaarigen Mann fixierte, der am Nachbartisch saß. Er sieht aus wie Kurt, durchfuhr es sie heiß, doch als er sich umdrehte, wusste sie, dass sie sich geirrt hatte. Der Kerl hatte zwar ähnlich hellblondes Haar wie Kurt, aber seine Gesichtszüge waren längst nicht so markant und männlich wie seine.

Charlotte wandte sich hastig ab. Was war denn bloß los mit ihr? Plötzlich wünschte sie sich mit einer schmerzhaften Intensität, ihren großen Triumph mit Kurt Bach zu feiern. Das ist doch Irrsinn, ermahnte sie sich. Eine harmlose Schwärmerei gestand sie sich durchaus zu, aber wurde das nicht langsam zur Obsession, zumal er ganz offensichtlich ihre Schwester geliebt hatte und nicht sie? Kurt war zwar immer bezaubernd zu ihr gewesen, wenn er sie zur Schule gefahren und wieder abgeholt hatte, aber er hatte sie nicht ein einziges Mal mit diesem schmachtenden Blick angesehen, mit dem er Klara förmlich verschlungen hatte. Und doch lief vor ihrem inneren Auge ein Film ab, den sie nicht abstellen konnte: Kurt betritt das Restaurant, sieht sich um, und sein Blick fällt auf sie. Er erkennt sie nicht, denn sie ist kein Kind mehr, sondern eine mondäne Dame von Welt, die demnächst rauschende Erfolge am Metropol feiern wird. Er ist magisch angezogen von ihrer Ausstrahlung und kommt auf den Tisch zu, zieht sie förmlich mit seinen Blicken aus. Er setzt sich neben sie, und Emil ist abgemeldet.

»Erkennen Sie mich denn gar nicht, mein Herr?«, fragt sie in ihrer tiefen Bühnenstimme.

»Hatte ich denn schon einmal das Vergnügen?«, gibt er leicht irritiert zurück.

»Denken Sie nach. Sie haben mich jahrelang zur Schule …«

Sie kann den Satz nicht vollenden, weil ein Lächeln sein Gesicht erhellt. »Du bist doch nicht … nein, das kann nicht sein, du bist die kleine Charlotte.« Er mustert sie wie ein Weltwunder. »Du bist zu einer wunderschönen jungen Frau herangereift«, haucht er und gibt ihr galant einen Handkuss.

»Vorsicht, du trinkst den Sekt wie Wasser«, hörte sie die Stimme ihres Bruders scherzhaft mahnen.

Wie in Trance nahm sie wahr, dass sie, ohne es zu merken, bereits von der zweiten Flasche getrunken hatte. Aber ich trinke trotzdem langsamer als Gerhard, dachte sie amüsiert, denn ihr Bruder hatte schon dieses gewisse Grinsen um den Mund, das immer an ihm zu beobachten war, wenn er langsam betrunken wurde. Kein Wunder, er begleitete jedes Glas Sekt mit einem

Riesenschluck der grünlichen Flüssigkeit, die der Kellner ihm immer wieder nachschenkte.

Und schon wanderten Charlottes Gedanken wieder zu der Phantasie, die ausschließlich um Kurt kreiste, doch der Faden ihrer kleinen Geschichte wollte sich partout nicht mehr aufnehmen lassen. Sie hatte ihn einfach verloren.

Ich darf gar nicht mehr daran denken, sprach sie sich gut zu, er gehört Klara, mal abgesehen davon, dass er zurzeit im Gefängnis sitzt und kein Mensch weiß, wo und wie lange.

Der Kellner, der ihnen jetzt das Essen brachte, riss sie aus ihren Gedanken. So lecker das Fleisch auch zubereitet war, Charlotte war der Appetit vergangen. Daran war nicht zuletzt Emils verliebter Blick schuld. Der ging ihr gerade so richtig auf die Nerven. Sie hatte ihm grob ihre Hand entzogen und versuchte krampfhaft, Kurt aus ihren Gedanken zu verbannen.

In diesem Augenblick betrat eine fröhliche Gruppe das Lokal. Sie waren zu dritt, zwei junge Frauen und ein junger Mann, die alle Englisch sprachen. Charlotte verstand jedes Wort. Sie war wirklich saumäßig schlecht in der Schule, aber die englische Sprache lag ihr sehr. Sie rätselte noch, was das für eine lustige Truppe sein mochte, da winkte Emil sie an ihren Tisch, an dem gut noch für drei Personen Platz war.

»Das sind meine Freunde Gerhard und Charlotte Koenig«, stellte Emil sie den Neuankömmlingen in schlechtem Englisch vor. »Und das sind meine Kollegen aus New York. Sie geben seit Anfang November ein Gastspiel im Metropol.«

Die jüngere der beiden Frauen war eine bildhübsche, quirlige kleine Blondine mit wachen Augen und einem herzlichen Lachen. Charlotte schloss sie sofort in ihr Herz. Sie stellte sich ihnen als Irene vor und sprach sie auf Deutsch an. »Meine Familie kommt aus Frankfurt«, erklärte sie ihnen mit einem gewinnenden Lächeln. Gerhard aber hatte nur noch Augen für die große Dunkelhaarige, wobei der Grund für sein Interesse auf der Hand lag. Terry war derselbe Typ Frau wie Olga. Charlottes Interesse aber galt in erster Linie dem Sänger, einem großen, gut durchtrainierten Blondgelockten. Er hieß Fred, und Charlotte machte sich nichts vor. Auch er war nicht das Original, nach dem sie sich verzehrte, sondern sah Kurt nur entfernt ähnlich.

Charlotte fand den Zuwachs am Tisch sehr anregend. Alle redeten durcheinander, nur Emil schwieg eisern, und Charlotte konnte sich denken, warum. Fred hatte sich inzwischen an ihre andere Seite gequetscht und machte ihr Komplimente, die Emil nicht verstand, weil Fred nur englisch sprach.

Es war schließlich Gerhard, der schon leicht betrunken die lustige Gesellschaft mit Bedauern auflöste und berichtete, dass zumindest er jetzt ins Kabarett der Komiker aufbrechen müsse. Als Charlotte sich ihm anschloss, waren auch die Amerikaner Feuer und Flamme von der Idee, gemeinsam ins Kadeko zu wechseln.

»Aber du verstehst kein Wort«, raunte Charlotte Fred zu.

»Macht nichts. Wenn ich neben dir sitzen darf, reicht mir das«, gab er schmeichelnd zurück.

Gerhard war sehr angetan von der Idee, sich noch nicht von seiner Flamme trennen zu müssen, und er schlug vor, vorher im Theater anzurufen, um zu fragen, ob es noch einen Tisch für so viele Personen gab. Als er aufstand, wankte er leicht, und er ging nicht zur Bar, sondern in Richtung der Waschräume. Charlotte beobachtete, wie er zielstrebig auf einen zwielichtigen Mann zusteuerte und ihm Geld gab für ein Päckchen, das Gerhard hastig einsteckte, nachdem er sich nach allen Seiten umgesehen hatte. Das ist etwas Verbotenes, folgerte Charlotte, Kokain war ihr zweiter Gedanke, und der Schreck ging ihr durch Mark und Bein. Klara hatte Felix gegenüber einmal so etwas wie Kokain im Zusammenhang mit Gerhard erwähnt, und die beiden hatten wieder einmal vergessen, dass sie kein dummes Kind mehr war. Natürlich wusste sie, dass das weiße Zeug gefährlich sein konnte. Außerdem war Gerhard schon durch den Alkohol reichlich angeschlagen. Aber was sollte sie tun? Ihren großen Bruder nach Hause bringen? Es fragte sich nur gerade, wer von ihnen beiden für wen verantwortlich war!

In diesem Augenblick spürte sie unter dem Tisch eine Hand, die sich forsch auf ihr Knie legte. Sie wunderte sich selbst am meisten darüber, dass ihr diese Frechheit des Amerikaners nicht unangenehm war, sondern sie eher erregte. Sie blickte Fred an, verzog aber keine Miene. Darauf ließ er seine Hand noch etwas höher unter ihr Kleid rutschen. Charlotte genoss dieses verbotene Spiel, und sie hatte nur eine Sorge: dass Emil davon Wind bekommen könnte.

Doch nun kam Gerhard zurück und teilte ihnen mit, dass man an den Tisch in der ersten Reihe noch weitere Stühle stellen würde und dass die Kollegen im Kadeko willkommen waren.

Beim Aufbruch schaffte es Emil, sich vorzudrängeln und Charlotte in das Cape zu helfen. Er wich ihr bis zur Straße nicht mehr von der Seite und wollte sie in seinem Wagen mitnehmen.

»Die anderen können ja mit der Droschke fahren«, knurrte er, aber dann schlüpfte Charlotte geschickt zu den anderen in die Droschke und ließ einen verdatterten Emil zurück.

»Wir sehen uns gleich vor dem Theater«, flötete sie liebreizend und winkte ihm zu.

»Du bist ein Biest«, raunte Fred ihr zu, aber sein feuriger Blick verriet, dass ihn das nur noch mehr anheizte.

Charlotte wartete natürlich nicht auf Emil, sondern betrat das Theater an Freds Arm. Als Emil schnaufend nach ihnen eintraf, hatte sich Irene schon auf den Platz zu ihrer Linken fallen lassen. Charlotte war heilfroh, dass Emil weit genug von ihr entfernt saß, damit er eine mögliche Fortsetzung von Freds Fummelei unter dem Tisch nicht mitbekommen würde.

»Sie sehen bezaubernd aus«, flüsterte ihr Fred ins Ohr, während er seine Hand erneut unter den Tisch gleiten ließ. Auch im Theater floss der Sekt in Strömen. Nur Emil hielt sich zurück, weil er Charlotte noch nach Hause fahren wollte. Auch Gerhard setzte während der Vorstellung mit dem Alkohol aus und machte sich stattdessen eifrig Notizen.

Gerade als Freds Hand kurz vor der Pause gefährlich weit an Charlottes Bein hinaufgelitten war, gab Irene ihr einen Stoß in die Rippen. »Ist er nicht süß?«

Sie deutete zum Klavier. Dort saß ein attraktiver Mann mit dunklem Haar. Er war nicht Charlottes Typ, aber sie nickte eifrig. Irene aber ließ den Blick nicht mehr von dem Klavierspieler.

»Schau, er hat geguckt«, raunte sie ihrer neuen Freundin aufgeregt zu. Charlotte nickte wieder nur, denn Freds Hand glitt gerade noch ein bisschen höher an ihrem Bein entlang.

Charlotte bekam von der Aufführung nicht viel mit, denn das Spiel mit dem Feuer zog ihre gesamte Aufmerksamkeit auf sich. Die größte Herausforderung bestand darin, keine Miene zu verziehen, auch wenn es heftig in ihrem Bauch kribbelte und sie gern ein wenig gestöhnt hätte vor Wonne. Aber ihr war so heiß geworden, dass sie sogar die Boa hatte ablegen müssen. In einem unbeobachteten Augenblick gab Fred ihr einen Kuss in den Nacken. »Ich begehre Sie«, flüsterte er voller Erregung. Das genoss Charlotte sehr, wenngleich sie ein wenig Sorge hatte, dass er zu weit gehen könnte. Ob er mich für älter schätzt, fragte sie sich, und kaum dass das Saallicht anging, hatte sie die Gewissheit. In seinen Augen glänzte es fiebrig erregt. Er hielt sie für eine volljährige Frau, und er wollte alles. So sehr Charlotte seine Berührungen auch mochte, mehr als einen Kuss würde sie ihm nicht gewähren.

Nachdem der Applaus verklungen war und die Mitwirkenden ihre letzte Verbeugung gemacht hatten, ging der Vorhang zu.

»Oje, wie lerne ich den Pianisten kennen?«, fragte die inzwischen leicht beschwipste Irene in die Runde. »Er wird sich bestimmt nicht trauen herzukommen. Dabei hat er mir mehrmals von der Bühne zugezwinkert.«

Gerhard, der, kaum dass seine Arbeit beendet war, wieder zur Flasche gegriffen hatte, lachte. »Folgt mir, ich weiß, wo unsere Stars noch ein bisschen feiern werden.« Gerhard führte sie in eine Bar, die sich im Keller des Gebäudes befand und ziemlich schummrig war. Er steckte dem Türsteher einen Schein zu, damit er sie in so einer großen, lärmenden Gruppe auch eintreten ließ.

»Das ist der Künstlertisch!«, rief Gerhard. »Wenn wir hier sitzen, kann ich dir Vincent vorstellen.«

»Du kennst ihn persönlich?« Irene war sichtlich aufgeregt.

»Na klar. Da kommt er doch schon. Er muss sich ja nicht umziehen.« Gerhard ging dem Pianisten mit ausgebreiteten Armen entgegen. »Willst du dich einen Augenblick mit an unseren Tisch setzen?«

»Gern«, erwiderte Vincent und ließ suchend den Blick schweifen. Ein Lächeln huschte über sein Gesicht, als er Irene entdeckte. »Wer ist die Lady?«, flüsterte er Gerhard vertraulich zu.

»Irene, eine Sängerin aus New York, die gerade im Metropol gastiert«, raunte Gerhard verschwörerisch zurück und führte den Pianisten ganz zufällig an den freien Platz neben Irene. Charlotte beobachtete das Ganze amüsiert aus dem Augenwinkel. So, wie ihre frischgebackene amerikanische Freundin strahlte, hatten sich offenbar die zwei Richtigen gefunden.

»Wo bist du mit deinen Gedanken, wenn nicht bei mir?«, flüsterte ihr Fred ins Ohr. Auch er war schon leicht betrunken wie alle am Tisch außer Emil, der ihnen gegenübersaß und missmutig zu ihnen hinüberstierte.

Charlotte wünschte sich, er würde gehen, aber wer sollte sie dann später nach Hause bringen? Nein, sie durfte ihren Chauffeur nicht verärgern. Also rang sie sich zu einem Lächeln durch, das Emil allerdings nicht erwiderte.

»Sorry, Darling, ich muss mich mal frisch machen«, sagte Charlotte nun entschuldigend, bevor sie aufstand und auf Emil zusteuerte. Sie legte ihm ihre Hand auf die Schulter. »Wollen wir bald fahren?«, fragte sie, wobei sie gar nicht ernsthaft vorhatte, diesen aufregenden Abend bald abzubrechen, sondern sie versuchte lediglich, Emil bei Laune zu halten.

Er griff zärtlich nach ihrer Hand und sagte versöhnlich: »Wann immer du willst, Charlotte. Ich bin doch ein Gentleman ...« Er stockte und warf einen finsteren Blick zu seinem Gegenüber Fred. Der aber ließ sich von Emil nicht die Stimmung verderben, sondern grinste nur breit. Als Charlotte sich von Emil löste und in Richtung der Waschräume verschwand, stand Fred ebenfalls auf und ging ihr nach.

Charlotte betrachtete zufrieden ihr Spiegelbild und schürzte die Lippen, um einen verführerischen Mund zu machen, so wie die Filmstars es immer taten. Schließlich würde sie ab morgen im Metropol proben und vielleicht heute sogar noch ihren ersten Kuss bekommen.

Berauscht verließ sie den Waschraum und trat in den schummrigen Flur, der nur mit einer roten Funzel beleuchtet war. Sie stieß einen spitzen Schrei aus, als eine Hand nach ihr griff.

»Komm, meine Süße, wir gehen woanders hin«, schlug Fred mit heiserer Stimme vor. Einmal abgesehen davon, dass sie auf keinen Fall allein mit Fred das Lokal wechseln würde, hielt sie der Klang eines schmissigen Gassenhauers davon ab. Jemand spielte Klavier und sang: »Durch Berlin fließt immer noch die Spree.« Das zog Charlotte magisch an, und sie ließ Fred einfach stehen, um nachzusehen, wer da am Klavier saß. Es war der Pianist, in den Irene so verschossen war. Ihre amerikanische Freundin sah ihm verzückt beim Spielen zu, während Terry, die dunkelhaarige Sängerin, so intensiv mit Gerhard knutschte, dass Charlotte sich fast ein wenig schämte. Die beiden fummelten derart ungehemmt aneinander herum, und das nicht heimlich unter dem Tisch, sondern fast auf dem Tisch, dass Charlotte befürchtete, man könnte sie jeden Augenblick aus der Bar werfen.

»Geh doch hin und sing etwas mit ihm«, forderte Charlotte Irene auf.

»Nicht allein, aber was meinst du? Wollen wir nicht zusammen singen?«

Charlotte war sofort begeistert von der Idee. »Aber was?«

»Kennst du *A Good Man Is Hard To Find* von Marion Harris?«

»Kennen ist zu viel gesagt. Im Filmstudio wurde nach dem Dreh manchmal getanzt, und die haben auch die ganzen Schallplatten von Marion Harris gespielt.«

»Warte, ich schreibe dir den Text der zweiten Strophe und des Refrains auf.« Irene holte aus ihrem Täschchen einen kleinen Notizblock und notierte in Windeseile den Liedtext.

»Aber die Melodie kann ich auch nicht.«

»Du kannst jedes Lied singen«, mischte sich Emil ein.

Charlotte schenkte ihm ein bezauberndes Lächeln, und ihr fiel ein, dass sie ihren Chauffeur ein wenig bei Laune halten sollte. »Danke«, hauchte sie. »Ich singe es nur für dich!« Sie musste sich ein Lachen verkneifen, weil hinter Emil Fred aufgetaucht war, der ein paar Grimassen zog.

Irene schob Charlotte in Richtung Klavier. »Können Sie *A Good Man Is Hard To Find* spielen?«, fragte Irene den Pianisten mit honigsüßer Stimme.

»Sie haben Glück ...« Er stockte. »Wie heißen Sie eigentlich?«

»Irene. Irene Carter«, säuselte sie. Charlotte verdrehte die Augen.

»Und ich bin Vincent Levi.«

»Und ich bin Charlotte Koenig. Sollen wir jetzt anfangen?«

Der Pianist warf ihr einen belustigten Blick zu. »Dürfen Sie sich überhaupt schon nachts in Bars herumtreiben?«

»Ja, ich habe meinen erklärten Liebling dabei. Er passt auf mich auf«, entgegnete sie keck und deutete auf Gerhard, der gerade wankend mit einer neuen Flasche Absinth an den Tisch zurückkehrte.

An dem skeptischen Blick des Pianisten konnte sie unschwer erkennen, dass der Klavierspieler das mit dem »Liebling« offenbar falsch verstanden hatte, aber sie ließ ihn in dem Glauben, dass Gerhard ihr Liebhaber war. Was sollte sie dem Pianisten ihre Lebensgeschichte erzählen? Man würde sich doch eh nie wiedersehen. Das glaubte Charlotte jedenfalls in jener Nacht in der schummrigen Bar.

Vincents Art, Klavier zu spielen, hatte ihr schon im Theater gefallen, soweit sie es überhaupt mitbekommen hatte. Irenes Stimme war entzückend, aber ein wenig dünn. Als Charlotte in den Refrain einfiel, wurde es ganz still in der Bar. Auch die Gespräche an den anderen Tischen verstummten, und aller Augen waren auf sie gerichtet.

Da war es wieder, dieses prickelnde Gefühl, das sich einstellte, sobald sie die Zuschauer in ihren Bann gezogen hatte. Obwohl sie den Zettel von Irene in der Hand hielt, hatte sich ihr der Refrain schon beim ersten Mal eingeprägt. Sie schmetterte ihn voller Inbrunst und hatte gar nicht gemerkt, dass sich Irene still zurückgezogen hatte und ihr ebenfalls fasziniert zuhörte.

Sie merkte auch nicht, dass Vincent den Refrain noch einmal wiederholte, nur damit sie nicht aufhörte zu singen. Als der letzte Ton verklungen war, brandete frenetischer Applaus auf.

Charlotte verbeugte sich und strahlte ins Publikum.

»Von Ihnen werden wir noch was hören«, versicherte ihr Vincent voller Respekt für die gelungene Performance.

»Du bist wundervoll!«, rief Irene aus vollem Herzen ohne den leisesten Anflug von Neid und umarmte sie stürmisch.

Wie auf Wolken kehrte Charlotte an den Tisch zurück, wo alle durcheinanderredeten und sich mit Komplimenten für ihren Vortrag übertrafen.

»Champagner für alle«, lallte Gerhard.

»Ich würde gern bald aufbrechen«, verkündete Emil, nachdem er sie überschwänglich »die Entdeckung des Jahrhunderts« genannt hatte. Das ernüchterte Charlotte etwas, und sie versprach ihm, nach dem nächsten Glas mitzukommen. Schließlich gingen die Proben gleich morgen los, und sie wollte alles geben.

»Ich möchte dir etwas zeigen. Rechts neben den Waschräumen ist eine Tür. Ich weiß, was sich dahinter versteckt«, flüsterte ihr nun Fred ins Ohr und strich wie zufällig mit den Fingerspitzen über ihren Nacken. Charlotte wurde ganz schwindlig, aber es war ein erregendes Gefühl: die Hitze, der Auftritt, der Alkohol …

»Dann gehe ich gleich vor«, raunte sie zurück. »Und du kommst in ein paar Minuten nach. Und nicht früher«, fügte sie hinzu. Fred schien das für eine ganz ausgekochte Spielart der Liebe zu halten, aber sie wollte nur vermeiden, dass Emil Zeuge ihrer kleinen Verschwörung wurde. Als er gerade damit beschäftigt war, sich wieder eine Zigarette anzuzünden, nutzte sie die Chance und eilte zu dem schummrigen Flur, von dem die Waschräume abgingen.

Sie öffnete die besagte Tür und stutzte. Es roch nach Alkohol. Hier standen die Bierfässer. Ihr war unbehaglich zumute, dennoch schlüpfte sie ungesehen in den Raum und schloss die Tür hinter sich. Es war stockdunkel.

Ihr Herz klopfte ihr bis zum Hals. Sie hatte zwar keine Angst im Dunklen, aber plötzlich tauchten vor ihrem inneren Auge die Bilder auf, die sie seit Jahren verdrängt hatte. Die Füße ihrer Mutter, wie sie von der Decke baumelten. Sie wollte weg, aber sie fand den Türgriff nicht. In diesem Augenblick betrat Fred den Raum, es wurde hell, aber sofort wieder dunkel, weil er die Tür hinter sich zugezogen hatte.

Der Lederduft, den sie vom ersten Augenblick an aufregend an ihm gefunden hatte, legte sich wie eine Wolke über alles. Und schon fühlte sie seine gierigen Hände auf ihrem Körper. Sie schienen überall zugleich zu sein, fuhren über ihre Brüste und schoben sich zielsicher unter ihr Kleid.

»Ich möchte dich küssen«, hauchte sie und tastete vorsichtig nach seinem Gesicht. Es war ein erregendes Gefühl, als sich ihre Münder in der absoluten Dunkelheit trafen. Der Kuss selber enttäuschte Charlotte zutiefst. Er war dermaßen feucht, und Fred bewegte seine Zunge so schnell, dass sie das Gefühl hatte, er würde ihre Mundhöhle wie eine Schale mit Kompott ausschlecken.

Sie beendete den Kuss abrupt. Damit war ihr der Spaß verdorben. »Ich möchte hier raus«, sagte sie entschieden.

Der Amerikaner stöhnte etwas auf Englisch, was sie nicht verstand, aber es hörte sich nicht danach an, als wäre er bereit, jetzt einfach aufzuhören. Im Gegenteil, er drückte sie unsanft gegen die Wand, bevor er seine Hand unter ihren Rock und zwischen ihre Beine schob.

Charlotte aber packte sie und hielt sie fest.

»Nimm sie weg!«, zischte sie.

Zögernd ließ er von ihr ab. Ein sicheres Zeichen, dass sie ihn getroffen hatte. Ein Schwall von Flüchen prasselte auf sie nieder, wovon sie nicht alles verstand, aber das, was sie übersetzen konnte, war hässlich genug.

»Halt den Mund!«, brüllte sie zurück. »Du hättest nach meinem Alter fragen sollen, Fred! Ich bin sechzehn.«

»Oh mein Gott«, jammerte er. »Oh mein Gott!«

»Mach die Tür auf!«, befahl sie. Er tat, ohne zu zögern, was sie verlangte. »Bitte sag den anderen nicht, was geschehen ist«, bat er sie, als sie wieder im schummrigen Flur angekommen waren.

»Schon gut«, schnaubte sie und lief geradewegs Emil in die Arme. Der musterte sie mit Leichenbittermiene, dann warf er Fred einen vernichtenden Blick zu.

»Ich gehe jetzt«, sagte er.

»Aber du wolltest mich doch nach Hause bringen.«

»Ich dachte, du hast einen anderen Kavalier gefunden, der dich fährt«, giftete er.

»Habe ich nicht. Warte, ich hole nur noch meine Tasche und Gerhard.«

»Dein Bruder ist verschwunden mit dieser Sängerin.«

Charlotte stieß einen tiefen Seufzer aus. »Dann fahren wir eben allein!«, zischte sie und eilte in die Bar zurück. An ihrem Tisch saßen nur noch Irene und Vincent, die sich gegenseitig mit ihren Blicken auffraßen. Sie bemerkten sie nicht einmal. Charlotte griff leise nach ihrer Tasche und verschwand, ohne sich zu verabschieden. Aber sie warf noch einen Blick auf die beiden Turteltäubchen. Das schien etwas anderes zu sein als das, was Fred und sie kurzfristig verbunden hatte. Das ist Liebe, dachte sie und fragte sich, ob sie wohl auch einmal in ihrem Leben einem Mann so tief in die Augen schauen würde, wie Irene es in diesem Moment tat.

Auf dem Weg zur Garderobe begegnete ihr Fred. Sie wollte grußlos an ihm vorbeigehen, aber er hielt sie am Arm fest. »Ich muss mich entschuldigen, aber ich dachte doch, du bist schon volljährig. Das alles hätte ich sonst nie gewagt.«

Der Amerikaner tat ihr jetzt beinahe leid, denn sie war sich durchaus der Tatsache bewusst, dass sie ihn kräftig angeheizt und ihr wahres Alter unter all ihrer Schminke verborgen hatte.

»Sie konnten es nicht wissen«, flüsterte sie, während sie ein Taschentuch hervorholte und damit kräftig über ihre Lippen wischte.

Fred starrte sie wie einen Geist an. »Tun Sie das nie wieder. Hören Sie, Sie sind das verführerischste weibliche Geschöpf, das mir je begegnet ist. Sie werden sich die Finger verbrennen, wenn Sie weiter so mit dem Feuer spielen.«

Charlotte stellte sich auf die Zehenspitzen und gab ihm einen Kuss auf die Wange. »Und Ihr Duft ist betörend. Legen Sie den bloß nie wieder auf!«

Dann drehte sie sich um und ging zur Garderobe. Sie spürte seinen Blick in ihrem Rücken brennen.

Emil wartete schon vor der Tür auf sie und trat ungeduldig von einem Bein auf das andere. Er wollte ihr gerade leidtun, als er in gehässigem Ton zischte: »Na, konntest du dich nicht von deinem Galan loseisen?«

Damit hatte er jegliches Mitgefühl verspielt, und Charlotte unterdrückte eine heftige Erwiderung nur aus rein taktischen Gründen. Schließlich würde sie mit ihm ab morgen auf der Probebühne stehen. Und für die Arbeit wäre eine persönliche Spannung zwischen ihnen mit Sicherheit nicht förderlich.

Die Rückfahrt zum Wannsee verlief schweigend. Kurz bevor sie die Colonie Alsen erreichten, bog Emil plötzlich in einen Waldweg ab. Charlotte dachte nichts Böses, sondern vermutete, dass er kurz im Wald verschwinden würde. Deshalb war sie völlig unvorbereitet, als Emil sie zu küssen versuchte. Es gelang ihr, ihr Gesicht zur Seite zu drehen. »Spinnst du?«, fauchte sie.

Da packte er sie mit einem harten Griff, drückte sie brutal mit dem Oberkörper auf die Lederbank und beugte sich über sie.

Sein Gesicht war jetzt ganz dicht über ihrem, aber sie erkannte ihn nicht mehr. Das war nicht der gutmütige Emil Färber, sondern ein Fremder, der jetzt gewaltsam seinen Mund auf ihren drückte. Charlotte presste die Lippen fest zusammen, aber das schreckte ihn nicht ab. Im Gegenteil, er gab zwar den Versuch auf, sie zu küssen, dafür fasste er ihr grob unter das Kleid und versuchte, es hochzuschieben.

»Bist du wahnsinnig?«, schrie Charlotte, die langsam begriff, dass Emil nicht so schnell in seine Schranken zu weisen war wie der Amerikaner. Nein, er schien zu allem entschlossen.

»Warum?« Der Ton seiner Stimme klang fremd und gefährlich. »Du willst mir doch nicht verweigern, was du dem Kerl da eben auf der Toilette regelrecht angedient hast, du Hure?«

»Ich habe ihm gar nichts angedient, du Schwachkopf. Lass mich sofort los!« Ihr Widerstand aber schien Emil nur noch mehr anzustacheln. Er fasste mit den Fingern zwischen ihre Schenkel und fing an, an ihrer Unterwäsche zu zerren.

Charlotte ging zum Gegenangriff über. Sie gab ihm eine schallende Ohrfeige, doch auch darauf reagierte Emil nur insofern, als er ihre Arme packte und ihre Hände mit einem Taschentuch über dem Kopf zusammenknotete.

Jetzt bekam sie es langsam mit der Angst zu tun. Würde er es wirklich wagen? Sie musste wohl oder übel versuchen, ihn auf die sanfte Art von seinem Plan abzubringen. Gewalt provozierte ihn offenbar nur unnötig.

»Emil, tu es nicht. Bitte! Ich sag doch nicht, dass ich dich nicht küssen möchte, aber nicht hier im kalten Auto«, schwindelte sie.

Emil hielt inne und musterte sie intensiv. »Und was war das mit dem Ami?«

»Gar nichts!«

»Ach so, es ist also nichts, wenn du dich unter dem Tisch von einem Fremden befummeln lässt!«

»Aber ich habe mich doch nicht …«

»Für wie dumm hältst du mich? Das hat jeder am Tisch gesehen, außer deinem sturzbesoffenen Bruder vielleicht.«

»Gut, wir haben unter dem Tisch Händchen gehalten, aber das hatte nichts zu bedeuten.«

Emil verdrehte die Augen. »Sag ich doch, du hältst mich für beschränkt!«

Charlotte schöpfte ein wenig Hoffnung, weil er aufgehört hatte, sie zu befingern.

»Ich mache dir einen Vorschlag. Du fährst mich nach Hause, und vor der Haustür darfst du mich küssen«, flötete sie.

Emil tippte sich an die Stirn. »Sag ich doch, du hältst mich für einen kompletten Trottel. Da wirst du aus dem Wagen springen und Fersengeld geben.«

Das brachte Charlotte auf eine Idee. Sie stieß einen tiefen Seufzer aus. »Gut, du darfst mich hier im Wagen küssen, aber nur, wenn du mich endlich von deinem Gewicht befreist und dich brav neben mich setzt.«

Emil dachte kurz nach, richtete sich ächzend auf und setzte sich kerzengerade hin.

»Ist es so genehm?«, fragte er spöttisch.

»Nicht ganz. Du musst meine Hände von diesem blöden Taschentuch befreien.«

Murrend tat er, was sie verlangte, und wollte sich erneut über sie beugen.

»Halt, du musst die Augen schließen. Das ist sonst unromantisch.«

Stöhnend erfüllte er ihr auch diesen Wunsch.

»Ach, Emil, ich habe mir doch schon lange gewünscht, dass du dich traust, mich zu küssen«, zwitscherte Charlotte, während sie nach dem Türgriff tastete, die Tür öffnete und in die dunkle Novembernacht hinaussprang.

Ohne zu überlegen, rannte sie zurück zur Straße. Es war ja gar nicht mehr weit bis zur Villa am See. Es hatte zwar wieder begonnen zu regnen, aber das kümmerte Charlotte nicht. Und während ihr der Wind den Regen ins Gesicht trieb, durchzuckte sie ein Geistesblitz: Sie würde alles daransetzen, dass der Regisseur Emil früher oder später aus der Produktion warf. Sie wusste nur noch nicht, wie sie das anstellen sollte, aber nicht eine Sekunde spielte sie mit dem Gedanken, dass sie wegen dieses unschönen Vorfalls auf ihre Rolle verzichten sollte.

Gerade tauchten die ersten Villen auf. Es waren nur noch ein paar Schritte zu dem Haus, in dem Koenigs wohnten, da vernahm sie das Brummen eines Motors hinter sich und beschleunigte ihr Tempo. Er aber fuhr an ihr vorbei. Als sie das Haus keuchend erreichte, war er gerade dabei, aus dem Wagen zu steigen, doch sie war schneller. Wie der Blitz war sie an ihm vorbeigelaufen, und ehe er sich versah, hatte sie die Haustür aufgeschlossen und war vor ihm im Inneren des Hauses verschwunden. Mit klopfendem Herzen blieb sie einen Augenblick hinter der Haustür stehen. Erst als sie das Geräusch eines wegfahrenden Wagens hörte, zog sie ihr nasses Cape aus und schüttelte ihr Haar wie ein nasser Hund sein Fell.

Sie war in Gedanken so intensiv mit dem beschäftigt, was

sie gerade erlebt hatte, dass sie ganz vergaß, auf Zehenspitzen durch die Villa zu schleichen. Sie ging normalen Schrittes die Treppen hinauf und überhörte das Knarren der alten Holzdielen. Auch ihre Zimmertür öffnete und schloss sie hinter sich, ohne besondere Vorsicht walten zu lassen.

Fröstelnd zog sie sich nackt aus, denn sie war auf dem Weg bis auf die Haut durchnässt worden. Sie warf sich ihr Nachthemd über und legte sich ins Bett. Gerade wollte sie das Licht löschen, als jemand an ihrer Zimmertür klopfte. Wer kann das sein um drei Uhr nachts, fragte sie sich noch, als sich die Tür öffnete und Klara ins Zimmer schlüpfte.

»Bist du wahnsinnig? Du machst einen Höllenlärm! Wie gut, dass Vati nicht aufgewacht ist«, schimpfte ihre Schwester. »Und wo ist Gerhard?«

»Er amüsiert sich mit einer Dame«, lachte Charlotte. Vergessen war das Erlebnis mit Emil, und sie brannte nur noch darauf, ihrer Schwester von ihrem großen Erfolg zu berichten.

»Stell dir vor, Klärchen, ich werde ab morgen im Metropol-Theater proben. Ich spiele die zweite Hauptrolle in einer Oper.«

»Du machst was?« Vor lauter Schreck ließ sich Klara auf das Bett neben sie fallen. »Aber du hast doch Schule!«

»Da gehe ich nicht mehr hin!« Charlotte verschränkte trotzig ihre Arme vor der Brust.

»Aber du musst vorher mit Vater reden. Du kannst das nicht mehr vor ihm verheimlichen.«

Als hätte Wilhelm Koenig den sechsten Sinn, riss er genau in dem Augenblick Charlottes Zimmertür auf. »Was ist denn hier los mitten in der Nacht?«

»Nichts, gar nichts!«, stammelte Charlotte. »Ich … ich habe schon geschlafen, ich …«

Seine Antwort war eine schallende Ohrfeige.

»Wer war der junge Mann, der mit seinem Wagen vor unserer Tür gestanden hat? Und wo kommst du gerade her?«

»Ich, ich …«

»Ich höre.«

Klara zwinkerte ihrer Schwester aufmunternd zu, als wollte sie sagen: Nutze den Augenblick, um dem Tiger ins Auge zu sehen. Schlimmer kann es nicht werden!

So jedenfalls deutete es Charlotte in diesem Augenblick, und sie beschloss, ihrem Vater die Wahrheit zu sagen, doch zunächst räusperte sie sich ein paarmal nervös.

»Ich höre.« Wilhelm musterte sie eindringlich und trat bedrohlich einen Schritt auf sie zu. Sie zuckte zusammen, denn so kannte sie ihren Vater gar nicht. Noch nie zuvor hatte sie solche Angst vor ihm gehabt. Sie suchte seinen Blick, hoffte, das Weiche darin zu erkennen, das er immer ausgestrahlt hatte, wenn sie ihn um etwas gebeten hatte. Doch sie fand es nicht. Sein Blick war hart und abweisend. Klara hatte recht. Jetzt oder nie, dachte Charlotte.

»Vati, ich werde nicht mehr zur Schule gehen, denn ab morgen arbeite ich im Metropol als Sängerin.«

Charlotte hatte mit allem gerechnet, aber nicht damit, dass er sich ans Herz greifen und laut aufstöhnen würde.

Berlin, Juli 2014

Vivien hatte schwer mit sich gerungen, ob sie die Nacht bei Ben verbringen sollte oder nicht. Sie hatten bis weit in den Abend hinein geprobt, und sie war völlig erfüllt von ihrer Arbeit. Bis auf eine gewisse Spannung, die immer noch zwischen Leo und Ben herrschte, war alles sehr harmonisch gewesen. Arne war ein Regisseur, der eine große Ruhe ausstrahlte. Vivien fühlte sich ganz sicher bei ihm und lief bei der Probe zu Hochform auf. Aber auch Leo schien einen sehr präzisen Blick zu haben für das, was dort auf der Bühne passierte. Er hatte sich sehr zurückgehalten, aber die kreativen Vorschläge, die von ihm kamen, hatten alle Hand und Fuß. Nur Ben reagierte von vornherein auf alles, was von Leo kam, abwehrend.

Vivien aber konnte sich nicht helfen. Der auf die Arbeit konzentrierte Leo, wie sie ihn bei den Proben erlebte, nötigte ihr Respekt ab.

Nach der Probe waren sie noch alle gemeinsam in jene Bar gegangen, in der Vivien die Truppe und auch Leo zum ersten Mal getroffen hatte. Nur dieses Mal saßen sie vereint an einem Tisch und entspannten sich von dem harten Tag. Ben wich Vivien nicht von der Seite, was sie einerseits genoss, was ihr aber im Laufe des Abends ein bisschen zu viel wurde. Vor allem, als er ihr ins Ohr flüsterte, dass er heute keine Ausreden gelten lasse, warum sie nicht bei ihm übernachte.

Als die ersten Kollegen sich gegen Mitternacht verabschiedeten, war sie immer noch unschlüssig, was sie tun sollte. Im Grunde genommen stand ihr nach dem erfüllenden Tag der Sinn danach, allein in ihrem Bett zu liegen und alles noch einmal Revue passieren zu lassen. Aber sie wusste wohl, dass Ben das natürlich als Etappensieg für Leo werten würde, und sie wollte ihren Bühnenpartner auch nicht unnötig verletzen. Doch aus taktischen Gründen bei ihm zu übernachten schien ihr auch keine wirkliche Alternative. Also versuchte sie, ihm ihre Entscheidung möglichst schonend beizubringen.

»Ich bin wahnsinnig erschöpft und würde gern einfach nur in mein Bett fallen«, seufzte sie. »Vielleicht komme ich morgen mit.«

Ben funkelte sie wütend an. »Das kenne ich schon«, stieß er beleidigt hervor.

Vivien versuchte, seine Hand zu nehmen, doch er zog sie hastig weg. Es ärgerte sie maßlos, dass Leo diese Szene von der gegenüberliegenden Seite des Tisches beobachtet hatte, obwohl er keine Miene verzog.

Sie überlegte, wie sie Ben wieder beschwichtigen könnte, denn es war ja nicht so, dass sie ihn nicht mochte oder unattraktiv fand. Im Gegenteil, sie konnte sich immer noch eine unverbindliche Affäre mit ihm vorstellen, aber nicht an diesem Abend. Doch er drehte ihr jetzt abrupt den Rücken zu und fing ein intensives Gespräch mit Mika an. Als er schließlich anfing, Mikas Nacken zu kraulen, reichte es Vivien, weil das Ganze offensichtlich nur eine Show war, um sie eifersüchtig zu machen oder zu strafen. Solche Spielchen mochte Vivien überhaupt nicht leiden. Sie war ein aufrichtiger Mensch und trug das Herz – manchmal eher zu sehr – auf der Zunge. Das, was Ben gerade abzog, entfernte sie eher von ihm, als dass es sie vor Eifersucht platzen ließ. Sie stand abrupt auf und nickte Leo aufmunternd zu. Er verstand sofort, dass sie nach Hause wollte, und sprang eilfertig vom Stuhl auf.

Außer von Mika und Ben, die sich immer noch in einem intensiven Gespräch befanden, verabschiedete sich Vivien von allen mit Küsschen und Umarmung. Diese Truppe würde nun bis auf Weiteres ihre Familie sein, wenn Leo es tatsächlich schaffte, einen Sponsor aufzutreiben.

Vivien sah aus dem Augenwinkel, dass Ben das Ganze beobachtet hatte und nun anfing, heftig mit Mika zu knutschen.

Vivien guckte rasch weg und würdigte die beiden keines Blickes mehr, sondern folgte Leo in die immer noch warme Hochsommernacht. Es wehte ein leichter Wind, der angenehm über Viviens erhitzte Wangen strich.

»War ja ein bisschen sehr durchsichtig, was dein Freund da gerade abgezogen hat«, bemerkte Leo mitfühlend und kein bisschen spöttisch, aber Vivien ging sofort wie eine Furie auf ihn los. »Dein geheucheltes Mitleid kannst du dir sparen. Und er ist nicht mein Freund.«

Damit hatte sie Tür und Tor für einen heftigen Schlagabtausch geliefert.

»Gott, dir kann man aber auch gar nichts recht machen. Ich habe das ernst gemeint, du Mimose …«

Ein Wort gab das andere, und als sie beim Auto angekommen waren, brüllten sie sich nur noch lautstark an.

»Wenn du weiter so zickst, kannst du zu Fuß nach Hause gehen!«, schrie Leo wütend.

»Alles lieber, als mit dir im Auto zu sitzen«, fauchte sie zurück und ging demonstrativ und mit hocherhobenem Kopf an seinem Auto vorbei. Dabei tat es ihr bereits leid, dass sie ihn derart angepfiffen hatte. Ihr Zorn hatte doch Ben gegolten, weil er sie offensichtlich für so dämlich hielt, auf sein Spiel einzugehen und ihm eine Eifersuchtsszene hinzulegen.

Vor allem hatte sie keine Ahnung, wie sie von hier aus nach Wannsee kommen sollte, wenn sie kein Geld für ein Taxi ausgeben wollte.

Neben ihr hielt ein Wagen, und sie ahnte, dass es Leo war, aber sie setzte ihren Weg unbeirrt fort. Das war auch eine Eigenart von ihr, die ihr schon so oft im Leben im Weg gestanden hatte: ihre Sturheit.

Doch offenbar war Leo nicht minder stur. Er fuhr jetzt im

Schritttempo neben ihr her, bis sie sich endlich zu ihm umwandte, wortlos auf den Wagen zutrat und einstieg.

Die Fahrt durch das nächtliche Berlin verlief schweigend. Vivien kämpfte mit sich, ob sie zugeben sollte, dass sie sich im Ton vergriffen hatte, aber das brachte sie nicht über sich. Stattdessen versuchte sie, den Kontakt mit ihm über das Thema Theater aufzunehmen.

»Und wie schätzt du die Chancen ein, tatsächlich einen anonymen Sponsor zu finden?«, fragte sie in sachlichem Ton.

»Ich hätte es der Gruppe nicht angeboten, wenn ich mir nicht sicher wäre, die Kohle aufzutreiben«, erwiderte er.

»Aber wie kannst du dir so sicher sein?«

»Ich kenne den Sponsor sehr gut.«

»Und der würde dir sein Geld für unsere Produktion anvertrauen? Der muss ja große Stücke auf dich halten.«

Leo lachte. »Die Wahrheit oder die offizielle Version?«

»Die Wahrheit natürlich!«

»Aber nur, wenn du schwörst, darüber kein Wort verlauten zu lassen. Ich kenne Arne, und ich weiß, dass er das niemals annehmen würde. Aber ich bin ihm noch was schuldig. Er war der beste Lehrer, den ich jemals hatte.«

Vivien war sich nicht ganz sicher, ob es sich tatsächlich so verhielt, wie sie es in diesem Augenblick vermutete.

»Der Sponsor bist aber nicht du, oder?«, fragte sie vorsichtig.

»Und wenn, was wäre daran verkehrt?«

»Nichts, aber das wäre unwahrscheinlich edel von dir.«

»Ich habe genügend Geld von meiner Mutter geerbt. Ich weiß, es wäre in ihrem Sinn gewesen, es für Kultur auszugeben.«

Vivien wusste gar nicht mehr, was sie dazu sagen sollte. So etwas hätte sie dem verwöhnten Burschen im Leben nicht zugetraut.

»Das ist der Hammer!«, stieß sie begeistert hervor.

Er warf ihr einen spöttischen Blick zu. »Ist das nicht zu viel der Ehre? Eben noch Arschloch und jetzt so etwas?«

Vivien atmete ein paarmal tief durch. Nun war es an ihr, sich nicht von ihm provozieren zu lassen. Sie hatte keine Lust, sich weiter mit ihm zu streiten, aber wenn sie ehrlich war, wurde sie nicht richtig schlau aus ihm.

»Ich weiß nie, woran ich bei dir bin«, seufzte sie.

»Das geht mir bei dir genauso. Du kannst so süß sein und dann wieder eine Oberzicke und ein Dickkopf.«

Vivien musste wider Willen schmunzeln. »Den Dickkopf kann ich dir gleich zurückgeben. Und das andere eigentlich auch!«

Sie waren gerade zu Hause angekommen. Als sie aus dem Wagen stiegen, atmete Vivien einmal tief durch und sog die immer noch warme Sommerluft ein. Der Wind, der vom See herüberwehte, war etwas kühler als der Luftzug in der Stadt.

»Das ist der perfekte Wind zum Segeln«, murmelte Leo.

»Aber nicht die perfekte Tageszeit. Und außerdem hat dein Vater mir neulich gesagt, dass du seit dem Tod deiner Mutter keinen Fuß mehr auf das alte Boot gesetzt hast.«

Er machte eine wegwerfende Handbewegung. »Was der schon redet.«

»Stimmt das denn nicht?«, hakte Vivien neugierig nach.

»Nicht ganz! Ich …« Er unterbrach sich gequält, doch dann erhellte sich seine Miene. »Ich habe als Jugendlicher sogar Regatten gesegelt. Wenn du heute Nacht mit mir auf den See gehst, werde ich dir erzählen, was mir das Boot versaut hat. Mit dir auf die *Klärchen* zu gehen ist etwas anderes.«

»Was für ein süßer Name.«

»Nach meiner Urgroßmutter Klara. Die hat das Boot, glaube ich, von ihrem Mann zur Hochzeit bekommen.«

»Ein großzügiges Geschenk.« Sie blickte zweifelnd auf die Uhr. »Und du meinst, wir sollten wirklich noch einen Törn machen?«

Leo zeigte zum Himmel. »Es ist Vollmond und ein traumhafter Sternenhimmel.« Er musterte sie. »Du solltest dich vielleicht nur kurz umziehen. Das dünne Kleid könnte zu kalt sein. Ich möchte ja nicht, dass du frierst.« Der Ton seiner Stimme war so besorgt, dass es ihr ganz warm ums Herz wurde, aber schlau wurde sie trotzdem nicht aus diesem Mann. Auf jeden Fall besaß er mehr Facetten, als sie ihm zugetraut hätte.

Vivien zögerte jedenfalls nicht. Sie hatte schon immer ein Faible für außergewöhnliche Unternehmungen gehabt. Und dazu gehörte ein Segeltörn auf dem Wannsee in einer warmen Sommernacht.

»Bin gleich wieder da!«, rief sie und eilte zum Haus.

Leo blickte ihr verträumt nach. Er musste plötzlich an Luisa denken, die ihn verlassen hatte, als es ihm am schlechtesten gegangen war. Sie hatte seine Launenhaftigkeit nach dem Tod seiner Mutter nicht mehr ertragen und überdies, so vermutete Leo, war sie dem Charme eines reichen Erben aus Potsdam erlegen, der ihr eine sorgenfreie Zukunft bieten konnte und nicht für das Theater brannte wie er.

Niemals wäre Luisa nachts mit mir auf den See gegangen, dachte er, während er zum Steg ging, um sich die Bootsschuhe und einen Pullover anzuziehen, bevor er begann, das Boot aufzuriggen. Das Vorsegel hatte er bereits angeschlagen, als Vivien zurückkehrte. Sie trug jetzt eine dunkelblaue Caprihose, Turnschuhe, einen gestreiften Pulli und hatte das Haar zu einem Pferdeschwanz zusammengebunden. Ihre Wangen glühten vor Aufregung. Leichtfüßig kam sie an Bord und merkte gar nicht, wie er sie mit seinen Blicken verschlang.

»Kann ich schon mal das Großsegel fertig machen?«, fragte sie unternehmungslustig.

»Ja, wenn du weißt, wie das geht. So alte Boote sind nämlich ganz speziell.«

»Ach, das kriege ich schon hin.« Sie schaute sich alles genau an, und dann bereitete sie das Großsegel so perfekt vor, dass Leo einen anerkennenden Pfiff ausstieß. »Machst du den Vorschoter oder den Steuermann?«

»Nachher gehe ich gern an die Pinne, aber vorerst reicht mir die Verantwortung für die Fock.«

Der Wind hatte aufgefrischt, und als Leo das Kommando zum Hochziehen des Großsegels gab, flatterte ihr das Tuch ordentlich um die Ohren, aber das störte sie nicht im Geringsten. Im Gegenteil, so machte Segeln doch erst Spaß.

Leo machte ein elegantes Ablegemanöver und nahm einen Kurs hoch am Wind. Die *Klärchen* flitzte über den nächtlichen Wannsee, und Vivien zog die Schot noch etwas fester. Als eine Böe kam, setzten sich die beiden gleichzeitig auf die Kante und legten sich weit nach hinten, um zu verhindern, dass das Boot zu sehr krängte.

Außer den Segelkommandos »Klar zur Wende!« und »Ree!« redeten sie gar nicht miteinander, sondern genossen diesen nächtlichen Ritt über den Wannsee in vollen Zügen schweigend. Über eine Stunde kreuzten sie über den See, bis sie wieder am Steg festmachten. Sie hatten inzwischen Positionen getauscht, sodass Vivien das Anlegemanöver fuhr.

Leo zollte ihr großes Lob. »Das macht Spaß mit dir. Meine Exfreundin wollte daraus immer nur eine Kaffeefahrt machen, nein, also eher eine Cocktailbar-Veranstaltung. Und wenn mal ein Spritzer Gischt an ihr Jäckchen kam, dann war sie *not amused.*«

»Mein Exfreund war Australier und hat das Segeln als Oldie-Sport bezeichnet. Der fühlte sich nur auf dem Kiteboard wohl. Das beherrschte er auch perfekt.«

»Und warum ist es auseinandergegangen mit euch?«

Vivien musterte ihn skeptisch. Wollte sie ihm das wirklich erzählen?

»Luca ging nach drei Jahren New York zurück nach Australien, um seine Familie zu besuchen. Danach wollte er in Amerika bleiben, aber er kehrte nie wieder zurück. Es kam ihm wohl eine australische Kite-Meisterin dazwischen.« Sie blickte Leo an, in dessen Blick so etwas wie Mitgefühl lag. Wieder eine neue

Seite an ihm, dachte Vivien, aber Mitleid war etwas, das sie nur schwer ertragen konnte. »Ich habe es überlebt, wie du siehst.« Da war er wieder, dieser schroffe Ton, den sie immer wieder Leo gegenüber anschlug, ohne das eigentlich zu beabsichtigen.

»Du denkst wohl, mir hat nie eine Frau das Herz gebrochen, oder?«, fragte er daraufhin provozierend.

Vivien zuckte mit den Schultern. »Keine Ahnung, bei dem Leo, den ich bis gestern kannte, würde ich das beinahe ausschließen, aber der Leo von heute überrascht mich in einer Tour. Warum nicht mit einer traurigen Liebesgeschichte?«

»Als Luisa, die Lady mit der Wasserphobie, mich kurz nach dem Tod meiner Mutter verlassen hat, war ich untröstlich. Ich hätte sie so nötig gebraucht. Ich gebe zu, ich war nicht einfach zu der Zeit, wenn ich mich ihr gegenüber auch eigentlich immer zusammengerissen habe, aber ich war nicht mehr so lustig, bin nicht mit auf Partys gegangen. War nichts mehr zum Angeben. Sie hat sich dann einen Banker geangelt und mit mir per SMS Schluss gemacht.« Seine Stimme klang ehrlich betroffen.

Vivien spürte genau, wie gerade wieder diese gewisse Vertraulichkeit zwischen ihnen aufzukeimen drohte, die, wie sie bereits von ihrem gemeinsamen Erlebnis am Steg wusste, auch schnell in pure Anmache kippen konnte. Deshalb stand sie vorsichtig auf und holte das Vorsegel ein. Nachdem sie alles wieder im Vorschiff verstaut hatten, wedelte Leo plötzlich mit zwei Flaschen Bier. »Ein Anlegebier müssen wir noch trinken«, lachte er. »Und hast du überhaupt schon das Innenleben unseres Prachtstücks gesehen?« Er deutete zur Kajüte. Vivien warf einen prüfenden Blick hinein und schnalzte mit der Zunge. Das Interieur war aus edlem Holz und hatte rechts und links je eine Koje. Sogar für eine kleine Küche war gesorgt.

»Ein echtes Prachtstück!«, rief sie begeistert aus. Leo reichte ihr eine geöffnete Bierflasche und prostete ihr zu. Sie sahen sich eine Weile stumm in die Augen. Wo ist sein zynischer Blick hin, fragte sich Vivien und nahm einen kräftigen Schluck.

»Und warum bist du nach dem Tod deiner Mutter nicht mehr gesegelt?«, fragte sie.

»Ich muss weiter ausholen, damit du das verstehst. Ich wohnte jedenfalls schon gar nicht mehr zu Hause, als meine Mutter krank wurde, sondern mit Luisa in Friedrichshain, aber ich habe jede Minute genutzt, um meine Mutter zu besuchen. An dem Tag, an dem sie ihre Diagnose bekam, Leukämie, Binet C, Lebenserwartung zwei bis sieben Jahre – Genaues konnte man nicht sagen, hing auch von der seelischen Verfassung ab –, war Vater nicht da, sondern auf einer Vortragsreise. Sein Handy war ausgestellt, und im Hotel konnte sie ihn nicht erreichen, da hat sie mich verzweifelt angerufen. In meinen Armen hat sie geweint. Nicht in seinen. Und dann haben wir es noch mal im Hotel versucht und eine schwatzhafte Dame an der Rezeption teilte uns mit, das Ehepaar Berger habe gerade ausgecheckt. Kannst du dir vorstellen, wie meine Mutter angesichts dieser Nachricht regelrecht zusammengebrochen ist? Sie erfährt zeitgleich, dass sie nicht mehr lange zu leben und dass ihr Mann eine Geliebte hat. Sie hat mich angefleht, bei ihr zu bleiben, bis er zurückkäme. Das habe ich dann getan. Es hat nicht viel gefehlt, und ich hätte ihm eine reingehauen. Er hat alles geleugnet, der Feigling, da habe ich heimlich in sein Handy geguckt und Nachrichten von dieser bescheuerten Maria, Mutters angeblich bester Freundin, gefunden. Es waren nur zwei, aber immerhin sehr eindeutige Messages. Und in der einen hat sie ihm gedankt, dass er ihr auf der *Klärchen* so intensiv das Segeln beigebracht habe. Das war eine Woche vor der Hotelgeschichte. Ich befürchte, sie haben es auf dem Boot getrieben, da musste ich jedes Mal fast kotzen, wenn ich es gesehen habe, aber das ist jetzt egal. Jetzt gehört es uns beiden.« Leo senkte den Kopf.

Vivien strich ihm mitfühlend über die Hand.

»Und hast du ihr verraten, wer diese Geliebte war? Dass es sich um ihre angeblich beste Freundin handelte?«

»Nein, nicht so direkt, aber ich habe meinem Vater die Pistole auf die Brust gesetzt. Entweder er steckt es ihr, oder ich. Schließlich hat er es Mutter gebeichtet und als einmaligen Ausrutscher verkauft.«

»Und hat sie ihm geglaubt?«

»Ich weiß es nicht. Ich denke, nicht. Für sie war es ein furchtbarer Schock, und ich befürchte, das hat sie so geschwächt, dass sie nach zehn Monaten Krankheit mit schwerstem Verlauf ihrem Leben ein Ende gesetzt hat, und er hat es ihr so verdammt leicht gemacht. Wenn es nicht ihre Freundin gewesen wäre, es hätte sie wahrscheinlich gar nicht so tief getroffen.«

»Und was hat diese Freundin dazu gesagt?«

Leo zuckte die Achseln. »Keine Ahnung. Meine Mutter wollte sie nie wiedersehen, was die Hexe aber nicht davon abgehalten hat, auf ihrer Beerdigung Krokodilstränen zu weinen und sich an Dads Arm zu klammern.«

In Leos Augen schimmerte es feucht. Das berührte Vivien so, dass sie sich neben ihn auf seine Seite setzte und den Arm schützend um seine Schulter legte. »Du kannst es ihm nicht verzeihen, weil du glaubst, dass das Verhältnis weiterging und er deiner Mutter Schlaftabletten besorgt hat, oder?«

»Ich kann mir nicht verzeihen, dass ich ihr die Schlaftabletten besorgt habe, weil sie kein Auge mehr zugetan hat und völlig fertig war. Ich habe doch nicht geahnt, dass sie sich ein paar Tage später damit umbringt …« Er schluchzte verzweifelt auf.

»Die Tabletten waren von dir?«

»Sie hätte sich nie umgebracht, wenn sie nicht geglaubt hätte, dass er es immer noch mit ihrer sogenannten Freundin treibt, während sie mit dem Tod ringt. Und ich habe ihr auch nur drei Tabletten gegeben und den Rest im Badezimmer versteckt. Und da kam sie doch gar nicht mehr hin. Sie hing schließlich schon am Tropf und konnte nicht mehr aufstehen. Also muss er es doch gewesen sein, der ihr die tödliche Dosis gegeben hat, oder?«

»Ich weiß es nicht, aber ich kann sehr gut verstehen, dass das alles sehr schrecklich für dich gewesen ist.«

»Darf ich dich noch einmal küssen?«, fragte er plötzlich völlig unvermittelt.

Statt ihm zu antworten, nahm sie sein Gesicht in beide Hände, zog es sanft näher und schloss die Augen. Heiße Schauer rieselten durch ihren Körper, als sich ihre Lippen zärtlich trafen. So eine Art von Kuss hatte sie noch nie mit einem Mann ausgetauscht. Das Spiel ihrer Zungen erregte sie, aber das stand nicht im Vordergrund. Es war dieses warme Gefühl, das ihr Herz durchflutete und alles andere dominierte.

Als sich ihre Lippen voneinander lösten, blickten sie sich lange und intensiv in die Augen. Es gab nur noch Leo und Vivien, ganz so, als wären sie allein im Universum.

»Ich möchte wieder lachen, ich möchte wieder fröhlich sein, und ich möchte verzeihen«, raunte Leo.

»Du sprichst mir aus der Seele«, stimmte ihm Vivien aus tiefstem Herzen zu.

Ohne den Blick von ihr zu lassen, stand er auf. »Komm, wir gehen schlafen. Morgen ist ein harter Tag für uns beide.«

Leo sprang auf den Steg und reichte Vivien galant die Hand. Als er an Land war, nahm er sie fest in den Arm und drückte sie zärtlich an sich.

Hand in Hand gingen sie ins Haus. Vor ihrer Zimmertür blieb Vivien abrupt stehen und fragte sich, was jetzt geschehen würde. Sie wusste nur eines: Wenn Leo es darauf anlegte, würde sie ihm wenig Widerstand entgegensetzen können. Sie fühlte sich schwerelos, als würde sie auf einer Wolke schweben. Ihr Körper war butterweich, und sie sehnte sich in diesem Augenblick danach, ihm ganz nahe zu sein.

Doch Leo gab ihr nur einen flüchtigen Kuss auf die Wange, bevor er sie, ohne ein weiteres Wort zu verlieren, stehen ließ. Sie sah ihm nach, wie er den langen Flur in Richtung seines Zimmers ging. Wie heißt es immer so schön in Filmen, dachte

Vivien irritiert: Wenn er sich umdreht, ist er der Richtige, doch Leo wandte sich nicht noch einmal nach ihr um.

Vivien stieß einen tiefen Seufzer aus, denn in ihrem Kopf drehte es sich wie in einem rasend schnellen Karussell. Wie sie das hasste, wenn sie die Kontrolle verlor. Und das schien ihr gerade zu widerfahren. Nicht nur, dass sie ihr Gedächtnis verloren hatte, was die Zeit vor dem Unfall anging, jetzt berührte auch noch ein Mann ihr Herz, der tausend Gesichter zu besitzen schien, in einer Art, wie es noch keiner vor ihm geschafft hatte. Ein Mann, aus dem sie beim besten Willen nicht schlau wurde.

Berlin-Zehlendorf, Juni 1926

Charlotte hatte es nur ihrer Schwester zuliebe getan. Klara hatte sie inständig gebeten, ihre Trauzeugin zu werden. Es war ja auch nicht so, dass Charlotte Felix nicht mochte. Sie verstand nur nicht, wie die schöne Klara sich nach dem stattlichen Kurt mit so einem weichlichen Mickermännchen zufriedengeben konnte. Einer Sache war sich Charlotte Koenig ganz sicher: So einen Kompromiss würde sie ihr Lebtag nicht eingehen. Das Aussehen eines Mannes durfte man in ihren Augen nicht unterschätzen. Felix hatte allerdings als Bräutigam in der Kirche für seine Verhältnisse eine ganz passable Figur abgegeben, wie Charlotte nachträglich hatte zugeben müssen. Sein feiner Anzug hatte sehr zu diesem Eindruck beigetragen. Trotzdem konnte er, und in diesem Punkt würde Charlotte keiner je vom Gegenteil überzeugen können, Klara nicht das Wasser reichen. Sie sah umwerfend aus in ihrem bodenlangen Hängerchen, das vorne und hinten einen tiefen Spitzenausschnitt besaß und ein wenig durchsichtig war, aber sie trug ein blickdichtes Seidenunterkleid. Da Klara neuerdings im Turnverein Gymnastik machte, wirkten ihre braun gebrannten Arme in dem ärmellosen Kleid sehr verführerisch. In ihrem akkurat geschnittenen blonden Haar trug sie ein paillettenbesetztes Stirnband, das ihr einen geheimnisvollen und verwegenen Touch gab.

Charlotte war stolz auf ihre schöne Schwester, wenngleich sie sich auch selbst vor Komplimenten nicht retten konnte. Seit ihrem Debüt im Metropol-Theater war sie in Berlin ein kleiner Star geworden. Sie sang in der hauseigenen Revue mit und gehörte zum Ensemble der *Nacht der Nächte*, einer Revue von

Rudolf Nelson. Sie liebte nicht nur ihren Beruf als Soubrette, sondern auch das damit verbundene Berliner Nachtleben. Wer hatte schon die Gelegenheit, die Nacht mit Josephine Baker durchzufeiern, jener Künstlerin, die mit ihren exotisch-wilden Tänzen für reichlich Aufregung bei Publikum und Kritik gesorgt hatte? Josephine Baker hatte im Nelson-Theater mit ihrer *Revue Nègre* Furore gemacht, während die Nelson-Revue im benachbarten Theater am Kurfürstendamm gelaufen war. Zum Feiern hatte man sich dann im Nelson-Theater getroffen. Und so ging es Abend für Abend. Charlotte genoss dieses Leben in vollen Zügen wie auch Gerhard, der sie auf Schritt und Tritt begleitete. Das war der Preis, den sie für die Verwirklichung ihres Traumes zu zahlen hatte. Sie wurde auf Schritt und Tritt von ihrem brüderlichen Schatten begleitet. Allerdings war er zu später Stunde meist mit irgendeiner Dame beschäftigt. Charlotte hatte das Gefühl, dass er immer noch an Olga hing und sich deshalb wahllos vergnügte, um seinen Schmerz zu betäuben. Sein übermäßiger Alkohol- und Kokainmissbrauch bestärkte sie in diesem Verdacht. Immer häufiger fragte sie sich, wer von ihnen beiden wohl der Aufpasser war. Meist war sie es, die ihren völlig berauschten Bruder in den Wagen hievte. Ihr Vater hatte sogar einen neuen Chauffeur eingestellt, der ihren Bruder und sie jeden Abend zum Theater brachte und in den frühen Morgenstunden wieder abholte. Wenn sie nur an jene Nacht dachte, als sie völlig durchnässt nach Hause gekommen war und ihrem Vater gestanden hatte, dass das Theater ihre Zukunft sei. Und wie sie geglaubt hatte, dass er jetzt ihretwegen eine Herzattacke erleiden würde, doch das war zum Glück nicht der Fall gewesen. Er hatte sich wieder gefangen und ihr beim Gedenken an ihre Mutter das Versprechen abnehmen wollen, keinen Fuß mehr auf eine Bühne zu setzen. Charlotte hatte es Klara zu verdanken gehabt, dass dann doch alles anders gekommen war. Ihre Schwester hatte ein flammendes Plädoyer für Charlottes sehnlichsten Wunsch, Sängerin zu werden, gehalten, bis der

Vater schließlich erschöpft nachgegeben hatte. Doch nur unter zwei Bedingungen: Gerhard war bis zu ihrer Volljährigkeit ihr Aufpasser, und sie machte eine ordentliche Ausbildung. Charlotte hätte alles getan und war ihrem Vater vor lauter Erleichterung stürmisch um den Hals gefallen.

Sie war am nächsten Tag euphorisch zur Probe erschienen, und erst als sie Emil auf der Bühne gesehen hatte, war ihr wieder ins Gedächtnis gekommen, was eigentlich am Abend zuvor geschehen war. Sein unterwürfiger Hundeblick hatte ihr deutlich gemacht, dass sie bei der Produktion unmöglich gemeinsam auf der Bühne stehen konnten. Sie verdrängte dabei den Umstand, dass sie ihm diese Rolle zu verdanken hatte und er bereits zum festen Ensemble gehörte. So nahe vor ihrem Ziel wollte sie aber nicht zurückstecken und keinesfalls auf die Rolle verzichten. Also lockte sie den armen Emil in eine Falle. Sie lud ihn in ihre Garderobe ein und spiegelte ihm vor, dass es ihr wahnsinnig leidtat, wie sie ihn hatte abblitzen lassen. Emil suchte sie mit einem Riesenblumenstrauß auf und konnte sein Glück kaum fassen, dass sie sich offenbar doch eines Besseren besonnen hatte. Dabei hatte sie alles präzise vorbereitet und wusste, dass ihre Kollegin, mit der sie die Garderobe teilte, jede Sekunde hereinplatzen würde. Und gerade als Emil berauscht ihre Bluse aufknöpfen wollte, schrie Charlotte laut um Hilfe und riss sich mit einem Ruck die Bluse auf. »Emil! Bitte, nein«, zeterte sie, und es geschah genau das, was sie sich zuvor ausgemalt hatte. Die ältere Kollegin schäumte vor Empörung, dass Emil sich gewaltsam der minderjährigen neuen Sängerin, für deren Schutz sie sich verantwortlich fühlte, hatte nähern wollen. Sie drohte ihm, den Vorfall sofort der Theaterleitung zu melden. Doch da legte Charlotte ein »gutes Wort« für ihn ein und schlug mit bebender Stimme vor, er solle einfach gehen und nie wiederkommen, dann würde sie davon absehen, ihn beim Direktor anzuschwärzen. Charlotte sah Emil Färber nie wieder, und schnell war ein neuer Straßensänger gefunden, der – das konnte keiner im Ensemble verhehlen – vielleicht nicht ganz so gut bei Stimme war wie sein Vorgänger, aber viel besser aussah. Charlotte hatte nicht einmal ein schlechtes Gewissen wegen dieser kleinen Intrige, denn Emils brutales Verhalten im Wagen war in ihren Augen alles andere als ein Kavaliersdelikt gewesen. Und wie sie neulich von seinem Bruder Max, der ganz offensichtlich nichts von der ganzen Sache ahnte, gehört hatte, war er weich gefallen, im Theater an der Wien gelandet und mit einer Sängerin verlobt. Charlotte sollte es nur recht sein. Verehrer wie Emil Färber schossen wie Pilze aus dem Boden. In ihrer Garderobe wurden jeden Abend Blumensträuße abgegeben, und sie ließ sich auch ab und an auf ein Souper ein, doch leider war ihr Prinz nicht dabei. Selbst der neue Sänger, ein wirklich stattlicher Kerl, konnte ihr Herz nicht erweichen. Sie wusste auch nicht, warum. Oder sollte es womöglich daran liegen, dass er im Gegensatz zu Kurt dunkelhaarig war und sie nur um einen halben Kopf überragte?

Sogar einen Platz an der Schauspielschule Berlin hatte Charlotte bekommen. Sie hatte sich ja selbst gewundert, weil sie sich als Sängerin sah, nicht als Schauspielerin, aber beim Vorsprechen hatte sie einen großen Eindruck gemacht. Mit der Aufnahme in der Schule hatte sie auch diese Bedingung ihres Vaters erfüllt.

Aus dem Augenwinkel beobachtete Charlotte, wie Gerhard auf Olga, die allein mit einem Glas in der Hand am Rand der Hochzeitsfeierlichkeiten auf dem Rasen stand und in die Ferne stierte, zusteuerte. Und immer wenn die beiden aufeinandertrafen, wirkten sie so unglaublich vertraut. Zu vertraut für Charlottes Geschmack, wobei sie diese Nähe der beiden persönlich nicht verurteilte. Wenn es nach ihr gegangen wäre, wären die beiden heute ein glückliches Ehepaar, aber nun war Olga Walters Frau. Charlotte konnte den Blick kaum abwenden. Gerhard strich Olga nämlich gerade gedankenverloren durch das Haar, eine wirklich sehr intime Geste, die man nicht mehr mit einer jahrelangen familiären Vertrautheit entschuldigen konnte. Das war mehr! Charlotte war die Letzte, die nicht verstand, warum Olga im Grunde ihres Herzens Gerhard liebte und nicht ihren Ehemann Walter, aber hatten die beiden denn gar keine Sorge, dass der Falsche die richtigen Schlüsse ziehen würde? Charlottes Blick schweifte zu Walter, der mit zusammengebissenen Lippen offenbar Ähnliches wahrnahm wie sie. Auf seinem Schoß saß Friedrich, ein goldiges blond gelocktes Kerlchen. In diesem Augenblick empfand sie fast so etwas wie Mitleid mit ihrem herrschsüchtigen und politisch völlig entgleisten Bruder. Was nützte ihm seine gute neue Stellung am Rudolf-Virchow-Krankenhaus, wenn das Herz seiner Frau ganz offensichtlich wieder für seinen Bruder schlug? Oder immer noch? Wahrscheinlich hat Olga nie aufgehört, ihn zu lieben, mutmaßte Charlotte. Und nun musste sie mit Walter unter einem Dach leben und das Bett teilen.

Charlotte schüttelte sich. Niemals wollte sie in eine solche Lage geraten, dass sie sich auf einen Mann einließ, den sie nicht von ganzem Herzen liebte! Und wenn sie sich so umblickte, war sie von solchen Paaren förmlich umzingelt. Ihr Blick schweifte zurück zu ihrer Schwester, und sie fragte sich, warum sie so einen Kompromiss eingegangen war wie all die anderen, die als Ehepaare an dieser Hochzeit teilnahmen und doch kaum mehr teilten als ihren Namen.

Klara sieht sehr traurig aus, wenn sie sich unbeobachtet fühlt, dachte Charlotte und spielte mit dem Gedanken, sich zu ihr zu gesellen, doch etwas an Klaras Blick hielt sie davon ab. Ihre Schwester machte den Eindruck, als wollte sie in diesem Augenblick allein sein. Charlottes Verdacht erhärtete sich, als Klara sich kurz nach allen Seiten umsah, um dann in Richtung See zu verschwinden. Statt ihr zu folgen, ging Charlotte zu dem Tisch, an dem ihr Vater saß und gerade von der schrecklichen Erna Waldersheim in Beschlag genommen wurde. Sie hatte ihre goldberingten Wurstfinger auf Wilhelms Arm gelegt und redete auf ihn ein. Charlotte wusste, wie das hohle Geschwätz von Walters und nun auch Klaras Schwiegermutter ihrem Vater auf die Nerven ging, und auch, wie sie ihn davon erlösen konnte. Erna Waldersheim war eine Liebhaberin der seichten Operette und brachte sich, seit Charlotte ein kleiner Star war, förmlich um, wenn sie ihr begegnete. Genau wie in diesem Augenblick, als Charlotte an den Tisch trat. Erna ließ auf der Stelle ihren Vater los und breitete die Arme weit aus. »Ach, Charlottchen, wie schön, dich zu sehen. Du gehörst ja nun gleich doppelt zur Familie. Und wie bezaubernd du wieder aussiehst. Dieser Goldton in deinem Kleid, einfach wunderschön. Und sag mir, weißt du, wo die Braut hin ist? Sie scheint mich zu meiden. Ich habe sie noch nicht einmal drücken können, bis vorhin, als sie aus der Kirche kamen, aber da gab es kein Entkommen.« Sie lachte laut.

»Ich glaube, Klara ist bei Lene. Wegen des Buffets.«

»Ach, dann gibt es endlich Essen, ich habe mächtig Hunger«, stöhnte die Matrone in ihrem modernen Fransenkleid, in das sie sich offenbar mit allen Tricks hineingezwängt hatte.

Charlotte schickte einen sehnsüchtigen Blick zum See. Wie viel lieber hätte sie mit ihrer Schwester geplaudert. Sie kamen ja kaum mehr dazu sich auszutauschen. Charlotte schlief meist bis nachmittags, wenn Klara längst im Hörsaal saß. Und wenn sie einander in letzter Zeit begegneten, kam ihr die Schwester so schrecklich verschlossen vor.

Klara war indessen ganz bis zum Ende des Stegs gegangen. Sie zögerte kurz, ob sie sich mit ihrem weißen Kleid auf das Holz setzen sollte, aber dann wagte sie es. Sie war froh, dass der Lärm der Feier nur noch als Hintergrundgemurmel wahrnehmbar war.

Ihr war zum Heulen zumute. Sie war nicht der Typ Frau, der sich mit dem, was gemeinhin als »schönster Tag im Leben einer Frau« gehandelt wurde, im Vorwege beschäftigt hatte. Vielleicht wäre alles anders gewesen, wenn ihr Bräutigam Kurt Bach geheißen hätte. Aber wenn sie ehrlich war, bereute sie es bereits, Felix' Antrag endlich angenommen zu haben. Er hatte es seit über zwei Jahren versucht, und sie hatte ihn stets vertröstet. Nun war er überglücklich, dass sie vor ein paar Monaten endlich Ja gesagt hatte. Wenn er wüsste, wem er das zu verdanken hat, dachte Klara bitter. Kein Mensch wusste, was sie alles angestellt hatte, um nach Anton Bachs Beerdigung Kurts Aufenthalt herauszufinden. Sie hatte in jedem Gefängnis in und um Berlin nach ihm gefragt, aber vergeblich. Er saß nirgendwo ein. Sie war sogar bei der Redaktion der Roten Fahne gewesen, wo er jedoch offenbar nur sehr kurz gearbeitet hatte, aber immerhin hatte man ihr den Rat gegeben, im Sekretariat des Zentralkomitees, das sich auch im Karl-Liebknecht-Haus befand, vorzusprechen. Dort hatte man sich zunächst bedeckt gehalten, und Klara ahnte auch, warum. Sie passte mit ihrem bohèmehaften Auftreten nicht ganz in das Arbeiterambiente dieses Hauses. Doch dann geriet sie an eine freundliche Mitarbeiterin, die ein Herz für sie hatte. Sie fand einen Hinweis auf Kurt Bach. Er war nach seiner Entlassung aus dem Gefängnis als Beobachter für die Partei nach Moskau gegangen, und zwar auf unbestimmte Zeit. Klara wusste nicht mehr, wie sie an diesem Tag zurück nach Hause gekommen war. So erschüttert war sie gewesen, dass Kurt damit endgültig aus ihrem Leben verschwunden war. Sie hatte sich aber nichts anmerken lassen, als sie an diesem Märzabend mit Felix im Theater gewesen und ein von Erwin Piscator inszeniertes Stück gesehen hatte. Im Gegenteil, als er beim Souper zu später Stunde erneut um ihre Hand angehalten hatte, hatte sie seinen Antrag angenommen. Es war ja auch nicht so, dass sie ihn nicht lieb hatte, aber Liebe war in ihren Augen etwas anderes. Doch jetzt, wo der Mann, den sie wirklich liebte, auf Nimmerwiedersehen verschwunden war, war es doch die beste Lösung, einen Mann zu heiraten, dem sie wenigstens in tiefer Freundschaft verbunden war. Natürlich hätte sie auch allein bleiben können. Schließlich würde sie früher oder später als Ärztin auf eigenen Füßen stehen und nicht länger finanziell von ihrem Vater abhängig sein. Einen Versorger brauchte sie nicht, doch es war ein anderer Wunsch, den sie insgeheim hegte. Klara hätte gern ein Kind, und sie konnte sich Felix sehr gut als Vater ihrer Kinder vorstellen. Er war liebevoll, kultiviert und klug, wenngleich ihn die Arbeit im väterlichen Unternehmen manchmal an seine Grenzen brachte. »Ich habe kein Händchen für das große Geld«, pflegte er zu sagen, doch sein Vater hatte ihn genötigt, in den Betrieb einzutreten, um ihn in ein paar Jahren zu übernehmen. Als Industriellen, der womöglich auch Rüstungsartikel herstellte, sah Klara ihn gewiss nicht.

Und nun bereute sie zutiefst, seinen Antrag angenommen zu haben. Nicht, weil sie ihn weniger mochte, sondern weil sie verdammt ungern in diese Familie einheiratete. Die Einzige, die sie mochte, war seine Schwester Olga. Seine Eltern hingegen fand sie entsetzlich. »Der industrielle Großkotz«, wie Gerhard und sie Oskar Waldersheim gern insgeheim bezeichneten, ging ihr nicht nur wegen seiner politischen Ansichten gegen den Strich, sondern auch wegen seiner polternden Art und seinem Hang, jedem Rock hinterherzusteigen. Dass er ihr neulich im Vorbeigehen neckisch auf den Hintern gehauen hatte, hatte Klara sowohl Felix als auch Gerhard gegenüber verschwiegen. Sie hatte ihrem zukünftigen Schwiegervater allerdings in aller Deutlichkeit zu verstehen gegeben, dass er das ja nicht noch einmal wagen sollte. Oskar Waldersheim hatte sich daran gehalten. Allerdings wechselten Klara und er seitdem nur noch die nötigsten Worte wie »Guten Tag« und »Auf Wiedersehen«.

Die Sympathie, die sie ihrer Schwiegermutter entgegenbrachte, war nicht größer. Sie fand die aufgedunsene, laute Frau unerträglich. Nur in einem Punkt tat sie ihr leid. Wenn sie mit ansehen musste, wie ihr Gatte jungen, hübschen Frauen hinterherstieg. Und das soll jetzt wirklich meine neue Familie sein, dachte sie betrübt. Auch Walter war ihr durch die gemeinsamen Schwiegereltern innerlich nicht gerade nähergerückt. Im Gegenteil, sie bekam sogar mehr mit als vorher, weil ihre zukünftigen Schwiegereltern erwarteten, dass Felix und sie sich hin und wieder in der Villa am Lietzensee blicken ließen. Und bei diesen Gelegenheiten wurde Klara dann Zeugin, wie Olga unter ihrem autoritären Mann litt. Die Parallelen zur Ehe ihrer Eltern waren unübersehbar. Was hatte ihr Vater die Mutter stets bevormundet und gegängelt! Und genau das wiederholte Walter mit seiner Frau. Klara schüttelte sich. Sie hatte fast ein schlechtes Gewissen, dass sie heute solchen schlechten Gedanken nachhing, zumal es nun zu spät war für Reue. Vom heutigen Tag an hieß sie Klara Waldersheim. Allein das jagte ihr einen Schauer über den Rücken.

»Ach, hier bist du. Ich habe dich schon überall gesucht.«

Klara wandte sich erschrocken um. Sie fühlte sich ertappt. »Ich brauchte einen Augenblick Ruhe«, sagte sie entschuldigend, als sie in Felix' vor Aufregung glühendes Gesicht blickte.

Er legte seine Hand auf ihre Schulter. »Es ist alles gut. Ich brauche den Zauber da draußen auch nicht. Glaube mir. Walter und Vater führen schon wieder zackige Reden bei Tisch. Es ist widerlich.«

»Ach, Lieber, du kannst nichts für deinen Vater, und ich nichts für meinen Bruder. Da haben sich eben die Richtigen gefunden. Sie arbeiten ja mächtig daran, dass diese Münchner Spinner um den Hitler auch in Berlin Fuß fassen.«

»Tja, aber wir sollten uns den Tag wirklich nicht durch die Gesinnungen unserer lieben Verwandten verderben lassen«, seufzte er.

»Setzt du dich einen Augenblick zu mir?«, bat sie ihn mit sanfter Stimme.

»Nichts lieber als das, aber dein Hochzeitsgeschenk kommt gleich.«

»Gut, dann folge ich dir«, seufzte Klara.

»Nein, ich wollte nur wissen, wo du bist. Du kannst nämlich

hier sitzen bleiben. Ich werde nur unsere Gäste an den See bitten müssen.«

Klara blickte ihn fragend an. »Was kann denn das für ein Geschenk sein?« Sie legte die Stirn in Falten. »Ach, ich weiß, es ist diese wunderschöne und sündhaft teure Gartenliege, die wir neulich bei Olga im Garten gesehen haben.«

»Lass dich überraschen. Und rühr dich nicht vom Fleck!«, befahl er ihr schmunzelnd.

Klara stieß ein lautes Stöhnen aus, als er außer Hörweite war. Was für ein treu sorgender Mann. Ich muss dem Himmel dankbar sein, dass er mich unbedingt heiraten wollte, dachte sie und konnte den soeben aufkeimenden Gedanken an Kurt gerade noch verscheuchen.

Kurz darauf schwoll der Lärmpegel hinter ihr mächtig an, denn die Hochzeitsgäste strebten im Pulk zum Steg. Direkt hinter ihr hatte sich ihre laute Schwiegermutter platziert. »Bin ich gespannt. Felix hat ja nichts erzählt, stell dir vor, liebes Lottchen, er wollte nichts verraten.«

Klara drehte sich um. Ihre Schwester stand neben der Matrone und ließ ihr Gerede stoisch über sich ergehen. Ich werde sie von diesem Geschwätz fortlotsen müssen, beschloss Klara und bot ihrer Schwester den Platz neben sich auf dem Steg an. Das ließ sich Charlotte nicht zweimal sagen. Flink wie ein Wiesel setzte sie sich mit ihrem festlichen Kleid zu ihrer Schwester auf das warme Holz.

»Ich wollte Vati von ihr erlösen, aber seitdem hängt sie wie eine Klette an mir«, flüsterte Charlotte ihrer Schwester zu.

»Du Arme. Ich habe es geschafft, den ganzen Tag vor ihr zu flüchten. Nur vor der Kirche konnte ich nicht weg«, gab Klara zurück, und die Schwestern brachen in lautes Gekicher aus.

Das hörte erst auf, als sie plötzlich ein Segelboot direkt auf den Steg zusteuern sahen.

»Das ist doch Felix!«, rief Klara überrascht aus.

»Und der Mann am Vorsegel ist Gerhard«, ergänzte Charlotte aufgeregt. Die beiden Schwestern konnten gerade noch rechtzeitig in die Höhe springen, bevor das Boot mit einem gekonnten Manöver am Steg anlegte, Gerhard von Bord sprang und die Leine festmachte.

Die Hochzeitsgäste applaudierten laut. Als Klara den Namen des Bootes entdeckte, ahnte sie, dass die *Klärchen* Felix' Geschenk war, und ihr Herzschlag beschleunigte sich merklich. Wie oft hatte sie Felix in den letzten Wochen in den Ohren gelegen, man müsse ein eigenes Boot haben, wenn man nach der Hochzeit in der Villa wohnen bleibe. Oskar Waldersheim hatte zwar darauf gedrungen, seinem Sohn und Erben auch eine protzige Villa am Lietzensee zu kaufen, aber das wäre für Klara nicht infrage gekommen.

Einmal abgesehen davon, dass sie auf keinen Fall fußläufig zu den Waldersheims wohnen wollte, liebte sie ihr Elternhaus, in dem Platz für eine ganze Großfamilie war. Außerdem, wer sollte sich denn um Wilhelm kümmern? Ihr Verhältnis hatte sich seit dem Tod der Mutter verbessert, und der Vater brachte ihr endlich Anerkennung für die guten Noten im Studium entgegen. Klara hatte das Gefühl, in seinem Herzen der Ausgleich dafür zu sein, dass Gerhard die Medizin hingeschmissen hatte. Nein, das kam für Klara nicht infrage: ein Umzug in eine von Oskar Waldersheim für einen »Appel und ein Ei« erstandene Villa, wie Felix die Immobilienkäufe seines Vaters aus den Händen der Menschen, die ihren Besitz während der Inflation hatten hergeben müssen, zu bezeichnen pflegte. Felix sah es zum Glück genauso, und deshalb hatten sie das Angebot, ihnen ein neues Domizil zu besorgen, dankend abgelehnt. Erna Waldersheim war schwer beleidigt gewesen, aber sie hatte von ihrer zukünftigen Schwiegertochter auch nichts anderes erwartet. Dass sie beide niemals ein Herz und eine Seele werden würden, war auch der einfältigen Erna klar. Na, hoffentlich schenkt der Blaustrumpf uns wenigstens Enkelkinder, hatte Klara sie neulich Oskar zuraunen hören. Sie hatte diese unverschämte Bemerkung einfach ignoriert.

Klara war von dem Geschenk derart überwältigt, dass sie gar nicht wusste, was sie sagen sollte. Seit ihrer Jugend segelte sie im Verein und träumte von einem eigenen Boot. Und nun lag es vor ihr in all seiner Schönheit. Das edle Holz glänzte verführerisch in der Sonne, und die Segel flatterten leicht im Wind, während Felix sie barg.

Als er fertig war, verließ er das Boot und blickte seine Frau strahlend an. Sie fiel ihm stürmisch um den Hals.

»Das ist das schönste Geschenk, das du mir überhaupt hättest machen können!«, rief sie gerührt aus. »Und es ist so hübsch. Sogar mit Kajüte. Das ist, das ist …« Klara fehlten die Worte.

»Na, dann komm an Bord. Wir werden die *Klärchen* jetzt einweihen.«

»Mit dem Kleid?«, fragte sie, aber da hatte sie ihr Bruder Gerhard schon gepackt und an Bord gehievt. Dann gab er Charlotte ein Zeichen, dass sie auch mitkommen solle, und half ihr galant auf das Boot.

»Ihr müsst keinen Finger rühren, ihr beiden«, ordnete Felix, der vor lauter Glück strahlte, an. »Bis auf das hier!« Er verschwand in der Kajüte und kam mit einem Tablett zurück, auf dem vier gefüllte Champagnerkelche standen. Das drückte er Charlotte in die Boot.

Sie hielt es fest, während die Männer ablegten. Es wehte nur ein leichter Wind, aber der reichte aus, sodass sie gemütlich auf den See hinausschippern konnten. Charlotte verteilte die Gläser, und sie prosteten sich übermütig zu. In diesem Augenblick vergaß Klara alles andere. Ein Glücksgefühl breitete sich in ihr aus. Und zum ersten Mal empfand sie eine gewisse Vorfreude auf das, was sie heute noch erwartete. Sie hatte nicht aus moralischen Gründen bis zur Hochzeitsnacht nicht mit ihm schlafen wollen, sondern aus Furcht, dass sie das körperliche

Beisammensein mit Felix enttäuschen würde. Und wie sollte sie ihm erklären, dass sie keine Jungfrau mehr war? Er würde zwar niemals nachfragen, aber wundern würde er sich sicher, denn von Kurt Bach hatte sie ihm bislang kein Sterbenswort verraten. Nicht, dass sie befürchtete, er würde sie deshalb verurteilen, aber was, wenn er dahinterkam, wie der erste Mann in ihrem Leben noch immer ihre Träume bestimmte und nicht nur die nächtlichen?

In diesem Moment, in dem die Sonne alles in ein goldenes Licht tauchte, besonders Charlottes Kleid, an dem tausend Sterne zu funkeln schienen, und die frische Brise des Fahrwinds an ihren Wangen entlangstreichelte, fielen all die lastenden Gedanken von Klara ab. Sie fühlte sich leicht wie eine Feder. »Jetzt verstehe ich, warum Frauen vom schönsten Tag in ihrem Leben sprechen!«, rief sie übermütig aus. »Ich könnte gerade die ganze Welt umarmen.«

Sie tranken die Flasche mit Lust und ziemlich zügig leer, aber Felix hatte vorgesorgt. Nachdem er die zweite Flasche hervorgeholt hatte, brachte er einen Toast auf die entzückendste Braut der Welt aus.

»Du machst mich heute zum glücklichsten Mann«, seufzte er und gab Klara einen Kuss.

Gerhard, der mittlerweile an der Pinne saß, hob das Glas und murmelte: »Auf die schönste Braut und die schönsten Schwestern der Welt.«

Klara verstand als Einzige die Doppeldeutigkeit dieser Worte. Er hatte auf sie, Charlotte und auch auf Olga getrunken!

Sie wäre gern noch stundenlang gesegelt, aber die am Steg stehende und winkende Hochzeitsgesellschaft erinnerte sie daran, dass es ihre Pflicht war, schnellstens zum Fest zurückzukehren.

Kurz vor dem Anlegen gab Gerhard einen Satz von sich, dessen tieferer Sinn sich den anderen erst Tage später erschließen sollte.

»Und auch wenn ich mal wegen der Umstände von euch getrennt und verschollen bin, diesen Augenblick werde ich nie vergessen. Ihr gehört zu den wichtigsten Menschen in meinem Leben.«

Klara durchzuckte ein merkwürdiges Gefühl, als er das sagte, aber dann vergaß sie es schnell wieder, denn sie fasste in diesem Augenblick den Vorsatz, diesen Tag ab sofort in vollen Zügen zu genießen und nicht länger dem hinterherzutrauern, was sie in ihrem Leben nicht hatte haben können und auch nie bekommen würde.

Berlin, Steglitz-Zehlendorf, August 2014

Der Sonntagmorgen war regnerisch und kühl. Der heiße Berliner Sommer hatte sich über Nacht verabschiedet.

Alexander und Olivia hatten gemeinsam gefrühstückt, und eigentlich wollte Olivia sich wieder an die Arbeit machen. Sie kam mit ihrem Buch nur schleppend voran. Es kam ihr unseriös vor, die Biografie allein aufgrund von Christins Manuskript zu verfassen. Schließlich konnte sie nicht ausschließen, dass Alexanders Frau Dinge anders erzählte, als die Koenig-Schwestern sie in ihren Tagebüchern niedergeschrieben hatten. Doch Paul Wagner, der ihr einen anständigen Vorschuss gezahlt hatte, drängte auf einen Abgabetermin Ende Dezember. Also hatte sie rasch angefangen, über Scarletts Jahre in den USA zu erzählen.

Olivia war bereits vom Tisch aufgestanden, als Alexander fragte: »Was meinst du? Wäre das nicht der richtige Tag, um auf dem Dachboden in Klaras persönlichen Sachen zu stöbern, vielleicht sogar die Tagebücher zu finden und später Onkel Wölfi in der Seniorenresidenz zu besuchen?«

»Gern, ich komme nämlich mit dem Teil der Biografie, der Scarletts Leben als Charlotte Koenig erzählen soll, nicht so recht weiter. Ich bräuchte wirklich dringend die Tagebücher«, erwiderte sie. Außerdem war das eine günstige Gelegenheit, wieder einmal ein wenig Zeit mit Alexander zu verbringen. In den letzten Tagen war er sehr gestresst gewesen, und sie hatten einander kaum gesehen. Olivia hatte inzwischen ihren Flug storniert und war sich noch nicht ganz sicher, wann sie die Rückreise antreten sollte.

Sie hatte sich in den zwei Wochen, in denen sie bereits in der Villa am Wannsee wohnte, von den Strapazen der letzten Wochen in New York erholt. Sie dachte nur noch selten an Ethans Unfall und daran, wie sie Kim und ihn in flagranti erwischt hatte. Auch machte sie sich im Moment keine akuten Sorgen um Vivien, die sie kaum zu Gesicht bekam, weil sie schon im Bett lag, wenn Leo und ihre Tochter spät in der Nacht zurückkehrten. Aber die Proben schienen sie glücklich zu machen. Offenbar verstanden sich auch die beiden jungen Leute prächtig, denn Olivia hatte neulich Nacht von ihrem Fenster aus beobachtet, wie die beiden einträchtig und offenbar sehr vertraut von der Probe zurückgekehrt waren, aber sie wagte nicht, Vivien danach zu fragen.

Olivia war in Gedanken meist bei ihrer Großmutter, die sie von Tag zu Tag besser kennenzulernen glaubte. Sie hatte schließlich nur die alte Dame erlebt, die ihre erfolgreichen Zeiten bereits hinter sich hatte. Doch bislang war Olivia im Manuskript auf nichts gestoßen, was sie ernsthaft befremdet hätte. Bestimmte Eigenschaften wie Eitelkeit, Herzlichkeit und Zielstrebigkeit, die Scarlett in späten Jahren besessen hatte, waren auch schon in Charlottes jungen Jahren deutlich ausgeprägt gewesen. Selbst diese kleine, gemeine Intrige, um Emil loszuwerden, passte irgendwie zu ihrer Großmutter. Darin war Scarlett auch als alte Dame Meisterin geblieben: störende Personen mit einem kleinen Trick auszuschalten. Olivia musste da nur an die zugegebenermaßen nervige alte Dame denken, mit der ihre Großmutter für einige Wochen das Zimmer in der Residenz hatte teilen müssen. Als das Personal unter deren Matratze ein Foto von Clark Gable, das Scarlett als vermisst gemeldet hatte, fand, hatte man sehr flink dafür gesorgt, dass der Dame ein anderes Zimmer zugewiesen wurde und die Diva fortan ein Zimmer für sich allein hatte. Und schon damals hatte Olivia Zweifel gehegt, ob die Dame das Bild wirklich gemopst oder ob Scarlett es ihr nicht vielmehr untergeschoben hatte.

Auf dem Weg zum Dachboden fragte sich Olivia, was sie eigentlich tun würde, wenn sie die Tagebücher tatsächlich fänden. Würde sie Deutschland dann zeitnah mit Kopien im Gepäck verlassen? Das konnte sie sich gar nicht so recht vorstellen, denn in diesen Mauern erfuhr sie nicht nur etwas über das Leben ihrer Großmutter, sondern sie erspürte es förmlich. Als würde der Geist der Familie Koenig aus den Wänden atmen.

Aber gab es da nicht noch einen anderen Grund, der sie in Berlin hielt? Olivia warf Alexander einen flüchtigen Seitenblick zu. Sie konnte es nicht ändern, aber dieser Mann hatte sich tiefer in ihr Herz gespielt, als sie es je gewollt hätte. Das Schlimme war, sie konnte nichts dagegen tun. Obwohl sie längst die Hoffnung aufgegeben hatte, dass sie einander näherkommen würden: dem Gefühl für ihn tat das keinerlei Abbruch.

Olivia gruselte sich ein wenig, als er die knarzende Bodentür öffnete, weil sie sich vorstellte, wie Charlotte einst diesen Raum betreten und wenig später ihre tote Mutter, am Balken baumelnd, gefunden hatte.

Der Regen prasselte auf die Dachfenster.

Olivia zuckte zusammen, als etwas ihre Haut berührte, bis sie begriff, dass es Alexander war, der ihre Hand genommen hatte.

»Da vorne ist die Stelle, oder?«, fragte sie leise, als sie einen Schemel unter einem Balken erblickte.

»Das kann gut sein, aber ich weiß es nicht. Ich war noch nie hier oben. Es ist das erste Mal.«

»Warum?«, wollte Olivia erstaunt wissen.

»Christin und ich wussten ja, dass sich Klaras Mutter auf diesem Dachboden erhängt hat, lange bevor Christin angefangen hat, die Tagebücher zu lesen.«

»Wieso hat deine Frau die Tagebücher eigentlich erst so spät gelesen?«

»Christin war genau wie ich ein Workaholic. Sie lebte für die Uni, ihre Studenten, ihre Doktoranden, für Leo hatten wir eine

Kinderfrau. Sie hat zwar von der Existenz der Tagebücher gewusst, aber da ihre Großmutter eine sehr offene Person gewesen ist, die gern erzählt hat, dachte sie wohl, sie wüsste alles über ihre Familie. Natürlich interessierte sie diese geheimnisvolle Schwester, aber der Alltag hinderte sie daran, in diese Geschichte einzutauchen … Ich weiß allerdings, wie die Tagebücher aussehen. Sie haben einen dunkelroten Einband aus Leder. Wahrscheinlich haben die Schwestern sie mal beide zu Weihnachten bekommen. Christin ist dann, als sie schon die meiste Zeit im Bett verbracht hat, mehr zufällig zum Lesen gekommen, weil die Tagebücher nach unserem Umzug in die Villa ganz hinten in ihrer Nachttischschublade gelandet waren. Als sie schließlich begonnen hat, den Roman zu verfassen, habe ich sie manchmal gefragt, ob sie mir nicht etwas über den Inhalt erzählen möchte, aber sie sagte immer, sie könne das nicht. Ich würde noch früh genug erfahren, was für ein schreckliches Geheimnis dieses Haus verberge.«

»Das hat sie gesagt?«

»Sogar wortwörtlich. Ich habe aber nicht weiter nachgebohrt. Das Verfassen des Manuskripts ist so manches Mal extrem über ihre Kräfte gegangen, aber ich hatte den Eindruck, dass dieses manische Schreiben sie andererseits überhaupt nur am Leben hielt. Und dass sie etwas damit abarbeitete.«

»Also suchen wir jetzt nach einem roten Ledereinband, aber …« Olivia sah ihn mit großen Augen an. »Wenn sie die Tagebücher in ihrem Nachttisch aufbewahrt hat, als sie schon so krank war, wie sollen sie denn auf dem Dachboden gelandet sein?«

»Da gibt es nur eine Möglichkeit. Ich habe Monate nach ihrem Tod ein paar Bücher und persönliche Dinge in eine Kiste gepackt und Frau Krämer gebeten, sie auf den Boden zu bringen. Vielleicht sind die Tagebücher dazwischengerutscht, auch wenn ich mir das eigentlich nicht vorstellen kann.«

»Dann suchen wir eine Kiste«, stellte Olivia fest und sah sich um. Ihr Blick fiel auf eine Ecke, in der etliche Kisten übereinandergestapelt waren.

»Ich habe es nicht übers Herz gebracht, ihre Sachen zu verschenken oder zu entsorgen. Ich habe sie alle in Kisten gepackt«, seufzte er. »Ich weiß, dass sie auf dem Boden sinnlos verstauben, aber zu mehr fühlte ich mich nicht in der Lage.«

»Ich wünschte, ich könnte so trauern wie du«, gab Olivia betrübt zu. »Mir ist manchmal so, als hätte es die Jahre mit Ethan gar nicht gegeben. Um mich an schöne Situationen aus unserer Ehe zu erinnern, muss ich ernsthaft nachdenken. Dann fallen mir Urlaube ein oder das eine oder andere rauschende Fest. Und das alles nur, weil ich ihn mit Viviens Freundin im Bett erwischt habe.«

»Mit der Freundin deiner Tochter?«

»Ja, habe ich dir das noch nicht erzählt?«

»Nein, du hast eine Affäre erwähnt. Ich habe mich schon gewundert, dass dich das nach so vielen Jahren Ehe derart aus dem Tritt bringen konnte. Jetzt verstehe ich dich. Es ist nie gut, wenn man sich mit Freundinnen einlässt, schon gar nicht mit Freundinnen der Frau, und mit der Freundin der Tochter, das ist noch härter.«

»Du sprichst gerade auch von dir und der Tatsache, dass du Christin mit ihrer Freundin betrogen hast, oder?«, hakte Olivia zögernd nach. Sie war sich unsicher, ob sie damit zu weit gegangen war und ihn verärgert hatte, doch er sah sie mit einem Blick an, der alles andere als zornig war, sondern sehr nachdenklich.

»Du hast recht. Das habe ich mir nie verziehen, und ich befürchte, sie mir auch nicht. Deshalb ist es eigentlich völlig gleichgültig, ob es nur ein One-Night-Stand gewesen ist oder eine Affäre oder …«

»Nein, das sehe ich anders. Meinst du, deine Frau hat vermutet, es könne etwas Ernstes sein?«

Er schüttelte heftig den Kopf. »Nein, sie hat mir vertraut, als ich ihr geschworen habe, dass es eine einmalige Sache war. Und trotzdem hat es sie sehr getroffen, weil Maria und sie einander schon aus der Sandkiste kennen. Sie waren einst unzertrennliche beste Freundinnen.«

Olivia wurde abwechselnd heiß und kalt. Sie musste unwillkürlich an Kim und Vivien denken.

»Die beiden waren so eng?«, fragte sie ungläubig.

»Ja, wie Schwestern. Marias Eltern waren sehr beschäftigt. Sie wohnten hier in der Nachbarschaft, und wie ich dir bereits sagte, ist Christin bei ihrer Großmutter aufgewachsen, und die hat sich auch sehr um Maria gekümmert. Sie war wie ein eigenes Kind im Haus.«

Wie Kim bei uns, dachte Olivia.

»Und Maria verhält sich übrigens nicht immer so unmöglich, wie du jetzt denken musst, weil sie dir die Krallen gezeigt hat.«

»Na, glücklicherweise hat sie die nicht gegen mich erhoben«, versuchte Olivia zu scherzen. »Aber deine Frau kann ich mir – jedenfalls, was ich auf den Fotos von ihr gesehen habe – unmöglich mit solchen Fingernägeln und einer Überdosis an Parfum vorstellen.«

Alexander rang sich zu einem Lächeln durch. »Sie waren schon als Kinder wie Feuer und Wasser. Doch mit zunehmendem Alter haben sie sich völlig auseinanderentwickelt. Maria hat große Schwierigkeiten mit dem Älterwerden im Gegensatz zu Christin, die immer eine sehr natürliche und unverstellte Frau war. Von der Art seid ihr euch gar nicht unähnlich.« Als er das sagte, bekam er einen weichen Zug um den Mund.

»Ich habe Maria nicht gebeten, das Hotel zu verlassen, als sie vor meiner Zimmertür stand und ich keine Ahnung hatte, wo sie herkam. Es war auf einer Tagung in Hamburg, sie gehörte nicht zu den Teilnehmern, und plötzlich stand sie da, murmelte etwas von ›zufällig dasselbe Hotel‹. Ich habe sie nicht auf dem Flur stehen lassen, obwohl ich geahnt habe, was kommen wird, und sie sexy fand in ihrem kurzen Rock und mit den ellenlangen Beinen. Ich bin da nicht reingerutscht, nein, ich habe den Vorschlag gemacht, uns etwas zu essen bringen zu lassen und Wein. Viel Wein! Und irgendwann habe ich sie geküsst. Sie hat mich nicht dazu genötigt, nein, ich habe es getan. Ich habe die Gelegenheit beim Schopf gepackt, ich war scharf und ausgehungert, weil meine Frau und ich seit Monaten keinen Sex gehabt hatten. Ich fühlte mich begehrt und gewollt. Verstehst du das?«

Olivia nickte schwach. Eigentlich wollte sie keine Details dieser Geschichte hören, aber dies war keine plumpe Verteidigungsrede, um einen Ausrutscher zu verharmlosen, sondern es klang so verdammt ehrlich, als ob er sich das endlich mal von der Seele reden müsste.

»Ich habe meinen Mann auch einmal betrogen. Und ich habe mich sogar in den anderen verliebt, aber dann konnte ich Ethan nicht verlassen. Ja, ich kenne das. Bei Frank habe ich mich begehrt gefühlt …«

»Hat dein Mann dich, ich meine, hat er dich schon vorher betrogen? Außer diesem Mal vor seinem Tod, das du ihm nicht verzeihen kannst?«

»Nicht dass ich wüsste, aber ich finde, es ist etwas anderes, ein Mädchen zu vögeln, das …« Plötzlich brach die ganze Geschichte aus Olivia heraus wie eine Urgewalt. Sie ließ nichts aus. Weder das wallende rote Haar noch Kims wippendes Hinterteil. Und mit einem Mal spürte sie die ganze Verzweiflung, als wäre sie gerade eben ins Schlafzimmer gekommen und hätte die beiden überrascht. Olivia brach in Tränen aus. Sie merkte zwar, dass Alexander sich auf den Boden setzte und ihr die Hand reichte, damit sie sich auch bequemer niederlassen konnte. Wie in Trance hockte sie sich neben ihn. Sie spürte wohl, dass er seinen Arm um sie gelegt hatte, aber sie war in Gedanken bei Ethan und Kim. Und dann nur noch bei Ethan. Sie sah ihn plötzlich kalt und leblos auf dem Tisch in der Pathologie liegen. Wie bei einem Film im Schnelldurchlauf spulten sich vor ihrem inneren Auge Bilder aus ihrem gemeinsamen Leben ab: schöne wie auch weniger schöne, Streitigkeiten und Versöhnungen, Fremdheit und Nähe …

Nach einer halben Ewigkeit versiegten sowohl ihre Erinnerungen als auch ihre Tränen, und sie fühlte sich wie von einer schweren Last befreit. Es dauerte einen Moment, bis sie wieder ganz in der Realität ankam und registrierte, dass Alexander sie immer noch fest im Arm hielt und mit einem warmherzigen Blick ansah.

»Kim war wie ein eigenes Kind im Hause. Sie hat oft bei uns geschlafen, denn ihre Mutter war sehr beschäftigt, und der Vater hat sich nach der Scheidung nicht besonders um sie gekümmert. Das konnte ich ihm nicht verzeihen. Verstehst du?«

Er strich ihr sanft übers Haar. »Oh ja, das kann ich sehr gut verstehen«, raunte er.

»Ich weiß nicht, was du mit mir gemacht hast, aber ich kann plötzlich um ihn weinen. Ich habe begriffen, dass er niemals wiederkommt.« Sie sah ihn aus ihren verquollenen Augen an. »Was ist das für ein Trick, der mich zum ersten Mal den Schmerz hat spüren lassen?«

»Berufsgeheimnis«, scherzte er. »Nein, ich habe gar nichts gemacht. Du hast die Trauer nicht spüren können, weil der Schmerz über seinen Verrat dich betäubt hat. Das musste früher oder später aufbrechen, denn trotz alledem ist es ein schwerer Verlust, den du erlitten hast. Aber sag mal, was weiß deine Tochter darüber?«

»Nichts! Ich habe ihr auf ärztlichen Rat hin nichts davon gesagt, weil wir vermuten, dass ihr Vater es ihr kurz vor dem Unfall gestanden hat, und wer weiß, vielleicht hängt der Unfall damit zusammen. Und sie kann sich doch an nichts mehr erinnern, was vor dem Unfall war, geschweige denn an den Hergang selbst.«

»Hm, ich weiß nicht, ob es nicht auch im Hinblick auf Viviens Amnesie besser wäre, du würdest ihr die Wahrheit sagen.

Und wenn es einen Zusammenhang gibt, könnte ihr das sogar helfen.«

»Ich weiß nicht. Ich habe Angst, dass ich bei ihr Dinge anrühre, die sie nicht verkraften wird«, erwiderte Olivia nachdenklich.

Alexander hatte keinen Augenblick aufgehört, über ihr Haar zu streicheln, und Olivia wünschte sich, er würde stundenlang so weitermachen, denn es tat ihr unendlich gut. Sie empfand große Dankbarkeit, dass er bei ihr war. In seinem Arm fühlte sie sich geborgen. Und obwohl es sehr wehtat, diesen Verlust endlich zu spüren, milderte seine Gegenwart die Heftigkeit des Schmerzes ein wenig ab. Trotzdem war sie sich nicht sicher, ob sie seinen Rat befolgen sollte. Da war nämlich noch eine andere Furcht, die sie davon abhielt. Würde Vivien ihr nicht schreckliche Vorwürfe machen, weil sie ihr die Wahrheit so lange vorenthalten hatte?

»Bist du überhaupt noch in der Stimmung, Klaras Kisten zu durchstöbern?«, fragte Alexander mitfühlend.

»Wenn ich ehrlich bin, nein, das ist mir heute in der Tat zu viel. Ich muss erst einmal wieder zu mir kommen«, stöhnte sie.

»Dann komm. Gib mir deine Hand.« Alexander erhob sich und half ihr beim Aufstehen. Sie wollten den Dachboden gerade verlassen, als er abrupt stehen blieb und sein Blick an einen roten Kasten heftete, der fern der anderen Kisten neben der Tür stand.

»Da sind Christins persönliche Sachen drin. Ich würde zumindest gern mal nachgucken, ob die Tagebücher versehentlich mit hineingerutscht sind.«

Und schon hatte er sich neben die Kiste gehockt und den Deckel hochgehoben. Olivia setzte sich neben ihn und beobachtete gespannt, was er alles aus der Kiste hervorholte. Ganz oben auf lag ein Reisepass. Gedankenverloren klappte Alexander ihn auf. Er deutete auf das Passbild, auf dem Christin ganz anders aussah als auf den Fotos, die Olivia bislang von ihr gesehen hatte, so verzerrt eben, wie die meisten Menschen auf Automatenbildern aussahen.

Ein Lächeln huschte über sein Gesicht. »Sie hat den Pass extra für unsere Australienreise beantragt und immer behauptet, so würde man sie gar nicht einreisen lassen.«

Seufzend klappte er den Pass wieder zu und legte ihn neben die Kiste auf den Boden. Es folgte ein Ordner, der lauter Reiseinformationen über Australien enthielt. Auch das zauberte Alexander ein Lächeln ins Gesicht. »Sie hat die Reise genau geplant. Mit allen Hotels und Sehenswürdigkeiten. Christin war mir logistisch haushoch überlegen. Ich wäre einfach spontan losgefahren und dort geblieben, wo es mir gefällt.«

»Das scheint in der Familie Koenig zu liegen. Das mit der Planung! Könnte von mir kommen«, lachte Olivia, denn sie war froh, dass Alexander die Sachen seiner Frau so entspannt betrachten konnte. Sie nahm sich fest vor, sich nach ihrer Rückkehr Ethans persönliche Dinge auch noch einmal in Ruhe anzusehen, nachdem sie sie lieblos verstaut hatte, ohne sie eines weiteren Blickes zu würdigen.

Alexander hatte bei jedem Stück eine persönliche Erinnerung, über die er mit so viel Warmherzigkeit sprach, dass es Olivia zutiefst berührte. Nun war er am Boden der Kiste angelangt. Die Tagebücher waren nicht unter den Sachen in der Kiste. Ganz zuunterst befand sich ein Terminkalender seiner Frau. Versonnen schlug er ihn auf und klappte ihn sofort wieder zu. »Das hätte sie bestimmt nicht gewollt, dass ich in ihren Notizbüchern herumschnüffele.«

»Solange es kein Tagebuch ist«, bemerkte Olivia. »Kalender sind in aller Regel ziemlich harmlos.«

»Auf deine Verantwortung«, lachte Alexander. »Außerdem hatte sie in ihren letzten Lebensmonaten kaum Termine; allenfalls bekam sie Besuch von ihren engsten Freundinnen und einigen wenigen Kollegen und Studentinnen.«

»Und zu Maria? Hatte sie mit der noch Kontakt?«

»Nein, den hat sie sofort abgebrochen, nachdem sie von unserer gemeinsamen Nacht erfahren hatte. Und Maria hat auch nicht um diese Freundschaft gekämpft. Ich glaube, sie war ganz froh, dass sie Christin nicht in den Monaten der schweren Krankheit begleiten musste. Und außerdem …« Er stockte.

»Und außerdem wollte sie dich haben, und zwar ganz, oder?«, vervollständigte Olivia den angefangenen Satz.

»Jedenfalls hat sie mich ständig angerufen und mich trösten wollen. Aber ich habe mich ihr entzogen. Sie hat sich in den Kopf gesetzt, dass wir beide zusammengehören. Was meinst du, wie oft ich bereut habe, dass ich sie kurz vor der Sache mit unserer Hotelnacht mit auf die *Klärchen* genommen hatte. Zu dem Zeitpunkt war ich völlig ahnungslos und habe gedacht, das ist alles harmlos, weil sie doch Christins beste Freundin war. Natürlich haben wir ein wenig geflirtet, aber dass sie das in den falschen Hals bekommt und mir drei Tage später nach Hamburg nachreist … Nein, das habe ich nicht gewollt.«

Olivia musterte ihn prüfend. »Ja, das ist so eine Sache. Wie schnell Frauen und Männer sich missverstehen können. Wir Frauen halten ein zugewandtes Verhalten und einen Flirt meist gern für mehr als der Mann.«

»Jetzt sprichst du aber gerade nicht über Maria und mich, sondern über uns beide, oder?«, fragte er ernst.

Er hat recht, ich meine mich, dachte Olivia erschrocken, aber sie dachte nicht daran, das vor ihm zuzugeben.

»Das mit uns ist etwas ganz anderes, Olivia, ich habe an dem Abend im Manzini sehr wohl eine Vertrautheit zwischen uns beiden empfunden, die über das hinausgeht, was ich unter unverbindlichem Flirt verstehe.«

Olivia schluckte. Ihr fielen seine abweisenden Worte ein, mit denen er ihr am nächsten Tag deutlich gemacht hatte, dass ihre Annäherung nichts zu bedeuten gehabt hatte. Und jetzt behauptete er plötzlich das Gegenteil. Sie wurde nicht schlau aus ihm und wollte schnellstmöglich das Thema wechseln.

»Ich, nein, ich habe das gar nicht persönlich gemeint, sondern, äh, nein … also, es ist nicht ungewöhnlich, dass die Frauen in männliche Zuwendung etwas hineininterpretieren, was gar nicht da ist. So wie Maria das mit dem gemeinsamen Segeln.« Olivia spürte förmlich, wie ihre Wangen bei dem Gestammel die Farbe reifer Tomaten annahmen.

Außer einem durchdringenden Blick, den Alexander ihr zuwarf, nachdem sie den Satz beendet hatte, reagierte er nicht darauf, sondern vertiefte sich in den Terminkalender.

»Das ist ja merkwürdig«, sagte er und deutete auf einen Eintrag. »Sie hatte an ihrem Todestag Besuch von D! Aber wer soll das sein? Ich kenne keinen oder keine D. Ich werde gleich Frau Krämer fragen. Sie wird die Person ja hereingelassen haben, aber was hat die bei Christin gewollt?«

»Wie … hast du überhaupt von ihrem Tod erfahren? Warst du zu Hause? Oder in deiner Praxis, während sie, ich meine …«

»Sprich es nur aus. Du willst sagen: während sie die Tabletten geschluckt hat? Ich war auf einer Tagung, kam spät in der Nacht zurück. Wie immer führte mich mein erster Gang ins Schlafzimmer, und da war sie schon tot. Und ich fand diese leere Pillenschachtel und einen Brief auf dem Nachttisch. In kaum leserlicher Schrift geschrieben, denn sie hatte die Tabletten mit einer Flasche Rotwein hinuntergespült. ›Verzeiht mir, aber ich konnte nicht mehr. In Liebe Christin‹. Und ob du es glaubst oder nicht, ich hätte ihr niemals Schlaftabletten besorgt, schon aus Angst, sie könnte sich damit etwas antun. Denn ein Selbstmord mit Schlafmitteln ist keinesfalls eine so schmerzlose Angelegenheit, wie viele glauben. Christin hat Glück gehabt. Ihr sind die Qualen, unter Krämpfen wieder aufzuwachen und jämmerlich an ihrem Erbrochenen zu ersticken, erspart geblieben. Sie hat einen Atemstillstand erlitten. Es war zu viel für ihren geschwächten Körper. Warum, warum hat sie das getan? Warum?«

Während er sich in Rage geredet hatte, liefen ihm Tränen über das Gesicht. Olivia zögerte keine Sekunde, sondern nahm ihn tröstend in den Arm. Wie zwei Ertrinkende hielten sie einander in den Armen und schluchzten ihren Schmerz über den Verlust der beiden Menschen, die sie einmal sehr geliebt hatten, vereint hinaus.

Berlin-Zehlendorf, Juli 1926

Klara und Felix hatten sich inzwischen gemeinsam in dem Teil der Villa eingerichtet, in dem einst Olga und Walter gewohnt hatten. Felix hatte noch reichlich Ärger mit seinem Vater bekommen, weil der es ihm persönlich übelnahm, dass er das großzügige Geschenk, die Villa in der Nachbarschaft der Eltern, rigoros abgelehnt hatte. Doch das kümmerte ihn nicht, besonders nicht an diesem hochsommerlichen Sonntag, an dem die Familie im Garten zusammengekommen war, um den Tag gemeinsam zu verbringen.

Klara war insgeheim froh, dass Walter Dienst in der Klinik hatte. So herrschte eine überaus friedliche Stimmung. Lene hatte sie mit Königsberger Klopsen verwöhnt, und nun gingen alle träge vom vielen Essen ihren eigenen Vergnügungen nach.

Wilhelm hielt seinen Mittagsschlaf auf einem Liegestuhl, Charlotte ging mit ihrem Textbuch in der Hand auf und ab und brummelte leise vor sich hin, Olga und Gerhard spielten mit Friedrich Ball. Der kleine Lockenkopf quietschte vor Vergnügen, während er auf seinen kurzen, dicken Beinen dem bunten Ball hinterherrannte.

Klara saß im Schatten mit einem Lehrbuch, aber sie konnte sich nicht recht auf die Anatomie konzentrieren, weil sie angesichts der Vertrautheit zwischen Olga und Gerhard doch sehr ins Grübeln geriet. Mit dem kleinen Friedrich wirken sie, als wären sie eine glückliche Familie, dachte sie, und es ist jammerschade, dass der Eindruck trügt. Klara entgingen auch nicht die verstohlenen Blicke, die sich Olga und Gerhard immer wieder zuwarfen. Die beiden liebten sich, daran hegte Klara nicht den geringsten Zweifel. Bei aller Sympathie für die beiden verspürte Klara auch ein leises Unbehagen. Wie lange würde Walter dieser unverhohlen zur Schau gestellten Zuneigung der beiden noch tatenlos zusehen? Es hätte doch beinahe schon auf ihrer Hochzeit einen Eklat gegeben. Zu später Stunde hatte Gerhard mit Olga einen Tanz gewagt. Walter hatte schnaubend am Rande der Tanzfläche gestanden und seine Frau schließlich ziemlich grob mit sich fortgezogen. Offenbar hatte er ihr eine hässliche Standpauke gehalten, denn sie war den Rest der Feier nicht mehr von Walters Seite gewichen, in geduckter Haltung und mit verquollenen Augen…

An diesem Tag wirkte sie locker wie lange nicht mehr. Sie machte einen fröhlichen und unbeschwerten Eindruck. Klaras Blick schwenkte zu Felix, der eifrig bemüht war, an der Kletterstange, die auf Klaras Wunsch für ihre morgendlichen Sportübungen im Garten aufgestellt worden war, Klimmzüge zu machen. Er tut es nur mir zuliebe, dachte sie seufzend, denn Felix war alles andere als ein sportlicher Mann. In seinem Turnzeug, dem Hemd und der kurzen Hose, konnte er nicht verbergen, dass es seiner dürren Figur schlicht an Muskeln fehlte. Aber dieser Anblick rührte Klara mehr, als dass sie sich daran störte. In ihrem Herzen hatte er einen festen Platz, obwohl sie nicht das fühlte, was sie unter Liebe verstand. Sie hatte ihn eher lieb wie einen Bruder, obwohl sie seit der Hochzeit mit ihm schlief. Felix war kein schlechter Liebhaber, und er war sehr bemüht, ihr jeden Wunsch zu erfüllen. Und doch hatte sie es unendlich viel Anstrengung gekostet, um die Erinnerung an jenen Abend, als sie Kurt unten am See geliebt hatte, in der Hochzeitsnacht zu verscheuchen. Und dieses klammheimliche Sehnen, es möge Kurt neben ihr liegen … Sie hatte sich regelrecht zwingen müssen, die Augen nicht zu schließen, als Felix in sie eingedrungen war. Sanft und vorsichtig.

»Ich hoffe, ich tue dir nicht allzu weh«, hatte er ihr kurz vorher erregt ins Ohr geflüstert.

»Mach dir keine Sorgen«, hatte sie erwidert.

Felix hatte kein Wort darüber verloren, als auf dem Laken keine Anzeichen sichtbar geworden waren, dass er seine Frau soeben entjungfert hatte. Aber in seinen Augen hatte Klara einen leisen Schmerz darüber erkennen können. Als sie später in seinem Arm gelegen hatte, hatte sie kurz mit dem Gedanken gespielt, ihm ihr Geheimnis zu offenbaren. Einmal abgesehen davon, dass sie ihn mit diesem Geständnis sicher verletzt hätte, hatte sie jedoch Sorge gehabt, dass er sie durchschauen und erkennen würde, dass ihr Herz für ihn niemals so schlagen würde wie für den Sohn des Chauffeurs.

»Wir machen noch einen kleinen Ausflug mit Friedrich in den Wald«, kündigte Gerhard für alle hörbar an. Klara war etwas verwundert darüber, dass sie die Parkidylle verlassen wollten. Sie könnten doch an den See gehen, dachte sie, aber dann vermutete sie, dass Olga und Gerhard ein wenig allein sein wollten, jedenfalls unbeobachtet von der Familie. Und sie konnte ihn doch auch verstehen, wenngleich es ein Spiel mit dem Feuer war. Noch mehr aber erstaunte sie, dass Gerhard sich von Charlotte mit einer Umarmung verabschiedete, als wenn er verreisen wollte. Auch seinen Vater, der inzwischen aufgewacht war, umarmte Gerhard. Einmal abgesehen davon, dass sie selten derartige körperliche Annäherung zwischen Vater und Sohn beobachtet hatte, fragte sie sich, ob er damit sein schlechtes Gewissen beruhigte, weil er jetzt ganz offensichtlich mit Olga und Friedrich allein sein wollte.

Als er auf sie zukam, flüsterte Klara schmunzelnd: »Wir sind, wenn ihr wiederkommt, schon noch da. Aber macht euch ein paar schöne Stunden. Walter kommt erst heute Abend aus der Klinik, um die beiden abzuholen.« Doch dann wurde sie ganz ernst. »Übertreib es nicht, Brüderchen!«, ermahnte sie ihn.

Statt darauf einzugehen, nahm er sie so fest in den Arm, dass sie kaum mehr Luft bekam. Sie sah ihn forschend an. Täuschte sie sich, oder schimmerte es feucht aus seinen Augen? »Sag mal, ist was mit dir?«

»Nein, nein, es ist alles gut. Wir sehen uns nachher«, entgegnete er und wandte sich hastig um.

Später würde Klara immer wieder an diesen merkwürdigen Augenblick zurückdenken und sich fragen, warum sie damals so blind gewesen war.

Auf der Veranda stand der neue Chauffeur und wartete auf die drei. Klara war seltsam zumute, als Olga und Gerhard, der den kleinen Friedrich auf dem Arm trug, im Haus verschwanden, aber sie dachte sich nichts dabei, nur: Hoffentlich gibt es keinen Krach mit Walter, wenn er davon erfährt.

In diesem Augenblick kam Felix auf sie zu und machte den Vorschlag, einen kleinen Törn mit der *Klärchen* zu unternehmen. Klara ließ ihr Buch sinken und ging willig darauf ein. Es war zwar wenig Wind, aber ein bisschen segeln würde möglich sein.

Als Charlotte das mitbekam, bat sie, die beiden begleiten zu dürfen. Zu dritt machten sie das Boot klar und segelten auf den See hinaus. Es war sehr schwül an diesem Tag, und sie dösten mehr oder minder vor sich hin, weil das Boot kaum Fahrt machte.

»Was haltet ihr beiden von unserem heimlichen Liebespaar?«, fragte Charlotte in die Stille hinein.

»Liebespaar?« Klara erwachte augenblicklich aus ihrer Trägheit.

»Sag bloß, du hast das noch nicht mitbekommen. Es knistert doch derart zwischen den beiden, dass es ein Blinder mit dem Krückstock merkt«, erwiderte Charlotte ungerührt.

»Beschrei es nicht. Ich kenne mindestens einen, der keinen Wind davon bekommen sollte. Mein heiß geliebter Schwager Walter«, scherzte Felix.

»Charlotte, du übertreibst mal wieder maßlos. Die beiden lieben sich, das glaube ich auch, aber sie werden sich niemals mehr miteinander einlassen. Walter würde Gerhard glatt umbringen.«

Charlotte stieß einen tiefen Seufzer aus.

»Ich darf es euch eigentlich nicht sagen, aber …«

»Nun rede!«

»Ich weiß nicht. Sonst ist Gerhard noch böse auf mich, und ich brauche meinen Anstandswauwau doch«, stöhnte sie.

»Was weißt du?«, fragte Klara mit schneidender Stimme.

»Aber ihr dürft mich nicht bei Gerhard verpetzen.«

»Nein!«, versprach Klara ungeduldig.

»Schwört es!«, verlangte Charlotte.

»Ich schwöre!« Klara hob die Hand zum Schwur. Sie platzte vor Ungeduld.

»Ihr wisst ja, dass uns Herr Brammer jeden Tag zur Probe ins Theater fährt …«

»Ja, und jetzt?«

»Nun lass Charlotte das doch mal in Ruhe erzählen«, versuchte Felix Klaras Ungeduld zu bremsen.

Klara rollte genervt mit den Augen, aber sie schwieg.

»Seit ein paar Wochen fahren wir früher los, und er hält vor Walters Haus. Gerhard verschwindet dann für mindestens eine Stunde in Walters Haus, und wir müssen im Wagen warten, bis er wieder auftaucht.«

»Und du meinst, er und Olga …« Klara stockte.

»Ja, was denn sonst? Ihr denkt zwar alle, ich sei immer noch ein Baby, aber natürlich poussieren die beiden.«

»Oh Gott, wenn das Walter erfährt«, stöhnte Klara.

»Ist das deine einzige Sorge? Kannst du nicht verstehen, dass die beiden sich etwas trauen, weil sie sich lieben?«

»Aber es ist zu spät«, widersprach Klara heftig. »Olga ist mit Walter verheiratet, und er ist zu allem fähig, wenn er begreift, dass die beiden ein Verhältnis haben!«

»Mensch, Klara, es geben eben nicht alle so schnell auf wie du, wenn sie jemanden wirklich lieben!« Charlotte hatte den

Satz noch gar nicht ausgesprochen, als sie sich erschrocken die Hand vor den Mund hielt.

»Darf ich auch erfahren, wovon du sprichst?« Felix sah Charlotte herausfordernd an.

»Ich, äh, nein, ich meinte … äh, gar nichts«, stammelte Charlotte.

»Gut, dann versuchen wir, zum Steg zu dümpeln«, sagte Felix, als wäre nichts geschehen, und steuerte das Boot zurück.

Es herrschte angespanntes Schweigen an Bord der *Klärchen*. Charlotte hätte sich gern bei Klara entschuldigt, aber wie sollte sie das bewerkstelligen, solange Felix in der Nähe war? Es tat ihr unendlich leid, dass sie, wenn auch nur indirekt, Kurt Bach ins Spiel gebracht hatte.

Als sie am Steg anlegten, verließ Klara das Boot fluchtartig.

Erst zum Abendessen im Salon begegnete sie ihrer Schwester wieder. Sie merkte natürlich, dass Charlotte ständig zu ihr hinübersah und nur nach einer passenden Gelegenheit suchte, sich für ihre vorlaute Bemerkung vom Nachmittag zu entschuldigen. Klara aber machte keine Anstalten, ihr entgegenzukommen.

»Klara, ich wollte noch sagen …«

»Sagt mal, wo sind eigentlich Olga und Gerhard?«, unterbrach Klara ihre Schwester und deutete auf die leeren Stühle bei Tisch.

»Das habe ich mich auch gerade gefragt«, pflichtete ihr Wilhelm bei. »Sie müssten doch längst zurückgekommen sein. Das missfällt mir zutiefst. Das ist mal wieder typisch für unseren Gerhard. In den Tag hineinzuleben und sich keinerlei Gedanken zu machen«, fügte er aufgebracht hinzu.

»Sie werden schon rechtzeitig wieder da sein. Gerhard wird doch nicht riskieren, dass Walter von ihrem Ausflug erfährt«, seufzte Klara, während sie Felix einen verstohlenen Seitenblick zuwarf. Sie hatte ihn seit dem Segeltörn nicht mehr gesehen. Er hatte sich den ganzen Sonntag nicht in ihren gemeinsamen

Wohnräumen blicken lassen. Was hatte sich Charlotte nur dabei gedacht, so etwas vor Felix von sich zu geben? Natürlich würde er sich fragen, wer dieser ominöse Mann war, den sie vor ihm geliebt hatte. Felix schien tief getroffen, denn er würdigte sie keines Blickes, sondern starrte stur auf den üppig gedeckten Abendbrottisch. Ob sie ihm doch beichten sollte, dass es da einmal jemanden gegeben hatte, der ihr den Kopf verdreht hatte? Sie verwarf diesen Gedanken wieder, denn Felix war ein hochsensibler Mensch. Er würde wahrscheinlich schnell begreifen, dass Kurt ihr sehr viel mehr als nur »den Kopf verdreht« hatte, und vor allem, dass kein Tag verging, an dem sie nicht an ihn denken musste. Ob er noch in Moskau war? Mit dieser Frage zermarterte sie sich Nacht für Nacht den Kopf. Und manchmal träumte sie auch von ihm. Wie er sich über sie beugte und sie küsste. Beim Aufwachen war ihr Körper jedes Mal bereit für die Liebe. Manchmal schlief sie dann mit Felix und hatte ein schrecklich schlechtes Gewissen, dass sie nicht wirklich bei ihm, sondern gedanklich in den Armen eines anderen war.

Das Klingeln der Türglocke riss sie aus ihren Gedanken. Sie zuckte zusammen. Das war doch hoffentlich noch nicht Walter!

»Bitte lass es nicht Walter sein«, stieß Charlotte in demselben Augenblick besorgt hervor.

Zwei Menschen, ein Gedanke, dachte Klara, und das versöhnte sie ein wenig mit ihrer Schwester. Wenn sie nur nicht manchmal derart unbedacht losplappern würde!

Alle am Tisch sahen gebannt zur Tür, aber es war weder Walter noch Gerhard, sondern eine völlig aufgelöste Erna Waldersheim, gefolgt von ihrem finster dreinblickenden Mann.

»Ihr glaubt ja nicht, was passiert ist«, stöhnte sie statt einer Begrüßung.

»Wollt ihr euch nicht setzen und mit uns essen?«, bot Wilhelm Walters Schwiegereltern an. Ächzend ließ sich Erna auf einen freien Stuhl fallen.

»Was ist denn Schlimmes passiert? Und überhaupt, was macht ihr hier eigentlich?«, fragte Felix seine Mutter.

Das fragte sich Klara auch gerade, und ihr wurde langsam sehr unwohl bei dem Gedanken, dass Gerhard, Olga und der kleine Friedrich noch nicht zu Hause waren. Was würden Walters und ihre schrecklichen Schwiegereltern wohl dazu sagen, dass ihre Tochter allein mit Gerhard unterwegs gewesen war? Aber was, wenn ihnen etwas zugestoßen war? Die Vorstellung war noch ungleich schlimmer als die, dass Erna zetern würde.

Klaras Schwiegermutter wischte sich gerade mit einem Taschentuch den Schweiß von der Stirn, während Oskar für sie antwortete. »Wir sollen Olga und den Jungen abholen. Walter schafft es zeitlich nicht«, brummte er.

»Die sind noch mal eben unten am See«, beeilte sich Charlotte zu sagen.

»Ach, es ist ein Kreuz«, jammerte Erna Waldersheim. »Stellt euch vor, man hat bei uns eingebrochen. Wir waren nur ein paar Stunden bei Freunden, und als wir zurückkamen, waren die Goldmünzen fort.«

»Welche Goldmünzen?«, fragte Felix.

»Olgas Kiste, die wir bei uns aufbewahren. Die Diebe haben die ganze Kiste geleert. Sie stand offen da!«

»Am helllichten Tag?«, hakte Klara nach, und das war der Augenblick, als sich tief in ihr ein Verdacht regte.

»Wie sind sie denn ins Haus gekommen? Ihr verrammelt doch immer alles doppelt und dreifach«, bemerkte Felix.

»Das ist ja die Schweinerei. Sie müssen mit einem Dietrich ins Haus gekommen sein. Es gibt keinerlei Einbruchsspuren. Wir haben gleich die Polizei geholt. Die steht vor einem Rätsel«, sagte Oskar Waldersheim. Seine Stimme bebte vor Zorn. »Und deshalb wollen wir auch gleich wieder nach Hause fahren. Also, kann bitte jemand meine Tochter holen? Ich muss sofort zurück. Das mit dem Abholen passte mir gar nicht. Man hat jetzt ja Sorge, wenn man das Haus überhaupt verlässt. Die sollte man alle abknallen, diese Lumpen.«

Klaras und Charlottes Blicke trafen sich. Ob sie dasselbe denkt wie ich, fragte sich Klara bang.

»Ich gehe sie suchen«, bot sich Charlotte nun an, und schon war sie in den Garten gelaufen.

»Könnten wir nicht noch eine Kleinigkeit essen, bevor wir zurückfahren?«, bettelte Erna, während sie ihren Blick sehnsüchtig über die Schlachtplatte schweifen ließ.

»Nein, ich möchte los!« Oskar Waldersheim trat nervös von einem Bein auf das andere. Seine ohnehin gerötete Haut hatte einen beinahe violetten Schimmer angenommen.

Sein Blutdruck ist wahrscheinlich wieder einmal in schwindelnde Höhen gestiegen, mutmaßte Klara ungerührt. Wie immer, wenn er sich aufregt.

»Ach, Oskar, nun setz dich doch und lass deine Frau etwas mitessen, bis Charlotte und Olga zurückgekehrt sind.«

Klara beobachtete, wie Wilhelms Lider flackerten. Das geschieht nur, wenn Vater angespannt ist, ging ihr durch den Kopf. Ob er auch den Verdacht hegt, dass gar keine Einbrecher im Hause Waldersheim waren, sondern …

»Dann iss, aber schnell!«, herrschte Oskar Waldersheim seine Frau an. Das ließ sich Erna nicht zweimal sagen, und sie füllte sich eine ordentliche Portion auf.

Wie kann es nur sein, dass ein so unbeherrschter Kerl wie er einen derart sanftmütigen Sohn wie Felix hat? Klara warf ihm erneut einen Seitenblick zu. Dieses Mal trafen sich ihre Blicke, und die Besorgnis, die sie in seinen Augen lesen konnte, deutete darauf hin, dass inzwischen auch Felix seine Zweifel an dem vermeintlichen Einbruch hegte.

»Vater, nun setz dich doch. Du machst uns ganz nervös. Die werden ja nicht zwei Mal an einem Tag die Bude ausräumen«, versuchte er seinen Vater zum Bleiben zu überreden.

»Wer weiß, denn die haben doch gesehen, dass noch eine

zweite Kiste voller Goldmünzen im Schrank steht. Weiß der Teufel, warum sie die nicht gleich mitgenommen haben«, brummte Oskar und setzte sich widerwillig.

»Ach, nun beruhige dich doch erst einmal.«

»Tja, es ist eben nicht jeder so wie du, mein Sohn. Dass ihm das Materielle so schnuppe ist. Aber gut, dann holen sie sich eben noch deinen Erbteil, mein lieber Junge. Bei dir muss man wirklich Sorge haben, dass du mein Lebenswerk nicht an die Arbeiter verschenkst, wenn ich mal nicht mehr bin.«

»Oskar! So etwas sollst du nicht sagen. ›Wenn ich mal nicht mehr bin.‹ Ich möchte das nicht hören. Wir wollen über so etwas gar nicht erst reden.«

Oskar rollte genervt mit den Augen, aber er setzte sich missmutig.

Felix atmete auf, als sein Vater sich nun auch an der Schlachtplatte bediente. Er warf Klara einen wissenden Blick zu.

»Sag mal, Klara, ich muss dir dringend etwas zeigen. Wir sind gleich wieder zurück«, sagte er und zog seine Frau förmlich auf den Flur.

Kaum waren sie außer Hörweite, platzte er mit seinem Verdacht heraus: »Sag mal, da stimmt doch was nicht! Ob das irgendetwas damit zu tun hat, dass Olga und Gerhard noch immer nicht wieder zurück sind? Ich meine, kein Einbrecher nimmt sich nur die eine Kiste.«

»Ich habe, ehrlich gesagt, auch ein ungutes Gefühl. Wenn ihnen nichts passiert ist, kann das alles nur bedeuten …«

»Das befürchte ich auch. Wobei ich es verstehen könnte«, erwiderte Felix.

»Aber das gibt eine Katastrophe, und wohin sollten sie denn geflüchtet sein?«

»Herr Brammer!«, rief Felix aus. »Herr Brammer hat sie doch gefahren.«

»Dann nichts wie hin!« Klara nahm seine Hand, und gemeinsam verließen sie das Haus und rannten zu der Wohnung, in der Herr Brammer wohnte.

Klara war ein bisschen seltsam zumute, als sie an der Tür des Chauffeurs klingelte, denn sie war noch nie zuvor dort gewesen, aber jetzt blieb keine Zeit, ihrem befremdlichen Gefühl nachzuspüren.

»Moment!«, erklang von innen die Stimme des Chauffeurs. »Ich muss mir noch etwas anziehen.«

»Ich war sechzehn, da war ich in Kurt, den Sohn unseres alten Chauffeurs verliebt«, hörte sich Klara in diesem Augenblick sagen. Sie wusste auch nicht, woher diese Worte kamen, denn sie hatte es Felix doch gar nicht verraten wollen. Schon gar nicht in einer solch unpassenden Situation. Sie hoffte, dass ihr Geständnis wenigstens nicht so bedeutsam geklungen hatte.

»Und ich habe mich schon gefragt, wann du es mir endlich sagen möchtest«, erwiderte Felix.

»Du wusstest es? Hat Charlotte etwa geplaudert?« Klara spürte ein Unwohlsein im Magen.

»Nein, sein Gesichtsausdruck hat es mir verraten«, entgegnete er ungerührt.

»Wessen Gesichtsausdruck?« Klaras Stimme zitterte leicht.

»Na, der von Herrn Bach, als er vor der Tür stand und nach dir fragte.«

»Kurt war bei uns? Warum hast du … ich meine, wann, äh … wieso hast du mir nichts gesagt, wann … wann war das?«, stammelte sie.

»Vor ein paar Wochen. Er fragte nach dir, und ich sagte, meine Frau sei nicht zu Hause. Daraufhin hat er sich auf dem Absatz umgedreht und ist geflüchtet. Und seine entsetzte Miene sprach Bände.«

»Und warum hast du mir nichts davon erzählt?« Klara war fassungslos und vergaß vor Schreck, ihre Emotionen vor Felix zu verbergen.

»Sollte ich denn?«, fragte er zurück.

In diesem Augenblick ging die Tür auf, und Herr Brammer stand in einem sonntäglichen Ausgehanzug vor ihnen.

»Frau Waldersheim, Herr Waldersheim, was kann ich für Sie tun? Ich wollte eigentlich gerade aus dem Haus gehen. Das ist doch mein freier Abend.«

Daran, dass Klara jedes Mal unangenehm berührt war, wenn jemand sie mit diesem Namen ansprach, konnte sie jetzt keinen Gedanken verschwenden. Auch an das, was Felix ihr eben erzählt hatte, nicht!

»Wohin haben Sie meinen Bruder vorhin gefahren?«, fragte sie den Chauffeur ohne Umschweife.

»Erst an den Lietzensee. Ihre Schwägerin brauchte dringend etwas aus dem Haus ihrer Eltern …«

»Und dann?«

»Zum Alexanderufer.«

»Und was haben sie dort gemacht?« Klara konnte sich die Antwort allerdings denken.

»Die gnädige Frau hat zwei Koffer geholt.«

»Alles minutiös geplant«, stöhnte Felix.

»Und dann? Wohin haben Sie sie dann gefahren?«

»Zum Schlesischen Bahnhof.«

»Und wissen Sie, zu welchem Zug sie wollten?«

Herr Brammer strich sich grübelnd über seinen Schnauzbart. »Also, ich habe die Herrschaften auf dem Vorplatz aus dem Wagen gelassen. Sie haben mein Angebot, ihnen das Gepäck zum Zug zu tragen, abgelehnt, aber …«

Klara rollte genervt die Augen.

»Und?«

»Die Herrschaften haben auf der Rückbank geflüstert, und ich habe ein paar Gesprächsfetzen aufgeschnappt. Sie werden verstehen, dass ich ungern darüber plaudern möchte. Eigentlich ist es schon nicht in Ordnung, dass ich Ihnen das alles erzähle. Ich habe eine gewisse Diskretion zu wahren.«

»Bitte, Herr Brammer!«, flehte Klara.

»Nein, ich habe meine Prinzipien.«

»Gehört dazu auch, dass Sie meinen Bruder zu seiner Geliebten fahren, die zufällig die Frau meines anderen Bruders ist? Ich glaube, wenn das mein Vater erfährt, wird er nicht erfreut sein.«

Der Chauffeur lief dunkelrot an. »Sie wollen das doch nicht etwa Ihrem Vater verraten?«

Klara war nicht wohl dabei, sich der erpresserischen Methoden ihres Vaters und Walters zu bedienen, aber sie hatte in dieser Lage keine andere Wahl, als den loyalen Chauffeur zum Reden zu bringen.

»Das kommt darauf an. Wenn Sie mir sagen, was Sie aufgeschnappt haben, werde ich schweigen wie ein Grab.«

Herr Brammer stöhnte ein paarmal laut auf. »Es fiel mehrfach das Wort ›Nord-Express‹.«

Klara sah ihn fragend an. »Und was ist das für ein Zug?«

»Er hat bis vor Kurzem Paris mit St. Petersburg verbunden, verkehrt aber zurzeit nur zwischen Berlin und Paris.«

»Paris? Sie haben es also wirklich getan«, murmelte Klara mit einer Spur von Bewunderung.

Herr Brammer blickte irritiert zwischen Klara und Felix hin und her.

»Herr Brammer, es tut mir leid, dass ich Sie genötigt habe zu plaudern, aber glauben Sie mir, wenn es kein Notfall wäre … Und wenn ich Sie noch um eines bitten dürfte: Sollte Ihnen ein anderer dieselben Fragen stellen, bitte schweigen Sie. Denn außer uns hat keiner gesehen, dass Sie die beiden gefahren haben.«

»Das wäre ganz in meinem Sinne. So etwas ist nämlich wirklich nicht meine Art«, erwiderte der Chauffeur entschuldigend.

»Sie haben alles richtig gemacht«, sagte Felix und klopfte ihm anerkennend auf die Schulter.

Nachdem der Chauffeur die Haustür geschlossen hatte, fielen sich Klara und Felix in die Arme.

»Hoffentlich gelingt alles in ihrem Sinn«, seufzte Felix.

»Ich bin so froh, dass du es genauso siehst. Ich würde sie im Leben nicht verraten und bete, dass sie französischen Boden unter den Füßen haben, bevor Walter ahnt, wohin sie gefahren sind.«

Arm in Arm gingen sie zur Villa zurück. In Klaras Kopf ging alles wild durcheinander. In erster Linie dachte sie daran, dass Olga und Gerhard tatsächlich gemeinsam durchgebrannt waren, doch auch die Tatsache, dass Kurt Bach nicht nur wieder in Berlin war, sondern sich sogar getraut hatte, an der Haustür zu klingeln und nach ihr zu fragen, ließ sie nicht los.

»Das gibt einen handfesten Skandal«, hörte sie Felix wie von ferne murmeln. Seine Worte brachten Klara auf den Boden der Tatsachen zurück. Die Erkenntnis wollte ihr schier die Kehle zusammenpressen: Für Kurt und sie war es zu spät! Sie war jetzt mit dem Mann verheiratet, der sie schützend im Arm hielt und das nun drohende Familiendrama mit ihr gemeinsam durchstehen würde. Und selbst wenn sie wollte, würde sie es niemals übers Herz bringen, Felix zu verlassen. Dessen war sie sich in diesem Moment völlig sicher!

Berlin, August 2014

Die Probe hatte Vivien an diesem Tag nicht so viel Spaß gemacht wie sonst, weil Ben ziemlich lustlos ihren neuen Lover gespielt hatte. Arne hatte ihn deswegen mehrfach kritisiert, aber sein Spiel war unambitioniert geblieben. Auch Mika hatte unkonzentriert gewirkt. Offenbar hatten die beiden sich gestritten, denn sie gingen einander aus dem Weg. Der Einzige, der gute Laune verbreitete, war Leo. Ihm machte sein neuer Job offensichtlich richtig Spaß. Er war im Theater regelrecht aufgeblüht. Daran änderte auch nichts, dass Ben keine Gelegenheit ausließ, sich mit ihm anzulegen. So offensichtlich, dass er den Rest der Truppe langsam damit nervte. Vivien wusste natürlich, dass er diesen ganzen Stress nur aus Eifersucht veranstaltete, aber das führte eher dazu, dass sie sich innerlich noch weiter von ihm entfernte.

Es war schon weit nach 22 Uhr, als sie an diesem Abend das Theater verließen.

»Gehen wir noch ein Glas trinken?«, fragte Ben in die Runde.

»Ich heute nicht«, entgegnete Leo.

Auch Vivien stand nicht der Sinn danach, noch in eine Bar zu gehen. »Ich würde lieber nach Hause. Ich muss noch Text lernen«, erwiderte sie, was ihr einen bitterbösen Blick von Ben bescherte.

Trotzdem verabschiedeten Leo und sie sich von der Truppe und schlenderten zum Wagen.

»Du bist großartig in der Rolle«, sagte Leo unvermittelt.

»Danke, obwohl es heute nicht so einfach war«, seufzte sie.

»Das habe ich gesehen. Ich weiß auch nicht, wie ich diesen Ben davon überzeugen kann, dass zwischen uns beiden nichts läuft. Der Typ platzt ja vor Eifersucht. Vielleicht solltest du doch mal bei ihm übernachten«, schlug er ihr ungerührt vor.

»Spinnst du?«, gab sie empört zurück. »Mit wem ich vögeln will, das entscheide ich immer noch selber!«

Leo hob abwehrend die Arme. »Schon gut, ich wollte dir auf keinen Fall zu nahe treten«, bemerkte er entschuldigend.

»Dann ist ja gut«, zischte Vivien und ärgerte sich maßlos darüber, dass sie sich überhaupt derart aufregte. Vor allem, weil ihr der Grund bewusst war. Leo hätte ihr gar nicht deutlicher zeigen können, dass er kein Interesse mehr an ihr hatte. Das Ärgerliche daran war, dass er ihr von Tag zu Tag besser gefiel. Er hatte so gar nichts mehr von dem abweisenden Schnösel, sondern zeigte bei den Proben eine große Einfühlsamkeit und hatte wirklich Ahnung von Regie. Leo sprudelte geradezu vor Ideen, und auch seine anonyme Spende imponierte ihr sehr. Abgesehen davon, dass sie ihn immer attraktiver fand.

In diesem Augenblick klingelte Viviens Telefon. Sie erstarrte förmlich, als sie auf das Display sah.

»Entschuldige«, murmelte sie. »Das ist ... Das gibt es doch nicht. Ich muss es annehmen. Wartest du?«

Leo nickte und beobachtete interessiert, wie Vivien sich ein paar Schritte entfernte und auf Englisch fragte: »Bist du es wirklich?«

Die Antwort, die Vivien zu hören bekam, war ein tiefer Seufzer.

»Warum hast du dich nicht gemeldet? Und warum warst du nicht auf Vaters Beerdigung? Du bist wie ein eigenes Kind bei uns aufgewachsen!«

»Und das wäre dir wirklich recht gewesen?«, fragte Kim leise.

»Was soll das heißen, es wäre mir recht gewesen? Ich nehme es dir verdammt krumm, dass du dich nicht gemeldet hast.

Dass ein Mann überhaupt derart zwischen uns stehen konnte.«

»Ich wäre doch so gern zur Beerdigung gekommen. Ich vermisse ihn doch auch unendlich«, schluchzte Kim. »Aber deine Mutter hat verlangt, dass ich der Beerdigung fernbleibe.«

»Meine Mutter? Nein, das glaube ich nicht. Warum sollte sie?«

»Na ja, es war bestimmt hart für sie, als sie uns erwischt hat.« Kim weinte immer noch herzerweichend.

Vivien stutzte. Sie weigerte sich, die Bedeutung von Kims Worten an sich heranzulassen.

»Wovon sprichst du?«

»Oh Gott, sag nicht, dass sie dir nichts erzählt hat. Ich … ich habe doch nur angerufen, weil ich dachte … Ich glaube, es ist besser, wir beenden das Gespräch jetzt«, stammelte Kim.

»Nein! Das tun wir nicht!«, erwiderte Vivien in schneidendem Ton. »Was hat das zu bedeuten? Das mit meiner Mutter … und wen hat sie wo erwischt?«

»Ethan und mich.« Kims Stimme klang jetzt so dünn, dass Vivien erst glaubte, sich verhört zu haben.

»Meinen Vater und dich?« Vivien ließ für den Bruchteil einer Sekunde das Telefon sinken. Die grausame Wahrheit ließ sich nicht länger verdrängen. Ihr Vater hatte mit ihrer Freundin gevögelt. Er war der ominöse Typ gewesen, unter dem ihre Freundschaft so sehr gelitten hatte. Und ihre Mutter hatte davon gewusst! Verdammte Scheiße, dachte Vivien und nahm das Telefon ans Ohr.

»Du hast dich also von meinem Vater ficken lassen? Schön, dass ich das auch mal erfahre.«

»Aber … aber ich dachte, du weißt das längst. Er wollte es dir sagen. An dem Tag, an dem er …« Kim schluchzte erneut auf.

»Hör auf, um meinen Vater zu heulen!«, brüllte Vivien ins Telefon.

»Entschuldige, ich hätte mich niemals getraut, dich anzurufen, wenn ich gewusst hätte, dass du völlig ahnungslos bist. Er ist wahrscheinlich nicht mehr dazu gekommen, es dir zu sagen. Und deine Mutter wollte dich schonen.«

»Und was willst du nun von mir? Vergebung?«

»Nein, ich wollte wissen, wie er gestorben ist ... Und dann wäre da noch etwas, aber ich glaube, das hat sich erledigt.«

»Ich kann dir leider nicht helfen. Ich habe eine Amnesie, was den Unfall angeht«, erwiderte Vivien ungerührt, und sie weidete sich an Kims schweren Seufzern. Das geschieht ihr recht, dachte sie zornig.

»Und was wolltest du noch?«

»Das ist nicht mehr wichtig.«

»Raus damit!«, schrie Vivien.

»Ich ... ich wollte fragen, wann du zurückkommst und ob du, ob du ... ob du im Dezember zurück bist ...«

»Willst du Weihnachten mit mir verbringen? Als kleiner Trostpreis, weil du meinen Vater nicht unter dem Tannenbaum vögeln kannst?«, spottete Vivien.

»Ich ... Nein, lass gut sein. Es tut mir leid, dass du es so blöd erfahren musstest. Wenn ich geahnt hätte ...«

»Was wolltest du noch?«

Wieder drang ein gequälter Seufzer durch das Telefon.

»Ich, ich ... ich dachte, also, ich wollte fragen, ob du bei der Geburt dabei sein kannst ...«

Weiter kam sie nicht, weil Vivien einen hysterischen Schrei ausstieß. Sie hatte das Telefon zwar weit von sich weggehalten, aber ihr Entsetzen drang bis nach New York. Leo rannte zu ihr, wollte ihr helfen, aber sie schrie sich beinahe die Seele aus dem Leib.

Nach einer gefühlten Ewigkeit verstummte sie und hielt sich das Telefon ans Ohr. »Bist du noch dran?«

»Ja, ich, ich ...«

»Du bist mir völlig schnuppe. Ich habe nur noch eine Frage. Hat meine Mutter davon gewusst? Ich meine, von der Schwangerschaft?«

»Ja, meine Mom hat ihr wohl geschrieben, dass ich ins Krankenhaus musste, weil die Gefahr einer Fehlgeburt bestand, aber nun ist alles gut …«

Weiter kam sie nicht, weil Vivien entschlossen den roten Knopf gedrückt und das Gespräch beendet hatte.

»Schlampe«, fluchte sie. »Blöde Schlampe!«

Leo packte Vivien bei den Schultern und zwang sie, ihn anzusehen. Ihre vor Entsetzen geweiteten Augen erschreckten ihn.

»Was ist passiert? Sprich mit mir.«

»Ich kann nicht mehr bleiben. Ich nehme den nächsten Flieger, und dann sage ich dieser Kuh so dermaßen meine Meinung. Das ist doch widerlich. Er hat sie gefickt und geschwängert.«

»Komm, wir setzen uns, und du erzählst mir alles in Ruhe«, bat er sie und ließ sich im Eingang eines Hauses nieder. Sie blieb wie betäubt stehen, aber er zog sie zu sich herunter und nahm sie in den Arm.

»Der Reihe nach. Was ist geschehen?«, hakte er mit sanfter Stimme nach.

Vivien zögerte, doch dann vertraute sie ihm an, was sie eben aus dem Mund ihrer einst besten Freundin Kim hatte erfahren müssen. Und im selben Atemzug teilte sie ihm mit, dass sie den nächsten Flieger nach New York nehmen werde.

Leo drückte sie ganz fest an sich. »Das ist Megascheiße! Ich verstehe dich total. Aber lass uns erst einmal nach Hause fahren, du schläfst eine Nacht darüber, und dann sehen wir weiter. Ohne dich sind wir aufgeschmissen. Wer soll denn deine Rolle übernehmen?«

»Nein! Ich will meine Mutter nicht mehr sehen. Sie hat das alles gewusst und mich im Dunkeln gelassen. Warum?«

»Keine Ahnung. Vielleicht, weil sie warten wollte, bis du den Unfall und den Tod deines Vaters ansatzweise verarbeitet hast.«

»Das ist doch kein Grund. Ich bin kein Baby mehr. Warum hat sie sich nicht verteidigt, als ich ihr unterstellen wollte, dass mein Vater gar keine Geliebte hatte?«

Leo stieß einen tiefen Seufzer aus. »Eine sehr kluge und einfühlsame Frau hat mir einmal klarzumachen versucht, dass ich meinem Vater nicht nur das Schlechteste zutrauen soll. Und vielleicht hattest du recht. Kann es nicht sein, dass deine Mutter dich schützen wollte?«

»Aber wovor? Ich verstehe es nicht, verdammt noch mal!«

»Die kluge Vivien hat mir einmal den Rat gegeben, meinen Vater direkt zu fragen.«

»Ich will sie aber nicht sehen! Ich möchte nur noch weg.«

»Das verstehe ich, aber musst du gleich alles hinwerfen? Und was willst du in New York? Ich meine, deine Freundin ist schwanger. Und ja, verdammter Mist, von deinem Vater. Das ist das Letzte. Natürlich kannst du ihr an den Kopf werfen, dass du sie für eine Schlampe hältst, aber bringt dich das wirklich weiter?«

Endlich kamen Vivien die erlösenden Tränen. Sie sah Leo mit feuchten Augen an.

»Aber so kann ich nicht proben, und ich will meine Mutter nicht sehen!«

Leo überlegte eine Weile.

»Ich habe eine Idee. Morgen ist Freitag. Was hältst du davon, wenn wir beide übers Wochenende nach Paris fliegen? Kennst du Paris?«

»Nein, ich war noch nie zuvor in Europa.« Vor lauter Überraschung waren ihre Tränen versiegt.

»Dann schauen wir, ob morgen ein Flieger geht. Ich könnte auch eine kleine Auszeit vertragen.«

»Wir beide in Paris?«

Leo lachte. »Ist das so abwegig? Du bekommst Abstand, und dann kannst du immer noch entscheiden, ob du alles hinschmeißt oder nicht. Sag Ja!«

Vivien wusste nicht so recht, wie ihr geschah. Natürlich war die Vorstellung, mit Leo die Champs-Élysées entlangzuschlendern, mehr als verlockend. Paris gehörte zu den Orten, die sie unbedingt einmal besuchen wollte.

Sie sah ihn ungläubig an. »Und das würdest du wirklich tun?«

»Ja, ja und noch einmal ja.«

Vivien nickte.

»Heißt das jetzt ja?«

»Ja!«

Leo gab ihr einen Kuss auf die Wange. »Das wird toll. Wir beide schlendern über die Champs-Élysées … Dann komm, wir packen.«

»Nein, Leo, ich setze keinen Fuß in das Haus. Ich möchte meiner Mutter nicht begegnen.«

»Gut, dann übernachten wir im Theater. Ich habe einen Schlüssel, bringe dich sicher hin, fahre zum Haus und packe für uns, buche einen Flug und komm zurück.«

»Das würdest du wirklich tun?«

»Was fragst du denn so? Es ist mir ein Vergnügen. Darf ich deiner Mutter denn wenigstens Bescheid geben, dass wir das Wochenende nach Paris fahren? Ich meine, sonst sorgt sie sich ja um dich.«

Vivien rang sich zu einem Lächeln durch. »Solche Worte aus deinem Munde. Wer hätte das gedacht? Ich schreibe ihr eine SMS. Aber du sagst deinem Vater auch Bescheid, oder?«

Leo sprang hoch und reichte ihr seine Hand. »Wird gemacht! Aber jetzt muss ich mich beeilen. Ich mag dich nicht so lange allein lassen. Ach ja, ich werde auch Arne anrufen. Ihm sagen, dass wir am Wochenende nach Paris fahren.«

»Dann denkt er bestimmt, dass wir ein gemeinsames Liebeswochenende verbringen«, bemerkte Vivien, immer noch lächelnd.

»Wer sagt denn, dass wir das nicht tun?«, lachte Leo und ließ ihre Hand nicht mehr los, bis sie am Theater angekommen waren.

Zum Abschied wünschte sich Vivien nichts mehr, als dass er sie küssen würde, aber er schloss ihr nur die Tür auf und versprach ihr, sich zu beeilen.

»Ich sperre zu und nehme den Schlüssel mit. Du kannst dich also ruhig schon schlafen legen«, sagte er, bevor er davoneilte.

Wie auf Wolken ging Vivien zu den Garderoben. Dort holte sie ihr Telefon hervor und informierte ihre Mutter darüber, dass sie über alles Bescheid wusste und erst einmal mit Leo nach Paris fahren würde. Sie legte sich auf eines der alten Sofas und hing ihren Gedanken nach. Habe ich das wirklich gerade alles erlebt, oder ist es ein Traum, fragte sie sich. Leos Vorschlag, das Wochenende in Paris zu verbringen, wirkte auf sie wie ein magischer Zauber. Immer wenn sie an das Gespräch mit Kim dachte und sich in ihren Zorn hineinsteigern wollte, kam ihr ein Bild, das alle negativen Gefühle mit sich fortspülte: Leo und sie schlendern Hand in Hand über die Champs-Élysées. Vor ihnen der Arc de Triomphe.

In Gedanken war Vivien schon oft in Paris gewesen, und sie kannte Bilder von der Stadt, aber keines war so deutlich wie jenes, das immer wieder vor ihrem inneren Auge erschien. Das von Leo und ihr, zärtlich vereint in der Stadt der Liebe!

Vivien war lange nicht mehr so glücklich gewesen, doch plötzlich legte sich ein düsterer Schatten über ihre schwärmerischen Gedanken. Zunächst waren es grausame Bilderfetzen, die sich wie ein Schwarm Heuschrecken über das Paris der Liebe setzten und es verdunkelten. Ihr Herz pochte ihr bis zum Hals, bevor sich diese finsteren Ahnungen in ihrem Kopf zu realen

Bildern zusammensetzten: Sie rast auf einen Lastwagen zu, jemand schreit, das ist sie, und dann noch jemand, ein Mann, es ist ihr Vater … und dann wird alles dunkel.

Vivien schreckte hoch und schaltete das Licht in der Garderobe an, aber das konnte die Erinnerung nicht vertreiben. Im Gegenteil, sie wurde immer klarer, immer deutlicher und immer echter: Sie dreht sich in ihrem neuen Kleid vor dem Spiegel in freudiger Erwartung, mit ihrem Vater zum Mittagessen auszugehen. Ungewöhnlich, dass er sie für die Mittagspause nach Coney Island entführen will.

Genau das hatte sie an jenem Tag gedacht, und sie wusste es wieder. Ihre Erinnerung war zurück und versetzte sie in einen Zustand der Panik. Ihr Herz raste, und ihr Körper begann zu zittern. Schweiß trat ihr auf die Stirn. Sie wollte den Film stoppen und suchte innerlich nach einem Schalter, aber nun lief er erbarmungslos vor ihrem inneren Auge ab. Sosehr Vivien sich nach diesem Augenblick gesehnt hatte, jetzt hatte sie das Gefühl, sich in den falschen Film gesetzt zu haben, denn dieser machte ihr fürchterliche Angst. Aber es half alles nichts. Er fing jetzt erst richtig an zu laufen: Sie verlässt das Apartmenthaus, sieht ihren Vater in seinem Cabrio sitzen, begrüßt ihn. Sie fahren durch das sommerliche Manhattan über die Brooklyn Bridge und reden miteinander. Sie vertraut ihrem Vater ihren Kummer mit Kim an und dass sie sich vielleicht eine neue Wohnung suchen wird, weil die Freundin nur noch bei ihrem ominösen neuen Liebhaber ist. Er reagiert merkwürdig nervös darauf.

Vivien wurde auf einmal so übel, dass sie zur Toilette rennen musste, aber sie hatte seit dem Morgen nichts mehr gegessen und konnte sich nicht erbrechen. Ihr brach der kalte Schweiß aus. Alles fühlte sich auf einmal so dumpf an. Ihr wurde schwummrig und ganz leer im Kopf. Ein Kreislaufzusammenbruch, ging es ihr entsetzt durch den Kopf. Nicht hier und nicht jetzt, betete sie. Einmal im Leben war ihr das bisher passiert, im Restaurant mit Ethan, aber der hatte die Lage richtig erkannt. Hinlegen und Füße hoch! Sie war seinen Anordnungen gefolgt.

Vivien legte sich rasch auf den kalten Boden, hob ihre Beine und lehnte ihre Füße gegen die Kacheln. Sie versuchte, ruhig zu atmen. Nach einer Weile zirkulierte das Blut wieder gleichmäßig, und der Schwindel war weg, doch Vivien blieb in dieser Position eine Weile liegen. Kaum hatte sich ihr Körper wieder erholt, als der Film wieder anlief, als hätte er nur eine kleine Pause eingelegt.

Ihr Vater druckst herum, beichtet, dass er eine Geliebte hat, sich von Olivia scheiden lassen will, sie streiten, weil sie nicht einsehen will, sich wegen einer unbedeutenden Affäre zu trennen, sie schämt sich für ihren Vater, weil er nun auch eine junge Geliebte hat, er will ihr alles Weitere im Restaurant erzählen, aber sie lässt nicht locker, löchert ihn, wer diese Frau ist. Ihr Vater steht unter Druck, keine Frage, er behauptet, diese Frau zu lieben und dass sie schwanger von ihm sei.

Oh Gott, nein, durchfuhr es Vivien eiskalt, er hat es mir alles erzählt.

Sie verachtet ihn dafür, dass er auf junge Frauen steht, und plötzlich kommt ihr ein Bild aus der Jugend hoch. Ihr Vater kommt versehentlich ins Bad und starrt Kim auf ihre jugendlich knospenden Brüste.

Sofort wurde ihr wieder schlecht, aber die anderen Symptome setzten nicht ein. Wie gut, dass ich liegen geblieben bin, dachte sie und wehrte sich nicht länger gegen das Ende des Films, vor dem sie sich gefürchtet hatte, seit er begonnen hatte, sich in ihrem Hirn abzuspulen.

Er verrät ihr, dass Kim die Frau ist, die er liebt, sie schreit und schreit und boxt ihm kräftig in die Seite. Sie trifft ihn am Oberarm. »Bist du wahnsinnig?«, schreit er und verliert die Kontrolle über den Wagen. Wie ein Flugobjekt schießen sie auf den Truck zu. Sie schreit, er schreit …

Ich habe ihn umgebracht, dachte Vivien entsetzt, ich habe meinen Vater umgebracht! Sie sehnte sich plötzlich danach, sich im Arm ihrer Mutter auszuweinen, aber sie konnte doch unmöglich Olivia unter die Augen treten mit dem Wissen, dass sie ihren eigenen Vater getötet hatte.

Die folgenden Minuten wurden zu einem nicht enden wollenden Albtraum. Sie verfluchte ihren Wunsch, ihr Gedächtnis unbedingt wiederzuerlangen. Immer wieder hörte sie den Todesschrei ihres Vaters, als er begriffen hatte, dass es für ihn kein Entrinnen geben würde. Vivien hielt sich die Ohren zu, aber es half nichts. Wenn sie nicht seinen Schrei hörte, dann hörte sie ihren eigenen.

Wenigstens macht mein Körper nicht schlapp, ging es ihr durch den Kopf, als sie sich vorsichtig auf die Seite drehte und langsam aufstand. Zurück in der Garderobe, setzte sie sich auf das Sofa und versuchte, ihre wild durcheinanderwirbelnden Gedanken zu ordnen.

Sie konnte unmöglich in diesem Zustand mit Leo nach Paris reisen. Nicht jetzt, wo sie wusste, warum ihr Vater verunglückt war. Kurz dachte sie an die Tabletten, die Leo seiner Mutter besorgt hatte und mit deren Hilfe sie sich umgebracht hatte. Er fühlte sich ähnlich schuldig wie sie. Wäre er nicht genau der richtige Mensch, der sie in dieser Lage trösten könnte?

Nein, ich muss allein sein, beschloss Vivien, ich kann nicht mit dem Mann, der mein Herz mehr als jeder andere zuvor berührt hat, in die Stadt der Liebe reisen. Jetzt, wo ich weiß, dass ich meinen Vater auf dem Gewissen habe. Eilig griff sie sich ihre Handtasche und rannte zur Tür. Doch die war abgeschlossen. Ihr Atem ging flach und stoßweise. Sie stöhnte laut auf, doch da fiel ihr ein, dass es einen zweiten Schlüssel gab, der immer an einem Bord neben der Tür hing. Ihre Hände zitterten derart, dass sie es kaum schaffte, ihn an sich zu nehmen. Er rutschte ihr aus der Hand und fiel zu Boden. Reiß dich zusammen, ermahnte sie sich, und es gelang ihr schließlich, ins Freie zu kommen. Wie in Trance lief sie zum Taxistand.

»Gott, wie sehen Sie denn aus? Sie sind hoffentlich nicht besoffen und kotzen mir die Polster voll«, begrüßte sie der Fahrer schroff.

Vivien schüttelte nur stumm den Kopf und ließ sich zum Hauptbahnhof fahren. Sie wusste selbst nicht genau, was sie dort vorhatte, aber dort ging vielleicht noch irgendein Zug, der sie erst einmal fortbrachte von hier. Sie hatte keine Ahnung, wohin die Reise führen sollte. Sie wusste nur eines: weit weg! Auf keinen Fall New York. So viel war klar. Sie war sich in diesem Augenblick nicht einmal sicher, ob sie jemals wieder in die Stadt zurückkehren würde, in der sie ihren Vater vom Leben in den Tod befördert hatte. Mit einem kräftigen Schlag gegen den Arm, mit dem er das Steuerrad gehalten hatte.

Ziellos wanderte sie durch den Bahnhof, der auch um diese nächtliche Zeit alles andere als ausgestorben wirkte. Die Bahnhofsuhr zeigte kurz nach halb zwölf. Auf den meisten Gleisen fuhren keine Züge mehr, doch dann blieb ihr Blick auf der Anzeigetafel von Gleis 13 hängen. Ihr stockte der Atem. In einer Stunde fuhr ein Zug in Richtung Paris. Das ist ein Wink des Schicksals, durchfuhr es sie eiskalt. Sie zögerte keine Sekunde und holte sich eine Fahrkarte. Sogar ein Platz im Schlafwagenabteil, allein in einer Doppelkabine, war noch zu haben. Der Zug stand schon auf dem Gleis bereit, und der Schaffner führte sie in ein geräumiges Abteil und fragte sie, ob sie noch etwas trinken wolle. Vivien bestellte sich einen Wein, setzte sich auf das untere Bett und versuchte, eine Nachricht an Leo zu formulieren. Es war gar nicht so einfach, die richtigen Worte zu finden. Schließlich schickte sie eine kurze, knappe Nachricht an ihn.

Habe mein Gedächtnis wieder. Ich bin schuld am Tod meines Vaters. Bitte verzeih, aber ich musste nur noch weg. Ohne Dich, denn mir kann keiner helfen. Ich melde mich. Und danke für die

Paris-Idee. Die Champs-Élysées mit Dir wären ein Traum gewesen, aber nun werde ich sie allein entlangschlendern, um mir Klarheit zu verschaffen, wie es in meinem Leben weitergehen kann …

Als der Zug den Berliner Hauptbahnhof verließ, legte sich Vivien auf ihr Bett und starrte gegen die Decke. An Einschlafen war nicht zu denken, weil es in ihrem Schädel summte wie in einem Bienenkorb. Und sie wünschte sich nichts sehnlicher, als in diesem Chaos Klarheit zu gewinnen. Klarheit darüber, wie sie mit dieser schrecklichen Erkenntnis leben sollte.

Berlin-Zehlendorf, Juli 1926

In der Villa herrschte helle Aufregung, als Klara und Felix von ihrem Besuch bei dem Chauffeur zurückkamen. Charlotte war nämlich soeben von ihrer angeblichen Suche nach Olga wieder da. Allein! Klara und Felix blieben in der Tür stehen und sahen sich das Schauspiel, das sich ihnen bot, voller Spannung an.

»Wo ist meine Tochter?«, schnaubte Oskar Waldersheim.

»Es tut mir leid, ich hatte ganz vergessen, dass sie mit der Fähre nach Kladow fahren wollten«, erwiderte Charlotte prompt.

»Um diese Zeit?«

»Na ja, es ist doch lange hell. Wir haben einen wunderschönen Sommertag.«

Oskar tippte sich gegen die Stirn. »Sind denn hier alle verrückt geworden? Ich halte es nicht aus. Ich muss zu Hause nach dem Rechten sehen.«

Charlottes Miene erhellte sich. »Dann fahren Sie doch, und Walter kann Olga morgen abholen. Friedrich und sie schlafen bei uns. Wir haben unseren kleinen Neffen so gern bei uns.«

»Ich glaube nicht, dass das in Walters Sinn wäre, wenn er mit seinem Bruder … Wo ist Gerhard überhaupt?«

»Der ist übers Wochenende verreist. Also hätte Walter sicher nichts dagegen.«

Klara musste wider Willen schmunzeln. Ihre Schwester war ein Phänomen, wenn es darum ging, sich auf die Schnelle kleine Lügengeschichten auszudenken. Jedenfalls schien man ihr zu glauben. Oskar erhob sich schnaufend vom Tisch.

»Gut, dann brechen wir jetzt auf. Komm, Erna!«

Seine Frau war gar nicht begeistert von der Aussicht, ihr üppiges Mal derart abrupt abbrechen zu müssen. Außerdem hatte Wilhelm ihr einen seiner besten Weine kredenzt und schenkte über die Maßen großzügig aus.

»Weißt du was? Ich bleibe hier, und du gibst Walter Bescheid, dass er uns alle später abholt. Es ist gerade so gemütlich hier, und ich würde auch gern noch einen Plausch mit dem lieben Lottchen halten. Ich möchte so gern wissen, ob der Willi Forst wieder mitspielt und …«

Oskar Waldersheim machte eine abschätzige Geste. »Ja, ja, trink du mal deinen Wein. Ich fahre. Aber ich kann nur hoffen, dass meine Tochter von ihrem Ausflug zurück ist, wenn Walter sie abholt. Na, der wird schimpfen. Aber hier macht wohl jeder, was er will.«

Das ging an Wilhelms Adresse, doch statt sich darüber aufzuregen, dass ihm Oskar durch die Blume zu verstehen gab, in der Villa herrsche Sodom und Gomorrha, warf er dem Industriellen einen eher entschuldigenden Blick zu.

»Aber mein lieber Oskar, das ist doch jetzt eine gute Lösung, mit der wir alle zufrieden sind. Und ich plaudere doch gern noch ein wenig mit deiner Frau.«

Oskar zögerte, doch dann murmelte er eine Abschiedsfloskel und eilte aus dem Salon.

Klara und Felix atmeten erleichtert auf, als Oskar grußlos an ihnen vorüberrauschte.

»Und jetzt?«, flüsterte Felix.

»Jetzt weihe ich Charlotte ein.«

»Willst du wirklich?«

»Sie ja, Vater nein!«, erklärte Klara bestimmt und näherte sich unauffällig ihrer Schwester, bevor Charlotte sich neben Erna Waldersheim setzen konnte, die sie schon eifrig zu sich herangewunken hatte.

»Kommst du mal eben mit in den Garten?«

Kaum waren sie draußen, wollte sich Charlotte endlich bei ihrer Schwester entschuldigen.

»Verzeih mir, dass ich heute Nachmittag auf dem Boot so …«

»Wir haben ganz andere Probleme«, unterbrach Klara sie hastig.

»Du meinst den verlängerten Ausflug unserer Turteltauben, oder?«

Klara verdrehte die Augen. »Wenn es nur das wäre«, seufzte sie und berichtete ihr im Flüsterton, was geschehen war.

Charlotte schlug sich vor Schreck die Hände vors Gesicht. »O weh, das gibt einen Skandal. Ich hatte schon so eine Ahnung, als deine Schwiegermutter von diesem Einbruch erzählt hat. Und wer wird dann mein Anstandswauwau, wenn Gerhard fort ist? Nicht, dass ich nicht mehr …«

Sie unterbrach sich, weil sie selbst gemerkt hatte, dass dieser Gedanke in der angespannten Lage sehr egoistisch war.

»Nein, nein, das ist jetzt nicht wichtig«, korrigierte sie sich eilig. »Wollen wir Vater einweihen?«

»Bist du wahnsinnig? So, wie ich ihn kenne, wird er niemals der Stimme seines Herzens folgen, sondern es als seine Pflicht ansehen, den beiden Walter hinterherzuschicken.«

»Du hast recht. Vater wird diese Flucht nie und nimmer unterstützen, aber was sollen wir jetzt tun?«

Klara zuckte mit den Achseln. »Ich denke, wir verhalten uns ruhig und harren der Dinge, die da kommen. Ich werde erst aufatmen, wenn die beiden in Frankreich sind.«

Charlotte lächelte. »Ich finde die beiden mutig. Das hätte ich Olga niemals zugetraut. Und es ist irre spannend. Eine große Liebe und Frankreich, das passt doch. Das ist so wahnsinnig romantisch.«

»Ja, wirklich ganz toll. Ich kenne deine Meinung inzwischen zur Genüge und weiß, dass du mich für ein feiges Frauenzimmer hältst, weil ich Kurt damals nicht zurückgehalten habe!«, bellte Klara. Sie spielte kurz mit dem Gedanken, ihre Schwester in die Tatsache einzuweihen, dass Kurt neulich nach ihr gefragt und Felix ihm mitgeteilt hatte, dass er ihr Mann sei. Aber sie hielt sich zurück.

»Nein, das habe ich so gar nicht gemeint. Du bist ja auch glücklich mit Felix. Wahrscheinlich war das dann doch nicht die ganz große Liebe, die du für Kurt empfunden hast«, sagte Charlotte und merkte erst an Klaras strafendem Blick, dass sie es mit jedem wohlgemeinten Satz nur noch schlimmer machte.

»Halt einfach deinen Mund! Und erwähne Kurt nie wieder! Hörst du!«, schnauzte Klara ihre Schwester an. »Außerdem weiß ich nicht, was am Durchbrennen so aufregend sein soll, außer dass sie Sorge haben müssen, von Walter aufgespürt zu werden, aber komm, wir müssen zurück ins Haus. Sonst schöpft womöglich meine werte Schwiegermutter noch Verdacht. Lenk sie ein bisschen ab mit Klatsch über Willi Forst«, fügte Klara versöhnlicher hinzu.

»Da muss ich die Dame enttäuschen. Er spielt diese Saison in Wien, aber mir wird schon etwas einfallen, womit ich sie so lange, wie es nur irgend geht, ablenken kann«, seufzte Charlotte.

»Das war übrigens mal wieder ein perfekter Auftritt von dir.« Klara rang sich zu einem Lächeln durch. »Wie du diese Dampferfahrt nach Kladow aus dem Hut gezaubert hast.« Was sie unbedingt schätzte an ihrer Schwester war die Tatsache, dass sie niemals nachtragend war. Charlotte hatte offenbar schon wieder vergessen, in welchem rüden Ton Klara sie eben abgekanzelt hatte.

»Tja, Schwesterherz, ich kann eben jede Rolle spielen«, lachte Charlotte, bevor sie die Hand ihrer Schwester nahm und sie vereint ins Haus zurückkehrten.

»Du musst sie ablenken«, flüsterte Klara ihrer Schwester zu, bevor sie den Salon betraten.

Offenbar führte auch Wilhelm Ähnliches im Schilde. Er war nämlich gerade dabei, Walters Schwiegermutter mit dem guten Riesling abzufüllen. Charlotte setzte sich an ihre andere Seite und versorgte sie mit dem neusten Klatsch aus der Theaterbranche.

Klara hingegen zerbrach sich den Kopf darüber, was geschehen würde, wenn Walter kam, um seine Familie abzuholen. Spätestens dann würde die Bombe platzen. Wilhelm warf seiner Ältesten ein paar Blicke zu, die vermuten ließen, dass auch er inzwischen eine gewisse Ahnung hatte.

Kurz nachdem die Standuhr zehnmal geschlagen hatte, klingelte es an der Haustür, und Felix öffnete Walter, weil Lene schon gegen neun Uhr zu Bett gegangen war.

»Entschuldigt, dass ich so spät komme. Es war so viel los in der Klinik ...« Walter blickte sich suchend um. »Wo ist Olga?«

»Sie bringt gerade Friedrich ins Bett«, log Charlotte frech. Dieses Mal hatte sie übertrieben, wie sie unschwer an Erna Waldersheims verdutztem Blick lesen konnte.

»Nein, Olga ist noch unterwegs. Wir wollen doch bei der Wahrheit bleiben«, wurde sie daraufhin von Erna tadelnd korrigiert. Sie war offenbar noch nicht so betrunken, dass sie die Übersicht komplett verloren hatte.

Walters blasse Gesichtsfarbe wechselte in ein dunkles Rot.

»Ihr wollt mir doch nicht erzählen, dass meine Frau nachts mit meinem Kind draußen herumirrt?«

Er ließ den Blick zwischen seiner Schwiegermutter, den Schwestern, seinem Vater und dem Schwager nervös hin und her schweifen.

»Wo ist Gerhard?«

»Er ist verreist«, sagte Erna, die das weitergab, was Charlotte vorhin behauptet hatte.

Nun wandte sich Walter an seinen Vater. »Wo ist Gerhard?«, wiederholte er.

Wilhelm erbleichte. Er atmete ein paarmal tief durch. Charlotte und Klara warfen ihm mahnende Blicke zu, aber ihr Vater wich ihnen aus.

»Ich weiß es nicht«, gab Wilhelm zögerlich zu.

»Was heißt das? Was wird hier gespielt?«

»Reg dich nicht auf, mein Junge, Olga macht mit dem Jungen eine Dampferfahrt nach Kladow«, versuchte Erna ihren Schwiegersohn zu beschwichtigen.

Walter ignorierte die Worte seiner Schwiegermutter und sah Wilhelm durchdringend an. »Vater, du sagst mir jetzt augenblicklich, was hier los ist!«

»Olga und Gerhard wollten mit dem Jungen einen kleinen Spaziergang machen. Ich hoffe, es ist ihnen nichts passiert. Sie sind nämlich immer noch nicht zurück.«

Erna sah empört in die Runde. »Dann habt ihr uns ja belogen. Und du, Wilhelm, hast mitgemacht. Oh Gott, wenn das Oskar erfährt! Hast du mir etwa deshalb so großzügig eingeschenkt?« Erna schob demonstrativ ihr viertes und nur noch halb volles Glas weit von sich.

»Vater, wo sind sie hin?«

Klara und Charlotte warfen sich einen wissenden Blick zu. Sie waren erleichtert, dass sie Wilhelm nicht eingeweiht hatten. Er hätte es mit Sicherheit als seine Pflicht angesehen, die Wahrheit zu sagen und ihre Flucht nach Frankreich zu verraten.

»Wann hast du sie zuletzt gesehen, Vater?« Walter bebte vor Zorn am ganzen Körper.

»Heute nach dem Mittagessen«, gab Wilhelm knapp zurück. »Und ich mache mir Sorgen. Nachher ist ihnen etwas zugestoßen.«

»Wo wollten sie hin?«, insistierte Walter. »Wohin?«

»Ich weiß es nicht, da solltest du vielleicht mal Herrn Brammer fragen. Der hat auf sie gewartet.«

»Aber, Vati, wie kannst du so etwas sagen? Du hast heute Mittag geschlafen. Du kannst Herrn Brammer gar nicht gesehen haben. Und wir auch nicht. Der hat heute seinen freien Tag …«

Walter funkelte Charlotte daraufhin wütend an. »Ihr wisst doch was! Wollt ihr mich für dumm verkaufen? Und wenn ich hier nichts herausbekomme, werde ich jetzt Herrn Brammer einen Besuch abstatten.«

»Nein, tu das nicht!«, rief ihm Charlotte verzweifelt hinterher, aber da hatte sich Walter bereits auf dem Absatz umgedreht und war fluchend verschwunden.

Klara stieß Charlotte an. »Keine Sorge, Herr Brammer wollte doch ausgehen«, flüsterte sie ihrer Schwester ins Ohr.

»Hoffentlich«, gab sie zurück.

»So, und jetzt mal raus mit der Sprache! Was wird hier gespielt? Ihr wisst doch was, und das werdet ihr mir jetzt augenblicklich mitteilen«, befahl Wilhelm in scharfem Ton.

»Wo sind meine Tochter und mein Enkelkind?«, fragte Erna Klara vorwurfsvoll. »Wenn ich herausbekomme, dass du mit deinem Bruder Gerhard unter einer Decke steckst, bist du die längste Zeit meine Schwiegertochter gewesen«, fügte sie keifend hinzu.

»Da habe ich wohl auch noch ein Wörtchen mitzureden, Mutter«, mischte sich Felix ein.

Klara zuckte mit den Achseln. »Keine Ahnung, wo sie geblieben sind. Was denkt ihr bloß von mir?«, heuchelte sie.

»Genau! Vater, Erna, wie könnt ihr uns derart beschuldigen?« Charlotte zog ein beleidigtes Gesicht.

»Du lügst doch, wenn du nur den Mund aufmachst, Charlotte! Genauso wie vorhin mit der angeblichen Dampferfahrt! Du enttäuschst mich zutiefst! Ich werde mir keine deiner Vorstellungen mehr ansehen. Du bist für mich gestorben!«, verkündete Erna Waldersheim, bei der sich die Wirkung des Alkohols inzwischen doch bemerkbar machte, denn sie bekam einen ganz weinerlichen Ton. Erna fixierte nun ihren Sohn durchdringend. »Und wehe, wenn du mit ihnen gemeinsame Sache machst. Und falls dem so ist, erleichtere dein Gewissen und rede!«

»Mutter, ich muss dich enttäuschen. Ich habe keinen Schimmer«, schwindelte Felix.

»Und das soll ich dir glauben? Und warum zuckt dein Augenlid so nervös? Das passiert bei dir immer, wenn du lügst. Ich kenne dich, mein Sohn, jawohl!«

Felix reagierte nicht auf die Worte seiner Mutter, und es herrschte eine Weile angespanntes Schweigen. Bis Walter zurückkehrte, und zwar nicht allein. Er schob den Chauffeur wie eine Jagdtrophäe vor sich her. Herr Brammer trug seinen feinen Sonntagsanzug. Er war Walter offenbar bei der Rückkehr von seiner Unternehmung in die Arme gelaufen, denn er hatte noch einen Strohhut auf dem Kopf. Er wirkte sichtlich in die Enge getrieben und starrte krampfhaft auf seine Fußspitzen.

»Herr Brammer, was führt Sie denn her? Sie haben doch Ihren freien Abend«, bemerkte Wilhelm irritiert.

»Er will mir nicht sagen, wo er Olga und Gerhard hingefahren hat. Vielleicht solltest du ihn dazu ermahnen, die Wahrheit zu sagen, Vater!«

Wilhelm wand sich. Er fühlte sich in seiner Rolle offenbar gar nicht wohl, aber schließlich besann er sich seiner Autorität und musterte den Chauffeur streng.

»Wenn Sie etwas über den Verbleib meines Sohnes und meiner Schwiegertochter wissen, so müssen Sie es mir sagen.«

»Selbst wenn ich wollte, ich könnte nicht. Ich habe geschworen, das nicht zu tun.«

Walter tat einen drohenden Schritt auf den Chauffeur zu. »Guter Mann, nun spucken Sie es schon aus! Sonst sind Sie die längste Zeit im Dienst meines Vaters gewesen!«, brüllte Walter ihn an.

Erschrocken hob Herr Brammer den Kopf. Ihm waren seine Gewissensqualen anzusehen. Er warf den Schwestern einen Hilfe suchenden Blick zu.

»Das ist Erpressung«, schimpfte Klara, wohl wissend, dass sie den armen Mann vorhin genauso unter Druck gesetzt hatte.

»Vater! Nun sprich doch endlich ein Machtwort!« Walters Stimme überschlug sich beinahe.

»Herr Brammer, mein Sohn hat recht. Sie sind in diesem Haus nur einem gegenüber zur Loyalität verpflichtet, und das bin ich! Darum zum letzten Mal! Wohin haben Sie meinen Sohn und meine Schwiegertochter gebracht?«

Klara und Charlotte fassten sich bei den Händen. Jetzt war es nur noch eine Frage von Sekunden, bis der Chauffeur plaudern würde, und sie konnten es ihm nicht einmal verdenken. Er klappte den Mund ein paarmal auf und zu wie ein Fisch auf dem Trockenen, der kurz vor seinem Ende steht.

Schließlich verriet der Chauffeur mit gesenktem Blick, was er vorhin schon Klara und Felix mitgeteilt hatte. Sogar das, was er im Wagen aufgeschnappt hatte, offenbarte er dem leichenblassen Walter, dessen Zorn sich in Fassungslosigkeit verwandelte.

»Und ihr habt das also gewusst?« Er zeigte mit dem Finger auf seine Schwestern.

»Ja, aber erst, nachdem ich es ihnen vorhin gesagt habe!«, versuchte der Chauffeur für die beiden in die Bresche zu springen.

»Was machen Sie noch hier? Sie können gehen«, fuhr Walter den Chauffeur an und warf Klara und Charlotte vernichtende Blicke zu.

Herr Brammer verließ den Salon, als wäre der Teufel hinter ihm her.

»Das ist ein Skandal!«, jammerte Erna und trank mit einem Zug das halb leere Glas Wein aus, das sie eben angewidert von sich geschoben hatte. »Und du hast das auch alles gewusst, oder?« Sie musterte Wilhelm durchdringend.

»Nein, natürlich nicht! Und ich befürworte das auch nicht, falls du das denkst. Ich weiß nur nicht, was man tun kann, um die Katastrophe abzuwenden. Der Zug ist fort.« Er rieb sich mit beiden Händen die Schläfen.

Walter war auf einen Stuhl niedergesackt und saß eine Weile stumm da.

Klara kämpfte mit sich, ob sie Mitleid mit ihrem Bruder empfinden sollte, denn noch nie zuvor hatte sie ihn in einem derart erbarmungswürdigen Zustand erlebt. Seine Haut war aschfahl, und sie hatte fast den Eindruck, als würde er gleich in Tränen ausbrechen.

Doch was sollte sie sagen? *Es ist besser so*? *Denn damit ist der kleine Friedrich ja endlich bei seinen richtigen Eltern*? Nein, das würde ihn mit Sicherheit nicht trösten. Während sie noch darüber nachgrübelte, wie sie das Ganze würde entschärfen können, sprang Walter plötzlich auf und verließ zielstrebig den Salon. Alle schauten ihm ratlos hinterher. Was hatte er vor?

»Dein Sohn Gerhard hat meine Tochter entführt! Das werdet ihr mir büßen, die ganze Familie«, zischte Erna.

»Ich glaube nicht, dass Gerhard Gewalt hat anwenden müssen«, stöhnte Wilhelm.

»Bestimmt nicht. Deine Tochter Olga, liebe Schwiegermutter, und mein Bruder Gerhard lieben einander. Sie gehören zusammen!« Klara hatte sich kämpferisch vor Erna Waldersheim aufgebaut.

»Aber das Kind. Sie haben meinen Enkel, Walters Sohn, mitgenommen. Das … das verzeihe ich deinem Bruder nie!«, heulte Erna auf.

»Es ist sein Sohn. Friedrich ist Gerhards Sohn!«, schrie Klara Frau Waldersheim an, was sie allerdings sofort bereute. Nicht nur Klaras Schwiegermutter, Wilhelm, Charlotte und Felix starrten sie erschrocken an, sondern auch Walter, der gerade in den Salon zurückkehrte, hatte das mit angehört und war, wie vom Donner gerührt, in der Tür stehen geblieben.

»Wie kannst du solch einen Unsinn verbreiten!«, brüllte er, trat drohend auf sie zu und versetzte ihr eine schallende Ohrfeige. »Sag das nie wieder. Hörst du?«

Felix trat zwischen die beiden und fauchte seinen Schwager an: »Und du wirst es nicht noch einmal wagen, meine Frau anzufassen!«

Walter machte ein verächtliches Zischgeräusch. »Von dir, Memme, lass ich mir gar nichts sagen. Du tanzt nach der Pfeife meiner Schwester und wirst nie ein würdiger Nachfolger für deinen Vater! Wahrscheinlich wirst du sein Unternehmen früher oder später zugrunde richten. Also drohe mir nicht! Für so eine gemeine Lüge würde ich ihr immer wieder eine scheuern.«

Ehe er sich versah, hatte Felix Walter einen Hieb auf die Nase versetzt, aber offenbar mit derart gebremster Kraft, dass der Schlag keine Spur hinterließ.

»Felix, bist du wahnsinnig? Stell dich nicht gegen deinen Schwager. Hast du nicht gehört, was deine bösartige Frau da behauptet? Was sie für Gerüchte in die Welt setzt, nur damit sie nicht erkennen muss, was für ein Verbrecher ihr heiß geliebter Bruder Gerhard in Wahrheit ist?«

Felix ignorierte die Ermahnung seiner Mutter und legte schützend den Arm um Klara, die mit den Tränen kämpfte. Es waren weder die Worte ihrer Schwiegermutter noch Walters Ohrfeige, die sie zum Weinen brachten, sondern die Tatsache, dass sie für andere zu kämpfen bereit war, aber nicht für sich selber. Warum hatte sie sich nur damals für Kurt nicht so stark gemacht?

»Das ist ja ein Ding«, stieß Charlotte schließlich nachdenklich hervor. »Aber es leuchtet ein. Wie ist es sonst zu erklären, dass sie den kleinen Friedrich mitgenommen haben? Gerhard kann Walter zwar nicht leiden, aber würde er ihm deshalb sein Kind wegnehmen?«

Walter sprang auf sie zu. »Ein Wort noch, und du fängst dir auch noch eine!«, schrie er sie an.

»Walter! Jetzt reiß dich aber zusammen. Das ist schlimm, was du da gerade durchmachst, aber es ist kein Grund, die Mädchen zu schlagen, obwohl sie einen hanebüchenen Unsinn verbreiten. Natürlich ist Friedrich dein Sohn. Und ich verbiete euch, eure haltlose Vermutung jemals zu wiederholen!«, verkündete Wilhelm mit strenger Stimme.

»Aber wenn es doch die Wahrheit ist. Das ist sicher schlimm für dich, Walter, aber dann könntest du froh sein, dass du kein Kuckuckskind aufziehen musst!«, sagte Charlotte, obwohl sie Gefahr lief, doch noch eine Ohrfeige zu kassieren. Walter funkelte sie gefährlich an, hob den Arm, aber er ließ ihn sinken, als Wilhelm brüllte: »Du schlägst sie nicht, verstanden!«

»Das werdet ihr mir büßen«, keuchte Walter und ballte die Fäuste. »Ihr alle!«, fügte er außer sich vor Zorn hinzu.

»Mein Junge, ich glaube, du solltest erst einmal zur Ruhe kommen, und dann müssen wir uns zusammensetzen und überlegen, was man tun kann«, schlug Wilhelm vor. »Vielleicht melden sie sich bei uns, dann sollte man ihnen ins Gewissen reden«, fügte er hinzu.

»Ich soll warten, bis die beiden eine Urlaubskarte aus Paris schicken?« Walter stieß ein meckerndes, gehässiges Lachen aus. »Das glaubst du doch selber nicht.«

»Aber was willst du tun?«, hakte Wilhelm ratlos nach.

»Ich werde mir mein Kind wiederholen!«, entgegnete er mit Nachdruck.

»Aber wie? Ihr seid doch beide meine Söhne. Es muss doch eine einvernehmliche Lösung geben«, seufzte der Vater.

Walters Miene war jetzt kalt und abweisend. »Dafür ist es zu spät. Ich sage nur, sie werden bei ihrem Zwischenhalt in Köln eine böse Überraschung erleben.«

»Was hast du vor?«, fragte Charlotte mit zitternder Stimme.

»Ich? Gar nichts. Ich warte auf die Rückkehr meines Sohnes.«

»Walter, sei vernünftig, was geht da in deinem Kopf vor? Verrate uns doch, wovon du sprichst«, bettelte Charlotte ihren Bruder an.

»Ich denke nicht daran, euch einzuweihen. Ihr habt doch alle gewusst, was das Flittchen und mein Bruder planen!«

»Walter, ich verstehe ja, dass du böse bist, aber nenn meine Tochter nicht ›Flittchen‹«, empörte sich zur Überraschung der anderen nun Erna Waldersheim. Ihre Stimme klang verwaschen. Sie hatte sich auf den Schreck kräftig am Wein bedient. Die Flasche war leer.

»Seit wann ist es verpönt, die Wahrheit zu sagen?«, zischte Walter. »Wie nennt man denn eine Ehefrau, die mit einem anderen Kerl durchbrennt? Aber ihr habt ihnen sicherlich dazu geraten!«

Walter musterte seine Schwestern verächtlich.

»Keiner von uns hat geahnt, was die beiden vorhaben«, bemerkte Klara mit eiskalter Stimme. »Aber verstehen – verstehen kann ich Olga sehr gut. Wäre sie weiter bei dir geblieben, sie hätte eines Tages so geendet wie Mutter. An einem Strick baumelnd auf dem Dachboden!«

»Klara, das nimmst du sofort zurück. Wie kannst du es wagen, Mutter ins Spiel zu bringen?«, brüllte Wilhelm.

»Weil Mutter genauso unglücklich war, wie Olga geworden wäre, wenn sie Walters Frau geblieben wäre. Da nehmt ihr euch Frauen, die nicht nur hübsch anzusehen sind, sondern auch etwas im Kopf haben, und setzt dann alles daran, sie im Laufe der Ehe zu stummen Befehlsempfängerinnen zu degradieren. Ich bin froh für Olga, weil Gerhard sie auf Händen tragen wird.«

Walter lachte hämisch auf. »Tja, vielleicht, solange Geld da ist, aber die Münzen reichen nicht bis in alle Ewigkeit. Und mein Bruder ist nun mal nicht für die Arbeit geschaffen.«

»Woher weißt du von den Münzen?«, fragte Erna erstaunt. »Die haben doch nicht etwa Olga und Gerhard? Oh Gott, sie haben uns bestohlen. Das kann ich nicht glauben.«

»Dann frag deinen Mann. Ich habe gerade mit ihm telefoniert. Er wird gleich hier sein, dann wird er es dir bestätigen.«

In diesem Augenblick ging die Haustürglocke, und Walter eilte seinem Schwiegervater entgegen. Wenig später kamen die beiden mit triumphierenden Mienen in den Salon.

»Kommt unsere Tochter zurück?«, fragte Erna hoffnungsvoll.

Oskar warf seiner Frau einen verächtlichen Blick zu. »Tochter? Ich habe keine Tochter mehr«, schnaubte er.

»Heißt das, wir werden unser Enkelkind nie wiedersehen?«

Oskar tätschelte Erna den dicken Unterarm. »Aber sicher wirst du Friedrich spätestens morgen wieder in deinen Armen halten können. Und du wirst dich sogar erst einmal um ihn kümmern müssen, denn er hat in Zukunft nur noch uns«, verkündete er in einem Ton, der Klara kalte Schauer über den Rücken jagte.

»Was habt ihr beiden vor?«, fragte sie mutig.

»Wir nutzen gute Beziehungen und holen uns das Kind zurück, sobald der Zug in Köln ist«, erwiderte Oskar und rieb sich die Hände.

»Genau, ich bekomme meinen Friedrich zurück, und die Frau, deren Namen ich nicht mehr in den Mund nehmen werde, bekommt meinen lebensuntüchtigen Bruder. So bekommt doch jeder, was er will.« Walter machte den Eindruck, als hätte er den Verstand verloren. Aus seinen Augen funkelte etwas Teuflisches.

»Ihr wollt ihnen das Kind wegnehmen?«, fragte Charlotte fassungslos.

»Wir machen uns die Hände nicht schmutzig. Ein treuer Kamerad von uns ist mir einen Gefallen schuldig.«

»Und warum kann der nicht auch gleich Olga mitbringen?«, erkundigte sich Erna und hickste. Es folgte ein Schluckauf, dem keiner der anderen Beachtung schenkte, denn die Luft war förmlich von Hass vergiftet.

»Weil ich kein Interesse mehr an deiner Tochter habe«, erwiderte Walter. »Sie wird eines Tages mittellos zu euch zurückkehren, weil ich mich nämlich in ihrer Abwesenheit von ihr scheiden lasse. Und wenn du sie dann verarmt und verhärmt wiederhaben möchtest, bitte!«

»Das darfst du nicht tun! Du weißt ganz genau, warum du das nicht tun darfst! Denk an Friedrich!«, mischte sich Klara mutig ein.

Walter trat erneut einen Schritt auf sie zu. »Und du wirst nie wieder so einen Unsinn verbreiten. Das schwöre ich dir. Und wenn ich dich vor Gericht zerre und dir das Maul verbieten lasse.«

»Walter, bitte. Ich kann dich ja verstehen, aber wir sind doch immer noch eine Familie. Wie gut, dass Mutter das nicht erleben muss. Reißt euch doch wenigstens in ihrem Gedenken zusammen.«

Walter musterte seinen Vater mit eisiger Miene. »Ihr seid nicht mehr meine Familie. Das schwöre ich euch! Ich bin sicher, ihr steckt alle unter einer Decke und habt davon gewusst!«

»Junge, das ist nicht wahr!«, brüllte Wilhelm und haute wie früher mit der Faust auf den Tisch. »Ich habe von nichts gewusst, und ich hätte es auch nicht geduldet, dass man dir dein Kind nimmt. Das ist unverzeihlich. Also bitte, sage so etwas nicht.«

»Du hast uns vorhin ins Gesicht gelogen oder lügen lassen, als deine Tochter, diese Schmierenkomödiantin, uns weismachen wollte, dass Olga und das Kind eine Dampferfahrt unternehmen, mein Lieber! Das hättest du sofort richtigstellen müssen!«, lallte Erna zwischen zwei Hicksern.

»Aber Gerhard ist doch auch mein Sohn, wenngleich ich sein Verhalten aufs Schärfste verurteile«, versuchte Wilhelm sich zu rechtfertigen.

»Was darf er denn noch alles ungestraft machen? Du würdest ihm doch sogar einen Mord verzeihen. Deine Strenge ist eine einzige Farce! Du hast nie Konsequenzen aus seinen Eskapaden gezogen, hast den Faulenzer wieder zu Hause einziehen lassen. Du hast ihn doch immer bevorzugt, obwohl er ein bequemer Schmarotzer und ein verantwortungsloser roter Banause ist. Und komm mir nicht mit Mutter. Die hat doch auch nur ihren

Gerhard geliebt. Und deshalb seid ihr nicht länger meine Familie! Weder du, Vater, noch ihr beiden Mitwisserinnen!«

Walter funkelte Klara und Charlotte zornig an. »Ihr seid doch grundsätzlich gegen mich. Und immer für den lieben Gerhard. Der sich nicht davor scheut, Kinder und Frauen zu entführen. Ich möchte jetzt auf schnellstem Weg dieses verlogene Haus verlassen. Und euch alle niemals wiedersehen! Und eines versteht sich von selbst! Friedrich wird niemals auch nur einen Fuß in dieses vermaledeite Haus setzen. Meine Familie wird für den Jungen nicht existieren!«

»Und was ist mit mir?«, fragte Felix. »Mich kannst du wohl kaum so einfach loswerden, wie du es bei deinen Schwestern versuchst. Oder wollen wir tauschen? Ich nehme deine Familie, und du bekommst meine!«

»Felix. Du redest wirr. Du bist mein Nachfolger, und das bleibt auch so!«, wetterte Oskar Waldersheim mit dröhnender Stimme. »Du bist morgen früh pünktlich in der Firma. Sonst passiert was!«, fügte er drohend hinzu.

Klara wünschte sich in diesem Augenblick insgeheim, dass Felix den Mut aufbrächte, seinem Vater die Stirn zu bieten. Er war so schrecklich unglücklich mit seiner Tätigkeit im väterlichen Betrieb. Jetzt war die Gelegenheit, reinen Tisch zu machen. Er konnte doch etwas Feingeistiges studieren oder mit seinem Namen bei der Konkurrenz arbeiten …

Klara hatte ihren Gedanken noch gar nicht zu Ende geführt, als sie ihren Mann leise »Bis morgen, Vater« raunen hörte.

»Du, mein lieber Felix, wirst dich ebenfalls von meinem Sohn fernhalten, wenn du es genau wissen willst«, spie Walter hasserfüllt aus. »Wir beide machen zu offiziellen Anlässen gute Miene zum bösen Spiel. Und wenn es die Etikette erfordert, werde ich auf dem gesellschaftlichen Parkett auch deine Frau höflich behandeln, aber mehr nicht! Wir brauchen euch nicht!«

»Tja, mein Lieber, das kommt davon, wenn man keine Position bezieht«, bemerkte Oskar mit einem fast mitleidigen Blick auf Wilhelm. »Aber das kennen wir ja schon vor dir. Du bist ja auch nicht in die Partei eingetreten, obwohl sie nun sogar gesellschaftsfähig geworden ist.«

Erna hatte nach ihrem überwundenen Schluckauf einen Weinkrampf bekommen. Begleitet von lautem Schluchzen, versuchte sie nun, sich vom Stuhl zu erheben, was ihr nicht gelingen wollte. Oskar musste ihr kräftig unter die Arme greifen und zog sie mit sich davon.

Nachdem Walter und seine Schwiegereltern das Haus verlassen hatten, bat Wilhelm Klara mit versteinerter Miene, ihm etwas zum Schreiben zu bringen, was sie sofort erledigte. Ihr Vater war grau im Gesicht und wirkte erschöpft, aber das kannte sie schon. Ein Kollege aus der Charité hatte ihn erst kürzlich untersucht, aber keine Ursache für seine gelegentlichen Schwächeanfälle feststellen können. Und bei all dem, was er soeben hat durchmachen müssen, ist es auch kein Wunder, dass es ihm schlecht geht, dachte Klara.

Die Schwestern fragten sich, was ihr Vater da wohl so fieberhaft zu Papier brachte, aber sie wagten es nicht, ihn zu stören. Als er fertig war, las er ihnen das Dokument mit getragener Stimme vor.

Klara und Charlotte wollten kaum ihren Ohren trauen. Wilhelm Koenig hatte seine beiden Söhne enterbt. Er blickte von seinem Testament auf und sah zum Gotterbarmen schlecht aus. Klara sprang auf und holte ihm ein Glas Wasser.

Felix klopfte seinem Schwiegervater indessen anerkennend auf die Schulter. »Ich kann das verstehen. Sicher ist Walter aus seiner Sicht großes Unrecht geschehen, aber er sucht die Schuld nur bei anderen …«

»Er hat sich von mir losgesagt, und deshalb konnte ich gar nichts anderes tun«, seufzte Wilhelm, bevor sein Blick bei Klara hängen blieb.

»Was in aller Welt hat dich eigentlich dazu gebracht, so einen schlimmen Unsinn über Friedrich zu verbreiten?«

»Die Wahrheit?«

Wilhelm nickte schwach.

»Hast du dir überlegt, warum Olga und Walter so überstürzt geheiratet haben?«

»Du glaubst doch nicht etwa, dass Olga ihm das Kind untergejubelt hat?«

»Nein, das denke ich nicht. Ich vermute, dass Walter von Olgas Schwangerschaft wusste und sie trotzdem geheiratet hat.«

»Aber warum sollte er das …?« Wilhelm stockte. »Er hatte als Junge eine schlimme Mumpserkrankung, und wir haben damals gebangt, dass er nicht infertil werden möge«, murmelte er so leise, als ob es keiner hören sollte, doch Charlotte besaß gute Ohren.

»Das ist der Beweis. Dann müssen wir verhindern, dass er sich Gerhards Kind holt.«

»Nein! Wir werden gar nichts unternehmen«, widersprach Wilhelm mit Nachdruck. »Das sind nichts als Vermutungen. Wir werden akzeptieren, dass Friedrich Walters Sohn ist. Habt ihr mich verstanden? Daran wird nicht gerührt!«

»Ich weiß nicht«, sagte Klara. »Das ist doch …«

»Schwört es! Alle drei!«, verlangte Wilhelm.

Klara, Charlotte und Felix warfen einander ratlose Blicke zu, doch dann taten sie, was Wilhelm Koenig von ihnen verlangte.

Berlin, Steglitz-Zehlendorf, August 2014

Olivia starrte immer wieder ungläubig auf die Nachricht auf ihrem Display. Sie hatte zunächst gar nicht verstanden, was Vivien mit ihren Worten meinte. Nicht schon wieder Vorwürfe, war ihr erster Gedanke gewesen.

> Warum hast Du es mir nicht gesagt? Warum? Du weißt doch, dass alles im Leben irgendwie ans Tageslicht kommt. Scheiße nur, dass ich es ausgerechnet von ihr erfahren musste. Verbringe das Wochenende mit Leo in Paris. Kann im Moment nicht mit Dir reden. Ich frage mich, was Dich dazu veranlasst hat, mir diese Sache zu verschweigen, und ich finde einfach keine Antwort.

Irgendwann hatte es Olivia gedämmert. Offensichtlich hatte Vivien einen Anruf von Kim bekommen und kannte inzwischen die ganze Wahrheit, sicherlich auch, dass ihr Vater die Freundin geschwängert hatte. Ob Kim das Kind wohl verloren hatte, wie ihre Mutter befürchtet hatte?

Olivia wollte einfach nicht akzeptieren, dass Vivien in dieser Situation einem Gespräch mit ihr aus dem Weg ging, zumal sie sich natürlich Sorgen machte, ob bei Vivien mit diesem Wissen auch die Erinnerung an den Unfallhergang zurückkehren und sie aus der Bahn werfen könnte.

Mehrfach versuchte sie, ihre Tochter zurückzurufen, aber es sprang immer nur die Mailbox an. Sie konnte sich kaum auf die Kiste konzentrieren, die vor ihr auf dem Tisch stand. Alexander, der in den letzten Tagen immer bis weit in die Nacht hinein arbeiten musste, hatte ihr Klaras Unterlagen kurz zuvor vom Dachboden geholt.

»Schau, ob du etwas Interessantes findest«, hatte er ihr gesagt. »Das zeigst du mir dann. Ich habe im Moment so wenig Zeit, dass dich mein Bedürfnis, bei der Recherche dabei zu sein, nur unnötig aufhalten würde.«

Sie hatte sein Angebot dankend angenommen. Natürlich wäre es ihr lieber, sie würden gemeinsam in den Sachen wühlen, aber die Zeit drängte. Schließlich hatte sie einen Abgabetermin für das Buch einzuhalten. Sie hatte sich sogar auf den Abend gefreut, an dem sie bei einem guten Glas Wein vielleicht doch noch etwas Spannendes herausfinden würde. Denn je weiter sie in dem Manuskript vorankam, desto weniger konnte sie sich erklären, warum der Kontakt zwischen den beiden Schwestern im Jahre 1932 so abrupt abgebrochen war. Die beiden waren zwar grundverschieden, aber einander, wie es sich im Manuskript darstellte, herzlich zugetan.

Seit Alexander und sie sich auf dem Dachboden in die Arme gesunken waren und ihren Schmerz über die Verluste der Partner gemeinsam beweint hatten, war das Verhältnis zwischen ihnen äußerst entspannt. Olivia fühlte sich wie von einer zentnerschweren Last befreit. Jetzt, da sie wieder in der Lage war, die Trauer wirklich zu empfinden, ging es ihr wesentlich besser als zuvor. Sie konnte endlich auch wieder an schöne Situationen aus ihrem Eheleben mit Ethan denken, ohne dass latenter Zorn in ihr aufstieg.

Dass Alexander und sie sich schließlich beinahe geküsst hatten, stand auf einem anderen Blatt. Es machte sie nicht mehr wütend, dass er nach jedem Schritt, den er auf sie zuging, sofort wieder zwei zurückwich. Sie verstand nicht nur vom Kopf her, dass Alexander überhaupt nicht frei für eine neue mögliche Verbindung war, sondern es war auch in ihrem Herzen angekommen, und es tat ihr nicht länger weh. Wenn es denn keine körperliche Nähe geben sollte – jedenfalls von seiner Seite –, so entwickelte sich doch zumindest eine sehr tiefe Freundschaft zwischen ihnen beiden. Natürlich tat es ihr in diesem Zusammenhang sehr gut, dass er ihr alles über seine Affäre mit Maria gebeichtet hatte, und sie hegte nicht den geringsten Zweifel daran, dass er die volle Wahrheit gesagt hatte, was die Rolle dieser Frau anging. Und dass sie der Vergangenheit angehörte.

Olivia hatte das Gefühl, in der Villa am Wannsee langsam wieder seelisch zu gesunden. Ihr tat es ausnehmend wohl, dass sie in Alexander einen Leidensgenossen gefunden hatte. An jenem regnerischen Sonntagvormittag hatten sie sich, nachdem sie regelrecht vom Dachboden geflüchtet waren, noch lange und intensiv über ihre Partner ausgetauscht. Auch Erlebnisse aus lustigen Tagen hatten sie einander anvertraut … Abwechselnd hatten sie gelacht und geweint und sich zwischendurch immer wieder in den Armen gelegen, bis zu dem Augenblick, wo es unweigerlich zu einem Kuss gekommen wäre, hätte Alexander nicht wieder im letzten Augenblick einen Rückzieher gemacht. Natürlich wäre es ihr lieber gewesen, sie hätten sich geküsst und … Ja, wenn es nach ihr ging, hätte auch gern mehr daraus werden können. Sie spürte ihre Bereitschaft, ihm näherzukommen, mit einer Intensität, die sie selbst erstaunte. Olivia hatte in den letzten Ehejahren ihr Bedürfnis nach Intimität zugunsten des Jobs immer weiter zurückgedrängt. Hätte Ethan überhaupt noch mit ihr geschlafen, hätte sie wahrscheinlich nicht einmal gemerkt, wie lustlos ihr Liebesleben schon vor seiner Affäre mit Kim geworden war.

Bei ihr war immer das Küssen wichtig gewesen. Ethan hatte sie zum Schluss nicht mehr wirklich geküsst, und wenn, dann lieblos. Ganz anders als Alexander an ihrem ersten Abend. Das war ein Kuss gewesen, der Vorfreude auf mehr gemacht hatte.

Olivia verscheuchte den Gedanken an verbotene Küsse mit Alexander und dachte wieder an die Worte ihrer Tochter, die ihr regelrecht die Stimmung verdarben. Sie hatte sich nämlich sehr gefreut, Alexander, wenn er aus der Charité zurückkehrte, womöglich mit einem erhellenden Fund aus der Kiste zu überraschen.

Und nun war ihr die Lust vergangen, die Vergangenheit zu recherchieren, weil ihre Gedanken ausschließlich um Vivien und die Tatsache kreisten, wie schrecklich das alles für ihre Tochter sein musste. Es von Kim zu erfahren war das Schlimmste, was in dieser Angelegenheit hätte passieren können! Und Vivien hat allen Grund, böse auf mich zu sein, dachte Olivia. Es ist unverzeihlich, dass ich ihr das ganze Drama verschwiegen habe. Vielleicht hätte ich doch nicht auf den Rat des Arztes hören und die Angelegenheit offen und erwachsen mit meiner Tochter besprechen sollen. Aber hatte sie das nicht nur durchgehalten, um Vivien zu schützen?

Olivia zuckte zusammen, als die Tür zum Salon vorsichtig geöffnet wurde.

»Oh, verzeihen Sie bitte, ich wollte Sie nicht stören. Ich habe gehofft, meinen Vater zu finden«, sagte Leo entschuldigend.

»Er hat noch in der Charité zu tun«, erwiderte Olivia und musterte ihn neugierig. »Ist Vivien oben in ihrem Zimmer?«, fügte sie lauernd hinzu.

Das brachte Leo in Verlegenheit. »Nein, Vivien wartet im Theater auf mich. Ich dachte, sie hätte Ihnen vielleicht eine Nachricht geschickt; auf jeden Fall wollte sie das tun. Wir beide haben beschlossen, das Wochenende in Paris zu verbringen.«

»Ja, ich habe ihre SMS gerade bekommen. Aber sie muss doch ihre Sachen packen. Warum ist sie nicht mitgekommen?«

Leo wand sich. Er wusste ja nicht, was Vivien ihrer Mutter geschrieben hatte, und wollte sich auf keinen Fall in fremde Angelegenheiten einmischen.

»Ja, dann ist es vielleicht das Beste, Sie sprechen mit Ihrer Tochter, wenn sie wieder aus Paris zurück ist.«

»Stimmt es, dass Kim ihr von der Affäre mit Ethan erzählt hat? Und weiß sie jetzt auch von der Schwangerschaft?«

Leo nickte schwach.

»Und jetzt ist sie sauer auf mich, weil ich das die ganze Zeit für mich behalten habe, oder?«

Erneut nickte er.

»Ich hatte doch die Befürchtung, dass der Unfall mit dieser Sache zusammenhing. Was, wenn sie sich mit ihrem Vater gestritten hat, denn es ist so merkwürdig, dass er auf dieser ungefährlichen Strecke am helllichten Tag in den Gegenverkehr gerast ist. Mein Mann war ein sehr sicherer Autofahrer. Und der Arzt riet mir, sie nicht mit dieser Geschichte zu belasten«, stöhnte Olivia. »Das Gespräch mit Kim hat aber nichts an ihrem Gedächtnisverlust geändert, oder?«, fügte sie lauernd hinzu.

»Nein, aber entschuldigen Sie mich jetzt. Ich werde schnell ein paar Sachen zusammenraffen. Und hoffe, dass es noch einen Flug gibt.«

»Sie überraschen mich. Ich habe Sie anfangs für einen ziemlichen Kotzbrocken gehalten.«

»Danke für das Kompliment«, lachte er. »Vielleicht war ich das ja auch. Wer weiß. Vivien hat mir dadurch, dass sie mich in diese Theaterproduktion gebracht hat, unendlich geholfen. Ich habe wieder Spaß an der Arbeit. Und sind Sie so nett und sagen meinem Vater Bescheid, wenn er zurückkommt?« Er warf einen Blick auf die Uhr. »Es ist gleich halb zwölf. Und Sie sagen, er arbeitet noch? Na ja, wird wohl stimmen«, murmelte er und verließ den Salon.

Olivia blieb irritiert zurück. Was meinte er damit: *Na ja, wird wohl stimmen*? Und schon schlich sich in ihre Gedanken die Lady mit den knallroten Fingernägeln und der Überdosis Parfum ein. Was, wenn er die Abende bei ihr verbrachte und die Arbeit nur vorschob? Nein, das traute sie ihm nicht ernsthaft zu. Und warum sollte er sie belügen? Schließlich war es seine Sache, ob er diese Maria noch traf oder nicht. Vielleicht will er mich einfach nicht verletzen, schoss es ihr durch den Kopf, denn er wird längst gemerkt haben, dass ich mehr für ihn empfinde als Freundschaft.

Um sich von diesen verwirrenden Gedanken abzulenken, öffnete Olivia die Kiste mit Erinnerungsstücken, die Klara während ihres Lebens gesammelt hatte. Sie musste unwillkürlich an den persönlichen Nachlass ihrer Großmutter denken. Merkwürdig, dachte sie, dass von einem Menschen, der mir durch die Lektüre des Manuskripts so lebendig geworden und ans Herz gewachsen ist, bloß eine Kiste übrig bleibt.

Obenauf lagen die Fotos. Eines zeigte Klara als junge Frau mit einem Mann auf der *Klärchen*. Der Beschreibung im Manuskript nach war es Felix Waldersheim, Klaras Ehemann. Er machte Faxen in die Kamera und lachte. Obwohl er nicht gerade ein Adonis war, schon allein, weil er eher eine schmächtige Figur besaß und eine auffällige Narbe quer über sein Gesicht lief, fand Olivia ihn nicht so unattraktiv, wie sie ihn sich, entsprechend Charlottes Beschreibungen im Buch, vorgestellt hatte. Klara wirkte nicht halbwegs so strahlend wie er. Dabei lachte sie auf dem Foto – nur die Augen, die lachten nicht mit.

Das nächste Foto zeigte Klara mit einem etwa einjährigen Kleinkind auf dem Arm. Auf diesem Foto blickte sie beseelt auf ihren blond gelockten, pausbäckigen Nachwuchs. Das wird ihr Sohn Georg sein, vermutete sie, Christins Vater. Auch dem Kleinen sah man die Familienähnlichkeit sofort an, jedenfalls zu Vivien und zu Scarlett, als sie noch Kinder gewesen waren.

Dann zog ein anderes Bild Olivias Aufmerksamkeit auf sich. Es war das Foto einer Grabstelle. Olivia fröstelte, als sie den Namen und das Todesjahr entzifferte: *Felix Waldersheim, gestorben im August 1932.*

Kann das ein Zufall sein, durchfuhr es sie eiskalt. Im August 1932 war Scarlett als Charlotte Koenig nach New York ausgewandert, doch Olivia kam gar nicht mehr dazu, weiter darüber nachzugrübeln, weil sich nun Leo mit einem gepackten Koffer in der Hand von ihr verabschieden wollte.

»Ich habe für morgen tatsächlich noch zwei Plätze im Flieger nach Paris bekommen. Also, bis Montag«, sagte er, als sein

Telefon piepte zum Zeichen, dass er eine Nachricht bekommen hatte.

»Sie entschuldigen. Die ist von Vivien.« Er konzentrierte sich auf sein Display, und Olivia konnte mit ansehen, wie ihm jegliche Farbe aus dem Gesicht wich.

»Scheiße, Scheiße«, fluchte er.

Olivia wagte es nicht, nach dem Grund für seine Aufregung zu fragen, obwohl es sie natürlich brennend interessierte, was Vivien dem jungen Mann da soeben mitgeteilt hatte.

Leo ließ das Telefon sinken und starrte fassungslos vor sich hin. Olivia beschlich ein mulmiges Gefühl, und sie konnte ihre Neugier nicht länger zurückhalten.

»Ist etwas passiert?«

»Sie hat ihr Gedächtnis wieder und …«

»Was und …?«

»Ich glaube, sie will allein nach Paris, aber es geht ja gar kein Flieger, sie … Ich weiß auch nicht …« Er stutzte, ging mit seinem Telefon ins Internet und begann fieberhaft zu suchen. »Da, sie muss den Nachtzug genommen haben.« Er sah auf die Uhr. »Mist, Viertel nach zwölf. Das schaffe ich nie bis zum Bahnhof. 6 Uhr 44 Weiterfahrt von Köln. Ich muss es versuchen. Ich kann sie jetzt auf keinen Fall allein lassen. In ihrem Zustand!«

Leo drehte sich auf dem Absatz um und wollte das Zimmer verlassen, doch Olivia stellte sich ihm in den Weg.

»Sie können mich doch jetzt nicht im Dunkeln lassen. An was erinnert sie sich denn?«

»Vivien glaubt, sie habe ihren Vater auf dem Gewissen«, entgegnete er hektisch.

»Ich habe es geahnt. Sie haben sich gestritten«, murmelte Olivia hilflos. »Deshalb habe ich ihr die Sache mit Kim und dem Baby verheimlicht.«

»Machen Sie sich keine Sorgen! Wenn die Straßen frei sind, kann ich in sechs Stunden in Köln sein, und wenn ich Glück habe, dort in den Zug springen, aber ich muss los! Drücken Sie mir die Daumen!« Und schon war Leo aus der Tür.

»Fahren Sie vorsichtig!«, rief ihm Olivia hinterher.

Sie atmete ein paarmal tief durch. Ihre schlimmsten Befürchtungen schienen wahr zu werden, denn nun war ihre Tochter völlig allein mit dem ganzen Drama. Allein? Sie stutzte. Nein, es gab offenbar jemanden, der sie wirklich liebte, auch wenn er es vielleicht selber noch nicht wusste. Kein Mann würde es sonst auf sich nehmen, sechs Stunden durch die Nacht zu rasen, um bei einer Frau zu sein, die sich in großer seelischer Not befand.

Olivia war versucht, ihrer Tochter eine Mail zu schreiben, dass alles gut werde und sie, was auch immer im Wagen geschehen sein möge, niemals die Schuld am Tod des Vaters trage, doch sie hielt sich zurück. Vivien hatte deutlich signalisiert, dass sie damit allein fertigwerden wollte, indem sie einfach den Zug nach Paris genommen hatte. Was für eine seltsame Parallele: eine Flucht nach Paris, wie einst Olga und Gerhard mit ihrem Kind.

Schweren Herzens musste Olivia akzeptieren, dass sie Vivien in dieser Situation nicht beistehen konnte. Sie war nicht mehr ihre kleine Tochter, die sie vor der Wahrheit beschützen musste. Wenn ihr überhaupt jemand helfen konnte, war es Leo, der über sich hinausgewachsen zu sein schien. Es durchflutete sie eine warme Woge der Sympathie für den jungen Mann, der das für ihre Tochter auf sich nahm, und sie betete, dass er pünktlich in Köln sein würde.

Das Klappen der Haustür riss Olivia aus ihren Gedanken. Ohne zu zögern, rannte sie Alexander entgegen, und die Worte sprudelten nur so aus ihr heraus.

»Ganz ruhig. Ich bin sicher, Leo wird sie gesund zurückbringen. Ich bin stolz auf ihn. So kenne ich meinen Sohn wieder«, seufzte er, während er Olivia fest an sich drückte.

Und in dem Augenblick, in dem sie sich an seine Brust

schmiegte, roch sie es. Chanel No. 5. Mit einem kräftigen Ruck befreite sie sich aus der Umarmung.

»Gute Nacht!«, sagte sie in eisigem Ton und rannte die Treppen nach oben, immer zwei Stufen auf einmal nehmend.

Mit klopfendem Herzen zog sie die Tür hinter sich zu, lehnte sich an die Innenseite und bemühte sich, gleichmäßig zu atmen. Immer noch stieg ihr der Parfumgeruch in die Nase. Ob das bloße Einbildung ist, fragte sie sich, aber dann roch sie es auch an ihrer Bluse, die eben gerade mit seinem Jackett in Berührung gekommen war. Keine Frage, er musste kurz zuvor in engem Körperkontakt mit Maria gestanden haben.

In diesem Moment klopfte es an ihrer Zimmertür. »Alles klar bei dir?«, rief er.

»Ja, ja, ich bin schon im Bett«, erwiderte sie und versuchte, möglichst locker zu klingen, drehte leise den Schlüssel um und zog sich hastig aus. Die Bluse warf sie lieblos auf den Boden. Die würde sie erst wieder anziehen, nachdem sie frisch gewaschen war.

Sie betrachtete ihren nackten Körper kritisch im Spiegel. Sie hatte in den letzten Wochen abgenommen und fand sich fast ein bisschen zu schmal. Besonders an der Brust. Unwillkürlich schwenkten ihre Gedanken zu Maria, die sehr weibliche Formen besaß und auch nicht mit Einblicken in ihr Dekolleté geizte. Unattraktiv war Maria ganz sicher nicht. Trotzdem ärgerte es Olivia maßlos, dass sie sich überhaupt mit dieser Frau verglich. Das konnte ihr doch eigentlich herzlich gleichgültig sein, wer von ihnen beiden mehr auf Alexander wirkte, hatte sie sich doch inzwischen mit dem Status der Freundschaft abgefunden.

Habe ich das wirklich, ging Olivia hart mit sich ins Gericht, sonst würde es mich doch kaltlassen, ob mit dieser Frau immer noch etwas läuft oder nicht. Wie sie es auch drehte und wendete, es ärgerte sie maßlos, dass sie sich überhaupt den Kopf über diese Maria zerbrach, statt im Geiste bei ihrer armen Tochter zu sein.

Gedankenverloren zog sie ihr seidenes Nachthemd an. Sowohl im Sommer als auch im Winter trug sie gern kurze Hemden mit Spaghettiträgern beim Schlafen. Sie kuschelte sich unter die Bettdecke, weil ihr ein wenig kalt war. Der Berliner Sommer hatte sich gerade kurzfristig verabschiedet und für die Jahreszeit zu kaltes Regenwetter über die Stadt gebracht.

Sie griff sich das Manuskript vom Nachttisch, um sich noch ein wenig abzulenken, doch sie konnte sich nicht konzentrieren. Immer wieder fragte sie sich, ob Leo den Zug in Köln wohl erwischen und ihre Tochter dann wohl begreifen würde, was den jungen Mann dazu trieb, ihr nachzureisen. Außerdem kreisten ihre Gedanken um die Frage, ob sie wirklich weiterhin mit Alexander unter einem Dach wohnen sollte. Sie fühlte sich wohl in seiner Gegenwart, mochte ihn als kompetenten Gesprächspartner und schätzte ihn als Mitstreiter bei der Recherche in der Frage, warum Charlotte ihre bewegte Kindheit, Jugend und junge Erwachsenenzeit so vehement verleugnet hatte. Das waren gute Gründe, in der Villa zu bleiben, zumal sie sich in diesem Haus rundherum wohlfühlte. Doch es ließ sich, sosehr sie sich auch bemühte, dennoch nicht länger verdrängen, dass sie mehr für Alexander empfand, als sie gern vor sich selbst zugeben wollte. Und plötzlich wusste sie, dass sie für den Rest ihres Berlin-Aufenthalts ihrer eigenen Wege gehen musste, denn auch wenn ihr der Gedanke ganz und gar nicht behagte, eine Freundschaft konnte nie wirklich funktionieren, wenn einer von beiden mehr wollte. Das Einzige, was sie weiterhin verbinden würde, war ihr gemeinsames Anliegen, hinter das Geheimnis zu kommen, warum die Schwestern einander lebenslang verleugnet hatten. Und sicher würden sie sich treffen, schon allein, um endlich Onkel Wölfi einen Besuch abzustatten. Sie wollte also nicht den Kontakt abbrechen, sondern nur vermeiden, ihm ständig über den Weg zu laufen und die Hoffnung zu nähren, es könnte doch noch mehr daraus werden.

Und dass Olivia mehr wollte, spürte sie in diesem Augenblick in jeder Pore. Wenn sie nur an den einen Kuss zwischen ihnen dachte oder die prickelnde Leichtigkeit ihres ersten Abends im Manzini … Ja, bei dem Gedanken wurde ihr heiß, und sie wusste, dass es keinen Schalter gab, um ihr Gefühl einfach umzulegen – oder sie ihn zumindest nicht fand.

Olivia stieß einen tiefen Seufzer aus. Gleich morgen würde sie sich in der Nähe ein Zimmer nehmen. Ein paar Straßen weiter hatte sie auf einem Spaziergang ein Hotel entdeckt, aber sie würde sich nicht bei Nacht und Nebel aus dem Staub machen, sondern es Alexander am Morgen beim Frühstück sagen. Sie musste sich nur noch einen triftigen Grund ausdenken, denn die Wahrheit würde sie ihm ganz bestimmt nicht anvertrauen. Oder soll ich ihm vielleicht gestehen: Ich mag ihr Chanel No. 5 nicht an dir riechen? Nein, da musste sie sich etwas Besseres einfallen lassen.

Sie schrak zusammen, als ihr Handy ihr signalisierte, dass sie eine SMS bekommen hatte. Mitten in der Nacht, fragte sie sich noch, als sie zu lesen begann.

> Mom, mach Dir keine Sorgen um mich. Ich muss nur etwas Grundsätzliches klären. Und ich habe Dich lieb. Ich weiß jetzt, dass Du mich nur beschützen wolltest. Kuss Deine Tochter

Tränenblind antwortete sie Vivien.

> Ich liebe Dich auch, und was auch immer Du glaubst, getan zu haben, Du hast Deinen Vater ganz sicher nicht auf dem Gewissen!

In Gedanken fügte sie hinzu: Und es gibt einen jungen Mann, dem du sehr viel bedeutest und der keine Mühen scheut, um dir beizustehen.

Berlin, Mai 1928

Der Gloria-Palast am Kurfürstendamm war bei der Uraufführung des Films *Heimkehr* bis auf den letzten Platz besetzt.

Klara war stolz auf ihre Schwester, die die weibliche Hauptrolle der Anna spielte. Charlotte war der Star des Abends. Sie trug ein goldgelbes Kleid, das nach der neusten Mode vorne kurz war, während der hintere Saum bis zur Wade reichte und der Rückenausschnitt bis zur Taille ging. Darin sah sie nicht nur unglaublich verführerisch, sondern mindestens vier Jahre älter aus. Klara kam sich neben der Diva wie ein Landei vor. Dabei trug sie auch ein nagelneues Kleid in der gewagten neuen Länge bis zum Knie, aber Charlotte umwehte die Aura des Glamours. Die Leute begannen zu raunen, als sie sich auf ihre Plätze in der ersten Reihe setzten. Charlotte strahlte über das ganze Gesicht. Das Bad in einem Meer von Bewunderung war ihr Element.

Erst als das Licht im Saal ausging und der Klavierspieler in die Tasten haute, während sich der schwere rote Samtvorhang vor der Leinwand hob, verebbten die letzten begeisterten Stimmen.

Klara drückte gerührt die Hand ihrer Schwester, als sie das erste Mal in fast ätherischer Schönheit auf der Leinwand erschien. Bis zuletzt hatte Charlotte die Befürchtung gehegt, dass sie ohne Stimme keine Ausstrahlung habe. Seit sie damals das Schneewittchen hatte absagen müssen, war sie nie wieder für einen Film angefragt worden, bis vor einem Jahr, als man neue Probeaufnahmen von ihr gemacht hatte. Kein Geringerer als Max Färber hatte sie Erich Pommer von der UFA empfohlen.

Offenbar war ihm nie zu Ohren gekommen, wie Charlotte sich einst seines aufdringlichen Bruders entledigt hatte.

Schließlich hatte sie diese Rolle bekommen, die ihr wie auf den Leib geschrieben war. Sie, die Frau eines Soldaten, liebt den Freund ihres Mannes, der eines Tages vor ihrer Tür steht und sich als ihr Ehemann ausgibt.

Klara wollte die Hand ihrer Schwester gar nicht mehr loslassen, so nahe ging ihr Charlottes Schauspielkunst. Sie konnte so herrlich elegisch in die Kamera blicken und gab überzeugend die einfache Hausfrau ab, die anscheinend nicht merkte, dass es nicht ihr Ehemann war, der aus dem Krieg zurückgekehrt war. Dabei wusste sie es sehr wohl und tat nur so, als würde sie nicht wissen, dass er ein Fremder war.

Charlotte aber war ganz und gar nicht zufrieden mit ihrer Darbietung. Ständig stöhnte sie genervt auf. »Schau, wie blöd ich da aussehe. Da sitzt mein Haar nicht«, flüsterte sie mitten in das dramatische Finale, als ihr Mann den Freund erschlagen wollte und sie um sein Leben flehte.

Klara zog es vor, das Genörgel ihrer Schwester zu ignorieren. Als das Licht anging, beschäftigte sie eine ganz andere Frage: Wie konnte sie sich vor der Premierenfeier drücken? Sie fühlte sich nicht wohl bei solchen gesellschaftlichen Ereignissen, auf denen die Menschen miteinander plauderten, ohne etwas zu sagen. Aber sie hatte es ihrer Schwester hoch und heilig versprochen, um sie vor ihren diversen Verehrern zu beschützen. Klara hatte das für reichlich übertrieben gehalten, doch sie wurde eines Besseren belehrt, als nun von allen Seiten Herren auf Charlotte zueilten und sie mit Blumensträußen, Komplimenten und Wangenküssen überhäuften. Einer attraktiver als der andere, wie Klara neidlos zugeben musste. Felix hatte im letzten Augenblick abgesagt, weil er sich nicht wohlfühlte. Und Klara wusste auch, wie seine Krankheit in Wirklichkeit hieß. Er war auf dem sicheren Weg, ein Morphinist zu werden. Angefangen hatte es, als die Kriegsnarbe zu wuchern begonnen hatte. Sie war knallrot geworden und hatte ihm höllische Schmerzen bereitet. Und nur Morphium hatte es geschafft, seinen Schmerz zu lindern. Wilhelm hatte sich allerdings geweigert, seinen Schwiegersohn weiter damit zu versorgen, nachdem er die Zeichen der Abhängigkeit richtig gedeutet hatte. Seitdem besorgte Felix es sich illegal, denn es war ein offenes Geheimnis, dass der Schwarzhandel für alle Arten von Drogen in der Stadt blühte. Klara hatte sich daraufhin ein Herz gefasst und ihn zur Rede gestellt, aber er leugnete den Missbrauch hartnäckig. Felix behauptete steif und fest, kein Morphium mehr gegen die Schmerzen zu spritzen, doch ihr Vater hatte ihr in einem vertraulichen Gespräch bestätigt, dass der Wechsel von Schweißausbrüchen und Frösteln sichere Anzeichen für die Sucht seien … Genau das, was Klara befürchtet hatte. Sie war in einem schrecklichen Zwiespalt. Sie wollte ihn einerseits retten und andererseits durch ihr Misstrauen nicht zu einem unmündigen Kind degradieren.

Sie hegte keinen Zweifel daran, womit er sich den Abend versüßen würde, aber sollte sie deshalb absagen? Es war Charlotte doch so wichtig, dass ihre Schwester sie zur Uraufführung begleitete. Außerdem hatte Klara, wenn sie es sich genau überlegte, andererseits durchaus das Bedürfnis, auch wieder einmal auszugehen. Felix und sie folgten kaum noch Einladungen, weil es ihm so schlecht ging. Und sie versuchte, ihrem Mann nicht von der Seite zu weichen, wenn sie zu Hause waren, denn in ihrer Gegenwart würde er es nicht wagen, sich das Teufelszeug zu spritzen. Sie war froh, dass er wenigstens nicht allein in der Villa geblieben war. Wilhelm, der im Leben keinen Fuß in ein Kino setzen würde, war ebenfalls zu Hause geblieben und hatte Klara versprochen, an diesem Abend ein Auge auf den Schwiegersohn zu haben. Klara konnte ja sogar verstehen, warum Felix eine Zuflucht im euphorisierenden Rausch suchte, denn der Arbeitsalltag in der Firma seines Vaters musste förmlich die Hölle sein. Seit Oskar Waldersheim beim Berliner Börsencrash im vergangenen Mai viel Geld verloren hatte, herrschten in seinem Unternehmen noch strengere Sitten. Er hatte aus Kostengründen nicht nur viele Arbeiter entlassen, sondern auch fähige Mitarbeiter aus der Verwaltung. Felix erledigte zurzeit Arbeit für drei, obwohl ihn seine Bürotätigkeit anödete. Klara hatte Mitgefühl mit ihrem Mann, aber kein Verständnis dafür, dass er zu schwach war, die Finger von dem Gift zu lassen.

»Und wer sind Sie, wenn ich fragen darf?« Eine tiefe männliche Stimme holte sie aus ihren Gedanken. Und schon hatte sich ihr der gut aussehende Herr im zweireihigen Ausgehanzug mit Einstecktuch und Fliege als Dr. Philipp Clement vorgestellt. Er hatte mittelblondes, leicht gewelltes Haar und blaue Augen, die sie nun unverwandt anstrahlten. »Ich bin Klara Koenig …« Sie stockte, weil ihr das ständig passierte, dass sie ihren Mädchennamen nannte. Ob ich mich verbessern soll, fragte sie sich gerade, da sprudelte es förmlich aus dem Doktor heraus. »Das habe ich mir doch gedacht. Da ist eine gewisse Familienähnlichkeit.«

»Mit wem?«, fragte Klara in kokettem Ton. »Mit meiner Schwester vielleicht?«

Philipp Clement lachte. »Ich hoffe, ich sage jetzt nichts Falsches. Ihre Schwester und Sie sind unterschiedliche Typen von Frauen, aber beide äußerst reizvoll. Und verstehen Sie mich bitte nicht falsch. Es sind die graugrünen Augen, die Ihre Familienzugehörigkeit verraten. Der Herr Professor hat die gleichen …«

»Sie kennen meinen Vater?«

»Ja, ich habe die Ehre, aber inzwischen arbeite ich nicht mehr in der Charité, sondern im Virchow-Krankenhaus im Stadtteil Wedding. Dort habe ich lustigerweise auch Ihren Bruder kennengelernt, und der hat diese Augen auch.«

»Sie kennen Walter?« Das klang wenig begeistert. Seit Walter mit seiner Familie gebrochen und, vor allem, seit er sich Friedrich geholt hatte, sprach keiner im Hause Koenig mehr über ihn. Was hatten Charlotte und sie den beiden die Daumen gedrückt, dass Walters ominöser Kölner Kamerad sie nicht mehr auf deutschem Boden erwischen würde. Es musste sich im Zug auf dem Kölner Bahnhof eine furchtbare Szene abgespielt haben. Ihr Schwiegervater prahlte gern damit, wie man den Jungen den Klauen der Verbrecher entrissen habe. Offenbar hatte man ihm in allen Einzelheiten geschildert, wie der Mann, ein Polizist, in das Abteil gekommen war und Friedrich einfach aus dem Wagen gezerrt hatte. Als Gerhard versucht hatte, die Entführung zu verhindern, hatte ihn der Mann mit einer Dienstwaffe bedroht und sein grausames Werk ungeachtet der Tatsache vollendet, dass Olga sich die Seele aus dem Leib gebrüllt hatte. Einem Schaffner, der zu Hilfe geeilt war, hatte der Polizist ein Schriftstück vorgelegt, dass der Junge widerrechtlich seinem Vater entzogen und ins Ausland entführt werden solle.

»Woran denken Sie denn gerade? Sie sind ganz blass geworden. Sie haben wohl kein gutes Verhältnis zu Ihrem Bruder?« Philipp lachte und hatte das offenbar scherzhaft gemeint, worüber Klara natürlich nicht im Entferntesten lachen konnte.

»Darf ich Sie zur Premierenfeier begleiten?«, fragte er und reichte ihr seinen Arm.

»Sind Sie denn überhaupt eingeladen?«, gab Klara kess zurück.

»Ja, ich bin ein Freund von ›Richard‹, also dem Schauspieler, der sich in seiner Rolle als Richard eben so heftig in Ihre Schwester verliebt hat, jedenfalls soeben im Film.«

Zögernd hakte sich Klara bei dem Mann unter. Er roch angenehm. Klara schnupperte unauffällig. Sie kannte den Duft, und ihr wollte schier das Herz stehen bleiben, als sie erkannte, an wem sie ihn schon einmal gerochen hatte. Kurt Bach hatte ihn benutzt. Den Gedanken versuchte sie sofort wieder zu verscheuchen und warf einen belustigten Blick auf die von Verehrern umzingelte Charlotte, die man hinter lauter Blumen nur noch erahnen konnte.

»Gehören Sie denn gar nicht zur Verehrer-Eskorte meiner Schwester?«, fragte Klara ihren Begleiter lächelnd.

Er beugte sich zu ihrem Ohr und flüsterte: »Nein, ich habe mich Ihretwegen durch die Menge geboxt.«

Klara konnte sich nicht helfen. Dieses lockere Geplänkel gefiel ihr, und es schmeichelte ihr, dass ein derart attraktiver junger Mann ihr ungeniert den Hof machte. Sofort meldete sich ihr schlechtes Gewissen. Sie war eine verheiratete Frau und keine begehrte Junggesellin wie ihre Schwester. Trotzdem dachte sie in diesem Augenblick nicht daran, ihm von ihrem Mann zu erzählen, und man konnte ihren Familienstand auch nicht am rechten Ringfinger erkennen, denn einen Ehering trug sie selten, weil er sie bei ihrer Arbeit als Medizinalassistentin in der Abteilung für Frauenheilkunde an der Charité störte.

»Sind Sie auch Schauspielerin?«, fragte er interessiert. »Das Aussehen und die Ausstrahlung hätten Sie allemal. Darf ich Sie Klara nennen?«

»Sie dürfen, Philipp, aber Sie müssen mir nicht so schmeicheln, denn an mir ist keine Diva verloren gegangen. Ich studiere etwas ganz Handfestes. Sie dürfen dreimal raten.«

Er blieb stehen und musterte sie von oben bis unten. »Für eine Lehrerin sind Sie fast zu hübsch«, lachte er und korrigierte sich im selben Augenblick. »Nein, das war ein Scherz, es gibt bildhübsche Lehrerinnen, aber das passt trotzdem nicht zu Ihnen. Sie sehen so musisch aus.«

Klara brach in lautes Gekicher aus. »Ich kann Ihnen ja mal den Flohwalzer am Klavier präsentieren als kleine Kostprobe meiner Musikalität. Nein, nicht einmal in meiner Freizeit. Da mache ich lieber Gymnastik oder segele.«

»Sie segeln. Das ist eine gute Nachricht. Ich habe auf Hiddensee ein kleines Häuschen geerbt und dort eine Jolle liegen. Vielleicht könnte ich Sie einmal dorthin einladen.« Er sah sie herausfordernd an.

Klara wurde abwechselnd heiß und kalt. Keine Frage, Philipp Clement machte ihr ungeniert den Hof, und sie bekam die Zähne nicht auseinander, um ihn in seine Schranken zu weisen. Was mache ich hier bloß, fragte sie sich und beantwortete sich das im selben Augenblick selbst. Sie genoss es, dass ein attraktiver Mann wie er Feuer gefangen hatte und ihr deutlich signalisierte, dass er sie begehrenswert fand. Diese Ebene war in ihrer Beziehung zu Felix abhandengekommen. Sein Morphinkonsum war direkt auf seine Libido geschlagen, und nach ein paar unwürdigen Versuchen, ein normales Liebesleben wiederherzustellen, hatten sie es einvernehmlich gelassen, miteinander ins Bett zu gehen. Allerdings hatten sie darüber kein Wort verloren. Klara wollte Felix auf keinen Fall vorhalten, dass sie die körperliche Nähe vermisste, zumal ihre Phantasien sich niemals wirklich auf ihn bezogen hatten. Dass Kurt beim Liebesspiel in ihren Gedanken herumgeisterte, hatte niemals aufgehört. Insofern verstand sie natürlich, dass dieser virile junge Arzt sie besonders anzog. Er sah zwar Kurt nicht ähnlich, aber er besaß eine ähnlich männliche Ausstrahlung.

»Überlegen Sie noch, ob Sie mein Angebot annehmen?«, lachte Philipp, während sie den Saal betraten, in dem die Premierenfeier stattfand.

Nein, denn ich bin eine verheiratete Frau, dachte Klara und war fest entschlossen, das auch laut kundzutun, doch es kam ihr nicht über die Lippen. Zu schön war das Gefühl, am Arm dieses attraktiven Mannes zu dem Fest zu gehen.

»Zwei Versuche habe ich noch«, sagte er verschwörerisch. »Sie sind …« Er betrachtete sie prüfend von der Seite. »Sie sind die Tochter von Professor Koenig, und Ihr Bruder ist auch Mediziner, da liegt es nahe, dass Sie auch Medizin studieren.«

Klara nickte lächelnd.

»Eine angehende Kollegin, das macht Sie nur noch interessanter«, flüsterte Philipp verschwörerisch.

In diesem Augenblick sah Klara ihre Schwiegermutter auf sich zueilen. Wie kommt Erna Waldersheim denn auf diese Feier? Charlotte hat sie sicher nicht eingeladen, sagte sie sich, doch da hatte die Matrone sie schon überschwänglich in den Arm genommen, nicht ohne einen kritischen Seitenblick auf den gut aussehenden jungen Mann an ihrer Seite zu werfen. Der hatte vor Schreck ihren Arm losgelassen und war einen Schritt zurückgewichen.

»Willst du mir den Herrn denn gar nicht vorstellen?«, fragte Erna lauernd, kaum dass sie ihre Begrüßung beendet hatte.

»Das ist Dr. Clement«, erwiderte Klara, bemüht, die Fassung zu wahren. »Ein Kollege von Walter«, fügte sie hastig hinzu, während sie sich blitzschnell bei Philipp einhakte und ihn mit sich in das Partygewühl zog, denn sie ahnte, welche Frage als nächste kommen würde: Wo hast du Felix gelassen? Und sie wollte auf keinen Fall, dass er auf diesem Weg erfuhr, wie schamlos sie sich für ein paar schöne Augenblicke dem trügerischen Gefühl hingegeben hatte, eine begehrenswerte junge Frau zu sein. Nein, sie würde es ihm lieber persönlich sagen, denn ihr war die Lust, auf diesem Fest zu bleiben, vergangen.

»Sie sehen aus, als hätten Sie den leibhaftigen Teufel gesehen«, scherzte Philipp, nachdem ihn Klara einmal quer durch den ganzen Saal ans andere Ende des Foyers gezogen hatte.

Klara atmete ein paarmal tief durch und sah ihm fest in die Augen. »Die Dame ist nicht nur die Schwiegermutter meines Bruders, sondern auch meine. Walters Nochehefrau, von der er sich gerade scheiden lässt, ist die Schwester meines Mannes.«

Klara wunderte sich, dass er angesichts dieses Geständnisses nicht auf der Stelle ihren Arm losließ, sondern sie nur fassungslos ansah.

»Wie, Scheidung? Ich denke, Walter Koenigs Frau ist tot.«

»Für ihn wahrscheinlich, denn sie ist mit meinem anderen Bruder nach Frankreich durchgebrannt.« Sie sah ihn flehend an. »Es tut mir so leid, dass ich Ihnen nicht sofort gestanden habe, dass ich verheiratet bin. Ich weiß auch nicht, was in mich gefahren ist. Sie waren einfach so bezaubernd, dass ich mich

Ihrem Charme nicht entziehen konnte, sondern für einen Moment das Gefühl haben wollte …« Klara stockte, denn sie spürte, wie ihr die Tränen kamen, und sie wollte doch auf keinen Fall vor ihm weinen.

»Kommen Sie, wir gehen an die frische Luft«, sagte er, und nun führte er sie, ohne ihre Antwort abzuwarten, in die warme Mainacht hinaus. Dort brachen bei Klara alle Dämme, und sie warf sich Philipp schluchzend in die Arme. Er zog sie sanft an sich und flüsterte ihr tröstend zu: »Weinen Sie nur. Es ist alles gut. Sie sind mir keine Rechenschaft schuldig.«

Klara fühlte sich so geborgen in seinem Arm, dass sie ihm anvertraute, wie es ihr wirklich ging und warum sie seine Gesellschaft unbeschwert hatte genießen wollen. Er nahm ihr Gesicht sanft in beide Hände. Aus seinen Augen sprach die reine Empathie. »Danke für Ihr Vertrauen. Ich schlage vor, wir tun jetzt genau das, was Sie sich von Herzen wünschen. Wir tanzen gemeinsam in die Nacht hinein, trinken ein Glas, und Sie vergessen Ihre Sorgen für ein paar Stunden.«

»Sie sind wirklich bezaubernd. Ich mag Sie«, seufzte Klara. »Aber ich kann mich jetzt nicht länger einem solch trügerischen Glück hingeben. Ich werde mir eine Droschke nehmen und nach Hause fahren. Und vielleicht sagen Sie meiner Schwester Bescheid, dass mir unwohl war und ich gegangen bin.«

»Das werde ich tun. Ich bringe Sie noch zur Droschke«, erwiderte er bedauernd und gab ihr einen Kuss auf die Wange. »Schade, ich hätte Sie wirklich gern besser kennengelernt.«

Schweigend brachte Philipp sie zu einer motorisierten Droschke. Sie winkte ihm zu, bis er außer Sichtweite war.

Im Wagen ließ Klara noch einmal das, was sie eben mit Philipp erlebt hatte, Revue passieren, und immer wieder malte sie sich aus, sie hätte sich dem Vergnügen, einen unbeschwerten Abend mit Philipp zu erleben, hingeben können. Doch dann siegte ihr schlechtes Gewissen, und sie nahm sich vor, alle ihre Kraft darauf zu verwenden, dass Felix sich in einer Entzugsklinik behandeln ließ und sie wieder ein normales Eheleben führten. Doch selbst wenn dieser ehrgeizige Plan von Erfolg gekrönt war, glaubte sie wirklich, dass sie jemals an Felix' Seite glücklich sein würde?

Als sie vor der Villa hielten, lag das Haus so düster da, wie Klara es noch nie zuvor empfunden hatte, doch das entsprach ihrem Gemütszustand. Es war eine Art Schwermut, die sich über ihre Seele wie ein dunkler Schatten legte. Ihr kam es vor, als hätte sie erst durch die Begegnung mit Philipp begriffen, dass sie ein Leben führte, das sie nicht wirklich erfüllte, bis auf ihre berufliche Tätigkeit, der sie mit wahrer Leidenschaft nachging. So, als wäre ein Lichtstrahl in einen dunklen Raum gefallen, von dem sie bislang gedacht hatte, dass er hell und freundlich war.

Stöhnend schloss sie die Haustür auf und hängte ihre Stola an die Garderobe. Obwohl ihr davor grauste, Felix zu begegnen, begab sie sich zielstrebig zum Schlafzimmer. Dort brannte noch eine kleine Funzel, die das blasse, eingefallene Gesicht ihres Mannes beleuchtete. Er lag wach auf dem Bett, Schweiß stand ihm auf der Stirn, und er sah sie aus großen Augen an.

»Du bist schon zurück?«, fragte er.

»Ja, ich mache mir nichts aus solchen Festen«, entgegnete sie mit heiserer Stimme und setzte sich zu ihm auf die Bettkante. Er griff nach ihrer Hand, und sie ließ es geschehen.

»Es war gut, dass ich nicht mitgekommen bin«, gestand er ihr mit schwacher Stimme. »Ich hatte schrecklichen Schüttelfrost. Ich glaube, ich habe mir eine Erkältung eingefangen.«

Klara entzog ihm hastig ihre Hand. Es war sicherlich nicht der rechte Moment, ihn mit der Wahrheit zu konfrontieren, aber Klara konnte sich nicht länger zurückhalten.

»Felix, mach dir nichts vor. Du bist abhängig von dem verdammten Morphium.«

»Nein, ich schwöre dir, ich habe nichts gespritzt, ich …«

Ohne Vorwarnung zog Klara die Schublade seines Nachttisches auf. Mit spitzen Fingern holte sie eine Spritze und ein kleines Fläschchen mit einer bräunlichen Flüssigkeit hervor.

»Und was ist das?«, fragte sie.

Felix sah sie an wie ein waidwundes Reh. Er schien verwundert über ihren harschen Ton, denn er hatte es auch nie zuvor erlebt, dass Klara ihn kontrollierte. Bislang hatte sie seine Ausreden und sein hartnäckiges Leugnen hingenommen.

»Du hast dir etwas gespritzt, oder?«, hakte sie unbarmherzig nach.

»Ich, nein … ja, aber nur, weil ich solche Schmerzen hatte«, jammerte Felix.

In Klara zog sich alles zusammen. Ihr Ehemann war nichts als ein greinendes Häufchen Elend. Am liebsten hätte sie ihn angeschrien und ihm an den Kopf geworfen, dass er eine Memme sei, aber sie konnte sich beherrschen. Wem würde es nützen, wenn sie ihren ganzen Zorn an diesem schwachen Menschen ausließ? Es war ja nicht nur die Wut auf ihn, die sich in ihr ausbreitete wie ein ätzendes Gift, sondern auch der Zorn auf sich selbst. Wie hatte sie diesen Mann nur heiraten können, wo ihr Herz doch immer weiter für Kurt geschlagen hatte? Und seit heute Abend auch ein klein wenig für den jungen Kollegen … Was konnte er dafür, dass ihr schlagartig bewusst geworden war, dass ihr etwas im Leben fehlte wie die Luft zum Atmen, nämlich Liebe und Leidenschaft? Felix war aber stets wie ein guter Freund für sie gewesen, und es wäre unfair, ihn für ihr ganzes Elend verantwortlich zu machen. Und an noch etwas wurde sie in diesem Augenblick erinnert, als er sie voller Angst aus großen, feuchten Augen ansah: Er liebte sie abgöttisch! Sie war sein Fels in der Brandung.

Klara atmete ein paarmal tief durch. »Pass auf, es wird alles gut, wenn du dich zur Behandlung in eine Klinik begibst.« Sie glaubte in diesem Augenblick selbst an ihre Worte, denn je weiter sie sich innerlich von ihm fortwünschte, desto klarer wurde ihr, dass sie diesen Mann niemals verlassen durfte, weil das seinen sicheren Tod bedeuten würde. Jedenfalls solange er von dem Zeug abhängig war.

»Aber, Klärchen, wie stellst du dir das vor? Ich kann doch unmöglich der Arbeit fernbleiben. Das würde mein Vater mir nie verzeihen, wenn ich ihn jetzt im Stich ließe.«

»Es ist mir völlig gleichgültig, was dein Vater denkt und wer statt deiner die Fronarbeit für diesen Sklaventreiber leistet, während du im Entzug bist, aber deine Gesundheit geht jetzt vor. Oder willst du an dem Zeug krepieren?«

Statt zu antworten, brach Felix in bittere Tränen aus. Klara ballte die Fäuste. Sie hatte nicht die Spur von Mitgefühl, sondern es war allein ihr Pflichtgefühl und ihr Verantwortungsbewusstsein für dieses menschliche Wrack, von dem sie in diesem Augenblick bestimmt war.

»Ich gehe jetzt Vater holen. Der weiß nämlich längst, was mit dir los ist. Und ich denke, er wird meiner Meinung sein, dass wir deinem Verfall nicht tatenlos zusehen dürfen. Auch wenn du nicht auf meinen Rat hören willst.«

Felix griff verzweifelt nach ihrer Hand. »Bitte tu mir das nicht an. Wie stehe ich denn da? Ich verspreche dir hoch und heilig, ich rühre das Zeug nicht mehr an. Nur bringt mich nicht in eine Klinik. Dann ist alles aus! Dann erfährt mein Vater davon und …«

Klara befreite sich unwirsch aus seiner Umklammerung. »Zu spät. Ich traue deinen Worten nicht mehr. Du magst den allerbesten Willen haben, aber dir fehlt die Stärke, davon ohne Hilfe loszukommen. Glaube mir, wir müssen das Problem jetzt angehen.«

Sie stand abrupt auf und ging energisch zur Tür. Hinter sich hörte sie sein verzweifeltes Schluchzen, aber sie drehte sich nicht noch einmal um. Ein Blick auf die Uhr zeigte ihr, dass es bereits kurz nach Mitternacht war. Doch auch die Gewissheit, dass sie ihren Vater aus dem Schlaf reißen würde, hielt sie nicht davon ab, sein Schlafzimmer zu betreten, ohne vorher anzuklopfen.

Sie wunderte sich allerdings, warum die Rollläden nicht heruntergezogen waren und das fahle Mondlicht ins Zimmer drang. Ihr Vater pflegte im hermetisch abgedunkelten Raum zu schlafen. Das Bett war leer und offenbar noch unbenutzt. Die Bettdecke war sorgsam aufgeschlagen, und das Kissen hatte einen Knick, so, wie Lene es jeden Morgen herrichtete.

Vielleicht ist er auf seinem Lehnstuhl im Salon eingeschlafen, dachte Klara und beschloss, ihren Vater ins Bett zu bringen und heute nicht mehr mit Felix' Zustand zu konfrontieren. Das konnte sie immer noch morgen tun. Gleich wenn er von der Klinik heimkam, würde sie ihn zu Hilfe holen, um Felix zur Vernunft und in die Klinik zu bringen.

Seufzend stieg sie die Treppen hinab ins Erdgeschoss und betrat den Salon. Seltsam, dachte sie, es ist alles dunkel und so merkwürdig still. Sie schaltete das Licht ein, und der Glanz des prachtvollen Kronleuchters erhellte den dunklen Salon.

Und auch den Ohrensessel, in dem Wilhelm Koenig eingeschlafen zu sein schien. Auf Zehenspitzen näherte sich Klara ihm. Vor ihm auf dem Boden lag ein Buch, das ihm aus den Händen gerutscht sein musste.

Klara hob es auf und legte es auf den Tisch. *Kaiser Wilhelm I. und die Marine*, lautete der Titel, wie sie kopfschüttelnd feststellte. Vater ist wirklich ein Ewiggestriger, dachte sie und tippte ihm leicht auf die Schulter. Wilhelm rührte sich nicht. Und in diesem Augenblick dämmerte es Klara, dass es zu still im Raum war, aber sie wollte es nicht glauben.

»Vater, wach auf!«, wiederholte sie lauter, doch weder bewegte er sich, noch drang ein Laut aus seiner Kehle.

Nun konnte Klara nicht länger verdrängen, was die Medizinerin in ihr längst wusste: Ihr Vater war für immer eingeschlafen, einfach so …

Lautlos sank Klara zu Boden. Sie umklammerte seine Beine und weinte leise um den Mann, den sie in jungen Jahren mitunter regelrecht gehasst hatte, der ihr aber mit zunehmendem Alter doch noch ans Herz gewachsen war. Nun würde er für Felix nichts mehr tun können!

Paris, August 2014

Auf der Avenue des Champs-Élysées herrschte an diesem frühen Freitagabend ein geschäftiges Treiben. Touristen, Franzosen, die ihr Wochenende mit einem Einkaufsbummel einläuteten, Menschen aller Nationalitäten schlenderten um diese Zeit die Pariser Prachtstraße entlang.

Vivien fühlte sich, als ob sie träumte. Gestern Nacht noch hatte sie geglaubt, sie werde nie darüber wegkommen, dass sie ihren Vater auf dem Gewissen hatte, und nicht einmal vierundzwanzig Stunden später ließ sie sich entspannt im Arm eines wunderbaren Menschen durch das Gewühl treiben.

Und sie wusste, dass sie das nur dem beherzten Handeln dieses Mannes zu verdanken hatte, der weit über fünfhundert Kilometer durch die Nacht gerast war, nur um ihr beizustehen. Noch tiefer kuschelte sie sich in Leos Arm. Niemals in ihrem ganzen Leben würde sie vergessen, wie an diesem Morgen, kaum dass der Zug den Kölner Bahnhof verlassen hatte, jemand energisch an ihre Abteiltür geklopft hatte. Sie erinnerte sich an jeden einzelnen Augenblick, als wäre es eben gerade geschehen:

Völlig übermüdet öffnet sie die Tür. Sie trägt nur ein Höschen und ein T-Shirt. Nachtzeug hat sie ja nicht dabei und auch sonst kein Gepäck. Sie ist zu erschöpft, um darüber nachzudenken, und blickt in die finstere Miene des Schaffners. »Das hätten Sie aber gleich sagen müssen, dass Ihr Freund in Köln zusteigt«, bellt der Mann, der ihr nachts noch zwei kleine Flaschen Rotwein zum Einschlafen gebracht hatte, die sie zwar hastig hinunterstürzte, die ihr aber doch nicht beim Einschlafen halfen.

Kurz vor Köln erst hat die Müdigkeit sie übermannt, aber als der Zug im Bahnhof hält, ist sie wieder aufgewacht. Sie fühlt sich zerschlagen.

»Sie müssen sich irren. Ich reise allein.«

»Aha, dann hat der Kerl sich auch noch unter falschen Voraussetzungen in den Zug geschlichen. Habe ich mir gedacht, denn er hat kein Ticket. Mist, ich kann doch wegen dem Idioten nicht den Zug anhalten. Na warte, Bürschchen!« Der Schaffner will gerade auf dem Absatz kehrtmachen, doch dann stutzt er. »Aber woher kennt er Ihren Namen? Sie sind doch Vivien Baldwin, oder?«

In diesem Augenblick taucht hinter dem Schaffner Leos Blondschopf auf. Er wirkt abgehetzt. Sie starrt ihn an wie einen Geist.

»Wo kommst du denn her?«

»Von der Autobahn«, sagt er. »War haarscharf, wenn ich nicht sofort einen Parkplatz in der Tiefgarage bekommen hätte, ich wäre nicht hier.«

Der Schaffner blickt skeptisch zwischen den beiden jungen Leuten hin und her. »Also, was ist jetzt? Kennen Sie den Herrn? Können wir den auf Ihr Abteil buchen?«

»Ja, schon«, erwidert Vivien und kann immer noch nicht fassen, dass Leo ihr hinterhergereist ist, und sie kann nicht leugnen, wie sehr ihr das imponiert. »Komm rein!« Das lässt sich Leo nicht zweimal sagen und schiebt sich samt der Reisetasche am Schaffner vorbei in das Schlafwagenabteil.

»Na gut, dann komme ich gleich noch mal vorbei und mache Ihnen Ihr Ticket fertig.« Kopfschüttelnd entfernt der Schaffner sich und schließt die Tür hinter ihnen.

Vivien ist etwas verlegen, dass sie plötzlich allein mit Leo in einem Schlafwagenabteil steht. In diesem Augenblick fällt ihr ein, dass sie sich ihm nur in Unterhose und Shirt präsentiert. Sie zieht es vor, ihren halb nackten Zustand mit keinem Wort zu kommentieren.

»Setz dich doch!«, bietet sie ihm einen Platz auf dem unteren Bett an. Sie traut sich nicht, ihm um den Hals zu fallen, obwohl ihr danach wäre. Aber bestimmt nicht in Hemd und Höschen!

Er bleibt stehen und mustert sie prüfend. »Willst du mich denn gar nicht begrüßen?«

Jetzt kann sie nicht mehr anders, sondern stürzt sich in seine Arme. »Du verrückter Typ, du! Wie kamst du darauf, dass ich in diesem Zug sitze?«, stößt sie gerührt hervor.

»Das war nicht schwer. Wenn nachts etwas nach Paris fährt, dann der Eurocity.«

Vivien weicht einen Schritt zurück, um sein Gesicht zu sehen. »Und wie kamst du darauf, durch die Nacht zu hetzen, um den Zug in Köln zu erreichen?«

»Ich weiß auch nicht, was mich da geritten hat«, entgegnet er scherzhaft, doch dann wird er ganz ernst. »Ich habe gespürt, dass du jemanden zum Reden brauchst. Jemanden, der weiß, was dich quält. Denk doch daran, wie schlecht ich mich gefühlt habe, weil ich meiner Mutter die Tabletten besorgt habe.«

»Gut, aber bei mir liegt der Fall etwas anders. Ich habe meinen Vater geboxt. Nur deshalb hat er die Kontrolle über den Wagen verloren.«

Leo nimmt sanft ihre Hand. »Wollen wir uns nicht lieber setzen?« Er zieht sie mit sich zu dem unteren Bett.

Vivien räuspert sich kurz, bevor sie Leo schildert, wie es zu dem Unfall gekommen ist.

»Siehst du ein, dass es allein meine Schuld ist?«, fragt sie ihn zum Abschluss ihres Geständnisses erschöpft.

»Nein, das sehe ich nicht ein. Du hast deinen Vater nicht einfach so in die Seite geboxt. Er hat dir allen Grund dazu gegeben. Ich würde meiner Tochter nicht im Wagen erzählen, dass ich ihre beste Freundin geschwängert habe.«

»Aber ich habe darauf gedrungen, dass er mir sagt, wer diese Frau ist, mit der er eine Affäre hat«, stöhnt Vivien.

»Trotzdem! Vivien, das war ein Unfall, eine Verkettung unglücklicher Umstände. Du darfst dir auf keinen Fall die Schuld geben. Bitte!«

Vivien rollt mit den Augen. »Das sagt sich so leicht, aber ich kann das nicht einfach abschütteln.«

»Dann musst du mir eines versprechen. Wir beide schlendern wie geplant heute noch über die Champs-Élysées und kein Wort über unsere Eltern. Weder über die lebenden noch über die toten.«

»Das möchte ich erleben, dass du das schaffst!«, entgegnet Vivien und spürt, dass ihr durch Leos bloße Gegenwart und seine aufmunternden Worte bereits ein Teil der Last, die sie vorher schier hatte erdrücken wollen, genommen ist.

»Ich kriege das hin«, lacht Leo, holt sein Telefon hervor und tippt eine Nachricht ein. Vivien sieht ihm fragend zu.

»Ach so«, sagt Leo verlegen, nachdem er seine SMS fertig verfasst und abgeschickt hat. »Ich muss doch meinem Vater mitteilen, dass ich im Zug sitze, und er soll es deiner Mutter sagen. Sie macht sich sonst Sorgen.«

»So viel zum Thema Eltern«, erwidert Vivien belustigt. »Wir sollten vielleicht eine Strichliste führen, wer von uns beiden häufiger wortbrüchig wird.«

»Wirst du deiner ehemaligen Freundin, dieser Kim, die ein Baby von deinem Vater erwartet, erzählen, wie es zu dem Unfall gekommen ist?«, fragt Leo plötzlich.

Vivien wird blass. »Bist du wahnsinnig? Ich werde mit dieser Person nie wieder auch nur ein Wort wechseln und ihr mit Sicherheit nicht mein Herz ausschütten!«

Leo mustert sie prüfend. »Okay, dann schlag ich vor, dass wir versuchen, noch ein bisschen zu schlafen, oder hattest du eine gute Nacht?«

»Sehe ich so aus? Gehst du nach oben? Ich habe mich hier unten schon eingerichtet.«

»Kein Problem.« Leo steht auf, während sich Vivien unter

die Decke kuschelt. Er beugt sich noch einmal hinunter, zieht ihre Decke gerade und gibt ihr einen Kuss auf die Nasenspitze. »Gute Nacht!«

»Gute Nacht und danke!«, erwidert sie, und ein warmes Gefühl der Dankbarkeit durchflutet sie. Dieser Mann ist doch immer wieder für Überraschungen gut. Aber dass er sich ihretwegen diese lange Autofahrt angetan hat, das kann sie kaum fassen.

Leo zieht sich ungeniert aus, bis auf die Unterhose. Sie kann gar nicht anders, als ihm dabei zuzusehen. Das Abteil ist eng. Es geschieht fast vor ihrer Nase. Was sie sieht, gefällt ihr sehr. Leo ist ein bisschen schlaksig, aber das mag sie gern. Sie braucht keine braungebrannten Muskelpakete wie ihren Exfreund, den Surfer. Nein, sie mag diesen schlanken, gut gebauten Körper. Und seine erstaunlich muskulösen Beine, die nun auf der Leiter zum oberen Bett sichtbar werden.

Nachdem er sich in dem oberen Bett eingerichtet und das Licht ausgeschaltet hat, fragt Vivien in die Dunkelheit hinein: »Leo, warum bist du mir nachgereist?«

»Ich habe plötzlich die Mutter-Teresa-Gene in mir gespürt und dachte, die müsste ich zur Abwechslung mal ausleben.«

Vivien stutzt. Seine freche Antwort hat ihr die Augen geöffnet, aber sie möchte es aus seinem Munde hören.

»Nun sag schon: Warum bist du sechs Stunden durch die Nacht gebrettert, um mir zu helfen, mit diesem Schock klarzukommen?«

Vivien hört ihn laut seufzen.

»Ich bin nicht gut darin, meine Gefühle auszudrücken. Welcher Kerl kann das schon?«

»Schon gut, ich glaube, ich verstehe dich so«, sagt sie leise lächelnd. Es wäre unfair, ihn zu einem Geständnis zu nötigen.

»Nein, nein, jetzt oder nie. Was gibt es Besseres, als es in einem dunklen Schlafwagenabteil zu sagen. Vom oberen Bett zum unteren Bett. Ich habe mich in dich verliebt … Wow, es ist ja gar nichts passiert, der Zug ist nicht entgleist, die Welt steht noch, du lachst mich nicht aus.«

Von wegen gar nichts passiert, denkt Vivien verträumt. Was würde ich darum geben, wenn er sich nach diesem völlig überraschenden Geständnis zu mir ins Bett kuschelt …

»Du bist süß, Leo. Und wenn ich nicht so müde wäre, dann …« Ihr fallen die Augen zu, und sie wacht erst kurz vor der Einfahrt des Zuges in den Pariser Bahnhof Nord wieder auf, weil Leo sie zärtlich wachküsst.

»Wovon träumst du? Du guckst so verzückt.« Damit riss Leo sie aus ihren schwärmerischen Gedanken. »Denkst du an die Macarons, die wir gerade gegessen haben?«

Vivien strahlte ihn an. »Nein, an etwas viel Süßeres.«

»Und darf man erfahren, was es ist?«

Vivien schüttelte ihre dunklen Locken. »Lass mir das kleine Geheimnis.«

»Gut, aber nur, wenn es nicht Ben heißt.«

»Du bist doch nicht etwa eifersüchtig auf Ben?«

»Sagen wir mal so: Ich war es anfangs, aber dann hat er sich selbst ins Aus geschossen, bevor ich die Boxhandschuhe überhaupt anziehen konnte.«

Vivien knuffte ihn liebevoll in die Seite.

Sie hatten jetzt die Métro-Station Clemenceau erreicht und gingen zur Bahn, um sich vor dem Abendessen noch kurz in ihrem kleinen gemütlichen Hotel auf der Ile de la Cité frisch zu machen. Dorthin waren sie heute Morgen mit einem Taxi gefahren, weil Leo genau in das Hotel wollte. Vivien war begeistert. Es lag inmitten des ältesten Stadtteils und ganz in der Nähe des Pont Neuf.

An der Rezeption hatte sich herausgestellt, dass es nur noch ein Doppelzimmer für die beiden Nächte gab. »Wollen wir dann noch mal woanders nach einem Zimmer sehen?«, hatte Leo zweifelnd gefragt.

Vivien hatte den Kopf geschüttelt. »Wir nehmen das Zimmer.«

Der Raum war klein, aber er besaß ein großes Fenster mit Blick auf die Seine, an den Wänden waren Tapeten aus rotem Samt mit goldener Brokatverzierung, das Bett hatte einen Himmel, und ein goldener Spiegel, vor dem ein alter Frisiertisch stand, machte ihn fast zu einem Boudoir. Das Zimmer schreit förmlich danach, sich darin zu lieben, hatte Vivien amüsiert gedacht. Offenbar hatte Leo ähnliche Gedanken gehabt, denn er hatte, nachdem er sich umgesehen hatte, schmunzelnd gefragt: »Und du bist dir ganz sicher, dass du mit mir Wüstling dieses sündige Zimmer teilen möchtest?« Sie hatte ihn zur Antwort liebevoll in die Seite geknufft.

Allerdings hatten sie sich dann abwechselnd in dem kleinen Badezimmer umgezogen, sich einen Stadtplan organisiert und waren losgezogen. Leo hatte einen hervorragenden Stadtführer abgegeben. Sie waren über etliche Brücken geschlendert, hatten einen Blick ins majestätische Innere von Notre-Dame geworfen. Vivien kannte die Fassade nur aus einem alten *Glöckner von Notre-Dame*-Film und kam aus dem Staunen nicht heraus. Von dem Phänomen, dass Europa Amerikanern einen besonderen Kulturschock versetzte, hatte Vivien schon oft von Freunden gehört. So alte und gut erhaltene Gebäude wie in Europa gab es in einem relativ jungen Land wie den USA nicht.

»Wahnsinn!«, rief sie aus, als sie auf dem Rückweg wieder an der mächtigen Kathedrale vorbeikamen.

»Und alles echt«, lachte Leo. »Wir sind hier nicht in Disneyland.«

Vivien war in ihrem jungen Leben schon viel gereist. Sie kannte beinahe jeden Bundesstaat der USA, Kanada, Südamerika, Mexiko, Hawaii und war als Austauschschülerin in Australien gewesen, aber nach Europa hatte es sie noch nie verschlagen. In Berlin war es ihr gar nicht bewusst gewesen, dass es an jeder Ecke gelebte Geschichte zu bewundern gab. Leo hatte ihr erklärt, das liege wohl daran, dass Berlin im Krieg total zerstört worden sei, während die Deutschen auf Paris erst im Jahre 1944 Bomben geworfen hätten, die aber nicht mehr als fünfhundert Häuser hätten zerstören können.

Vivien fiel auf, wie gut sich Leo in der Stadt auskannte. Als sie zurück zum Hotel kamen, fragte sie ihn direkt, ob er schon oft hier gewesen sei, unterdrückte aber die Frage, mit wem.

»Ich war häufig in Paris, manchmal auch nur ein verlängertes Wochenende, aber nach Mutters Tod ist es erst das zweite Mal«, bestätigte Leo ihre Vermutung, und ihm schien noch etwas auf der Zunge zu liegen, aber er zögerte, doch dann fügte er leise hinzu: »Ich wollte das mit der Trennung von Luisa erst gar nicht wirklich glauben, und da habe ich Depp ihr eine Reise nach Paris geschenkt und in diesem Hotel auf sie gewartet.«

»Oh, deshalb kanntest du dieses schnuckelige Hotel. Das war also dein Liebesnest mit Luisa«, entgegnete Vivien in schnippischem Ton.

»Sie ist nicht gekommen. Da war sie nämlich bereits mit diesem Typen liiert. Und ich habe ein ganzes Paris-Wochenende nur in diesem Hotel verbracht. Nicht mal zum Essen bin ich rausgegangen. Na ja, das ist Vergangenheit«, seufzte Leo.

»Aber nicht in dem Zimmer, in dem wir wohnen, oder?«, fragte Vivien und merkte sofort, dass diese Bemerkung nicht besonders nett gewesen war. »Also, das wäre auch nicht weiter schlimm. Ich dachte nur … also«, stammelte sie.

»Alles gut«, lachte Leo. »Ich möchte mit dir auch nicht in Hotelzimmern wohnen, in denen du um deinen australischen Surfer getrauert hast.«

Vivien lächelte und musste plötzlich an seine letzten Worte vor dem Einschlafen heute Morgen denken.

Hatte er ihr wirklich gestanden, sich in sie verliebt zu haben, oder hatte sie das nur geträumt?

»Ich habe ja gar nichts zum Anziehen für ein Essen in einem feinen Lokal«, bemerkte Vivien, nachdem Leo an der Rezeption für den Abend in der Nähe des Hotels einen Tisch für zwei bestellt hatte und sie auf ihr Zimmer gingen.

»Ha. Sieh doch mal ganz unten in der Tasche nach. Ich habe alles Wesentliche für Paris eingepackt.«

Vivien griff auf den Boden der Reisetasche und holte das Kleid hervor, das sie an dem Abend getragen hatte, an dem sie ihn in der Bar zum ersten Mal gesehen hatte. Ob das ein Zufall war? Sie warf einen Blick auf die Uhr. Noch blieben ihnen knapp zwei Stunden bis zum Essen. Ich würde mich gern ein bisschen ausruhen, dachte sie, als Leo vorschlug: »Wollen wir noch ein bisschen auf dem Bett lümmeln, bevor wir uns ins Nachtleben werfen?«

Das Bett war nicht schmal, aber kein Ehebett mit Besucherritze, sondern eine größere Matratze, wie es bei französischen Betten üblich war. »Welche Seite?« Vivien machte sich daran, die Überdecke wegzunehmen.

»Ich schlafe gern rechts, von hier gesehen.«

»Das passt gut.« Und schon hatte sich Vivien mit Schwung auf ihre Bettseite geworfen und testete übermütig die Matratze. »Super, nicht zu hart und nicht zu weich«, lachte sie.

»Und du meinst wirklich, ich muss nicht auf dem Boden schlafen?« Um Leos Mundwinkel zuckte es verdächtig.

»Brauchst du eine Extraeinladung? Möchtest du gebeten werden?«, fragte Vivien grinsend.

»Gut, auf deine Verantwortung«, gab er zurück und legte sich auf seine Seite, und zwar auf den Rücken, und er faltete die Hände auf dem Bauch.

»Wie liegst du denn da?«

»Wie ein Mann, der fest entschlossen ist, die Finger von der attraktiven Frau auf der anderen Bettseite zu lassen.« Seine Stimme klang bemüht ernst, aber er konnte sich kaum ein Grinsen verkneifen.

»Okay, aber wenn ich dir das ›Go‹ gebe, würdest du dich etwas lockerer machen?«

»Ja, dann würde ich zu dir herüberrobben und mit dir knutschen«, erwiderte er, ohne seine steife Rückenlage aufzugeben.

Vivien stieß einen übertriebenen Seufzer aus. »Willst du das schriftlich?«

»Nein, aber ich möchte es explizit aus deinem Munde hören.«

»Küss mich!«

»Was hast du gesagt?«, fragte er, als wäre er schwerhörig.

Vivien zögerte nicht, sondern rutschte zu ihm herüber, beugte ihr Gesicht über seins und bot ihm ihre Lippen zum Kuss an.

Jetzt kam Bewegung in Leo, und er vergrub seine Hände in ihrer dunklen Mähne und erwiderte ihren Kuss. Sie küssten sich lange und leidenschaftlich.

Vivien strich mit der Hand über den Stoff seiner Jeans, und er signalisierte mehr als deutlich, dass er mehr wollte.

»Miss Baldwin, das geht aber wirklich zu weit. Sie wollen mir doch nicht etwa an die Wäsche«, stieß er mit gespielter Empörung hervor.

Vivien setzte sich auf und musterte ihn aus fiebrig glänzenden Augen. »Ich möchte dir beim Ausziehen zugucken«, flüsterte sie erregt. Das war der Augenblick, an dem auch Leo aufhörte zu scherzen und sich langsam aus dem Bett erhob, sich davorstellte und sein Hemd aufknöpfte. Vivien hatte sich genüsslich auf ein Kissen gekuschelt und beobachtete ihn aufmerksam. Sie mochte seinen schmalen Oberkörper, der aber muskulöser war, als er angezogen wirkte.

»Mehr«, flüsterte sie heiser.

»Erst du«, befahl er.

Vivien sah ihn an und ließ den Blick nicht von ihm, als sie aufstand und ihre Bluse und dann ihren BH auszog.

»Du bist so schön«, raunte er, trat auf sie zu und nahm sie in den Arm. Vivien liefen heiße Schauer über den ganzen Körper, als sich ihre nackten Oberkörper aneinanderschmiegten. Sie küssten sich wieder und rissen sich währenddessen förmlich gegenseitig die restliche Kleidung vom Leib.

Leo schob Vivien zum Bett, legte sich halb über sie und streichelte ihre Brüste. Sie stöhnte auf, denn es fühlte sich gut an, und sie war bereit für alles, was folgen würde. Er hob den Kopf, das Haar verstrubbelt, und aus seinen Augen funkelte die Begierde.

»Und du willst das wirklich?«, fragte er mit belegter Stimme.

Vivien lächelte. »Soll ich es dir doch noch schriftlich geben?«

»Bei dir weiß man ja nie«, lachte er und tauchte wieder ab, um sie weiter zu streicheln. Vivien genoss den sanften Druck seiner Hände, der sie am ganzen Körper wohlig erschaudern ließ.

Als er wenig später in sie eindrang, sahen sie sich in die Augen, und ihre verschleierten Blicke verschmolzen ineinander.

Vivien krallte die Hände in seinen Rücken und bog sich ihm entgegen. Als er mit einem lauten Keuchen kam, lächelte sie still in sich hinein. Er ließ sich auf die Seite rollen. »Komm in meinen Arm«, flüsterte er.

Kaum hatte sie sich in seine Armbeuge gekuschelt, raunte er: »Du bist aber gar nicht auf deine Kosten gekommen, oder?«

»Ach, Leo, ich bin glücklich, oder wolltest du wissen, ob ich einen Orgasmus hatte?«

»Ist es blöd, dass ich frage?«

»Nein, sehr einfühlsam von dir, aber ich glaube, du kannst noch etwas tun.« Zärtlich nahm sie seine Hand und führte sie zwischen ihre Schenkel. Leo verstand die Botschaft und fasste sie so an, wie sie es mochte. Deshalb dauerte es auch nur ein paar Sekunden, bis sie unter seinen fordernden Fingern mit einem lauten Lustschrei explodierte.

Er betrachtete sie liebevoll und erstaunt zugleich. »So etwas wie mit dir habe ich noch nie erlebt.«

»Einen Orgasmus bei einer Frau?«, fragte sie ungläubig.

»Doch, aber … Luisa ist immer schon beim, äh … ganz schnell, wenn ich …« Vivien legte ihm den Finger auf den Mund.

»Ich weiß, was du sagen willst, aber würde es dich jetzt sehr erschüttern, wenn ich dir ein wenig Nachhilfeunterricht in Sachen Aufklärung gebe?«

»Nein, ich finde, mit siebenundzwanzig sind Männer durchaus noch lernfähig.«

»Aber es wird hart für dich.«

»Verschone mich nicht. Ich will alles wissen.«

»Wenn Frauen binnen der ersten Minuten beim Vögeln kommen, ist das ein sicheres Zeichen, dass sie den Orgasmus vorspielen. Denn bei den meisten Frauen gehört mehr dazu, wenn du verstehst.«

Leo schmunzelte. »Ja, ich glaube, ich habe verstanden. Dürfte ich das vielleicht mal am Objekt meiner Begierde ausprobieren?«

Leo ließ erregt seine Finger zwischen ihre Schenkel gleiten. Vivien wand sich unter seinen geschickten Händen, bis sie spürte, dass alles in ihrem Körper vibrierte. Obwohl ihr fast schummrig wurde, forderte sie ihn hitzig auf, noch einmal in sie einzudringen. Leo folgte dieser Anordnung ganz langsam, und Vivien keuchte auf, als sie ihn in sich fühlte. Dieses Mal liebten sie sich lange und ausdauernd, sie wälzten sich in den Laken, änderten die Stellungen, bis er schließlich berauscht hervorstieß: »Das ist Wahnsinn, das ist Wahnsinn!«

Danach lagen sie eine Weile mit klopfenden Herzen nebeneinander, bis sich Leo über sie beugte. »Ich liebe dich. Und ich möchte, dass du bei mir bleibst, aber wenn es sein muss, gehe ich mit dir ans Ende der Welt. Ich möchte noch oft für dich Regie führen, wenn du auf der Bühne stehst, und deinen Nachhilfeunterricht genießen.«

»Ich liebe dich auch. Wahrscheinlich habe ich mich schon in der Bar in dich verliebt. Sonst versucht man doch nicht, einen Mann gegen seinen Willen zu trösten, oder?«

»Ich fand dich schon süß, als du hereingewankt kamst, aber ich wollte dich nicht mögen. Ich wollte nie wieder eine Frau mögen, denn sie gehen einfach. Wie meine Mutter, wie Luisa.«

»Gut, du hast mich überredet. Ich bleibe, oder du kommst mit nach New York. Wie auch immer. Ich kann dich doch nicht einfach deinem Schicksal überlassen.«

Leo lachte verschmitzt. »Aha, das ist also pures Mitleid. Na warte.« Und schon hatte er ein Kissen genommen. »Das müssen wir in einem fairen Kampf austragen.« Sie duckte sich unter ihm weg, sprang aus dem Bett und warf ein anderes Kissen nach ihm. Daraus entbrannte eine heiße Kissenschlacht, in deren Verlauf sie einander nichts schenkten, bis sie atemlos nebeneinander auf das Bett fielen.

Leo sah sie mit begehrlichem Blick an. Er schien schon wieder bereit für die Liebe, aber Vivien sprang mit einem Satz aus dem Bett.

»Heb es dir für später auf. Der Unterricht ist noch nicht beendet, aber wenn ich nicht bald etwas im Magen habe, falle ich dabei in Ohnmacht und …«

»Okay, okay, ich kann warten«, lachte er.

Als Vivien wenig später in den Spiegel sah, um zu überprüfen, ob sie so mit ihm ins Restaurant gehen konnte, erkannte sie sich kaum selbst wieder. Ihre Haut schimmerte rosig, ihre Augen leuchteten, und um ihren Mund war ein Lächeln wie eingemeißelt. Es wird mir jeder ansehen, dass ich die Liebe gesehen und gefunden habe, dachte sie beglückt.

Da tauchte Leos Spiegelbild hinter ihrem auf. Auch an ihm waren die Wonnen der letzten Stunden nicht spurlos vorübergegangen. Seine kantigen Züge waren weicher geworden, und auch aus seinen Augen glühte es leidenschaftlich.

»Du bist so schön«, flüsterte er.

Vivien drehte sich um und umarmte ihn, bevor sie Hand in Hand das Zimmer verließen. Die Frau an der Rezeption lächelte ihnen wissend zu.

»Ob uns alle im Hotel gehört haben?«, fragte Vivien kichernd, als sie in die dämmrige Pariser Gasse hinaustraten. Die warme Augustluft umfing sie wie eine wohlige Wolke.

»Und wenn schon«, lachte er und küsste sie überschwänglich auf die Wange.

Das Restaurant, das Leo für sie ausgesucht hatte, gefiel Vivien auf Anhieb. Es war nicht überdreht edel, sondern einfach und ursprünglich, wie sie sich ein echtes französisches Bistro gewünscht hatte.

Plötzlich fiel ein kleiner Schatten über ihr unfassbares Glücksgefühl. Sie musste an den Unfall denken, und ihr Schuldgefühl klopfte sanft an. Es warf sie nicht aus der Bahn, aber es hatte sich im Liebesrausch nicht einfach komplett aufgelöst.

Vivien warf einen Blick aus dem Fenster, an dem ihr Tisch stand, und als sie für einen Augenblick in die glitzernden Lichter der Stadt, die sich in der Seine spiegelten, eintauchte, wusste sie, was sie zu tun hatte, um ihre Schuldgefühle für immer loszuwerden.

»Was denkst du gerade?«, fragte Leo und nahm ihre Hand.

Sie blickte ihn lange und intensiv an, bevor sie ihm anvertraute, was ihr da gerade durch den Kopf gegangen war. Er drückte fest ihre Hand zum Zeichen, dass er hinter ihr stand.

Berlin, Steglitz-Zehlendorf, August 2014

Schon während des ganzen Samstagmorgens im Bett hatte Olivia darüber nachgegrübelt, wie sie es Alexander beibringen konnte, ohne dass er ihr auf die Schliche kam, was ihre wahre Motivation war, in das Hotel zu ziehen. Am gestrigen Tag hatte sie ihn gar nicht mehr gesehen. Frau Krämer hatte ihr zum Frühstück einen Brief von ihm ausgehändigt.

Liebe Olivia,
ich bin heute auf einer Tagung in Hamburg und komme spät zurück, aber am Wochenende würde ich gern etwas mit Dir unternehmen. Ich schlage vor, wir besuchen Onkel Wölfi. Und könnte ich Dich nicht vielleicht doch zu einem Segeltörn überreden? Ich bin ein guter Lehrer und verspreche, dass ich auf Dich achte. Bei mir bist Du sicher! Überleg es Dir gut. Und morgen gemeinsames Frühstück? Frau Krämer hat frei, aber ich kann das beste Rührei Berlins machen. Schönen Gruß von meinem Sohn. Er hat den Zug in Köln bekommen, soll ich Dir ausrichten!
Dein Alexander

Nach Erhalt dieser netten Botschaft hatte Olivia es nicht übers Herz gebracht, ihm schriftlich mitzuteilen, dass sie sich inzwischen in das Hotel eingemietet hatte. Dann würde sie eben am Samstag nach dem Frühstück umziehen, nachdem sie es ihm persönlich mitgeteilt hatte. Sie hatte einen ruhigen Tag in der Villa verbracht und geschrieben, statt in der Kiste zu forschen. Durch die Lektüre des Manuskripts hatte sie viele Anregungen bekommen. So konnte sie ein ganzes Kapitel über Charlottes erste Hauptrolle in einem Stummfilm schreiben. Im Internet hatte sie zahlreiche Dokumente über diesen Film gefunden, die belegten, wie Charlotte in der Rolle geglänzt hatte. Und auch über ihren nächsten Film hatte sie etwas finden können. Allerdings brach das Manuskript mit Wilhelms Tod ab. Deshalb würde sie sich nach dem Frühstück intensiv Klaras Kiste vornehmen müssen, denn es gab keine weiteren Anhaltspunkte, wie es in ihrem Leben weitergegangen war. Was war bis zum Sommer 1932 vorgefallen? Es waren immerhin noch vier Jahre bis zu Charlottes Auswanderung.

Wohl war Olivia nicht, als sie an den üppig und liebevoll gedeckten Frühstückstisch auf die Terrasse trat und ein über das ganze Gesicht strahlender Alexander ihr einen der Korbstühle aufmerksam zurechtrückte. Er war sichtlich gut gelaunt und schien sich über ihre Gegenwart zu freuen. Ich kann ihm doch jetzt unmöglich die Vorfreude auf den gemeinsamen Samstag mit mir verderben, dachte Olivia.

»Rührei mit Speck oder ohne?«, fragte er.

»Mit allem«, seufzte sie und betrachtete ihn verstohlen. Warum musste er auch gerade besonders gut aussehen? Er trug eine schwarze Jeans und ein weißes Hemd. Die Ärmel hatte er hochgekrempelt, was ihr einen verführerischen Blick auf seine vom Segeln gebräunten Unterarme freigab.

»Hast du gut geschlafen? Ist doch schön, dass die beiden sich ein paar Tage Paris gönnen. Was meinst du, läuft da was?«

Jedenfalls mehr als bei uns beiden, ging es Olivia durch den Kopf. »Würdest du einer Frau durch halb Deutschland hinterherfahren, wenn dir nichts an ihr liegen würde?«, fragte sie.

»Nein, das ist ein sicheres Zeichen, dass es meinen Sohn erwischt hat. Kann ich aber auch gut verstehen, Vivien ist eine bezaubernde junge Frau, ganz wie die …« Er unterbrach sich hastig.

Olivia ahnte, wie der vollendete Satz gelautet hätte, aber sie war froh, dass er ihr an diesem schönen Morgen nicht schmeichelte. Zu groß war die Gefahr, schwach zu werden und von ihrem Plan abzurücken. Sie holte tief Luft. Jetzt oder nie, aber da drehte er sich auf dem Absatz um und verschwand im Haus. Dann musste sie es ihm eben beim Rührei schonend beibringen. Sie war sich sicher, dass ihm ihre Flucht ins Hotel nicht gefallen würde, denn dass er sie gern um sich hatte, daran hatte sie ja gar keinen Zweifel.

Das bewies, mit welchem Spaß er ihr wenig später das frisch zubereitete Rührei brachte.

»Es ist noch etwas davon in der Küche«, sagte er und wünschte ihr einen guten Appetit.

Genüsslich verzehrte Olivia die Köstlichkeit und auch das, was er sonst noch aufgefahren hatte: Lachs, Tomaten mit Mozzarella, Frau Krämers selbst gemachte Himbeermarmelade und den Latte macchiato.

»Na, bist du gestern weitergekommen mit Klaras Schätzen?«

»Nein, ich habe bis zu der Stelle geschrieben, an der das Manuskript abbricht, bei Charlottes erster Rolle in dem Stummfilm beziehungsweise Wilhelms Tod. Aber heute werde ich alles sortieren und sichten, nur …« Sie stockte und musterte ihn intensiv. »Ich möchte deine Gastfreundschaft nicht unnötig überstrapazieren. Ich könnte mir doch auch in dem Hotel ganz in der Nähe ein Zimmer nehmen. Dann kannst du dich in deinen vier Wänden wieder völlig ungestört bewegen.« Olivias Herz klopfte ihr bis zum Hals. Das war kein gelungenes Argument, um ihm ihren Auszug schmackhaft zu machen, wie sie unschwer an seiner verdutzten Miene erkennen konnte.

»Du störst mich doch nicht. Im Gegenteil, deine Anwesenheit erfreut mich.«

»Ja, das will ich gar nicht in Abrede stellen, aber ich bringe dich ständig in Konflikte. Einerseits ist da eine besondere Nähe zwischen uns, die du gar nicht zulassen möchtest. Wir können uns doch weiterhin treffen.« Olivia ärgerte sich, kaum dass sie es ausgesprochen hatte, über ihre Wortwahl. Warum muss ich mich bloß aufs Glatteis begeben und unser Verhältnis ansprechen, dachte sie.

Er musterte sie derart durchdringend, dass sie es vorzog, den Blick verlegen abzuwenden.

»Olivia, es ist so schön, dass du bei uns bist. Und ja, ich fühle mich zu dir hingezogen, und sicher nicht wie zu einer entfernten angeheirateten Cousine, nein, ich habe ständig das Bedürfnis, dich in den Arm zu nehmen und mehr, aber du bist bald wieder fort. Und für eine Affäre bedeutest du mir zu viel, und zu mehr bin ich nicht in der Lage.«

Olivia reagierte auf seine Worte mit gemischten Gefühlen. Es erwärmte ihr Herz, dass er zum ersten Mal offen zugab, dass er in ihr eine attraktive Frau sah, die er gern näher kennenlernen wollte, doch es machte ihr auch die Ausweglosigkeit klar, in der sie sich befanden. Einmal abgesehen davon, dass er gerade seine wohl doch enge Beziehung zu Maria, wie sie es ja unzweifelhaft an seiner Jacke hatte riechen dürfen, unterschlug.

»Ich glaube wirklich, es ist besser. Stell dir vor, wir würden tatsächlich in so was wie eine Affäre hineinschlittern. Das täte zurzeit weder dir noch mir gut«, erklärte sie mit fester Stimme.

»Und wenn ich dir verspreche, dass ich mich zusammenreiße und dir nicht mehr zu nahe trete?«, fragte er leise.

Ach, wenn du wüsstest, dass das gar nicht mein Problem ist, dachte Olivia seufzend, ich würde mich auch mit einer Affäre zufriedengeben, dich aber niemals mit dieser Frau teilen!

»Ich weiß nicht. Das ist doch viel zu kompliziert«, gab sie schwach zurück. Was würde sie in Wirklichkeit darum geben, in seiner Nähe bleiben zu können, wenn sie doch nur nicht mehr dieses verräterische Parfum an ihm riechen müsste!

»Lass mich bitte ins Hotel gehen. Glaub mir, es ist …«

Olivia stockte, denn sie wollte ihren Augen nicht trauen. Von der Seeseite kam eine große blonde Frau in sportlicher Kleidung durch den Park auf den Tisch zugesteuert. Sie winkte Olivia fröhlich zu.

Alexander, der sie noch nicht entdeckt hatte, weil er mit dem Rücken zum See am Tisch saß, redete beschwörend auf Olivia ein: »Bitte, lass uns erst zu Onkel Wölfi ins Heim gehen, und dann kannst du das immer noch entscheiden. Bitte!«

»Ich glaube, du bekommst Besuch.« Olivia deutete auf Maria, die zugegebenermaßen in Caprihose, Turnschuhen, Ringelshirt und mit einem locker gebundenen Pferdeschwanz keine schlechte Figur machte. Bevor Alexander sich umdrehen konnte, stand sie schon neben ihnen am Frühstückstisch.

»Guten Morgen, ihr beiden«, flötete sie und schenkte auch Olivia ein Lächeln. Hat sie jetzt ihre Taktik geändert, oder ist sie sich ihrer Sache so sicher, dass sie mich nicht mehr anzicken muss, fragte sich Olivia, während sich Maria auf einen Stuhl fallen ließ.

»Habt ihr einen Espresso für mich?«

»Ich hole dir einen«, sagte Alexander und stand auf. Er machte nicht den Eindruck, als ob er von ihrem Besuch gewusst hätte.

»Na, wie weit sind Sie mit Ihren Recherchen?«, erkundigte sich Maria in einem unverfänglichen Plauderton, als wären Olivia und sie alte Bekannte.

»Danke der Nachfrage. Es geht voran«, entgegnete sie förmlich und war erleichtert, als Alexander mit dem Espresso zurückkehrte. Ihr war wirklich nicht danach, mit der Dame, die an diesem Samstag weder rote Fingernägel trug noch nach einer Überdosis Parfum roch, zu plaudern.

»Bitte schön, aber sag, was führt dich her?« Auch Alexanders Ton ihr gegenüber war sehr sachlich.

»Der gute Wind und die Lust auf einen kleinen Segeltörn mit dir. Freunde haben mich mit auf den See genommen und an deinem Steg rausgelassen. Ich weiß doch, dass du heute deinen freien Tag hast. Du hast doch vorgestern Abend selber gesagt, du willst dich Samstag nicht auf eine Verabredung festlegen, sondern sehen, was kommt. Und siehst du, jetzt komme ich!« Sie strahlte ihn unverwandt an.

»Ja, ich denke, ich gehe dann mal arbeiten«, verkündete Olivia und versuchte, locker zu klingen.

»Nein, wir haben noch gar nicht zu Ende gefrühstückt, und außerdem wollen wir Onkel Wölfi besuchen. Und da müssen wir gleich los, um vor dem Mittag bei ihm zu sein.« Alexander sagte es in einem Ton, der keinen Widerspruch duldete und der Olivia tatsächlich davon abhielt, den Frühstückstisch fluchtartig zu verlassen.

»Ach so, du ziehst einen Besuch im Altersheim einem Törn bei Traumwind vor? Das wäre mir ja ganz neu. Das kannst du doch auch noch heute Nachmittag erledigen.« Marias Stimme klang leicht beleidigt.

Alexander warf ihr einen warnenden Blick zu. »Es reicht, Maria«, fuhr er sie an. »Du kannst nicht ständig unangemeldet auftauchen. Das habe ich dir vorgestern bereits gesagt.«

Olivia zuckte die Achseln. »Mann, ich war gerade in der Nähe, und ich wusste, dass du noch in der Uni bist. Nun übertreib mal nicht. Du tust ja gerade so, als würde ich dich stalken. Ich meine, wir sind ja schließlich keine Fremden, sondern deine Frau war meine beste Freundin …« Sie lachte übertrieben.

»Das warst du schon nicht mehr, als sie noch lebte. Das weißt du ganz genau!«, fauchte er.

Obwohl Olivia dieses Gespräch sehr aufschlussreich fand und nicht schlecht darüber staunte, wie sauer Alexander auf Maria war, kam sie sich vor wie eine Voyeurin.

»Ich gehe dann mal. Meinetwegen können wir den Onkel auch heute Nachmittag besuchen«, sagte sie, was sie natürlich nicht annähernd so meinte. Im Gegenteil, sie hoffte, Alexander würde sich weiter vehement gegen diesen offenkundigen Überfall wehren.

»Tust du mir einen Gefallen? Bleibst du bitte sitzen? Wir sind mit unserem Gespräch noch nicht am Ende. Ich hätte zu deinen Plänen noch etwas zu sagen, aber unter vier Augen.« Alexander warf Maria einen unmissverständlichen Blick zu, der sie zum Gehen aufforderte.

»Du willst mich doch nicht etwa rauswerfen, oder? Ich habe mich deinetwegen hier absetzen lassen. Wie soll ich denn nach Hause kommen?« Maria schnaufte empört.

»Mit dem Taxi«, entgegnete Alexander ungerührt.

»Ist das dein Ernst?«

»Mein voller Ernst. Ich stehe doch auch nicht morgens überraschend in deiner Küche und verlange von dir, dass du auf der Stelle Zeit für mich hast. Du siehst doch, dass ich gerade mit Olivia frühstücke und wir unsere Pläne haben.«

»Arschloch!«, entfuhr es der erbosten Lady, bevor sie sich wütend an Olivia wandte: »Das haben Sie ja wirklich ganz geschickt eingefädelt. Machen hier auf Familie und Familiengeheimnis und graben ungeniert Ihren angeblichen Verwandten an!«

Sie drehte sich auf dem Absatz um und rauschte zum See zurück.

»Oh je«, entfuhr es Olivia. »Da wird sie kein Taxi bekommen.«

»Sie kennt den Schleichweg am Strand entlang zum Fähranleger«, erwiderte Alexander grinsend, aber seine Miene wurde sofort wieder ernst. »Ich möchte nicht, dass du in ein Hotel gehst. Deine Gesellschaft tut mir gut.«

In Olivia jubelte alles. »Gut«, seufzte sie, als würde sie das große Überwindung kosten. »Ich bleibe, wenn dir so viel daran liegt.«

»Du bist ein Schatz«, entfuhr es ihm erleichtert.

»Aber sag mal, passiert das wirklich öfter, dass sie rein zufällig dort auftaucht, wo du gerade bist?«, fragte Olivia scheinheilig nach. Dabei hatte er das Maria ja eben gerade mehr als deutlich vorgeworfen.

Alexander stieß einen tiefen Seufzer aus. »Gerade vorgestern, als ich aus der Uni kam, stand sie vor meinem Büro und gab vor, dringend etwas mit mir besprechen zu müssen. Ich habe mich dann überreden lassen, mit ihr zum Italiener zu gehen. Ich dachte erst, sie hätte wirklich etwas Wichtiges auf dem Herzen, hatte gehofft, sie begreift, dass es ein großer Fehler von mir war, Christin mit ihr zu betrügen. Stattdessen hat sie alle Register gezogen …«

Ein Lächeln erhellte Olivias Gesicht. »Ach, deshalb hast du so nach Chanel gestunken!« Kaum hatte sie das ausgesprochen, schlug sie sich die Hand vor den Mund. Das hatte sie natürlich nicht zugeben wollen.

»Aha, jetzt verstehe ich. Könnte das der tiefere Grund für deine Auszugsabsichten gewesen sein?«, fragte er schmunzelnd.

»Blödsinn, ich habe nichts gerochen«, leugnete sie ungerührt.

»Ja, ja, schon klar«, lachte er, aber er griff mit ernster Miene nach ihrer Hand. »Olivia, ich bin kein Heiliger. Ich bin ein Mann, und ich würde mich jederzeit auf unverbindliche Affären einlassen, aber niemals mit Maria, das war ein Fehler, auch nicht mit meinen Studentinnen oder Patientinnen, das gehört sich nicht, und auch nicht mit dir, weil das, was uns verbindet, tiefer geht. Und auf etwas Verbindliches kann ich mich noch nicht einlassen, und selbst wenn ich das doch könnte, würde ich eine Wochenendbeziehung zwischen New York und Berlin für ausgeschlossen halten.«

Olivia spürte den sanften Druck seiner Hand, und ihr wurde warm ums Herz. Alexander hatte recht. Für eine Affäre war zwischen ihnen beiden einfach schon zu viel …

»Ich habe wirklich gedacht, du tust es doch. Also, ich meine, mit Maria schlafen. Und ich könnte es nicht ertragen, wenn du mit einer anderen Frau … ich meine, nicht, solange ich mit dir unter einem Dach lebe.«

»Ich käme überhaupt nicht auf den Gedanken, solange ich dich in meiner Nähe weiß«, entgegnete er in zärtlichem Ton.

Olivia entzog ihm hastig ihre Hand. »Dann wollen wir das Schicksal nicht länger herausfordern. Ich denke, ein Altersheim ist genau der richtige Ort, um auf andere Gedanken zu kommen«, lachte sie und begann, den Frühstückstisch abzuräumen.

Als sie wenig später die Demenzabteilung des Seniorenstifts betraten, herrschte eine fröhliche und offene Stimmung zwischen ihnen. Sie wussten jetzt beide, was sie einander bedeuteten, und waren sich einig, dass es gute Gründe gab, sich dem nicht hinzugeben.

»Hier wohnt er«, flüsterte Alexander. »Aber mach dir keine Hoffnungen. Er ist geistig schon sehr weit weg.«

Er klopfte, und als keine Antwort kam, drückte er trotzdem vorsichtig den Griff hinunter und öffnete die Tür. In einem Sessel, der vor dem Fenster stand, war ein dichter grauer Haarschopf zu erkennen. Wolfgang hörte sie nicht, denn er blickte in die Ferne.

Sie kamen vorsichtig näher. Alexander wollte den alten Onkel nicht erschrecken und rief erst, als er neben dem Sessel stand, leise seinen Namen.

»Onkel Wölfi, hier ist Besuch.«

Wie der Blitz wandte sich der alte Herr zu ihm um. Olivia war erstaunt, wie gut der Einundachtzigjährige aussah. Er hatte kaum Falten, ein markantes, vornehmes Gesicht mit einem energischen Kinn, einer großen, geraden Nase und die unverkennbar grüngrauen Augen der Koenigs.

»Tante Klärchen!«, rief er erfreut aus. »Dass du uns mal wieder besuchen kommst. Setz dich doch.«

Olivia suchte Alexanders Blick. Er zwinkerte ihr zu. Offenbar war das eine Aufforderung, dem alten Herrn nicht zu widersprechen. Sie setzte sich neben ihn und nahm seine Hand, die sich ihr entgegenstreckte.

Onkel Wölfi beugte sich verschwörerisch zu ihr herüber:

»Ich habe leider vergessen, wie er da, ich meine dein Mann, wie mein Onkel heißt.«

Olivia wollte gerade erwidern: »Felix«, da fiel ihr das Foto vom Grab ein. Felix war im Jahre 1932 gestorben, und Onkel Wölfi erst 1933 geboren. Er konnte gar nicht Felix meinen.

»Willst du dem Wölfi nicht mal deinen Namen nennen?«, forderte sie Alexander auf und spürte einen Lachreiz in der Kehle. Nicht etwa, weil sie sich über den dementen alten Mann lustig machte, sondern weil es einfach eine urkomische Situation war.

»Ich bin doch der Onkel Philipp. Fällt es dir wieder ein?«, erwiderte Alexander mit todernster Miene.

»Philipp?«, wiederholte Olivia ungläubig.

»Ja, ich bin der Onkel Philipp, der Vater von deinem Cousin Georg.« Alexander reichte ihm die Hand zur Begrüßung.

Der alte Herr fasste sich an die Stirn. »Natürlich, wie konnte ich das vergessen? Ich habe Georg ja heute an der Uni gesehen. Schön, dass er sich entschieden hat, doch Medizin zu studieren«, bemerkte er eifrig. »Aber dir, Tante Klärchen, kann ich es ja verraten. Ich werde das Studium abbrechen, denn ich habe einen Platz am Pariser Konservatorium bekommen.«

»Herzlichen Glückwunsch, mein Junge, da wird sich dein Vater doch sicherlich freuen.«

Onkel Wolfgang runzelte die Stirn. »Ich weiß nicht so recht. Er ist schon ganz froh, dass ich mich nicht so schwergetan habe bei der Berufswahl wie er einst. Und heute sagt er, von seinen Flausen hätte er nie eine Familie ernähren können. Deshalb hat er ja damals in Poitiers seinen französischen Abschluss gemacht. Sag mal, kannst du ihm das nicht sagen? Ihr seid doch ein Herz und eine Seele, seit wir wieder nach Deutschland gezogen sind.«

Olivia rührten diese Worte zutiefst. Was musste Wolfgang nur für ein inniges Verhältnis zu seiner Tante gehabt haben.

»Natürlich mache ich das.« Sie tätschelte ihm vertraulich die Hand, aber sein Gesichtsausdruck hatte sich verändert. Es war nichts Zugewandtes darin zu erkennen, sondern erst Erstaunen und dann Furcht. Er zog seine Hand weg und starrte Olivia mit wirrem Blick an.

»Wer sind Sie? Gehen Sie!«

Und dann brüllte er auf einmal so laut los, dass eine Schwester ins Zimmer gestürzt kam.

»Herr Dr. Koenig, es ist doch alles gut!«, redete sie beruhigend auf ihn ein, woraufhin er sofort zu schreien aufhörte. »Wissen Sie was, wir beide gehen jetzt zum Mittagessen.«

»Ja«, erwiderte Onkel Wolfgang in fast weinerlichem Ton. »Aber sorgen Sie dafür, dass die Leute verschwinden.«

»Selbstverständlich, aber ich müsste den Herrschaften mal ganz kurz vor der Tür erklären, warum sie nicht so einfach in Ihr Zimmer kommen dürfen.«

Er sah sie aus großen Augen an wie ein kleines Kind. »Nicht so lange wegbleiben!«

Die Schwester klopfte ihm liebevoll auf die Schulter. »Ich bin in einer Minute wieder da.« Dann machte sie Olivia und Alexander ein Zeichen, ihr nach draußen zu folgen.

Auf dem Flur wandte sie sich mit strengem Blick an Olivia. »Frau Professor Dr. Berger, ich glaube ja, dass Sie viel zu tun haben, aber den alten Mann fast zwei Jahre nicht mehr zu besuchen, finde ich, gelinde gesagt, ziemlich hart. Ich meine, es geht mich ja nichts an, aber Ihr Onkel könnte in einem wesentlich besseren Zustand sein, wenn Sie Ihre Besuche nicht derart abrupt eingestellt hätten.«

Olivia zuckte unter ihren Worten regelrecht zusammen, obwohl sie ja nicht mal die Adressatin dieser Predigt war. Nun räusperte sich Alexander verlegen. »Äh, Schwester …«

»Beate!«

»Schwester Beate, die Dame ist nicht meine Frau, sondern

eine entfernte Verwandte meiner Frau, die vor acht Monaten gestorben ist.«

»Oh, mein Beileid. Dann … dann hätte ich ja gar nicht …«

»Wieso? Sie haben doch völlig recht. Ich hätte trotz der Krankheit meiner Frau und auch nach ihrem Tod den Onkel besuchen kommen können. Und ich versichere Ihnen, dass ich das wieder regelmäßig tun werde. Vielleicht erinnert sich der Onkel meiner Frau dann an mich.«

Schwester Beate war immer noch knallrot im Gesicht. »Mir ist das so unangenehm. Ich bitte um Entschuldigung.« Mit diesen Worten stürzte sie zurück ins Zimmer.

Schweigend verließen Olivia und Alexander das Altenheim.

»Ich finde, du solltest ihn in Zukunft wirklich öfter besuchen. Er ist so ein lieber alter Herr.«

»Worauf du dich verlassen kannst«, seufzte er. »Und nun frag schon. Wer ist Philipp?«

Ein Lächeln umspielte Olivias Lippen. »Ich weiß doch, wer Philipp ist. Der gut aussehende Arzt, den Klara auf der Filmpremiere ihrer Schwester trifft, aber was ich nicht geahnt habe, ist, dass offenbar er Georgs Vater ist. Ich hatte ja immer noch gedacht, Kurt Bach würde wieder in ihrem Leben auftauchen.«

»Tja, das muss meine Frau wohl auch gedacht haben, nachdem sie die Tagebücher gelesen hat. Klara war, was ihre Jugend und Kindheit anging, doch ebenso verschlossen wie ihre Schwester. Christin hatte bis dahin weder von Felix Waldersheim gewusst noch von Kurt Bach. Sie hatte ja auch keine Ahnung von Charlotte, und vom Nazi Walter wusste man, aber man sprach nicht über ihn. Christin kannte auch ihren Großvater nur aus Erzählungen Klaras, denn er starb kurz nach Christins Geburt.«

»Und warum hieß Klara immer noch Koenig? Ich meine, dass sie nicht Waldersheim heißen wollte, habe ich ja verstanden bei ihrem schlechten Verhältnis zu Felix' Familie. Oder war sie mit diesem Philipp gar nicht verheiratet?«

»Soviel ich weiß, hieß sie offiziell Clement, aber auf ihrem Praxisschild, das ich ja noch kenne, denn sie hat in den Räumen praktiziert, in denen ich heute arbeite, stand ›Dr. Klara Koenig‹.«

»Das heißt, deine Frau hat auch nichts von dem gewusst, was ich jetzt in Erfahrung bringe?«

»Nein, Christin ist aus allen Wolken gefallen, als sie die Tagebücher gelesen hat. Sie war regelrecht schockiert.«

»Aber dann wird deine Frau doch zumindest aus den Tagebüchern gewusst haben, was zu dem Zerwürfnis der Schwestern und dem Zerfall der Familie Koenig geführt hat. Vielleicht war das Ganze so furchtbar, dass sie ihr Buchprojekt abgebrochen und die Tagebücher hat vernichten lassen. Vielleicht hat sie die Pflegerin ins Vertrauen gezogen …«

»Die habe ich ja auch in Verdacht gehabt, aber sie hat geleugnet, und jetzt ist sie schon lange wieder in Polen. Ich glaube nicht, dass sie es gewesen ist.«

»Und wenn Christin das Projekt hätte abbrechen wollen, dann hätte sie das Manuskript doch gleich mit vernichtet«, warf Olivia nachdenklich ein.

Alexander zuckte die Achseln. »Ich weiß nicht, ich hätte ein wahnsinnig schlechtes Gewissen, wenn ich in dem Glauben, Christin einen letzten Wunsch zu erfüllen, in Wirklichkeit ihren Albtraum wahr werden ließe, dass die Geschichte öffentlich würde.«

»Und was heißt das für unsere Recherche?«

»Ich weiß es wirklich nicht«, stöhnte er.

»Und was ist aus Friedrich geworden?«

»Ein trauriges Schicksal, wenn du mich fragst. Sein Vater hat ihn zu einem glühenden Nazi erzogen, und er ist mit Begeisterung in den Krieg gezogen, aber nicht mehr zurückgekehrt.«

»Darf ich dir noch eine letzte Frage stellen?«, erkundigte sich Olivia vorsichtig.

»Alles, was du willst«, entgegnete Alexander in einem warmherzigen Ton.

»Du sagst, Walter wäre ein Nazi geworden. Das waren ja bei euch in Deutschland viele. Ja, beinahe eine ganze Generation.«

Alexander stieß einen tiefen Seufzer aus. »Aber nicht alle waren als KZ-Ärzte tätig und haben Versuche an Menschen durchgeführt.«

Olivia schlug sich die Hand vor den Mund. »Das ist grauenhaft. Das heißt ja, dass es in meiner Familie einen Verbrecher gab. Ich habe mich als Journalistin immer wieder mit der Nazi-Zeit beschäftigt, aber das war alles weit weg. In einem mir fernen Land.«

Sie waren jetzt bei Alexanders Wagen angekommen, und er öffnete ihr die Beifahrerseite. Beim Einsteigen berührten sich ihre Arme. Alexander zögerte, dann nahm er ihre Hand, um sie gleich darauf wieder loszulassen.

»Hast du Lust, dass wir irgendwo etwas essen gehen?«, fragte er.

»Nein, ich würde lieber in die Villa fahren. Vielleicht machen wir einen Spaziergang am See?«

»Das ist eine gute Idee«, sagte er und ging nachdenklich hinüber zur Fahrerseite.

Als Alexander wenig später auf das Grundstück einbiegen wollte, versperrte ein Wagen die Einfahrt. Er wartete einen Augenblick, aber als der Fahrer keine Anstalten machte wegzufahren, hupte er einmal kurz. Daraufhin stieg auf der Beifahrerseite eine junge Frau aus.

»Erwartest du Besuch?«, fragte Olivia.

»Nein, ich kenne die Dame gar nicht. Sie sieht aus wie eine Studentin, aber ich glaube kaum, dass meine Studentinnen sich erdreisten, mich am Samstag mit einem Privatbesuch zu überraschen.«

Und schon war er aus dem Wagen gesprungen und näherte sich der jungen Frau. Olivia konnte beobachten, wie Alexander auf sie zuging und sie in ein Gespräch verwickelte. Dann wandte er sich von ihr ab und eilte zum Wagen zurück. Er war kalkweiß und sagte keinen Ton. Olivia zog es vor, ihn nicht mit neugierigen Fragen zu löchern.

Der Wagen, der seine Einfahrt blockiert hatte, fuhr langsam an und hielt auf der anderen Straßenseite, während die junge Frau auf die Haustür der Villa zuging.

»Sie sagt, sie habe mir etwas von Christin zu geben«, stöhnte Alexander, nachdem er auf dem Grundstück geparkt hatte und sie ausgestiegen waren. »Aber sie wollte mir nicht sagen, um was es sich handelt. Sie war vollkommen verlegen und kam ins Stottern. Offenbar hatte sie es nur schnell in den Briefkasten werfen wollen, aber ich habe sie gebeten, zu warten und es mir persönlich zu geben.«

»Und sie hat nicht gesagt, was es ist.«

»Das ist doch das Merkwürdige. Sie hat von einem Buch gesprochen, genauer gesagt, einem Tagebuch.«

»Du glaubst doch nicht etwa, dass es die Tagebücher sein könnten, oder?«

»Ich habe keine Ahnung. Wir werden es gleich wissen.«

Sie betraten das Haus nicht über den Hintereingang, sondern umrundeten es, um die junge Dame hereinzulassen.

»Es tut mir leid, ich wollte nicht stören, eigentlich wollte ich das nur in den Briefkasten werfen und ...« Sie deutete auf einen dicken braunen Umschlag in ihrer Hand.

»Nun kommen Sie erst einmal rein.« Alexander öffnete die Haustür und ließ ihr den Vortritt. Sie machte einen schrecklich nervösen Eindruck.

Als er sie in den Salon bat, blieb Olivia im Flur stehen. »Ich gehe dann mal auf mein Zimmer«, sagte sie. Auf keinen Fall wollte sie sich aufdrängen, doch Alexander bestand darauf, dass sie sich zu ihnen setzte.

»Wollen Sie was trinken?«, fragte er höflich.

Die junge Frau machte eine abwehrende Handbewegung. »Nein danke, mir ist das alles wahnsinnig unangenehm. Ich bin wissenschaftliche Mitarbeiterin Ihrer Frau gewesen. Dellbrück. Sabine Dellbrück.«

»Ja, Ihr Name sagt mir was, aber wir sind uns wohl nie begegnet.«

»Nein, oh Gott, es tut mir so leid, dass ich erst jetzt komme, aber ich hatte kurz nach dem Tod Ihrer Frau eine Fehlgeburt und …«

»Frau Dellbrück, es reißt Ihnen hier keiner den Kopf ab. Sagen Sie doch einfach geradeheraus: Worum geht es?«

Alexander war bemüht, freundlich zu klingen, aber seine Angespanntheit war unüberhörbar.

Sabine Dellbrück druckste noch ein wenig herum, bis sie mit dem Grund ihres Kommens herausrückte. »Ich bekam einen Tag, bevor Ihre Frau gestorben, ich meine, also, Ihrem Leiden … Es ist im Fachbereich bekannt, dass sie Tabletten genommen hat. Jedenfalls rief mich die Pflegerin an und bat mich, in Frau Professor Bergers Namen, ihr einen spontanen Besuch abzustatten. Es klang dringend, und deshalb bin ich am Nachmittag rausgefahren. Es war furchtbar, sie in einem solchen Zustand zu erleben …«

Alexander ballte bei ihren Worten die Hände so intensiv zusammen, dass die Knöchel weißlich hervortraten.

»Sie war aber geistig vollkommen auf der Höhe und konnte auch ganz normal sprechen. Sie schickte die Pflegerin nach draußen, weil sie unter vier Augen mit mir reden wollte. Und dann bat sie mich, in ihrem Arbeitszimmer ein Manuskript zu kopieren und es für sie zu Ende zu schreiben, und zwar aufgrund dieser Tagebücher …«

Sabine Dellbrück holte aus dem Umschlag einen Packen bedrucktes Papier und zwei identisch aussehende alte Tagebücher.

»Sie sagte, es wären die Tagebücher ihrer Großmutter und ihrer Großtante, und sie wäre es der Familie schuldig, die Geschichte der Nachwelt zu hinterlassen, aber sie würde es kräftemäßig nicht mehr schaffen.« Unvermittelt brach die wissenschaftliche Mitarbeiterin in Tränen aus. »Ich hätte etwas merken müssen«, schluchzte sie. »Sie sagte nämlich, dass ich es Ihnen geben sollte für den Fall, dass sie die Fertigstellung nicht mehr erleben würde. Das war doch ein klarer Hinweis, dass sie vorhatte, sich umzubringen.«

Olivia hatte Alexanders Hand genommen und drückte sie fest. Er sah aus wie der Tod.

»Dann hat sie mich gebeten, ihr Schlaftabletten aus dem Bad zu holen. Ich habe mir doch nichts dabei gedacht. Mir ist nicht einmal aufgefallen, dass das doch Aufgabe der Pflegerin gewesen wäre. Die kam dann nämlich, nachdem ich Ihrer Frau die Packung gebracht hatte, die sie gleich unter dem Kopfkissen hat verschwinden lassen. Spätestens, als sie zu der Pflegerin gesagt hat, sie könnte mich gleich zur Tür bringen und Feierabend machen, ihr Mann käme heute früher nach Hause, hätte ich aufwachen müssen, aber ich wollte wohl nicht sehen, dass das ein Abschied war.«

Alexander weinte leise.

»Nachdem ich von ihrem Tod erfahren habe, konnte ich mich zunächst nicht an die Tagebücher setzen und ihr diesen Wunsch erfüllen, aber nun habe ich es getan. Und ich wollte es Ihnen wirklich nur in den Briefkasten stecken.«

»Machen Sie sich bitte keine Vorwürfe. Keiner hätte Christin von ihrem Plan abbringen können. Weder Sie noch ich«, sagte Alexander leise, während er ein Taschentuch hervorholte und sich damit die Augen trocknete. Auch Olivia wischte sich eine Träne auf dem Augenwinkel. Sie ahnte, wie ihm durch das Geständnis von Frau Dellbrück auch sein eigener Schmerz wieder schier das Herz zerreißen musste.

Die wissenschaftliche Assistentin hatte es nun sehr eilig, die Villa zu verlassen. Alexander brachte sie noch zur Tür.

Als er zurückkehrte, nahm er die Tagebücher und das fertige Manuskript zur Hand, um es Olivia weiterzureichen.

»Lies du es erst. Du brauchst es für dein Buch.«

Sie zögerte, es anzunehmen. »Willst du es nicht zuerst lesen?«
Er schüttelte stumm den Kopf.
Olivia aber fühlte sich nicht wohl bei dem Gedanken, sich auf das Manuskript zu stürzen und ihn seinem Schmerz zu überlassen. Da kam ihr eine geniale Idee. Sie schlug ihm vor, ihm den Rest der Geschichte vorzulesen, und er nahm dieses Angebot dankbar an.

Berlin, März 1932

Charlotte liebte ihre Auftritte im Hotel Adlon. Nicht nur, weil sie überdurchschnittlich gut bezahlt wurden, sondern weil sie im Gegensatz zu ihren Rollen in Revuen und Operetten einen ganzen Abend mit ihren Lieblingsliedern bestreiten konnte. Inzwischen hatte sie sich mit ihrem Soloabend einen Namen in der Stadt gemacht.

An diesem kalten Märzabend probten sie für den abendlichen Auftritt noch ein paar der neuen Lieder, die ihr Pianist Vincent Levi für sie getextet und komponiert hatte und die sie heute zum ersten Mal vor Publikum präsentieren wollte.

»Du hast dich wieder einmal selbst übertroffen«, schwärmte Charlotte, nachdem sie das letzte der neuen Lieder fehlerfrei gesungen hatte. »Ich glaube, ich möchte gar keine anderen Lieder mehr singen als welche von dir. Ich habe schon eine wunderbare Idee für mein nächstes Soloprogramm. Und stell dir vor, Friedrich hat angeboten, dass ich die Premiere im Tingel-Tangel machen kann. Aber erst wenn wir mit seiner Revuette *Höchste Eisenbahn* Premiere hatten. Also, ich denke, es wird eher Oktober. Aber du kannst ja schon mal anfangen, Lieder zu schreiben.«

Es kam ein schwerer Seufzer von dem Mann am Klavier. »Nicht so hastig, Mädchen. Ich weiß doch gar nicht, wo ich im Oktober sein werde. Vielleicht bin ich dann schon in Amerika.«

Charlotte musterte ihn empört. »Du kannst doch nicht nach Amerika gehen. Was willst du denn da? Es war doch abgemacht, dass Irene nach Berlin kommt.«

»Das kommt sie auch. Nächste Woche, aber nur, damit wir hier heiraten können. Und ich wollte dich eh bitten, dass du Trauzeugin wirst.«

Charlotte klatschte begeistert in die Hände. »Gern! Aber dann könnte sie doch gleich hierbleiben.«

»Sie hat drüben eine Tournee, und außerdem sind wir nicht mehr davon überzeugt, hier eine Zukunft zu haben, aber lass uns jetzt über etwas anderes reden.«

»Nein, so ein Unsinn. Was willst du denn in Amerika? Du weißt doch noch, was Marlene nach der Premiere von *Allez Hopp* im letzten Januar, als sie aus Amerika zu Besuch kam, über die Chancen, dort als Künstler Karriere zu machen, gesagt hat. Es gibt da nicht an jeder Ecke solche bunten Bühnen wie bei uns in Berlin.«

»Charlotte, ich wollte ja eigentlich nicht über ungelegte Eier reden, aber wir überlegen ernsthaft, ob wir nicht wirklich lieber in New York leben sollten. Du vergisst, welch enormen Zuwachs die NSDAP bei den letzten Wahlen hatte. Und jetzt stellt sich diese Witzfigur schon als Kandidat für das Amt des Reichspräsidenten auf. Und dass der was gegen Juden hat, ist ja wohl nicht zu leugnen.«

Charlotte machte eine abschätzige Handbewegung, als wollte sie Vincents Bedenken damit verscheuchen.

»Das ist nur ein Vogelschiss der Geschichte, sagt Felix immer, wenn Klärchen ihn mit ihrer Schwarzseherei nervt. Gerade neulich hat sie mit angesehen, wie ein paar dieser Braunhemden jüdische Studenten nicht in die Uni lassen wollten, und daraus hat sie gleich geschlossen, dass diese Dummköpfe an die Macht kommen würden. Aber das wird nicht passieren. Die sind doch nur neidisch, weil sie zu blöd sind zum Lesen und Schreiben, hat Felix gesagt.«

»Ich glaube wirklich, wir sollten das Thema lassen. Warten wir die Reichstagswahlen im Juli ab. Und wenn die noch stärker werden, kannst du mich nicht davon abhalten, das Land auf schnellstem Wege zu verlassen. Dass sie Studenten verprügeln, ist doch erst der Anfang. Warte, bis sie die Theater stürmen und die Juden von der Bühne holen.«

»Das glaubst du doch selber nicht«, widersprach ihm Charlotte heftig. »Dann hätten sie aber viel zu tun. Jeder zweite Kollege ist Jude. Allen voran der gute Hollaender. Nein, lass dich nicht einschüchtern. Das ist doch das, was sie wollen …«

»Können wir mal Ihr Bühnenlicht einrichten?«, ertönte jetzt eine Stimme aus dem Dunkel des Zuschauerraums.

Wie elektrisiert drehte sich Charlotte um. Die Stimme kam ihr bekannt vor. Sie hörte sich an wie die von … Nein, das war unmöglich. Wie sollte er? Schon allein bei dem Gedanken zitterten ihr die Knie. Niemals hatte sie aufgehört, an ihren Kinderschwarm zu denken. Was hätte sie darum gegeben, ihm als erwachsene Frau noch einmal zu begegnen. Sofort lief der Film in ihrem Kopf ab, wie sie sich in ihrer Phantasie das Wiedersehen vorstellte.

»Hat es Ihnen die Sprache verschlagen? Stellen Sie sich doch mal auf die Bühne, da, wo Sie singen, Frau, äh … Ich bin nur der Hoteltechniker, mit den Namen der Künstler kenne ich mich leider nicht aus.«

Charlottes Herz klopfte ihr bis zum Hals. Die Stimme des Mannes war der von Kurt zum Verwechseln ähnlich. Der Klang, die Sprachfärbung, das rollende R …

Charlotte stellte sich auf ihre Position. »Ich bin Charlotte Koenig«, sagte sie.

»Bitte? Wie heißen Sie?«

Es verging keine Sekunde, da tauchte er aus dem Dunkeln auf. Groß, mit weizenblondem Haar, das unverkennbar männliche Gesicht mit dem kantigen Kinn …

Er näherte sich ohne jede Scheu der Bühne, blieb stehen und musterte sie ganz direkt von Kopf bis Fuß.

»Oh, entschuldigen Sie, Frau Koenig. Das war eine Verwechslung. Ich dachte, Sie wären jemand anders. Nichts für ungut. Dann machen wir uns mal an die Arbeit. Wollen Sie ein bisschen Farbe haben?«

Charlotte aber starrte ihn ihrerseits unverwandt an und brachte keinen Ton hervor.

»Junge Frau, ich will Sie ja nicht aus Ihren Träumen reißen, aber wenn wir jetzt nicht zumachen, kommen die Leute, und wir können kein Licht mehr einrichten.«

»Kurt Bach«, murmelte sie verzückt.

»Moment, kennen wir uns? Ich meine, so eine hübsche junge Dame kann man doch nicht vergessen.«

»Ich sagte doch, ich heiße Charlotte Koenig«, erwiderte sie, ohne den Blick von ihm zu lassen. Das Warten hat sich gelohnt, dachte sie, er ist ein Bild von einem Mann. Und Charlotte kannte sich aus mit Männern. Sie lagen ihr zu Füßen, und es verging kaum ein Abend, an dem sie sich nicht von einem Galan zum Tanzen oder Essengehen ausführen ließ. Auch gegen Küsse hatte sie nichts einzuwenden, wenn ihr ein Mann attraktiv genug erschien. Zu mehr war sie seit der Geschichte mit Emil im Auto nicht bereit, und sie achtete auch darauf, den Herren rechtzeitig ihre Grenzen zu setzen. Aber Kurt Bach war eine Sünde wert. Wie er sie gerade mit seinen Blicken schier auffraß. Heiße Schauer rieselten ihr über den Körper.

»Aber du kannst, ich meine, Sie können doch unmöglich dieser blond gelockte Racker in Engelsgestalt sein.«

»Du hast mich eben niemals wirklich angesehen. Mein Haar dunkelte damals schon nach, aber du hattest ja nur Augen für Klara.«

Seine Miene verdüsterte sich, doch in diesem Augenblick mischte sich Vincent ungeduldig ein. »Nun lasst uns schnell das Licht einrichten und feiert euer Wiedersehen lieber nach der Vorstellung.«

Kurt stand da wie vom Donner gerührt, aber Charlotte hatte sich wieder gefangen. »Kommst du nach der Vorstellung in meine Garderobe? Also, eher auf mein Zimmer. Sie haben mir für eine Nacht eine Suite zur Verfügung gestellt. Frag an der Rezeption nach dem Künstlerzimmer. Dann plaudern wir ein wenig über alte Zeiten«, sagte sie im Ton einer Dame von Welt.

»Ja, gern, bis dann, Charlotte Koenig.« Kopfschüttelnd verschwand er im Dunkeln.

Auf Charlotte wirkte diese Begegnung wie ein Aufputschmittel. Sie gab an diesem Abend alles. Sie flötete, flirrte, flirtete, gab abwechselnd die Sphinx, die Kirke und die Venus. Charlotte Koenig zog alle Register ihres Könnens und zog das Publikum derart in ihren Bann, dass man sie nicht von der Bühne lassen wollte. Dabei spielte sie nur für den einen, den Mann, der sie an diesem Abend in magisches Licht tauchte. Sie konnte es kaum erwarten, dass die Show endlich vorüber war und sie mit Kurt in der Suite einen Champagner trinken konnte. Den hatte sie in der Pause bereits bestellt, weil sie sich ein perfektes Wiedersehen mit ihm wünschte.

Doch das Publikum ließ sie erst nach drei Zugaben von der Bühne.

»Gehen wir noch zusammen in eine Bar, oder holt dich wieder einer deiner Galane zum Souper ab?«, fragte Vincent.

»Weder noch«, flüsterte Charlotte ihm ins Ohr. »Ich denke, dass ich heute Nacht meine Unschuld verliere.«

»Deine Unschuld?«, fragte Vincent ungläubig.

»Nicht so laut«, ermahnte sie ihn. »Er muss es ja nicht schon vorher wissen.« Sie deutete unauffällig in Richtung der Lichtanlage.

»Das haut mich um«, raunte Vincent. »Erstens hätte ich nicht gedacht, dass du es endlich hinter dich bringen willst, wie du ja so nett in einem Brief schriebst. Irene hat sich sehr amüsiert. Und ich habe dich ja schließlich schon als Sechzehnjährige sehr kokett poussieren sehen. Und zweitens, der Mann da ist ein besserer Hausmeister. Bei dir stehen die reichen Kerle Schlange oder zumindest die mit Titel und aus besten Familien.«

»Ach, davon verstehst du nichts. Ich liebe nun mal diesen Mann«, entgegnete sie trotzig. »Und Klara ist aus dem Spiel, denn die ist ja mit Felix verheiratet.«

»Was hat der Mann mit deiner Schwester zu schaffen?«

»Er war auch ihre erste große Liebe.«

»Aber der ist viel zu alt für dich.«

»Zerbrich dir bloß nicht meinen Kopf! Du weißt doch, wenn ich etwas will, bekomme ich es auch. Und Kurt wollte ich schon immer.« Sie tätschelte Vincent freundschaftlich den Arm. »Und ich muss mich sputen, nicht, dass er vor mir auf meinem Zimmer ist.«

»Ach, du verrücktes Huhn.«

Charlotte gab ihm einen Schmatz und trällerte übermütig das Lied, das ihr Robert Biberti von den Comedian Harmonists netterweise für ihr Programm ausgeliehen hatte.

»Noch verknüpft uns nur Sympathie, noch sagen wir ›Sie‹ und küssten uns nie. Doch im Traume sag ich schon ›Du‹ und flüstere leis dir zu: Liebling, mein Herz lässt dich grüßen, nur mit dir allein kann es glücklich sein, all meine Träume, die süßen leg ich in den Gruß mit hinein.«

Singend schwebte sie davon. Vincent sah ihr kopfschüttelnd hinterher. Charlotte hatte richtig erkannt, dass sie all das bekam, was sie sich in ihren hübschen Kopf setzte, dachte er. Nur in einem Punkt irrte sie sich. Die Würfel zu seiner baldigen Ausreise in die USA würden am 31. Juli fallen. Sollten die Braunen noch weiter in der Gunst der Wähler steigen, wäre er die längste Zeit in Deutschland gewesen … Aber es wäre sinnlos, Charlotte vom Ernst der Lage überzeugen zu wollen. Sie würde es erst glauben, wenn er wirklich auf ein Schiff nach New York ging.

Berlin, März 1932

Charlotte hatte alle erdenklichen Vorbereitungen für die Begegnung mit Kurt getroffen. Sie trug ein atemberaubendes Kleid, hatte sparsam einen sinnlichen Duft aufgetragen, der eisgekühlte Champagner wartete im Kübel, und der Koch hatte ein paar Kleinigkeiten gezaubert. Um zu unterstreichen, dass sie zu einer erwachsenen Frau herangereift war, hatte sie ihre Zigarettenspitze hervorgekramt. Sie machte sich nicht viel aus Tabak, sondern rauchte nur, um ihrem Ruf als verruchte Diva gerecht zu werden. Nun hieß es lediglich noch zu warten.

Ihr Herz pochte ihr bis zum Hals, als es an der Tür klopfte. Hinter ihrer Fassade wurde sie zu dem kleinen Mädchen, das für den großen, schönen Kurt schwärmte.

»Herein!«, rief sie, woraufhin der Traum ihrer Kindertage die Suite betrat. Er hatte sich offenbar auch noch umgezogen und trug jetzt einen Anzug. Nicht so einen feinen wie ihre vornehmen Galane, aber das störte sie nicht im Geringsten. Auch seine Kopfbedeckung unterschied sich von der ihrer Verehrer. Statt eines Zylinders trug Kurt Bach eine Ballonmütze.

Er strahlte, wie sie auf den ersten Blick erkannte, größere Selbstsicherheit aus als früher. Oder liegt es daran, dass ich für ihn immer noch das kleine Lottchen bin?

»Du warst großartig«, sagte er ganz direkt und ohne Scheu. »Meine Güte, du hast ja schon als Kind immer im Wagen geträllert, aber dass du so eine wandelbare Stimme hast, das hätte ich nie gedacht. Und was mich noch viel mehr verwundert, ist die Tatsache, dass du überhaupt auf einer Bühne stehen darfst. Bist du von zu Hause durchgebrannt?«

»Magst du dich nicht erst einmal setzen? Dann erzähle ich dir alles, was du wissen willst.«

Zögernd setzte er sich zu ihr auf das Sofa. Sie schenkte ihm ein und prostete ihm zu. Er nahm einen Schluck und machte ein Gesicht, als hätte er in eine Zitrone gebissen.

»Ich weiß schon, warum ich die Kapitalistenbrause meide. Ist ja ekelhaft. Ein kühles Helles wäre mir lieber.«

»Dann hole ich dir eins«, bot ihm Charlotte an.

»Nein, ich gewöhne mich schon dran.« Er nahm einen kräftigen Schluck und verzog das Gesicht nicht mehr. »Aber nun lass dich erst einmal ansehen. Du bist ja eine wunderhübsche Frau geworden. Wenn ich an die kleine kecke Blondbezopfte denke …«

Charlotte genoss dieses Lob sichtlich. Es war so, als würde ein Kindheitstraum in Erfüllung gehen. Kurt Bach betrachtete sie zum ersten Mal mit dem Blick eines Mannes. Und es gefiel ihm offenbar sehr, was er da sah.

»So, und nun erzähle mir doch, wie du das angestellt hast, dass du zum Theater durftest.«

Charlotte holte tief Luft und berichtete ihm, dass ihr Vater vor vier Jahren gestorben war und in der Villa nun Klara mit ihrem Mann lebte, weil sie inzwischen eine eigene Wohnung in Wilmersdorf gemietet hatte, da ihr die Colonie Alsen zu weit draußen gelegen war. Sie registrierte jede Regung in seinem Gesicht, während sie von Klara sprach, aber er verzog keine Miene. Offenbar spürte er, dass Charlotte versuchte, in seinem Gesicht zu lesen. Natürlich spielte sie mit dem Gedanken, Kurt von Klaras desolater Ehe zu erzählen, aber würde sie ihn damit nicht in die Arme ihrer Schwester treiben? Charlotte kannte jedenfalls keine so unglückliche Ehefrau wie Klara. Kein Wunder, denn Felix war ein drogenabhängiges Wrack. Die meiste Zeit des Jahres verbrachte er in einer Entzugsklinik. Und wenn er dann wieder einmal angeblich als geheilt nach Hause zurückkehrte, begann der Kampf gegen das Morphium aufs Neue, den er immer wieder verlor. Sein Vater hatte ihn aus dem Unternehmen geworfen und zahlte ihm eine monatliche Summe, damit Klara und er die Villa unterhalten konnten, denn Klaras Gehalt im Krankenhaus war nicht gerade üppig.

Sie schien überhaupt nur noch für ihre kranken Frauen zu leben. Sie hatte sich auf Frauenheilkunde spezialisiert und arbeitete in einem Weddinger Krankenhaus. Dorthin war sie gegangen, nachdem Walter von dort an die Charité gewechselt hatte. Ein Kollege hatte sie dazu überredet. Er hieß Philipp und war der Bruder von einem von Charlottes Schauspielkollegen. Auffallend war, dass Klara viel von ihm sprach, und das sehr begeistert. Aber Charlotte konnte sich beim besten Willen nicht vorstellen, dass eine Frau wie Klara ihren Mann betrog, und mochte sie auch noch so unglücklich sein. Es sei denn mit … Das mochte Charlotte allerdings nicht zu Ende denken. Sie vermutete jedenfalls, dass Klara nicht nur ihren Kinderwunsch aufgegeben hatte, sondern gar keine Lust mehr hatte, mit Felix das Bett zu teilen. Klara war mit den Jahren auch immer nachlässiger geworden, was ihr Äußeres anging. Allein die praktische Kleidung, wie Rock und Bluse, die sie mittlerweile bevorzugte, machte sie zunehmend unattraktiver. Charlotte versuchte immer wieder, das Thema anzusprechen, aber Klara winkte nur müde ab. Offenbar hatte sie sich als Frau so gut wie aufgegeben.

»Und sag, wie geht es Klara? Ich habe das Gefühl, du verschweigst mir was. Sie war meine große Liebe.«

»Als wenn ich das nicht wüsste«, platzte Charlotte empört heraus. »Ich habe von meinem Fenster aus damals beobachtet, wie dich Walter und mein Vater fortgejagt haben. Ich wäre mit dir gegangen.«

»Ach, du bist entzückend«, lachte er.

»Ich bin kein kleines Kind mehr!«, fauchte sie ihn an.

»Aber das sehe ich doch. Du bist eine anziehende Diva geworden. Ich meine, eine kleine Diva warst du damals schon, aber mal im Ernst, wie geht es Klara? Hat sie Kinder?«

»Nein, sie lebt nur für ihre Arbeit. Sie ist Ärztin für Frauenheilkunde im Rudolf-Virchow-Krankenhaus im Wedding.«

»Und ihr Mann? Wie ist der so? Ich habe ihn ja nur einmal an der Haustür gesehen, als ich Klara besuchen wollte.«

»Du wolltest sie besuchen? Wann?«

»Das ist schon ein paar Jahre her. Aber da war nur dieses blutleere Kerlchen, das mir ziemlich unmissverständlich zu verstehen gegeben hat, dass sie ihm gehört.«

Sein Interesse für Klara ging Charlotte mächtig gegen den Strich. Vielleicht sollte sie ihm doch die Wahrheit erzählen. Das würde Klara mit Sicherheit nicht anziehender für ihn machen. Außerdem sah sie in letzter Zeit wirklich trutschig aus. Zwischen ihnen beiden lagen zurzeit Welten, aber nicht nur äußerlich. Klara ging eigentlich gar nicht mehr aus. Ihr Interesse beschränkte sich mittlerweile auf die Medizin und die Abhängigkeit ihres Mannes von dem Teufelszeug.

»Ihr Mann Felix ist süchtig. Eigentlich verbringt er die meiste Zeit des Jahres auf Entzug.«

»Da sieht man mal wieder, wie verwöhnte reiche Bonzenkinder ihre Chancen vertun. Er ist doch auch einer von der Waldersheim-Sippe, oder?«

»Ja, er ist der Sohn von Oskar Waldersheim.«

Kurt schüttelte sich. »Das ist ein Pack, sage ich dir, der ist jetzt bei den Braunen.«

»Wie Walter. Der hat nämlich Olga geheiratet, Felix' Schwester.«

»Ich denke, das war Gerhards Braut?«

»Ja, aber erst hat Walter sie ihm ausgespannt, und dann ist Gerhard mit ihr nach Frankreich durchgebrannt.«

»Das gönne ich deinem Bruder Walter.«

»Ich auch«, pflichtete sie ihm bei, »aber um noch einmal auf Klara zurückzukommen, man merkt ihr regelrecht an, was für eine Last sie zu tragen hat. Manchmal sieht sie aus wie eine alte Frau, und sie ist schrecklich mager.« Habe ich das da eben gerade wirklich gesagt, fragte sie sich, kaum dass ihre Worte verhallt waren. Sie fühlte sich nicht wohl, wenn sie so gemein über ihre Schwester herzog, zumal das nun maßlos übertrieben war. Aber was würde sie nicht alles tun, um Kurt davon abzubringen, noch einmal unangemeldet vor Klaras Tür zu stehen!

Kurt schien ernsthaft schockiert, denn er schimpfte fortwährend auf das Kapitalistenpack. Charlotte hielt es deshalb für überflüssig, zu fragen, ob er immer noch bei den Kommunisten sei.

Eigentlich war ihr gar nicht mehr nach Reden zumute, stellte sie fest, als ihr Blick auf seine starken Unterarme fiel, die ein Stück hervorguckten, weil die Ärmel der Jacke ein wenig zu kurz waren. Vielleicht besitzt er keinen eigenen Anzug und hat sich den geliehen, ging es Charlotte durch den Kopf. Dann werde ich ihm wohl einen kaufen müssen, beschloss sie.

Ganz unauffällig rückte sie ein bisschen näher an ihn heran und hob das Glas. Dafür, dass er Champagner als Kapitalistenbrause verteufelt, hat er einen ganz guten Zug am Leib, stellte Charlotte amüsiert fest.

Beim Abstellen des Glases verschüttete sie absichtlich ein bisschen von dem edlen Tropfen. »Oh, das tut mir leid«, heuchelte sie und sprang sofort auf, um mit einem blütenweißen Handtuch aus dem Bad zurückzukehren.

»Darf ich?« Ohne eine Antwort abzuwarten, rubbelte sie auf seinem Hosenbein herum und stellte triumphierend fest, dass ihn das nicht kaltließ.

Sofort ging sie in die Offensive. Sie legte das Handtuch weg und sah ihm fordernd in die Augen. »Weißt du, dass ich als Kind für dich geschwärmt habe und mir vorgestellt habe, dass ich dich später einmal heiraten werde?«

Er lachte bitter. »Dass die Hochzeit mit einer Koenig nicht möglich ist, habe ich ja damals schmerzhaft erfahren müssen.«

Sie ließ den Blick nicht von ihm und spürte, wie ihr ganz warm im Bauch wurde bei dem Gedanken, ihn gleich zu küssen.

»Erfüllst du mir einen Kindertraum?«

»Dir habe ich schon früher keinen Wunsch abschlagen können.«

Charlotte näherte sich seinem Gesicht, sodass kaum noch ein Blatt Papier zwischen ihre Münder gepasst hätte.

»Küss mich!«

Kurt zögerte, aber dann spürte Charlotte seine Lippen auf ihren. Sie öffnete den Mund, und schon begannen ihre Zungen ein erregendes Spiel. Ihr ging es durch und durch. Sie hatte nicht umsonst gewartet. Kurt küsste wie ein junger Gott.

Doch in dem Augenblick der größten Wonne zuckte er zurück. Er sah verwirrt aus. »Charlotte, das dürfen wir nicht. Das geht nicht. Ich bin viel älter als du.«

Sie aber griff mit beiden Händen in sein dichtes Haar und bot ihm erneut ihre Lippen zum Kuss. Sie küssten sich noch leidenschaftlicher als zuvor. Als seine Hände an ihrem Bein entlang unter ihr Kleid glitten, wusste sie, dass sie gewonnen hatte. So, wie er jetzt schon keuchte, war er trunken vor Begierde. Sie stöhnte auf, um ihn anzufeuern, seine Hand höher zu schieben, doch er zögerte. Da nahm sie seine Hand, stand auf und zog ihn zum Bett hinüber. Ohne Scheu zog sie sich vor seinen Augen das Kleid aus und stand nur noch im Unterrock und mit fleischfarbenen Strümpfen vor ihm.

»Komm!« Sie breitete die Arme nach ihm aus.

»Oh Gott, bist du schön«, stöhnte Kurt und schob sie auf das Bett. Charlotte ließ sich auf den Rücken fallen. Er wollte sich halb über sie legen, aber sie flüsterte: »Zieh dein Hemd und deine Hose aus.«

Kurt tat, was sie verlangte, und sie seufzte ein paarmal beim Anblick seiner Muskeln. Besonders, als sie sich davon überzeugen konnte, wie sehr er sie begehrte. Nur mit der Unterhose bekleidet, legte er sich neben sie und begann, sie zu streicheln. Er fing am Hals an und bewegte seine Hände geschickt immer weiter nach unten. Wie nebenbei zog er ihr den Unterrock und den Büstenhalter aus. Ihre Brüste nahm er in den Mund und bearbeitete sie fordernd und zärtlich zugleich. Charlotte war einer Ohnmacht nahe. So groß war ihre Erregung. Wie oft hatte sie sich diese Szene ausgemalt, wenn sie allein in ihrem Bett gelegen hatte und sich seine Hände statt ihrer eigenen vorgestellt hatte. Doch dies übertraf ihre kühnsten Träume. Ob er schon viele Frauen glücklich gemacht hat, ging ihr in einem Anflug von Eifersucht durch den Kopf, bevor sie sich wieder seinen kundigen Händen hingab. Er liebkoste jeden Zentimeter ihres Körpers. Abwechselnd mit der Zunge und den Fingern. Dann zog er ihr die Strümpfe aus und arbeitete sich vom Knie bis zwischen ihre Schenkel. Sie schrie auf, als er mit der Zunge jene Stelle berührte, von der sie geglaubt hatte, die würden nur die Frauen kennen. Charlotte wusste nicht, wie ihr geschah, als alles in ihr zu beben begann. Sie stieß einen heiseren Schrei aus.

»Bitte, komm«, lockte sie ihn, als die Wogen der Lust etwas abgeebbt waren. Das ließ sich Kurt nicht zweimal sagen. Er riss sich seine Unterhose vom Körper und drang in sie ein. Sie bog sich ihm entgegen. Sie ließ keinen Mucks verlauten, als sie den brennenden Schmerz spürte. Schnell fanden sie einen gemeinsamen Rhythmus. Wild und heftig, bis Kurts Keuchen verstummte und er einen gurgelnden Laut von sich gab.

Als er sich neben sie rollen wollte, blieb sein Blick am Laken hängen, und er erbleichte.

»Du … du bist, oh nein, sag nicht …«

»Jetzt nicht mehr«, entgegnete Charlotte keck.

»Aber wenn ich das gewusst hätte. Warum hast du keinen Ton gesagt? Ich wäre doch vorsichtiger gewesen oder …«

»Genau, du hättest dich wahrscheinlich gar nicht getraut, und das wollte ich nicht riskieren. Du solltest mein erster Mann sein.«

»Du hast das geplant?« Kurt setzte sich erschrocken auf. »Aber du hättest doch jeden haben können. Glaubst du, ich habe das heute Abend nicht gesehen, wie die feinen Herrn dich mit ihren Blicken verschlungen haben. Warum ich?«

»Weil ich keinen anderen wollte. Darum! Möchtest du noch einen Champagner?«

»Nein, ja … nein, ich muss gehen …«

Charlotte überhörte seine Worte und bestellte beim Zimmerservice eine zweite Flasche, bevor sie sich wohlig in die Kissen zurückgleiten ließ.

»Aber ich kann nicht mehr lange bleiben. Ich wohne zurzeit bei einem Genossen, und ich möchte nicht noch später …«

Charlotte lächelte. »Nein, du bleibst bei mir. Du kannst doch nicht einfach gehen. Du hast mich schließlich entjungfert.«

Kurt runzelte die Stirn. »Gut, ich bleibe, aber es hat sich nichts geändert. Die Koenigs und die Bachs passen nicht zusammen. Wir können nie ein Paar werden.«

»Und wie es sich verändert hat. Ich habe eine eigene Wohnung. Meine Eltern sind tot. Mir kann keiner mehr etwas vorschreiben. Weißt du, dass ich vier Zimmer habe? Da könnte ich dir doch gern …«

»Ich kann doch nicht bei dir wohnen!«

»Schau es dir doch einfach morgen einmal an. Ich glaube schon, dass es dir gefallen wird.«

»Charlotte, wir leben in zwei Welten. Du bist ein wohlhabender Bühnenstar, und ich ein armer Hausmeister. Außerdem wäre es viel zu gefährlich, wenn ich bei dir wohnen würde. Wenn das braune Geschmeiß davon Wind kriegt, lauern sie womöglich auch dir auf.«

Charlotte setzte sich empört auf. »Ich habe keine Angst. Ich bin Charlotte Koenig. Wer soll mir denn etwas tun?«

Als es an der Tür klopfte, sprang sie aus dem Bett. Mit einer Flasche Champagner kehrte sie zurück. Plötzlich sah sie zwischen seiner Jacke und seiner Hose etwas liegen, das auf den ersten Blick wie eine Waffe aussah.

»Was ist das? Eine Pistole?«, fragte sie in einer Mischung aus Neugier und Abscheu.

»Nicht anfassen, Charlotte!«, ermahnte er sie.

»Und woher hast du eine Pistole?«, fragte sie, während sie mit der Flasche zu ihm ins Bett krabbelte.

»Ich habe sie im Krieg einem Offizier geklaut und eigentlich immer versteckt für den Tag der Revolution, aber die ging dann ja gründlich schief. Und seit die Nazis immer stärker werden, müssen wir uns kampfbereit halten. Die Hugenberg-Schmierfinken unterschlagen doch die brutalen Übergriffe der Nazischergen. Aber ich sage dir, wenn mich einer anfasst, dem verpasse ich eine.«

»Du machst mir richtig Angst. Ich würde nie so ein Ding in die Hand nehmen.«

»Siehst du, noch ein Grund, warum ich nicht zu dir ziehen könnte …«

»Weil ich Waffen verabscheue?«

»Nein, sondern weil ich sichergehen möchte, dass du dich im Ernstfall verteidigen kannst.«

»Also, wenn es daran hängt, dann werde ich mich mit dem Teil da anfreunden. Wie heißt es denn?«

Kurt lachte. Endlich, dachte Charlotte, er war für ihren Geschmack viel zu ernst. Sein Lachen machte ihn noch attraktiver. Sie spürte ein angenehmes Kribbeln im Bauch, aber erst einmal öffnete sie den Champagner.

»Das ist eine Parabellum-Pistole, auch Luger genannt«, erklärte er ihr.

»Parabellum?«, fragte sie, um ein wenig Interesse zu heucheln.

»Die Zyniker der Deutsche Waffen- und Munitionsfabriken AG benutzen es als Wahrzeichen, abgeleitet von dem lateinischen Spruch: Si vis pacem, para bellum.«

Wirklich sehr zynisch, dachte sie. *Wenn du Frieden willst, bereite dich auf den Krieg vor.*

Nun hatte sie aber genug vom Nachhilfeunterricht in Waffenkunde. Sie kuschelte sich an seine Brust und fing an, ihn fordernd zu streicheln. Und sie strahlte vor Glück. Hatte er ihr eben nicht durch die Blume zu verstehen gegeben, dass er in Zukunft bei ihr wohnen würde?

»Ich habe gehört, Sie schlafen nicht gern mit Jungfrauen«, hauchte sie ihm heiser ins Ohr. »Schlafen Sie doch mit mir. Ich schwöre, ich bin keine.«

»Du Biest«, lachte er und verschloss ihr den Mund mit einem Kuss.

Berlin-Zehlendorf, August 1932

Klara kam wie immer abgekämpft aus der Klinik und versuchte, die vielen Schicksale abzuschütteln, mit denen sie am heutigen Tag wieder konfrontiert gewesen war und die ihr jedes Mal entsetzlich nahegingen. Immer wenn eine Frau ihr gestand, dass ihr Mann sie vergewaltigt und dabei verletzt hatte, verspürte sie ein schlechtes Gewissen, weil sie privat so schrecklich unzufrieden war. Dabei würde Felix ihr nie etwas zuleide tun. Im Gegenteil, er war durch die Abhängigkeit vom Morphium zu larmoyanter Passivität verdammt. Er quälte sie allenfalls mit verhangenen Blicken aus seinen von Schatten umringten Augen.

Dieses Mal aber war er mit großen Hoffnungen an den Bodensee abgereist, um sich dort in einer Privatklinik einer Hypnosetherapie zu unterziehen. Fünf Wochen war er schon in Lindau, und was er schrieb, hörte sich beinahe euphorisch an. Trotzdem konnte Klara sich nicht von Herzen mitfreuen, weil sie sich innerlich so weit von ihm entfernt hatte. Von einem gleichberechtigten klugen Freund, Ratgeber und Gesprächspartner war er mit den Jahren zu einem pflegebedürftigen Kind geworden, aber einem, zu dem ihr die Mutterliebe fehlte. Das Einzige, was sie an seinen positiven Nachrichten mit Freude erfüllte, war die vage Hoffnung, er könne doch einmal gesund werden und auf eigenen Beinen stehen.

Sie war auf Wunsch von Philipp an das Rudolf-Virchow-Krankenhaus gegangen, nachdem sie sich ungefähr ein Jahr nach dem Fest auf einer Ärztetagung wiedergesehen hatten. Klara war aktives Mitglied des Deutschen Ärztinnenbundes und setzte sich zusammen mit engagierten Kolleginnen für die

Abschaffung des Paragrafen 218 ein. Für sie war das eine unbedingte Notwendigkeit, um das Elend der vielen schwangeren Frauen zu lindern, die sich in Hinterzimmern von Pfuscherinnen hatten behandeln lassen und nun auf Leben und Tod bei ihr in der Klinik landeten.

Philipp war die ganzen Jahre nur ein Kollege für sie geblieben, denn er hatte keinerlei Anstalten mehr gemacht, mit ihr anzubändeln. Stattdessen hatte er sich einer Schwester zugewandt, die sehr verliebt in ihn war, aber eine Hochzeit war offenbar nicht in Sicht. »Er hat immer wieder Vorwände, es zu verschieben«, hatte Schwester Elfriede ausgerechnet Klara ihr Herz ausgeschüttet. Dabei ahnte diese, dass keine Geringere als sie selbst der Grund für seine Unschlüssigkeit war, doch sie hatte nie einen Zweifel gelassen, dass sie ihren Mann nicht verlassen konnte. Und wenn, würde sie bestimmt nicht in demselben Atemzug Schwester Elfriede den Mann ausspannen. Aber Philipp und sie waren engste Freunde. Jede Entscheidung besprach sie mit ihm und umgekehrt. Er spielte seit Längerem mit dem Gedanken, sich als praktischer Arzt niederzulassen. Klara bestärkte ihn in diesem Entschluss.

Es war ein heißer Tag, jener Augusttag des Jahres 1932, und Klara beschloss, zur Erfrischung nach dem Abendbrot in den See zu springen. Lene hatte heute frei, und so würde sie sich mit einer Scheibe Brot begnügen, damit ihr Magen nicht zu gefüllt war, wenn sie baden ging.

Auf dem Garderobenschrank stand schon wieder ein Brief von Felix, aber Klara war mit den Gedanken noch viel zu sehr bei der Patientin mit den acht Kindern, die sie angefleht hatte, das neunte vor dem Schicksal der anderen zu bewahren. Klara hatte die Frau fortschicken müssen und ihr eingeschärft, keine dieser Engelmacherinnen aufzusuchen, auf deren Tisch sie dann womöglich liegen bleiben würde. Und dann wären die acht Kinder mutterlos. Klara hoffte, dass die verzweifelte Frau ihren Rat befolgen würde.

Tief in ihre Gedanken versunken, schlenderte sie in die Küche und machte sich ein Leberwurstbrot, das sie auf der Veranda essen wollte. Da klingelte die Haustürglocke.

Genervt über die Störung, öffnete Klara die Haustür und glaubte, ihren Augen nicht zu trauen.

»Kurt?«

»Kann ich reinkommen?«

»Ja, natürlich. Mein Mann ist in der Klinik. Ich bin allein.«

Verunsichert ging sie voraus auf die Veranda und bot ihm einen Platz an. »Magst du auch etwas essen?«

»Hast du ein Bier?«

»Ich glaube schon, das trinke ich nach der Arbeit auch lieber als Wein.« Und schon war sie aufgesprungen und holte zwei Flaschen Bier.

Sie prosteten einander zu. In Klaras Kopf ging alles wild durcheinander. Er sah phantastisch aus, ein gewisses Kribbeln konnte sie nicht leugnen, aber was trieb ihn her?

»Du bist Ärztin geworden, oder?«

Sie sah ihn mit großen Augen an. »Woher weißt du …?«

»Von Charlotte.«

»Meiner Schwester Charlotte? Ich wusste gar nicht, dass ihr euch wiederbegegnet seid, aber wir haben uns auch in den letzten Monaten so gut wie gar nicht gesprochen.« Klara hob bedauernd die Schultern. »Sie lebt in ihrer Bühnenwelt, und ich inmitten des Elends der Weddinger Frauen. Das passt gerade nicht zusammen, aber ich sollte mal wieder in eine ihrer Revuen gehen«, seufzte sie.

»Ich bin nicht ganz unschuldig daran, dass sie sich nicht mehr bei dir gemeldet hat. Sie brannte nämlich darauf, dir zu erzählen …« Kurt sah ihr fest in die Augen. »Ich brauche deinen Rat. Ich habe einen verdammten Fehler gemacht, und ich weiß nicht, was ich tun soll.«

Klara schwante etwas. »Du hast dich doch nicht etwa mit meiner Schwester eingelassen?«

Kurt nickte, und ehe er es sich versah, hatte ihm Klara eine Ohrfeige gegeben, was sie im selben Moment bedauerte. »Oh Gott, das tut mir leid. Das geht mich gar nichts an. Ihr seid erwachsen«, stammelte sie.

»Und ob dich das etwas angeht«, widersprach Kurt energisch. »Ich habe nie aufgehört, an dich zu denken …«

Klara hielt sich die Ohren zu. »Das will ich gar nicht hören«, sagte sie, obwohl er ihr aus dem Herzen sprach. Wie lange noch hatte er ihr Herz zum Höherschlagen bewegt, bis … ja, bis Philipp in ihr Leben getreten war. Seitdem tauchte Kurt nur noch selten in ihren Phantasien auf, aber als er jetzt so zum Greifen nahe war, wurde die Sehnsucht nach ihm wieder wach, als wäre sie nie verschwunden.

Klara ließ die Hände sinken. Es bringt nichts, wenn ich mich wie ein kleines Mädchen gebärde, dachte sie entschlossen.

»Ich höre!« Das klang schroffer als beabsichtigt.

»Sie ist eine wunderschöne junge Frau geworden, und ich glaube, der Mann muss erst geboren sein, der ihr widerstehen kann. Es begann an einem Tag im März …«

Kurt schilderte ihr nun, wie er zu Charlotte gezogen war und sich im goldenen Käfig von ihr hatte aushalten lassen.

Klara versuchte, sich keine Emotion anmerken zu lassen, sondern forderte ihn etwas freundlicher auf weiterzureden.

»Heute habe ich mir ein Herz gefasst und ihr gesagt, dass das keine Zukunft hat. Es fing ganz harmlos an. Sie hat sich höllisch über ihren Pianisten Vincent aufgeregt, weil der nach Amerika geht. Er fürchtet die Nazis genauso wie ich. Sie wollte die Gefahr verharmlosen. Da habe ich ihr Blauäugigkeit vorgeworfen und ihr klargemacht, dass ich, wenn die Nazis an die Macht kommen, in den Untergrund abtauche. Dass ich ein derart bourgeoises Leben nicht führen kann. Und …«

Er stockte.

»Dass ich sie nicht liebe.«

»Das hast du ihr gesagt. Und dann?«

»Sie hat hysterisch geschrien und gebettelt, dass ich bei ihr bleiben muss, weil sie sich sonst etwas antut …«

»Oh nein!« Klara schlug erschrocken die Hände vors Gesicht.

»Ich würde meine Hand dafür ins Feuer legen, dass sie nichts dergleichen unternimmt. Ich habe sie dann noch zum Tingel-Tangel gebracht und versprochen, ich werde es mir überlegen, aber ich werde nicht zurückgehen, Klara, ich bin ein Kämpfer und kein saturierter Bohemien.«

»Und jetzt wolltest du mich bitten, sie heute nach der Vorstellung abzuholen und mit ihr zu reden.«

»Ich weiß, das ist viel verlangt, aber ich schaffe das nicht. Ich mag sie wirklich gern, aber ich habe nur einmal im Leben wirklich geliebt …« Kurt griff nach Klaras Hand. Sie ließ es widerstandslos geschehen.

»Und wenn ich dich so ansehe, dann weiß ich, warum. Du bist nicht nur schön, sondern du hast ein Herz für die Bedürftigen.«

»Ach, Kurt, das ist mein Beruf«, versuchte Klara abzuwiegeln.

»Ich weiß, dass es zu spät für uns beide ist, aber darf ich dich zum Abschied küssen? Ich möchte wissen, ob du noch nach Honig und Morgentau schmeckst.«

Seine Worte entlockten Klara ein Lächeln. »So habe ich also geschmeckt? Das hast du mir damals gar nicht gesagt.«

»Ich habe dir so vieles nicht gesagt.«

Klara bot ihm zögernd ihren Mund zum Kuss, und in demselben Augenblick vergaß sie alles, was um sie herum war. Es gab nur noch diesen Kuss, der nicht enden wollte. Sie ließen nicht voneinander ab, während sie von ihren Stühlen aufstanden und sich gegenseitig die Kleidung vom Leib rissen.

Als alles verstreut auf dem Boden lag, machten sie keuchend eine Pause.

»Aber das können wir doch nicht …«, flüsterte Klara mit heiserer Stimme. Kurt aber zog sie in Richtung des Sees, sie folgte ihm, doch als er beim Steg nach links einbiegen wollte, übernahm sie die Führung bis zum Ende des Stegs.

Sie kletterte geschickt an Bord der *Klärchen* und reichte Kurt die Hand, doch er schaffte es allein, in das Boot zu kommen. Klara breitete mit zittrigen Fingern eine Decke auf dem Bett in der Kajüte aus. Er umarmte sie, hob sie auf das Bett und drang in sie ein. Vereint ließen sie sich auf das Kojenbett fallen, auf dem sie sich in blinder Leidenschaft wälzten. Es gab nur noch sie beide, ihre erregten und erhitzten Körper, ihr Stöhnen und Keuchen. Sie waren eins, und allein das zählte. Er schrie seine Liebe zu ihr laut heraus, und sie spürte nur noch, wie alles um sie herum explodierte. Ein mörderischer Knall und ein lauter Aufschrei Kurts. Sie sprang auf und sah sie nur noch von hinten. Es war Charlotte, die das Boot verließ und etwas auf die Planken warf, aber darum konnte sie sich in diesem Augenblick nicht kümmern.

Auf der Decke war alles voller Blut. Klara riss sich zusammen und fragte ganz sachlich, wo es ihm wehtue, denn Kurt war bei Bewusstsein. Er deutete auf seinen Oberarm. Beherzt untersuchte Klara die blutende Wunde und stellte fest, dass die Kugel noch in seinem Arm steckte.

»Bitte, bleib bei Bewusstsein«, schärfte sie ihm ein. »Wir müssen es bis ins Haus schaffen. Und dort entferne ich die Kugel. Ich möchte nicht riskieren, dass du noch mehr Blut verlierst«, keuchte sie.

Er sah sie aus glasigen Augen an. »Hast du gesehen, wer es war?«

Klara nickte schwach.

»Sag nicht, es war, oh nein …« Dann zuckte ein leichtes Grinsen um seinen Mund.

»Bitte, bleib wach«, bat sie Kurt, weil sie das Grinsen als Zeichen deutete, dass er gleich in Ohnmacht fallen würde, und sie wusste nicht, wie sie einen bewusstlosen Mann aus der *Klärchen* hieven sollte.

Er war schon wieder ganz ernst und bemühte sich, die Schmerzen mit Fassung zu ertragen. »Es ist nur so: Sie hat sich beim Schießtraining im Garten so dumm angestellt, aber ich habe ihr gesagt, sie wäre eine großartige Schülerin. Ich glaube, deshalb hat sie nur meinen Arm erwischt.«

»Versuch bitte aufzustehen. Ich stütze dich.«

Schließlich schafften sie es mit viel Kraft, gemeinsam an Land zu kommen. Dort stützte er sich mit dem gesunden Arm auf ihre Schulter, und sie erreichten keuchend die Terrasse.

Mit einem Blick auf die dort verstreute Kleidung konnte sich Klara ausmalen, was geschehen war. Charlotte hatte die Vorstellung geschwänzt und ihr das Herz ausschütten wollen und dann … Klara wollte sich das lieber gar nicht ausmalen. Außerdem bedurfte jetzt die Versorgung von Kurts Arm ihre gesamte Aufmerksamkeit.

Sie befahl ihm, sich auf den Fußboden hinzulegen, nachdem sie ihm dort eine Decke und ein Kissen ausgebreitet hatte.

»Ich muss dich eine Sekunde allein lassen und aus Vaters Arztschrank alles Erforderliche holen.« Sie hatte Wilhelms Arbeitszimmer unangetastet gelassen, und dazu gehörte, schon seit sie am Wannsee lebten, ein Schrank für Notfälle. Wilhelm hatte immer gesagt, er müsse hier draußen für alle Eventualitäten gerüstet sein. Sie riss den Schrank hektisch auf und schnappte sich alles, was sie brauchte. Kurz überlegte sie, ob sie ihm eine Narkose geben sollte, aber das war ihr zu gefährlich. Sie war schließlich keine Anästhesistin.

Konzentriert machte sie sich an die Entfernung des Projektils. Kurt schien ein wenig sediert, ohne dass sie ihm etwas verabreicht hatte. Sie befürchtete, dass es sein Kreislauf war, und sie versuchte, nicht nervös zu werden. Sie gab ihm ein Tuch, auf das er beißen konnte, wenn er es nicht mehr aushielt. Die Kugel steckte gar nicht so tief im Arm, wie sie es anfangs befürchtet hatte, doch sie hatte seinen Oberarmknochen erwischt. Er musste also, sobald sie die Kugel entfernt hatte, in ein Krankenhaus gebracht werden. Glücklicherweise schaffte sie es sehr schnell. Triumphierend präsentierte sie ihm die Kugel, bevor sie seine Wunde fachgerecht verband.

»Ruh dich ein paar Minuten aus, und ich bringe dich ins Krankenhaus«, versprach sie ihm. »Ich würde nur gern die Waffe in Sicherheit bringen, bevor noch ein größeres Unglück geschieht. Ich meine, sie hat sie im Boot losgelassen.«

»Pass auf dich auf. Nachher lauert sie noch irgendwo auf dich«, ermahnte Kurt sie.

Erst in diesem Augenblick wurde Klara bewusst, was da eigentlich passiert war. Ihre eigene Schwester hatte auf sie geschossen und in Kauf genommen, sie zu töten. Klara spürte auf dem Weg zum Boot, wie ihr plötzlich eiskalt wurde. Und da merkte sie erst, dass sie immer noch nackt war.

Ein Geräusch hinter ihr ließ sie zusammenzucken. Was, wenn er recht hatte und ihre Schwester immer noch auf Rache sann?

»Charlotte, lass uns reden!«, rief sie mit bebender Stimme, aber es erfolgte keine Reaktion. Hastig kletterte sie auf das Boot und sah die Waffe am Boden liegen. Vorsichtig hob sie die Pistole auf, brachte sie sicher mit ausgestreckten Händen ins Haus zurück.

»Lustig, wie du sie hältst«, versuchte Kurt zu scherzen.

»Ich werde sie nachher in den See werfen, aber bitte komm jetzt. Wir müssen uns anziehen und in die Klinik fahren. Dein Knochen hat ganz schön was abbekommen.« Sie half ihm, vom Boden aufzustehen und sich auf einen Sessel zu setzen.

»Warte«, sagte sie und holte das Bündel Kleidung ins Zimmer. Klara zog sich rasch an und wandte sich dann Kurt zu. Sie war gerade dabei, ihm in die Hose zu helfen, als sie auf der Veranda einen Schatten erblickte. Charlotte, dachte sie und griff intuitiv nach der Pistole. Mit zitternden Händen hielt sie die Waffe auf einen Schatten gerichtet, der nun näher kam und an Gestalt gewann.

Erleichtert ließ sie die Waffe sinken und legte sie zurück auf den Tisch, doch dann erst wurde ihr an Felix' fassungsloser Miene klar, was er denken musste. Und er hatte ja nicht einmal unrecht.

»Felix, ich werde dir alles erklären, sobald ich aus der Klinik zurückkomme. Charlotte hat auf Kurt geschossen.«

»Offenbar hat sie ihn nicht richtig getroffen«, gab er mit eiskalter Stimme zurück.

»Felix, bitte! Es zählt jetzt jede Minute.« Sie traute sich nicht, Kurt in Felix' Gegenwart weiter beim Anziehen zu helfen. »Am besten, du legst dich hin und wartest auf mich.«

»So? Das ist das Beste für mich?«, fragte er in einem Ton, den Klara noch nie zuvor aus seinem Mund gehört hatte.

»Bitte, Felix, seien Sie vernünftig. Wir können über alles wie Erwachsene reden«, mischte sich jetzt auch Kurt mit letzter Kraft ein.

Felix steuerte wortlos auf den Tisch zu und griff seelenruhig nach der Pistole. »Da bist du Arschloch also wieder. Deinetwegen hat sie mich nicht geliebt. Deinetwegen bin ich …«

»Bitte, Felix, mach keinen Unsinn!«, flehte Klara. »Du kannst doch gar nicht mit einer Waffe umgehen.«

»Denkst du! Ich war Soldat. Schon vergessen?«

»Mann, machen Sie keinen Quatsch! Klara und ich haben uns fast zehn Jahre nicht gesehen!«

»Das sehe ich«, konterte Felix, bevor er sich an Klara wandte. »Tja, dann hat mein Brief dich wohl nicht rechtzeitig erreicht. Ich bin geheilt, aber nicht nur von der Droge, sondern auch von meiner Einfältigkeit. Ihr glaubt doch alle, dass ich euer Hampelmann bin. Vater … und du auch, aber das bin ich nicht mehr!«, schrie er.

Klara bekam es mit der Angst zu tun. Sie hatte Felix noch nie schreien hören.

»So, jetzt ist aber Schluss mit diesem Theater!« Stöhnend erhob sich Kurt vom Stuhl und wankte auf Felix zu.

»Stehen bleiben!«, schrie der, doch Kurt ließ sich nicht stoppen, bis ein Schuss fiel und er stumm zu Boden sank.

Klara schrie auf und beugte sich über Kurt, aber seine Augen waren so unnatürlich aufgerissen und sein Kopf lag in einer Blutlache, die immer größer wurde, sodass sie keine Hoffnung hatte, er könnte diesen Schuss überlebt haben.

»Dann kannst du mich auch gleich erschießen!«, brüllte Klara wie von Sinnen, als hinter ihr ein zweiter Schuss fiel.

Als Klara registrierte, dass er gar nicht ihr gegolten hatte, und sich umwandte, lag Felix am Boden, und er hatte kein Gesicht mehr.

Klara fing an zu schreien. Sie schrie sich heiser, bis Lene sie in diesem Zustand fand. In ihrem Arm wurde sie still. Wie ein Kind wiegte die Haushälterin ihr Klärchen hin und her.

»Zweij Manschen an eijnem Tag varloren. Mir ist janz kodderig. Was für eijn Unjlück!«

»Drei Menschen, Lene. Ich habe drei Menschen verloren: den Mann, den Geliebten und die Schwester«, murmelte sie und kuschelte sich noch tiefer an Lenes üppigen Busen. Die alte Haushälterin stellte keine Fragen, sondern strich Klara stumm über ihr lockiges Haar.

Berlin, Steglitz-Zehlendorf, August 2014

Obwohl Olivia an einigen Stellen die Tränen gekommen waren, hatte sie tapfer zu Ende gelesen und war trotz dieser ungeheuerlichen Enthüllungen nicht ein einziges Mal ins Stocken geraten. Nachdem sie das Manuskript hatte sinken lassen, sahen sich Alexander und sie eine Weile fassungslos an.

Alexander fand als Erster die Sprache wieder. »Jetzt verstehe ich, dass Christin es aufschreiben musste.«

»Allerdings bleiben noch so viele Fragen offen. Wie ist Klara an Charlottes Tagebuch gekommen? Und wie ist Charlotte auf das Schiff gekommen?«

»Vielleicht geben die uns Auskunft!« Alexander deutete auf die Tagebücher. »Dass die Geschichte zu Ende ist, heißt ja noch lange nicht, dass die Aufzeichnungen aufhören. Vielleicht hat meine Frau Sabine Dellbrück den Auftrag gegeben, den Roman an dieser Stelle enden zu lassen.«

»Gut, dann schau du in Klaras Tagebuch nach, ich in Charlottes.«

Olivia wurde heiß und kalt, als sie die Schrift ihrer Großmutter erkannte. Das war also ihr großes Geheimnis. Sie hatte zeitlebens geglaubt, sie habe zwei Menschen auf dem Gewissen. Jetzt verstand sie, warum Scarlett ihr Leben als Charlotte aus ihrem Gedächtnis hatte löschen wollen. Sie fing ganz hinten zu blättern an und vertiefte sich in die letzte Eintragung von Charlotte Koenig.

Auch Alexander schien fündig geworden zu sein. »Möchtest du hören, wie Klara zum Tagebuch ihrer Schwester gekommen ist?«

»Gern, dann sage ich dir, was Charlotte zuletzt in ihr Tagebuch geschrieben hat.«

»Klara hat ein Päckchen von Charlottes Obermieterin bekommen mit ein paar persönlichen Sachen, denn ihre Schwester hatte ihre Wilmersdorfer Wohnung bei Nacht und Nebel verlassen. Nur ein paar wenige Sachen hatte sie mitgenommen und alles andere der Kollegin überlassen. Und die hatte Skrupel, die persönlichen Dinge zu behalten, und hat sie an Klara geschickt. So kam sie zu dem Tagebuch.«

»Charlottes letzte Eintragung ist kurz und knapp. Soll ich sie dir vorlesen?«

»Ja, es macht Freude, dir zuzuhören. Wenn die Geschichte nur nicht so grausam wäre …«, seufzte er.

»Und zu allem Überfluss auch noch meine und deine angeheiratete Familiengeschichte ist.« Olivia fröstelte, aber sie las Alexander jene letzte Tagebucheintragung vor.

»Kurt will mich verlassen. Ich verstehe nicht, warum. Wir haben uns gestritten, aber ich glaube nicht, dass er Ernst macht. Aber warum ist er nicht zu Hause? Vielleicht, weil er mich im Theater vermutet. Er hat mich ja vorhin selbst hingebracht. Dabei ist die Vorstellung ausgefallen. Ich habe es bis zum Schluss nicht glauben wollen. Ich habe mit Vincent gewettet. Wir sehen uns heute Abend, alter Junge. Dein Pianist kommt nicht, die Vorstellung muss ausfallen. So hat mich der Inspizient begrüßt. Vincent hat es tatsächlich getan. Er wird noch heute Nacht nach Hamburg fahren und morgen auf einem Schiff nach New York reisen. Komm doch zu mir. Ich feiere meinen Abschied, hat er vorgestern gesagt. Was ist das denn nur? Alle verlassen mich: Kurt und Vincent. Und mir fällt hier die Decke auf den Kopf. Ich muss mit jemandem reden. Ich hab's. Klara, meine Klara. Sie soll mit Kurt sprechen, dass er bei mir bleibt. Ich liebe ihn doch so. Bitte lass sie das tun! Ich hätte ihr ja längst von uns er-

zählt, aber Kurt wollte nicht, dass sie es erfährt. Warum? Er sagt, er denkt nicht mehr an sie. Das kann ich mir auch nicht vorstellen. So zärtlich, wie er zu mir ist. Ich nehme mir eine Droschke zur Colonie Alsen, weil ich schon viel zu viel getrunken habe, und dann wird hoffentlich alles gut. Und vielleicht gehe ich auch später noch auf einen Sprung bei Vincent vorbei. Ich muss ihm doch Ade sagen.«

»Tja, und dann wird sie nach der furchtbaren Tat mit Vincent Levi gefahren sein. Die Flucht in ein neues Leben. Das ist Wahnsinn!«, stöhnte Alexander. Er musterte sie prüfend. »Weißt du, was ich jetzt bräuchte?«

»Nein, aber ich würde jetzt gern etwas Bodenständiges unternehmen. Am See spazieren gehen … oder …«

»Würdest du mit mir eine Runde segeln?«

»Gern«, erwiderte sie. Erst an Alexanders ungläubigem Blick erkannte sie, dass sie ihm zum Thema Segeln eine Menge Unsinn über sich erzählt hatte. Es war jetzt allerdings nicht der Zeitpunkt, noch mehr Geheimnisse zu lüften.

»Ich würde es gern einmal probieren«, relativierte sie ihre Begeisterung.

»Gut, dann in zehn Minuten am Steg.«

Als Olivia zur *Klärchen* kam, war Alexander schon an Bord. Natürlich musste sie daran denken, was vor mehr als achtzig Jahren auf diesem Boot geschehen war.

»Unfassbar, oder?«, murmelte Alexander und reichte ihr die Hand. Sie ließ sich an Bord helfen. Es war nicht so wenig Wind, wie sie im Haus vermutet hatte, und auch die Böen waren heftig.

Alexander schaute skeptisch auf die Fahne an Land, die wild im Wind flatterte. »Meinst du, du willst es riskieren? Ich habe mich ein bisschen getäuscht. Das könnte dir zu heftig werden.«

Olivia lächelte in sich hinein. Windstärke 5 war für sie nie ein Problem gewesen.

»Ach, ich versuche es«, sagte sie.

»Gut, dann erkläre ich dir deinen Job«, erwiderte er sichtlich erfreut und erläuterte ihr geduldig, was ihre Aufgabe am Vorsegel sei. Ein bisschen schäbig kam sie sich vor, aber auch das würde sie demnächst aufklären.

Immer wenn sie am Wind fuhren, hatten sie starke Schräglage, und Alexander beobachtete etwas verdutzt, wie weit sie sich als Gegengewicht hinauszulehnen traute.

»Du bist ja ein Naturtalent«, lachte er.

Er war so fasziniert von ihren Segelkünsten, dass er einen kleinen Augenblick lang die Pinne losließ und eine unbeabsichtigte Halse fuhr. Das merkte er allerdings erst in dem Augenblick, als der Mastbaum auf die andere Seite rauschte und ihn am Kopf traf.

Olivia registrierte sofort, was geschehen war, und sprang an die Pinne, um das Boot in den Wind und damit zum Stehen zu bringen. Dann kümmerte sie sich um Alexander, der ein wenig benommen, aber nicht ohnmächtig war, und am Kopf eine Platzwunde hatte.

»Du … du musst jetzt«, versuchte er ihr Kommandos zu geben, doch sie befahl ihm, auf der Bank liegen zu bleiben und sich nicht zu rühren, bevor sie das Schiff wieder in den Wind drehte, zum Steg zurückkreuzte und dort ein elegantes Anlegemanöver hinlegte.

Alexander sah ihr staunend zu. »Das gibt es ja nicht. Du bist ja ein Wunder.«

Olivia wand sich ein wenig. »Nein, ich war mal Regattaseglerin.«

»Und warum …«

»Ich denke, wir kümmern uns erst einmal um deinen Kopf«, sagte sie streng und untersuchte seine Wunde, die sich rasch als harmlos entpuppte. Schweigend riggten sie das Boot ab und kehrten zum Haus zurück.

Olivia musste die ganze Zeit an Charlotte denken, die bei all ihrem Erfolg nie einen Mann je wieder so geliebt hatte wie den Sohn des Chauffeurs, und von dem sie ein Leben lang vermuten musste, dass sie ihn getötet hatte. Und nicht nur ihn, sondern auch ihre eigene Schwester … Warum war sie sonst so überstürzt geflüchtet?

Sie waren gerade auf der Veranda angekommen, da blieb Alexander abrupt stehen.

»Olivia? Nach dieser ganzen Geschichte, also sowohl der alten als auch der Tatsache, dass ich dir mein Boot anvertrauen kann, habe ich Zweifel, ob man sich das Leben so schwer machen sollte, wie wir beide es tun.«

»Wie meinst du das?«, fragte sie, obwohl ihr schwante, worauf er hinauswollte.

»Wenn ich dir jetzt sage, dass ich dich sehr gern habe und gar nicht möchte, dass du wieder nach New York gehst, was würdest du dann machen?«

Ein Lächeln erhellte ihr Gesicht. »Dann würde ich morgen bei der Times in Berlin anrufen und um ein Vorstellungsgespräch bitten …«

»Das heißt …?«

»Ja, man hat es mir vor ein paar Wochen angeboten. Da ist ab ersten September eine Stelle frei. Und wenn die noch nicht besetzt ist …«

Alexander verschloss ihr den Mund mit einem Kuss. Dieses Mal zuckte er nicht zurück, sondern küsste sie so lange und so leidenschaftlich, bis sie beide erschöpft voneinander abließen.

Berlin, Dezember 2014

Die Kulturvilla war wieder bis auf den letzten Platz besetzt. Paul Wagner hatte Himmel und Hölle in Bewegung gesetzt, dass der Roman von Maria Bach noch ins Winterprogramm kam. Normalerweise plante er ein Jahr voraus oder länger, aber in diesem Fall war das Manuskript fertig. Er hatte keine Kosten gescheut, es beim Buchhandel extra zu bewerben. Und an diesem Abend fand die Premierenlesung statt.

Die Schwestern Koenig hieß der Roman, nachdem sich Olivia und Alexander einig gewesen waren, dass ihnen der Titel *Die Schwester der Soubrette* nicht gefiel, und sie sich auf den neuen Titel geeinigt hatten. Im Programmheft hieß es:

> *Lesung mit der Schauspielerin und Sängerin Vivien Baldwin, die gerade neulich in ihrer Rolle als Hanna in* Berlin, My Love *große Erfolge gefeiert hat. Die begabte und vielseitige Künstlerin liest aus dem Roman und präsentiert Songs, die ihre Urgroßmutter Charlotte Koenig in der Zwanzigerjahren auf Berliner Bühnen gesungen hat. Sie wird am Klavier begleitet von Leo Berger, einem jungen, aufstrebenden Musikregisseur.*

Obwohl Olivia nicht selbst auf die Bühne musste, rutschte sie nervös auf ihrem Stuhl hin und her, doch als Alexander ihre Hand nahm, wurde sie ruhiger.

Er zog sie auch nicht weg, als Maria in ihrer Parfumwolke vorbeischwebte. »Schön, dass das geklappt hat«, säuselte sie. »Habt viel Spaß, ihr beiden.«

»Siehst du, sie kann ganz nett sein«, flüsterte Alexander Olivia zu.

»Falls du sie mir andienen möchtest, nein danke, als beste Freundin wäre sie mir viel zu gefährlich«, gab sie scherzend zurück.

»Willst du es dir nicht doch noch einmal überlegen?«, fragte Paul, der auf ihrer anderen Seite saß.

»Ach, Paul, nun freu dich doch über dieses Buch, aber das mit der Biografie kann ich Scarlett nicht antun. Es gilt mein Angebot. Nur ihre Jahre in den USA.«

»Hm, ich werde es mir überlegen«, knurrte er.

Als Vivien die Bühne betrat, wollte Olivia ihren Augen nicht trauen. Ihre Tochter trug ein Zwanzigerjahre-Kleid, ein Stirnband und aufgestecktes Haar. Sie sah aus wie Charlotte auf dem Foto, das man auf eine große Leinwand aufgezogen hatte. Neben ihr war ein ebenso großes Foto von Klara aufgehängt.

»Du siehst Klara wirklich ähnlich« flüsterte Alexander gerührt. »Kein Wunder, dass Onkel Wölfi dich für Tante Klärchen gehalten hat.«

Doch nun hatten die beiden nur noch Augen für ihre Kinder. Vivien las sehr lebendig und trug die Songs facettenreich und mit Verve vor. Leo war ein zuverlässiger Begleiter am Klavier.

Im Publikum saß auch Arne mit der ganzen Truppe, und sie empfingen ihre Freunde mit besonderem Jubel. Selbst Ben rang sich zu einem begeisterten Klatschen durch.

Der Abend wurde ohne Pause gegeben, und als er dem Ende entgegenging, wurde Olivia ein wenig melancholisch, denn sie wusste, dass es nun Abschiednehmen hieß. Die beiden jungen Leute wollten einen Nachtflug nach New York nehmen. Ihr Gepäck war schon am Flughafen.

Kaum war der letzte Applaus verklungen, war es so weit. Olivia und Alexander begleiteten die beiden nach draußen.

»Könnt ihr nicht doch noch bleiben?«, fragte Olivia.

»Mom, es ist jetzt schon knapp. Der Stichtag ist der zwanzigste. Stell dir vor, das Baby kommt zu früh. Dann wird sie sehr enttäuscht sein.«

Olivia zuckte die Achseln. Hatte sie sich am Anfang gar nicht mit Viviens Plänen, zur Geburt nach New York zu fliegen, anfreunden können, war sie inzwischen überzeugt, dass Versöhnung der beste Weg war, damit Vivien sich vollends vergeben konnte. Was ihr inzwischen viel mehr Probleme bereitete, war die Tatsache, dass die beiden jungen Leute keinen Kurztrip nach New York unternahmen, sondern mindestens ein Jahr dort bleiben würden. Vivien wollte die Schule zu Ende machen, und Leo hatte an ihrer Schule einen Job als Lehrer für Musikregie bekommen. Das Einzige, was Olivia tröstete, war, dass die beiden in ihrer Wohnung leben würden.

Immer wieder umarmte sie Vivien, bis sie ihre Tochter endlich loslassen konnte.

»Ich kann euch aber auch zum Flughafen fahren«, bot Alexander zum wiederholten Male an.

»Nein, Dad, ihr müsst den Erfolg noch ein bisschen feiern«, erwiderte Leo und küsste seinen Vater zum Abschied auf beide Wangen.

Traurig blieben die Eltern zurück und winkten dem Taxi nach, bis es um eine Ecke gebogen war. Sie wollten gerade zurück in den Saal gehen, als ihnen Tom Levi mit einem Zettel in der Hand entgegenkam.

»Das war eine wunderbare Lesung, aber ich habe noch etwas für Sie. Das habe ich bei Urgroßvaters Sachen gefunden. Versteckt in einem Buch. Es geht um Ihre Großmutter.«

Olivia bedankte sich und las Alexander den Text laut vor.

»Es ist schon seltsam, dass ich Charlotte niemals wiedersehen werde. Nie hätte ich gedacht, dass sich unsere Wege ausgerechnet in New York trennen würden, aber sie hat mich unterwegs bekniet, dass ich es akzeptiere: ihre Vergangenheit

sei gestorben, sie beginne ein neues Leben und wolle sich in Zukunft Scarlett nennen. Morgen früh werden wir die Freiheitsstatue sehen können. Ich werde wohl nie erfahren, was in jener Nacht meiner Abreise geschehen ist, aber ich werde nie vergessen, wie schmerzverzerrt Charlottes Gesicht gewesen ist, als sie in jener Nacht, kurz bevor der Wagen kam, der mich nach Hamburg bringen sollte, volltrunken in meine Wohnung einfiel. »Ich hab etwas Entsetzliches getan, aber bitte frage nicht!«, waren ihre Worte. Ich habe sie nicht gefragt und werde ihren Wunsch respektieren, sie nie wiederzusehen. Und es niemals öffentlich machen, dass Charlotte Koenig Deutschland mit mir zusammen auf der Ballin *an einem Tag im August 1932 verlassen hat.«*

Olivia und Alexander sahen einander lange und intensiv an, bevor sie Hand in Hand in die Kulturvilla zurückkehrten.

Nachwort

Ich möchte all denen danken, die mich bei meiner Recherche für diesen Roman unterstützt haben, besonders bei den medizinhistorischen sowie den kulturgeschichtlichen Fragen zum Berlin der Zwanzigerjahre. Und auch dabei, der Haushälterin Lene das breite Ostpreußisch in den Mund zu legen.

Die im Buch erwähnten Künstler – außer Vincent Levi, Irene, Fred (wobei dieses Gastspiel der amerikanischen Truppe 1925 im Metropol wirklich stattgefunden hat) und den Brüdern Färber – sowie die Spielorte, die Kabarettrevuen und Opern hat es genauso gegeben, wie sie im Roman vorkommen. Natürlich hat Charlotte Koenig, die eine fiktive Figur ist, weder mit Trude Hesterberg auf den Brettern der Wilden Bühne gestanden, noch die Rolle der *Mademoiselle Lange* in der Oper *Mamsell Angot* gespielt oder in den Hollaender- Revuen im Tingel-Tangel mitgewirkt und dort mit Josephine Baker und den anderen Kabarettkollegen deren legendären Berliner Auftritt gefeiert. *Die Kleptomanin* schrieb Friedrich Hollaender, wie im Roman erzählt, für seine Revue *Spuk im Hause Stern*. Vorgetragen wurde dieses Lied aber von Annemarie Hase. Aber nicht *Die Kleptomanin* zog kontroverse Diskussionen nach sich, sondern das satirische Lied *Die Juden sind an allem Schuld*. Hollaenders feine Ironie erschloss sich damals nicht jedem Kritiker. Marlene Dietrich saß am 31. Januar 1931 tatsächlich im Premierenpublikum, als die Revue *Allez Hopp* zum ersten Mal aufgeführt wurde und präsentierte – von den Zuschauern angefeuert – sogar einige Lieder aus dem *Blauen Engel* zum ersten Mal auf einer Bühne. Und die weibliche Hauptrolle der Anna in dem Stummfilm *Heimkehr* wurde in Wirklichkeit von der ehemaligen Balletttänzerin Dita Parlo gespielt.

Aber wäre Charlotte Koenig nicht meiner Phantasie entsprungen und hätte tatsächlich gelebt, es hätte sich alles so oder ähnlich zutragen können wie im *Haus des vergessenen Glücks* …

Mia Löw